曹禺比较研究资料

曹禺研究资料长编

申利锋 唐小娟 编

长江出版社
CHANGJIANG PRESS
上海科学技术文献出版社
Shanghai Scientific and Technological Literature Press

图书在版编目(CIP)数据

曹禺比较研究资料 / 申利锋，唐小娟编.
—武汉：长江出版社，2021.3
（曹禺研究资料长编）
ISBN 978-7-5492-7575-5

Ⅰ.①曹… Ⅱ.①申… ②唐… Ⅲ.①曹禺(1910-1996)－戏剧研究 Ⅳ.①I207.34

中国版本图书馆 CIP 数据核字(2021)第 043153 号

项目统筹：张　树
责任编辑：李栋栋
封面设计：汪　雪　彭　微

曹禺比较研究资料
申利锋 唐小娟 编
出版发行：上海科学技术文献出版社
地　　址：上海市长乐路 746 号 200040
出版发行：长江出版社
地　　址：武汉市解放大道 1863 号 430010
经　　销：各地新华书店
印　　刷：武汉市金港彩印有限公司
规　　格：787mm×1092mm　1/16
印　　张：28
字　　数：590 千字
版　　次：2021 年 3 月第 1 版　2021 年 3 月第 1 次印刷
书　　号：ISBN　978-7-5492-7575-5
定　　价：180.00 元

编委会

丛书总序

史料与现实的关系

以刘川鄂为带头人的湖北大学中国现当代文学学科不仅注重作家作品、文学社团、文学现象和文学思潮的研究，同时也把大量的精力投入到中国现当代文学历史资料的发掘和整理中，从对湖北作家的相关史料发掘整理和研究出发，逐渐拓展到对文学史上重要作家作品的史料整理和研究。显然，这样的学科发展战略目标，是循序渐进、良性循环的学术策略。正是在这样的学术背景下，由刘川鄂、刘继林两位教授担任主编，湖北大学中国现当代文学学科团队精心编选的《曹禺研究资料长编》（共十一卷），旨在将业已僵化的著名大作家研究导向一种新的研究范式之中，让围绕曹禺的学术研究重新焕发出活气来。

一切学术研究的基础首先就是史料的梳理，离开了史料的依托，研究就如悬在空中的楼阁，看许多现实问题也就囿于平面化。正如编选者在其中的《曹禺综合研究资料》卷“导言”所言：“研究文学史上名有定论的作家本来就有一定难度，加上随着时间的推移，史料和研究视角越来越难发掘，未来的曹禺研究工作会越来越难超出前人的成果，越来越难找出有新意有理据的命题。”显而易见，史料的重新发掘和编选，直指的是学术研究的拓展。编选者在研究资料的选取上，充分注意到一些重要的历史节点。比如将1949年作为研究资料编选的历史切分点，并不完全是由于学科的界限，我以为更是一种对学术态度的历史检验，其中的奥妙就在于作为当时的剧评家和研究者采取的是什么样的学术价值观——是凭着自己的学术良知和艺术审美对作家作品进行判断，还是跟着时代的潮流风向标走，这才是艺术评论生与死的考验。

曹禺是中国现当代文学史上的一个具有特别意义的作家，属于那种“井喷”以后就戛然而止的剧作家。“曹禺现象”恰恰是中国现当代作家在文学史变迁中最具代表性的范例，他才是与我们文学思潮史上最贴切，也是最契合文学史解剖的研究对象。如果我们意识不到这样一个“曹禺现象”在文学史上的独特意义，即便是再多的文学史资料的呈现，在许多研究者的视野中，恐怕也是一个盲点。所以，我们只有重新解读曹禺作品，重新梳理各个不同时代的曹禺研究资料，或许才能真正获取解剖“曹禺现象”的密码。只有回到历史的原点和原典之中，站在一个新的历史制高点上，我们才能看清曹禺作品的思想内容和艺术内涵，才能廓清许许多多迷失在历史河流中的“飞鱼”和“蜉蝣”行状。

毋庸置疑，自《雷雨》开始的曹禺戏剧创作，是中国戏剧史上历经八十七年的奇迹，也是中国现当代文学史上“最雷雨”的戏剧发生的时段，它见证的是中国文学在启蒙主义进入一个复杂的现代语境窗口时的深刻内涵，同时也是中国戏剧文学在艺术方法和艺术技巧上借鉴西方戏剧第一次“吃螃蟹”的历程。如何看待这一现象，应该是值得研究者注意的问题。

之所以说《雷雨》在启蒙主义的窗口上，强化了对封建的专制主义的批判，用“最雷雨”的批判现实主义方法抨击了家长制戕害人性的本质，是因为尽管窗外雷电交加，但是，那个“铁屋子”里仍然在演绎着一幕幕人间的悲剧，也只有悲剧才最能引起人们心灵的震撼。从某种意义上来说，它引起的不仅仅是亚里士多德古典悲剧的“同情和怜悯”，从悲剧的本质意义上来说，“最雷雨的”《雷雨》才是见证历史的活剧。这样一出活剧贯穿于中国文学的过去、现在和未来，这才是《雷雨》的意义所在。因此，也只有翻开这八十七年对《雷雨》以及曹禺几个代表作的批评研究、传播接受的历史，我们方才可以看出这套丛书的重大意义所在。

之所以说《雷雨》是中国戏剧汲取西方戏剧艺术方法与技巧精华的真正开端，为中国戏剧走向现代奠定了坚实的基础，并在一定程度上影响了整个文学领域对外开放的格局，让人们知晓中国文学正因为有了世界文学艺术方法和技巧的参照，才成为独特的艺术，只有“拿来”，方才可以攻玉，才能走向新生；亦只有熟悉了自《雷雨》开始的两种艺术观的争论，在史料的长廊中寻觅到艺术的真谛，我们的文学艺术才能得到长足的发展。

我充分理解湖北大学文学院编辑这套研究资料的良苦用心，囿于曹禺研究的停滞不前、文学史研究的基本定型，没有史料的重现，就不足以唤醒人们的价值理念，就不能触发研究者的研究冲动，也就不能让这个领域的研究走向深入。编选者认为四十余年来“海内外、多视角全面推进”的曹禺研究格局成就很大，似乎过于乐观了一点。尽管涌现出的著述颇丰，但多为重复叠加的著述，难免捉襟见肘，鲜有能够警醒世人、真正拓展研究深度和广度的扛鼎之作。而这套即将面世的丛书，将极大催生新见解、新角度的曹禺研究著述的问世。在某种程度上，它应该是曹禺研究的“助产士”。

道路是曲折的，也是十分艰难的，今后也许会更加艰难，但是我们仍然要前行，谁让你是一个只能尊重历史的研究者呢？！

中国现代文学研究会会长
南京大学文学院教授 丁帆

2020年10月1日草于南大和园

目录

导言:20 世纪 30 年代以来的曹禺戏剧比较研究概述

申利锋　唐小娟

自曹禺的戏剧作品于 1933 年问世以来,读者和学者从不同的角度、运用不同的批评方法,对其一系列作品进行了诸多探究。其中,批评者们尤其关注到了曹禺所受欧美戏剧的影响,以比较文学的视角,对曹禺戏剧与古希腊戏剧,以及与莎士比亚、易卜生、契诃夫、奥尼尔等欧美戏剧大师的戏剧理念和剧本创作之间的关系,包括彼此作品的思想内涵、艺术特色等等,给予了多角度、多层次的考察。受学术视野和历史语境的影响,我国文学批评界关于曹禺戏剧的比较研究呈现出较为明显的阶段性特征。

一

曹禺的第一部戏剧《雷雨》问世于 1933 年,1936 年,他推出了《日出》,1937 年和 1941 年,《原野》和《北京人》又相继问世。

"中国早期的现代文学奠基人,他们都是把翻译、阅读外国作品跟自己的文学作品有机地结合在一起。""中国现代文学自来到世上开始,就明显地带着世界文学的烙印。"①而时至二十世纪三四十年代,大量的欧美作家和作品、文艺思潮等被介绍、翻译到中国,无论是作家还是学者,对包括欧美戏剧在内的外国文学都已是相当的熟悉,以致有的评论者如刘西渭(即李健吾)在谈《雷雨》时,直接从作品细节上的高度相似而推测出影响接受在曹禺剧作中的存在:"容我胡问一句,作者隐隐中有没有受到两出戏的影响?一个是希腊尤瑞彼得司(Euripides 今译作欧里庇得斯——编者注,后同)的 *Hippolytus*(今译作《希波吕托斯》),一个是法国辣辛(Racine 今译作拉辛)的 *Phèdre*(今译作《费德尔》),二者用的全是同一的故事:后母爱上前妻的儿子。"接着又说明了这种想法产生的原因:"我仅说隐隐中,因为……那两出戏,写的是后母遭前妻儿子拒绝,恼羞成怒,《雷雨》写的却是后母遭前妻儿子捐弃,妒火中烧。然而我硬要说做影响的,就是作者同样注重妇女的心理分析,而且全要报复。"②

其实,曹禺在自己撰写的一些作品序言和创作谈之类的文章中,从不讳言自己对欧美戏剧的喜爱、学习与借鉴,比如,曹禺曾反复提及契诃夫对他的影响。他在 1936 年为文化

① 陆建德:《外国文学的翻译传播与中国的新文化运动》,《绍兴文理学院学报》(哲社版),2016 年第 2 期。

② 刘西渭:《雷雨》,《大公报》(天津),1935 年 8 月 31 日。

生活出版社单行本《日出》所写的“跋”中有言：“我记起几年前着了迷，沉醉于契诃夫深邃艰深的艺术里，一颗沉重的心怎样为他的戏感动着。”①1957 年，曹禺在接受一次访谈时又提道：“契诃夫给我打开了一扇大门。我发现，原来在戏剧的世界中，还有另外一个天地。”②1980 年，在接受学者田本相的访谈时，曹禺再次强调了自己所受契诃夫的影响：“我喜爱契诃夫的戏剧，受过契诃夫的影响。……契诃夫那种寓深邃于平淡之中的戏剧艺术，确曾使我叹服。象他的《三姊妹》，每次读了都使我感动。在苏联莫斯科艺术剧院，我看过演出，更迷恋着他的艺术。”③在发表于 1982 年的一篇讲话稿中，曹禺重申了契诃夫对于自己的意义：“对我影响较大的另一个剧作家是契诃夫。……他教我懂得艺术上的平淡，一个戏不要写得那么张牙舞爪，在平淡的人生铺叙中照样有吸引人的东西。读了他的作品，使你感到生活是那样丰富。他的作品……显得很深沉，感情不外露，看不出雕琢的痕迹。”“我写的《北京人》在风格上确实受契诃夫的影响。”④

因此，从比较文学的视角观照曹禺及其戏剧创作自然会成为题中应有之义，且成为在二十世纪三四十年代曹禺研究中的一个“热现象”。从现今能找到的文献材料来看，这个阶段的研究者们对曹禺所受欧美戏剧影响的评说，无论是短篇剧评，还是长篇研讨，总体上表现为毁誉参半，莫衷一是。

有的评论者认为，在文学创作上，虽然“抄袭或模仿本不是绝对不允许的”，但曹禺的戏剧创作却没有多少创新性；称《原野》一作就是明显学习了奥尼尔的《琼斯皇》和莎士比亚的《麦克白》，但这种学习“从技巧出发，模仿的成分太多，外来的成分占了上风”，以至于“太接近欧美的作品了……简直跟翻译的东西一样。”⑤又有评论者认为：“那样眼睁睁的现实问题，他却一定要强调‘雷雨’，强调不可知的力量，强调不可逃的运命；明明是易卜生《群鬼》一类的题材，却一定要参杂上古希腊悲剧里的那种血统纠缠。……他的艺术思想，使他在艺术上的努力，取了不进步的方向”⑥。栾星则从自身的阅读体验出发，说：“读《雷雨》之后的感觉，却是我读希腊悲剧的时候曾经被唤起过而且经验过的。所以我想到了《雷雨》正表现着原始希腊民族对宇宙的认识，正表现着希腊的悲剧精神。”然后从情节构拟、题材选择、主题表达三个方面，详细论说了“《爱底波斯王》（今译《俄狄浦斯王》）的情节，是唤起《雷雨》作者对剧情构思的唯一因素”，在题材上，“《雷雨》的作者，正是学自希腊，学自沙福克里斯（今译索福克勒斯）”，“作者对希腊文学的素养是相当的深。……《雷雨》里所表现的思想，我们在中国文化传统里找不到它的植根处，而引起我们同感的，却是

---

① 曹禺：《日出·跋》，文化生活出版社，1936 年，第 346 页。

② 张葆莘整理：《曹禺同志谈剧作》，《文艺报》1957 年第 2 期。转引自《曹禺论创作》，上海：上海文艺出版社，1986 年，第 154 页。

③ 曹禺：《曹禺谈〈北京人〉》，见《曹禺论创作》，上海：上海文艺出版社，1986 年，第 104 页。

④ 曹禺：《和剧作家们谈读书和写作——在中青年话剧作者读书会上的讲话》，《剧本》，1982 年 10 月号。

⑤ 南卓：《评曹禺的〈原野〉》，《文艺阵地》第 1 卷第 5 期，1938 年 4 月 14 日。

⑥ 杨晦：《曹禺论》，原载 1944 年《青年文艺》新一卷四期。转引自王兴平、刘思久、陆文璧：《曹禺研究专集》（上册），福州：海峡文艺出版社，1985 年，第 357 页。

希腊悲剧，所以作者是在希腊思想中吸取了原料。即使作者当初真的不曾有意去模仿，但结果是模仿了。”最后得出结论：“《雷雨》不是国货，是泊来品，是得来自原始希腊民族的悲剧。”①

需要指出的第一个有意思的现象是，自有评论者言说曹禺的作品是对一些欧美戏剧的机械模仿时，曹禺是很快就作出了一些回应的，这也许可以视为当时文坛上作家与评论家能够良性互动的生气吧！比如，在1935年第2号的《杂文》月刊上，曹禺发表了《〈雷雨〉的写作》一文，直言“这个剧有些人说受易卜生的影响，但与其说是受近代人的影响，毋宁说受古代希腊剧的影响。至于尔说这是宿命论的腐旧思想，这自然是在一个近代人看，是很贴情入理的。但是假若我们认定这是老早老早的一个故事，在我们那 Once upon a time 的序幕前题下……于是这些狂肆的幻想也可以稍稍松了一口气，叫观众不那样当真地问个究竟，而直接接受了它，当一个故事看。”②次年，针对有人“论断我是易卜生的信徒，或者臆测剧中某些部分是承袭了 Euripids 的 *Hippolytus* 或 Racine 的 *Phèdre* 灵感”，曹禺态度鲜明地为自己作了“辩护”。他在1936年1月为文化生活出版社出版的单行本《雷雨》写了一篇长长的《〈雷雨〉序》，在该序文中，曹禺说：“我不能窥探这些大师们的艰深，犹如黑夜的甲虫想像不来白昼的明朗。……尽管我用了力量来思索，我追忆不出哪一点是在故意模拟谁。也许在所谓‘潜意识’的下层，我自己欺骗了自己：我是一个忘恩的仆隶，一缕一缕地抽取主人家的金钱，织成了自己丑陋的衣服，而否认这些褪了色（因为到了我的手里）的金丝也还是主人家的。……我想不出执笔的时候我是追念着哪些作品而写下《雷雨》”，并明确声称“我是我自己”。③

当然，有很多评论者是认可曹禺的这种“自我辩护”的。特别地，有评论者高度肯定了曹禺对欧美戏剧的学习、借鉴，吕荧在发表于1944年的一篇文章里就以赞赏的口吻说：“从《雷雨》到《家》，作者运用欧美现代戏剧的技术，音乐，光，色彩，甚至于心理学，精神学，医学，这样坚实的作风鼓励了增进了一般剧作的水准，同时贡献了真实的成就。……将欧美的戏剧技巧融进中国的生活，这尤其是作者擅长的一面，根据 Niggli 的 *The Red Velvet Goat* 写出的《正在想》，除了精神氛围而外，人物、语言、行动，无一不是中国的。在曹禺全部戏剧作品中充溢着的中国气息以及风俗画的绘写，这是最可贵的收获之一。”④“将欧美的戏剧技巧融进中国的生活”——这可谓对曹禺戏剧创作上的“别求新声于异邦”的一个有力注解了。

总的来看，二十世纪三四十年代的曹禺比较研究，众声喧哗中感悟式的短篇评论比较多，而且论者个人的好恶情感相当直露，无论褒贬，常以直抒胸臆居多，且文辞不乏犀利；

① 柰星：《〈雷雨〉与希腊悲剧精神》，《高原》新1卷1期，1946年1月1日。

② 曹禺：《〈雷雨〉的写作》，《杂文》1935年第2期。

③ 曹禺：《雷雨·序》，文化生活出版社，1936年，第1—2页。

④ 吕荧：《曹禺的道路》，原载1944年9月、12月《抗战文艺》9卷3—4期及5—6期。见《曹禺论创作》，上海：上海文艺出版社，1986年，第334页。

但相对来看，系统性的、学理式的探究稍显不够。

二

自 20 世纪 50 年代至 70 年代末，比较文学研究在国内一度陷入停滞，这一阶段曹禺戏剧的比较研究成果主要成果以香港学者刘绍铭的《曹禺论》为代表。《曹禺论》1970 年由香港文艺书屋出版，收录了四篇论文，分别是：《〈雷雨〉所受的西方文学的影响》《从比较文学的观点去看〈日出〉》《〈原野〉所倡导的原始精神》和《废人行：论曹禺的〈北京人〉和柴霍甫的〈依凡诺夫〉》。刘绍铭敏锐地关注到曹禺剧作对外来文化的借鉴，指出“中国的小说家、诗人或剧作家……在作品中表现外来文学影响最特出的，首推曹禺”。① 他一方面承认“在中国剧作家中，他（指曹禺——编者注）是最受读者和观众欢迎的剧作家，而且，研究中国近代文学史的，不提话剧则已，一提话剧，曹禺不但占一席位，而且占极其重要的一席位。”②另一方面则认为曹禺的剧作在国内受到的评价过高，对曹禺的剧作提出了尖锐的批评。刘绍铭用马洛、莎士比亚、莱辛、歌德、陀思妥耶夫斯基诸大师能够在借鉴外来文化时“在旧瓶上注上新酒”，来批评“曹禺的问题，不在于偷了大师们的金线，而是未能好好地利用这些金线”③，应该说，对于写作《雷雨》时不过二十出头的曹禺而言未免要求过苛，但是他的批评文本熟练地运用了渊源研究和平行研究的方法，观点尖锐明晰，论述条理分明，为曹禺剧作的比较文学研究提供了可贵的方法论参考，同时，这部论著也让更多的海外研究者关注到曹禺及其剧作。

20 世纪 80 年代以来，随着比较文学的复兴，关于曹禺戏剧比较研究的学术成果也快速丰厚起来，尤其是 1980 年代和 1990 年代的 20 年间，可谓曹禺戏剧比较研究的鼎盛时期。相较于三四十年代的曹禺比较研究，八九十年代以来的批评方法显得更为多样化，研讨的话题更为丰富和深入，在整体上凸显了更强的学理性特征。

这种研究上的转向在 20 世纪 80 年代初已显露端倪，刘绍铭坦率表达了对曹禺剧作的新认识：“我一九六六年写成的英文《曹禺论》，论点失诸持平”“我首先向曹禺招供，如果我今天重写《曹禺论》，我对他剧作的评价，会高许多”。并以《北京人》中的心理描写为例，指出“曾皓和曾文清的心态和内心各种冲突，曹禺在《北京人》内不惮其烦的描写——这是奥尼尔的特色，也是曹禺的看家本领”④。忆扬也表示：“钻研比较文学当然很有意义，但硬要分出高下简直是多余。”⑤的确，通过比较研究探查作家创作上的独特性，而不是在比较中褒贬彼此，这样的学术观是新时期学术研究走向繁盛的一个重要基础。

① 刘绍铭：《〈曹禺论〉自序》，见《曹禺论》，香港：文艺书屋，1970 年，第 5 页。

② 刘绍铭：《〈曹禺论〉自序》，见《曹禺论》，香港：文艺书屋，1970 年，第 6 页。

③ 刘绍铭：《〈曹禺论〉自序》，见《曹禺论》，香港：文艺书屋，1970 年，第 6 页。

④ 刘绍铭：《君自故乡来——曹禺会见记》，见王兴平、刘思久、陆文璧：《曹禺研究专集》（上册），福州：海峡文艺出版社，1985 年，第 394—395 页。

⑤ 忆扬：《从刘绍铭博士论曹禺谈起》，见王兴平、刘思久、陆文璧：《曹禺研究专集》（上册），福州：海峡文艺出版社，1985 年，第 401 页。

检索1980年代以来的研究资料，我们发现，虽然讨论的话题变得相当宽泛和细致，但相关研讨仍主要集中在对曹禺戏剧与古希腊悲剧，以及曹禺与莎士比亚、易卜生、契诃夫、奥尼尔等作家的比较研究上。

首先，在曹禺戏剧与古希腊悲剧的比较研究方面，鉴于该领域的研究仍然较多零散的、片断的论述和简单比附，“而系统地、深入地探讨曹禺剧作在思想、艺术上所受希腊悲剧的影响，特别是曹禺借鉴希腊悲剧的基本经验，则是把曹禺研究引向深入的一个重要课题。”所以，焦尚志在其专著《金线和衣裳——曹禺与外国戏剧》之“希腊悲剧的暗示”一章中①，主要从戏剧美学思想方面，较为全面地探讨了曹禺对希腊悲剧艺术的借鉴。焦尚志认为：“希腊悲剧作家所提供的优美的戏剧技巧和反映现实的审美模式等等，作为人类的文化艺术遗产仍有可资借鉴之处。这不仅因为文化艺术本身有其互相吸收与继承的内部规律，就是不同时代人们认识世界的思维方式与审美形态也往往有某些相似或相通之处。”但曹禺在学习古希腊悲剧的艺术表达和审美模式时，并不是一味的机械搬用，而是“注入现代的思想与意识”，并注重“从人的精神世界去反映社会现实，探究人生悲剧”，且竭力发掘社会底层人物身上“人性的崇高美”，因此，“曹禺悲剧的神秘性……具有沉郁、激荡的诗意特征”，从而使曹禺戏剧在借鉴古希腊悲剧的基础上，形成了“他那富于民族特色的现实主义戏剧美学思想”。焦氏的这种论述对后来者是有相当的启示意义的，在他之后，学术界在这个方面的比较研究不断走向细致和深入。

其次，关于曹禺戏剧与莎士比亚戏剧关系的研究，我国著名翻译家、外国文学研究专家方平发表于1983年的长文《曹禺和莎士比亚》②堪为一篇力作。在该文中，方平从曹禺自幼对莎士比亚戏剧的接触到两位戏剧家所处环境的类似，从曹禺剧作中的对白、动作对莎士比亚戏剧的模拟等到他们剧作中人物性格的某些相似等，多角度地说明了曹禺在借鉴外国戏剧大师的创作经验时，不是“刻意模仿谁”，而是“消化融会的借鉴，是水到渠成的自然运用”。文中，方平还独树一帜地特别强调了曹禺翻译莎翁作品的经历对曹禺创作的影响：“1942年，曹禺在重庆翻译了莎士比亚的悲剧《柔蜜欧与幽丽叶》，……这是我国最好的莎剧译本之一，但是对于这个有特色的译本，我国学术界还没有给予充分的注意；而我认为，要全面地研究曹禺的戏剧创作艺术，这个莎剧译本同样是值得注意的，因为它和曹禺的创作有一种内在的联系”，并从诗化的语言艺术、作品的幽默韵味等方面，具体论述了曹禺所受莎士比亚的影响，认为“莎士比亚的诗剧和曹禺的诗体化了的戏剧之间，在艺术形式上，存在着一种启发和借鉴的关系。”方平对数个具体问题所作的深入而独到的探讨，对后来学者应是有高屋建瓴般的启发意义的。

第三，关于曹禺戏剧和易卜生戏剧的比较研究，角度更为多样化。秦志希在《〈雷雨〉

---

① 见焦尚志：《金线和衣裳——曹禺与外国戏剧》，北京：中国戏剧出版社，1990年版，第26—60页。

② 方平：《曹禺和莎士比亚》，见中国莎士比亚研究会 编：《莎士比亚研究》（第二期），杭州：浙江文艺出版社，1984年，第193—231页。

与〈群鬼〉的比较分析》[①]一文中表示："尽管公认《雷雨》有受到《群鬼》影响的明显痕迹，但《雷雨》题材的来源，创作思想的形成，并不根源于《群鬼》，它们应是不同时代、不同社会生活的产物。"然后，作者通过对曼德牧师和周朴园形象的对比分析，对两作家于劳动人民的态度，对两作品的矛盾冲突、情节结构、语言特点等多方面的对比考察，得出结论：《雷雨》在根本上"表现了与《群鬼》不同的时代性和民族性"，"《雷雨》的成功，首先就在于它吸取了包括易卜生在内的外国话剧的艺术养料，而且在这个基础上更有所创造、发展。"所以，"《雷雨》对于《群鬼》有相似之点，更有独创之处。……这种似与不似的情形表明了作者对待外来文化影响的正确态度。"焦尚志认为：曹禺的成功更多得益于"易卜生社会问题剧'创作场'所体现的积极、进取的审美意识"对他的影响，认为"曹禺笔下人物的'灵魂悲剧'是作家向民族的现实生活深入开掘的结晶。这极大地增强了他剧作的内在深度和丰富的审美特性，是他的剧作耐读、耐看，具有持久的艺术生命力的重要根源。"[②]王德禄则首先考察了曹禺对易卜生"思想体系"的认同，继而对比分析了两位作家在"从道德伦理的角度批判社会，通过个人的精神反叛以追求某种思想革命的实现"过程中的具体差异，认为"曹禺的道德伦理批判始终没有割断与对社会整体批判的联系，并且这种联系是不断强化和深化的"，且"曹禺并没有走向对个性主义的极端崇拜和对个人自觉意志的狂热歌颂，他在对这一切有所肯定的同时又表现出一种清醒严峻的批判态度"[③]。

第四，关于曹禺戏剧与契诃夫戏剧的比较研究，相较于此前任何一个阶段的研究都有相当明显的深化。王文英在发表于 1983 年的长篇论文《曹禺与契诃夫的戏剧创作》[④]中，详细论说了契诃夫之"生活化的散文诗体结构""把隐秘的心灵世界推向幕前""悲喜交融的新型戏剧"三大戏剧经验对曹禺的启示与影响，认为"对契诃夫艺术经验的吸收和融化，使曹禺剧作的戏剧冲突趋向于含蓄深沉，使曹禺笔下的戏剧人物的性格趋向丰富深邃。"同样发表于 20 世纪 80 年代的朱栋霖的《曹禺戏剧与契诃夫》[⑤]和沈澜的《试论契诃夫的〈樱桃园〉和曹禺的〈北京人〉》[⑥]，也都就曹禺和契诃夫的戏剧结构、人物塑造、心理展示、诗意象征等方面的特点做了比较细致的对比研究。上述成果在追溯曹禺剧作所受契诃夫影响的同时，又都强调了曹禺戏剧创作的时代性与民族性，强调了他对契诃夫的借鉴更多的是一种"化用"，从而能够形成他自己独特的艺术个性，这显然是在细致解读作品的基础上得出的不失偏颇的论说。

第五，关于曹禺戏剧与奥尼尔戏剧的比较研究，在 20 世纪 80 年代，总体上是偏重于从社会历史批评的角度切入讨论的。比如，张宁较早从曹禺和奥尼尔各自所处的社会环境、

① 秦志希：《〈雷雨〉与〈群鬼〉的比较分析》，《外国文学研究》1983 年第 4 期。

② 焦尚志：《曹禺剧作与易卜生的"创作场"》，《天津社会科学》1987 年第 3 期。

③ 王德禄：《曹禺与易卜生——伦理批判与精神反叛的认同及离异》，《山西大学学报》（哲社版）1991 年第 1 期。

④ 王文英：《曹禺与契诃夫的戏剧创作》，《文学评论》1983 年第 4 期。

⑤ 朱栋霖：《曹禺戏剧与契诃夫》，《中国现代文学研究丛刊》1983 年第 3 期。

⑥ 沈澜：《试论契诃夫的〈樱桃园〉和曹禺的〈北京人〉》，《杭州大学学报》1985 年第 4 期。

塑造的女主人公形象、“采用相似的象征手法来渲染和烘托人物活动的具体环境”三个方面，较为周详地考察了《雷雨》与《榆树下的欲望》之间的异同，以之考证“曹禺受奥尼尔影响的社会根源”，认为这两部剧作之间“影响与被影响的关系，是以社会生活经济条件为基础的”。他的最后结论是：“《雷》《榆》两剧的同和异启示我们：即使在比较文学的影响研究当中，马克思主义关于经济条件终究对文学的发展起着决定性作用的理论是完全适用的，是决不可忽略的。”①王德禄在对比研究曹禺与奥尼尔剧作的悲剧主题、冲突、形象等问题时，认为“奥尼尔对悲剧主题的理解和处理既有社会性、时代性的一面，又有纯粹哲学和抽象心理学的一面”，而曹禺在悲剧主题的表达上有所欠缺；在悲剧冲突上，奥尼尔“强调人物的内心冲突并将这种心理冲突表现于外”，曹禺则“往往是通过强有力的外部情节冲突来显示人物的心理冲突”；在悲剧人物的塑造上，“在曹剧中，悲剧人物始终是创作的中心，然而，奥剧的人物都往往成为表现一种情调、氛围的手段，前者带有更多的客观实在性，后者带有更多的抽象象征性，这正体现了现实主义与现代主义对人物作用理解的差异。”②到了 20 世纪 90 年代，社会历史批评的研究方法不再独领风骚，关于曹禺与奥尼尔的比较研究也越来越走向“多声部”。龙兆修在《从〈悲悼〉和〈雷雨〉看奥尼尔对曹禺的影响》③一文中，就“曹禺所受奥尼尔剧作影响的特点和程度，其间的内在联系和规律，以及这种影响对曹禺戏剧创作的意义”等问题，作了较为细致的探讨，认为曹禺之所以倾心于奥尼尔，除了他个人的艺术旨趣的原因，更有“继承易卜生现实主义戏剧而又面临新的生活变革和变革戏剧的历史要求”的机缘；认为曹禺对奥尼尔的学习使得曹禺“在用现实主义融化其他戏剧流派的创造性变革中”形成了独特的民族风格，并“成为中国的戏剧革新者”。冯涛认为，“曹禺之所以接受奥尼尔的影响，……是因为曹禺与奥尼尔在基本的戏剧美学观上有相近的看法，在悲剧观念、悲剧人物、戏剧手法上都有相近的追求”，然后通过对曹禺和奥尼尔剧作中的悲剧形象的对比考察，认为他们笔下的悲剧主人公“共同体现出现代性的审美特点，都共同表现了现代人的精神痛苦和内心的分裂”④。

此外，关于曹禺戏剧与表现主义（如潘克明的《〈原野〉和表现主义》⑤）、象征主义（如庄浩然的《论曹禺和象征主义》⑥），曹禺剧作中的基督教元素（如宋剑华的《曹禺早期话剧中的基督教伦理意识》⑦等方面的探讨，也很大程度上丰富了曹禺戏剧比较研究的成果，有助于读者更全面地认识和理解曹禺的戏剧创作。

特别需要指出的是，在二十世纪八九十年代，出现了一批曹禺研究的专著，在这些专

---

① 张宁：《〈雷雨〉与〈榆树下的欲望〉之异同给我们的启示》，《广西大学学报》1983 年第 2 期。

② 王德禄：《曹禺与奥尼尔——悲剧创作主题、冲突与形象之比较》，《山西大学学报》（哲社版）1987 年第 3 期。

③ 龙兆修：《从〈悲悼〉和〈雷雨〉看奥尼尔对曹禺的影响》，《外国文学研究》1997 年第 3 期。

④ 冯涛：《美国的悲剧与中国的悲剧——曹禺与奥尼尔的悲剧人物比较》，《戏剧》1998 年第 1 期。

⑤ 潘克明：《〈原野〉和表现主义》，《中国现代文学研究丛刊》1983 年第 2 期。

⑥ 庄浩然：《论曹禺和象征主义》，《福建师范大学学报》（哲社版）1992 年第 4 期。

⑦ 宋剑华：《曹禺早期话剧中的基督教伦理意识》，《江汉论坛》1988 年第 11 期。

著中，研究者在各自的理论架构之下或多或少地采用比较研究的手法，对曹禺剧作的艺术形式、创作渊源和人物形象进行分析，整体呈现出更具历史性和整体性的研究特色。1986年出版的朱栋霖的《论曹禺的戏剧创作》①和孙庆升的《曹禺论》②都是比较全面的论述曹禺创作成就的专著，同时显示出较为明显的比较意识，涉及到莎士比亚、易卜生、奥尼尔等戏剧大师对曹禺创作的影响作用。1987年潘克明编著的《曹禺研究五十年》③是对半个世纪来曹禺研究成果的全面述评，也关注到曹禺戏剧的外来影响研究。1988年刘海平、朱栋霖关于奥尼尔研究的著作《中美文化戏剧交流——奥尼尔与中国》中专门论述曹禺同奥尼尔的创作个性、审美主体心理的艺术“对话”④；华忱之的《曹禺剧作艺术探索》显示出全面的比较意识，先后考察了《雷雨》与《群鬼》、《北京人》与契诃夫剧作、《原野》与《琼斯皇》的影响关系⑤；其后出版的李丛中的《曹禺创作启示录》⑥、焦尚志的《金线和衣裳——曹禺与外国戏剧》⑦、马俊山的《曹禺：历史的突进与回旋》⑧等著作均全面地分析了古希腊悲剧及莎士比亚、契诃夫、易卜生、奥尼尔等西方戏剧大师对于曹禺戏剧创作的影响。这些著作从不同的角度切入曹禺研究，既关注到宏观的作家创作史的构建，又有微观的对于具体艺术技巧的深入分析，共同构成曹禺比较研究中重要的组成部分。

综上，20世纪80年代以来，学术界拥有了更为开阔的学术视野，因而在以比较文学的视角观照曹禺戏剧时，就既能更客观地认可其所受欧美戏剧的多方面影响，又能多角度、多层次地发掘其独特的个人风格和鲜明的民族特性，探讨曹禺作为中国现代剧坛“这一个”的意义与价值。

三

新世纪以来，曹禺的研究者们一方面对前一阶段的渊源研究方向继续深耕细作，由社会历史批评延伸到文化层面，研究涉及到曹禺剧作的宗教、哲学和美学内容；另一方面随着中国比较文学学科自身的发展，关于曹禺剧作的比较研究也获得了新的研究视角和方法：跨学科研究、阐发研究、流传学研究等方面硕果累累。

在影响研究方面，前一阶段学者们的研究重点集中在曹禺剧作的思想内容的渊源研究上，新世纪的曹禺比较研究则更多地转向对曹禺剧作的悲剧观念、艺术技巧和作家的创作心理等方面的探讨，影响研究得以从多个方向展开。詹虎、赵学斌、于立得在研究奥尼

① 朱栋霖：《论曹禺的戏剧创作》，北京：人民文学出版社，1986年。

② 孙庆升：《曹禺论》，北京：北京大学出版社，1986年。

③ 潘克明：《曹禺研究五十年》，天津：天津教育出版社，1987年。

④ 刘海平，朱栋霖：《中美文化在戏剧中交流——奥尼尔与中国》，南京：南京大学出版社，1988年，第45—64页。

⑤ 华忱之：《曹禺剧作艺术探索》，成都：四川文艺出版社，1988年。

⑥ 李丛中：《曹禺创作启示录》，昆明：云南大学出版社，1990年。

⑦ 焦尚志：《金线和衣裳——曹禺与外国戏剧》，北京：中国戏剧出版社，1990年。

⑧ 马俊山：《曹禺：历史的突进与回旋》，北京：中国工人出版社，1992年。

尔象征艺术的专著《尤金·奥尼尔戏剧象征艺术研究》中结合详细具体的文本分析了奥尼尔对曹禺象征艺术手法的深刻影响，同时指出，“奥尼尔戏剧象征艺术对曹禺创作的影响是一个复杂而深刻的过程”，“奥尼尔对曹禺的影响一方面在曹禺剧作中倔强而热烈地存在着，一方面又在曹禺自身美学观念和时代的挤压下呈现出一定的变形，无论评价如何，这种变形的存在都是客观存在着的，这不但丰富了曹禺剧作的内涵和意义，也丰富了整个中国现代话剧。”[①]库慧君从美学的角度切入探讨，认为奥尼尔的一些颇为先锋的戏剧表现手法，包括面具的运用，旁白、独白等表演方式以及演出区域的划分、灯光的变化、音响效果的运用、舞台布景的设计等舞台技术的运用，都被曹禺借鉴到了《原野》中；更重要的是，从奥尼尔那里，曹禺“悟解到了悲剧艺术的本质内涵”，即悲剧应着力表现崇高之美、人性之美，所以，“奥尼尔剧作对于曹禺的影响不仅仅只是局限于戏剧创作的技法方面，它们更是直接影响了曹禺悲剧意识的形成。”[②]

值得一提的是，这一阶段的研究在全面深入解读研究对象的基础上提出了对前期研究成果的反思与争鸣，如汪义群在《奥尼尔研究》中客观地指出：“尽管曹禺推崇奥尼尔，喜爱奥尼尔，并且在创作中受到他的影响，但我们还是认为，他的骨子里却更接近易卜生。他对社会现状的关怀远甚于对人物心理的兴趣，他的作品基本上都是社会问题剧”[③]，这种思考为我们厘清曹禺创作的渊源和深入解读曹禺剧作提供了有益的参考。

此外，在曹禺与古希腊悲剧研究中，王福和从原型血统、命运血统、结构血统三个方面阐述了《雷雨》对《俄狄浦斯王》的借鉴，进而考察了曹禺如何在借鉴的基础上又做到了“使剧本与 20 世纪的中国现实紧紧地融合到了一起”，并最终形成“真正属于曹禺、属于中国的戏剧风格”[④]。在曹禺与莎士比亚研究中，焦尚志的《曹禺与莎士比亚悲剧观念之比较》[⑤]、徐群晖的《论曹禺与莎士比亚戏剧的深层关联》[⑥]和《曹禺与莎士比亚戏剧的病态心理美学比较》[⑦]等论文，分别从悲剧观念、人性探索、病态心理美学的现代性内涵等方面，剖析了曹禺在继承莎士比亚戏剧精髓的同时所做的个性化、民族化的创新表达，使研究具有了比较诗学的维度。在曹禺与易卜生研究中，汪余礼通过“隐性艺术家的设置、太极图式的运用、宇宙秩序的探索、宗教意识的隐蕴”等方面的比对，认为《雷雨》与易卜生的晚期剧作《野鸭》富有深层关联；同时，曹禺又“基于自身的文化根底、生命体验、艺术趣味做了别出心裁的改造与变异，让一切经验材料、艺术智慧服务于表达自我对宇宙人生之复杂体验

① 詹虎、赵学斌、于立得：《尤金·奥尼尔戏剧象征艺术研究》，北京：中国戏剧出版社，2013 年，第 292 页。

② 库慧君：《走向“崇高”之境——曹禺的悲剧意识与奥尼尔剧作》，《文化艺术研究》2010 年第 1 期。

③ 汪义群：《奥尼尔研究》上海：上海外语教育出版社，2006 年，第 291 页。

④ 王福和：《〈雷雨〉的希腊悲剧血统——兼与〈俄狄浦斯王〉比较》，《浙江工业大学学报》(社科版) 2002 年第 3 期。

⑤ 焦尚志：《曹禺与莎士比亚悲剧观念之比较》，《戏剧》2000 年第 4 期。

⑥ 徐群晖：《论曹禺与莎士比亚戏剧的深层关联》，《文学评论》2009 年第 2 期。

⑦ 徐群晖：《曹禺与莎士比亚戏剧的病态心理美学比较》，《中国现代文学研究丛刊》2016 年第 8 期。

与深邃思考之需要。……入乎其内后能出乎其外，师其法而不师其心，……在意象表现的含蓄自然、人物形象的丰满复杂、人心物象的妙合无垠等方面，《雷雨》较之《野鸭》略胜一筹。”①余迎胜则通过“戏剧结构要素、人物群像、对抗性人物关系等三个方面”的对比考察，认为《雷雨》对《群鬼》既有借鉴与移植，又有“植根于民族性的创作出发点带来的民族戏剧品格”②。

曹禺剧作的宗教因素是比较研究中的一个亮点，宋剑华延续了他从 20 世纪 80 年代开始的对曹禺剧作与基督教精神的研究，探讨曹禺戏剧的“原罪意识”③，2000 年出版的专著《基督精神与曹禺戏剧》④成为曹禺戏剧与基督教研究的集大成者。许正林的专著《中国现代文学与基督教》(2003)则从“罪感体验与神秘感悟”⑤方面对曹禺的创作心理进行了深入分析。

宋绍香《中国新文学 20 世纪域外传播与研究》(2012)⑥中《曹禺剧作在国外》全面详尽地梳理了曹禺剧作在国外的译介、研究和评价，显示出宽广的学术视野和扎实的考证能力，为曹禺研究的流传学方向提供了宝贵的材料。

平行研究由于在选取研究对象方面更具有自由度，一向是比较文学研究中比较活跃的板块，研究成果层出不穷，其中比较有代表性的有 2000 年陆葆泰的《曹禺剧作魅力探缘》，⑦这本论文集中收录了关于《雷雨》中的蘩漪、鲁大海、周朴园父子等形象与外国文学形象类比的数篇论文，王澄霞的《日出》与《茶花女》的比较⑧、郑萍萍的《〈榆树下的欲望〉与〈雷雨〉象征主义手法的比较》⑨都是值得注意的研究成果。

总体而言，随着比较文学学科在中国的繁荣和比较文学“中国学派”的建设，曹禺剧作的比较研究在新世纪获得了新的学术生长，呈现出多元开放、纵深发展的可喜趋向。

---

① 汪余礼:《曹禺〈雷雨〉与易卜生〈野鸭〉的深层关联》，中央戏剧学院学报《戏剧》2018 年第 3 期。

② 余迎胜:《植根于民族性的经典移建——论〈雷雨〉对〈群鬼〉的超越》，《长江学术》2011 年第 1 期。

③ 宋剑华:《基督精神与曹禺戏剧的原罪意识》，《文学评论》2000 年第 3 期。

④ 宋剑华:《基督精神与曹禺戏剧》，长沙:湖南师范大学出版社，2000 年。

⑤ 许正林:《中国现代文学与基督教》，上海:上海大学出版社，2003 年。

⑥ 宋绍香:《中国新文学 20 世纪域外传播与研究》，北京:学苑出版社，2012 年。

⑦ 陆葆泰:《曹禺剧作魅力探缘》上海:华东师范大学出版社，2000 年。

⑧ 王澄霞:《借得西江水 催开东苑花——曹禺〈日出〉与小仲马〈茶花女〉之比较》，《扬州大学学报》(人文社科版)2010 年第 4 期。

⑨ 郑萍萍:《〈榆树下的欲望〉与〈雷雨〉象征主义手法的比较》，《福建论坛》(人文社科版)，2010 年 S1 期。

评曹禺的《原野》

南 卓

自从作者的《雷雨》在《文学季刊》上发表以后，许多人都认为这是中国剧坛上的一颗新星，使我们的所谓"新剧"赶上了欧美的水平。一时差不多每一个剧团都在那里准备上演《雷雨》，造成空前的盛况。过了两年的样子，《日出》又问世了，所受的欢迎更甚于《雷雨》。当时的批评界则分成两起：有极端赞扬的，也有极端菲薄的，有的则希望作者"百尺竿头，更进一步"。

这在大家期望中的第三部，在去年的《文季月刊》上连载了。八月里刊行了单行本。作者从家庭走到社会，现在是由都市走到原野来了，——不过这本剧没有她的姊妹篇那么惹起人的注意——大概是受了"抗战"的影响。

作者有一个一贯的优点，就是技巧的卓越。他的人物性格、对话，都同剧情一起一点一点的向前推移、进行、开展，直到它的大团圆。如在第一幕中，由白傻子同仇虎的对话把剧前的一些条件露出。由焦大星同金子的对话将婆媳间的矛盾用两个人都掉在河里的假设来表示这个斗争的尖锐，同时把焦大星的处境也很客观的显露出来，接着又是焦母出场，斗争更变成实际的了。底下大星去，仇虎上，同金子叙旧情，便将以后的一切铺排好了。其余如开场时主角仇虎先做了许多动作，才把他的怪脸翻向观众，突然给人一个很深的印象。又如后来仇虎拒捕，以常五作质，要大家放他一条活路，说数数，数到十，如仍不理就开枪打死常五……都很能增加效果。

但同时也就是因为作者太爱好技巧了，使得他的作品太像一篇戏剧。我们常说某人的动作像是在那里演剧，意思就是说，这不像真的，不是现实，也就是说，没有意义，没有什么深刻的内容。都市妇女最容易受到这一类的批评。我想这是好莱坞流动大学的影响。我们的都市青年常常照模照样的喜、怒、哀、乐，做着爱，一切都好像有了一定的格式；这不是别的，还是那个艺术的老对头——公式，在那里作祟。我们很难碰到一个有点创意的影片，因为多半都被过去的经验，技巧压住了——然而一件艺术品却必须是通过作者的心眼看出一点与旁人所见不同的地方以后的成果。如果从成品出发，脱离现实，那便不成其为创作了。桑叶须经过与蚕自己的成分化合，变做他生命中的一部分，方能成丝。我们看过作者的三部曲的人，大概都有一个同感：不知道作者是个怎么样的人，他的思想、感情与别人的有什么不同。一句话，我们体会不到作者的精神。我想原因就在技巧的畸重。底下所说的大概都由于这个总的原因发生的。

作者有一个癖好，就是模仿前人的成作。《原野》很明显的同欧尼尔的《琼斯皇》(*The*

Emperor Jones)非常相像，都是写的一个同自然奋斗的人怎样还是被一座原始的森林——命运的化身——给拿住了。人有枪，枪是人同自然斗争的武器——在这里可只是做了换景的工具，人还是失败了。欧尼尔受过希腊古典剧很深的影响，他曾将一篇旧剧新编，注入弗洛依特的观点。在《琼斯皇》的背后也藏有一个最重要然而不出场的主角。听说曹禺先生对希腊剧的功力也很深——虽然他并不见得真相信命运，我想这或者是由于一种爱好，对庄严的氛围的爱好，——不过这一点在《琼斯皇》如果是成功了，在《原野》却是失败的。因为那位皇帝的出身是个黑人、苦力，在他的意识里，深深的埋藏着原始的迷信，当他从前犯那些罪恶的时候，心的深处其实是恐惧的、苦痛的，后来受了特别的激动，又走进恐怖的神秘气息很重的森林，这些潜伏的东西是会在半梦的状态中出现，使得他迷路。可是《原野》里的仇虎是完成了他十年的宿愿，理应觉到非常轻松，他似乎没有像琼斯一样迷路等死的必要。我们比黑人要老大的多，也比较的缺乏幻想，何况还有一个明眼的伴侣——金子。金子应该认得路，因为有小庙在这里，是屋面前的地方，而且她可以问仇虎他从前做下的标志都是些什么，她可以趁着月光代他寻找。

作者很喜欢欧尼尔的作品，在《雷雨》中的二少爷像《天外》(*Beyond The Horizon*)中的兄弟一样的憧憬着“天外”。《原野》里的金子又重复的表示对“天外”的希望，一心想坐着火车到那黄金铺地的所在——具象的“天外”。

其余，仇虎去谋害焦大星一段，则脱胎自莎士比亚的《马克白》(*Macbeth*)中马克白夫妇暗杀邓肯王(Duncan)一场。《马克白》中的呓语是由内侍发出马克白转述的，这里却是死者自己说出的。马克白的手洗不干净，仇虎的手也洗不干净，后来还同样的表示他愿意死者复活——这种雷同是不合心理学的，因为马克白所杀的是他们的恩主——自己的国王，仇虎所杀的却是害了他全家的焦阎王的儿子——虽然这是他无辜的盟弟——但在一个中国农民的意识中，这种惩罚是完全合法的。

为了制造空气，作者把原始的森林、黑人的鼓声、固有的阎罗、判官、牛头、马面等等，放在一起。由于根源背景的不同，这实在是不调和的。我们有我们的土产“鬼打墙”——但听有这种经验的人说，在当时是迷迷糊糊的，并没有恐惧的心情；也有犯了罪的人自己跪在阎王面前受审的传说——但不会忽然这个阎王幻作那个阎王——这只有在我们这些爱看电影的都市人脑中才会发生。

还有仇虎用故事的形式将他同焦大星的关系讲清，这是模仿《八大锤》的“断臂说书”，也同前面说过模仿欧美的作品一样，这也是不必要的。因王佐如不用说书做劝诱的手段，一直便把实事托出，陆文龙同兀术情同父子，性又急躁，必然立即将他杀死，势必前功尽弃，白用了一番苦肉计。在《原野》中固然也可以解释做仇虎不忍直接说出真象，伤大星的心，那不说就完了，何必又绕这个不必要的湾子。他的仇敌——在活着的人中——主要的似乎是焦母——这由仇虎的话可以证明，“死了倒便宜了她，我要她活着，一个人活着”——虽然她到底后来做了活着受难的人没有我们不知道——可见仇虎杀大星与黑子不过为了叫她难过，叫死去的焦阎王绝种。

抄袭或模仿本不是绝对不允许的。歌德《浮士德》的轮廓取自《圣经》，《浮士德》的第一段独白则抄自玛尔罗(Cristophei Marlowe)同名的著作(*Doctor Fanstus*)——不过我们看到的是歌德的精神盖过了《圣经》,融化了玛尔罗。

《少年维特之烦恼》(*The Sorrows of Young Weather*)后面有一段是维特在夏绿蒂面前诵莪相的诗,莪相的东西在这里是直接搬过来的——可是一点牵强的痕迹没有,是一种类似物理学上共鸣的现象,是维特当时的心情的另一种表现。

《原野》共有六个真实的人物,可以说省到无法再省了,作者是用心在那里刻划的,特别是更重要的仇虎、金子及焦氏母子——但因为过分分析,完全是理智的活动,以致人物都有点机械,成了表解式的东西,没有活跃的个性。作者的意图自然看得十分明朗,人物却因而受了损害。这使得他们都还停留在平面的世界里,不怎么立体化。艺术的活动本非不允许理智参与其间——可是在艺术家动手创造形象的时候,却不能直接顾到自己的考案。一个雕塑家在未动手以前,自然可以打许多科学的算盘——可是在他一动起手来,就不允许再做那样的顾虑了;否则一定刀痕满面,同"浑然天成"正相对立。因为现实太复杂,同时分析,同时又创作,至少在现在还做不到——而且,这将把作者的精神分散,不能专注。文艺的心理距离说就可以表明艺术活动是一种专注的现象,因为专注,方能不失去天真与灵动。

旧剧的人物性格就是表解式的。这有脸谱可以做很好的证据。结果是焦赞很像张飞,严嵩同曹操好像是一个人,黄天霸几乎就是白玉堂。这都是从一些粗疏的概念直接倒译转来的结果,这不止妨害了性格的深入——而且毁坏了形象的真实性。这样的作者所企图给人的印象,一篇分析的概略也同样可以传达出来,——但是里面一定缺乏一样原素,就是神话里面常常说起的,使死人复活的那口仙气。

白傻子似乎只是一架留声机,——但有的时候又很有思路。例如,他自己在序幕向仇虎的自述,又如自己尝鼻涕,说滋味,都是丑角的故意做作,引不起人的实感。即使是一个白痴也应该还是一个人。《罗米欧与朱丽叶》(*Romeo and Juliet*)的开场,两家的仆人无事生非,在电影中便把那个发起向对方咬指头挑衅的当作一个傻子——可这个家伙很有风趣,他是请示了同伴然后做的,跟阿Q临刑唱戏一样,心里实在却是飘飘忽忽的——这在计划性格的当时就绝想不到,想到就已经成了形象了。

焦母太好自我表现,作者对她的分析几乎全由她自己口中说出来了。如"我没有眼睛,比有眼睛的还尖""儿子是我的家私,现在都归了你了""妈瞎了眼,总看得见自己的儿子"……她给人的印象只是狠毒,却看不出她自己特有的地方。

仇虎一开口便不自然,他问白傻子他长得丑不丑,后来见着金子又说,"我就这么抓紧了你,你一辈子也跑不了"——都是过分的意识着的口气。同样的,花氏(金子)也出场不久,便问她的丈夫她长得"美不美""俊不俊"。这完全不是一个农村少妇的口吻。后来她要仇虎给她拾花,不管这时候外边叫门的有没有她凶狠的婆母。他们是偷情,并不是正常夫妻在家里过日子,个性再强也没有急于在那一时表现的必要——可是她在敲门声加紧当中,还说了一段非常解放的关于性生活的表白。

焦大星同常五这两个人在这一群人中比较的正常些。大星其实并不像他媳妇糟踏的

那样是一块“窝囊废”，似乎也没有那么惹她嫌的理由。她那样同她的婆母争大星，也不像那么嫌他。大星改造一下，或可成一“英雄”（主角）。常五的性格比较的模糊，他被金子劝着吃酒那一段简直是一幕旧剧，并显不出什么特性——可是他最后同着拿捕仇虎的人在一起想跑在前面，差点被他们误伤，一交跌进屋去，反被仇虎抓住，这一段却一面显示了个性，一面帮助了剧情的开展，同时也很自然。

性格的不现实，同语言也有密切的关联。作者在这方面发挥了他的特长，可惜戏剧气味太重，抑扬顿挫，一连串一连串的，颇似欧美的习惯。这种地方在《原野》中非常之多。我们这个民族虽好闲说，清谈，却不大好用语言来表示自己心中所想的事情，一个乡下人更不会用大段的对话，或独白，有条有理的来表现他的情感；如仇虎对着焦阎王像片发泄的那段独白，焦母摸着木人说的那段行为的自白，又如，焦母同仇虎谈判的那一大段好像对口相声那么样流利，实在都只有剧中才会存在。

至于在《原野》中所见到的思想那可以说是不大清晰的——而且有点杂乱，原因是作者从技巧出发，模仿的作品太多，外来的成分占了上风，影响到思想表现的不一致。再就是作者自己的思想似乎也还不大固定。在前面已经说过，作者好像是相信命运，又好像是喜欢一种氛围，（如“虎”字便提过多少次，这在观众早已见着本人的时候是不会产生什么效果的），于是出来许多形而上的东西，如像阎王的像片活了，焦母做过恶梦，梦见他丈夫穿了一身白，混身上下都是血，进门抱住孙子就哭了。又，向仇虎说她瞧见仇虎“身旁站着有两个屈死鬼，黑腾腾，满脸都是杀气”。这当然也可以当做是焦母故意恐吓，或“日有所思，夜有所梦”——但就后面的结果看来，这还是属于预言一类的东西。又如，小黑子几次突然哭泣以及大星对小黑子像貌的形容，说他仿佛死了似的，又说“我直望着孩子的眼，孩子仿佛看见了什么东西似的那么死命的干嚎”都不是随便说说的话。仇虎曾说在狱里过了“快十年”“十年的地狱生活”使他心里只剩下“一个字”——“恨”——这似乎有点虚无主义的倾向；可他后来说，“我完了还有弟兄，弟兄完了还有弟兄”——又好像是集团的意识。到了最后，开场扔去的铁锹又再度发现，似乎又是象征命运束缚着人，努力也是枉然的。意识的不明朗可以间接使得形象晦黯，这是专站在艺术这面说的。

总起来看，《原野》是太接近欧美的作品了。曾有人夸奖一本著作，说，简直跟翻译的东西一样。不管怎样，这种情形在文艺上却是一个严重的失败。作者自己说过，不知为什么他总是写不出一篇柴霍甫一流的作品（大意如此），由此可见作者是很有“自知之明”的。自“抗战”后，作者又沉默了。一个谨慎的作家是不肯轻易发表东西的。我相信他一定在埋头写作，希望他有新的更惊人的表现——但我们不希望他停留在移植技巧的阶段上。

四月十四日

原载《文艺阵地》1938 年第 1 卷第 5 期

《大雷雨》和《北京人》

伍　辛

《大雷雨》和《北京人》，时间地点是距离颇大的，然而却有着同样的主题——暴露封建社会的统治对于人性的摧残，也有着同样的题材的选择——在封建的家长权威下新的一代和老的一代不断演着的悲剧；或者是按照着封建的生活样式忍受下去，那么就变成了将来的、比自己后一代的悲剧的制造者；或者是经不住心灵的袭击，那就成为现在的悲剧的牺牲者。也有着同样的社会意义——从家庭悲剧这一镮来表现整个封建社会腐烂的全链。

《大雷雨》的故事，是一个典型的封建家庭悲剧，典型人物和典型环境的矛盾。卡彭诺芙是旧的一代，她严厉执行她的家长权威，磨折她的子女和媳妇就"像磨一块生锈的铁一样"，她不许下辈们能有一点自由的思想和活动，要使他们年青的生命像土偶样的呆蚀下去。瓦尔瓦娜是新的一代，她懂得要怎样打开囚困着她的关锁而出到伏尔加河畔，陶醉在年青的男人的怀抱里，也懂得怎样对待卡彭诺芙的那些束缚："欺骗是我们的家规。本来我也不会说谎的，但是有了说谎的必要，我不知不觉就学会了。"奇虹是新的一代中的另一典型，意识上带着些朴素的不明确的反抗，而行动上是懦弱的，只想着怎样从酒中麻醉自己，想着要离开卡彭诺芙，却并不是要反抗她。卡特丽娜一般具有和奇虹同样的性格，但她更不幸是一个女人——本来，所谓封建家庭的悲剧，主要的就是女人的被压迫的悲剧——在男权社会里，男人还可以用酒，用纵情声色来陶醉他，女人却只能用眼泪用痛苦来洗濯了。这里可以发展成为两种人格：一种是瓦尔瓦娜那一类型，干脆地把传统的道德和教条丢在一旁，而奉"欺骗"为圭臬。另一种即是卡特丽娜这一类型，成为封建的愚民道德意识的俘虏："……我们女人就是这样弄得身败名裂。谁愿意过镣铐的生活呢？种种的念头都会想起来，一个机会来了，谁都感到高兴，并且拼命地把它抓住。可是你怎么能够不思索一下，不考虑一下，就去做这样的事情呢？犯罪是容易的！但是你一犯了罪；你就要伤心地哭一辈子；你的镣铐也似乎会使你更苦"……因此她不敢和不能反抗命运带给她的苦难。这就是主要的，卡特丽娜曾和鲍里斯会面，或者不曾和他会面：卡特丽娜最后投到伏尔加河去了，或者像普通的女人样苦痛地生活下去，这都是不能改变卡特丽娜的典型的本质的。

我们看到，这四个人物是封建家庭生活中最常见的几种性格，同时也是最主要的几种性格。《大雷雨》的历史的艺术的价值，就是它以凸出的精密的艺术形象，浮雕了俄罗斯封建社会的，死气沉沉的旧家庭的最典型的人物和最典型的悲剧。这个悲剧是以卡特丽娜的死而结果，这正是自然的，普遍的，封建社会生活中千千万万次所发生着的现实。

当然，作为一个不朽的名剧的《大雷雨》更还有其他的许多艺术上的成就。单就上面

四个主要人物，我们许还看不出整个俄国社会生活的全貌，但当这个故事是在一种真正史诗的风格中出现时，俄罗斯封建社会的末期小城市的生活相便很凸出地映现出来。提郭意、鲍里斯、库力金、库得略西：他们的面貌尽管是各不相同，有的贪婪，有的懦怯，有的空洞，有的浮滑，有的缺少一种真正的切实的行动的魄力（如钟表匠库力金），然而有一点是相同的：就是他们都是十八世纪俄国小市民无力的不振的影子。菲克露萨和贵妇人，应该是看作故事在现实生活中可能继续发展的两个极端情形的补充，菲克露萨说："世界的末日到了"，这就等于卡彭诺芙之作为封建秩序的顽固的保守者，它对于酝酿着和发展着的反封建的社会动乱的预感；另一方面，它更成为卡特丽娜的悲剧的道德的肯定——卡特丽娜是个殉道者。卡特丽娜的死用菲克露萨的眼光看来，正好像是"上帝的意旨"一样。而另一个女人的贵妇人说："……美丽是往那边儿去的（她指往伏尔加河）往那边，往那边深处去的。……你们全要打到永久的地狱里去。你们全要下入永久的油锅里去。……美丽是往那边去的。"这第一指出了瓦尔瓦娜将来可能的发展道路。瓦尔瓦娜是俄罗斯旧社会的叛离者，这是无疑的，但是"欺骗"不能解决这个问题，"欺骗"仅只是消极的。在封建社会的统治没有颠覆的时候，瓦尔瓦娜的反抗是不能结实的树。这个贵妇人，正是在"年青的时候起，一直过着犯罪的生活"的以前的瓦尔瓦娜。第二，更也是卡特丽娜的两重人格（一方面要自由，一方面不能克服束缚她的自由的封建道德）的道德的否定方面的补充。这样说来，卡特丽娜和瓦尔瓦娜正是这个故事的正面的互相映照的十八—十九世纪被压迫的俄国妇女两种本质的面貌。

我们再来谈《北京人》：

《北京人》和《大雷雨》比起来，家庭风味更浓厚，差不多可说全剧都是在一个家庭中来进行的，但是这仍然是一个社会的悲剧。（能够有不是社会的戏剧吗？）《北京人》和作者以前的作品《雷雨》是大致相同的。破落了的大家庭的详细纠葛的精细刻划，这是作者的特色。如果奥斯特洛夫斯基所反映的十九世纪封建俄国，是一方面经过了伊凡第四（十五世纪）的统一和彼得大帝（十七世纪）的维新，封建大土地所有制的经济受到顿挫，商品资本主义获得相当发展；一方面俄罗斯是个独立的国家，因此在他的笔下，家庭的气氛比较淡薄，但却具有封建的结实性；那么，曹禺笔下的中国旧家庭的风貌，便反映着半殖民地半封建的特色：一部分倒霉的封建大户，一方面维持着大家庭的门户，不至立刻分化；另一方面在社会经济的激荡中，尤其是外国资本主义的侵蚀下，在经济上日益崩溃。因此，中国的大而无当的"书香门第""翰墨世家"，便和分化成小的单位但却长得结实的俄国旧家庭不同。

如果我们在《大雷雨》里明显的看出了封建社会的礼教怎样顽固的蹂躏着人性，屠杀着人性，那末，在《北京人》里，便不只是这样的"单纯"，故事表现出来的，主要的倒不是什么礼教而是金钱。曾思懿的悍泼阴险不同于卡彭诺芙为了维持他家长尊严，而是为了这个大家庭破落后的遗产问题。但要是说在《北京人》中完全没有封建社会的礼教问题，当然也不对。曾霆和曾瑞贞，曾文清和曾思懿的遭际，也就如同卡特丽娜和奇虹的遭际一样，他们都是在礼教下面被迫结合，和被迫发生悲剧的。然而《北京人》里不但有礼教的杀人，而且表现出了礼教的没落。曾瑞贞和愫方——她是不是充分觉悟了，这不是主要的，主要的是她离开了家，她就一定要接触到这伟大的时代风暴——终于离开了这个家的监牢，这是奥斯特洛夫斯基没有给予读者的一种痛快，没有写出来的光明的影子。

《北京人》的故事要比《大雷雨》复杂得多，处理这样复杂的故事，曹禺保持了他从《雷雨》以来的一贯成功的特色，是值得称赞的。但大家庭生活细节的过分描写，失掉了作品的现实主义方法的均衡，也分散了典型的凸出的感人的力量。对话方面也有相同的缺点，太注意故事情节的完全的结果，就使思想不能达到应有的深度。

人类学者袁任敢和他的女儿及北京人组进故事里去，使得故事显着太浓厚的戏剧化了。斯加比契夫斯基批评《大雷雨》说："一场一场全都是那么平凡，正如日常的事件一样——但是从他们里面，一场可怕的戏剧便是完全不觉地长成了。你简直可以说那并不是一场悲剧在你的面前排演着，而只是人生自己在你的眼前显示了出来"，《北京人》里的上面三个人物的影响使它缺少了这种自然的史诗般的魅力。这三个人物的组成，对于这个家庭的故事来说，他们的出现是偶然的。这样，要是就在这三个偶然人物身上来展开故事的积极典型的成长——作者正是这样处理的——那么，故事发展的线索，便失掉了充分的社会性，至少是使社会性没有达到应有的强调。我想，要是把这三个中的任何一个（事实上用不着三个人，袁任敢和袁圆不过是同样典型的两种印版）放在不露面的，从社会上对这个故事发生影响的地位，并且减少这种影响的分量，而着重描绘在曾家家庭的日常生活中的人物心理的自然向上的发展，故事就要鲜明、生动、有力得多了。

作者用《北京人》来做这个剧本的名字，恐怕正表现出作者思想上的阴影吧。作为当前中国的新的生活与新的希望的寄托，科学的研究当然很重要，然而科学必须服役于历史——人。所以，广义地说，只有在整个社会发展的痕迹下，才能理解新的中国、新的社会、新的人物的成长的必然。今天的中国社会，并不单纯是科学的问题，人类学者以及《北京人》的作用，是不能太强调的。好比在今天的北平还有科学研究的自由么？科学的研究不通过民族解放的战争的发展是没有用的。

但是不论怎样，《北京人》宣布了这样一件事实，那就是旧社会必然要走向没落，并且已经在走向没落；而新的社会的力量正从旧的没落中不断的蓬勃的生长出来。曾瑞贞是作为光明的向上的影子的，要是抛开人类学者三个人对于这个故事所加的偶然性的因素，大致可说作者是处理得很好的。主要的成功也许就是因为作者把曾瑞贞这个人物很朴素地表现出来，没有给予不恰当的夸大，使读者感觉到曾瑞贞的出走，依然有一种不得不然的极大的压力吧。曾瑞贞本身缺少正确的意识，这正是我们这个社会的特色，每个刚刚从封建营垒中挣扎出来的人，一般的正是像曾瑞贞，要不然，那倒是例外的奇迹。而当他（或她）一走出家庭，一冲进社会的时候，她就会从模糊的意识变成明确的意识，他就一定要在时代的激流中奔荡，也就因此一定要发生出创造的光辉。因此，在平凡的曾瑞贞的身上，我们正可以看到不平凡的影子。

原载《学习生活》（重庆）1942 年 3 卷 2 期

曹禺论

鲍霱如

对于一个作家企图作一点评论，往往劳而无功。作家所有的就是作品，作品把作家的一切都赤裸而经久地呈献在看官眼前，让人剔剥、咀嚼、品赏、发掘，不像其他的事物首尾难兼，有经眼即逝，事过境迁之弊，可以模糊混过。

论曹禺，又比论其他作家来得更困难。他是剧作家，不但有作品流传，更有无数的看官从舞台上欣赏他的戏剧。更有一点和一般剧作家不同的地方，他最享盛名的三部曲《雷雨》《日出》《原野》都已先后摄成影片，广大的电影观众为这位文坛熠熠彗星的光芒耀眩也对他狂爱起来了。因此，曹禺的看官以身份而论，上自达官贵人，下至贩夫走卒，以程度来说，有饱学之士，有文盲之徒，可说普遍到各阶层。为了这个缘故，在十目所视，十手所指之下，益发难以措辞了，盖必须从已为大众所熟悉的曹先生作品中说出一点意思还为看官们所爱听也。如还要说雷雨，这个剧本，八九年前在北平《文学季刊》第三期上发表的时候，就轰动一时，万人争论，并且像恒星的光芒，长耀至今，今天还要对文论说些什么，就有恐怕难跳出老生常谈的旧轨之虑。

不过，写一篇文章来致细讨论曹禺的作品，的确是一件胜业，即使论得不好，也还是一件胜业。因为它已经历了一个相当长久的时期，接续不断地在直接的，或间接的，理论的或实际的影响着戏剧界、电影界，文坛的广大的看官，换句话说，它已震撼了整个的中国社会。对于这样重要的一位人物，应该致细地加以讨论，能说到几分真处，也就不白化了。

看到现在上海的剧院林立，观众云涌，一二个好剧本上演，风魔万人，持久不衰，甚至因看戏而以演员为崇拜偶像，捧成明星，且不管这种现象是否有害于剧运，从这里可以证明一个事实，就是舞台剧确实是已接近社会大众而为他们所爱好了。这是说的上海情形，在其他的地方，从几个大都市以至冷落的乡村，都有着演员们留下的笑颜、忧郁、愤怒。那些朴素的土包子从一批一批这些奇异的过客们的足迹上，漾起了复杂的情感，像海潮一样的向推动、撞激，使那些古老的风习，呆滞的生活起着变化。所以舞台剧不但非常盛行，而且已为大众社会生活的一环了。面对着这种现象，不由得想起了曹禺的第一个作品《雷雨》对于舞台剧发轫的关系。

我们记得，在《雷雨》公演之前，中国新的戏剧所开拓的土地是十分的狭小，所谓舞台剧，它的舞台大都就是学校的大礼堂，它的观众只限于极少数的智识份子，因此，舞台剧的活动当然也无从扩大。无论在演出的次数和成绩上，以及剧本的产量上，收获都十分可怜，但是，为了观众少，演剧要赔本，演出的机会也较少了。既然演出的机会少，从事戏剧工作的人有减无增，而剧本的需要就不多，好剧本也不易产生，演剧技术也不易进步。于是观众对于新的戏剧更其畏缩不前。在这一串因果的关系之下，舞台剧这枝小草，未经盛夏，就像秋天的木叶，日见萎败了。在上海，就没有一个经常有戏公演的戏剧团体，资格较老的戏剧协会每一次演出的间隔期，一次比一次间隔得更久。但是，这样的情形像世间一切事物一样，并不永久不变。《雷雨》就是中国新的戏剧的一阵雷雨，冲洗掉舞台剧灰暗的色彩。自从经中国旅行剧团和复旦大学学生组织的一个剧团演出以后，舞台剧的地位起了激烈的变化。

社会群众对于舞台剧的观念因此几乎完全改变过来了。

市民们在《雷雨》里发现了新的天地，知道这种新的戏剧也值得一看的。

《雷雨》每一次公演总是轰动一时，它的看客并不仅仅限于极少数的智识份子，而且把小市民，家庭妇女和其他阶层的观众从文明戏场中吸引过来。

《雷雨》吸引了广大的观众。《雷雨》并且使其他的剧本也获得了市民的注意和爱好。

中国新的戏剧运动在《雷雨》之后风起云涌了。

但是，《雷雨》中关键所在的乱伦故事，对于市民们讲起来，在中国也时常可以碰到，已不是一件新鲜的事情，黄色新闻纸上时常有类似的记载。对于智识份子讲起来，在希腊悲剧，中国“说部”里早经有过，大家以前也未曾认为奇异，现在当然不会忽然对它疯狂起来。所以曹禺的《雷雨》，它将凭借了那一点去抓住广大群众的心，使他们得到欣赏新的戏剧的能力呢？这可以说，是“技术的”！

曹禺把这三个乱伦的孩子同在一个大雷雨晚上处以死的极刑，这种使人惊心动魄的技巧，就拓展了新的戏剧，使社会观众对于话剧的态度改变了。

在第二个剧本《日出》里，第三幕小东西当场在台上自杀，一个尸体悬挂在观众前那么久，一支阴惨的烛光，一只拖鞋悄然的跌落，道不只是悲惨，而且是恐怖。这是作者从技巧上所表现出来的刺激的手法，要求着观众强烈的同情和愤怒。在三部曲的最后一部《原野》里黑树林中的精灵红灯笼，阴沉沉的歌儿，这些事物在剧本中已没有真实的观念，然而在我们的社会中却仍是很实在，很有意义的，这是从技巧上对于这些陷在煎灼的火坑里的人物的最大同情心的流露了。

曹禺这种技巧上的企图，竟然得着观众的广大的共鸣，因此拓展了新剧的势力，这是不是一种巧合？还是曹禺个人的幸运？

我们且一听作者的自白。

“这些年我不晓得‘宁静’是什么，我不明了我自己，我没有希腊人所宝贵的知慧——‘自知’。除了心里永感着乱云似的匆促，切迫，我从不能在我的生活里找出个头绪。”时代的雷雨冲去了作者的宁静，抛给他的只是乱云似的匆促，切迫，作者不得不“我如原始的祖先们对那些不可理解的现象睁大了惊奇的眼”。这种原始的情绪，渗和了作者“我性情中郁热的氛围”，不用说，作者深感着雷雨的气压的闷损，承认着“夏天是个烦躁多事的季节，苦热会逼走人的理智”。但是作者是不甘于做一个懦弱，凝固的人，为了求生，冲出这个苦热而烦躁多事的季节，只有“在夏天，炎热高高升起，天空郁结成一块烧红了的铁，人们会

时常不由己地，更归回原始的野蛮的路，流着血，不是恨便是爱，不是爱便是恨；一切都走向极端，爱如电如雷地轰轰地烧一场，中间不容易有一条折衷的路”。作者激动的情感忍耐不下去了，迫着要“发泄着被抑压的愤懑”，于是《雷雨》这杰出的作品就如在汹涌的激流中升起一轮旭日，照临着中国的家庭和社会，而发出灿烂而刺目的光辉！

曹禺的作品，虽不是个描绘着整个中国社会的大画幅，但是，在他的彩笔之下所完成的篇幅原和现实的社会生活溶和在一起的。

所以，曹禺用技术上的表现方法来掀起了剧坛的壮阔波澜，拓展了新剧的势力，一方面正有其社会根源的。技术这问题时常是不能独立的，必需和内容相提并论，方能得其实在，我们要确切的多知道一些曹禺究竟走着怎样一条路，那末，必须钻入曹禺的作品中去。

先看最为人熟悉的三部曲：

看题目是很令人兴奋的，先是振撼宇宙的《雷雨》，雷雨以后，黑夜过去了，于是满含希望的《日出》，太阳出来之后，当然令人想像到霞光万道的景象，在这瑞气下，有了广大的《原野》。这原野，人们当然会这样期望的，是供人奋斗，供人创造一个美丽的新世界的所在。

《雷雨》无疑是中国现代文学中所最缺乏的佳构。我们很能看出作者曾在这剧本上用了极大的苦心，他以紧凑严格的时间，以及雄辩而俏皮的对话，以离奇惨酷的命运，曲折动人的情节，企图制成一个十分古素而又充满了罗曼情绪的悲剧。不错，我们几乎可以完全承认，作者是成功了的。在分幕上、时间上，不容观众舒服的透一口气；对话是始终吸引着观众的注意的；那冷酷的命运使观众无时不在恐怖和忧虑之中；全剧的情节到最后一幕大小两个顶点上，无疑会引起观众激越的情感的。

这样一个佳构，轰动了整个的中国剧坛，它所包有的内容是什么呢？

《雷雨》的故事人人知道，不必在此再做拙劣的叙述，从《雷雨》中我们只须提出可代表的几点来蠡测它的蕴义。

看完这个戏以后，最初一个自然发生的问题是：造成这个悲剧的是什么？立刻，我们会自己回答出来：命运！然而这命运是怎样形成的呢？古希腊人对于“命运”从来不回答的，他们深信命运之所以造成只是因为命运注定是如此的。但是作为一个现代人的我们要找出事件的因果来，不管在这因果中含有多大的偶然的成分。使《雷雨》中的主要人物陷入绝望的命运是怎样造成的呢？第二幕中鲁侍萍说：“……你为了要赶娶那位有钱有门第的小姐，你们逼着我冒着大雪出去，要我离开周家的门。”这就是说造成这个悲剧里面一切不幸的是起因于一种门阀观念的阶级自私心，这种自私虽则引起了私有财产制度社会中的许多不幸，而实际还是由于私有财产制度本身所造成的。因为在同幕中周朴园表示他并非不爱侍萍而且也忏悔了，他说：“……你不要以为我的心是死了，你以为一个人做了亏心的事，就会忘了么？你看这些家俱都是你从前顶喜欢的东西，多少年我总是留着，为着纪念你。”还有：“……一切都照着你是正式嫁过周家的人看……”作者勇敢而有着卓识的谤毁中国的家庭和社会封建的罪恶，痛诋着阶级制度。

然而，等到我们注意到作者对命运究竟作何见解的时候，前面所推论的又似乎不真了。在第四幕中一个不重要的老仆口中说出："这是天意，没有法子。——可是您自己得哭。""这是天意，没有法子！"是真的没有法子吗？鲁侍萍明明已经在没有法子中选择了最好的法子，她说："……他们是我的干净的孩子，他们应当好好地活着，享着福。……他们年青，他们自己并没有成心做了什么错。……今天晚上是我让他们一块走，这罪过我知道，可是罪过我现在替他们犯了；所以，天哪，所有的罪孽都是我一个人惹的，我的儿女都是好孩子，心地干净，那么天真，有了什么，也就让我一个人担待吧。"还有："你们一块儿走吧。"还有："你们这次走，最好越走越远，不要回头。今天离开，你们无论生死，永远也不许见我。"鲁侍萍是对的，因为虽则乱伦，但他们还总是干净的孩子；而即使犯了乱伦的罪过，那是从罪恶中生出来的罪恶，不是这些年青的孩子本身造成的过失，然而，这是天意，他们并不能清白的一同远走高飞，去过年青这一代的幸福的日子；作者要他们在污浊中看见自己，要他们感到绝望，要他们在这个命运悲剧中得着最后的刑罚而自杀。他们很可以在这一瞬间一同走掉，就轻轻地避掉阶级自私所遗给他们的命运，但是作者却不肯让他们随便的避去。假使他们走了，避开了命运的巨掌，一方面固然有损全剧的悲剧性，而另一方面也就不能说明命运之可怕，命运之顽固以及命运之不可逃避。全剧现在以命运注定的灭亡终，我们所看见的便尽是命运的势力了。那曾经为作者的卓识所表明过的形成命运的原因反进属于不重要的地位。

上面的推论若然用作者的话来说明，那末，可以看得更清楚一点。序中说："雷雨所显示的，并不是因果，并不是报应，而是我所觉得的天地间的'残忍'……这种种宇宙里斗争的'残忍'和'冷酷'。在这斗争的背后或有一个主宰来使用它的管辖。这主宰，希伯来的先知们赞它为'上帝'，希腊的戏剧家们称它为'命运'，近代的人撇弃了这些迷离恍惚的观念，直截了当地叫它为'自然的法则'。而我始终不能给它以适当的命名，也没有能力来形容它的真实相。只是对宇宙这一方面的憧憬。"所以作者像"原始的祖先们对那些不可理解的现象睁大了惊奇的眼"，从这双显着惊奇的眼中看出"人类是怎样可怜的动物"。"带着踌躇满志的心情，仿佛是自己来主宰自己的运命，而时常不是自己来主宰者。受着自己——情感的或者理解的——的捉弄，一种不可知的力量的——机遇的，或者环境的——捉弄；生活在狭的笼里而洋洋地骄傲着，以为是徜徉在自由的天地间，称为万物之灵的人物不是做着最愚蠢的事么？"因此"我用一种悲悯的心情来写剧中人物的争执"。并且也以一种悲悯的眼来俯视这群地上的人们，"他们怎样盲目地争执着，泥鳅似地在情感的火坑里打着昏迷的滚，用尽心力来拯救自己，而不知千万仞的深渊在眼前张着巨大的口，他们正如一匹跌在泽沿里的羸马，愈挣扎，愈深沉地陷落在死亡的泥坑里。"但是，作者知道夏天里也有春梦，不过这些好梦还必须落在悲哀的火坑里，说"理想如一串一串的肥皂泡荡漾在他的眼前，一根现实的铁针便轻轻地逐个点破，理想破灭时，生命也自然化成空影"。整个《雷雨》的含义，作者都把它说明白了。作者说的命运，不是一般愚民愚妇所认定的命运，万事归之于天，个人不负责任的，也不是一种外界的无定势力，而是个人人性的一种不可免的结果，并且是生命中一种不能避免的条件。

这样，让我们仔细地来想一想吧，想到其余任何在私有财产制度社会中的不幸。这些

不幸，假使都像《雷雨》中的不幸一样，应该都是不可避免，而是人所必须忍受的了。这是我们所不能同意的，假使我们同意了，那末我们必须承认一切私有财产制度社会中的不幸都是命运所注定的，都是人们所必须忍受的痛苦，并且还是不可挽回或避免的；那我们全都会陷入绝望的，然而作者却说："宇宙是如一口井，落在里面，怎样呼号也难逃脱这黑暗的坑。"

我们承认《雷雨》是一个非常优美的艺术结晶，我们不难看出作者是咬紧牙根地忍受着社会所加给他的痛苦，这个优美的艺术结晶就从一个痛苦的胎中孕育成熟的。但是他所看到的是太大，太复杂，因此"没有能力形容它的真相"，也没有抓住它的要害仔细地瞧个清楚，却可惋惜的给作者的原始的情感搅得迷茫了。这在鲁大海这个人物上非常显著的表现出来。

鲁大海在《雷雨》中是值得注意的人物，他同蘩漪、周朴园、周冲同样地不仅仅为作者处理了几个成功的性格，而且是创造了几种类型，成为新剧坛最可宝贵的收获。我们在鲁大海身上看出作者是热烈地拥抱着现实的，周朴园和鲁侍萍间的矛盾是现实的，有社会根据的。这种矛盾发展了三十年就成了周朴园和鲁大海之间的矛盾，前者的矛盾是封建社会中门阀观念的产物，后者是资本主义社会中劳资关系的特点。这两种矛盾是同一件东西，仅因为历史阶段的不同而在形态上有了差异，更因为历史的发展而增强它冲突的深度。社会制度决定了人和人之间的关系，周朴园和鲁大海虽然是父子，但各站在一个不同的社会立场上，并且冲突起来，作者这样叙写现实的最基本的矛盾，他的锐敏的感觉，引导着作者走上完成现实主义的广大的道路。但是在另一方面，作者似乎要我们把一切社会矛盾都看做不自觉下命运播弄成的不幸？戏的末了，鲁大海在一切都大白了之后还什么都不知道的在"外面"打了一阵架跑了，但是，看了《雷雨》中命运的冷酷之后，我们不敢想出命运将怎样播弄出走了的鲁大海。

最后，我们要看那天大雷雨中死了三个人以后的事了。我们先听见巴哈的《大弥撒风琴曲》，后来才看见两个女人是疯了，周朴园似乎变了天主教的信徒，这幢凶宅一变而为天主教堂附设的医院。在这浓厚的罗马天主教庄严肃穆的氛围之中，这三个人是在忏悔吗？他们三个做错了事，因此命运罚他们把子女死灭干净。在"尾声"中老翁是绝望了的，但，只要有信仰，绝望是不通的，最后有一个尼姑庄严的拿起一本圣经来读。

从十九世纪下半期以来，人们对基督教的信仰动摇了，我们看见无数大作家在向着"异端"走着，其中有一部份在"异端"的雾里彷徨，有一部份则找到了一个新的信仰。相信命运是一种"异端"，然而这一种"异端"是不向新的信仰前进的；当这种"异端"使人更其迷乱的时候，人便要重又回到基督教去，《雷雨》并且是在回向罗马天主教去了。罗马天主教在基督教中是比其他各派更庄谐，更铺张的，它会把一出悲剧打扮得更美一点，然而，用彩色玻璃砌出来的美是和现代人的生活离得太辽远了。在现实中，谁能真正的回到十九世纪以前去呢？

但是，上面所指示的几处在雷雨中还没有达到完美的地方，是不足以减少这崇高的劳作的价值的，就从此开始，我们清清楚楚地知道曹禺将和一切世界的伟大的艺术家一样，他的胸腔里鼓满着时代的矛盾。这在他的第二个剧作《日出》里表现得更为显著。

《日出》在题材上，在写法上，在人物上，都比这三部曲中另外二部更接近现实主义的道路。它刻骨的讽刺着这“损不足以奉有余”的都市社会。表白了作者对于这个社会现象的不平，对它改革的热烈期望。

《日出》像一轮火球，熬痛着逼视这火球的看官的心，照亮了他们的胧朦的双眼而向都市社会伸出猛烈的火舌。然而，在这融融的火球中还留着许多烧不旺的黑块，以致这些火光中的烟雾使看官的眼睛迷茫、惑然。

作者曾经把他的苦衷告诉过我们，跋文中说：“因为一些有夜猫子眼睛的怪物无昼无夜，眈眈地守在一旁。”他没有法子不把《日出》的真正主人翁放到幕后去，这一点完全是为了年代的限制，我们不仅仅是同情，而且还和作者同样地表示痛惜。

在《日出》里，我们看见了许多鬼，乔治、福升、潘月亭、顾八奶奶、李石清、黑三、胡四在各幕中跳出跳进，他们的生活虽则无聊到极点，无意义到极点，但反映了这个“损不足以奉有余”社会的腐烂的一部份，却是很有力的。并且从这些鬼的身上指示出他们不过是金八的魔爪下的小鸡。金八当然并不是一个真正的人，只是现实社会上一种顽强势力的象征，它把黑暗的密网罩住了整个社会，而企图使历史的车轮深陷于金八所造成的污泥里不能向前推进。

当然，历史的巨轮是无法阻止的，为了否定金八和金八这一派势力，我们必须照着历史的道路而向他们勇毅地斗争。《日出》的作者“怀着一腔愤懑”，抑制不住地举起他的投枪，认清着历史指示的标的向他的敌人——《日出》中的黑暗势力冲刺过去了。

上面说过《日出》这融融的火球中还留着许多烧不旺的黑块，这些黑块就是作者在这个著名的剧本里还没有达到艺术完整的地方。因为作者想得很多，而表现得太少了。

陈白露、方达生二个人，在无论那一方面说来，都不是属于上述的胡四，顾八这一流人的团体中的。陈白露虽然她要人舒服地养活她，她要舒服，她出门要坐汽车，应酬要穿些好衣服，要玩，要跳舞，然而她是曾经在一片可怜的残霜之前，竟能复活了美丽的童心。在第四幕中，她分明这样对方达生说：“可是——（空虚的望着前面）上哪儿去呢？我告诉过你，我是卖给这个地方的。”这表示她讨厌这地方，反过来说，便是不愿意留在这地方，愿意离开这地方。我们还可以把白露概念化一下，她是一个知道一切，有智识，而又有正义心的女人，简单一句话，她还有人心。她很可以跟着方达生远走高飞，再回头做一个竹�；然而作者却使她仅只为了要享受而留在那个地方，以致为了几笔奢侈品的账债自杀。在这个“损不足以奉有余”的社会里，为了生活而卖淫是常情，也是这个社会中受损的女人所迫不得已而走的道路；但是为了享乐而卖淫，却不是必然。我们从美国化的社会学者的统计报告中曾看见过卖淫妇中有百分之若干是为了享乐而操此贱业的记述，然而在现实社会中这是例外。因此，这种情形也不足以解释和反映这“损不足以奉有余”社会制度的黑暗的。陈白露终于被债逼死，作者是否已肯定像陈白露那样的女人已经没有希望看见日出，更不必也不能为《日出》而出一番力呢？像陈白露样的女人（男人也一样）在现在这“损不足以奉有余”的社会里真不知有多少，要说他们个个都一定不会去迎接将出的太阳，这是

曹禺比较研究

资料

多么可惜！假使说他们一定都要在日出之前趋灭这又多么可痛！至于方达生，曹禺把他表现做一个不合时宜的书呆子。临到末了方达生说：“我们要做一点事，要同金八拼一拼！”曹禺还是在讽刺他！讽刺是应该有一个限度的，超过了一定的限度之后，往往会使人绝望。对方达生的讽刺已近于使人绝望的程度了。作者既不让方达生像陈白露那样爽爽快快的死掉，他要去和金八拼命了，偏又注定他必归失败，那末教他去干什么好呢？

应该指出的，曹禺并不是没有理性上的了解，他在剧本前面所引用的许多圣哲的语言，连贯地读下去，那珍贵的现代精神，我们不能不感动，在跋文里更坦白地指出方达生将是“和那帮唱着劳歌的人们联系在一起”。但在剧本却并没有这样做！就是作者所认为日光下的人们、小工们，也仍是一种淡而远的存在。

在《日出》这剧本里，虽然有着这些黑影投在那耀目的光辉上，然而这总是一抹轻烟而已，作者的努力于向现代生活的核心钻进去，对于他写《日出》第三幕的精神，将永远是中国新文学上崇高的模范！在人物的形象的创造，正如张庚先生所说的：“对于白露，对于方达生，对于福升，他不仅仅处理了一个成功的性格，而且是发掘了三种类型，像鲁迅的阿Q和果戈里的乞乞可夫一样。”站在这些基石上的曹禺，已是不可摇撼地成为中国新文学的旗帜。

现在，再看“三部曲”的最后一部，也可以说是最丰厚的一部——《原野》。

《雷雨》告诉我们阶级社会的罪恶和人类生活中命运的残酷，而全剧的重心偏落在后面一点上。《日出》更其简单，全剧四幕全在刻划这“损不足以奉有余”的荒淫无道的社会，并指出这社会中的人必与之同归灭亡。而《原野》却复杂了，正如这剧本里的人物一样的眩人耳目一样，作者的用意似乎也有千头万绪。

复仇者仇虎的仇人并不是大星，而是剥削的制度和支持着这制度的一群人。仇虎并没有找到仇人而错杀了大星，但是，因为错杀人而自己也不免一死，其中必然的因果在那里呢？再想，仇虎进了黑树林就迷惑了，变做哈姆雷特般的心理变态的人物，而终于奔趋死亡。那末，这使他迷惑的黑树林象征着什么呢？当然，作者把整个一幕全分给了这可怕的黑树林，这黑树林显然不是无意义的。假使所有的被损害者都会被这黑树林迷塞心窍因而心理失掉常态，这使我们想起来是何等可怕的事情！

那黑森林也许象征着黑暗统治着的世界，在第四景中阎罗殿的幻景似乎这样说。然而，这黑暗的世界应该使被辱害的人警觉清醒，为什么使仇虎糊涂，使他昏迷得自向死路走去呢？

花金子，她似乎是仇虎的希望。仇虎还要她前进，去和他的许多弟兄们会合，还要她生出孩子来，把仇恨种下去。“黄金铺的地方只有她一个人配去了”。仇虎自杀后，金子终于走了。我们虽然知道金子向一个什么地方去，但是却不知道她是象征着什么？

这些问题都是很难于思解的，只有在仇虎在快完的时候向金子说：“他们都是我的好兄弟，干哪行的都有，告诉他们，我仇虎不孱头，告诉他们，我仇，仇虎走到头，没说过一句求人可怜的话。告诉他们，现在仇虎不相信天，不相信地，就相信弟兄们要一块儿跟他们拼，准能活，一个人拼就会死，叫他们别怕势力，别怕难，告诉他们，我们现在要拼得出去，有一天我们的子孙会起来的。”这一段话才把这个剧本的主题说明了了大半。倘使我们从仇虎想到方达生，再想到鲁大海，从花金子想到陈白露，再想到周蘩漪。那末，《原野》使我们的生活境界阔大明朗得多了。

《原野》的题材是现实的，故事是罗曼的，结构是紧密的，并且还有超舞台的心理描写，光怪陆离的人物，动人心魄的氛围，利落的对话和动作。在一个剧本的制作上说来，实在已是达到登峰造极的地步，应得不可绝口的赞美，尤其值得赞叹的仍是作者在技术上表现方法的成功。

把曹禺的三部曲联系地读下去，我们深感到作者的思想是一个剧本，甚至比一个剧本更其深邃。在《日出》的第三幕中，那翠喜，小顺子以及那并不出场的瘤子的创造，又显出了作者同情的扩大，使我们由此而看出罪恶的根源。但是在《原野》的黑树林，当仇虎的灵魂在森林里受着恐惧的威胁，他的生命深处洒不尽那祖宗遗传下来的血液，最后，他整个的这古老民族的灵魂赤裸裸地在冬冬的鼓声里披露出来，所以黑树林的几景，已和全部剧情的线索和逻辑都抛开了，就成为一种诗意的象征。仇虎从此以后不是代表他自己，而是他的古老的民族的象征了。

从《雷雨》到《日出》，作者非常勤勉地把现实的尖锐的矛盾概括到他的艺术劳作里去。在《原野》里显然地他更进了一步发掘着我们传统的精神，赤裸了那隐蔽在现实深处的灵魂，而构成了一种民族的出色的形式。作者这样向多方面的创造的新形式和不断发展新的表现方法，不单是完成着整个伟大时代的不朽反映，而且作者把自己和群象的精神，风习密接起来。无疑地曹禺就是在这一基础上建立他的形式，同时，也把“曹禺”这二个字和他的劳迹非常荣耀的进入了历史的道路！

原载《万象》1944 年第 3 年第 8 期二月号

《雷雨》与希腊悲剧精神

栾　星

《雷雨》所显示的并不是因果，并不是报应，而是我所觉得的天地间的"残忍"……这种种宇宙里斗争的"残忍"和"冷酷"，在这斗争的背后或有一种主宰来使用它的管辖。这主宰，希伯来的先知们赞它为"上帝"，希腊的戏剧家们称它为"命运"，近代的人们撇弃了这些迷离恍惚的观念，直截了当地叫它为"自然的法则"，而我始终不能给它以适当的命名，也没有能力来形容它的真实相。因为它太大，太复杂。

——作者《雷雨》序页五

重读了曹禺的《雷雨》，我的思维落到了不可名状的境地里。不是悲哀，更没有幽怨，只感觉着人类的世界里存在着人类自己不可把握的力量。这种感觉，在中国的文化传统里，我得不到适当的解释，因为传统的人文主义精神，是不谈"天""不语乱力怪神"的，而是把人作为这宇宙的"本位"，把人作为这宇宙的创造"中心"。即是老庄之徒告诉我们宇宙的最后是"道"是"自然"，但只要人类来"因"着这"道"顺着这"自然"，也就是人类来支配这"道"或"自然"了。人类对付这宇宙毕竟还有一个适当的立足角度，因为老庄的"柔"并不等于"无能"，然而在《雷雨》里表现的，却正是这个人类"无能"的本身。

读《雷雨》之后的感觉，却是我读希腊悲剧的时候曾经被唤起过而且经验过的，所以我想到了《雷雨》正表现着原始希腊民族对宇宙的认识，正表现着希腊的悲剧精神。

这种精神表现着一种极其原始极其朴质的宇宙认识，然而也是一种其最后极其本质的宇宙认识。假若我们不否认有时候"直觉"也是认识宇宙本质的一种方法时，那么这种认识正是得来自原始人类的"直觉"。希腊人不像希伯来那样神秘，而永远是写实，希腊不像希伯来人那样相信罪恶的起因是由于不□[1]从一位威权无上的"上帝"；因这"上帝"就是一种具体而理想的善的人格的化身，希腊人没有一种观念，而神更不具理想的善的完整人格，他们心中的神多类是罪恶的。然而精神和凡人一样受着一种力量摆布，这种力量就是"命运"，人类只能受其支配而没有抗拒的方法和能力，希腊的悲剧，就是表现着这种"命定论"，"命运"主宰着每个人的遭遇，"命运"支配了他们的遇合，"命运"也就是支配着希腊悲剧中剧情发展的唯一线索。

① 原文不清晰，编者注

在《雷雨》里，也正表现着这些。而曹禺不过说："这是天意"（页三二〇），而且这"天意"就是组合这个故事的最根本力量。他们不能抗拒这天意，虽然他们就是担心着这悲剧的形成，但终于形成了。应该在三十年前投河死掉的，却偏偏没有死而被人救下，好为了让三十年后再遇合。三十年后不该再遇合的，却偏偏又遇合在一处了。这是"命，不公平的指使（页一六三）"。应该早在记忆中褪色甚至于忘掉的往事，却又偏偏成了"忏悔"而永远的被保存在记忆里，并且更为了保存好这记忆，连当年的"每一样家具""每一样习惯"还留着，这是"天意"。为了不给下代子女增加一种心理上的负担，自己私自留下这种往事所留的痛苦，然而自己的子女却在这"不公开"的情形下，做出更罪恶的事来。他们的儿女，"都是好孩子，心底干净的"，这不是善的理想人格化身的"上帝"所应有的"报应"，这是，希腊人心目中的"命运"，这是"天意""谁造的这种孽"该只有"天知道"。正如作者自己所说的，这该是"天地间的残忍"，"这残忍我没有能力来形容它的真实相。因为它太大，太复杂。"这残忍的程度，超过这个故事本身所形容的不知多远多大。

《雷雨》是一部命运悲剧，而希腊命运悲剧的典型作品，要算是索福克里斯（Sophocles）的《爱底波斯王》（*Oedipus The King*），我们由这里可以考察出来，无论在表现的手法上，在骨子里所含的意识上，在故事的情节上，《雷雨》的作者，完全在模仿着索福克里斯的艺术；也就是模仿极其能代表"希腊的"这种悲剧精神的作风。

《爱底波斯王》为典型希腊的悲剧，是经过亚里士多德的首肯的（见彼著《诗学》），希腊的人生观人人在命运中是不能逃避的，神是永远嫉妒着太聪明太富太强健的人，人不该自负其幸福，为的是只要尚在地上行走，则随时可能落入命运的陷阱——这样的人生观却集中地表现在《爱底波斯王》中。

《爱底波斯王》中叙述的是这么一个故事：

爱底波斯王子，当他初生下来的时候，神告诉了他的父亲——"老王，这个儿子是不祥的，将来会杀害老王的性命"，于是老王命宫侍将新生下来的王子弃于郊野一死，可是当这宫侍去到郊野之后，望着将要被他杀害的性命动了怜念，就把王子吊到一棵树上，回到老王面前复命了。后来爱底波斯王被一农夫抱了回去收养，多少年后，这件记忆早已在老王心中褪色了。一次老王在巡行途中，遇到了一位少年英雄，两人大战了起来，结果老王死于这位少年的手下。后来这位少年又取得了王位，娶了老王的妻子为后，结果生了一子。有一年，这个国度里逢到大灾，王尚神明求"谶"，而"谶"上道破了这件不为人知的事实，这位少年就是那农夫抱回收养不曾死掉的爱底波斯王子，他在不自觉中受了命运的摆布而杀了他的父亲，娶了他的母亲，爱底波斯父母及他都是竭力逃避着命运，可是结果都不自觉的应了预言。

我们就这个故事的结构可以理解到《雷雨》的结构，我们就《爱底波斯王》之艺术特色思想特色，可以理解《雷雨》思想特色和艺术特色。

就故事的情节上看，其中有很多相仿的地方，侍萍母子三十年前之投水遇救不死，正如爱底波斯被弃遇救不死，完全是为了他日之再遇合。侍萍三十年后之归来，正如爱底波斯之归来，而且他们归来后造成悲剧的意义，则他们同样全属不自觉。鲁大海与周朴园之敌对，正像爱底波斯之杀父。周萍之爱恋四凤有孕，正像爱底波斯之妻母生子。所不同者在《爱底波斯王》中沙福克里斯会两次以神的意志出现，而《雷雨》的作者，是把这原始民族神的观念摆开。在索福克里斯的剧作中，道破这个悲剧的谜底是神的“谶言”，而《雷雨》的作者不过把它变为那能让人保持记忆的“家具”，而“家具”的被保持则是为了一个人做错了事的“忏悔”，这“忏悔”问题，就是道破这悲剧情由的引线。在这里《雷雨》的作者，不过是把“原始的”加以“近代化”“人性化”了，然这些不同，只能用于说明《雷雨》的作者和《爱底波斯王》的作者是处于两个不同的时代。我们虽不能说《雷雨》的作者是在抄袭，但起码可以说《爱底波斯王》的情节，是唤起《雷雨》作者对剧情构思的唯一因素。

就艺术手法上看，《雷雨》亦是希腊的。亚里斯多德说，最好的悲剧应该是引起人的“怜悯”与“畏惧”。这“怜悯”与“畏惧”的被唤起，设景是方法之一。这正是曹禺曾经注意到的，《雷雨》第三幕那种雷雨交加的背景，作者是以雷雨为冥冥中一种伟大力量的象征，假若有一个剧团搬演《雷雨》，真能做到如作者吩咐的那样，那一定可以使人类颤栗在舞台前的。可是除了设景之外，还有一种“怜悯”与“畏惧”的唤起方法，亚里斯多德认为更好，就是伦理上的纠纷，我们由《爱底波斯王》中看到的悲剧中心问题，就是伦常道德的冲突问题，而《雷雨》亦是这样。从人类脱离野蛮走向文明，从人的历史跨过了民族社会的血缘婚姻时期，就有伦常观念的产生，这伦常观念的维系，是道德意识，用性的范围侵犯伦常，是罪大恶极，而在《雷雨》中正表现着这种乱伦的性交同性爱。这种用性的范围去侵犯伦常的行为，是由于他们并不自知他们中间有着伦常关系的存在。这种题材的选取，《雷雨》的作者，正是学自希腊，学自沙福克里斯。

希腊文学中，表现着一种命论的观念，这是由于原始人类对于宇宙间各种现象不能予以科学的理解，看到一切幻变无常的事物，感到玄奥而惊奇，于是发生了原始宗教的崇拜与信仰，但大自然并不因为人类信仰的原故，而在人的感觉中变成一种善的人格。所以人们永远在它面前畏惧，由这畏惧的心理，形成了希腊人的那种“阴郁的”命运观念。正如蒲尼林在“自然历史”中论到希腊人民对于命运的观念时说的。

“在整个的宇宙之内，每个地方和每一点钟，我们都能听到祈求命运的呼声，它是人们心中的一种依赖，一种思想，一种可靠者，一个可称赞的对象……它同时被人崇拜但又被人侮辱着——被人认为是无常的，盲目的，游移的，无极的逃避的，变化的也是一个无价值的朋友。”

宇宙间存在着这一种人类自己不可握的力量，人们没法逃出[①]它的摆布，而把这力量具体化了，就是希腊悲剧所选用的题材，《雷雨》亦是给这力量的具体形容。在《雷雨》作者心中认为“这天地间的残忍”和“冷酷”的东西，正是希腊人心目中的“命运”，读一读作者《雷雨》序文，更可以帮助了解这一点。作者说“逗起”作者的“兴趣的”，是一种“复杂而又原始的情绪”，“与雷雨俱来的是对于宇宙间许多神秘事物的一种不可言喻的憧憬”。这不

① 原文无此字，编者加

是原始希腊人对于宇宙的认识是什么？

当我们这里证明着《雷雨》的作者是在模仿着希腊的时候，也许作者会拿“当我动笔时并不曾真的想到这些”来回答，像作者回答别的批评家的口吻一样，那么我是自由答辩的。也许真的是作者动笔的时候不曾想到有意模仿谁，可是暗中——也就是自己潜意识里保存的观念却使它这样构思了。我们知道作者对希腊文学的素养是相当的深。每一种思想，都必有它一定的植根处，每一种思想都是产生自己过去已有观念的引申或修改。而《雷雨》里所表现的思想，我们在中国文化传统里找不到它的植根处，而引起我们同感的，却是希腊悲剧，所以作者是在希腊思想中吸取了原料。即使作者当初真的不曾有意去模仿，但结果是模仿了。所以对我这里所提出的，作者不能拿当初自己写作时的态度来辩正。而现在亦是该追认的。

在这篇准备结束的时候，我还想谈一谈过去许多批评家对于《雷雨》批评的荒谬。在过去，有许多批评家，不了解《雷雨》的艺术与思想的渊源，有的说《雷雨》是“暴露大家庭的罪过”“毁谤着中国的家庭和社会”。这尽是一些不着实际而空拿着文学批评上的“大题目”“套公式”的批评家之论，正如作者在序上回答的，作者在起初动手写的时候，并没有想到这些，“逗起”作者“兴趣的”，只是一两段情节，几个人物，一种复杂而又原始的情绪，“与雷雨俱来的情绪蕴成”作者“对于宇宙间许多神秘的事物，一种不可言喻的憧憬”，作者在《雷雨》里表现的，正如“原始的祖先们对那些不可理解的现象睁大了惊奇的眼”，虽然这些批评作者自己在写成三年之后追认了一部分，但这决不是作者主题之所在。主题不是应该早在作者觅得题材之前存在于作者的思想中吗？甚至于更有些批评家，抓住故事中的一两点小枝节，譬如鲁大海鼓励工人罢工，而说这个剧本在反映两种制度的矛盾，这里写出劳资间的冲突，鲁大海是作者理想的象征，鲁大海在结束里的走出，代表一种新力量的坚决，这种论调则更荒谬了。鲁大海的走出，用大少爷将要自杀时说的话来说最好，“爹，你不该生我”因为“他该是这家庭的儿子”，况且作者即使有这样的望想，又怎会放到鲁大海那一个只有一点“敢勇”人的身上呢？《北京人》中之北京人才正是作者这种理想最具体而有力的象征。这一假罢工情节，若就整个故事发展上看，不过是一个穿插而已，这个穿插，亦正是说明他们是受着“天意”的摆布。作者是希图用骨肉间的敌对来表明这天意的“残忍”。这又正是表现着希腊悲剧精神，因亚里斯多德曾说过：悲剧中的使人“悲悯”的情绪，用“骨肉间”的残杀乱对，是唤起一种最好方法。

总之，《雷雨》不是国货，是舶来品，是得来自原始希腊民族的悲剧。

原载《高原》1946 年新 1 卷 1 期

曹禺所受的西方文学的影响

文洁若

一九七〇年香港中文大学比较文学教授刘绍铭用英文写了一本有关曹禺创作的书，内容分八章，主要把《雷雨》《日出》《原野》和《北京人》与西欧及俄罗斯戏剧作了比较。刘绍铭认为二十世纪初叶的中国和契诃夫或陀思妥耶夫斯基时代的俄罗斯颇为近似，都同样背着懒散、沮丧和被人斥为麻木不仁的包袱。《雷雨》演出后之所以立即受到中国观众的热烈欢迎，是因为它触及五四运动以来两个最为敏感的问题，一个是工人在资本主义下所受的残酷剥削，另一个是分崩离析的封建大家庭制度下，为坚持个人自由及幸福而进行的斗争。正由于它抨击了中国传统的道德及社会制度，所以才三次遭到禁演。国外有些评论家认为《雷雨》在艺术企图上接近欧里庇得斯的希腊悲剧，刘绍铭则认为它更接近易卜生的《群鬼》。

在对《雷雨》与契诃夫的《三姊妹》进行比较时，刘绍铭认为后者对社会及个人都未加以抨击，也不象《日出》那样含有关于社会的启示。一般说来，契诃夫的剧本缺乏道德的含意。刘绍铭还对《日出》与契诃夫的另一剧本《樱桃园》作了比较，认为这两个戏具有一个共同点——都是逝去了的时代的见证人。刘绍铭不无遗憾地感到豪族富人在契诃夫的剧本中有为自身内在的人性进行辩护的机会，而在《日出》中，他们则一味受到贬责，并举潘月亭这个人物为例。

对《原野》中仇虎这个人物，刘绍铭大加赞赏，认为曹禺经常关心着如何使中国重返青春的问题。仇虎的魁梧健康，生气勃勃，恰好同当时中国人引以为耻的病弱慵懒、未老先衰形成鲜明的对照。这个人物，曹禺是用浪漫主义手法塑造成的，是中国所需要的一个“新人”。刘绍铭认为《原野》显然受到奥尼尔的《琼斯皇帝》一剧的启发，两个剧本同是以原始森林为背景，主人公都是逃犯，全剧都描写人物由于过去的罪行而产生的恐惧心理。但在最大限度地运用戏剧手段方面，《原野》的气魄更加宏伟。为了加强效果，除了鼓声之外，曹禺还有不少新的创造，并举乔母为例。刘绍铭还称赞曹禺善于运用中国的旧曲调，认为作为一出表现主义戏剧，在以一个迷离扑朔的幻觉世界来攫住观众的想象力方面，《原野》超过了《琼斯皇帝》。

此书以两章篇幅对《北京人》作了剖析，第七章谈该剧对中国绅衿阶级的庸弱无能、寄生虫的生活给予了正面的最有力的打击。第八章则对《北京人》中的曾文清与契诃夫在同名戏剧中所塑造的伊凡诺夫这个人物作了比较，并认为在技巧上，《北京人》比《日出》前进了一大步，剧中人物是用自己的声音说话，而不是作者的传声筒。

刘绍铭于一九三四年生于香港，曾在美国印第安纳州州立大学专攻比较文学，后在夏威夷大学及威斯康星大学教授中国文学及比较文学。一九六八年起在香港中文大学任教。

原载《新文学史料》1979 年第 2 期

《原野》和表现主义

潘克明

耐人寻味的现象

恐怕很少有几部戏的命运象曹禺的《原野》那样耐人寻味的了。《原野》自1937年4月开始在《文丛》杂志上问世以来，评论界多数人都给予了基本上否定的批评。认为由于作者不熟悉、不理解农村的阶级矛盾和斗争、农民的生活和思想感情，把一个本来富有现实意义的农民向地主豪绅抗争的题材，“写成了非常玄秘，非常抽象，甚至不大可能的奇怪现象”，因而不是成功之作。有的甚至断言是作者“最失败的一部作品”，认定作者在《雷雨》《日出》之后，写出《原野》这样的作品，是创作上的一个“退步”。但是说来也怪，除了这个戏发表初期因恰值抗日战争爆发，没有怎么公演外，它一直活跃在舞台上，显示了旺盛的艺术生命力。杨晦在1944年就曾指出，曹禺的戏“等到《蜕变》和《北京人》在舞台上出现后，就连《原野》也在各地受到了极大的欢迎。”①唐强在1947年也盛赞过：“几年以来，大江南北，多少剧团演过《原野》，多少人读过《原野》。”因为“这个剧本里有‘戏’，群众看起来过瘾，这个剧本里有生活，顾盼左右，仿佛就在身边，让人看起来恐惧和欢喜。”②解放后虽然消匿了相当一段时间，但1981年由南海影业公司改编拍摄成影片，在一些国家公映后，引起很大反响。在国内尽管还没和广大观众公开见面，也已经产生强烈的反应。不少人惊叹这样好的剧作长期来竟不为人所知！正如影片导演凌子所说的，《原野》是一块“被蒙上了尘土的金子”，“是这长河中间不该被人遗忘的一颗珠”③。怎么会产生这样耐人寻味的现象呢？究竟应该怎样认识这个剧作呢？

曹禺是一位杰出的现实主义剧作家，在《原野》之前创作的《雷雨》《日出》都是优秀的现实主义作品。可是《原野》却并非用严格的现实主义创作方法写成的，而是一部现实主义和表现主义相结合的创新之作。以往的评论家几乎无一例外地都习惯于用严格的现实主义这把尺子来衡量《原野》，量来量去，越量越觉得它“远离现实，简直不象是人世间的故事”，越觉得“整个剧作充满一种非现实的人造的气氛”。我以为问题的症结就在这里。

---

① 《论曹禺》，《青年文艺》新一卷第四期。

② 《〈原野〉重演》，《大公报》1947年8月29日。

③ 《〈原野〉随想》，《文汇》月刊1982年第7期。

现实主义是基石

《原野》里描写的人物和戏剧冲突，是否不是从现实生活中提炼出来，而仅仅是凭着某些观念虚构出来的呢？不能这样说。诚然，比起封建家庭和旧都市上层来，作者对农村和农民的生活，不是那么熟悉，但也决不是在他的“知识和印象的库藏”（高尔基语）中找不到一点这方面的储存。曹禺幼年时，他的保姆段妈就经常给他讲农村的情况，讲过一些农村中穷人遭罪、财主霸道的小故事，这为他后来写《原野》提供了一定的素材。《原野》的男主人公仇虎虽说是个农民，但因被诬入狱，长期同社会下层、三教九流接触，多少带点江湖浪荡客的味道。而我们知道，曹禺为了写《日出》第三幕，曾深入到“鸡毛店”“土药店”、贫民区之类社会下层，同那些“罪犯模样的落魄英雄”“黑三一类的人物”，还有许许多多“奇形怪状的人物”打过交道。这些生活经验对他塑造仇虎这一特定的农民形象是有帮助的。再有，曹禺熟悉封建家庭人与人之间的伦理关系。他在描写焦家内部那种封建伦理关系时，无疑也从这部分经验储存中吸取了有用的成分。把作者四年后写的《北京人》中曾思懿和曾霆、瑞贞的母子、婆媳关系同《原野》里焦母和焦大星、金子的母子、婆媳关系加以对照，更可看出《原野》的有关描写确有一定生活经验作依据的。

由于在现实生活中有根有源，所以《原野》里描写的人物和戏剧冲突，决非如有人批评的那样都是“非现实的人造的”。

仇虎的一家是善良本分的农民，无辜遭到恶霸地主焦阎王的凶残迫害。土地被强占，房屋被焚烧，父亲被活埋，妹妹被卖娼，他自己被诬为土匪，投进牢狱，打瘸了腿，未婚妻金子也被焦阎王霸占作了儿子大星的填房。象这种血泪斑斑的遭遇，难道不是反映了旧社会广大劳动农民的共同命运吗？这有哪一点“非现实的人造的”因素呢？再说焦阎王这种人在封建军阀统治的时代，“就是那些杂牌军阀军队中的营长连长之类的人物。这些人两手沾满杀人的腥血，跑回老家去，用抢来的和贪污官饷的钱，买地置产业。他们还有他们的马弁、卫兵，有些武装就在家乡为非作歹，称霸一方。”①《原野》中对焦阎王所作所为的揭露，完全是现实生活的一种真实反映。

至于有人说作者把仇虎“不是作为一个真实农民的形象而刻画的，他只是一个纯粹的抽象观念的化身。在他的身上，集中地体现出来的不是一个社会的人的性格，而是一个原野的人（具有着原始感情和原始力量的原野的人）的空幻的形体”，这同样是不对的。仇虎是一个“真实农民的形象”，只不过是属于比较特殊的一种类型的农民形象。他原本也是十分普通的那种土生土长、勤劳本分的庄稼人，由于横遭迫害，被打入地狱，脱离了土地，背弃了家乡，混迹于那些被从正常生活轨道上摔出来的下层人们中间达八年之久。这就不能不使他的思想性格受到严重扭曲，不能不使他沾染上了一些江湖气、流气，甚至“匪”气。可这一切终究没能掩盖得了他那农民的善良朴质的本性。

① 曹禺：《我的生活和创作道路》，《戏剧论丛》1981年第2期。

两代的血海深仇，埋在仇虎的心里，“劈天，天也得开”，但是他的复仇观念是狭隘的。他不可能认识到这是阶级的仇恨，而只认为是焦、仇两家的冤仇，采取的手段也只可能是个人复仇方式。这正反映了他的农民小生产意识的局限性。当他“等得眼睛都哭出血来”，逃回来复仇时，仇人焦阎王已经入土了，怎么办？那仇就不报了吗？不行！子不报父仇，何以对先人？几千年来封建伦理的信条是父债子还，夫债妻还。农民出身的仇虎自然也不可能摆脱这种传统观念的制约，他决心杀掉焦阎王的儿子大星，但他清楚了解大星是个“没有用的好人”，对他父亲犯下的罪行是不负丝毫责任的。我们看：对儿时好伙伴仇虎的突然归来，大星仍把他看作“我的热诚哥儿们”，没存一点疑忌和戒心。当仇虎为了激他先动手，用讲故事的方式透露了自己跟他家结下的冤仇和同金子的那种暧昧关系，大星还表现出了一种孩子般的纯真无邪。对这样善良无辜的人怎么下得了手呢？仇虎内心经受着痛苦的煎熬：

(点头)是的，他连一个蚂蚁都不肯踩。可——(内心争战着)可是，哼，他是阎王的儿子！……

是，他从前看我象他的亲哥哥。(咬住嘴唇，忽然迸出。)可是现在，哼，他是阎王的儿子……

(望着空际)不，不，我的爸爸！(哀痛地)我的心没有软，不能软的。(低下头)……

两代呀，两代的冤仇！我是不能饶他们的。……

最终他亲手血刃了大星，并借焦母的手杀了大星的儿子小黑子。可是一种沉重的犯罪感一直象梦魇般地死死缠住他。一方面他认为报两代似海的冤仇是完全合乎天经地义的，另一方面又为枉杀无辜而痛悔：“血洗得清，这‘心’跟谁能够洗得明白。”这种交织着“惊惧、悔恨与原始的恐怖”的复杂的心理状态，正是他农民的善良朴质的本性和封建伦理道德观念激烈冲突的反映。所以仇虎是“一个真实农民的形象”，他具有的是“一个社会的人的性格”。通过“这一个”农民形象，作者深刻、细腻地展现了富有反抗性，但还没能挣脱传统精神重负的那部分农民的复杂的社会性格。有人说“仇虎这样的人，在我们中国的农民不大容易找得到，所以演起来，很难活生活现，却往往公式化。”可是影片中仇虎的扮演者杨在葆却认为这个人物“并不陌生”，象仇虎这一类农民“在我的记忆中似乎依稀可见”。“虽然他们不姓仇……但在旧中国的半封建半殖民地的黑暗社会里，他们和剧中人物的社会地位、命运、思想感情，都是共通的”。① 杨在葆为我们塑造了一个“活生活现”的仇虎的银幕形象，使人经久难忘。这也证明了曹禺刻画的仇虎形象是真实可信的。

《原野》对焦家母子、婆媳、夫妻之间关系的表现，也完全符合现实生活中半封建的旧家庭内部的伦理关系。

焦母和一般封建家庭的专制家长一样，她的天职就是维护传统的家庭秩序和道德准则，使“焦阎王”的统治能一代一代地撑持下去，焦氏门庭日升月恒，永世昌盛。但是毕竟

---

① 《我演仇虎》，《文汇》月刊 1982 年第 7 期。

时代不同了，随着中国封建社会的解体，封建家庭的传统秩序和伦理关系也在新兴资本主义思潮的冲击下，处于临深履薄的危机状态。焦母就慨叹“孩子们长大了，都这样，心就变了”。特别是感到媳妇金子跟她自己作媳妇时大不一样，再也不对婆婆绵羊般驯顺了，把儿子“迷”得“娶了美人丢了妈”。焦母又恨又急地对金子说：“我老了，没家没业的，儿子就是我的家私，现在都归了你了。”一语道出了她的焦灼、惶恐的心情。杜勃罗留波夫在论到《大雷雨》中封建统治的代表人物提郭意和卡巴诺娃时，曾深刻指出，这一类人“早已不能那样愉快了：他们必须担心，怎样巩固和护卫自己，因为各处各地都提出了要求，这种要求是反对他们的横行，威胁他们要和大多数人类的觉醒者的意识去做斗争。由此就产生这些愚昧顽固分子的疑神疑鬼、拘泥小节和吹毛求疵”。[①] 这个分析对焦母的心理实际也是完全适合的，她把封建统治秩序和道德准则的日遭解体，完全归罪于媳妇。她“看准了”金子是“焦家的祸害”，所以她处处时时把金子看作眼中钉，一见面就恶语相加，或者干脆破口大骂，她甚至用针扎木人的恶毒法子想害死金子。

金子虽然从根本上没能超越旧式女性的局限，但在她的身上可以明显看出新兴资本主义思想的影响。她不甘于做婆婆的奴隶、丈夫的附庸，要按真正的人那样活着。她无限怨忿地向大星控诉：“你爸爸把我押来做儿媳妇，你妈从我一进门就恨上我，骂我，羞我，糟塌我，没有把我当做人看。”她之所以觉得“一辈子只有跟着”仇虎“才真象活了十天”，就是因为她在仇虎那儿享受到了自由爱情的幸福，获得了一个女人独立的人格。因此她大胆地反抗和叛逆封建统治秩序和伦理道德。起先她还只敢背着焦母发泄对她的怨恨，后来就敢于当面顶撞，反唇相讥，进而发展到直接揭露、控诉焦母对她的恶毒迫害，示威式地公开承认自己做了“不体面”的事。对她的反抗和叛逆，焦母再狠恶，也无可奈何。她们婆媳之间的矛盾冲突蕴涵着深刻的社会内容，即新生的力量同腐朽的封建势力的斗争，结局是前者战胜了后者。这些描写不正是半封建的旧家庭现实生活的形象反映吗？又怎么会是“非现实的人造的”呢？

高尔基说：“现实主义到底是什么呢？简略地说，是客观地描写现实，这种描写从纷乱的生活事件、人们的互相关系和性格中，攫取那些最具有一般意义、最常复演的东西，组织那些在事件和性格中最常遇到的特点和事实，并且以之创造成生活画景和人物典型。”[②]《原野》里描写的具有自发反抗性，但还没能挣脱传统观念束缚的农民仇虎复仇的悲剧，受到新兴资本主义思想影响的旧式女性金子冲决封建罗网，追求自由、解放的悲剧：这一切都是从半封建农村社会的“纷乱的生活事件、人们的互相关系和性格中”“攫取”来的。剧中人物相互间性格的、意志的冲突，都是现实生活中“最具有一般意义、最常复演的东西”。剧作展现在我们面前的那些摄人魂魄、回肠荡气的“生活画景和人物典型”就是由此创造而成的。所以应该肯定《原野》基本上是现实主义的。

《原野》发表时正值抗日爱国运动风起云涌之际。由于它没有直接表现抗击侵略，保

---

① 《黑暗王国的一线光明》。

② 《俄国文学史》207—208 页。

卫民族独立的内容，或许还由于当时不写“国防为主题”的作品就不是“国防文学”的错误思想的影响，一般人多认为它“不合时宜”。如有人就说在《原野》里“闻不到一点战争的血腥，看不到一点国家民族的危机”“找不到一点困难的痕迹”，当然也就起不到为抗战服务的作用了。其实，正如周扬同志早就指出的，曹禺是“用自己的方式”去接近现实、把握现实，“在他对现实的忠实的描写中，达到了有利于革命的结论”①的。《原野》表现的被压迫农民反抗封建强暴势力的斗争精神，对于不愿做奴隶，正在奋起抗击日本侵略者的中国人民不是可以起到一定的鼓舞作用吗？仇虎由于狭隘的个人复仇和传统的精神重压酿成的悲剧，对于唤起长期受奴役的人民群众，特别是广大劳动农民“惊醒起来，感奋起来”，克服沉重的精神创伤，去争取民族的独立、自身的解放，不也有一定的启发意义吗？抗战期间曾经有一个普普通通的杂志在介绍《原野》时这样认为：“如果说……《原野》中的英雄仇虎能够代表年轻的中国人的灵魂的话，中华民族正是年轻而有着无限的希望的。”剧中写的“一个多么英勇而悲壮的故事”对于一切“有血性的人”都是个鼓舞，“人间有恨才能有爱，不自由，莫如死”。还说它可以催促那些甘愿在敌人铁蹄下苟且偷生，以至屈膝投降的人反省自新：“现在‘世道衰危’‘人心不古’，竟有许多愿意苟活偷生，只要链子上钳镶了珠翠跟宝石，锁在链子里边过活也是好的人，看了《原野》之后，这些人也许会有一点惭愧么？”②这些反映从一个侧面可以帮助我们认识《原野》在现实生活中的认识作用、教育作用和美感作用，也可以作为这部剧作基本上是现实主义作品的一个佐证。

向表现主义借鉴

我们肯定《原野》基本上是现实主义的，但有些方面又确实不是用现实主义所能解释得了的。比如杨晦所说的“其他的剧本，曹禺的心目中，大概都有一个假定的地点与年代，唯独对于《原野》，恐怕不但是地点不确定，而年代也难免有点模糊的吧”。又说焦家前不把村，后不着店，“好象是王三姐所住的寒窑，不象是焦阎王那种强横霸道的土豪小军阀的住宅”。这个现象是存在的。再者，杨晦说曹禺从《日出》到《原野》是“由社会问题转为心理问题，良心问题及道德问题等的精神枷锁”③。这虽然不无偏颇，但也确实指出了一个事实，即这个剧本有些地方，特别是第三幕不那么注重反映客观现实，而是着重于表现内心的生活、心理的真实，这和《雷雨》《日出》的严格现实主义的写法是很不一样的。至于《原野》中大量的隐喻象征和幻象等手法，更不是严格的现实主义作品所具有的。我认为这一些是曹禺在现实主义的基础上，结合运用表现主义创作方法的表现。而后者主要是向奥尼尔借鉴的。

美国优秀剧作家奥尼尔早期走的也是现实主义的路子，一定程度上反映了美国人民特别是中下层人民的生活和理想。但在后期逐渐不满于批判现实主义反映生活真实的浮

---

① 《论〈雷雨〉和〈日出〉》。
② 《女声》1942 年第 6 期《戏剧与电影》栏。
③ 《论曹禺》。

面化、平庸化，认为“旧的‘自然主义’，或者也可以说‘现实主义’”，“已经不再适用了”。“我们对平庸的表面现象实在容忍得太久了，我们已经羞于在锁眼里窥视，羞于偷偷地注视那些沉甸甸的无灵性的肉体……却看不见他们中间有什么坦率的灵魂”。[①] 为此他转向了表现主义方法。表现主义在对待艺术与生活的关系问题上，反对“再现”，即如实地反映客观现实生活。而强调“表现”，即着重表现人的内心的生活、心理的现实。表现主义的戏剧就是要把人的“潜在意识”加以“戏剧化”，亦即将深藏在人的内心里的深刻体验、复杂情绪外化为具体可感的舞台形象。奥尼尔的《琼斯皇》着重写的既不是黑人琼斯如何被奴隶主残酷奴役，也不是他爬上皇帝宝座后如何压榨当地土人，也不是土人如何忿怒地追捕他，而是他夜里逃进阴森可怖的原始森林后惊恐万状、悔恨交加的复杂心理状态。这种方法在刻画现代人的心理体验上是有一定长处的，一定程度上有助于加强戏剧反映生活的深度。所以，表现主义对现实主义来说，决不是冰炭不相容的，而是可以批判地借鉴，用来丰富、深化现实主义的表现力。

曹禺是一个勇于探索、大胆创新的剧作家。他从不满足于自己的作品所达到的成就，总是想从内容到形式都不断有所突破。他的《雷雨》这部惊世骇俗的处女作刚问世，喝彩声还响在耳边，他就又起步了，积极地要“试探一次新路”[②]。这个试探不仅仅表现在“决心舍弃《雷雨》中所用的结构”，“想用片段的方法”，“用多少人生的零碎来阐明一个观念”[③]；更重要的是在于现实主义的深入：“创作的视线已从家庭伸展到了社会”，从“看出了大家庭的罪恶和危机，对家庭中的建封势力提出了抗议”，到“企图把一个半殖民地金融资本主义制度下的脓疮社会描绘在他的画布上”。[④] 待到创作《原野》时，他又进一步积极探索起“又一种路子”。这“又一种路子”是什么样的呢？就是在现实主义的基础上，吸收、溶化其他创作方法的长处，以拓宽现实主义表现的道路，加强现实主义表现的深度。《原野》就是向奥尼尔借鉴的表现主义的创作方法。

曹禺在回忆《原野》的构思时告诉我们：“当时是有这样一个想法，写这么一个艺术形象，一个脸黑的人不一定心黑。我曾经见过一个人，脸黑的象煤球一样，但是心地非常之好，他一生辛苦，可死得凄惨。”[⑤]“这么一个艺术形象”后来就成了他笔下的仇虎。可以看出，剧作家当时注意的重点是人物的“心地”。戏剧理论家阿契尔说过：“每一个严肃的戏剧家要经常进行心理的探索。”曹禺在创作《原野》时给自己提出的新的高要求就是：探索勤劳一生但命运坎坷、悲惨的社会下层人的“心理”。正是在这里，以心理的真实为“最高真实”的表现主义给了他以启发和影响。在《原野》里，曹禺就借鉴了表现主义的“心理暴露”的方法，集中笔力对仇虎这个人物的精神世界进行深入挖掘，凸现他的“非常之好”的

① 《奥尼尔戏剧理论选译》，复旦大学《外国文学》1980年第1期。
② 曹禺：《日出·跋》。
③ 曹禺：《日出·跋》。
④ 周扬：《论〈雷雨〉和〈日出〉》。
⑤ 《我的生活和创作道路》，《戏剧论丛》1981年第2期。

“心地”。由于这种“心理暴露”的真实、深刻，具有强烈的震撼力，使人们注意的不是某些外部现象的真实程度，而是人物灵魂深处自我斗争的激烈，从而引起巨大的心理反应。现实主义文学要求如实地反映现实，而现实的中心是人，活生生的人。曹禺在现实主义的基础上，借鉴表现主义，引导读者和观众透过人物的“沉甸甸的无灵性的肉体”，洞察深藏在内部的“坦率的灵魂”，更深刻地透彻地认识、理解作者所同情、赞颂或厌恶、鞭挞的人物，以他们为镜子，了解自己，发扬自己身上好的品质，和自己身上的弱点作斗争，更好地去改造自己的生活环境。这是剧作家创作上的一个进步，而决不是退步。

表现主义由于受现代心理学的影响，他们强调表现的人的内心，是以人的本能和下意识为核心的抽象的内心，所以如洪深指出的，表现主义作品的人物，“均是笼统的典型的代表的，没有特别各殊之性格（常时不用姓名，只称为男子女子医生警官等等）。”[①]而曹禺是在现实主义基础上来借鉴表现主义的，他笔下的仇虎不是某种共性的抽象和象征，而是有阶级属性，有社会性格，有血有肉，活生生的一个农民形象。他的那种丰富、复杂的内心活动，也就不是人的抽象的“心理的现实”，而属于他那一类型的农民的具体的精神世界。曹禺最初构思《原野》时，只想着重写出“一生辛苦，可死得凄惨”的社会下层人的“非常之好”的内心世界，也并没有明确地要把“这么一个艺术形象”写成农民。至于后来落笔没有写成城市贫民，或是流浪汉什么的，而恰恰是写成这么一种类型的农民的代表，可能取决于他“那时，听到乡下恶霸地主杀人的事情很多”，以及以往关于农村的一定的生活经验。而一旦写成农民，“这么一个艺术形象”就完全成为“有其性情”“有其气质”“有其形状”“有其声口”“似旧时熟识”的真实人物了。

为了外化人的主观世界、直觉和下意识，表现主义大量采用内心独白、梦境、幻觉、潜台词等表现手段。《琼斯皇》的八场戏中有六场就全部用了独白和幻觉，淋漓尽致地展现琼斯逃进原始森林后异乎常态的心理、情绪。《原野》第三幕明显地借鉴了这种表现手法。这一点过去的评论多已指出，但几乎一致认为这种借鉴渲染了“原始性的恐怖”，增加了“神秘的色彩”，“损害了”仇虎“这一形象的真实性”等等，因而是失败的。与此相反，我则认为曹禺是在现实主义基础上，从自己剧作的具体实际出发，创造性地借鉴《琼斯皇》这种表现手法的，基本上是成功的。

仇虎在黑林子里逃亡，由于悔罪而产生的极度痛苦和惊惧的心理，并不是对《琼斯皇》的生硬模仿，而是“这一个”人物在特定的戏剧情境中合乎情理的动作。先是仇虎听到常五一再提起“大星”，抑制不住地“爆发出来”，打了一枪。他自己对这种下意识动作也感到奇怪：“我——我不知道怎么回事，一提到他——他——我就犯胡涂。”这同他第二幕杀大星后表现出来的“这一双手头一次是这么发抖”的矛盾心情是一脉相承，前后呼应的。所以他总觉得大星的影子在跟着他，以致眼前出现了“持伞举着红灯笼”的幻影，是并不“神秘”的。仇虎转念想到自己“是好百姓，苦汉子，受了多少欺负，冤枉，委屈”，“现在杀他焦

① 《表现主义的戏剧及其作品》，《洪深戏剧论文集》，天马书店1934年版。

家一个算什么？杀他两个算什么？就杀了他全家算什么？”于是眼前相继呈现出父亲被活埋，妹妹被卖娼和自己做苦役，被打瘸腿的幻象。他觉得自己不应该“心里犯胡涂，老是想着焦家祖孙三代这三个死鬼”，这也是极自然的。血泪的遭遇使仇虎忿怒地发出“我仇虎为什么生下来就得叫人欺负冤枉”的呼喊，他发誓“打到阎罗宝殿，我也得跟焦家一门大小算个明白”。这样，幻觉中又理所当然地出现“阎罗宝殿”的种种情景。他看到屈死的父、妹申冤无门，反遭戕害，气得浑身发抖，控诉“阎罗”：“你们这是什么法律？这是什么法律？”特别是当他看到从“阎罗”到“小鬼”原来都是焦阎王所幻化的，更认识到了从人间到地狱都是“骗子”“强盗”当道，不能存以丝毫幻想。琼斯最后是以悔罪，乞求宽恕而被追捕的人打死的。仇虎的死，固然也由于受到强烈的自我良心谴责，神情恍惚，以至迷失了方向，丧失了夺路求生的时间，但他经过激烈的内心冲突，终于没有屈服于不公平的命运，而是“不相信天，不相信地，就相信弟兄们要一块儿跟他们拼，准能活”。他是在逃亡无路的绝境中，不让金子跟他同归于尽，而用自己的手结束自己的生命的，他的死是对欺压良善的旧世道的最后反抗。由此看出，仇虎绝不是琼斯的翻版。作者借鉴《琼斯皇》的表现手法，入木三分地刻画出了这个自发反抗的农民，由于本性的善良，经受无法自制的良心谴责的折磨的那种复杂心理活动，更主要的还在于有力地反映出了他的至死不屈的反抗精神。可以说，第三幕中这浓重的几笔更圆满地完成了“这一个”真实形象的塑造，使我们相信，他真正的就是“仇虎”，而不是中国的琼斯或是别的什么人。

还需要指出的是，奥尼尔的这个外国经验到了曹禺笔下，就如同他自己说的：“抽取”的“金线”是别人的，织成的衣服却完全是“自己”的。不消说《琼斯皇》中西印度群岛土人的咚咚的手鼓声，到了《原野》里变成了老神仙庙里的击鼓声；《琼斯皇》中刚果巫师的跳神，到了《原野》里变成了“阎罗宝殿”和牛头马面之类；还有民间旧曲调《妓女告状》“初一十五庙门开，羊头马面两面排……”的穿插运用：这些都说明《原野》的作者如何着意于适合自己国家的国情和群众的欣赏习惯。琼斯的复杂内心活动全部是通过大段大段的独白表现出来的。如果《原野》照搬这样的写法，或许会不大符合中国话剧观众的欣赏习惯。曹禺考虑到这一点，就有意地没有让仇虎一个人在黑林子里连篇累犊地自言自语，而安排他带着金子一起逃亡，把他的内心独白同跟金子的对白自然地结合起来。试看第三幕第二景中仇虎因迷了路，表现出的焦躁、恐惧情绪：迷了路！迷了路！（心如火焚）上那儿走？（四面旋转）向东？向西？向南？向北？啊，妈呀！我们上那儿走？这大黑天，看不见路走，找不着人问。我从前走这条路的记号现在一个也找不着，走了十里，还在林子里！走了二十里，还在这黑林子里。出不了林子，就见不了铁道；见不了铁道，就找不着活路；找不着活路，（忽然）啊！啊！啊！（一下，两下，三下把衣服撕去，露出黑茸茸的胸膛，抄起手枪，绝望地）好，来吧，你们来一个，我杀一个；来两个，我杀一双。我仇虎生下地，就受尽了你们的委屈，冤枉，欺负，我虎子生来命不济，死总要得死得值！金子，再听见枪声，我们就冲，死就死了吧。

这就既是内心独白，又是同身旁金子的对白，更符合生活真实，也更适合中国观众的欣赏习惯。

表现主义戏剧是要“借助一种象征的语言或表演加上布景和灯光”，把人物的“思想、他的下意识的心灵、他的行为简括地表现出来”①。所以它十分重视象征手法的运用。从环境、人物、情节到反映的各种社会现象，表达的某种抽象观念几乎都加以象征化。从这一点来说，表现主义和象征主义可以说是一棵树上的两个果实。奥尼尔的《毛猿》在一开始的舞台指示中就提出：“本剧的第一场或其他诸场的处理方法决不应该是自然主义的。”这就说明他在舞台设计上不追求外在的真实，而着眼于它的象征意味。现实主义是通过现实生活的个别性来反映它的普遍性的，如果没有很好地对生活现象加以提炼和概括，容易使所描写的这个个别性狭隘化、平庸化，就无法做到高尔基所要求的“把微小而有代表性的事物写成重大的和典型的事物”②。而运用象征方法反映现实生活，由于它的着眼点不是生活的某个侧面、某个片断，而是生活的全体，如果作家有眼力和才力能把握住这个全体，那他所达到的深刻程度，很可能为一般现实主义所不及。如《毛猿》的戏剧背景无论时间和地点都不是具体的，那艘邮船是作为整个现代资本主义社会象征的。“象一只笼子的钢铁结构”的前舱，正象征着资本主义社会的下层，而那阳光充足、海风吹拂的甲板上，又象征着资本主义社会的上层。司炉工人扬克不甘于被当作“毛猿”，要恢复人的价值和尊严，却落得比动物园的猩猩还不如的可悲命运。象这样象征性的背景、人物及舞台行动，对于我们认识现代资本主义社会的阶级关系的严重对立和工人在社会上的毫无地位，确实具有震聋发聩的作用。

《原野》在这方面也借鉴了表现主义，同样不大注重甚至有意取消戏剧背景的具体表现，即杨晦所谓的时间和地点的“不确定”，而赋予它们以一定的象征性。例如那“莽莽苍苍的原野”“怪相的黑云密匝匝遮满了天，化成各式狰狞可怖的形状，层层低压着地面”“厚雾里不知隐藏着些什么”，这正是黑暗、险诈、阴沉、压抑的旧中国半封建半殖民地社会的象征。而矗立在原野中“仿佛是那被禁锢的普饶密休士”的“巨树”，就象征着仇虎这一类被压迫、然而敢于反抗的社会下层人们。“巨树前”铺着的“直伸到天际”的“两根铁轨”，象征着他们对未来的美好的向往和希望。可是这向往和希望之所在又是那样的渺茫，因为那只是个“辽远不知名的地方”。至于焦阎王家的那所“孤独的老屋”，就象蹲伏在荒野上伺机扑食的恶兽，是旧社会恶势力的象征。第三幕中“黑幽幽”，充满着“原始的残酷”，“盘踞着生命的恐怖”的森林，同幻觉中的“阎罗宝殿”相映照，更象征了旧中国的社会是人间的地狱，地狱般的人间。如同奥尼尔说的《毛猿》里“各种象征使剧本意味深长”，《原野》中的象征性的背景描写，并没有减弱我们对剧作所反映的特定的现实生活的认识和感受，而且使这种认识和感受变得“意味深长”了。

瑕不足以掩瑜

《原野》探索的是“又一种路子”，既是探索，就难免会有失误。我们肯定作者创作上的

① 克拉克：《现代戏剧研究》，转引自劳逊《戏剧与电影的剧作理论与技巧》。
② 《和青年作家谈话》，《论文学》。

进步,决不是说没有一点缺点了。表现主义毕竟属于现代资产阶级的文学,它的消极因素是与生俱来的。曹禺在吸取表现主义的“精髓”的同时,不可避免地把它的一些“蹄毛”也带过来了。

现代资产阶级的文学反映了现代资本主义社会由社会危机造成的精神危机。二十世纪以来,资本主义世界科学发达,经济繁荣,同时却日益暴露出“社会的病根——旧的上帝的灭亡以及科学和物质主义的失败”(奥尼尔语)。劳动的人们创造了物质财富,却越来越成为物质财富的奴隶乃至牺牲品,自己不能掌握自己的命运。对今天既失去了信心,又看不到明天的希望,普遍产生了一种面临灭亡深渊的恐惧心理。《琼斯皇》中极力渲染的琼斯的那种恐惧感,实际上就是这种时代病的反映。《原野》在写到仇虎杀了人,逃进黑林子里以后,也过分地刻画了他的恐怖、惊惧的内心活动,并且用幽寂可怖的背景描写来加以衬托。这就是表现主义的消极影响。表现仇虎复仇前后的矛盾心情,这是符合这个人物的思想性格特点的,但是把那么浓重的恐惧心理加到他的身上,就不符合这个硬汉子思想性格的发展逻辑了。这对这个人物的塑造不能说没有带来一点损伤。

表现主义虽然也能在一定程度上反映出现代资本主义社会中畸形的社会关系和对立的阶级关系,但他们的原意却不在此,而是要表现人类的命运这样抽象的“大题目”。例如《毛猿》里的司炉工人扬克就是作为人类的象征来写的,《琼斯皇》中严重的现实的黑人问题也被抽象化为人性的问题,这就在很大程度上削弱了作品的社会意义。这种消极因素对《原野》也是有影响的。作者明确地把仇虎作为特定的农民形象来塑造,可是又从外形到内心渲染了他如何地象“他的祖先——那原始的猿人”,指出他到了原始森林中,“忽然显得异常和调”。这就把仇虎反对封建强暴势力的斗争,处理成“一种被重重压迫的真人”向“原始的残酷”“生命的恐怖”的斗争了。前面提到的恐惧心理正是属于这种“真人”的抽象的精神状态的。这对仇虎这个真实形象也多少有点损伤。

但是瑕不掩瑜,《原野》作为剧作家的一次新的探索,仍然应该说是基本上成功的,而不能认为是作者创作道路上的一个“曲折”“倒退”。这个创作评论上的“错案”,今天已到了纠正的时候了。

1982 年 10 月 11 日初稿

原载《中国现代文学研究丛刊》1983 年 3 月

《雷雨》与《群鬼》的比较分析

秦志希

恩格斯一八九〇年给保·恩斯特的信中指出：挪威文学在“最近二十年中”，影响相当深远。体现这种文学繁荣的著名作家易卜生，在五四时期和以后，也曾引起中国文艺界的高度重视。

曹禺对于戏剧的感情和易卜生的爱好，也就是在这种时代的氛围中孕育的。他在中学念书时，就参加了《娜拉》《国民公敌》的演出，易卜生的有些剧本他甚至可以一字不漏地全部背诵下来。大学时代，曹禺专攻西洋戏剧，易卜生剧作又成为他研究的内容之一。他对易卜生作品的广泛涉猎，深入研究，为他后来学习借鉴易卜生的创作经验打下了基础。

（一）

曹禺作品接受易卜生的影响，这已是世所公认的事实。他的处女作《雷雨》带有《群鬼》影响的“痕迹”。这两部剧作各以同情的心理，描写了妇女们不幸的命运，暴露了大家庭的黑暗；它们都分别写有两个家庭，并且这两个家庭间都发生有血缘性爱的矛盾纠葛，都以悲剧的形式结束。不仅如此，甚至两个剧本的某些场面、细节也很相似。它们都以父女交谈的形式开始剧情，而十分巧合的是，这两位父亲的贯穿动作都是为了钱：安格斯川为了开水手公寓赚更多的钱，想拉女儿吕嘉纳同自己一起走。鲁贵为了弄到钱去赌一点，喝一点，他纠缠自己的女儿四凤不肯放手。在阿尔文公馆的饭厅里，曾两次发生男女“闹鬼”的事情，而在周公馆的客厅里，鲁贵也目睹了这种“闹鬼”的丑剧。鉴于上述种种情形，《雷雨》发表之后有人就断言它反映了“父亲造的孽要在儿女身上遭报应”的思想，“更接近易卜生的《群鬼》”，还有人称曹禺是“易卜生的信徒”，更有人说他“把西欧名剧搬来做门面”。曹禺从来没有简单否定自己接受易卜生的影响，可是他却不同意《雷雨》“在故意模拟谁”。那么，应当怎样评价《群鬼》对于《雷雨》的影响呢？我们不想逐一说明上述相似点或回答所有的问题，而仅想就两个剧本中某些基本问题作一些分析。

如前所述，《群鬼》和《雷雨》都反映了妇女的不幸命运，揭露了大家庭的黑暗，其题材和立意是很相似的。但是，问题在于《雷雨》题材的来源，创作思想的形成，并不根源于《群鬼》，它们应是不同时代，不同社会生活的产物。挪威地处西欧边陲，比较闭塞。在十九世纪，虽然整个资本主义世界正处于迅速发展的时代，但这里资本主义生产的发展却相对缓慢，而资产阶级的反动性则随之日渐暴露。易卜生在《群鬼》中，真实反映了这个地处偏僻的国度在特定时期的某些特征：芸芸众生的愚昧、混沌，资产阶级的腐化，宗教的虚伪，同时也通过剧中某些人物的不满情绪，透露了一八四八年欧洲革命给这个边远角落影响的余波。剧本中对于资产阶级及其宗教意识不遗余力的攻击，使作者预感到人们对于《群鬼》的反感将比《玩偶之家》更为"激昂"，但他不想因此就"有所斟酌"，认为这是"卑劣的事"①。他说："我写的目的，是要使每个读者都信我所写的都是实事。"②正因为他的剧本表现了这个时期挪威民族某些事实的情状，所以恩格斯说，易卜生反映了一个与德国中小资产阶级有天渊之别的世界，这个"世界之中的人物，还有他自己的性格"③。这种艺术的真实性曾深深感动着曹禺，他赞叹易卜生"人物可以那么真实，又那样复杂"④。在易卜生等人启迪下，曹禺正是从自己熟悉的生活出发，开始了他不平凡的创作道路。他出生于一个旧式的封建官僚家庭，切身感受到大家庭的腐败和罪恶，熟悉其中各式各样的人物。正由于这样，他创作《雷雨》时无须"追念"其他作品，而最先想到的也是他最熟悉、最同情的蘩漪、周冲等几个人物，几个情节片断和一种复杂而又原始的情绪⑤。他说，对于笔下的人物"我看得太多了，有一个时期甚至可以说是和他们朝夕相处。因此，我所写的就是他们所说的话、所做的事"⑥。《雷雨》虽然写的是两个家庭，我们却能从中窥见"五四"后中国社会的某些本质的东西。《雷雨》中的人物，一方面，或因倍受欺凌蹂躏，或因受过新思潮的影响开始对自身的价值有所认识，他们对传统的意志和旧势力表示不满甚至反抗，这可以侍萍、蘩漪为其代表。另一方面是对旧的制度和思想的维护，这可以周朴园为其代表。这种新旧之间的矛盾冲突，打有鲜明的"五四"烙印，表现了与《群鬼》不同的时代性和民族性。

由于他们遵循着从各自现实主义原则熟悉的生活出发，所以两个剧本在暴露大家庭的罪恶时其主攻的方向又很不一致。易卜生赞同歌德等人的观点："只要摧毁虚假的道德价值观念，个人便能得到自由。"⑦《群鬼》主要描写了阿尔文太太的家庭悲剧，诚然这一悲剧的造成与阿尔文具有直接的关系，但如果没有曼德牧师的直接阻拦，悲剧也可能不会降临在这个不幸女人的头上，阿尔文太太或许可能成为第二个娜拉，作者正是通过曼德牧师这一形象，把主要的斗争锋芒指向了资产阶级道德宗教。曼德牧师作为一个虔诚的宗教徒，他处处履行着自己卫道的职责。在年轻的阿尔文太太从家中出逃、请求他的帮助时，他不仅不予以同情，反而批评她那"不服从，不守法"的念头，拿了一套大道理教训她，要她尽妻子的"义务"，"低声下气地忍受"上帝安排的苦难。二十多年后，他又告戒阿尔文太太不要看那些讲"革命、自由"的书，声称人们只能相信上帝，不能相信"平常人"的真理。他不仅用精神枷锁去禁锢阿尔文太太，希望"法律和秩序的精神"走进她的家庭，而且还指责

① 《伊孛生的工作态度》，日本有岛武郎作，鲁迅译，《奔流》1928年第1卷第3期。
② 焦菊隐：《论易卜生》，《晨报》副刊1928年3月23日。
③ 恩格斯给爱伦斯德（现在通译恩斯特）的信，选自《瞿秋白文集》（二），人民文学出版社，1953年版。
④ 颜振奋：《曹禺创作生活片断》，《剧本》1957年第七期。
⑤ 参看曹禺：《雷雨·序》，文化生活出版社，1947年版。
⑥ 《曹禺谈〈雷雨〉》，《人民戏剧》1979年第3期。
⑦ 约翰·霍华洛·劳逊：《戏剧与电影的剧作理论与技巧》，中国电影出版社，1978年版。

巴黎青年艺术家们自由组织家庭的行为，企图使整个世界都遵循这种法律和秩序的意志。作为一个资产阶级道德宗教的受害者，阿尔文太太从自身的悲剧中，对曼德牧师所维护的那一套陈腐思想，发出了愤怒的控诉，她把这些东西称之为为非作祟的“群鬼”，是“拘束人欺骗人的坏东西”。她说：“我本来只想解开一个疙瘩，谁知道一个疙瘩解开了，整块儿东西就全部松开了。我这才明白这套东西是机器缝的。”请看，曼德牧师所津津乐道的资产阶级那一套理论、道德就是这样一些支离破碎的玩意儿，这是多么深刻的批判！值得说明的是，作者虽然把曼德牧师作为主要的批判对象，可又没有把这人物简单化。作者对曼德牧师的真实而辛辣的讽刺，暴露了一个资产阶级卫道者的真实面目。

资产阶级的道德宗教，是资产阶级用以维护统治的思想工具，是“资本主义社会的保护壁垒”。恩格斯在《群鬼》创作之前就曾指出：“在已往一切世代里，这种吸血制度是在各种道德、宗教和政治借口的掩蔽下实现的：牧师、哲学家、法律家和政治家们哄骗人民，说人民之所以忍饥受苦，全是为着自己好，并且是神这样安排的。”①易卜生在《群鬼》中，通过曼德牧师向资产阶级道德宗教发起不遗余力的批判，这一方面突出了挪威以至西方资本主义世界一般的社会特征，同时也表现了易卜生现实主义的深刻性。

在《雷雨》中，周朴园是悲剧的制造者，也是作品的主要抨击对象。周朴园出生于一个封建的旧家庭，后来到德国留过学，接受了西方资产阶级的某些影响，在他身上也体现了资产阶级的某些特征，但他并没有完全向资产阶级方向转化了去，他仍固守着头脑里的封建意识王国。出于封建的等级观念，他竟把地位低下的侍萍赶出家门，而去娶一位有钱有门第的小姐。他对侍萍“始乱终弃”，后来又抱着“补过于后”的忏悔心情做着某些忏悔的表示，这正是中国古代文人所标榜的封建道德品质。在家庭中，他以“天然尊长”自居，维护着君臣父子的宗法关系，不允许家中有一点点民主自由的空气存在。他的妻子蘩漪性格强悍，不满于他的自是专横。他逼迫蘩漪在儿女面前做一个“服从的榜样”。作为一个资本家，可他却象封建主对待农奴那样，剥夺工人的人身权利，任意指使军警开枪打死罢工工人，故意让江堤缺口淹死两千多名小工。他满脑子迷信观念，吃素、念经、打坐，尊天意、信命运。周朴园从思想到行动，从家庭到社会，处处表现了浓厚的封建意识。作者集中批判了他身上这种封建性，这就使作品带有鲜明的反封建的战斗色彩。

中国是一个古老的封建国家，近代又受到帝国主义的割据统治，腐朽的资产阶级思想和封建意识弥漫于中国大地。周朴园正是封建主义与腐朽的资本主义杂交的混血儿，是畸形的半封建半殖民地特有的产物。作品选择周朴园作为主要的反面对象加以描写，从一个侧面显示了当时中国社会的某些特征。体现了与易卜生现实主义剧作不同的社会内容和特质。

由此看来，这两个剧本所反映的主要不是什么“父亲造的孽要在儿女身上遭报应”的思想。《群鬼》是从批判资产阶级道德的角度来写欧士华的。欧士华的疾病虽然是他父亲

① 恩格斯：《十小时制问题》。

的生理遗传，但它实质上是资产阶级道德沦丧的结果，是客观社会关系的产物。况且，欧士华的悲剧在整个剧中只是处于从属的地位，从某种意义上说，它是阿尔文太太悲剧的一个补充和深化。劳逊这样说过："易卜生从来没有承认过什么遗传的命运，……《群鬼》是通过客观的社会因果关系来研究疾病和疯症的作品。"①同样，《雷雨》中四凤、周萍、周冲的悲剧，也不是周朴园作孽的报应，而是由他们这些人一手导演的人间惨剧。四凤地位低下，决定了她在周朴园们把持的社会中被人玩弄，并被置于死地。周萍精神空虚，行为荒唐，寻穷人的女儿开心，也正是周朴园精神统治的危机再现。而天真无辜的周冲的丧生，刚好说明那个社会容不得任何美好事物的存在。这些人物的悲剧，从不同的角度对周朴园及其所代表的社会发出了强有力的控诉。

《群鬼》和《雷雨》的现实主义不仅具有不同的社会内容，而且由于作者站在不同的历史阶梯上，其现实主义高度也很不一样。这种高度的差异性集中表现在对劳动人民不同的态度上。易卜生的《群鬼》虽然写了几个下层劳动者，可没有塑造一个正面的劳动人民形象。木匠安格斯川精神卑下，毫无主见，他把曼德牧师当作生活的引路人和靠山，曲意逢迎。为了发财致富，他不惜在自己女儿身上打主意，想出卖她的肉体和灵魂。再看他的女儿吕嘉纳，年纪轻轻，灵魂也遭到了腐蚀，在她尚未发现欧士华的病情时，梦想攀附于他，跻身于上流社会。一旦明了欧士华的病情，就断然出走，说要趁年轻去寻求自己的"生活乐趣"，她唯一的奋斗目标是"跟上等人在一块儿喝香槟酒"。作者很少看到下层劳动者好的品质，他对他们多少存有某种偏见和轻蔑心理。不仅是《群鬼》，就是易卜生现实主义最强的其他社会问题剧，我们也很难找到一个为作者所赞赏的劳动人民形象。毫无疑问，易卜生只是站在"少数派"的立场，而不是站在"下层社会"的立场去提出问题，批判现实的。正因为这样，他的批判也就不可能是彻底的。《群鬼》对于资产阶级只是侧重于伦理道德的批判，而且又"不能够在道德里找着政治的出路"②，发现新的世界，这正表现了易卜生现实主义的局限性。易卜生并没有突破当时批判现实主义的门槛，向前跨出一步。

年轻的曹禺对于革命理论涉猎不深，又没有投身于革命斗争的漩涡之中，他对于《雷雨》时代复杂斗争的根源感到困惑、茫然，不能给予科学的解释，更不能为受压迫的人们指明一条出路。但是，我们党领导的工农革命运动和左翼文艺运动的深入发展，无形中给了曹禺以积极的影响。曹禺正是继承了新文学现实主义的革命传统，从被压迫群众的立场上提出他们悲剧命运的课题，从被压迫人民中间吸取对于旧世界批判的力量。他笔下的被压迫者，诚然也不同程度地保留有某些落后、消极的东西，他们中也有鲁贵这样的人物，但是，作者更注意挖掘、赞美他们中一些人身上美好的品质。遭遇与乔安娜同样不幸，可侍萍绝对没有那种对于高门巨族和上等人羡慕的心情，她从自己切身的教训中，认识了周朴园们虚伪丑恶的本质，她从来不赞成自己的女儿去当佣人。当周朴园给她五千元支票以弥补自己的过错时，金钱并没有能消除她的仇恨，她说她心中的恨，所经历的苦不是钱

① 约翰·霍华洛·劳逊：《戏剧与电影的剧作理论与技巧》，中国电影出版社，1978 年版。

② 普列汉诺夫：《易卜生的成功》，《瞿秋白文集》(二)，人民文学出版社，1953 年版。

算得清的。这个普通的妇女经过人生一次又一次的沉重打击，她抱怨自己的命不好，是完全可以理解的，但是她并没有向命运低头，她“讨饭，缝衣服，当老妈，在学校里侍候人”，为着孩子，嫁过两次。她努力与命运抗争，表现了坚韧的生活耐力与顽强的生存意志。同是下层人家的女儿，四凤虽然也象吕嘉纳那样对奢华生活有所欣羡留恋，然而，这主要是她太年轻，过于单纯的缘故，她并不想跻身于上等人的行列终日饱饮香槟酒。她爱上了周萍，在她眼里，这位大少爷和气，待人好，她宁愿一辈子侍候他。尽管周萍后来不想带她走，可她还是专一地爱着他，认为他是不会骗自己的。她是这样纯朴、诚恳、天真，在她身上体现了一个下层少女的青春美。值得注意的是，《雷雨》中的工人鲁大海与那位木匠更是相距甚远。鲁大海没有丝毫的奴颜媚骨，他揭露了周朴园镇压罢工的罪行、包修江桥的血腥发家史。他对于周朴园不妥协的斗争以及对于周萍可恶灵魂的指斥，对四凤的善意批评，对鲁贵的严厉警告，都显示了一个工人的可贵品质。当然他在这一系列行动中也多少表现了某些简单、粗暴的缺点，这一形象也还存在某些概念化的毛病，这与作者对工人的不够熟悉和工人阶级本身不够成熟不无关系。对于鲁大海，曹禺并没有易卜生式的轻蔑，他后来曾说过，鲁大海“当然写得很不象样子，很不成熟，但我是同情这个人，甚至佩服这个人的”①。应当指出的是，作者不仅以同情佩服的心情写了下层人们的美好品质，同时还以愤慨的心情写出了美的毁灭，正面人物的悲剧命运。在这里，为非作孽的周朴园健康长寿，正直无辜的侍萍、四凤、周冲等惨遭不幸，这是对颠倒黑白的吃人制度的强烈批判。《雷雨》的现实主义包含了深厚的人民性，显示了批判的尖锐性，它与我们党领导的新民主主义革命的大方向是完全一致的，这就是它不同于易卜生批判现实主义的关键所在。

（二）

作为现代话剧大师易卜生，他的剧本不仅提出了资本主义社会重大的社会问题，而且在艺术上大胆革新，一扫当时旧剧坛流行的陋习程式，创造了许多新的戏剧手法，他的剧作在整个欧洲话剧发展史上具有划时代的意义。

中国的话剧是在易卜生逝世后才从外国移入的。作为一种新的艺术形式，在二十几年多方努力的基础上，曹禺最后把它推向了成熟的阶段，《雷雨》在中国话剧发展史上同样具有划时代的意义。

曹禺曾多次说过，他从易卜生的剧本中“了解了话剧艺术原来有这许多表现方法”②，他深深被那谨严的结构、朴素而精炼的语言“所吸引”，特别注意易卜生的“结构、人物、性格、高潮”③。《雷雨》的成功，首先就在于它吸取了包括易卜生在内的外国话剧的艺术养料，而且在这个基础上更有所创造、发展。

如前所述，在情节结构的形式上，《雷雨》和《群鬼》一样，都以父女交谈的形式开始戏

---

① 《曹禺谈〈雷雨〉》，《人民戏剧》1979 年第 3 期。

② 颜振奋：《曹禺创作生活片断》，《剧本》1957 年第 7 期。

③ 赵浩生：《曹禺从〈雷雨〉谈到〈王昭君〉》，香港《七十年代》1979 年第 2 期。

剧情节，尔后逐步展开两个家庭的血缘性爱纠葛。但是，这相似的情节结构，所表现的内容是不同的，而且艺术效果的发挥也很不一样。《群鬼》的开头，通过父女交谈，展开了两人的矛盾冲突，初步揭示了他们的性格特征，同时为剧中其他人物的出场作了必要的铺垫，应该说，这开幕后第一场戏的任务是基本完成了的。但《雷雨》的第一场戏，其内容却较之更为丰富，它不仅展开了鲁贵父女的矛盾冲突，而且揭示了周萍与四凤、周萍与蘩漪的暧昧关系。而四凤为蘩漪送药，又直接为全剧第一个高潮作了物质的准备。不仅如此，鲁大海找周朴园、周冲追四凤等情节的穿插，既增加了矛盾冲突的复杂性，又使剧情发展出现了波澜，这第一场戏比《群鬼》无疑大有创新。再看剧本中关于两家血缘性爱关系的情节设置。曹禺借助这种人物关系的形式表现自己特有的内容，这在艺术创作上是完全允许的，更何况作者"拿来"之后，其形式又有所变化。《雷雨》中血缘性爱的矛盾纠葛更复杂、尖锐。它不仅写有《群鬼》那种主仆通奸、兄妹恋爱的现象，而且还描写了后母与前妻之子的乱伦关系，增加了周萍、蘩漪、四凤之间的矛盾。这其中周萍与四凤不象欧士华和吕嘉纳那样，只发生某种精神上的联系，他们已经铸成不可饶恕的大错：四凤怀有身孕。《群鬼》中当年发生两性关系的阿尔文和乔安娜已作古人，没有出场，而《雷雨》中周朴园和侍萍不仅健在，且再次相逢，他们的矛盾以新的形式更深入地进行着。同时，由于周朴园比曼德更有权力，以更残酷的手段摧残着一切，他与剧中其他人，特别是与蘩漪的矛盾，使全剧的戏剧冲突更为尖锐。其次，《雷雨》还描写了《群鬼》中所未曾出现过的相类似的其他矛盾，诸如鲁大海与周朴园、四凤与周冲、鲁贵与家中其他成员的矛盾等。所有这些矛盾冲突盘根错节，互相制约、互相影响，形成了纷繁复杂而又尖锐激烈的现象。《雷雨》的情节结构形式包容了更丰富的生活，汇合了更尖锐复杂的矛盾，创造出一个斑斓驳杂、千变万化的艺术天地，这不能不归之于作者的独创。

在戏剧结构方法上，易卜生《群鬼》等剧作的一个重大贡献，就在于它成功地使用了"回顾法"。当然"回顾法"的结构方式并不是易卜生的创造，古希腊的索福克勒斯等就曾首先使用过，文艺复兴时的一些剧作家也曾模仿过，但是，《群鬼》是人们认为使用这种方法的"第一部完成的作品"①。

戏剧的这种回顾方式比小说的倒叙具有更大的难度，因为过去的种种情形，没有详细的陈述往往不能使观众了解，而一经为陈述而陈述，便不免使剧情索然无味。《群鬼》选择故事接近尾声的地方开始剧情，然后回顾过去的主要事件。为了不使以往的戏索然无味，作者并不在第一幕里集中交待一切，而是在全剧进行中的适当机会，在观众迫切需要了解过去的情形时，才对这些过去的戏加以自然的穿插，这样就使过去的戏和现在的戏交织在一起，不可分离，使得剧本在一天的时间和有限的场景内，就可能展开二十多年来的生活图景，既扩大了作品反映社会生活的容量，而且加强了戏剧结构的紧凑性和情绪的集中性。

---

① 陈西滢：《易卜生的戏剧艺术》，《文哲季刊》（武汉大学）1930 年 1 卷 1 期。

《雷雨》的作者根据内容的需要，也选择了这种具有高难度的结构方式。和《群鬼》一样，《雷雨》对于往日的回顾也是断断续续地进行的。在第一幕中作者回顾了三年前的情形，在第二幕中，交待了三十年前周鲁两家的一桩旧案。过去的戏与现在的戏同样达到了水乳交融的程度。值得说明的是，曹禺运用"回顾式"方法又有自己的发展变化。《雷雨》可以说是多层次的"回顾"，并且与"开放式"结合运用。为"把一件错综复杂的罪恶推到时间上非常辽远的处所"，《雷雨》的原版曾有"序幕"和"尾声"。从"序幕"和"尾声"的角度来看，四幕正剧所描写的故事已经推向了十年前。就整个剧本而言，这无疑是一种"回顾式"的结构，但是，如若从四幕正剧的主体内容看，人物的戏剧动作有始有终，切合逻辑；剧本的结构有头有尾，源源本本地演述了一个悲剧故事，这又基本上属于"开放式"的结构。而再就四幕正剧中所叙述的三年前、三十年前的往事看，又是使用"回顾式"手法。不论《雷雨》原版结构是否有缺陷，它却说明，曹禺在艺术上敢于冲破前人的现存"模式"，去创造自己新的艺术形式。

《雷雨》艺术上的成功，不仅在于它创造性地吸取了易卜生等外国戏剧的养料，而且还在于它合理接受了民族戏剧的传统，注意中国观众的欣赏习惯。在戏剧情节的开展上，易卜生采用了独特的"讨论方式"。他善于抓住生活中典型的人物、事件在讨论中进行解剖，使社会问题成为戏剧冲突的中心，做到戏剧和讨论合而为一，观众和剧中人合而为一。肖伯纳把这种"讨论方式"的运用誉之为易卜生戏剧艺术的精华。可是曹禺并没有接受易卜生的这种"精华"，其基本原因是，他懂得这种方式并不一定适合中国观众的欣赏习惯，他很了解中国观众看戏时"要故事，要穿插，要紧张的场面"[①]。为此，他摆脱了易卜生那布局平凡的讨论式，在剧情发展中大量运用偶然性、巧合性，使戏剧故事富有传奇色彩。有谁能想到，鲁大海最痛恨的周朴园，正是他的生父，周萍勾引的四凤，却刚好是他的异父妹妹，侍萍由南而北三十年仍没有跳出周家的陷阱。不仅如此，《雷雨》剧情还有起伏紧张的特点，能使观众一直处于高度的兴奋中。

中国古代戏剧家特别重视故事的"奇特"，要求"常"中出"新"，"非奇不传"[②]；强调情节要有"起伏转折""突如而来，倏然而去，令观者不能预拟其局面"[③]。《雷雨》在戏剧情节开展上，发扬了中国传统戏剧这些特点，它具有强烈的戏剧性。而这之前的中国话剧，往往缺乏这种引人入胜的戏剧性情节，所以它们很难象《雷雨》那样吸引观众。《雷雨》在这方面为中国话剧发展作出了有益的贡献。

在戏剧语言方面，中国古代戏剧家要求作者在代人"立言"的同时，要代人"立心"，宾白须"说何人，肖何人，议某事，切某事"，而且要求语言"意则期多，字惟求少"[④]。《雷雨》更多地吸收了民族戏剧语言的这些宝贵经验，锻炼磨砺，它的语言较之易卜生的更富于个性

① 曹禺：《日出·跋》，文化生活出版社，1947年版。
② 李渔：《闲情偶寄》。
③ 孔尚任：《桃花扇·凡例》。
④ 李渔：《闲情偶寄》。

化，同时也更凝炼、含蓄，真可谓“说一人，肖一人”，通俗而蕴藉，令人体味无穷。《雷雨》很好地克服了以前话剧语言欧化的毛病和知识分子腔调，为中国话剧语言民族化作了成功的尝试。

其次，《雷雨》抛弃了外国话剧中长篇对话的形式，人物行动性大为增强。剧中人活动频繁，或进或出，穿插甚多，使得情节变化多彩，舞台气氛活泼。所有这些，都是曹禺对中国话剧所作出的建树。

综归上述，《雷雨》对于《群鬼》有相似之点，更有独创之处。而在相似中又有不似，表面相似而实质不似。这种似与不似的情形表明了作者对待外来文化影响的正确态度。仔细分析、回味这些似而不似的地方，对于我们吸取外来文化的长处，发展今天的社会主义文艺，或许能得到某些具体而有益的启示。

原载《外国文学研究》1983 年第 4 期

曹禺与契诃夫的戏剧创作

王文英

曹禺一生都非常崇拜契诃夫。他“从小就读他(按:指契诃夫)的剧本。”①早在三十年代时,就着了迷似地“沉醉于柴霍甫深邃艰深的艺术里,一颗沉重的心怎样为他的戏感动着”,他说:“我想再拜一个伟大的老师,低首下气地做个低劣的学徒。”②解放后,曹禺自学俄语来阅读原版的契诃夫剧本。1957年到上海视察期间,他随身带着一本俄文版的契诃夫的《三姊妹》,“只要空闲下来,总是仔细地读”③。1962年,曹禺在对青年剧作者的一次谈话中,还专门精辟地分析了契诃夫的《海鸥》,并赞赏不已。

究竟契诃夫的哪些创作经验迷住了曹禺?它们在曹禺的创作道路上到底起了多大的作用?认真地探讨这些问题,不仅有助于从深度广度两方面开拓曹禺研究的领域,而且对于研究借鉴与革新、博采众长与形成个人风格的关系等问题,也有直接的理论意义和实践意义。

生活化的散文诗体结构

罗丹说过:“真正的雄辩是看不出雄辩的;同样,真正的艺术是忽视艺术的。”④曹禺也曾说过:“艺术创作都经历这么个阶段:由不经意到经意;再从经意到不经意。”“创作只有到了第二个阶段,才能攀上高峰。有高度的艺术技巧,但又使人看不出技巧来,才是最高境界。”⑤这些都是精妙绝伦的艺术格言。

《雷雨》是曹禺的成名作,思想性和艺术性都达到了相当高的水平。《雷雨》已鲜明地显示了曹禺剧作的独特风格。它具有紧张尖锐的戏剧冲突,复杂曲折的戏剧情节,鲜明突出的人物性格,以及环环相扣、严谨统一的戏剧结构等等。如果用绘画作比,那么《雷雨》可谓一幅富有古典风格的色彩浓烈的油画,而且是一幅极具魅力的油画。《雷雨》的成功,显示了曹禺具有杰出的戏剧创造才能。然而,曹禺本人,却对这个给他带来成功和荣誉的剧作并不满意。尤其值得人们思索的是,曹禺在对《雷雨》不满的同时,却对契诃夫的剧作

① 曹禺:《读剧一得》,见《论剧作》第114页。
② 曹禺:《日出·跋》,见《日出》,文化生活出版社,1936年初版。
③ 颜振奋:《曹禺创作生活片断》,见《剧本》1957年7月号。
④ 《罗丹艺术论》第5页。
⑤ 曹禺:《读剧一得》,见《论剧作》第124页。

越发迷恋起来。

仔细把捉曹禺的思想,这时令他思虑不安的一个突出的问题,就是,如何从"经意"的创作跨入"不经意"的创作。他说:"我很讨厌它(《雷雨》)的结构,我觉出有些'太象戏'了。技巧上我用得过分。"他很想打破《雷雨》的结构,"完全脱开了 La piece bien faite(按:佳构剧或巧凑剧)一类戏所笼罩的范围,试探一次新路。"①但是,新路在哪里?有没有能指路的导师?应该看到,历来为曹禺所尊崇的古希腊戏剧的创始者们,莎士比亚乃至易卜生,他们的剧作,按照现代生活的尺度来衡量,也存在着某种程度的"太象戏"的弱点。从古希腊戏剧家到莎士比亚、易卜生,戏剧已经形成了一套反映生活的传统形式。一般地说,戏剧比起其它文学样式来,它反映生活的概括、集中的程度更高,它往往以紧张激烈的中心冲突、跌宕曲折的贯穿情节为特征,以强烈的戏剧性形成独具的艺术魅力。这种传统的戏剧形式在反映过去时代的生活时,是比较适应的,比较能发挥它的长处,但它在反映日趋平淡、琐碎、复杂的现代生活时,却往往显得捉襟见肘。新的艺术探索促使曹禺寻找新的导师,于是,十九世纪末伟大的戏剧革新家契诃夫成为曹禺又一个醉心学习的戏剧导师。

契诃夫处在第一次俄国革命的准备时期,他敏锐地认识到整个农奴制度的无可挽回的颓势,而这种制度的腐朽性无孔不入地渗透在一切生活方式之中。因而在现实中使人"走运"和使人"倒霉"的不是什么外来的偶然事件,也不是人们的"善心"或者"恶意",而是生活方式的本身。因此,戏剧冲突的实质也就不在于"正面人物"和"反面人物"之间的公开冲突,那样的冲突不过是局部现象。冲突的展现也不一定通过把全剧纽结起来的中心情节,因为那样的情节往往是偶然的。契诃夫为了表现新的生活,他必须创造新的戏剧结构形式。这种新的戏剧结构形式,既能表现日常生活平凡朴素的表面,又能展示生活内在的丰富深刻的本质,它就是契诃夫独创的艺术结构——生活化的散文诗体结构。

契诃夫的杰出的戏剧结构的才能,在于他能把握住生活的表面和制约、决定这表面的生活内在本质之间的联系,他能找出各种不同生活素材之间的内在联系,从而把那些似乎各不相关的素材融化为统一的能动的艺术整体。契诃夫的著名的戏剧公式是:"一切都是那么复杂,同时又是那么简单,正如在生活里一样。人们吃饭,就是在吃饭,然而就在这当儿,有人走运了,有人倒霉了。"②契诃夫认为,现实生活有表面和内在的两层,在表面,人们吃饭、睡觉,而在深处,隐藏着深刻的哲理,事物发展的必然性。因此,艺术不能只表现外在的现象而抛弃了本质,也不能只反映本质而忽略了现象。表现出内在诗意本质和外在日常现象之间的相辅相应的能动统一,是契诃夫戏剧生活化、散文诗体结构的根本特征。为曹禺十分赞赏的《三姊妹》一剧的结构,即是契诃夫这种新颖结构的一个范例。

对于《三姊妹》结构的新特点,俄罗斯杰出的导演聂米罗维奇·丹钦柯体会得很准确。他说:"以前任何一个剧本中,甚至在任何一篇小说作品中,契诃夫都从来没有象在《三姊

① 曹禺:《日出·跋》,见《日出》,文化生活出版社,1936 年初版。
② 转引自《契诃夫与莫斯科艺术剧院》第 10 页。

妹》中那样自如地发挥了新的安排结构的手法，我指的是那种把许多段个别的对白几乎是机械地联系的手法，看起来它们之间并没有任何有机的联系，仿佛去掉了其中的任何一段，都不会有损于剧情，大家正谈着劳动，忽然间又掉过头来谈到了明矾的生发功效，谈到了炮兵连长……整个剧情就这样充满着这些仿佛毫无含意的对白。”[①]丹钦柯生动地传达了《三姊妹》独特的结构面貌。在此剧中，它的冲突、情节都以独特的契诃夫的方式表达出来。《三姊妹》并非没有情节，它的主要情节是小市民娜塔莎挤进三姊妹的家庭，并进而成为一家之主，直到把三姊妹赶出家门为止。但是《三姊妹》的这条情节线比起传统戏剧中那提挈全剧的中心情节线来，显得大为“逊色”了，因为它一则不能把全剧其它许多内容贯穿交织进去，如已嫁的玛莎的感情纠结，外来的韦尔希宁的家事，老军医齐布德金的虚无等等。二则它不能形成为传统戏剧中那样的能推动剧情发展、上升的因果锁链，因而对于全剧只是一条外在的情节线。《三姊妹》一剧并非没有冲突。以娜塔莎和她情夫——地方自治会主席普罗托波波夫为代表的小市民庸俗势力侵入并霸占那富有诗意的三姊妹王国，即是此剧的主要冲突。但是这种冲突并没有象在传统戏剧中的冲突那样得到充分的展开，契诃夫有意地把它隐在剧本后面，以渗透的方式在人物事件的变化中表现出来。但是，请人们注意这种冲突的渗透和不连贯的情节之间的联系吧。正是这种渗透，提供了理解剧中人物那些机械、片断的台词和下意识动作的依据。使剧中那些“毫无含意的对白”都闪烁出诗意本质的光彩，也使剧中那些具有各不相同的命运的人物——如幻想的三姊妹、不断受生活折磨的韦尔希宁、虚无的齐布德金，等等——显示出具有本质相似的内在联系，这就是，他们都是被庸俗的现实生活击碎了诗意的梦想，吸尽了灵魂美汁的人们。于是对美的平白被毁灭的悲愤和对美好未来的向往，象一股不尽的诗意洋溢于剧本的各部分。这埋在剧本深处的内在诗意本质，不仅照亮了剧本表面上不连贯的情节，而且把它们组合成缜密的艺术统一体。不仅仅《三姊妹》的结构是如此，契诃夫的剧本都有这个特点。结构上除了外在进行着的情节线外，都还有深藏的内在精神线索，这条精神线亦即为某些评论家所指出的“戏剧潜流”。俄罗斯另一杰出导演斯坦尼斯拉夫斯基认为，只有找到并把握了契诃夫戏剧的潜流，才能使他剧中的一切活跃起来。契诃夫这种生活化的散文诗体式的戏剧结构，突破了传统的戏剧结构形式，展现了生活平凡而又复杂的完整面貌。这在世界戏剧发展史上，是一个伟大的创造。

处在从创作的第一阶段（经意）向第二阶段（不经意）飞跃的曹禺，对于契诃夫的革新创造兴奋不已。他说：契诃夫的剧本，“与莎士比亚以及易卜生的话剧都不同。”[②]“契诃夫给我打开了一扇大门。我发现，原来在戏剧的世界中，还有另外一个天地。”[③]他从《雷雨》到《日出》所迈出的步伐，有力地显示出他在契诃夫影响下所作的艺术探索。

---

① 转引自《契诃夫与莫斯科艺术剧院》第 118 页。

② 曹禺：《读剧一得》，见《论剧作》第 129 页。

③ 张葆辛：《曹禺同志谈剧作》，见《文艺报》1957 年 2 期。

《日出》舍弃了《雷雨》的结构形式。曹禺操起了艺术的刀剪，在现实生活的海洋中，从红舞女的会客厅到烟花巷里的下等妓院，裁取了几个社会生活的横断面，挥洒自如地展现出广阔而完整的社会生活画卷。组成一个高度生活化的剧本。然而使人惊奇的是：首先，剧中各个片断之间，上流社会的荒淫无耻与下层社会的暗无天日之间，并无明显的主要情节加以贯穿。尤其是第三幕与全剧情节的联系似更微弱。其次，《日出》不象《雷雨》那样，它不再把剧情集中在几个人身上。因此，《日出》里“没有绝对的主要人物”。曹禺认为，“顾八奶奶、胡四与张乔治之流是陪衬，陈白露与潘月亭又何尝不是陪衬呢？这些人物并没有什么主宾的关系，只是萍水相逢，凑在一处。他们互为宾主，交相陪衬……”[①]第三，“《日出》里没有绝对的主要动作”[②]，亦即没有主要的戏剧冲突。《日出》的这些新奇之点是容易发现的，但如果仅看到这些，那仍然不免产生错误的理解。当年有些评论家认为，《日出》的结构是散漫零乱的，“他们没有被某一主题的事件或一个主题的线所紧密地联系着”[③]。对《日出》第三幕的误解更多，有人说：“第三幕本身只是一段极美妙的插曲……如果删掉，与全剧的一贯毫无损失裂痕”[④]等等。这显然是由于人们对曹禺学习契诃夫经验进行的艺术探索不理解而引起的。在此剧中，曹禺已经把握到契诃夫那种把重大社会矛盾埋在剧本内部而以渗透方式制约剧情发展的结构形式。曹禺把全剧的根本冲突——金八和打夯的工人之间的对立隐藏在幕后，但是却让这种不可调和的对立渗透到全剧的一切片断中。以金八为首的黑暗社会势力对下层人民的残酷压榨，造成黄省三、小东西等的人间惨剧，这种种使富的更富，穷的更穷的社会形态，汇成吃人社会的鲜血滴滴的印象，作者以极愤怒的感情喊出“时日易丧，予及汝偕亡”的呼声；而真正的光明在那些创造着劳动着的人们那里，在他们埋藏于深心的对未来的强烈渴望里。正因为这些，曹禺坚决不同意那种删去第三幕的意见，他认为：第三幕“是在这‘损不足以奉有余的社会’里最黑暗的一个角落，最需要阳光的。”[⑤]《日出》中这条埋在剧本深处的冲突线是推动剧情发展的唯一动力，它显示了该剧的生机，唯有它，才能把全剧各个分散的似乎互不相关的部分融汇成一个有生命的艺术整体。《日出》的结构由于采用深藏的冲突和分散的片断情节间的有机渗透，而使全剧显得既接近生活又富有深邃诗意，颇得契诃夫生活化的散文诗体式结构的韵味。

如果说曹禺的《日出》是他学习契诃夫式结构的第一步，那么他的《北京人》的结构，是吸取契诃夫艺术精华的继续和深入。《北京人》的结构已不象《日出》那样，着意地用一个观念去贯穿那些从生活中切取的经过一定排列的片断，而是采用了生活还原的手法，曹禺似乎毫不经意地写下了一个行将崩溃的封建家庭的日常起居，展示出这个内外交困的封

① 曹禺：《日出·跋》，见《日出》，文化生活出版社，1936 年初版。

② 曹禺：《日出·跋》，见《日出》，文化生活出版社，1936 年初版。

③ 周扬：《论〈雷雨〉和〈日出〉》，见 1937 年《光明》第二卷第 8 号。

④ H. E. 谢迪克：《一个异邦人的意见》，见大公报 1936 年 12 月 27 日。

⑤ 曹禺：《日出·跋》，见《日出》，文化生活出版社，1936 年初版。

建家庭里应有尽有的矛盾。其中有公爹与儿媳之间抢夺家权的明争暗斗，有曾思懿、曾文清和愫方之间的感情纠结，还有曾思懿与曾文彩、江泰之间的姑嫂勃谿，以及第三代曾霆、瑞贞这一对没有爱情的小夫妻之间的矛盾等等。这些矛盾，虽有篇幅分量上的不同，但在这一对矛盾和那一对矛盾之间，却并无主要矛盾与次要矛盾的统帅从属的关系。在这些矛盾中活跃着的芸芸众生之间，也没有明显的以谁为主，谁衬托谁的关系。剧中戏剧情节的线索，有曾皓从保棺材到棺材被抬走的线索，有曾文清出走又回来一直到自杀的线索，有愫方默默地忍受到终于出走的线索等等。这些线索之间，虽有互相影响，甚至互相渗透的联系，却并未形成象在传统戏剧中那样的经过紧密交织，拧结成能统率一切情节的中心情节线。《北京人》中的这些线索，就象生活中的溪流那样自然流淌。整个剧情就象一片生活流在推进。然而，《北京人》中的这一片“生活流”，也不是任意流淌的，而是循着生活规律所开辟的航道流动的，正如纷繁复杂的现实生活必定遵循自身的规律而显出不可分割的统一性一样。曹禺现实主义思想和艺术水平的高度就表现在，他不但写出了曾家正在发生的种种矛盾，而且揭示了这种种矛盾形成的原因以及它们的发展趋势，从而更加全面深刻地揭露了封建制度从物质到精神的彻底崩溃的历史本质。在《北京人》中，那些看似不经意地罗列的生活素材，恰恰是作者在对生活深刻认识、精心提炼的基础上，十分经意地从同一个角度——封建制度的彻底崩溃——去摄取的。这个角度正是曹禺把握了生活现象和本质的联系之后所得到的哲理概括。因为无论是卑怯的曾皓，还是歹毒的曾思懿，无论是懦怯的曾文清，还是牢骚满腹的江泰，虽然他们的秉性行为不同，但他们的覆灭命运则一(样)。他们就象一群将要被钉死盖子的棺材里的耗子，在垂死挣扎的惶恐中，不断地咬人、自咬，把一切美好的和富有生命的事物撕碎咬尽而后休。这个封建社会从物质到精神的彻底崩溃的思想，象乳汁一样充溢于《北京人》所描写的一切现象之中，而同时，它又从各个现象中缓缓流淌出来，汇成《北京人》这篇散文诗的焦点，成为全剧结构的核心。正是它，把不相交织的情节、矛盾，吸引为统一的有机的整体。比起《日出》来，《北京人》的结构更加接近契诃夫的生活化的散文诗体结构。《北京人》的外在情节线显得更为丰富、自然，它几乎保持了生活那“一盘散沙”的原貌，而它的内在精神线，即契诃夫剧中的戏剧潜流，则显得更为含蓄、深沉。由于成功地吸收并消化了契诃夫的经验，曹禺既能写出象《雷雨》那样冲突高度集中的戏剧，又能写出如《日出》《北京人》这样生活化、散文诗体的戏剧。《北京人》结构的卓越成就，标志着曹禺从《日出》开始的艺术探索，达到了一个新的高度，这就是曹禺执着地追求的从“经意”的第一阶段到达“不经意”的第二阶段的创作境界。

把隐秘的心灵世界推向幕前

契诃夫杰出的结构艺术，使曹禺的戏剧创作打开了一个新的天地，同样，契诃夫细致入微地展示出人物内心隐秘的经验，又把曹禺的创作引向一个新的领域。随着时代历史的前进，传统戏剧虽然一直保持着它在反映现实方面的艺术生命力，但是也日益暴露出它在反映生活的广度、深度方面所受到的限制，尤其在展示人物的内心世界方面，所受到的限制更大。传统戏剧一般必须使剧中人物处于激烈斗争的中心，处在特定的“危机”状态里，才能使他们表现出在平时状态里所不能表现出的性格，才能让他们透露出一些内心的秘密来，即所谓“使人物的性格在撞击中发出火花”。而如何在平凡的，不起波澜的生活里，表现出人物的心灵世界，这是传统戏剧的又一个薄弱环节。世界戏剧史证明，只有少数杰出的天才，才能突破传统戏剧的这种限制，自由地进入人物最深的心灵王国，把他们的隐秘推向幕前。契诃夫即是其中之一。

契诃夫生活于十九世纪下半叶到二十世纪初的俄罗斯，这个时期里，农奴制度已成崩溃之势，所谓“新”的资本主义制度亦已开始暴露出种种缺陷，而全新的共产主义制度还蕴藏在历史地层的深处。这个时期里，知识分子阶层中有相当一部分人，对农奴制及资本主义弊病的不满在内心里积聚着，但他们远离工农，因而这些郁积的不满还未能凝聚成行动的历史力量，资产阶级革命的时机尚未成熟。因此，这些知识分子往往对未来抱着种种热切然而朦胧的向往，但在变革现实的行动上却常常显得软弱无能。这些已经成为这个时期的许多知识分子的普遍特征。

对此，具有高度时代责任感的契诃夫给自己提出了这样一个创作课题，即戏剧应当表现当时那种似乎处于停滞状态的日常生活，应当表现那些在内心里紧张进行着思想活动，而在外表上却几乎很少动作的人物。很显然，要表现这样的生活和这样的人物，传统的戏剧形式就极为窘迫侷促了。契诃夫以巨大的创造才能革新了传统戏剧，以卓越的艺术笔触，塑造出一系列外表拘谨、内心丰富的艺术形象。

前面已经论述过，契诃夫戏剧的结构常常把重大的社会冲突埋在剧本的内部，而以渗透的方式表现在人物的命运中。这种渗透，不仅显示了契诃夫戏剧结构的特征，而且带来了契诃夫剧作人物刻画的新的特色。因为这种渗透，形成了剧本在表面上象平静的溪水那样缓缓流淌，而在深处却翻滚着漩涡和激流的状态。这样，就能使契诃夫剧作中的人物，一方面成为由重大的社会矛盾冲突化成的种种错综纠结的接受者，从而形成复杂、丰富的内心世界，而另一方面，又使他们生活在如死水似的平庸的日常生活中，显得抑郁而冷漠。要塑造出这样一类人物，难度是很大的。但是由于契诃夫深刻地把握了生活本质和表面现象之间的内在联系，因而他通过内在本质和外在现象相联系的关节点所选择的一些细节、动作、辞不达意的台词，乃至沉默和停顿等等，能把人物复杂得不可名状的心理细致生动地传达出来。因为这样，那些外在的现象、动作、台词等等既可从内在的心灵世界得到阐释的根据，以焕发出深邃诗意的光彩，又可使人们透过这外在的一举一动窥探到人物无限丰富的心灵深处。就象写意画家虽然只画繁茂花枝中的一小枝，但人们却从这一枝可看到全树一样。黑格尔曾经指出：“艺术把它的每一个形象都化成千眼的顾阿斯，通过这千眼，内在的灵魂和心灵性在形象的每一点上都可以看得出。不但是身体的形态、面容、姿态和姿势，就是行动和事迹，语言和声音以及他们在不同生活情况中的千变万化，全都要由艺术化成眼睛，人们从这眼睛里就可以认识到内在的无限的自由心灵。”①契诃夫就是这样，他不通过传统戏剧激烈冲突的途径，而是通过把那些平凡的日常现象化为人物灵魂住所的眼睛的高超艺术，让人们能够通过“千眼万眼”去俯视他剧中人物那千姿百态的心灵世界。

让我们具体看看契诃夫笔下的人物吧。《三姊妹》中，娥尔加、玛莎、依丽娜这三姊妹住在一个远离莫斯科的小城中，她们聪明、美丽、善良，受过良好的教育，懂得几门外语，但是她们这些才能在这个小城中却显得是多余的累赘，特别是玛莎，她弹得一手好钢琴，但却无人懂得她的音乐；她渴望完满的爱情，却嫁给了一位开始看上去很聪明，而后来发现是一位十足的小市民的丈夫。美好的理想被庸俗的现实吞没，美白白地被荒芜、被毁灭，这时代的重大矛盾，构成了玛莎内心矛盾。但是玛莎复杂的心灵世界不是用外在的冲突，而是用真正的契诃夫方式表现出来的。在第一幕中，当娥尔加和依丽娜沉浸在对莫斯科的幻想中时，玛莎始终在一旁哼着一支歌：“海岸上有棵碧绿的橡树，树上拴着金链子……。”这一细节显示出：有了一些实际生活磨练的玛莎，已不再象她的姊妹们那样容易陷入天真的幻想了。她不相信生活中有那么多美好的有诗意的东西在等待他们，不相信依丽娜她们能到莫斯科去。她为自己错误的婚姻，无聊的生活烦恼伤神。她反复唱的那棵被链子锁着的橡树正是她命运的写照。她暗暗地向青春和未来告别。于是她戴上帽子，含泪向姊妹们辞别，但当韦尔希宁来到并发了一通恢宏的高论之后，玛莎重新放下帽子，不走了。在这个细微到不易觉察的动作里透露出玛莎内心的变化，她从韦尔希宁身上看到了她梦寐以求的理想，她直觉地感到，她的青春和幸福，重又向她走近。契诃夫通过这两个相呼应的动作，细致传神地展示出玛莎的微妙的内心世界。再如《海鸥》中宁娜的一句台词：“我是一只海鸥……啊，不是的。我是一个女演员。”这句前言不搭后语的台词，其内涵之丰富，正不下于整个剧本所展示的宁娜的命运。“我是一只海鸥”，形象地概括了宁娜在社会庸俗势力的摧残下，几乎毁灭的遭遇。她脱离了专制的家庭，又被作家特利哥林抛弃，她受着爱情和嫉妒的折磨，在舞台上的表演也很糟。宁娜的私生活和艺术生涯，真可以用特利哥林一个短篇小说的情节来说明：“一个过路人偶然走来看见了它（海鸥），只是为了没有别的事好做，就把它毁了。……”“啊，不，不是的”，又展示了宁娜在与环境的斗争中，并没有被压倒，她在现实的磨练下，在精神上迅速地成长起来，终于成为一个真正的女演员，一个艺术家。因此她说“不，不是的”。她不是那只被射杀的海鸥，而是一只展翅高飞的海鸥。宁娜的形象概括了这个时代的艺术家们在摧残中成长的命运和道路。这句精彩的台词，象一双深邃的眼睛，多么深入清晰地映射出宁娜那痛苦而坚强的心灵。契诃夫这种塑造人物的独创，曾经被斯坦尼斯拉夫斯基准确地称为“内心的现实主义”。他指出“如果说历史世态剧的路线把我们引向外表的现实主义，那末，直觉和情感的路线

① 黑格尔：《美学》第一卷第198页。

把我们引向内心的现实主义来了。”[1]可见，契诃夫多么出色地把现实主义的戏剧笔触伸向生活的纵深，把埋藏得最隐秘的人物的内心世界，多么卓越地推向了戏剧舞台的幕前。

曹禺是人物心灵宝藏的不倦探求者。他对人物灵魂广博的理解和深切的感受，决定了他绝不会停留在《雷雨》的创作水平上。《雷雨》中那些性格鲜明的人物，基本上是采用传统戏剧的技巧塑造而成的，但这是符合我国长期受压迫受摧残的历史，符合长期受封建思想毒害、束缚的民族心理的。至于另一些内向的、外表默默的性格，则还表现得不够充分。塑造出另一些性格的欲望，使曹禺在契诃夫那特异的艺术世界面前深深折服。同时他对契诃夫的经验的感受也是独到的。他在谈学习《海鸥》一剧的心得时说：“通过特里勃列夫和老医生的谈话，介绍了宁娜的遭遇。这个故事，如果拿到别人手里，是不会这样处理的。……人们都会去实写宁娜这样的场面：特利哥林欺骗了她，诱奸了她，又把她抛弃。于是，她痛苦，抱着孩子，深夜离开了家……。这是一个多么富于戏剧性的震撼人心的场面！……但契诃夫没有去实写，而是虚写，……要说含蓄，这才是真正的含蓄……，如果一实写，那全都完了。”“‘我是一只海鸥……啊，不，不是的。’写得好极了。是真正懂得人物和戏的写法。”[2]真正的艺术家的心灵是息息相通的。因此，象契诃夫那样自如地展示出人物隐秘的内心世界，是曹禺“试探一次新路”的又一个重要内容。

《日出》中的陈白露是曹禺融化了契诃夫经验的一个出色的创造。她以不同于蘩漪、侍萍等人的面貌出现在曹禺剧作的人物画廊中。《日出》中，陈白露只是作为串连上层社会和下层社会的中介性人物，她并没有直接卷入剧中表现得最激烈的冲突——金融投机的搏斗中去，但是作者却让她处在上流社会和下层社会矛盾的交流汇合处，让她同时感受到从这两方面来的力量，一方面来自上流社会的荒淫无耻对她腐蚀，另一方面下层社会的美和弱小的被摧残又使她震惊，从而使深刻的社会冲突化作了陈白露内心复杂、深藏的二重奏。这就是纯真的竹筠和堕落的白露的矛盾。但是陈白露这内心的二重奏却不可能以直接的方式表达出来，因为她既不能向潘月亭之流诉说内心的痛苦，也不愿向以“拯救者”的姿态出现的方达生吐露，因此只能以闪烁不定的特殊方式展示。曹禺的出色创造不但在于通过社会冲突的渗透构成了陈白露心灵二重奏的基调，而且还在于找到了传达这二重奏音乐的主旋律，这就是在陈白露各个生活阶段上多次出现的台词：“太阳升起来了，黑暗留在后面……但是太阳不是我们的，我们要睡了。”陈白露这段台词与宁娜的那段“我是海鸥……”台词具有同等的艺术力量，是揭示人物心灵的一只特别明亮的“眼睛”。陈白露热爱生活，但又贪图享受，她爱她的诗人丈夫，是因为诗人追求太阳、追求春天，但她又离开了诗人，是因为陈白露不能象诗人那样，为追求太阳的事业牺牲个人的幸福，于是她转而把自己的青春美貌作抵押，去换取了“红舞女”的优裕的物质享受，但却从此堕入了精神悲剧的深渊。少年时的情人方达生的来到，唤起了她对纯真的竹筠时代的回忆，引起了她

① 斯坦尼斯拉夫斯基：《我的艺术生活》，见《斯坦尼斯拉夫斯基全集》第一卷第266页。
② 曹禺：《读剧一得》，见《论剧作》第117—118页。

心底潜在的二重奏的第一次强烈的交锋。她情不自禁地赞美霜花——她少年时代的象征;她挺身保护"小东西"后,忘情地欢呼:"我喜欢太阳……。"这一连串的动作露出了充满光明和春天气息的竹筠的美好面影。然而她终究不过是潘月亭之流的手中玩物,她面对着她的买主,念起丈夫的诗句:"太阳升起来了……",这突兀的令他人不懂的台词,充满着陈白露多么深沉的身世之感。她是多么向往太阳,但是她已把自己卖给了这些黑暗中的人,太阳是不属于这些人的,所以她以玩世不恭的陈白露压倒了那仍然活在内心的竹筠。在第四幕中,"小东西"遍寻不着,陈白露躲开那些人形的鬼,一个人黯然伤神。"小东西"事件再一次在她心底卷起波澜,为救"小东西",陈白露曾焕发出竹筠时代的善良、富有正义感等美好品质,"小东西"的失踪却使她心灵受到打击,一个无辜的弱小者被社会的无边黑暗吞没了。这使她认识到,她所依附的这个社会机体太黑暗了,她过去自认为"牺牲我最宝贵的东西换来的"那些钱,虽然有着自己的辛酸,但更多的是涂着"小东西"这样的可怜虫的血迹的。而自己任人玩弄的命运是与"小东西"任人虐杀的命运是相差无几的,因而过去支持着她那自欺欺人生活的精神支柱这时瓦解了。陈白露不得不向方达生承认了自己"二重奏"心理的矛盾和痛苦。她仍爱着诗人丈夫,她仍向往春天和太阳,但是,这些与她的堕落生涯已水火不相容了,她再一次吟诵了那诗句:"太阳升起来了……。"但这时的陈白露的内心已没有第一次读这句诗时的那种嘲弄现实的玩世不恭的成分,相反,在这句话里包涵着她对现实、对自己有清醒认识之后的无情的冷静。一切都该结束了,这段不光彩的充满痛苦的历程。让玷污了竹筠、不配有太阳的陈白露的驱壳消失吧,于是陈白露平静地吞下了安眠药。之后,"听着外面的木夯声……拉开帘幕,望着外面,低声地"又一次吟诵"太阳升起来了……"。陈白露这一生中的最后一句话,象一首抒情歌的余音袅袅的结尾,它哀悼那"这么年轻,这么美"的被糟践的一生,它祝福那将普照大地的太阳,它引导人们倾听人物最深的心声。曹禺就是这样,用社会冲突化为人们的内心世界,并以形象化为眼睛的方式,展现了陈白露那特异的丰富复杂的心灵世界。

《日出》中的陈白露是与黑暗社会一起毁灭的人物,《北京人》中的愫方却是个有希望新生的形象。她与契诃夫剧作中那些能够顶住社会庸俗势力的进逼、具有坚强的精神力量的人物,如宁娜、玛莎、索尼亚等具有同等的艺术生命力。她们是能"战胜苦难"的正面形象。

愫方从小父母双亡,寄居于姨父曾家,处在亦主亦奴的地位。她是行将入木的曾皓的拐杖,又是徒具生命躯壳的曾文清的精神寄托,因而也是曾思懿的眼中钉,必然的她也就成了曾家矛盾的焦点。在曾家这个诗礼望族权势倾颓、经济衰败,即将分崩离析的前夜,那垂死挣扎的一群更加剧了自相残杀;那无休止的明争暗斗,象一把钝锯一样,时时锯割着愫方善良的心灵。在这样一个监狱似的家庭里挨度岁月,需要有多么坚强的精神力量。才能抵御那重重的压力和无孔不入的腐蚀。然而愫方却俨然一支空谷的幽兰,在黑暗中独自散发着高洁的清香。面对着黑暗势力的明明暗暗的折磨,作者让她既不表现为剑拔弩张式的抗争,也不表现为弱女子似地诉诸哀怨的悲叹,而是表现出异常平静的忍受。应该说愫方这样一种沉默、深沉而崇高的性格是不适宜于在传统戏剧中表现的。但是，深深地领会了契诃夫的革新经验的曹禺不但已经不受传统的束缚，而且进行了多么富有独创性的成功实践。曹禺与契诃夫一样把握了生活内在本质与表面现象之间的联系，洞彻人物深沉的内心和他们那些独特的表达感情的方式。因此他能在似乎不经意中把外在形象化为一只只艺术的眼睛，为人们窥探人物的内心洞开一扇扇心灵的窗户。正是从这些窗户中，愫方这个异常沉默的形象，不时地闪现出夺目的光彩。在第三幕中，愫方向临走前的瑞贞吐露衷情，她说："看见人家快乐，你不也快乐么？""我现在突然觉得真快乐呀！这手心好暖哪！真好象春天来了一样。活着不就是这样子么？我们活着就是这么一大段又凄凉又甜蜜的日子啊！……。"这些诗一样的语言，是一扇绝妙的灵魂的窗户，从这窗户里人们发现了一个多么动人心魄的美丽的灵魂。这使我们不禁联想到契诃夫《万尼亚舅舅》一剧结尾处索尼亚的那段著名的无韵诗的语言，它们是多么相象地传达出两颗高尚、动人的灵魂的衷曲，一种崇高得无可比拟的牺牲精神和人生信念。曹禺曾说："愫方是一个十分坚强而内心光明的女子。"是的，愫方是一个光明的天使，她竟然可以使进入她内心的邪恶也化为无穷的爱的力量，这种爱不但吞没了邪恶的现实给予她的痛苦，而且还焕发出尽可能多的热量，去温暖他人的心房。也许有人会在感叹之余惋惜愫方的爱未免盲目吧，那末请再看作者从另一侧面洞开着的一扇反射镜式的窗户吧。曹禺比契诃夫处在更临近新时代降生的时代里，因而他笔下的人物也是更有希望的。契诃夫的索尼亚只能把一腔深挚的爱寄托于飘渺的天国，而愫方的爱却可以到达她值得爱的地方去的。还是在第三幕中，当瑞贞也责备愫姨不该把心"偏偏放在这么一个废人身上"时，愫方却心痛地回答："不，不要这么说，没有人明白过他啊！"因为在这个家庭里，只有她，才能感受到这牢狱似的生活将人窒息至死的痛苦；只有她，才能理解那种美好青春、智慧才干被白白荒废、流逝的可怕；因此，她自认为，也只有她，才能懂得曾文清那埋藏着的无人懂得的悲苦。因此，她愿意为曾文清的"重新做人"作出一切的牺牲。且不说曾文清值不值得愫方这么爱他，但应看到，在这儿作者是借了曾文清这面虚假的镜子，来照射出愫方本人的面貌。愫方越是赋予她心目中的曾文清以美好的品质，那末就越发反射出她自己既美又善的性格光彩；愫方越是对于曾文清寄于热切的期望，那末就越有力地映现出她内心那种追求做真正的人的渴望。因为她愿意为追求真、善、美的人牺牲一切，那末她在精神上至少必须具备与追求真善美的人的同等甚至更加高尚的品格。正因为这样，当曾文清恰恰为愫方所不敢相信的那样——是一个只配在这黑暗的牢狱中虚度残生的废人时，作者让愫方只喊了一声"啊！"，这短促的"啊！"与契诃夫剧作中出色的舞台停顿具有同等的容量。愫方这时所受到的心灵打击，掀起的复杂的感情潮流，统统包含在这声"啊"中。因为她对文清爱得深，所以这时她的失望也更大。这"啊"里，包含着她对以往的不胜痛苦的否定，然而这"啊"里，也不仅仅是她的精神的幻灭，更包含着她的精神的新生，说得更确切些，她的幻灭正是她的新生。在人生的路上，多少痛苦才能换来个明白啊。只有在这时，愫方才真正认清了曾家是个监牢，在这监牢里，任何稍有人性、稍具美质的人和事物都不可能存在。严酷的事实，终于急得“哑巴都说了话”，到了“人总该有忍不下去的时候”了，愫方的新生也就开始了。曹禺吸收了契诃夫的新鲜经验，卓越地展示了愫方从忍受、牺牲，到终于觉醒的复杂、细腻的思想历程，于是，一个具有恬静沉默的美丽外表，浸透着抒情诗般的崇高而深沉的思想的女性形象，以独特的风采站立起来了。

陈白露和愫方的形象是曹禺学习契诃夫经验的艺术硕果。契诃夫的创作经验使曹禺在塑造人物方面出现了有力的突破。《雷雨》——《日出》——《北京人》的艺术步伐，表现出曹禺在充分展开人物内心世界的创作领域中，与他在结构领域中一样，已经从“经意”的第一阶段进入“不经意”的第二阶段，达到了有高度技巧但是使人看不出技巧来的“最高境界”。至此，曹禺不但能塑造出如《雷雨》中的那些性格强烈、鲜明的形象，而且也能够创造出陈白露、愫方一类含蓄、深沉的艺术形象。契诃夫的经验使曹禺的戏剧反映现实的纵深度大大向前推进了，表现出了现实主义日益深化的趋势。

悲剧中的喜剧、喜剧中的悲剧

契诃夫戏剧革新的又一杰出方面，是戏剧样式的深刻变化。契诃夫的戏剧已由纯粹的悲剧或喜剧进入到悲喜交融的新领域。契诃夫这方面的成就，也曾给曹禺以很大的影响。

鲁迅说过：悲剧是把有价值的东西毁灭给人看，喜剧是把无价值的东西撕毁给人看。悲剧和喜剧是戏剧的两大类型，在艺术创作中，它们属于不同的领域。有时甚至是对立的，但也不尽然，在某些情况下它们也能结合为一体，并且随着现实主义的深化，悲喜剧因素更为紧密地结合，已成为戏剧艺术发展的一种趋势。

在契诃夫一些剧作发表的当年，曾经对他的剧作是喜剧还是悲剧发生过争论。莫斯科剧院初次朗读《三姊妹》剧本时，有的人边听边哭，说它是悲剧，对此，契诃夫大为恼怒。斯坦尼斯拉夫斯基回忆道：“他真心诚意地相信，这是快活的喜剧，几乎是通俗喜剧。”①契诃夫的气恼不是无端的，而是因为当时一般人对于他的戏剧革新和他的思想正在发生的转折不能充分理解。按照契诃夫“要象生活本来面目那样反映生活”的原则，那么纯粹的悲剧，纯粹的喜剧都是无法胜任的。因为在生活中，正象狄德罗说过的，“人不总是在痛苦之中，也不总是在喜悦之中”②，常见的倒是有哭有笑、或悲或喜的。契诃夫认为，喜剧性和悲剧性不是彼此矛盾，而是彼此融合无间的，是同一个生活整体的各个不同侧面。因此契诃夫的戏剧里，有许多悲剧性的东西，不是用纯粹的悲剧形式表现出来的，而是和一些偶然的、荒谬的因而也是可笑的事物糅合在一起，即使在深沉的悲剧性里，往往还夹杂着一缕嘲笑的意味，成为一种能把生活各个侧面、各种韵味都能表现出来的悲喜结合的新样式。此外，契诃夫戏剧样式的变化与他思想前进的脚步有密切的联系，尤其是在他后期写

---

① 转引自叶尔米洛夫《论契诃夫的戏剧创作》第237页。

② 狄德罗：《论戏剧艺术》，见《文艺理论译丛》1958年第1期第146页。

《三姊妹》《樱桃园》时，这种联系对创作的作用更为明显有力。《三姊妹》里屠森霸赫谈到荡涤一切的暴风雨即将来临的感觉，即是契诃夫的内心感觉。他已经敏锐地感受到时代内部正蕴育着的深刻变化，因此契诃夫已能站在未来的高度去观察生活。这样在他的戏剧里，一方面对于现存的社会制度加强了批判，表现出来的是那种窒息、毁灭一切美好事物的沉重悲剧；另一方面，从历史未来的高度，展现出现存的一切，包括作为优秀分子存在的那些知识分子，他们身上也包含着荒谬可笑的矛盾，这时人们可看到，在《万尼亚舅舅》中作者是把阿斯特罗夫、伏依茨基，作为同情和歌颂的对象的，而在《三姊妹》中，对于同类型的韦尔希宁、屠森巴赫等，作者给予的已不仅是同情，还带有深刻但含蓄的讽刺。契诃夫以他特有的方式，写出了这一代知识分子沉溺在关于未来哲学的空谈中，而忘记了他们最主要的应该是行动的荒谬性，揭示了他们因为“闲得无聊，所以有时喜欢谈谈严肃问题”的普遍空想的可笑特征。这样，契诃夫悲喜交融的新型戏剧不仅从反映生活的色调、侧面等方面更为丰富，而且从反映生活的程度方面也大为深化了。

在契诃夫的新型剧本里，出现了三种类型的喜剧人物。一种是纯粹的讽刺性喜剧人物，如《婚礼》中的牛宁、紫美锦娜，《三姊妹》中的娜塔莎、普罗托波波夫等。这些人物是作者用传统的喜剧手法，予以无情嘲讽的。第二种是以喜剧形式表现出来的悲剧性人物，如《三姊妹》中的安德烈，《樱桃园》中的戞耶夫、朗涅夫斯卡娅。这类人的命运是可悲的，但表现形式又是极可笑的。安德烈懂得两门外语，被全家作为未来的教授崇拜着，可是他却娶了一个极俗气的小市民妻子，并以在妻子的情人普罗托波波夫手下当一名秘书为满足。全城人都知道他妻子与普罗托波波夫私通，只有他一人蒙在鼓里。他那推着婴儿车从舞台深处走过的形象，多么可怜可悲，又复可笑！第三种是契诃夫用极富诗意的笔触细致地刻画出的悲喜因素互相交融的人物，如《三姊妹》中的三位姊妹，韦尔希宁、屠森霸赫，《樱桃园》中的阿菲特罗夫和安尼娅等。这些是契诃夫心爱的主人公。契诃夫在他们的美质被毁灭的同时，揭示出他们生活的不体面——耽于空想，无所行动。正是这一类形象，显示了契诃夫杰出的创造天才。

无独有偶，人们对曹禺的剧作也曾发生过到底是喜剧还是悲剧的争论。比如《北京人》，不少评论家和观众认为是悲剧，可是作者自己却认为：“《北京人》可能是喜剧，不是悲剧，里面有些人物也是喜剧的，应当让观众老笑。”①那末，曹禺的一些剧作到底是悲剧还是喜剧呢？这还得对曹禺在思想和艺术上的变化，作一番考察，然后才能得到正确的结论。

曹禺自从“低首下气”地拜契诃夫为师以来，他的剧作无论在结构方面，还是在塑造人物方面都发生了很大变化。《日出》《北京人》的成就突出地标志出，曹禺剧作已经达到了能更广更深地反映生活的革命现实主义水平。沿着这条现实主义深化的道路，他的创作必然地会引起样式上的重大变化。此外，曹禺民主主义思想的不断进步，对他的艺术也产

① 《曹禺选集》后记，人民文学出版社，1978年版。

生了良好的影响。他说:"在《日出》中,我想求得一线希望,一线光明,我深切地感到,这个社会没有阳光,需要阳光……但是那里是太阳?太阳又怎样出来,我不得而知。写《北京人》时,我的诅咒比较明确些了。那种封建主义、资产阶级是早晚要进棺材的!……也许在写《北京人》的时候,我朦胧地知道革命在什么地方了。"曹禺以他艺术家的感受表达了他对于旧的社会制度的彻底否定和对光明未来的信念。这种正确的、与历史潮流的趋势相一致的生活感受,使得曹禺达到了这样一种可能,即在创作中站在与旧生活含笑告别的高度上。于是在曹禺的悲剧中,日益增强了喜剧嘲讽的含量,他的悲剧发生了类似契诃夫戏剧曾发生过的走向悲喜交融的趋势的变化。

曹禺与契诃夫在戏剧样式方面发生相似的变化,决不是偶然的。曹禺曾说过,他在写《日出》之前,"太阳升起来了,黑暗留在后面,但太阳不是我们的,我们要睡了"的台词是先有了的。[①] 这象诗一样的富有哲理性的语言,包涵着作者对生活的新的理解,它是曹禺剧作中出现的新音调,也标志着曹禺戏剧探索的新起点。从这里,我们可以找到曹禺与契诃夫之间创作思想上内在联系的契机。在契诃夫创作思想发生重大变化、他的剧作产生新形式时,高尔基及时总结了契诃夫的创作过程。高尔基形象地描述了契诃夫对待他心爱的主人公们的态度:"在这些软弱无力的人们的灰色的、沉闷的行列旁边,走过了一个伟大的、智慧的、对一切都深深注意的人,他望着自己祖国的这些沉闷的居民,带着忧伤的微笑,用一种温和的然而是深深斥责的调子……一种美丽恳切的声音说:'诸位,你们生活得不体面啊!。'"[②]高尔基指出了契诃夫戏剧中越来越尖锐的讽刺性。迷恋契诃夫的曹禺,正是在反复研读他的作品后,加深了他自己对现实的理解和感受。那些软弱、空谈的人,是不配有太阳的,他们只能与黑暗留在一起。"太阳升起来了,黑暗留在后面",成为曹禺剧作微笑着向昨天告别的基调。相应地,他的剧作的样式也发生了变化。

《日出》和《北京人》,都已经不是纯粹的悲剧或纯粹的喜剧,而成为喜剧中的悲剧或者悲剧中的喜剧。《日出》里,既有喜剧场面和悲剧场面的交替出现,更有内在的喜剧性和悲剧性紧密结合的悲喜剧情势和悲喜剧人物。曹禺在写上流社会的无耻种种时,采用的是喜剧甚至闹剧手法,而在写下层社会时,展示的是催人泪下的悲剧场面。在写方达生和陈白露时,作者应用的是极为出色的喜剧性和悲剧性因素融为一体的戏剧情势。写《北京人》时,由于曹禺对于旧世界崩溃的前途认识更清晰,对未来的信念也有所增强,因此,《北京人》是一出表现旧制度必然灭亡的喜剧。《北京人》第一幕末尾,作者是这样处理的:曾文清要远行,在曾思懿的摆弄下,在曾家大客厅里向曾皓行一跪三叩的大礼,文清行罢,曾霆、瑞贞又要向文清行礼。正在他们一个端坐,一个跪叩时,客厅外传来讥诮的骂声,"你们给钱不给钱!""有钱还再欠账,没有钱,你欠的什么账,别丢人!"最后,作者索性让要账的冲进正在"请,请哪"的客厅。这是绝妙的契诃夫式的通俗喜剧场面。这屋里屋外动作

① 张葆辛:《曹禺同志谈剧作》,见《文艺报》1957 年 2 期。
② 转引自叶尔米洛夫《论契诃夫的戏剧创作》第 256 页。

的衔接，有力地揭露了封建制度维护虚假礼节的表面与内囊尽空的实质间的深刻矛盾，再如第三幕中，曾家就象被白蚁蛀空的大厦，倾刻将颓。隔壁暴发户杜家逼债的时日再无可宽限，曾家的棺材马上要被抬往杜家之前，江泰这个一生说了不少废话，但从来没有办成过一件事的废人，忽然象平地立起的英雄那样，拍拍胸脯，说找他当公安局长的朋友，一定有办法。曾家这一窝热锅上的蚂蚁忽然个个绝处逢生，连曾思懿也有些将信将疑起来。这样卓越的情节，只有曹禺这样的大手笔才设想得出来。江泰刮起的“旋风”，好比病入膏肓者的回光返照。清醒者看到的是死亡，而昏眩者却以为是希望。曾皓、曾思懿这些深知江泰为人的人们，平时连江泰的一句话都不肯信，可在如此重大的问题上，却对江泰近似神经错乱的举动寄以重望，真象寄希望于一根朽木去撑起一座将倾的大厦一样荒谬。这样，戏剧表面上进行的是哭哭啼啼的悲剧，可是内部包含着多么深刻的喜剧性内容。如果说《日出》是喜剧形式中包含着深刻的悲剧，那么《北京人》是悲剧形式中内涵着杰出的喜剧。

在《日出》《北京人》中，也大致出现了三类喜剧人物。一类是属于传统的喜剧人物，如胡四、乔治张、顾八奶奶等，曹禺抓住他们语言、动作中的矛盾，加以夸张，揭示他们可卑的灵魂。第二类是因为自身的软弱而被黑暗现实压垮了的人物，如曾文清、江泰等。第三类是在悲剧性内部深藏喜剧因素的人物，如陈白露、方达生、愫方等。其中第二、第三类人物才进入契诃夫式悲喜剧的领域。曾文清和江泰是一对相反相成的形象，江泰形象的喜剧性比较外露，曾文清形象的喜剧性比较内涵。曾文清和《三姊妹》中的安德烈、齐布德金等人物颇近似，是幻影式的人物。在喜剧性矛盾中，凡是与自己的地位、职责不相称的都是可笑的。曾文清作为长子，理应负起举家重任，可是他却一无所能；他清秀文雅，颇有诗酒风流的风度，但是只要老婆一声断喝，他便把什么爱好、希望全部咽回肚里，活现出怕老婆的可笑面目。也许有人以为，曾文清内心还埋着对愫方的爱情，还存在着美的因素，殊不知这种美是虚假的、空洞的。愫方是曾文清在这个家庭中的唯一的精神寄托，可是当他被曾思懿逼着把愫方给他的信退还愫方时，他竟乖乖地照办了。一个人心底最神圣的东西也可以任人侮辱，那末这样的东西果真是神圣的吗？当看到自己所爱的人陷入由他造成的无边黑暗中时还一无所为，这样的爱还是真挚的吗？不！正象契诃夫笔下的齐布德金的好心肠实际上是冷心肠那样，曾文清好象是爱愫方，而实际上正是他害了愫方。他的“善良”和“美”，是与寄生、渺小、空虚结合在一起的。曾文清的命运也许有值得人同情的地方，但更由于他本身只是个“生命的空壳”而显出内在的可笑。因此曾文清已不是个单纯的悲剧人物，而是一个含有悲剧性因素的喜剧人物。

曹禺剧作中第三类人物，悲剧的抒情性和喜剧的讽刺性结合得更紧密。它的特点是“讽刺藏在里面”，作者对方达生就是这样处理的。方达生是《日出》中唯一没有陷入污泥浊水的人物。他有憎恶敌人，对苦难人民同情的正义感，但他并不懂得拯救人民的力量所在，因此他那和敌人拼一拼的决心，就不免是个空想。曹禺指出：“《日出》末尾方达生说：‘我们要做一点事，要同金八拼一拼！’原是个讽刺，这讽刺藏在里面，……这帮‘无组织无计划’，满心向善，而充满着一脑子幻想的呆子，他们…… 自己能否为大家‘做一点事’，……就有些茫茫然。”[①]循着作者对人物的解释，可以看出，作者即使对自己心爱的人物，也揭示出他们的思想行为有与现实不符的矛盾方面。对于愫方，作者也是藏着讽刺的。愫方的内心是非常光明和坚强的，但是生活环境的狭窄造成了她眼界的狭窄，当她流着欢欣的眼泪，诉说她心甘情愿地为曾文清承担一切牺牲时，在读者、观众的心胸里，一方面感受到愫方灵魂的美丽、高尚，但另一方面不免为她惋惜，因为她如此倾倒的曾文清，只不过是一个她心造的幻影而已。在这里，深沉的悲剧的抒情和含蓄的喜剧的讽刺多么奇妙地交相融合。这时，在曹禺的嘴角边，大约也会象契诃夫那样，对他心爱的人物流露出一抹隐约的忧伤的微笑的吧。自然，由于在写《北京人》时，曹禺已约略知道出路在什么地方了。因此他让愫方终于从即将合上的棺材里逃了出来，愫方比方达生更有希望冲破黑暗去迎接太阳。愫方的形象从悲喜剧式人物上升到了正剧的高度。

如果曹禺站在与现实生活同样的高度，对于黑暗现实只是充满激情的反抗，他只能写出象《雷雨》那样的悲剧；而当他站在高于现实的未来的高度时，他看出了现实中那些必将随旧制度一起灭亡的荒谬事物，他便写出了《日出》《北京人》那样喜剧中的悲剧、悲剧中的喜剧。在这个意义上，我们便不难理解马克思所肯定的“喜剧高于悲剧，理性的幽默高于理性的激情”这一论断。[②] 由于曹禺受到契诃夫艺术创造的极大启发，也由于他对生活认识达到了一个新的高度，因此，他的剧作从《雷雨》开始的悲剧样式发生了潜移默化的变化，形成了契诃夫式的悲喜交融的新型样式。这是在我国戏剧史上曹禺作出的又一出色的创造。

人各有所长，各有所短，但若是有人能把别人的长处学来，弥补自己的短处，那末他就比一般囿于自己短处的人要强得多了。这个道理，在艺术上亦一样。歌德说过：“我们身上有什么真正的好东西呢？无非是一种要把外界资源吸收进来为自己的高尚目的服务的能力和志愿。”[③]把外界或他人的经验，借鉴、吸收过来，从而提高自己的能力，是任何艺术家必具的基本能力，也是一个艺术家真正才能的所在。一般地说，艺术家总是对比较接近自己性格的，为自己所爱好的东西感兴趣，因而也就容易为他所借鉴、吸收。因此艺术史上常常形成风格特色相类似的流派或思潮。但是某些杰出的天才，却往往能冲破这条无形的界限，以宏大的气魄和强大的消化能力，吸收和消化各种特色各种格调的经验。他们不但能汲取与自己相近的大师们的营养，还能学得与自己不同的艺术家的长处，这样他们就能取得远远高出于一般艺术家的杰出成就。莎士比亚、托尔斯泰都是出色的范例。

曹禺和契诃夫在他们都是真正的戏剧诗人这点上是相同的，他们对生活都有敏锐、深切的理解，尤其对人物内心的变化更有细致诗意的感受。但是就他们的内在气质来说，却

① 曹禺：《日出·跋》，见《日出》，文化出版社，1936 年初版。
② 《马克思恩格斯全集》第 15 卷，第 587 页。
③ 《歌德谈话录》第 250 页。

是不同的。曹禺的个性是鲜明而强烈的，但契诃夫却是温和而含蓄的，在这方面曹禺是更接近莎士比亚、易卜生一类大师的。也正是莎士比亚、易卜生一类大师的艺术经验，使曹禺形成了接近于他们的基本风格，这就是紧张激烈的戏剧冲突和鲜明突出的艺术形象。但与此同时，曹禺还进入了契诃夫戏剧创作的独特境界，从中学到了那生活化的散文诗体式结构，借鉴了契诃夫善于展示在平常状态里人物深藏的内心世界的艺术经验，他改变了不从悲剧一端即从喜剧一端去展示生活的单一戏剧样式。对契诃夫艺术经验的吸收和融化，使曹禺剧作的戏剧冲突趋向于含蓄深沉，使曹禺笔下的戏剧人物的性格趋向丰富深邃。曹禺剧作在莎士比亚、易卜生一类大师影响下形成的宏伟明丽的基本风格的基础上，又融进了契诃夫那诗一样幽远深沉的韵味。钱谷融先生指出："曹禺作品在风格上，却与这两位有显著差别的大师，都有许多很相接近的地方。要为曹禺的作品找寻精神上的近亲，人们是很有理由提出莎士比亚和契诃夫两个来的。"①钱先生的观点是很精当的。曹禺正是以强大的艺术接受能力和创造能力，不但吸收了与他风格接近的莎士比亚艺术养料，而且还消化了与他风格不同的契诃夫的艺术精华，终于成为我国现代戏剧史上第一流的戏剧大师。

1982.7 写　1982.12 修改

原载《文学评论》1983 年第 4 期

① 钱谷融：《曹禺戏剧语言艺术的成就》，见《社会科学战线》1979 年第 2 期。

《雷雨》与《榆树下的欲望》之异同给我们的启示

张　宁

我国剧作家曹禺的《雷雨》(以下简称《雷》剧)与美国剧作家奥尼尔的《榆树下的欲望》(以下简称《榆》剧),是两部具有很多相似点的剧作。譬如,在表现主题方面,《雷》剧的女主人公蘩漪和《榆》剧的女主人公爱碧都采取了乱伦这一悲剧的方式来反抗造成悲剧的环境与时代,又都是以失败的结局告终。同时,乱伦发生的场所又都是客厅。这些惊人的相似之产生,绝非偶然,正如曹禺所说:“我接触了易卜生,莎士比亚,然后碰到的就是欧尼尔。他的剧本故事性很强,我很喜欢他的前期作品,那些作品是很现实的。”[①]《榆树下的欲望》正是一个明显地影响了曹禺处女作《雷雨》的作品。这种相似的影响是否真象法国比较文学家提格亨所说,仅仅是单纯的不同文学之间的流传和借用关系呢?[②] 要正确回答这个问题,我们不能不借助于马克思主义的基本原理作具体、深入的分析。

首先,让我们看看产生《榆》剧和《雷》剧的时代是怎样一个“现实”。第一次世界大战后的美国,人们生活在一种“不可思议的、痉挛性的文明中,到处是慌张、混乱和斗争。”[③]战争毁灭了人的信仰和道德,同时传来的欧洲各种资产阶级哲学、心理学的影响,更加强了早已存在的对金钱和物质主义的膜拜。金钱与情欲的结成一体,则成了这个社会许多家庭成员的唯一“欲望”。它浸透于社会生活的各个方面,“在个人生活中是不安或者近于恐慌;在家庭中——对丈夫、妻子、父母、孩子来说——则是混乱;在公民品行、个人忠诚与性生活方面(我不愿列举所有方面,我们已经听腻了)——是更加混乱。”[④]这,便是作家奥尼尔面临着的时代,他通过艺术形象来再现二十世纪初美国社会那个“发疯了”的年代,来表现金钱和欲望支配下的资产阶级婚姻、家庭关系的本质,确实是最为深刻不过了。正如恩格斯剖析的那样:资产阶级“用公开的、无耻的、直接的、露骨的剥削代替了由宗教幻想和政治幻想掩盖的剥削”[⑤],它“把一切变成了商品,消灭了过去所留下的一切古旧关系,它用

① 《曹禺同志谈剧作》,1975年第一期《文艺报》。

② 提格亨:《比较文学论》。

③ 定德烈·其鲁瓦:《美国史:从威尔逊到肯尼迪》18页。

④ 索尔·贝娄:《在诺贝尔奖金授奖仪式上的讲话》,转引自复旦大学编《外国文学》1980年第1期第347页。

⑤ 《共产党宣言》第27页。

‘自由’契约代替了代代相因的习惯、历史的法权。”[①]这也就使得婚姻“愈变为露骨的卖淫”[②]。爱碧和凯伯特父子的关系，正是现代资产阶级金钱指挥棒下的畸形、变态的家庭婚姻关系的一个突出、深刻的佐证。

那么，曹禺所面对的又是怎样一个社会现实呢？资本主义在中国尝试的失败，帝国主义殖民势力与封建主义的日益交织，新思想的传播、仁人志士的追求、探索。这一切形成了中国社会的复杂、动荡状况，中国正处在“一种惶惶不可终日的局面之下”[③]。家庭是社会的最小细胞，亦最能反映社会的种种问题症结。《雷》剧所反映的，也正是这一社会变化过程中，资产阶级个性解放在中国由开始到半途夭折的一出悲剧。蘩漪与周朴园父子的矛盾，实质是资产阶级和与帝国主义纠葛在一起的封建势力的搏斗。他们之间的乱伦关系，更是深刻地揭露了封建主义的罪恶，以及按封建伦理建立起来的家庭关系在西方资产阶级思想冲击下，在中国这一特定的土壤上的剧烈分化与重新组合。

从两出悲剧的比较中，我们还可以看到，女主人公爱碧和蘩漪所具有的本质相同的悲剧命运和某些相似的性格特征，进一步显示出两个时代所共有的悲剧性和作家认识生活、表现生活的某些共通性。

爱碧和蘩漪在她们各自的家庭中都是最不幸者和对旧秩序的最积极的破坏者。她们与其他家庭成员的矛盾，充分体现了她们与社会的矛盾。恩格斯说：“现代的个体家庭是建立在公开的或隐蔽的妇女的家庭奴隶制之上”[④]的，这决定着爱碧和蘩漪从做新娘开始，就陷入了悲剧的重围。老凯伯特的财产和庄园是爱碧嫁给他的原因；蘩漪则是“为了门当户对，受父母之命，媒妁之言，稀里糊涂的”[⑤]嫁给了周朴园，成为周家的一个摆设。由于“以两方底相互爱情高于其他一切考虑为结婚理由的事情，在统治阶级底实践上是从来没有听说过的”[⑥]，毫不奇怪，凯伯特和周朴园娶亲结婚的目的都是为了获得一个家庭奴隶，泄欲工具。凯伯特毫不掩饰地说：“一家里总要有一个女人。”周朴园“所企望的”仅仅是个“百依百顺的旧式瓶花”，[⑦]从而，爱碧和蘩漪的“玩物”和“工具”的悲剧命运就被决定了。她们的出嫁过程正是她们自身被商品化和奴隶化的过程，因而她们就连“那古代所仅有的一点夫妇的情爱”[⑧]也没有。而且，她们各自的丈夫又都是家庭生活中冷酷、专制的暴君，这种一切服从于我、变人为物的专制偏偏又是爱碧、蘩漪这两个年轻貌美、热情倔强的女性所不能忍受的。正是在这压抑的气氛下，她们被歪曲地、变态地渴求着人的正常感情，而生活所能提供给她们以寄托爱情的又只有丈夫前妻之子。于是，她们终于采取了乱伦

① 恩格斯：《家庭、私有制和国家的起源》，第 75 页。
② 恩格斯：《家庭、私有制和国家的起源》，第 71 页。
③ 《星星之火，可以燎原》，《毛选》一卷第 105 页。
④ 恩格斯：《家庭、私有制和国家的起源》，第 70 页。
⑤ 《曹禺谈雷雨》，《人民戏剧》1979 年第 3 期。
⑥ 恩格斯：《家庭、私有制和国家的起源》。
⑦ 曹禺：《关于〈雷雨〉在苏联上演的通信》。
⑧ 恩格斯：《家庭、私有制和国家的起源》，第 79 页。

的方式来与压抑的现实相对抗。但是，在旧社会里，女子要反抗不合理的婚姻去追求爱情，并非一件易事。尽管爱碧不顾世俗与伊本相爱了，但在社会面前，她争取爱情的行动不过是“纵淫”之举，男人们猥亵地对她说：“爱碧，要是你什么时候对伊本感到厌烦了的话，还有我呐！”（第二部分第五场）尽管蘩漪冒着灭伦大罪私下里与周萍相爱，但也只能落得个被玩弄被抛弃的结果。为了反抗，为了爱情，她们不惜面对整个社会的重压，甚至牺牲了做母亲的权力。爱碧亲手捂死了自己的儿子，蘩漪否认道：我不是他（周冲）的母亲，不是，不是……”然而，无论怎样，她们总逃脱不了时代为她们安排下的悲剧结局，因为她们本身便是悲剧时代的产儿。曹禺之所以接受了奥尼尔的启迪，塑造出蘩漪这一独特的形象，根源也就在此。目睹着旧中国社会的伦理道德的腐朽、变态和混乱，眼看着“多少蘩漪，在阴沟里讨着生活……受着他人的嫉恶，社会的压制，……抑郁终身，呼吸不着一口自由的空气……”①作者按捺不住自己的创作冲动了，于是，与爱碧相似的又一成功的典型形象蘩漪就活脱脱地走上了中国的艺术舞台。

采用相似的象征手法来渲染和烘托人物活动的具体环境，更是充分表现了曹禺对奥尼尔剧本的深刻理解以及对自己笔下人物及其环境的准确把握和了解。

客厅是《榆》剧中伊本生母的停灵房，也是《雷》剧中周萍生母的遗像、遗物陈列室；凯伯特家的客厅自从“妈死后始终没打开过”，百叶窗总是关着，周家的客厅“就是白天也是一个人也没有”的（鲁贵语），即使在盛夏，窗户也仍然关着。

作者对这两间客厅的精心设计，是有它特殊的象征意义的。伊本的生母劳累一辈子死在农场上，不过是一头牲口，一件工具；周萍的生母更是这个封建家庭的牺牲品，为森严的等级制度所吞噬，她不过是作为周朴园一件心爱的玩物、奴隶，玩够了便可随意抛弃。两间客厅的这种设计和气氛，正象征着伊本和周萍亡母的命运将在爱碧、蘩漪身上的延续。历史的和现实的悲剧，在这小小的客厅中得到了巧妙而真实的展现。充满着悲剧时代抑郁气氛的客厅，实质是当时中国“光怪陆离的社会”“梦魇一般”的现实的深刻反映。曹禺对这一特殊环境，特别是这种精彩的象征手法的借鉴，是运用得很成功的。

上述诸方面，清楚地展示了曹禺受奥尼尔影响的社会根源。它有力地证明了恩格斯的下述论断是非常精辟的：“政治、法权、宗教、文学、艺术等的发展是以经济发展为基础的。……经济条件归根到底终究是有决定意义的，是构成一个鲜明线索以贯穿全部发展进程并唯一令人能理解到这个发展进程的。”②《榆》《雷》两剧的上述影响与被影响的关系，是以社会生活经济条件为基础的。

爱碧和蘩漪都有着那样相似的悲剧命运，那样相似的以乱伦获爱的反抗行动，但是，她们步入悲剧之途的起因却是全然两样：爱碧是带着明确的对物质的占有欲到凯伯特庄园来的，正如她自已表白的“我和象他这么一个老头结婚又能图什么别的呢?”这种以贪钱和财富为杠杆的婚姻结合，似乎是“自愿缔结”与“双方同意”的，但本质上是金钱、私欲驱

① 《雷雨》序

② 恩格斯致施塔尔根堡的信。

使下的出卖肉体的奴隶式合同，它典型地代表了资产阶级的婚姻家庭关系。而蘩漪是莫明其妙、身不由己地便成了周家的太太。这是“家势利益”加封建“父母包办”的婚姻，是资本与封建双重势力的“奴隶拍卖”。正是这种不同的社会制度及其婚姻制度，决定了她们性格上的差异、行动方式的不同。在资本主义“自由”“平等”的虚伪外衣下，爱碧的行动和性格自始至终具有着占有财物的主动性、进攻性。她带着欲望而来，一进家门，便将一切归于“我”的名下，房子、卧室，进而伊本。在客厅求爱这场戏中，她完全是个进攻者、征服者，而伊本只是她的手下败将。蘩漪的情形则不然，她是千百年来形成的封建关系与资本主义势力交缠的法网中的弱女子，她的婚配是一次被拍卖的交易，婚后的生活是囚徒般的，而她不过只想求个“安安静静地等死”，甚至于爱情的“扭曲”萌发，也是由于周萍的“引诱”，随后她便全盘地将“性命”、“名誉”、希望、肉体和感情交付予了这个封建资本家的大少爷。同样发生在客厅里的“闹鬼”事件，鲁贵听到的却是“屋子里啾啾地象一个女鬼在哭，哭得惨！”可见，从一开始，蘩漪的地位就是被动的、消极的。而这一切恰恰符合了旧中国女子低下政治待遇和经济地位，及其道德伦理观念。

的确，导致爱碧和蘩漪最终不幸的直接原因都同样是为恋人所弃。伊本和周萍对待这两个女人的冷酷行为都是对他们父辈所代表的统治力量的承继，但是，这种统治力量分别反映在这两个人身上，却代表着两股迥然不同的势力。伊本因怀疑爱碧引诱他生下小继承人，是为了与他争夺农场的继承权，于是，一种强烈的对物质的占有欲使他断然推翻了与爱碧在乱伦基础上建立起来的爱情关系，迫使爱碧采取了杀子这一最野蛮、最残酷的行动来表白最真诚、最痛苦的“爱”；周萍摆脱蘩漪固然因由很多，但其中最主要也是他所最害怕的一条，则是灭伦罪。封建伦理道德的“魔影”使他不可能不“忘掉”和背弃了他曾经对后母产生的情爱和盟誓。他对封建势力的投降，他的退却和自私，终于将蘩漪逼上了退无可退的绝路。伊本身上沾染的金钱铜臭和周萍的封建意识，是使爱碧和蘩漪的行动同中有异的又一原因。同时，它使我们看到了一条延续性的资本和封建的力量怎样以不同的方式导致了两个女人的最终悲剧。不应忽视的是爱碧和蘩漪结局的不同，关键又在于伊本和周萍在家庭中的不同地位。在凯伯特庄园，不但伊本的母亲是奴隶，伊本连同他的兄弟们也都是老凯伯特的长工，在财产继承权上，他们与冷酷、贪婪、自私的凯伯特有着不可克服的矛盾，因而，虽然伊本一方面具有着强烈的物质占有欲，但另一方面被奴役的地位也使他还多少得持点人的本性，所以最后他能摆脱一切欲望的羁绊，和爱碧一起走向监狱。周萍则是周家的长子，在封建家庭中有着一定的地位，他与周朴园没有什么根本的利害冲突，在很多方面他是支持而且敬佩父亲的，加上在具体的生活环境中形成了的他性格上的自私和懦弱，他就更不可能也不敢为了一个女人，去牺牲父子关系，牺牲个人名誉和家势利益。所以蘩漪的命运只能以“发疯”来结束一切。资产阶级家庭关系和封建主义家庭关系的不同，在作品的同中之异里体现得是何等的深刻啊！这难道只是“两个因子间

的‘一元的’关系”，[1]只是“事实的联系”、渊源、影响、媒介[2]的关系能够解释得了的吗？

通过对《雷雨》和《榆树下的欲望》两剧的比较分析，我们发现由影响导致的相似，是完全可以在社会生活中找到其现实依据的，相异无疑是不同的社会生活的必然结果，而同中之异却能更进一步地说明：社会生活对作家作品的制约作用是不以任何人的意志为转移的，即使是在文学作品之间相互影响痕迹如此明显的两部作品的最相似点上，它也无所不在地显示着自己的强大力量。一部成功的文学作品受到别的国家别的民族的文学的影响，哪怕是这种影响再大，只要它在本国人民当中获得了艺术生命，它就远不是单纯地用“影响”来概括解释得了的简单的文学现象。

综上而论，《雷》《榆》两剧的同和异启示我们：即使在比较文学的影响研究当中，马克思主义关于经济条件终究对文学的发展起着决定性作用的理论是完全适用的，是决不可忽略的。要建立比较文学的中国学派，我们切不可忘记了马克思主义的历史唯物主义和辩证唯物主义的科学原理。“经济条件归根到底终究是有决定意义的，是构成为一个鲜明线索以贯穿全部发展进程并唯一令人能理解到这个发展进程的。”这无疑是我们打开比较文学研究之门的一把钥匙。

原载《广西大学学报》1983 年第 2 期

① 提格亨：《比较文学论》。
② 威莱克：《比较文学的危机》，《文艺理论研究》1981 年第二期。

曹禺戏剧与契诃夫

朱栋霖

一

曹禺戏剧创作受到契诃夫戏剧的影响，这是人所共知的事实。1935年他写《日出》，对契诃夫戏剧颇为着迷。契诃夫戏剧的卓越艺术是多方面的，从《日出·跋》中我们可以看到曹禺当时感兴趣因而给他创作《日出》以一定影响的，一是情节、结构的平淡无奇，二是刻画人物灵魂的高度艺术。这是曹禺当时对契诃夫戏剧的个人理解，也与他对《雷雨》技巧上"太象戏"的不满足有关。《日出》中张牙舞爪的穿插、曲折变幻的情节减少了，结构上不用一个主要情节、主要冲突来组织全剧。陈白露休息室里集中了资产阶级社会形形色色人物，他们出出进进，扯皮调笑，唱戏打牌，这些日常生活场景的描写比较接近契诃夫。并且通过许多互不关联的生活事件来深入探索陈白露的内心冲突，尤其是第四幕中陈白露与王福升的一段对话，各说各的，就象《三姊妹》第二幕安德烈与公务员费拉彭特的一段台词一样，颇富契诃夫风味。还应该指出的是，曹禺初次接触契诃夫戏剧，对于他"深邃艰深"的艺术并不能完全心领神会，得心应手地运用。契诃夫戏剧只是部分地影响了《日出》的创作，还没融合进这位中国剧作家的整个创作个性中。例如，就人物论，顾八奶奶与《樱桃园》中郎涅夫斯卡雅有许多相似之处，但是契诃夫对人的复杂心理具有细致、深入的把握，他细致地处理了自己的主人公而没有流于粗率，写出了"有灵魂的活人"。《日出》写顾八奶奶有其成功之处，但喜剧性中缺少点更深沉的东西。这主要决定于这位青年艺术家刚踏上社会时对生活的认识，而他当时对契诃夫"深邃艰深"的艺术也还没有透彻地领悟。

艺术的发展，往往取决于作家对生活认识的提高。契诃夫的现实主义艺术，更要求作家深入地把握生活和生活中的人。曹禺写《北京人》，已是六年之后，他的生活阅历，艺术经验都更为深刻、成熟，在艺术方面也有深刻的"反省"，因而对契诃夫戏剧艺术的领悟与借鉴就能得心应手。他写《日出》时曾经为之倾倒而未能实现的夙愿，在《北京人》中实现了。契诃夫引他进入一个更为风光旖旎的戏剧美学王国，使《北京人》呈现出一片新的艺术风貌：平淡幽远中的深沉紧张，忧郁哀伤而明朗乐观的情调，满贮着幽婉深长的抒情诗意。这风格显然有别于《雷雨》的紧张热烈激荡郁愤。它既保持了曹禺戏剧风格中属于他个人所特有的一贯稳定性特质，又增加了新的艺术因素。艺术的发展与新的风格的形成，主要得力于契诃夫。

中外戏剧家之间这种艺术上的影响性关系，引起我们探讨的兴味。我们需要进一步了解，究竟什么是契诃夫戏剧艺术的真正特色？它对曹禺戏剧发生了哪些影响？曹禺是怎样吸收契诃夫戏剧艺术，怎样形成自己的独特风格的？

我们发现，在契诃夫戏剧影响下，曹禺的戏剧观有所发展和变化。他学习契诃夫现实主义的编剧艺术，致力于描写日常生活琐事的叙事性和潜伏的内心冲突；他的戏剧审美观比较接近契诃夫，因而他的人物也具有契诃夫式戏剧人物的美感特征；他在戏剧语言、气氛渲染、哲理象征等方面，吸收了“契诃夫式的新形式”，发展了剧本的抒情性与诗意。总之，曹禺在自己的创作个性中成功地融合进了契诃夫戏剧艺术的现实主义精神，实现了对“自己”的新的突破。

二

作为剧作家，所谓他对“自己”的新的突破，最根本的在于戏剧观的发展变化。契诃夫对曹禺的影响，也主要表现为推动了曹禺戏剧观的发展，这首先表现在编剧艺术上，他对戏剧事件的选择、对戏剧冲突的构思和对戏剧性的认识上，那就是：致力于描写日常生活琐事的叙事性与潜伏的内心冲突。

从编剧艺术看，《雷雨》是典型的易卜生式的戏剧，曹禺彼时的戏剧观完全是欧洲传统型的戏剧观。这种传统的戏剧观与编剧艺术中，情节与冲突在剧中占有重要地位，每部戏都有一个中心事件，由这个中心事件产生戏剧的主要冲突即中心动作，戏剧就等于这个中心动作本身，戏剧性来源于紧张激烈的冲突，因此戏剧又被称为“激变的艺术”；而且这个中心事件往往是一个非常性事件（如《雷雨》中周、鲁两家三十年的纠葛，又如哈姆莱特复仇、罗密欧朱丽叶的悲欢离合，娜拉的家庭变故等），戏剧实际上采用了通过一个紧急事件来考验人物的办法。在结构安排上，以中心情节的发展来组织场面，每一幕的若干场面都是紧紧围绕着中心动作这个主轴展开的，通过一个接一个场面的展开来推动中心动作的发展、主要情节的展开。这样的戏剧观与编剧术有力地强化了《雷雨》紧张激荡的风格。《雷雨》艺术上的许多长处是其他特点的艺术不能替代的，另方面，《雷雨》紧张激荡的风格确实与一些“太象戏”的因素分不开。《北京人》中这些“太象戏”的因素消失了，张牙舞爪的穿插不见了，出现了以描写日常生活琐事为主的叙事性特点。幕布拉开，我们看到，一会儿仆人告诉太太有人来讨账，而这时陈奶妈从乡下来拜节了；一会儿妻子叫丈夫起床，而曾文清与陈奶奶隔着墙闲扯起来；一会儿曾思懿与曾文清为一幅画发生口角，而姑老爷江泰则在屋内大骂；忽儿曾思懿教训着儿子，忽儿曾霆与袁圆在一起玩耍，忽儿曾思懿又指桑骂槐，训斥瑞贞……许许多多琐碎的生活，许许多多小小的场面，一幅画引出一场风波，一只鸽子招来几声感慨，一只风筝带出几个人物拜节、吃饭，三句闲谈、两声唏嘘、一场口角都可以构成一个个戏剧场面，成为戏剧表现的主要内容，它们都是这个封建家庭内经常发生的日常性生活，不是象《雷雨》那样可能发生的非常性紧急事变。第一幕有近五十个戏剧场面，旁枝逸出，似乎不经意地发生，随意地展开，若断似续，忽隐忽显，生活就象流水一样在这里慢慢流着，流着，而不象《雷雨》，同样第一幕，六个主要场面都紧紧围绕着与周萍戏剧动作这根主轴连贯性地展开。曹禺严格地按照生活的本来面目描写生活，从生活出发，把戏剧当作生活本身，让生活自然朴实地展开，象一股潺湲流水顺顺畅畅流淌，时而荡起一圈涟漪、几簇浪花。这显然与契诃夫一样把戏剧“生活化”了。

契诃夫作为戏剧大师，在戏剧史上的主要贡献之一，就是对欧洲传统的编剧法的革新，因而引起了戏剧观的变化。契诃夫与易卜生之间，形成了戏剧发展史的两个不同阶段。他的剧作，从《海鸥》开始，包括《万尼亚舅舅》《三姊妹》《樱桃园》，被称为“新型的戏剧艺术”，形成了契诃夫戏剧的独特风格。他的崭新的戏剧观表现在编剧艺术上，就是传统戏剧观中的情节与外部冲突降为次要地位，而代之以描写日常生活琐事的叙事性与潜伏的内心冲突。契诃夫认为，艺术家应该“按照生活的本来面目描写生活”①，人们周围大量存在着的是平常生活而不是非常事件，是分散的现象而不是集中的事变，现实主义就是应该朴实无华、不加编造地通过这种平平常常的生活描写去启迪人们。他的戏剧不重情节，不用中心动作与中心事件（即使有也是引线），有意把决斗、自杀、破产等强烈的戏剧动作放在幕后，而取材于平凡生活、日常琐事，运用大量详细的生活细节编剧。这些日常琐事、生活细节，在传统的编剧中只是作为动作产生的背景、人物性格的补充，而现在是直接组成戏剧事件的一个个重要因素。他说：“必须写出这样的剧本来！在那里人们来来去去，吃饭，谈天气，打牌”②，戏剧性事件的出现，不是在生活琐事之外，而就在生活琐事之中，在那些似乎无关紧要的琐事后面隐藏着深刻的悲剧。他的戏剧场面众多琐碎，场面与场面之间的剧情是不连贯的、分散的，更不围绕一个中心动作的轴展开，而象琐碎的日常生活本身一样自然铺展。这些就形成了描写日常生活琐事的叙事性特点。要把一向不被人注意的日常生活琐事非常朴素又深刻地表现出来，只有技巧娴熟的艺术家才能做到，契诃夫出色地做到了。这一点又为曹禺所接收。

戏剧观的发展变化还包括戏剧冲突的构思与对戏剧性的看法上。当我们继而讨论到曹禺戏剧冲突的特点时，注意一下契诃夫戏剧的潜伏的内心冲突的特点，注意一下《北京人》和《樱桃园》《三姊妹》的戏剧构思，不是没有意义的。《北京人》表面的情节线索是曾皓棺材被拍卖事件，曹禺以棺材象征封建阶级的灭亡，又在剧中用虚实结合手法写了现在、过去和未来三种“北京人”，来象征剧本主题埋葬旧生活、走向新生活的双重含义。他以棺材事件为引线，一步步展示封建家庭无可挽救地崩溃的命运。正是这样，《北京人》被人们称为“中国《樱桃园》”。《樱桃园》的表面情节是樱桃园被拍卖的前后过程，契诃夫以樱桃园象征旧生活的诗意与美，又通过樱桃园被拍卖表现向旧生活告别的主题。戏剧写了三方面人物：没落贵族生活的代表、资产阶级暴发势力和年轻的新一代人物，戏剧的内在运动就是樱桃园拍卖这一事件在上述人们心灵上的反应和心理变化过程。《北京人》的戏剧冲突的构思也是如此，我们进而发现，在剧中这条表面情节线索之下，还有条内在戏剧动作线、真正的戏剧冲突：人与封建主义精神统治（也即整个环境）的内心悲剧性冲突。它是以隐藏在表面情节之下的剧中人自身内心冲突的独特形式存在的。《北京人》的外在情节

① 《契诃夫论文学》，第217页。

② 《契诃夫论文学》，第395页。

线引出旧家庭中的日常生活与纷繁矛盾，其中曾思懿之于愫方、曾文清的关系是一条重要线索，正如《三姊妹》中娜达莎进攻三姐妹的外在情节线一样。曹禺的用意也不在表现这些事件中人物的直接目的，曾思懿对愫方、曾文清的逼迫只是表面的戏剧事件，而且懦弱的曾文清只是退让，愫方根本不想与对方冲突；在曾霆与瑞贞的离婚问题上，双方的意志也都没有遇到对方任何障碍，没有形成戏剧冲突。曹禺象契诃夫《三姊妹》一样把戏剧冲突置于剧中人的内心：曾文清内心那真正的人要摆脱这环境的微弱要求和终于被旧生活毁灭的悲剧性冲突，尽管他与曾思懿、曾皓、愫方都有交锋，一切外部事件无非引起、激化和表现那潜藏的内心冲突；愫方那美好心灵遭受封建势力摧残，和最后终于挣扎出封建牢笼的心理过程；透过瑞贞与曾霆的离婚事件，我们不是更深切地感受到瑞贞冲出这牢笼的坚强意志和曾霆的内心苦闷，通过曾霆与袁圆那朦朦胧胧的初恋，我们不是更真切地感受到囚禁在封建精神桎梏下的人向往生活的朦朦胧胧的要求吗？这一切形成了《北京人》中人与封建精神统治的内心悲剧性冲突，这是人与整个环境的内心冲突，构成了一条与表面情节线相呼应的内在动作线。

《雷雨》的戏剧冲突、就是剧中人蘩漪与周萍、蘩漪与周朴园、周朴园与鲁妈之间心灵对心灵的直接的正面交锋，每个人都怀着深仇宿怨，斗争难解难分，形成了《雷雨》紧张热烈激荡的风格。而现在曹禺戏剧冲突所呈现的新特征，却与契诃夫戏剧潜伏的内心冲突的独特形式一脉相承。契诃夫戏剧被人们称为“非直接动作”的戏剧，其实并不是没有戏剧冲突、没有戏剧性，而是以潜伏的内心冲突、内在戏剧性的特殊方式存在。这是因为，契诃夫戏剧的主人公们都向往着美好的生活，但是他们被庸俗势力、鄙陋习气所包围，苦苦挣扎而徒劳无益，因而产生了剧中人与现实环境的冲突。但是契诃夫的苦闷、软弱、好独自沉思的剧中人，并没有同对立的势力、人物进行正面交锋，只是怀着个人的未能实现的愿望，孤独地寻求着生活的新路。因此冲突没有外在化、尖锐化，而转入剧中人自身的心灵内部，是一种在沉思、拘谨外形下的人物内心的紧张斗争：人与庸俗势力、环境的内心斗争。从而形成了潜伏在表面情节之下的内心冲突的戏剧暗流，这就是契诃夫戏剧的特殊的戏剧性。《三姊妹》的表面情节是：代表庸俗势力的娜达莎侵入了三姐妹的生活，她逐渐把全家掌握在自己手里，最后是她的完全胜利和三姐妹的孤独。如果说戏剧的外部行动是循着庸俗势力的进攻与三姐妹的后退的线索滑行的话，那么更为重要的是它的内部动作，是三姐妹要求摆脱庸俗势力包围、寻求创造性劳动、向往莫斯科的内心斗争。契诃夫有意不让三姐妹与娜达莎直接对抗，而通过大量生活琐细场面，从人物精神世界的刻画中，着力表现她们内心的苦闷之情与追求生活的热望——正如一位契诃夫戏剧的著名导演所指出的：“他所创造的人物在无动作中总是隐藏着复杂的内部动作。”①戏剧冲突由人物与人物之间的外部的直接交锋、正面对抗而转入人物自身的内心，戏剧性是由潜伏的内心冲突的独特方式产生的，这是契诃夫戏剧观、编剧艺术区别于传统的戏剧观、编剧艺术

① 《斯坦尼斯拉夫全集》，第一卷第261页。

的又一重要特征。

契诃夫的戏剧观与编剧法就决定了契诃夫戏剧的基本风格，而且他的戏剧不仅外部动作被弱化了，内在冲突也不够激烈，更多地显示出一种沉思与诗意哲理探索，因而戏剧风格平淡而隽永。曹禺创作《北京人》，除了受到契诃夫影响，发展了自己的戏剧观，丰富了自己的创作个性与戏剧艺术外，还保留了自己创作个性与戏剧艺术中属于他个人所特有的一贯稳定性因素。他所展示的是旧式家庭中的人物，因此表面的矛盾迂回曲折，外在戏剧行动比较平缓冲淡，但是这些人在遭受封建精神统治磐石般的重压下，受尽折磨而难得出路，内心处于紧张探索，苦苦挣扎、激烈冲突之中。曹禺这一固有因素，融合进契诃夫式的描写日常生活琐事的叙事性与潜伏的内心冲突的特色，形成了《北京人》艺术风格的第一个特征：平淡幽远而深沉紧张。

三

在形成戏剧风格的诸因素中，戏剧人物是个重要因素。戏剧以表现剧中人的精神世界为主要内容，当剧中人的感情被充分地表达出来，舞台上就充溢着同样的感情激流。戏剧人物具备怎样的精神生活特征，戏剧风格就会呈现出相应的特征。这就是说，戏剧人物的美感特征影响了戏剧风格。而这些美感特征的产生又主要取决于作家创作个性的个人特点，他对生活的审美感受和他处理戏剧人物的美学原则。一个剧本中当然有各种不同的人物，但是这些戏剧人物都具有某些内在一致性，即强烈地染上了这位剧作家创作个性中的审美主体心理特征，他们是同一位艺术家的精神血统的产物，因而不能不带上这位艺术家的精神个体性因素的深深痕印。正象莎士比亚的戏剧人物都是一下子卷入感情的漩涡而无法用理智来稍稍控制自己，他的戏剧风格因而也是激荡而奔放的。契诃夫、曹禺的戏剧人物与戏剧风格的内在联系同样如此，而两位剧作家在这方面的关系也颇耐人寻味，其中最关键的是他们的戏剧审美观——作为剧作家的审美主体心理。

这里，首先要指出的是契诃夫与曹禺处理戏剧人物的美学原则，这是他们现实主义戏剧艺术的重要内容。古典戏剧中的悲剧主角都是英雄人物，在契诃夫之前的俄罗斯古典剧作家奥斯特罗夫斯基戏剧的主人公，无论卡杰琳娜还是和柳鲍芙都是品性高贵的女性，契诃夫的戏剧人物都是小人物、灰色人物，他从十九世纪末俄罗斯现实环境中提取了他的戏剧人物，描写他们的悲剧命运，塑造了“这一群软弱无力的人的厌倦的灰色行列”①。契诃夫的戏剧人物，是他在戏剧史上的独特贡献。契诃夫比一般作家更着意于展示这些人物精神世界的复杂性，剧中人大多富有才能又软弱无能，向往生活又颓唐消沉，即使象朗涅夫斯卡雅那样无能的寄生虫，也有许多引人同情的善良与不自私。契诃夫看到了人的复杂，因而也决定了他对这些人物的双重态度：深重地责备他们的无能又同情他们的不幸命运。契诃夫的根本目的是谴责社会，他认为：一个人的生活道路的选择有自己的责任，

① 高尔基：《安东·契诃夫》，《文学写照》第112页。

但这种生活立场，个人品性的形成并不单单取决于他个人的主观要求，更取决于他生存的具体客观条件，因此要改变这种状况，必须根本改变现实本身。这里显示出契诃夫现实主义的高度客观精神，他对人"一视同仁"的怜悯心和高贵的而又有点抽象的人道主义。无需细述，我们只要想一想，《北京人》中那群处于复杂精神状态中的"耗子"般的灰色人物，那些灰色的悲剧人物与仇虎、金子、丁大夫乃至蘩漪形象的区别，想一想曹禺透过这群无能者的不幸命运而对整个封建精神统治发出的愤懑抨击，就会发现曹禺塑造人物的基本原则与契诃夫甚为合拍，在这方面他同样受到契诃夫现实主义精神的深刻影响。正是由于上述原因和两位剧作家所处时代社会的相似性，创作个性中审美主体心理某些方面的接近，使他们塑造戏剧人物的美学原则也十分契合，他们的人物成了血缘近亲，涌现出某些相似的美感特征。

深沉的忧郁苦闷，是契诃夫戏剧人物精神世界的一个主要特征，从而呈现出一个共同的美感特色。契诃夫的戏剧王国里栖居着一群忧郁的公民，他们都是被平庸和琐碎、倦怠和懒惰窒息得透不过气来的渺小可怜的人，憧憬着幸福的将来而被牵引到悲惨的境遇，空谈生活的意义而无力行动，甚至感到自己与时代的必然灭亡而陷入绝望。这是十九世纪末，在俄国动荡、崩溃的时代里，知识分子的普遍情绪。契诃夫着力描绘的就是这种病态社会的"世纪末"的忧郁，契诃夫式戏剧人物也始终沉浸在这种深沉的忧郁与向往美好生活的苦闷的心海里，况且他们都是孤独而闭塞的，好独自沉思而难以倾吐情愫，这就是所谓"契诃夫式的精神生活"。看一看曹禺笔下的"北京人"吧，他们的精神世界和契诃夫那群忧郁的公民们多么相似。那些被作者用"耗子"来象征的可怜虫，是在腐朽的封建主义行将崩溃、带有"世纪末"特点的病态社会中生活着，压抑的精神生活窒息着他们心灵的呼吸，他们无时不处在深深的忧郁与痛苦中。不必说愫方简直是忧郁的化身，那对小可怜虫曾霆与瑞贞也各自"喑哑一般地挨着痛苦的日子"，在封建礼教束缚下的人们是不善于倾吐感情的，只是处于孤独的忧思苦闷中。也许再没有比曾文清与伊凡诺夫的灵魂更为相通了，虽然这两个人物表达感情的方式不同，伊凡诺夫的灵魂是借助大段内心独白来自我剖析的，而曾文清的抒情方式是在简约曲折的语言形式中完成的，然而他们忧郁、痛苦和空虚、萎靡的灵魂又多么相似。他们都并不爱自己的妻子而被另一个女人爱着，他们都不仅毁了自己也在无意中毁了别人，最后都认识了"自我"，"我已经在下坡路上滚得够久了，现在得停止了"(伊凡诺夫语)，用自杀了结残生。他们的悲剧命运和悲剧灵魂的铸成，有他们个人主观上的过失，但是他们两人又都是社会环境的产物，充当了社会环境的牺牲品。伊凡诺夫从前是个狂热、勇敢可爱的人，但是"他在同俄国的艰难的现实条件进行力所不逮的斗争中损伤了身体。剧本的悲剧性并不在于它的主角病倒了，而在于生活条件令人不能忍受"[①]；曾文清的天性并不是生来就是如此猥琐的，这是一个被腐朽的封建思想文化毒害、吞噬的灵魂。正是基于抨击社会的根本目的，两位剧作家都着力于展示人物灵

① 《斯坦尼斯拉夫斯基全集》，第一卷第326页。

魂的忧郁苦闷和矛盾、空虚。伊凡诺夫、曾文清都是在生活的重压下喘息得精疲力竭、厌倦悲观，丧失了理想、意志和天性的力量，他们的性格都是优柔寡断、萎靡懦弱，因此他们虽然有不同程度的向往，但都成了旧生活的奴隶。伊凡诺夫的内心忧郁，交织着萎靡不振的心情和敢于抗议的心灵，曾文清的灵魂是一个弱小的、真正的人要挣扎出旧生活然而不断失败的痛苦世界。

契诃夫的戏剧人物身上还有一种更为独特，更为典型的契诃夫式的精神特性和美感特征。她们在最哀痛的心境中，能够承担起最大的苦难，心灵中升腾起自我牺牲的幸福感和向往生活的力量，在痛苦中滋生甜蜜，从而赋予她们的灵魂以诗意与哲理意义。我们把契诃夫人物这种独特的精神美称为"忧伤的美"。艺术家的契诃夫有一个他个人所特有的审美特性，在他身上，美的享受是与痛苦、忧伤的感觉交融一起的。他曾经这样描述自己见到一位美人时所产生的审美感觉：这种美"在我心中激起的，不是愿望，不是狂欢，不是赞赏，而是一种沉重的，虽说也甜蜜的忧伤。这种忧伤，朦胧而模糊，象梦一样……，感到说不出的怅惘"①，这是一种颇为复杂的审美心理。"忧伤的美"的审美感觉表现在契诃夫的人物塑造上，升华为那些忧郁公民们心灵中一种独特的精神美。于是，"忧伤的美"的旋律奏鸣在《海鸥》《万尼亚舅舅》《三姊妹》这三个最契诃夫式人物的灵魂中。《海鸥》最后一幕，宁娜流着泪向特里波列夫说的那段长篇独白是这旋律谱成的。《万尼亚舅舅》中，"忧伤的美"的旋律化成了戏剧结尾索尼雅那段"我们要继续活下去"的著名独白，这时，索尼雅的爱情憧憬遭到猛烈打击，这位为他人幸福茹苦含辛工作的善良女性将坠入更为无望的深渊，可是在绝望中，她还是从自己身上找到力量来安慰、劝勉痛苦的万尼亚舅舅："我们要继续活下去。"索尼雅的独白有力地透露出这位平凡忍让的小姑娘多么坚强的灵魂，索尼雅的心灵完全沉浸在令人心碎的自我牺牲感情中。契诃夫"忧伤的美"的动人旋律同样地激扬为《三姊妹》结尾的感情高潮，三姐妹那段"听听这个军乐呀"的著名独白。可怜的三姐妹在庸俗势力进攻下丧失了现实生活的追求，在秋日的长空下她们互相偎依着，倾诉着。这段独白中，三姐妹是痛苦的、凄凉的、孤独的，然而痛苦中正盲目地摸索着、顽强地寻找着生活的意义与未来的幸福，她们并没有失去对生活中美好事物的热望，为未来工作的信念更坚强了。契诃夫让三姐妹的心灵从低回欲绝的哀痛中显示出崇高精神境界，在他的女主人公的心灵里又一次弹奏起又痛苦又甜蜜的"忧伤的美"的旋律。契诃夫成功地展示了那忧郁王国里，俄罗斯妇女卓绝代表的优美、动人的精神世界，并且用"忧伤的美"的旋律赋予它浓郁的诗意与哲理概括意义。应该指出的是，《三姊妹》的这段独白曾经为曹禺一再激赏②。

我之所以细数这一切，在于指出，"忧伤的美"不仅是契诃夫的一系列女性形象所独具的美感特征，而且这动人的旋律也回荡在曹禺《北京人》中愫方的优美灵魂中。愫方这艺术形象不同于中国以往文学史、戏剧史上许多妇女形象，也有别于曹禺笔下的蘩漪、陈白

① 转引自叶尔米洛夫《论契诃夫的戏剧创作》，第178页。
② 曹禺：《日出·跋》。

露，她是曹禺的一个崭新独创。当然，愫方同曾文清等形象一样，都是最富有民族色彩与民族精神的，但是从她那别具一格的心灵美中，我们清晰地听到了为曹禺所激赏的那段三姐妹的著名独白的音乐和索尼雅的心灵回声。在曹禺的审美主体心灵中奏出了契诃夫式“忧伤的美”的旋律。愫方被人们称为《北京人》的“诗魂”，这“诗魂”的富有诗意与哲理意义的动人的美的内涵究竟是什么呢？那就是“忧伤的美”，这诗的韵味已经融化到愫方的整个心灵世界和行动中了。细思她半生遭际，实在令人悲伤惋惜，她简直成了哀静忧愁的化身，但仅仅这样并不是真美。这“诗魂”的美在于：她自己默默忍受了一切痛苦，在一片昏暗、窒息的空气中，她把温柔的关怀、善良的同情投射在周围的人们身上，“什么可怜的人我们都要帮助，我们不是单靠吃米才活着的呀！”“看着人家快乐，你不也快乐吗？”这光辉中闪烁着的是愫方令人惊叹的精神和对光明美好生活的朦胧向往。第三幕中，曹禺让愫方与瑞贞细谈，揭开了她的心灵奥秘。她诉说多年哀痛与忧思，倾吐埋藏心底的热情与愿望，她从苦难中感受到快乐。“我活着就是这么一大段又凄凉又甜蜜的日子啊！叫你想想忍不住要哭，想想又忍不住要笑啊！”这席话将多少深刻的痛苦与人性的美交融(在)一起！这不正是契诃夫式“忧伤的美”的音乐？正如契诃夫说的：“那种细致的，几乎无法捉摸的，包藏在人的哀愁中的美，人们还不会很快就能理解或者描写出来，似乎只有音乐才能把它表达出来。”①索尼雅和三姐妹的独白都是最富诗意的音乐，契诃夫又分别配以吉他悠扬的曲调和愉快、雄壮的军乐。所不同的是，《北京人》中不是愫方一人的长篇独白，而是她与瑞贞一声接一声的密密细语，它本身就是最动听、最富诗意的“忧伤的美”的音乐；同时，《三姊妹》中雄壮、活泼的军乐在这里变成了黄昏从城墙边吹送来的号声，那孤独的角声在苍茫的暮霭里寂寞地荡漾着，悲凉而熨贴，叫愫方听来感到又凄凉又快乐、又痛苦又甜蜜。曹禺借助凄凉熨贴的号声，把愫方心灵中那富有诗意与哲理意味的“忧伤的美”成功地外化了，音乐化了。

深刻的悲剧性与喜剧性的交融，是契诃夫戏剧人物的又一重要的美感特征。《海鸥》《三姊妹》《樱桃园》究竟是悲剧还是喜剧的问题，这在契诃夫戏剧研究中是有争论的②。《三姊妹》的戏剧冲突是人性的追求遭受庸俗势力摧残、压抑的心理过程，冲突是悲剧性的。正如著名导演丹钦科所揭示的，戏剧的贯串动作是“向往美好生活的苦闷”，它不是“反抗斗争”，也不是消极的“抱怨哀伤”，而是“苦闷”。痛苦地渴望生活，是《三姊妹》的悲剧主调，它贯串剧本始终。但是三姐妹并没有囿于个人悲剧圈子，她们战胜个人悲痛，在最后的独白中坚定地向往生活，悲剧成分不带任何悲观绝望情调，呈现出明朗乐观的色调。《海鸥》也是如此。因此契诃夫完全有权利否认剧本是仅仅描写个人幸福破灭的悲

---

① 转引自《论契诃夫的戏剧创作》。

② 例如，叶尔米洛夫著《论契诃夫的戏剧创作》(作家出版社 1958 年版)就是从喜剧角度来解释契诃夫一系列剧作，片面强调剧本中“坚定、雄壮、乐观”因素，提出《三姊妹》的主要冲突是“梦想的美好与气魄跟梦想者的荏弱之间的矛盾”，剧本的喜剧性是“严酷地讥讽”威尔什宁等知识分子的空想，暴露主人公的“消极不行动”；为了证明《樱桃园》是通俗喜剧，用牵强附会的方法把仆人雅沙说成是郎涅夫斯卡雅的“同类反射”等。这实际上是把契诃夫戏剧人为地“现代化”“革命化”了。

剧，在那个时代契诃夫特别重视人们对生活的信念。我们还应该看到，契诃夫的悲剧中确实隐含着喜剧性。《樱桃园》暴露了寄生贵族阶级的渺小无能、无力行动和必然没落的命运，并且寄予温和的嘲笑，同时又憧憬新生活。正是基于这个，契诃夫才坚持这是“喜剧”。但是事实上，契诃夫并没有改变他对人与环境关系的看法，没有抛弃对人的“一视同仁”的怜悯心。在契诃夫那里，与旧世界决裂也不可能绝对轻松愉快。他独特的审美感受使他为自己的主人公选择了一些毫不凶恶，倒有着某种善良与不自私的没落者，因此温和的嘲笑讽刺中搀和着同情与怜悯。悲剧与喜剧本来是两种不同的戏剧样式，不同的戏剧美学范畴，因而也产生不同的美学感受。西方戏剧史上，曾经有人激烈反对同一剧本写悲、喜两种不同因素，文艺复兴以来的悲喜剧是悲、喜混杂，悲剧性、喜剧性交替地出现，两者分别体现在不同的场面与人物身上；契诃夫发展了戏剧美学观念，创造了“新型的戏剧艺术”，它不同于传统观念上的悲剧，不同于通常的喜剧，也不是文艺复兴时期的悲喜混杂剧，而是将悲剧性与喜剧性水乳交融般糅合在起（不是悲、喜混杂），形成了现代型的复杂悲喜剧风格①。这种充满忧伤的微笑，同契诃夫对待剧中人所一贯持有的既同情又责备的双重态度互相一致。契诃夫复杂的悲喜剧风格在《樱桃园》及其主人公郎涅夫斯卡雅、加耶夫形象上体现得最为明显。

饶有趣味的是，受到契诃夫戏剧影响的《北京人》也引来了是悲剧还是喜剧的争论。在这里，要想套用传统的悲剧抑或喜剧观念去把握这个剧本的美学特征，不能解决问题。在这个剧本的戏剧样式与美学特征上，曹禺同样受到契诃夫戏剧美学观的影响，在悲剧中融进了喜剧因素。无疑的，曹禺戏剧一贯的悲剧主调仍然回响在这个剧本中。剧中人曾文清之于这样的现实不是自满得意，倒是感到痛苦。丑只有力求自炫为美，才是滑稽可笑的（车尔尼雪夫斯基语）。因此这不是喜剧。感受到旧生活的痛苦而奋起斗争，最后遭致厄运，这是传统意义上英雄悲剧；但曾文清等人没有斗争，曹禺在《北京人》中描写的是灰色人物的悲剧。在愫方形象身上，当然不是“毁灭”，而是人对美好生活的追求遭到封建主义摧残、压抑的悲剧性冲突，她在剧中的主要行动充满悲剧性。当然愫方最后摆脱了悲剧结局，她与瑞贞的出走给悲剧增添了明朗、乐观的色调，即令如此，愫方最后的告别式也不带喜剧性。但是还应该看到，《北京人》深沉的悲剧性中也搀和着喜剧性因素，隐含的喜剧讽刺性被融合进了悲剧性中，悲喜交融，形成统一的美感整体。在契诃夫戏剧影响下，曹禺的戏剧审美观也在发展。正象曹禺所揭示过的，契诃夫戏剧的特征是：“他的剧作在悲哀中孕育着希望，用对黑夜的挽歌来迎接光明。”《北京人》与之一样，只是挽歌成了葬歌。在中国新民主主义革命激流冲击下，曹禺对生活的认识比过去有了发展，对前途比契诃夫

① 某些西方戏剧理论家提出用“反讽剧”（Irony）来指称这类现代悲喜剧。他们认为，在现代社会，真正的悲剧、喜剧越来越少，反讽剧是现代现实主义越来越离开悲剧的英雄主义和喜剧的浮面性，而将悲、喜越来越糅合在一起（不是悲、喜混杂）达到痛苦与喜剧的很微妙的平衡，它是悲剧与喜剧之间的一个中间地带。反讽剧描写非常不理想的、平庸的生活，主人公对生活的选择能力非常小，人的行动由于受社会的、心理的压力，经常是孤独的、停滞的、静止的。参见弗雷尔：《评论的解剖》，《戏剧与讨论》（美国纽泽西州，1978 年版）。

更充满信心，因而他不是站在剧中悲剧人物同一水准上，与他们一同去哭泣，而是站在一定的思想高度，深刻地辨识剧中人的悲剧命运，给那些可怜、可爱的悲剧主人公投以深沉的责备和充满忧伤的微笑（这主要体现在作者对人物的根本态度上，而不是对人物的直接描写中），又对那批“耗子”般的人物和崩溃中的家庭投以隐喻的讽刺。在曾皓身上，显然有作者更尖锐的谴责与嘲笑，融合进了喜剧因素。江泰几乎就是契诃夫型的喜剧形象，他与加耶夫是呼应的一对。这对中外《樱桃园》的弟兄演出了同样的喜剧，两人都是寄生生活铸就的无能性格，既不行动又好发空议论，加耶夫常常会突然说他能搞到一笔巨款，保证樱桃园不拍卖，还为此去找那位根本就不存在的将军而着实奔忙了一番。江泰穷极无聊，不断地做着各种各样发财的梦，临了，为保住曾皓的棺材，他突发奇想去找当公安局长的“朋友”通融。可最后，江泰当了小偷，带回半瓶白兰地和一卷手纸，加耶夫也是拎着一包糟白鱼垂头丧气地归来，“一种紧张的期望突然归于消灭”（康德语），引出了喜剧性的笑。但是有时他们会突然清醒过来，流露出悲伤的调子。加耶夫谴责自己一事无成，江泰痛骂自己是个“大废物”，对不起妻子。我们感到这个人物也有可同情处，悲剧性涌现在喜剧形象身上，这又是契诃夫式戏剧人物的精神特征。

在契诃夫戏剧审美观下诞生的戏剧人物是如此独特，以至于可以说，没有契诃夫式的戏剧人物就没有契诃夫独特的艺术风格。忧郁苦闷的情调，“忧伤的美”，悲剧性与喜剧性的交融，曹禺的戏剧中“北京人”的这些精神生活，就其内容、来源、本质来说，都是中国式的，是最典型地反映了中国社会当时一部分人的精神面貌；但是就其美感特征来说，又与契诃夫戏剧人物彼此呼应，从而形成了剧本艺术风格的又一个特征：忧郁哀伤而明朗的色调。

四

独特的抒情性与诗意，是契诃夫戏剧的一个显著特色。戏剧本质上应是诗，莎士比亚等古典剧作家的剧作运用诗体，契诃夫在散文体对白中追求诗的意趣。他在戏剧语言、气氛渲染、哲理象征等方面发展了自己的艺术新形式，用来表现戏剧人物独特的精神生活与剧本诗意。曹禺对契诃夫剧本诗意与“新形式”有许多独到见解。1962 年他同青年剧作者谈话，曾以《海鸥》第四幕为例精辟地分析了契诃夫戏剧的“新形式”，这些见解都是曹禺多年来潜心研究的结晶①。形成诗意抒情的这些“契诃夫的新形式”，在《北京人》中获得相应的表现。

诗的艺术要求语言含蓄，富有浓郁的抒情性。短语长情，历来为诗家称道。简练传神、富有情致，是契诃夫戏剧语言的显著特色。他的台词往往三言两语包含着极为丰富、充实、紧张的内容，有的传神地表达出人物难以言传的矛盾复杂情怀，有些似乎无关紧要的话，抒写了人物深沉忧郁、欲说还休的感情，有的片言只语揭示了人物灵魂深处变幻着

① 曹禺：《读剧一得》。

的奥秘。例如《三姊妹》中安德烈那句"太太，就是太太罢了"的著名台词，屠森巴赫对伊里娜讲的最后一句话，历来为人们啧啧称道。

曹禺赋予《北京人》的人物以简约凝练的戏剧语言，这些语言心理重量远远超过它们的字面意思，深情含蓄，富有诗的情致。他的人物长期处在痛苦的压抑中，苦闷郁成一团，由于受着封建礼教的束缚，不善大胆宣泄内心情感，即令思绪万千也只化作片言只语。甚至由于"识尽愁滋味"，就"欲说还休，却道天凉好个秋"，说些不相干的话。但是短语长情，他们拘谨的言词中包含着极为丰富复杂的心理活动，这些心理内容虽然没有直接陈述出来，却完全能够从隐藏的潜台词里体味出来。因而形成了《北京人》简约语言所特有的委婉深长的抒情诗意。例如剧中曾文清与愫方第一次单独见面的场面只有三句简短的话：

静默，外天空断断续续地传来愉快的鸽哨声。

曾文清　（感愧的眼光满眼含着泪，低声）愫方，我，我——愫方低头不语

曾文清　（望望她也低下头，嗫嚅）陈奶妈来，来看我们来了。

愫　方　（忍着自己的哀痛）她，她在前院。

在这之前曾思懿阴一句阳一句，指桑骂槐地把愫方、曾文清肆意嘲弄着，临走还借着愫方为曾文清烧的两碗菜，恶意羞辱了他们一番。一个"静默"，表示他们两人在经受了刚才的嘲弄之后，心理上所承受的沉重的痛苦。曾文清想到愫方蒙受羞辱都是为了自己，感到深深的歉疚，他想说："愫方，我真对不起你啊，我连累了你。"但又从这两碗菜想到愫方的心，她多年来对自己至真至诚的爱与体贴，他又想说："愫方，我真是感激你呀！"他又觉得自己是能够领会愫方的心意的，可这日子怎么过下去呢，他要走了，想到要与愫方分手，他也许还想说："愫方，我真是离不开你呀！"但是曾文清就是这么一个人，这时他什么都想说，又什么都难说，只是吞吞吐吐地说出几个字："愫方，我，我——"但就是这吞吐含混的半句话，最明确地刻画出曾文清复杂难言的思绪。接下去，曾文清当然想到自己临走有许多话要说，又不知从何说起，他只是莫名其妙拉出一个陈奶妈："陈奶妈来，来看我们来了。"单说陈奶妈显然扯得太远了，曾文清顿了一下，后半句话多少把话题又连到自身。因为他不说陈奶妈来看"大家"，也不单说看"我"或看"你"，而说来看"我们"，这个"我们"在愫方听来当然明白指的是"我们"这一对，那种两人的特殊关系和曾文清要说而未说的话都在一个"我们"中。愫方的回答是："她，她在前院。"愫方是完全领会曾文清要说的话的，可说这些干什么呢，她的回答把话题又扯远了，但这句不相干的话更使人体味到她那种愁味尝尽、欲说还休的难言之痛，唯其难言，才见出比曾文清的痛苦更深。这三句简简单单的话具有多么浓重的抒情诗力量，形成有诗味的波纹！剧中，他们两人最后一次见面，是愫方前来告别，她的话"因为它已经不会飞了！""飞不动，就回来吧！"包含对曾文清的新看法，多少温柔的责备、难堪的失望、沉重的痛苦和同情、怜悯、谅解，说鸽寓人，言近旨远。如果在一般作者写曾文清的回答，可以是大段独白，低诉社会的风波、人世的险恶，他如何挣扎，如何无力应付，现在如何悔恨，如何痛苦，但曹禺把这些都隐去了，只用一句台词来代替一切："你不知道啊，——在外面——在外面的风浪——"曾文清连人生都绝望了，一切解释、诉说当然都是多余的。这句话与契诃夫的名台词"太太，就是太太罢了"，异曲

同工。

停顿，是契诃夫戏剧的特殊语言，在言来语去应答相连的舞台上，片刻的静默有时能表达言词所无法表达的复杂情状。《万尼亚舅舅》临近尾声，保姆问阿斯特罗夫要不要来一杯伏特加，阿斯特罗夫犹豫地回答："那，也好吧……"接着是哑场。沉默中的阿斯特罗夫该不会忘记他不久前才答应索尼雅为了不自己毁灭自己就不再喝酒了，他没有忘记自己的诺言，犹豫着陷入激烈的沉思与痛苦，后来当他首先打破沉默说些无关紧要的话，说明他在沉默中经过自我斗争，终于痛苦地决定告别往事，自己糟蹋自己。沉默着的，还有索尼雅，她也会立即记起阿斯特罗夫的诺言，但是她只能痛苦地看着那个富有才华与朝气的心爱的人走向自戕的深渊。接着阿斯特罗夫走了，万尼亚舅舅记着账目，念着单调枯燥的数字，一次停顿，两次停顿，这是多么残酷地咬啮人心的沉默，他们想到从此将沦入更为无望的生涯，心灵的泪水该翻滚起多少波涛。契诃夫戏剧表明，停顿的艺术价值决定于：静止的刹那间人物紧张、激荡的心理内容。

此时无声胜有声，这里有最独特的诗情、诗味和抒情的韵律节奏。曹禺对此十分赞赏。他指出："'停顿'在契诃夫的剧作中是很有道理的，是契诃夫的表现手法之一。所谓含蓄、诗意和潜台词，都包含在契诃夫式的停顿中。""这就是所谓'契诃夫式的新形式。'"[①]《北京人》中关于曾文清、愫方的场面，舞台指示明确标明的"静默""低头不语""伫立发痴"等就有四十余处，这说明曹禺在有意识地学习契诃夫的停顿艺术。他懂得"无声的音乐是更甜美""思虑过后的节制或沉静在舞台上更是为人所欣赏的"[②]，富有诗美。他的做法是把停顿安置在整个戏剧动作的进展过程中，成为人物心理动作线上的一环，用停顿来表现人物内心活动最激荡、最紧张的刹那，发挥各种作用。有的停顿表明刚刚经历过的事态所形成的内心压力和心理总结。例如上文提到曾文清、愫方剧中第一次单独见面时开头的"静默"。有的停顿展示了人物最激烈的内心活动，第一幕曾思懿拿着愫方给曾文清的信，要文清当场退给愫方，在这个场面中文清、愫方都没说话，曹禺只写"愫方痛苦地望着文清，僵立不动"，"文清低头"，交信后又是一个哑场："静寂"。整个场面在舞台处理上应该很沉寂，剧场里弥漫着令人窒息的沉寂，没有一个观众能够抗拒这沉寂无声对自己心灵的叩击力量。因为这沉寂中汹涌着的是舞台上两个人物的内心波涛，它把你卷进去一起承受那不堪忍受的精神打击：曾文清本来应该挺身保护愫方，但这个孱弱的懦夫只会屈从于曾思懿的淫威，去独自体味痛苦的耻辱；愫方也默默地蒙受了一场极大的羞辱，还替文清承担了这个折磨，她的沉默不语不是懦弱而是坚强的忍耐，充满怨愤。还有的停顿表现了人物心理激变的过程，当沉浸在幻景中的愫方突然发现曾文清怏怏而归时，她什么也没说，只是"啊！"了一声，接着"呆呆地愣在那里"，就象一座雕塑。幻想的破灭、希望的落空、深沉的哀痛和思想的陡然清醒、感情的一落千丈而逐渐转变，开始酝酿新的动作，都集中在这个停顿中完成。这个停顿之所以产生强烈的戏剧效果，主要在于停顿中包含着两个

① 曹禺：《雷雨·序》。
② 曹禺：《读剧一得》。

重要的戏剧因素："发现"和"陡转"。同样是"发现"和"陡转"，《雷雨》第四幕写鲁妈"发现"周萍与四凤兄妹乱伦，曹禺主要用一段接一段的对白和呓语般的独白让鲁妈直抒胸臆。《雷雨》的人物心理和抒情性，大多是通过人物尽情地直接倾泻内心激情来表达的。《北京人》在契诃夫影响下，娴熟、洗练地运用简约语言和无声语言来抒情，深化了语言的诗意。这说明曹禺的语言艺术已达到炉火纯青的境界。

契诃夫戏剧语言抒情诗意的另一个独特手法是，各人所说的台词往往互不相干，对话不是一句接一句，而是交叉的，往往答非所问。生活中本来就存在这种语言现象，契诃夫的人物又是孤独、互相隔膜的，他们都只是顺着各自的内心动作线和个人的心理逻辑在说话。这些台词其实正是各人独特的内心抒情性独白，有利于展示各人不同的精神面貌。例如，《三姊妹》第二幕安德烈与又老又聋的费拉彭特的对话是答非所问的，同一幕中大家共同讨论将来的生活会是怎样的，对现状不满的玛莎、正在恋爱的威尔什宁、一心向往莫斯科的伊里娜和空虚无聊的契布蒂金等人的对话不是一句接一句的，而是各说各的。曹禺对此颇能领悟，他说这样写台词"多么真实""实在懂戏"。在《日出》中曾用这种契诃夫式的台词刻画了陈白露的悲剧灵魂，在《北京人》第一幕中，他运用一个巧妙的办法，让曾文清先在内房与曾思懿隔着一层壁交谈，两人各说各的，来初次勾勒这对夫妻的隔阂，又借这层壁挡着，让曾文清与陈奶妈对话，形成颇有风趣的喜剧效果。曹禺在第二幕中表现第三代人曾霆与瑞贞的感情隔膜也运用这方法。深夜，这对小夫妻在客厅里相遇，在这场戏里两人心里都有一个直接目的：曾霆约好了袁圆要在这里见面，他当然希望瑞贞快点走；瑞贞虽然准备离婚，但想把怀孕的事告诉曾霆。各人的心理与语言就顺着各自的目的线运行。曾霆问："你坐在这里干什么？"瑞贞答："没有什么。"其实她不知对方的意思是要她快走，瑞贞却想着怎样把那件事告诉他。深巷传来声音，曾霆说："卖硬面饽饽的老头儿又来了。"在他是无话找话，瑞贞却关心地问："饿了么？"接着瑞贞哭了，曾霆同情地说："你要钱""你拿去吧"。他哪知道瑞贞哭的是什么呢。最后瑞贞怀着希冀与担心，暗示他说："我想告诉你一件事"，"我最近身体不大舒服"，"我常常想吐"。曾霆就说，"妈屋里有八卦丹，吃点就好"。她得来的是失望。曾霆当然年少不更事，但是他不懂瑞贞心思，主要在于他别有所思。曹禺用不相关的台词写出了两颗不相关的心。

契诃夫戏剧独特的抒情诗意，还得力于舞台气氛的渲染。夜晚，那风雨潇潇，颤动的百叶窗，一盏孤灯，几声凄凉的更锣，《海鸥》第四幕特里波列夫与宁娜就在这样的气氛下重逢了，它有力地烘托出剧中人忧郁的情调和痛苦的梦想。曹禺懂得，这样的情调气氛是典型的"契诃夫式的"①。曹禺一贯重视舞台气氛，但《北京人》气氛的色调与《雷雨》不同，更染上契诃夫式戏剧诗的神韵。《北京人》还象契诃夫戏剧富有哲理象征，剧中几乎每个人都在思索人生问题，苦闷和不满促使他们发问：这样痛苦地生活有什么意思？什么样的生活才是好生活？人活着究竟是为了什么？有人寻找，有人苦闷，有人迷惘，有人绝望。

① 曹禺：《读剧一得》。

现实生活的描写产生了人生哲理的普遍意义。曹禺又用鸽子、耗子、猿人模特儿等具体物象来表达象征意义，从而把全剧升华到一个又具体又深邃的哲理象征境界。其中鸽子之于愫方、曾文清的象征关系，使我们联想到《海鸥》中那只海鸥之于宁娜、特里波列夫的命运关系所寓有的象征意（义）。这样，契诃夫式的语言艺术、气氛渲染、哲理象征等艺术手段，这些"契诃夫的新形式"共同参与了曹禺对"北京人"精神生活的刻画，形成剧本艺术风格的第三个特征：浓郁的抒情性与诗意。《北京人》满含诗意，就象碧潭满贮着春水。它是一首诗，一首幽远深沉、忧郁明朗的抒情诗。这一诗情风格在此后的话剧《家》中得到继续发扬。

总之，《北京人》标志着曹禺戏剧创作的一个新的高峰。在这个剧本的创作中，曹禺一方面接受契诃夫戏剧影响，发展了自己的戏剧观，丰富与深化了创作个性与审美感受，他的戏剧艺术在不断发展；另一方面他又保留了自己创作个性与戏剧艺术中属于他个人所特有的一贯稳定性因素。如果他固守门庭，囿于《雷雨》时的创作个性，他的艺术就会失去新鲜的活力，这位一贯追求创新的艺术家也会对自己的创作现状不满：而如果他完全抛弃了原有的创作个性，无视自己的个人特质，他就会失去真正的个人特色——这些富有魅力的特色曾经帮助曹禺赢得最广大的观众——那就无异（于）失去了艺术灵魂，他的艺术生命就会黯淡无光；如果他全盘"契诃夫化"，他就抹去了作为一位中国艺术家的民族色彩，他将失去他的中国剧场，和他原先拥有的广大中国观众，曹禺明智地将两者关系作了微妙的平衡，在自己的创作个性中有机地融合进契诃夫戏剧艺术的新因素，形成了个人的新风格，实现了对"自己"的突破。这个突破还表现在曹禺戏剧民族风格的成熟，他没有被契诃夫"化"过去，而是将契诃夫艺术"化"为自己所有，融会贯通，在个人独特风貌中凸现出深厚的民族风格。那些描写日常生活琐事的叙事性和潜伏的内心冲突的艺术，恰好熨帖地表现出没落封建家庭的风尚习俗、日常起居，人情生活，他对人物精神世界的刻画也染上浓郁的民族况味，而契诃夫诗情语言简约含蓄、欲说还休的特色，在曹禺笔下又与我国古典诗词抒情语言的简练含蓄及神韵、意境特征相贯通。曹禺解放前的剧作中，《北京人》和《家》是最富民族风格的。当然，即令如此，面对那些传统戏剧观、传统戏剧审美情趣根深蒂固的观众，曹禺也不免象契诃夫的另一位追慕者一样，要发出"早知不入时人眼，多买胭脂画牡丹"[1]的感慨了。

原载《中国现代文学研究丛刊》1983年第3期

① 夏衍：《胭脂·油画与习作》，《夏衍戏剧研究资料》（上），中国戏剧出版社，1980年版。

曹禺和莎士比亚

方　平

引子：戏剧家之恋

打开《原野》，翻过人物表，就是"序幕"，一幅"秋天的傍晚"的画面展现在读者面前：

> 大地是沉郁的，生命藏在里面。泥土散着香，禾根在土里暗暗滋长。巨树在黄昏里伸出乱发似的枝丫，秋蝉在上面有声无力地振动着翅翼。巨树有庞大的躯干，爬满年老而龟裂的木纹，矗立在莽莽苍苍的原野中……

每当读着这一段精彩的散文诗，不知为什么，也许有些傻，我总会想到一个问题上去：为什么我们的剧作家曹禺不试试诗歌呢？假使写了诗，他将成为一位优秀的诗人吧；假使写了小说，他也许会成为著名的小说家……然而我们一般读者很少读到他的诗篇，他的小说，他的散文小品。提到曹禺，我们想到的总是他的戏剧，他几乎没有写过什么重要的其他文艺形式的作品。他是那样专心致志地写下一个又一个戏剧。他把他的艺术才华全都献给戏剧了。

这说明了曹禺一生热爱的是戏剧。曹禺怎样从小就热爱戏剧，和戏剧结下不解之缘，这将是文学传记作家为我们的剧作家写传记时的一个重要的章节。在我的想象中，曹禺把他一生心血全都献给了戏剧，该是在实践一个天真而又庄重的盟誓，那是他和人间最可爱的姑娘在青梅竹马的时候就订下的。他很小的时候他母亲就抱着他去看京戏、看地方戏、看文明戏了①，当他心醉神迷地偎依在妈妈的怀抱里，一眼不眨地注视着舞台上的热闹场面时，戏剧女神就以无限生动美妙的姿态印进了他的小心坎里。在他那童稚的心灵中，戏剧女神就是人间最可爱的姑娘了。

还没学会认字、写字，甚至还不怎么懂事呢，就已经是个小戏迷了；到了中学生时代，他更以不可抑制的热情活跃在业余的舞台上，又演戏、又排戏、又编戏；当时蓬勃发展的新文化运动为他打开了话剧这一新的艺术天地，他一头钻进去了。不消多少岁月，一个优秀而又勤奋的青年剧作家令人瞩目地在中国的文坛上出现了。如今烈士暮年，壮心不已，继《王昭君》之后，我们的前辈剧作家又在构思他新的剧作……

这真是令人称羡的"白头偕老"，这是终生不渝的"戏剧家之恋"啊。艺术家的故事有

① 曹禺曾说起："我母亲在我三岁的时候就抱我去看戏。"(《和剧作家们谈读书和写作》)

时就象爱情的故事那样动人。真的，不分中外，各个民族都有自己的最美丽的爱情故事，同样地，打开各个民族的文学艺术发展史，也必定用不同的文字记载着自己的以心相许、终生追求艺术的大师和他们的动人的故事。这很使人得到启发。我想到了英国的伟大戏剧家莎士比亚。

关于莎士比亚的生平情况，隔了漫长的四个世纪，流传下来的资料十分有限，我们只知道他生活中一些最简单的大事：生老病死，婚丧娶嫁。有关他的具体的戏剧活动却知道得很少，尤其从他结了婚、有了第一胎孩子，到投身于伦敦的戏剧班子，这七八年间（1585—1592）的经历成为他生平中的一片空白。为什么他忽然离开了故乡和亲人，来到伦敦，搭上了戏班子？替莎士比亚写传，就要碰到这一个关节；这是个很重要的关节，应该有一个圆满的交代，可是谁都不清楚，谁都答不上，因为年代久远，无从查考了。于是产生了许多传说，试图去填补这段无可奈何的“空白”。流传得最广的一种说法是：莎士比亚偷猎了邻近林苑中的鹿，得罪了当地贵族老爷，为了躲避风头而逃到了伦敦。这很有些传奇色彩。如果相信了这个传说，那么他离开斯特拉福特镇只是因为在故乡存身不住，后来搭上伦敦的戏剧班子，仅仅是偶然的机缘罢了。这一后世的传说其实只是姑妄道之，没有什么根据，我们完全可以不接受。

能不能这样设想呢？——不是为了逃避，而是为了追求，莎士比亚才投奔伦敦。为了追求一个从小就有的梦想：看人做戏，还不够美，还得自己做戏给人看，要生活在那个迷人的世界里！

我们知道，在莎士比亚十二岁那年（1576），伦敦的市郊建立起第一个固定的剧场，因为当时只此一家，并无分出，所以就叫“大剧场”（The Theatre）。等到莎士比亚（一个二十多岁的青年）来到京城时，伦敦已有了两家或三家剧场了（“大剧场”“帷幕”“玫瑰”），不过并不需要来到伦敦以后，莎士比亚才有看戏的机会，他幼年时在镇上就能看到戏。当时流动的民间剧团比较活跃，在他父亲担任镇长期间，这些剧团曾不止一次来到斯特拉福特镇上演戏，这个镇上的人也组织过业余演出。在《维洛那二绅士》中女扮男装的朱丽雅有这样一段话：

我们化装游行的节目——表演过后，
镇上的小伙子就把我扮成一个姑娘，
让我披上了朱丽雅小姐的长袍子，
长短正好合我的身，大家都说，
这件袍子就象是特地为我做的。

当时戏剧中的女角，由未发育的童伶扮演，我们很可以想象，剧作家在这里借女主角之口，谈自己童年时代的一次兴奋的经历：参加镇上的戏剧活动[①]。

如果说，莎士比亚心目中有个情人，几乎一辈子没有能摆脱她强烈的诱惑力，那么这

① 参阅 S. Schoenbaum，*William Shakespeare*（1978），第 111，112 页。喜剧引文见第 4 幕 4 景 64—68 行。

个情人并不是他的十四行诗中那个“黑姑娘”，而是那最可爱的戏剧女神。

也许可以举一个例子来说明，莎士比亚二十九岁那年，发表了他的处女作：长诗《维纳斯与阿董尼》(1593)，这本写在伦敦发生瘟疫、剧院封闭时期的诗集出版后立刻风行一时，受到热烈欢迎。第二年又出版了他的一篇长诗，同样受到很大欢迎。两本诗集出版后，莎士比亚面临一个今后的创作道路的问题：何去何从？选择戏剧，还是做一个附庸风雅的客厅诗人？所幸的是，莎士比亚并没有满足于眼前的成就，他从没有抛弃他的剧团，也忘不了为他热烈鼓掌的伦敦的新兴市民阶层，他乐于为他们写戏、演戏；从这里也可以想见，对于舞台和观众，他怀有多么深厚的感情。

娇媚的戏剧女神真是特别富于引诱力！也不仅曹禺，莎士比亚，古今中外的戏剧家往往为她显现出如痴似醉的疯劲儿。年青的莫里哀不正是这样吗？为了实现搭戏剧班子的愿望，他宁愿放弃财富、放弃继承权、放弃社会地位，即使流落他乡也心甘情愿——简直就象我国南戏《宦门子弟错立身》中的男主角。这位喜剧大师对于戏剧女神的百折不回的爱，又是何等感人！

从青少年时代的曹禺身上，也从青少年时代的莫里哀身上，我们在一瞥之间，似乎窥见了青少年时代的莎士比亚的影子。现在我们可以试图为他那贫乏的传记资料填补一个空白点了：是什么动机驱使莎士比亚离开了自己的家园呢？比起其他种种传说来，更接近实际情况的可能是：我们未来的戏剧大师从故乡向伦敦投奔，一路上都听到戏剧女神在向他发出热情的召唤。他心中十分明确：在旅程的终点等待着他的是常常出现在他梦境中的伦敦的戏院子。

一

打开今年创刊的《莎士比亚研究》，第一篇就是曹禺特地为这个新生的学刊撰写的“发刊词”。他称颂这位英国剧作家是“一位使人类永久又惊又喜的巨人”。他说：“仰之弥高，钻之弥坚”这一很高的评价，完全可以移用在莎士比亚身上。钦佩的心情充分流露在文章的字里行间。

可以说，曹禺和莎士比亚是“深交”了，早在中学生时代，曹禺就反复从唱片上聆听了一些莎剧名演员的朗读；在念大学时，他用心阅读了莎士比亚的许多原作①。从他的精心之作《原野》中，可以看得出剧作家对于莎剧的熟悉程度。四十年代初，曹禺翻译了莎士比亚的悲剧《柔蜜欧与幽丽叶》。后来，曹禺还有进一步翻译莎士比亚伟大的悲剧《哈姆雷特》的打算，而且已译出了第一幕，很可惜，由于种种原因，这计划后来没有能实现。在1978年发表的剧作《王昭君》里，有些艺术手法显示出受了莎剧的影响。最近，曹禺在中青年剧作家学习会上的一次讲话中谈道：“外国剧作家对我的创作影响较多的，头一个是易卜生”，接着他说：“第二个使我受到影响的剧作家是莎士比亚。”②

① 见颜振奋：《曹禺创作生活片段》，载《剧本》1957年7月号。
② 见《和剧作家们谈读书和写作》(1982)，载《戏剧艺术讲座》，“戏协安徽分会”版(1983)。

因此我想,“曹禺和莎士比亚”,应该是一个值得研究的比较文学专题吧。

我国古代的戏剧,一开始就载歌载舞。关汉卿、王实甫等我国最伟大的戏剧家的杰作,后人不称为“元剧”,而称之曰“元曲”。歌舞剧形成了一个悠久的传统。相形之下,在表现手法上和现实生活更为接近的话剧,在我国的历史就十分短暂,是二十世纪初,我国和欧美的文化思潮有了接触后,从国外移植过来的一朵新花。它一开始就为我国反封建的启蒙运动服务,通过舞台上的现身说法,要唤起民众的觉悟。1907 年,由我国的日本留学生组织起来的“春柳社”在东京演出了《茶花女》,这就是我国有话剧的开始。从此以后,许多有才华的剧作家和艺术家为话剧运动的发展作出了贡献。

在我国话剧史上,1934 年是值得纪念的。在那一年,曹禺的《雷雨》发表了。这个悲剧在舞台上演出时受到观众欢迎的盛况,在当时恐怕没有第二个剧本可以媲美。《雷雨》经受了时间的考验。隔了翻天覆地的半个世纪,曾经在当时受欢迎的一些戏剧,能在今天的观众眼里,依然风韵不减的,为数恐怕不多了吧。而《雷雨》是其中的佼佼者,在今天百花齐放的新中国舞台上,还是站得住脚,还是受到欢迎,而且在八十年代的今天,还要再一次搬上银幕,和更多的观众见面。

本来,话剧这一移植过来的新品种,在当时还处于一个扎根于中国土壤的过程中,经历着一个艰苦的发展阶段;而《雷雨》以及接着的《日出》(1936)的出现,可以说吧,标志着我国的话剧运动开始进入了一个新的阶段。它有了自己的最优秀的、经得起时间考验的保留剧目,这也就是说,它在社会各阶层的观众中间,有了一定的号召力(不象早期的话剧,主要在一些知识分子中间演出),它有了自己的艺术大师——而且是一位把毕生的精力都献给祖国话剧事业的大师。

也许,我国早期的话剧可以和英国伊丽莎白时代的诗剧作一个比较。在十六世纪下半叶出现的英国诗剧,在当时说来,也是一种新鲜的文艺品种;英国当时的文坛,以诗歌为主体,新兴的戏剧不登大雅之堂,但它生气蓬勃,以不可阻遏之势,在不到二十年的时间里,得到迅速的发展。在十六世纪的最后几年,伦敦的舞台上终于出现了莎士比亚的杰作。莎士比亚把毕生的精力贡献给英国的新兴的戏剧事业,他的剧作表达了英国新兴市民阶层的思想感情,表达了空前高涨的民族自豪感,宣扬了文艺复兴时期的人文主义思想。莎士比亚受到伦敦观众热烈欢迎的情况,在当时很少有第二个剧作家可以媲美。上自伊丽莎白女王,下至广大的市民、学徒,都是莎士比亚的热心的观众。这剧院中的各阶层的观众构成了当时社会的一个缩影。这位艺术大师取得的伟大成就,把以戏剧为主体的英国文艺复兴运动推向了高峰。

莎士比亚的伟大,既建立在他的作品的思想深刻性上,也建立在他的戏剧艺术的雅俗共赏的普及性上;从这里,我们多少可以联想到,曹禺的戏剧扩大了话剧观众的圈子,把社会各阶层中原来不大爱看话剧的观众也吸引过来,对于话剧运动的发展具有多么重要的意义。

前面说过,关于莎士比亚在伦敦戏剧界最早的活动,已无从查考了,我们只知道 1592 年,莎士比亚二十八岁那一年,伦敦有个潦倒不堪、满腹牢骚的文人格林,在临终所写的一封信里，影射莎士比亚，大骂“一头借别人的羽毛来装饰自己的乌鸦”。

真没想到，关于莎士比亚这位大师的戏剧活动，留传下来的第一个可靠的传记资料，竟是对他的耻笑和攻击！但是再一想，“借别人的羽毛”，未必就那么可笑可耻，从另一种意义看，毋宁说是一种赞美呢。文化程度不高、正在艺术道路上摸索前进的莎士比亚，善于向古典作家学习，向民间文学学习，善于吸收前辈和同辈的长处，有什么不好呢？莎士比亚是终其一生都在不断地学习的，真所谓“河海不择细流，故能成(就)其深”。

我国话剧，有纪念性的首次演出，不在国内，而是在国外，剧目并非创作，而是翻译过来的外国名著，这很说明问题；话剧这朵鲜花是从国外移植过来的。因此我国的话剧虽然一开始就为国内的反封建、反帝国主义运动服务，而处于开创时期的第一批出现的戏剧家，在艺术形式、艺术表现手法上，却有一个善于向国外的优秀戏剧作品学习的问题。

拿《雷雨》来说，这个悲剧共有四幕，叙述两家人家在二十四小时之内发生的悲欢离合。剧本刚开始，就已经接近整个故事的终点了，剧中的主要人物都是带着自己的历史上场的，把他们的命运千丝万缕地纠结在一起的罗网在戏剧开始之前就已经撒下了。因此戏剧情节是向两个方向进行的：顺叙和倒叙。在向未来推进的过程中，同时展现了过去。临到结尾，整个戏剧情节才以它本来的面貌完全呈现在观众眼前，原来人间有这么一回事！

我国传统的戏剧表现手法总是原原本本，从头到尾，顺流而下，是单方向进行的，前因后果尽可能一齐端到观众眼前来，戏剧时间往往拉得很长。现在，故事时间的跨度虽大(前后三十年)，而戏剧情节却象线球似的，紧紧绕成一团，一些些，一段段地抽出来；戏剧结构那样紧凑，冲突那样集中，这在我国舞台上是一个全新的表现手法。

《雷雨》这个悲剧扎根于苦难的旧中国的土壤中，向旧中国的黑暗势力提出了血泪的控诉；但从戏剧的艺术表现手法来看，显然有很多向国外借鉴的地方，使人想起了亚里士多德在《诗学》中提出的“三一律”，想起了希腊悲剧《奥狄浦斯》，想起了易卜生的社会问题剧。“他山之石，可以攻玉”，善于向外国艺术大师借鉴，和曹禺在他的戏剧创作上取得巨大的成就，这中间该是存在着某种内在的联系吧。因此，即使单从影响和借鉴的角度来谈曹禺和莎士比亚，也是一件有意义的事，会有助于我们更全面地研究曹禺的戏剧艺术。

二

英国文艺复兴时期和我国五四运动以后掀起的反封建、反帝国主义的新文化运动的历史内容很不相同，前者处于欣欣向荣的资本主义上升时期，新兴市民阶层的奋发乐观的精神感染了年青的莎士比亚，使他眼里看到的人类的前途笼罩着一层金色的幻光。因此在他一生创作的前半阶段写了十来本洋溢着青春的欢乐的喜剧。他同时还写了许多历史剧，其中最出色的两部历史剧《亨利四世》(上下集)也是用喜剧(有时甚至是闹剧)的形式写成的，帝王将相并不是这剧本中的主角，那最受人注目的角色是不朽的福斯塔夫，而他是个喜剧性的人物。《柔蜜欧与幽丽叶》是他早年写的唯一的优秀悲剧，即使是悲剧吧，也是充满着青春的气息，爆发出欢乐的笑声。

至于在苦难深重的旧中国，情况就很不同了。挣扎在饥饿线上的广大劳动人民要求生存的权利，受迫害的知识分子要求民主和自由的权利，风雨飘摇的国家要求民族独立的权利，在旧中国的国土上，每时每刻都在演出许多无声的悲剧。因此，曹禺作为一个有良心、有正义感的作家，在解放前所创作的那些优秀的剧本：《雷雨》《日出》《原野》《北京人》《家》，全都是悲剧。曹禺没有写过传统意义上的喜剧①，这是不难理解的。不仅这样，他的成名作《雷雨》是那样严肃，忠实于原作的演出，我想，应该无论在台上还是台下，都没有一点欢笑声，要有，也只是浮起在鲁贵脸上的那种皮笑肉不笑。不能把《日出》仅仅看作一幅“百丑图”，但出丑露乖，剧本中却的确不少。譬如那个前倨后恭的茶房，起先在电话里骂人，等到听出了对方原来是金八爷，又在电话里大骂自己王八蛋，观众不由得被他那种狼狈相逗乐了②。

更有意思的是，潘月亭一听到陈白露叫他“老爸爸”，从沙发里跳了起来，不许她这样叫。再没有比“老”这个词儿更刺他的心了。这个银行经理原想用金钱去收买美艳的青春，凭他手中大把大把的金钱，他幻想陈白露会把他看得比年青小伙子还可爱，谁知陈白露偏接连叫他几声“老爸爸”！这无情的讽刺伤了老头儿的心，却叫观众开了心，甚至笑了出来。

《原野》艺术性很高，主要人物个个都是个性鲜明强烈，戏剧气氛在最紧张的时刻叫人喘不过气来，但是剧作家还是插上闲笔，给这个悲剧添上笑料。例如“捉奸”这一场（第一幕）中，瞎眼的焦母盘问狗蛋“看见什么没有？”“还有谁，傻子，你说！”在这紧急关头，金子忽然溜过去非常温柔地亲了他一下，狗蛋失魂落魄地回答道：“还有——老虎——老虎！”又亲热地吻他一下：他说得更荒唐了：“老虎要吃——吃我！”如果三位演员配合得好，这场戏会带来满堂笑声。

“老虎”或者“老爸爸”带来的笑声有一种又酸又涩又辣的味儿。可以分辨得出，这笑声和来自莎士比亚喜剧中的那一串串银铃般的笑声不是一个味儿。在莎士比亚最优秀的喜剧中，笑声来自对于生活的热爱，对于青春的赞美，因此笑声中自有一股芬芳的、醉人的诗意。

曹禺不写喜剧，是因为缺乏幽默感吗？在他的戏剧中我们听不到那种明朗清脆、莎士比亚式的笑声，是由于剧作家不懂得用笑声去表达对于生活的诗意的感受吗？我不这样认为。这里可以举一个例子。

在《日出》中，陈白露有一段话把她永远失去了的天真和纯洁忽然重又召唤回来。太阳出来了，远处有一阵麻雀的噪声，她站到窗前，拉开窗帘，看见春天的晴空是那么蓝，她

---

① 曹禺曾经说过：“我觉得《北京人》是一个喜剧”这是值得注意的见解，可以帮助导演、演员更好地掌握这个戏剧的风格。但如果《北京人》是喜剧，那是建立在理性分析上的、没有欢乐的笑声的喜剧，不是一般意义上的喜剧。

② 剧作家让茶房在电话中自己骂自己，这一穿插的设计，该是为了烘托金八爷不可一世的气焰，让观众一开始就强烈感受到这个不出场的人物的存在。至于笑料本身是次要的，也是比较浅露的。

忘了一夜未睡的倦意，满心喜悦地嚷道：

你听，麻雀！春天来了。哦！我喜欢太阳，我喜欢春天，我喜欢年轻，我喜欢我自己。哦，我喜欢！

说着，她满心喜欢地仰起了脸，去承受早晨的阳光，又长长地吸了一口早晨的新鲜空气。她还是那样年青，还是那样美丽，在这一刻里，她把自己年青美丽的生命，和春天、和早晨、和明媚的阳光合而为一了。在那片刻里，她把那个终年过着夜生活的陈白露忘掉了，她又是从前那个无忧无虑、天真纯洁的陈竹均了。那段窗前的独白真是一首优美的，又是性格化的抒情诗啊。

在字里行间，我们似乎听得到陈白露从心底里发出的笑声，那是一串银铃般清脆的笑声。她那股欢乐劲儿使人想起莎士比亚的喜剧《捕风捉影》(《无事生非》)中的女主人公白特丽丝来，在那个爱笑的姑娘身上“找不出一丝忧愁的影儿”“除非她睡着了，她总是嘻嘻哈哈的”，就是睡着了也“常常梦见什么淘气的事儿把自己给笑醒了”。

如果陈白露生长在英国文艺复兴时期，那么她分明就是白特丽丝的亲妹妹，她那段发自内心的独白：“我喜欢！”完全可以移用于白特丽丝，在这个爱笑的姑娘的心中，也有太多的“哦，我喜欢！”啊。

陈白露长得那么美，那么富于青春的光彩，那么单纯可爱；她原是可以被莎士比亚写进他的喜剧，成为大师的人物画廊中一个动人的女性形象。然而不幸，陈白露并不是生长在英国文艺复兴时期的喜剧世界里，而是生活在黑暗的旧中国的悲剧世界里。她那段“我喜欢”的独白，实际上只是她毁灭之前的回光反照罢了。当她出现在观众面前时，她早已不是那个天真无邪的陈竹均，而是可悲地堕落为被资本家玩弄的交际花了。

戏剧快要结束，我们最后一次看到她时，她那被窒灭的喜剧性格只剩下最后一丝微弱的闪光了。她对着镜子凄凉地说道：

生得不算太难看吧。人不算太老吧。这——么——年轻，这——么——美。

再也听不到她内心在发出笑声了，我们只看到镜子中那个美丽的少妇悄悄地流下了两滴泪珠。于是她转过脸去，一口气把安眠药都吞了下去。她曾经那么快乐，仿佛自己和春天的阳光合而为一，现在她留下的最后一句话却是：“太阳不是我们的。我们要睡了。”

《日出》有好些地方是一幅百丑图，甚至带有一些闹剧的意味。陈白露虽然没有能做到出污泥而不染，但是她的悲剧性的结局，却自有动人心弦的地方，因为随着她的毁灭，我们观众感觉到，笑被毁灭了，青春被毁灭了，喜剧性格被毁灭了。如果单从陈白露个人来说，你可以认为：《日出》是一个悲剧啊。

假使莎士比亚生长在我们的旧中国，如果他也是一位严肃的有正义感的剧作家，那么我相信，在那个悲剧性的时代里，他同样不可能写出他那些“明媚娇艳”的喜剧来吧。他笔下的那个在睡梦中会把自己笑醒的姑娘，也许会同样地对着镜子，默默地流下泪珠吧。

曹禺写了陈白露，莎士比亚写了白特丽丝；相同的喜剧性格，却是不相同的命运(喜剧终了，白特丽丝陶醉在爱情的幸福里)。通过这两个女性形象的对比，我们可以看到，一个优秀的作家总是呼应时代，召唤时代，而时代也总是把自己的印记清晰地打在它最宠爱的作家的身上。

三

我们知道，英国文艺复兴时期是英国文学史上一个高峰，而代表这一高峰的，不是别人，正是剧作家莎士比亚。这是不难理解的，在十六世纪和十七世纪交接的前后三四十年间，英国的戏剧盛极一时，是戏剧女神代表了英国文艺复兴时期的最高艺术成就，而出现在当时的一群剧作家中，莎士比亚为戏剧女神增添最大的荣耀，这是一致公认的。

也许可以进一步问一下：英国在那一个历史时期内，为什么是戏剧，而不是其他的文艺品种特别兴旺发达，取得最高的成就呢？这是一个很复杂的问题，要作出全面回答不太容易，我只能根据自己的认识试从一个方面回答这一十分有意思的问题。

欧洲文艺复兴时期处在从中世纪的封建社会转向现代资本主义社会的过渡时期。在欧洲中世纪，封建社会内部商品流通的程度很不发达，不仅物质生产是自给自足的，就是满足人们精神生活需要的精神生产，也几乎是自给自足的。所以在中世纪的文学艺术中很重要的一部分是民间文学、民间艺术。那时候出现了很多出色的、但是没有留下名字的民间艺术家、民间文学家。

欧洲资本主义经济萌芽的繁荣带来了新兴的城市和新兴的市民阶层，促进了人文主义思想的发展，同时也促进了文学艺术的商品化、专业化。1576 年，在伦敦北郊建立起第一家戏院子(投资了“好几百镑钱”)，这意味着在英国，各个文艺品种中，戏剧第一个在较大的规模上被投入了商业市场。这也就是说，从此英国戏剧有了它的固定的演出场地，有了依靠门票收入的固定的剧团，还拥有了以市民阶层为主体的比较稳定的观众。

很能说明问题的是，1592 年，年青的莎士比亚把他第一本出版的诗集献给了一个封建贵族，按照古老的传统，他把献词写得非常谦卑。在他的一些戏剧中(象历史剧《亨利五世》的开场，喜剧《皆大欢喜》的结尾)，也有以作者身份说话的致词，而这致词是面向广大的观众，不是面向某一个权贵。这一区别是很重要的，说明了传统的诗歌和已经进入市场的戏剧，这两个文艺品种在当时的差距。莎士比亚写他的第一篇长诗时，就象中世纪的游吟诗人那样，指望的是得到某一个封建贵族的赏识(也许还指望得到一笔赏金)。虽然这篇长诗后来出版了，而且受到欢迎，但很显然，他在写那古典风格的诗歌时，就不象他为剧院创作戏剧时那样，心中十分明确广大的伦敦观众是他的主顾。

从文学艺术发展史来看(如果截取从封建社会向资本主义社会转变这一段过程)，一般的情况是，艺术通过商品化进入市场而得到观众、读者，得到专业艺术家、专业文学家，同时得到了发展和提高的机会。

十六世纪的欧洲还没产生歌剧，还没有芭蕾舞，更不用说电影和电视了，英国书市上出现第一批长篇小说《鲁滨逊飘流记》《帕美拉》等差不多是一个世纪以后的事了。莎士比亚是爱好音乐的，他在作品里提到的好几种乐器，只是现代乐器的前身罢了，在当时还不具备产生象贝多芬那样伟大的音乐家的物质条件，因为既没有略具规模的管弦乐队，又没有从宫廷侯府的大厅中解放出来、面向广大听众的公开音乐会。

这样，在英国文艺复兴时期，戏剧可说是一枝独秀，是最早开放的一朵报春花，也就是说，戏剧在当时的英国，是唯一具有广大的群众基础的艺术，是全民性的艺术，在这一点上，还没有其他的文学艺术可以跟它做竞争的对手。一个时期的民族才华、民族智慧以及民族热情，以至整个时代的精神，只有通过戏剧这唯一的渠道得到了最充分的表现。英国戏剧的这一伟大的历史使命刚好由天才剧作家莎士比亚出色地完成了。莎士比亚代表了英国文艺复兴时期的文学艺术的最高成就。

在艺术领域内，“某些有重大意义的艺术形式只有在艺术发展的不发达阶段上才是可能的”。马克思在谈到艺术的繁盛和社会发展的关系时提出了这个论点①。这段话很有启发性。英国文艺复兴时期的戏剧(之)所以具有这样重大的意义，其中的一个原因是不是可以归结为：当时的英国社会还处在“艺术发展的不发达”这一历史阶段呢？

莎士比亚以后的几百年间，资本主义经济的发展曾经促进了许多新的艺术品种的发展，尤其十九世纪的欧洲，在各个艺术领域里曾经同时出现了许多相互媲美的伟大的文学家、艺术家。戏剧独占风光的局面不再存在了，英国文艺复兴时期是英国戏剧的黄金时代，也许可以说，它就象产生古代希腊艺术的黄金时代那样，成为“显示出永久的魅力”而“永不复返的阶段”(马克思语)了。

在二十世纪三十年代到四十年代初期，当曹禺创作他一系列杰作(从《雷雨》到《家》)的时候，我们中华民族正处在一个剧烈转变的关头。一个新的文艺高潮掀起来了，一切艺术手段都被调动起来。在这一高潮中，涌现了一群我国最优秀的艺术家，他们中有小说家、有诗人、有戏剧家、有音乐家，等等，他们在那一个轰轰烈烈的大时代里，共同努力，通过不同的艺术渠道，把我们民族的才华、民族的热情、民族的气节充分表现出来了。当然，必须提到，这中间有我们的艺术大师曹禺作出的一份可贵的贡献。

我并不认为莎士比亚的天才是不可超越的，但是他所处的那个历史时期，却的确有它的特殊性，而这特殊性恐怕很难期望在后世的历史中再现出来。因此后世的艺术家(出现在各个已经充分发展了的艺术领域里的艺术家)，作为个人，尽管他是那么富于天才，又那么受到欢迎，恐怕不大可能具有那么大的代表性、那么大的象征意义，可以和一个时代、一个文化高潮等同起来，象四个世纪前的莎士比亚那样。

比较文学应该力求避免简单的比附。在“曹禺和莎士比亚”这个专题里，我们似乎没有必要从文学史的角度去比较中外两位艺术大师的地位是否旗鼓相当，也不必提出曹禺就是中国的莎士比亚，或者说，莎士比亚就是中国的曹禺，这些比附，意义似乎不大，我宁愿着眼于传统和创新、继承和发展，从这一角度来探讨曹禺和前人莎士比亚间可能存在的关系，这样做可能更有益些。

四

评论家田本相在论《雷雨》时认为：“也许作家从莎士比亚那里学习了他善于通过情节

① 见《〈政治经济学批判〉序言、导言》，人民出版社，1971年版，第33页。

的生动性和丰富性刻划出人物性格的真实性和丰富性的创作手法”[1]，这一推想应该是不无理由的，但如果我们试图从《雷雨》或者从《日出》中举出一些具体的例子作为确切的说明，却并不容易。在曹禺的第三个戏剧、艺术气氛非常浓厚的《原野》中，则的确可以从一些细节上注意到莎士比亚的影响。我提供这么三个例子：

花金子对他旧日的情人表明自己的心迹道：“你怎么这样不懂人心？……难道我不是人么？掐了我，我会喊痛；扤了我，我会说痒；骂了我，我会生气；难道待我好的人，我就对他没有一点人心？”[2]

这使人想起了《威尼斯商人》中犹太人夏洛克的一段慷慨激昂的念词：“……你们要是用针来刺我们，我们不是也要出血的吗？你们呵我们的痒，我们不是也会发出格格的笑声来吗？……要是你们欺侮了我们，我们难道就不报仇了吗？”

花金子和夏洛克都是将心比心，不过前者表明她为什么爱，后者倾吐的是他为什么恨。

仇虎杀死了把兄弟焦大星后，只见他步态蹒跚，睁着大眼，象发了疯似的上场来，花金子看见他这种光景，提醒他道：“你赶快把手洗洗。”谁想仇虎这样回她道：“不用洗，这上面的血洗也洗不干净的。”[3]

洗不净的血迹象征着逃避不了的内心的谴责。在悲剧《麦克白》里突出地表现了这一点，莎士比亚就是通过谋杀者手上的血迹来深刻揭示犯罪行为在心理上所引起的深刻变化。为了掩盖罪行，麦克白夫人叫丈夫“去弄些水来洗洗手吧”。而谋杀了国王的麦克白却说：“汪洋大海也洗不尽我手上的血迹。”麦克白夫人是弑君的同谋犯，后来终于承受不住那种精神上的压力，神经失常了，她不停地做着洗手的动作，一边反复体味着那句话里的悲苦意味：“这一双手再也洗不干净了。”

另一个例子是莎士比亚的历史剧《理查三世》。那众叛亲离的暴君理查三世面对着象潮水般涌来的千军万马，自知大势已去，却还要作垂死的挣扎，甚至从战马上被打落下来了，还只想再跳上马背去拼去杀！于是这个恶贯满盈的人象孤注一掷的赌徒那样，声嘶力竭地喊出了“一匹马！一匹马！一个王国换一匹马！”

这一声富于戏剧性的哀鸣，在曹禺的杰作《原野》中得到了反响——逃亡中的仇虎，带着情人，迷失在林子中，他精疲力尽，舌敝唇焦，就是这样喊道：

> 哪里有水！哦，我拿一桶金子换一桶水！[4]

值得注意的是，上面举出的三段莎士比亚引文，来自三个不同的莎剧，其中有一个还是当时不怎么受注意的历史剧《理查三世》，从这里可以看到，曹禺阅读莎士比亚不是泛泛的浏览一下而已。

---

① 田本相：《曹禺剧作论》，《中国戏剧》1981 年版，第 68 页。

② 见第二幕，四川人民出版社版，第 130 页。

③ 见第二幕，四川人民出版社版，第 157 页。

④ 见第三幕三景，四川人民出版社版，第 200 页。

同样值得注意的是，曹禺谈到借鉴外国戏剧大师的创作经验时，用了一个很生动的比喻："一缕一缕地抽取主人家的金线，织好了自己丑陋的衣服。"[①]剧作家想不起他在刻意模仿谁，因为这是消化融会的借鉴，是水到渠成的自然运用。这在他的历史剧《王昭君》中更是如此。

五

1942 年，曹禺在重庆翻译了莎士比亚的悲剧《柔蜜欧与幽丽叶》，随即演出；我国解放后，曾经两次公演这个著名莎剧，也都是根据曹译本。这是我国最好的莎剧译本之一。但是对于这个有特色的译本，我国学术界还没有给予充分的注意；而我认为，要全面地研究曹禺的戏剧创作艺术，这个莎剧译本同样是值得注意的，因为它和曹禺的创作有一种内在的联系，从它的这样三个特点上可以看出来：

首先，《柔蜜欧与幽丽叶》是一个诗体译本。我国介绍莎剧，开始于 1903 年，到 1942 年曹禺的译本问世刚好四十年，在这不短的一段时期里，我国莎剧翻译的进展，大致经历了这样几个阶段：

1. 用文言译述的莎剧故事梗概。
2. 用白话翻译的散文译本。
3. 用诗的语言译出的诗体译本。

《柔蜜欧与幽丽叶》是我国第一个用诗的语言去传达原作的诗意和激情，并保持着原来诗体形式的莎剧译本。[②]

对于我国新兴的话剧运动来说，诗剧在当时是一个陌生的、还不大接触过的新领城。诗剧比较难掌握，但是自有它的优越性。精炼、优美的诗的语言，增加了戏剧的抒情性，把气氛烘托得更浓郁，剧作家从生活中提炼出来的智慧、哲理思想，在诗的语言中凝结为一个透明的形象。莎士比亚的戏剧的生命，就在于那有魔力一般的诗的语言。语言，在一个诗剧中，发挥了更重要的作用。

一个理想的莎剧译本，应该是诗体译本，而不是那通俗的、降格以求的散文译本。

曹禺是我们当代的语言艺术大师，重读他写在半个世纪以前的《雷雨》，使我们感到惊奇的是，尽管悲剧中所反映的旧社会中的悲欢离合，离我们今天已很远很远，恍若隔世了，但是人物的谈吐呼号却字字句句传进观众的心里，没有隔膜之感，还是声气宛然。这是多么不容易取得的成就啊。对于在不断发展中的语言来说，天翻地覆的半个世纪该带来多大的变化，今天我们重读当年的一些文艺作品，往往由于语言显得"老化"了，不免会失去几分亲切感，好象从一张发黄了、褪色了的旧照片去想见我们的前辈当年的风采。我完全同意戏剧评论家田本相依据当时实际情况作出的评价："在《雷雨》诞生以前，话剧语言是

① 见曹禺：《雷雨·序》，文化生活出版社，1947 年版。

② 我们曾经有过用文言诗体翻译的《暴风雨》(余上沅等译，1935)；只是在形式上分行写，但缺少诗意的译本(象解放前的曹未风译本)；这些我都没有算作诗体译本。

很少成功的范例的……在话剧语言的提炼上，《雷雨》是第一个获得成功的作品。”①

不过，我个人认为，在语言艺术上，《雷雨》似乎还不能看作代表了剧作家的最高成就。可以看到，从《雷雨》到《日出》，又从《日出》到《原野》，到《北京人》，戏剧语言越来越抒情，越来越醇厚了。那一个发展的过程可以说是从散文到散文诗，又从散文诗到接近诗的境界。更向前发展一步，剧作家就要考虑怎样把诗引进戏剧，用诗行来负载更浓郁的戏剧情愫，要考虑诗剧的优越性了。

所以特别值得注意的是，曹禺为《柔蜜欧与幽丽叶》写的“译者前言”中那一段话。他说他同意剧团的要求，翻译一个适合上演的《柔蜜欧与幽丽叶》悲剧，目的之一，是为了“试一试诗剧的翻译”。而这一尝试是富有成果的，曹禺的下一个新作《家》，充分地向我们显示了这一点，这我们留在下一个章节再谈。

第二，我们要再次谈到喜剧的问题。

尽管曹禺没有写过传统意义上的喜剧，我相信，在剧作家的个性和才能中，并不是缺乏幽默感和喜剧性的成分的。他的喜剧才能往往表现为让反面人物（例如顾八奶奶这个宝贝儿）自己出自己的洋相，引起笑声；笑，往往和“丑”（出丑）联系在一起。笑，象阳光下的一道清泉，从洋溢着欢乐的心头涌出来，喷射出来——这样的笑声在曹禺的创作中似乎不大容易找到②。这自然是由于时代的关系，剧作家这方面的个性和艺术才华，被作品主题的严肃性所掩盖了。十分难得的是，在这一个莎剧译本中，它们终于找到了比较充分地展现自己的机会，或者说，得到了发挥的机会。

当然，《柔蜜欧与幽丽叶》中的许多插科打诨是本来就有的，并非译者的创作，但是要知道，把那些俏皮话、双关语中的喜剧意味用另一种文字传达出来有多么不容易。一位译者，如果缺乏风趣、没有幽默感，不善于把他的艺术才华向这方面发挥，就不可能成功地做到这一点。莎士比亚的喜剧性场面的翻译必须是一种艺术上的再创造。这里举一个例子：

在“说亲”一场戏中，奶妈（有人说她是“穿裙子的丑角”）接过幽丽叶的话，说道：

> 这说得多好啊。要不是我把你喂大的，我是得说你吃了我的奶才这样聪明。③

奶妈在卖弄自己能说会道，正说反说，却不知道她的上句和下句在相互打架：要不是“我把你喂大”，就根本说不上“你吃了我的奶”才这样聪明；“你吃了我的奶”又否定了它那荒谬可笑的前提“要不是我把你喂大”。这是十足的 nonsense（废话）。

如果把这段话和原文对照一下：“Were not I thine only nurse，I would say thou hadst suck'd wisdom from thy teat。”我们就不由得感到，译者真是位出色的“二传手”，他从莎

① 见《曹禺剧作论》第 77 页。

② 在《北京人》中，健壮活泼的袁圆，发出一片天真烂漫的孩子的笑声；不过本文所说的笑，主要是指富于感染力的富于笑意的戏剧语言而言。

③ 引自第一幕三景，曹译本第 31 页（1957 年人民文学出版社版）。

士比亚手里接过了球，略为调整一下，就把球在最好的角度送到你手里。先读了曹译，再读原作，你就能更好地领略原文这句的风趣了。相形之下，朱生豪译本的这一段台词就显得平淡，没有能把这里的幽默感充分挖掘出来。

倘不是你只有我这一个奶妈，我一定要说你的聪明是从奶头上得来的。①

曹禺的莎剧译本有多方面的成就，但如果只容许用一句话来赞美它，那么我作为国内的莎剧译者之一，想说的是：那许多最难于处理的插科打诨译得这样富于风趣，真叫人心折！读了曹译，你会因为莎士比亚是这样一位富于幽默感的剧作家而更加喜爱他。我不知足地在想：要是曹禺能再为我们翻译一个优秀的莎士比亚喜剧，那有多好！

第3，曹禺用富于诗情画意的语言，具有音乐性的语言，把莎士比亚的这部不朽名著翻译得十分精彩。可以随便举一些佳译作为例子。幽丽叶求她的情人，如果他不是真心爱她，那么——

不要再来找我，让我一个人去苦！

在破晓诀别时，柔蜜欧说：

我口里说走，满怀牵挂还是想留。

泪流满面、声声呻吟的幽丽叶被她的父亲说成：——

你做了船，做了海，又做了风。②

象这样优美的文字在解放前的译文中（不仅在莎剧译本中）是不多见的。

在这部名著的翻译过程中，可以看得出，译者的情绪，自始至终在和剧中人物一起爱、一起笑、一起哭，因此当我们读着这样感情浓郁的诗句时，真要以为当初月光底下的幽丽叶就是用这些委婉清丽的汉语表达她的爱情的。在曹禺的莎剧译本里，我们同样看到了一位优秀的戏剧家所特有的那种设身处地、化身千百的本领；这也就是说，从译本中，我们似乎更清楚地看到了一位优秀的剧作家的功力所在，看到了他的剧作为什么会取得那样大的艺术魅力的奥秘所在。

六

从诗剧的翻译很自然地引向了诗剧的创作。在同一年，曹禺根据巴金同名小说改编了戏剧《家》（1942），其中“洞房”那一场戏，象《柔蜜欧与幽丽叶》中的“花园幽会”一样，是诗剧。将近三十年前，我曾经看过《家》的一次演出（上海戏剧学院演出），“洞房”那场戏给我的印象深极了（特别是女主角的富于感情的念词），是一次美好的精神享受，至今没有忘怀。

瑞珏一片深情准备把一个女人的爱全都奉献给一个陌生的、而今后她将称之为“丈夫”的那个男人，随着她的爱，她把自己的希望、自己的幸福，一齐寄托在他身上：

只要他真，真是好！

---

① 见《莎士比亚全集》第8卷第20页。

② 以上三段译文引自第2幕2景（第69页），第3幕5景（第136，144页）。

女儿会交给他
整个的人，
一点也不留下！

然而她不知道对方“是美，是丑，是浇薄，是温厚”，她战战兢兢，象一只湖边的小鸟在黑暗中独自唱着颤音的悲歌。

谁知觉新一直背转着身，根本不理新娘，仿佛没有她这个人似的；当他终于回过头来，用冷冷的目光打量她一眼的时候，她的心跳得厉害。只消一个温和的眼色、一句温和的话，就能赢得她捧出整个的心。哪想到这位柔肠百转的新娘，落在新郎的眼里却只是一块讨厌的石头：

怎么她还在那儿不动，
象一尊泥塑的菩萨。
这是什么孽！
要我一生
陪着这个人，
眉都不会皱一皱，
一块会喘气的石头！①

这洞房花烛夜，竟象一个寒冷的雨夜，那一对渴望着人生幸福的少男少女，各自在黑暗中摸索着、哭泣着、呼号着，不是同声相应，而是谁也看不到谁，谁也听不见谁，谁也不了解谁，一片深深的隔膜。多么可悲！

然而，在我们听来，他们俩交错进行、若即若离的独白，却在相互呼应，一声声都是控诉，控诉那罪恶的封建礼教、罪恶的旧社会。这样，两条线上进行的独白，合起来，构成一个整体。这里有用语言表达出来的千丝万缕的感情，更有千丝万缕之外，语言不曾表达的东西，却同样给你一种强烈的感受。

曹禺的优秀剧作《家》，让我们看到了，只有诗剧，才有这样丰富深刻的表现力，才能创造出这样使人难忘的艺术境界。一般形式的话剧是容纳不下这样感情浓郁的内心独白的。

觉新由于初恋的破灭，他的第一段独白是对人生的痛苦的思考，这是一篇多么富于哲理性的诗篇啊：

啊，如果一万年象一天，一天象一秒，
那么活着再怎么苦，
也不过是一睁眼一闭眼的工夫。
做人再苦，也容易忍受啊！
因为这一秒钟生，下一秒钟就死，

① 以上两段引文引自曹禺：《家》，上海文艺出版社，1979年版，第63、67页。

睁眼是生，闭眼就是死，

那么“生”跟“死”不都是一样的糊涂？……

我们再看看《柔蜜欧与幽丽叶》中的女主人公。爱情，在这个纯洁的姑娘的心里被唤醒了。她开始认真地思考人生的问题，而她那稚气的又充满爱情的独白里，同样具有一种深刻的哲理性：

姓名又算什么？我们叫做玫瑰的，

不叫它玫瑰闻着不也一样地甜么？

柔蜜欧也这样，就不叫他柔蜜欧，

还是保留着他天生的完美……①

诗和哲理，感情和智慧，原来保持着这样亲切的关系！这是莎士比亚的诗剧，也是曹禺的诗剧给我们的启发，而在这两个诗剧之间，也许存在着一种内在的联系吧。

曹禺只是在《家》的第一幕中部分地采用了诗剧的体裁，但这并不是说其余的念词全都是散文。如果我们细细体味，就会发现，有些优美的台词是用散文写成的诗。这里举一个例子，全剧将要结束，临终的瑞珏躺在床上问丈夫道：“你记得我第一天来的夜晚，杜鹃在湖边上叫么？”于是夫妇之间有这样一段对话：

——记得，那时候是春天刚刚开头。

——（迷惘）嗯，春天刚刚开头。

——现在是冬天了。

——（微弱而沉重）不过冬天也有尽了的时候。

现在我们再看看柔蜜欧和幽丽叶这一对情人在破晓时分难舍难分的告别。幽丽叶含着眼泪说道：

哦，现在走吧，天空一点一点地亮！

同样痛苦的是她丈夫的回答：

嗯，一点一点地亮，

一点一点地黑起来是我们的灾殃！②

“殃”“亮”，隔行押韵，如果对照原文这里其实是“双行骈韵”（couplet）。莎士比亚常用两行有韵的诗句（双行骈韵）来结束全剧，或使一大段台词告一段落，通过响亮的音节取得一种警句似的效果。

现在我们再看瑞珏临终前和她丈夫的诀别，剧作家为了留给观众一个更深刻的印象，在这里也是采用莎剧中的“双行骈韵”的形式，而且也象柔蜜欧和幽丽叶的诀别那样，是一呼一应的对话，只是诗写成散文的形式，一句分为两句罢了（因此“头”和“候”隔行押韵）。在谈到《家》时，曹禺同志曾亲自为我念这四行对话，并亲切地指出：“这不是 couplet 吗？”

在这里，我们再一次看到了莎士比亚的诗剧和曹禺的诗体化了的戏剧之间，在艺术形

① 以上两段引文分别见《家》第 26 页，《柔蜜欧与幽丽叶》第 62 页。

② 以上两段引文分别见《家》第 222 页，《柔蜜欧与幽丽叶》第 137 页。

式上，存在着一种启发和借鉴的关系。

莎士比亚名剧中一些最精彩的台词，我们可以注意到，往往既是戏剧性的，又是史诗性的——即既是描绘性的、刻划性的，又是叙述性的、交代性的。例如前面所引的战场上的那一声绝望的嘶喊："一匹马！一匹马！一个王国换一匹马！"(《理查三世》)用整个王国去换一匹战马，这一相差悬殊的不等价的交换，既刻划了一个困兽犹斗的暴君的绝望心理(戏剧性)，又展现了当时情危势急、杀声震天的战场情景(史诗性)，使人惊心动魄！这真是剧作家的神来之笔！

幽丽叶在月光下的那段独白同样使人难以忘怀：

不过是你的姓才成了我的仇人，
你是你，即使你不姓猛泰。
猛泰这两字是甚么呢？
它又不是手，不是脚，
不是胳臂，不是脸，不是你身上任何一部分。
哦，姓个别的姓吧！
姓名又算甚么？……①

这完全是一个女孩子在恋爱中的口吻，她在认真地思考一个问题："姓名又算什么？"她怎么会想到这方面去呢？因为她和她的情人是属于两个敌对的封建集团，而封建集团把维护姓氏的荣誉作为每个集团成员的神圣天职，谁知幽丽叶却把姓氏看成身外之物，看得一钱不值。这显示出她爱得多么深沉，显示出冲破封建偏见的爱情的力量是多么强大；而我们仿佛同时又感受到了那一个历史时期的气息：热烈深沉的爱情被包围在封建社会的愚昧和仇恨中间。

只用一句话或不多几句话写出人物的鲜明的性格(戏剧性)已不容易了，还要传声绘影，同时烘托出眼前的情势、时代的气氛(史诗性)，那就更加难得了②，这对戏剧家是一个很高的要求。这样精彩的、使人难忘的台词，在曹禺的《家》中也可以举出来。这里就是一个例子：

封建包办婚姻曾经给觉新和瑞珏这两个少年男女带来了极大的精神上的痛苦，但是现在这一对年青夫妇终于有了他们的孩子，终于产生了感情，过着和美的日子。瑞珏正幸福地和丈夫说笑着，忽然她静了下来，叹口气，深情地说道：

我们为甚么不能象二弟跟琴表妹似地再——再从新认识，恋……恋爱一次呢？不要以为我没见过人哪，明轩！换了地位，我能象琴表妹一样进学校，有机会看许多许多人，我谁都不会要，我还，还是要挑选你呀！③

---

① 引自曹译本第62页。

② 别林斯基在《戏剧诗》中这样说过："戏剧不允许史诗式地描述地点、事件、情况、人物。"见《古典文艺理论译丛》(三)第137页。

③ 引自《家》第2幕2景第132页。

柔顺、体贴、情深似海，这是我国旧社会中的妇女的传统美德，对于命运赐给她的丈夫，只知道把整个心都献给他。瑞珏显然就是这样一位善良多情的少妇，她不知道，觉新其实配不上她。假使她有机会进学校，以后又从家庭走向社会，她将有可能挑选一个比觉新更值得爱的人作为终身伴侣……但是她说不，即使给她这样的机会，她还是要选中她现在的这个丈夫。她不容许自己再有别的想法，然而时代究竟起了变化，在那漫漫长夜的尽头，终于出现了和旧势力挑战的上洋学校念书的女学生，出现了勇敢地和自己所喜欢的男朋友谈恋爱的新女性。瑞珏远远地注视着，羡慕着，希望自己也能象她们那样上学，也能象她们那样自由恋爱。她感到了自己这一生中不能满足的缺憾。

瑞珏的这段话真挚动人，她既向往社交自由、婚姻自由，做一个新女性，但又认定只有封建婚姻给她的那个丈夫才是最值得她爱的人。这同样是剧作家的神来之笔，这是无中生有啊(你怎么能想到瑞珏忽然会说出这些话来呢?)，却又令人信服。女主人公向她的丈夫倾吐出她最隐蔽的心声，而我们观众却感受到了正在转变中的大时代的信息。

我们不禁想起，在《雷雨》中，周冲也曾经在他所喜爱的四凤跟前，吐露出他的心曲，不妨拿来比较一下：

> 有时我就忘了现在，忘了家，忘了你，忘了母亲，并且忘了我自己……在无边的海上……有一只轻得象海燕似的小帆船。……白色的帆张得满满的，象一只鹰的翅膀，斜贴在海面上飞，飞，向着天边飞。那时天边上只淡淡地浮着两三片白云，我们坐在船头，望着前面，前面就是我们的世界。①

没有一点社会经验的年轻人沉醉在他那稚气的梦想里——一个编织得很美、很美的轻梦，简直象一首散文诗。从戏剧角度而言，这个美梦把人物的性格衬托得更单纯了，正是这样一个不知天高地厚的青年才会有这样朦胧的、游离于周围环境之外的梦幻。这也就是说：这个梦幻很富于戏剧性，而并不兼有史诗性的成分，是一箭中的，而瑞珏的遐思才是一箭双雕。

我们可以那么说：理查三世在战场上绝望的呼号给我们年轻的剧作家曹禺留下很深的印象，但不能那么肯定地认为：幽丽叶在月光下的情思和瑞珏向丈夫披露的心曲，这中间必然存在着某种联系；可以说的是：二者异曲同工。

异曲同工，作这样一个艺术上的比较，同样是很有意义的事，因为我们是和站在文艺高峰上的巨人作比较。这比较本身也就是一个评价，比较文学有时候并不排斥文学的比较。

七

"河海不择细流，故能成其深"，前面提到莎士比亚善于学习的精神，同样在曹禺的许多作品中体现出来。拿他的新作《王昭君》来说，剧作家对于我国民间文学，特别是对于少

① 引自《雷雨》第三幕，人民文学出版社，1978年版《曹禺选集》第90页。

数民族的诗歌，显然是下了一番认真学习的功夫的。王昭君的这一段含情脉脉的独白，简直就是一首优美的蒙古民歌：

比这月亮还亮的，是女人的心；
比这圆月还满的，
是一个女人希望得到的恩情。

象这样运用自如的民歌风格的台词还可以从这历史剧中举出很多，例如：

看见这样的女人，不说好看的，
是瞎子；
看见这样的女人，不爱上她的，
是傻子。

剧作家在向我国民间文学吸取营养的同时，似乎也从莎士比亚的杰作中得到了启发，可以拿苦伶仃、温敦这两个人物的形象作为说明。

利用民族矛盾进行挑拨离间的温敦和《奥瑟罗》中利用种族矛盾进谗的伊阿古可说是哥儿俩。他们都在心胸宽广的主人跟前装出一副忠心耿耿的样子，好象满腹牢骚，却欲言又止，吞吞吐吐，引起主人的猜疑，好趁机施展两面派的手段，陷害一位美丽善良的女人。

富于机智和正义感的苦伶仃讽刺阴险的温敦道，“好酒好肉，你天天都给了你这肚子，可是你这肚子没给你出过一次好主意。”他把这个坏蛋看透了，说他是“狐狸的嘴，蛇的心，狼一样的贪狠”。可以想见，这个来自民间、富于生气的小人物一出现在舞台上，舞台的气氛顿时活跃起来。他的引起观众笑声的幽默感，他的嬉笑怒骂，使人想起《李尔王》中的傻子的辛辣而又富于人生哲理的讽刺来。傻子是另一个来自民间、受到观众喜爱的小人物。他当着那个冷酷阴险的贵妇人贡纳莉的面，随口编了这样一段小曲：

活活捉住一头狐狸，
还把这么个女儿抓在手里；
一根绳子套她的脖子——
假如我这帽子能换根绳子。

在我国传统戏曲中是难以找到这样一类勇于犯上、一句不让的宫廷小丑的。苦伶仃的形象自然来自我国的劳动人民，不过也要看到，在他身上又多少具有理想化的因素，给他的形象增添了光彩，而这理想的成分我以为是带有外来的影响的。

《王昭君》是一个历史剧，也是一个诗剧，剧作家运用诗歌体裁更放手了。作为一个带有政治意义的历史剧《王昭君》，赞美的是云开日出之后，呼韩邪和王昭君之间的相互信任、相亲相爱；是汉族和匈奴族间的相互信任，相亲相爱。作为一个优美的诗剧，这来之不易的夫妻间的恩爱、民族间的和睦，取得了一种更为深远的象征意义。呼韩邪说：

如果人都不可靠，活着岂不太孤单？因此，我觉得还是要相信人的心。

王昭君这个可爱的汉族姑娘把洋溢在她心头的爱都洒向人间：“这是我们二人幸福的

合欢被，但愿它也把温暖带给汉、胡的千万家百姓。”①

我喜欢把《王昭君》当作诗剧读，我爱王昭君这个温柔多情的女性形象。我情不自禁把王昭君和莎士比亚笔下的蜜兰达（《暴风雨》）相比较。仙岛上的蜜兰达看到人们驾着一叶扁舟，正在狂风暴雨中绝望地挣扎时，痛苦地嚷道：“唉，看那些人受难，我跟着在受难！”蜜兰达是爱得那样深、那样纯洁，而最使人感动的是，这深沉的爱来自一个宽厚、仁爱的胸怀。在蜜兰达的形象里，我们看到了剧作家莎士比亚，同样，王昭君的形象让我们似乎看到了剧作家曹禺本人。

我们常把艺术大师的精心杰作作为值得学习的一种范例，而他本人又借鉴历史上的艺术大师，多方面吸取营养，善于创新，也善于学习。这是十分发人深思的。

其实这不仅是艺术家个人怎样充实自己、提高自己的问题，我们还可以从文学艺术发展规律来看。如果把艺术发展史看作是一条连绵不尽的长河，那么显然不应该是“黄河之水天上来”，而是“山中一夜雨，树杪百重泉”。没有众多水源的河流是造不成声势的，没有广泛的继承和借鉴，艺术难以发扬光大，攀登顶峰。

谈到艺术创作，我们所贵的自然是创新，是从现实生活感受到的新意。谈艺术的源流、文学的发展史，就得同时看到创新和借鉴，发扬和继承这二者间的辩证关系。比较文学的一个研究领域原是“渊源和影响”，在有些场合，其实也就是对于“继承和发扬”这种辩证关系的探讨。

八

从人心中发掘出最美好的东西，把丑恶的黑暗势力触目惊心地揭露出来，热爱人民、热爱祖国——这是贯串在曹禺的整个创作道路中的一条主线，他的每一个作品都紧紧环绕着这些主题思想而展开。曹禺是一位爱憎分明、情深意厚的剧作家。

如果从艺术角度着眼，那么可以说，曹禺的可贵之处在于他从不满足于已经取得的成就，从不让他的戏剧作品重复过去的自己。他似乎认定他还没有写出来的下一个作品才是他最好的作品，因此他总是朝前看。每一个新的作品都在艺术道路上表现出一种探索精神，都在寻找它自己的独特的艺术表现手法。主题思想的统一性并没有妨碍艺术表现上的多样性。把《雷雨》《日出》《原野》《北京人》《家》《王昭君》等放在一起，你不能不感到每一个戏剧在艺术上都具有它自己的鲜明的个性，都发展了一种新的审美因素；搬上舞台时，都向导演提出了各自不同的风格要求。曹禺是一位少见的勤奋的艺术家。

但是，如果我们把曹禺的戏剧作为一个整体来考虑，那么在戏剧演出的体系上，又会发现，这里是一个天体的轨道，曹禺在他创作力最旺盛的年代写下的那些最优秀的作品，就象一个个发光的天体，都始终运行在同一平面的轨道上。这一点很值得注意。

当易卜生构思他的现实主义作品《玩偶之家》时，他是按照“第四堵墙”的戏剧体系创

① 以上两段引文见《王昭君》（四川人民出版社，1979 年版）第 174、188 页。

作的，即：镜框式的舞台，写实风格的布景和道具，观众透过沿台口的那一堵透明的、或是无形的墙（即“第四堵墙”）看到了舞台上如实地再现出现实生活中的种种情景（自然指室内的情景）。戏剧家的才能在于怎样不损伤现实生活的肌体，有选择地把它一整块一整块切割下来，搬上镜框式的舞台，让观众对剧作家反映的生活得到一个完满的印象。

当曹禺在中学生时代开始他的活跃的戏剧活动时，我们的新生的话剧从国外接受过来的正是这种封闭式的“第四堵墙”的戏剧体系。近代欧洲戏剧发展到十九世纪，以现实主义戏剧成就最高，影响最大，这也就是说，在新的戏剧流派带来新的表现手法之前，舞台上的这种写实风格居于统治地位。

我们只要翻开《雷雨》的第一页，读一读剧作家在剧本开头所写的周详的场景说明：周家的精致的客厅是怎样陈设的，再和《玩偶之家》比较一下：那一段对于海尔默家的舒适的房间的详细说明，就可以知道：《雷雨》接受了《玩偶之家》所遵循的那一个戏剧体系。

我们可以揣想，当易卜生用细致的笔触描绘人物的性格时，这个人物的活动背景也必同时浮现在他的脑际；出现在他构思中的人物性格和舞台场面，总是紧密联系在一起的，犹如形影之相随，都要求在舞台上得到鲜明、具体的表现。这样，易卜生式的舞台演出体系，实际上是易卜生式的（现实主义）戏剧构思方式的一种反映。从理论上说，这种戏剧体系是现实主义戏剧的最为周到严密的表现体系，是无懈可击的。但是从实际演出效果看，它的取信于观众的真实感还是受到一定程度的限制，它不能完全排斥某种假定性。可以拿《日出》做例子。

曹禺在写他的第二个戏剧《日出》时，发展了一种新的艺术手法，他在戏剧创作上受了契诃夫的启发，采用一种“松结构”，不把戏过分集中在几个主要人物身上；这就是说，剧作家企图尽可能扩大他的创作视野，好象给自己的戏剧加上了一个“广角镜”，以便尽可能把社会的各个侧面、各个角落，形成几个层次，容纳进他的戏剧，从而取得一种深度感。

然而舞台演出的体系没有变，仍然是易卜生式的，是封闭性的、镜框式的舞台。搭一堂写实风格的布景很费事，换一堂，更加费事，因此把现实生活搬上舞台时，不能不受到较多的限制，只能是保持块板状的，没法分切为好几个剖面。这样就和剧作家企图灵活地从不同角度，多方面、多头绪地显示出现实生活固有的错综复杂的面貌有了矛盾。戏不断地在流动——有时候它诉述美丽的青春被金钱收买、毁灭的悲剧，有时候它揭露旧社会奉行的是一条人吃人的无情法则，有时候它忽然把处在社会底层、被榨干了血肉的可怜虫送到你眼前来，看看他过的是什么日子——而舞台却是定点的、封闭性的，因此有时候，不得不是戏凑合舞台，而难以让写实的舞台始终紧密地配合在进行中的戏。

例如《日出》第二幕中，有李石清夫妇的一场对话。丈夫叫李太太陪大人物打牌，她输了钱，可又输不起，又急、又气，向丈夫诉怨、诉苦、哭泣。丈夫急了，不许她多讲：“这样的话你要说，在家里说，不要在这儿讲。省得人家笑话你。”的确这样，本该是夫妻间的私房话，现在却一五一十地在交际花的客厅里都讲了出来。在肮脏的旧社会中，为了往上爬，打肿了脸充胖子，施展夫人外交，有这样的人，有这样的事，剧作家把这种人物写进了他的戏剧，口吻维妙维肖，是一段好戏，但是说话的具体场合，推敲一下，总觉得还不能说是“典型环境”。

这样,《日出》的舞台设计,从整体说来,追求的是真实感:而在局部(不止一处),则不得不存在着某种假定性,这里就出现了不曾得到很好解决的矛盾①。

一位戏剧大师写他的台词,总是象神箭手那样,箭无虚发,甚至一箭双雕,令人叫绝。然而多头绪的戏剧却受到“第四堵墙”戏剧体系的牵制,有时不得不多费一些心,借调度人物的上下场来转换生活场面,不得不多费一些笔墨,因此戏剧中不免添上了一些可有可无、纯粹是交代性的台词:为什么他上场了,我退场了,象“我心痛得厉害,我得进去躺躺”,于是顾八奶奶就有了下场的借口(《日出》第四幕)。

看来,这“第四堵墙”的舞台演出体系在曹禺的好几个剧本里,在他的构思过程中都留下了痕迹。

但是舞台上的“第四堵墙”并非自古有之。这里要提出莎士比亚时代的另一种戏剧体系,对于这位艺术大师来说,根本不存在“第四堵墙”这个概念。当时伦敦的舞台向前方伸出,它的结构是“围巾式”的,并非“镜框式”的。台口不挂大幕,舞台上不用写实风格的布景,道具又简单;这样,当莎士比亚把出现在中世纪舞台上的概念化的、抽象的人物(如“美德”“恶习”之类)改造为有血有肉有个性的典型人物时,他把“人物”和“场景”分开来处理了。舞台上活动的“人”是写实的,而舞台“场面”则仍然停留在原来的虚写上。写实和虚写,力求取信于观众,而又让观众一眼看到了虚假;这样的戏剧体系,从理论上说,是不圆满的、有破绽的。但虚写的、比较简陋的舞台却又有它的优越性,它可以“景随情移”(虽然英国伊丽莎白时代的舞台还做不到象中国京剧舞台那样“移步换景”),这给了剧作家相对的自由,在组织和发展戏剧情节时,显示出一种灵活性;在戏剧中有几条故事线索交叉进行时(象《威尼斯商人》《安东尼与克莉奥佩特拉》)更是如此。

这种流动性的、“景随情移”的舞台演出体系,我相信,能够和曹禺的加上了广角镜似的戏剧配合得更好些,让剧作家发挥他的艺术才华时受到最少的牵制,戏不必过分去迁就舞台了。特别值得注意的是,曹禺本人也意识到易卜生式的戏剧体系所加给他的某种束缚。《日出》中的拉帐子(第 3 幕),《原野》中的幻象(第 3 幕 2、3 景),《北京人》中的映在纸幕上的幻影(第 2 幕),都可以说是想对这种戏剧体系有所突破的一种尝试。他还曾经这样说:“如果可能,我很希望能够学着写写戏曲剧本,可以自由自在地写,没有分幕的限制。”②

曹禺原是一位勤奋的、博采众长的剧作家。然而,他在借鉴莎士比亚的文学创作手法(包括诗剧这一体裁)的同时却没有能找到莎士比亚时代的戏剧体系。

没有能找到,这是因为当时不存在这种可能性。即使在国外吧,两个世纪以来,演出莎剧也总是把它放进了镜框式的舞台,而过去欧美学者们在书房里研究莎士比亚,又致力

① 同样,在《家》中,道貌岸然的伪君子冯乐山,用烟蒂头去烫婉儿的手腕,这种禽兽行为他背着人完全干得出来。但来到高家作客,在他们的花园里干这种事,总觉得有些不是地方。

② 见张葆莘:《曹禺同志谈剧作》,载《文艺报》1957 年第 2 期;这里所说的戏曲,主要指川剧。

于阐述剧中人物的性格、作品的主题思想等等；至于莎士比亚作为一位戏剧家（不仅仅是伟大的诗人），怎样调度舞台空间，怎样掌握戏剧的节奏，就接触得很少；这也就是说，对于莎士比亚的戏剧体系和这个体系所具有的优越性，当时还没有展开深入研究。在国外，认识到只有以接近莎士比亚当时的戏剧体系来演出莎剧，才能更好地再现莎剧原来的面貌和神韵，而且付之实验性的演出，还是第二次世界大战以后的事吧。

从这里，我们多少可以体会到，继承、借鉴、研究，也有一个历史的发展、历史的深度，并不总是一次就完成的。伟大的莎士比亚是个例子。随着莎剧研究工作的逐步深入，也许还会有新的发掘、新的得益。

四个世纪前的古典戏剧还能向现代舞台提供它的有益的经验。具有强大生命力的古典文学名著，作为人类的宝贵的文化遗产，有时会叫人想起了现代医药的长效药物（例如长效磺胺），透过漫长的时间，依然持续地在发挥作用和影响；这多种的作用，这多种的影响，还随着时代的变换而变换它的方面。曹禺在《向莎士比亚学习》一文中所引用的“仰之弥高、钻之弥坚”这两句古语，也许说的正是那样一个“长效”和“多功能”的特性吧，而这也正是比较文学最感兴趣的一个题材。

1983 年 6 月初稿，同年 8 月二稿

原载《莎士比亚研究》(2)，浙江文艺出版社 1984 第 1 版

世界声誉和民族特色

——谈曹禺剧作

陈瘦竹

本世纪初，我国现代戏剧适应当时民主革命需要，在欧洲近代戏剧的影响下开始萌芽，“五四”以后，逐步成长壮大，成为现代文学的重要组成部分。在现代戏剧的发展过程中，无论创作或演出，不断向外国有所借鉴，而我国优秀的戏剧创作或演出，同样受到外国读者和观众的欢迎。早在二十年代中期，田汉的《获虎之夜》就在上海日本人俱乐部演出，他的《午饭之前》译成日文(改造社《现代文支那号》)。郭沫若的历史剧，五十年代先后在苏联、日本、波兰和匈牙利等国翻译出版，同时又在苏联和日本演出，在七十年代和八十年代，日本又多次演出过。而曹禺的剧作，不仅深受我国广大读者和观众的喜爱，而且得到外国读者和观众的赞赏，先后有英文、日文和俄文译本，在外国演出次数之多，可以说是首屈一指。

曹禺在十六岁(一九二五年)参加南开新剧团，从少年时代起就演话剧，其后长期钻研欧美戏剧名著，举凡希腊悲剧，以及莎士比亚、易卜生、契诃夫、奥尼尔的作品，他都刻苦攻读。他生长在半封建半殖民社会的上层大家庭中，受到“五四”新文化和社会革命思潮的影响，在学生时代就有进步倾向并参加爱国活动。他痛恨黑暗的旧中国，同情受苦的劳动者，这就使他以《雷雨》(一九三四年)为开始的剧作具有思想深度和社会意义，然而他的剧作所以具有极大的感染力和极高的艺术价值，还是在于他的丰富的舞台经验和精巧的戏剧技法。这种戏剧技法，来自他能虚心向外国戏剧大师学习，并能凭着自己的才智和努力在借鉴的基础上有所创造，因而使他在戏剧创作中将那进步的思想内容表现在完美的艺术形式之中。

欧洲戏剧有诗体剧和散文剧之分，本世纪初我国从欧洲移植过来的是小仲马和易卜生等描写社会问题的近代散文剧，因为要区别于传统戏曲，在二十年代就称作话剧。作为戏剧，话剧创作和戏曲创作的技法虽有相同之处，但是话剧作者在塑造舞台形象时只用话而不用曲，而在演出时又不载歌载舞，因而在技法上有较大的难度。自“五四”文学革命至曹禺创作《雷雨》以前，我国已有不少话剧作家，他们对于革命思想的传播和话剧文学的发展具有不可磨灭的历史功绩。曹禺在前辈开辟的道路上行进，后来居上，使我国话剧文学从此登上空前的高峰，赢得了国内外广大读者和观众的颂扬。

语言和结构是文学的形式要素，这在话剧创作中尤有特殊重要的意义。在话剧中，展开动作、描写性格、渲染气氛和表现主题，全靠剧中人的语言(对话，独白甚至潜台词)。言为心声，在日常生活中，我们听其说话，大体上就可以知其为人，高尔基盛赞巴尔扎克写人物对话的巧妙，不写人的模样，就能使读者如见其人。鲁迅就接着提出《水浒》和《红楼梦》，认为"能使读者由说话看出人来的"(《看书琐记(一)》)在表现人物性格方面，戏剧中的对话比小说中的对话有更高的要求，因为小说家可以用心理描写和分析评论加以补充，而剧作家只能依靠剧中人自己的对话。"五四"时期的戏剧由于正在萌芽阶段，语言大都缺乏动作性和性格化，而且有些半文半白甚至欧化，既不都是日常口语，更不是以口语为基础锤炼出来带有文学性和音乐性的台词。曹禺的戏剧语言别开生面，真不愧是一个卓越的语言艺术家。他在戏剧语言方面的成就，并不完全在于他的锤炼工夫，首先在于他对人物性格的深刻分析以及他对于矛盾冲突的敏锐观察，所以他的语言具有特殊的艺术魅力。我们读他的任何一部剧作的任何几段对话或者听演员说任何一段台词，总会被吸引住再读下去或再听下去。曹禺笔下剧中人的对话，大都简短明净，朴素自然，运用日常口语引人入戏。在这方面，他向外国戏剧有所借鉴。《雷雨》开头鲁贵和四凤父女的对话，令人想起易卜生《群鬼》开头安格斯川和吕嘉纳父女的对话。陈白露忍受不住精神的郁闷和债务的逼迫而生短见，有苦无处诉，竟与茶房王福升谈起要"回家"(《日出》第四幕)，以及《北京人》中文清和愫方的几个场面，人物的内心动作很强烈，而说话含蓄深沉，颇有契诃夫的风格。《家》中的洞房景象和《柔米欧与朱丽叶》中的阳台景，同样具有浓厚的抒情诗意。潘月亭和李石清，一个狠毒，一个狡诈，钩心斗角，舌剑唇枪，最能显示曹禺戏剧语言的动作性和个性化特色。而这些对话所造成的情景的颠倒反复，似乎有《威尼斯商人》法庭情景之妙。

结构在戏剧创作中占有非常重要的地位，有人甚至认为，戏剧是结构的艺术。剧中人物在一定时间和空间内的各种关系性质的表现和情节的发展，必须结构成为一个有机整体，使人从中获得美感和启示。戏剧结构方式虽然因人因事而异，但是剧本既是演剧的本子，就结构艺术来说，却有一些基本的技法。法国斯克里布集欧洲戏剧技法之大成，编写三五百部剧作，在十九世纪中叶风行巴黎，这种被人称作巧凑剧的技法，在当时很有影响，小仲马和易卜生曾经运用这种技法。曹禺在写《雷雨》时，通过易卜生的剧作对巧凑剧有所师承。比如人物关系错综复杂，情节中包含着一个秘密，利用悬念造成紧张场面，戏剧冲突渐趋激烈而达高潮等。法国巧凑剧因为内容比较平庸而且情节过于离奇，虽有剧场效果却少艺术价值，因此在欧洲戏剧史上并无地位，但就技法而言，却能始终抓住读者和观众。曹禺在《雷雨》中运用巧凑剧技法以"暴露大家庭的罪恶"，应该说是一次很成功的尝试。曹禺善于借鉴欧美剧作家的经验，精通各种技法，这不仅使"五四"以来的话剧文学有重大的突破，而且为话剧演出开创了一个新局面。曹禺的可贵之处，不仅在于他写《雷雨》所取得的成就，而且还在于他并不固步自封，随时学习欧洲新潮流，力求继续前进。他在《〈日出〉跋》中表示，他不满意《雷雨》的技法，"我想完全摆脱开了 La Piece bien faite(巧凑剧)一类剧所笼罩的范围，试探一条新路"。十九世纪七十年代的欧洲，法国左拉提倡自然主义戏剧，反对巧凑剧。这一派剧作家，让·朱利安就称左拉等人的自然主义戏剧为"人生的零碎"(Trench de Vie)，意思是说，这种戏剧直接表现各种现实生活，不加选择，不加修饰，再现人生原型。契诃夫曾经受到自然主义戏剧理论的一些影响，主张"按照生活本来面目表现生活”，就创造出了他的“新形式”。曹禺写《日出》时，拜契诃夫为师，要“用多少人生的零碎来阐明一个观念”，他在创作上的这种追求，当然和外国戏剧的发展有必然的联系。

艺术形式虽有自己的相对独立性，但必须是表现有价值的内容才有艺术价值。曹禺正是为了暴露封建家庭的罪恶和诅咒“损不足以奉有余”的黑暗社会，才在技法上借鉴外国戏剧写了《雷雨》和《日出》。引进外国戏剧技法只是手段，表现旧中国的苦难和探求新社会的幸福才是目的。当我们考虑曹禺对现代戏剧文学的杰出贡献时，固然不应忽视他在戏剧形式上的创造，但是他用那种形式所表现出来的鲜明的性格和深刻的内容，我们应该更加觉得珍贵。他的剧作所以能够感动中外读者和观众，就因为它们都是半殖民地、半封建社会的真实写照。

曹禺在解放前所写的六部剧作中，通过不同的角度和各种人物，描绘了从辛亥革命前后到四十年代我们的民族生活和民族性格。所有这些人物虽然各有性格特征和生活环境，但都反映出我国人民在特定历史时期的命运，这不是古代的或外国的生活，这是我们亲身经历过的或者容易理解的生活。我国有悠久的封建历史，辛亥革命推翻封建王朝以后，封建势力并未彻底消灭，继续统治着人的心灵。欧洲资产阶级执政以后很快就和封建主义决裂，而我国的资本家不仅在经济上而且在思想上和封建势力有紧密的联系。至于人民，特别是妇女，虽然深受封建主义的摧残，而在思想上还不能完全摆脱其束缚。曹禺在剧作中从许多方面来揭露旧社会的弊害，却以对封建主义的解剖最为深刻，这不仅因为他对封建大家庭的生活非常熟悉，而且因为他清晰地认识到封建主义是旧中国最顽固的病根。在“五四”以来的剧作中，反封建是一个基本主题，但只有曹禺能非常成功地通过日常生活揭露封建主义对人的身体和心灵的摧残、伤害，使人看了以后感到战栗而又愤怒。

《雷雨》中的周朴园年轻时曾留学德国，学习现代资本主义工业管理，现在是煤矿公司董事长，但是这个资本家既不同于高尔斯华绥在《争强》中描写的工厂主，又有别于茅盾在《子夜》中塑造的资本家。在剥削工人和镇压工潮方面，他虽和中外资本家一样心狠手辣，但他在《雷雨》中主要是一个封建家长，虚伪而又专制。关于周朴园和鲁大海这资劳两方代表人物的矛盾斗争，在整个戏剧冲突中并不占有主要地位，而且按照曹禺的原意，这场斗争与其说是阶级矛盾，毋宁说是父子冲突。周朴园在做大少爷的时候喜欢婢女梅侍萍，并且和她生有二子。即使他对她不无爱情，但终究是封建家庭中的大少爷，对她始乱而终弃。他娶蘩漪以后实行家长统治，他的话就是法律，不容违拗。他的头脑里充满了封建礼教，毫无欧洲资产阶级的自由平等博爱观念。当他偶然再遇侍萍时，即使如有些人所说，他不无旧情，但他作为剥削阶级的代表人物，丝毫没有追悔自己的罪恶，只想将她赶走了事。《雷雨》的悲剧虽然只发生在从上午到半夜之间，但历史的跨度却有三十年。曹禺称蘩漪为最“雷雨”式的人物，于是有人认为《雷雨》的主要矛盾是蘩漪与周朴园或蘩漪与周萍之间的矛盾，如果这样解释，那么周朴园与梅侍萍的矛盾岂非节外生枝？假若不是三十年前周朴园这个大少爷对梅侍萍始乱终弃，那就不会引出周萍和四凤的兄妹恋爱，假如不是周朴园这个封建家长对蘩漪的专制统治，那就不会引出蘩漪对周萍的乱伦关系。由此可见，周朴园是《雷雨》悲剧的根源，其他剧中人的命运都直接或间接地操纵在他的手里。曹禺通过这个代表封建势力的反面典型的塑造，深刻地揭示了本世纪初叶我们这个灾难深重的民族的悲剧的一个根源。曹禺在《原野》中描写了恶霸地主对农民的残酷迫害以及农民进行个人报复的悲剧；在《北京人》和《家》中，他对封建大家庭的没落和年轻一代的觉醒进行了极深的刻划，使人对封建主义的危害以及中国人民为挣脱这种精神枷锁的斗争有更清醒的认识。

在曹禺所创造的许多妇女形象中，鲁侍萍和愫方是表现我们民族性格的某一种典型。鲁侍萍是有勤劳、善良等传统美德的劳动妇女，被周朴园遗弃后，默默地忍受着各种痛苦，希望女儿不要蹈她的覆辙。她象旧中国许多劳动人民一样，安分守己，且有命运观念，宁可自我牺牲而不伤害别人。她无意间再见周朴园时，既没有幻想，又不图报复，倒是顾全周家情面，没有认周萍是儿子，她虽然亲眼看到鲁大海被殴打，但后来她还警告他不准伤害周家的人。她竭力反对周萍和四凤的恋爱，但是在她得知四凤已经怀孕之后，她却非常痛苦而勇敢地放他们去，自己承担命运的惩罚。她真是一个伟大的母亲，为了爱护子女，宁愿自我牺牲。她痛苦地低声说："啊，天知道谁犯了罪，谁造了这种孽！"谁都知道这是封建势力的代表人物周朴园种下的恶果，她自己当然更加清楚，但她却向上天祈求："如果要罚，也罚在我一个人身上。"她又说："罪孽是我造的，苦也应当我一个人尝。"曹禺在这里所描写的鲁侍萍的自我牺牲的苦心，一方面使我们对她同情甚至崇敬，但另一方面又使我们看到封建势力和命运观念对于以她为代表的劳动人民身体上，精神上的摧残是多么严重！必须彻底消灭封建主义，劳动人民才能真正得到解放，这是鲁侍萍这个形象所给人的一种启示。

愫方是另外一种女性。她没有经受鲁侍萍那样的苦难，但是封建大家庭给她的精神折磨，使得她的心灵满是伤痕。她寄人篱下，孤苦伶仃，而天性善良，任意受人欺凌，温良恭俭让这种封建道德规范成了她的精神桎梏，她是曾皓的牺牲品，又是思懿的眼中钉，可是她既不逃避又不反抗，只是沉默地忍受着。她出身书香门第，封建文化和伦理道德给她很深的影响，尤其因为她的不幸处境，形成一种自我牺牲的人生哲学。她整天忙着侍奉曾皓和照顾思懿，几乎与世隔绝，感情无所寄托，就和文清那种"废物"相爱。从此她更痛苦，思懿由于妒忌随时对她冷嘲热讽，并且设法暗害。她不仅逆来顺受，而且觉得为着文清受苦就是快乐。文清走后，她为着他不肯离开曾家这座"监牢"，要为他侍奉他的父亲，教育他的儿子，为他保管字画和喂养鸽子，甚至对于他所不爱而为他"亲近过"的思懿大奶奶，她都觉得"该体贴、该喜欢、该爱"。她说："看见人家快乐，你也不快乐么？"这是多么高贵的心灵，多么博大的胸襟。然而文清这样的人使她牺牲，她自己的幸福又是在哪里呢？一般说来，自我牺牲总是一种美德，但愫方的这种自我牺牲精神，却带有浓厚的封建色彩。她的这番苦心，未免令人哀怜。地主迫害佃户，少爷糟踏丫环，这种封建罪恶，可以说是尽人皆知。而封建主义影响给予人的精神束缚，曹禺深入愫方的心灵给我们作了触目惊心的显示。幸好她生活在革命运动风起云涌的时代，在瑞贞的鼓励下，终于走出早已崩溃的大家庭，奔向新的世界。愫方是我们旧社会的民族性格的某种典型，而她的奔向光明，表现出我们民族风格的某种发展。

艺术家的作品，是时代的呼声、人民的喉舌。抗日战争爆发以后，曹禺象一切爱国作家那样，以笔为武器，投入到我们民族生死存亡的大搏斗中去。在这次伟大的斗争中，曹禺怀着满腔的热忱，渴望着祖国的蜕旧变新。在他的创作道路上，《蜕变》标志着他的前进的步伐。我国的抗日战争是世界反法西斯战争的一部分，但是我们国家经受着特殊的考验，在广大的国民党统治区域，封建残余势力还在发挥着不利于抗战的破坏作用。曹禺通过关于某省立后方医院的描绘，淋漓尽致地揭露了国民党政府机构的官僚习气和腐败作风。医院院长囤积居奇，发国难财，任用亲信，吃空款子；他的心腹专横跋扈，营私舞弊，公务人员大都敷衍塞责，吹嘘逢迎。因此这所伤兵医院无法纪、无效力，简直一塌糊涂。自北洋军阀政府到国民党政府封建官僚制度几乎没有改变，这是我们旧中国民族劣根性的一种表现，必须彻底铲除，抗战才能胜利，新中国才能诞生。民族劣根性是封建主义的产物，在抗战这个紧要关头，其危害更加严重，因此曹禺的揭露和批判极其深刻有力。从反封建的角度来说，《蜕变》是《雷雨》的一大发展。我国是个伟大的文明古国，在劳动人民、知识分子和少数帝王将相及官吏身上还体现出民族的先进性，就是鲁迅所说的“中国的脊梁”。曹禺所描写的爱国名医丁大夫，为着抗战的胜利和国家的新生，从上海来到内地，认真负责，热情仁爱，不分昼夜地救死扶伤，真可说是抗战时期“中国的脊梁”。至于曹禺自称以共产党为原型的梁公卿，作为国民党衙门中的新官吏，虽然带有理想色彩，但可以说他是当时民族先进性的又一种新典型。

在曹禺的六部剧作中，虽然大部分以反封建为主题，对于旧社会的民族生活和民族性格作了真实而深刻的描写，但是他《日出》中所表现的旧中国大都市的生活，同样显示出他革命现实主义的巨大的艺术力量。旧中国的大都市象许多资本主义国家的大都市一样，上层和下层是对立的两个世界，但《日出》所描写的资产阶级内部的斗争，却有自己的特色。潘月亭等金融资本家被操纵在大流氓、大把头金八的手里，这个不出场的金八，就是封建帮会和投机市场的总头目。李石清为侧身上层社会，不惜以典当皮大氅的钱让妻子来和他憎恶的上层人物打牌应酬。李石清和潘月亭之间的明争暗斗，反映了资产阶级的残酷本性。宝和下处“人类的渣滓”的悲惨生活，正是旧中国最下层社会的真实写照。陈白露的悲剧是对资产阶级的控诉，象《雷雨》中的蘩漪是封建家长统治的牺牲者和反抗者一样，在观众和读者心中引起不同程度的同情。

曹禺继承“五四”新文学革命的现实主义传统，借鉴外国戏剧的技法，表现辛亥革命前后到抗战时期我们的民族生活，诅咒旧社会，向往新中国。无论在他创作的当时或者现在，我国广大的读者和观众都能从他通过尖锐的冲突、丰富的情节、紧密的结构和生动的语言所塑造的舞台形象中深切地感受到我国人民在封建势力和资产阶级的重压下身心都有的伤痕，以及他们痛苦的挣扎和热切的期望。他的剧中人，我们都很熟悉，即使没有类似的经历，我们也能想像得到，甚至感同身受。他的剧作，就形式而言，虽不同于传统戏曲而近于外国近代戏剧，但其内容充分显示出民族特色。正因他的剧作摘写中国的民族生活和表现民族性格，所以才能赢得外国的读者和观众。

世界上各民族都以不同的历史、环境、语言和心理状态形成各自不同的民族传统特色。各民族的文学艺术随着彼此交流和相互影响，民族传统不断发展变化。但是，它所反映的是本民族的生活，所以决不会失去民族特色，凡是真心具有民族特色的文学艺术作品，不仅为本国人所喜爱，而且正是因为这个原因才会受到外国人的赞赏。曹禺剧作所以具有世界声誉，关键在于这些剧作描写了民族生活、表现了民族性格从而具有了民族特色。

曹禺从他开始创作时起，就以火一般的热情关心人民的命运和祖国的前途，并且探求通向自由和幸福的道路。他向外国戏剧学习，总是以我为主，并不盲从而随波逐流，即使在技法上也有创新，逐步形成民族风格。自本世纪初至四十年代，欧洲资产阶级戏剧流派如象征主义、表现主义、未来主义和超现实主义等，此起彼伏，层出不穷，曹禺并未因此眼花缭乱，作为半殖民地半封建的旧中国的作家，他坚持革命现实主义创作原则，有时运用浪漫主义方法，甚至偶而吸取表现主义的因素，但这些从不影响他的整体构思。去年九月，上海人民艺术剧院在日本演出他根据巴金同名小说改编的《家》，受到日本观众的欢迎。日本戏剧评论家野村乔说："它所以会给人以深刻的感动，是因为从中可以呼吸到充满苦难的中国近代史的气息。"他又说："现实主义是艺术本来的道路，但在日本新剧中却越来越少见了。在这个时候，中国话剧的到来，给人一种新鲜感。"(《日本观众喜欢〈家〉》，《文汇报》，一九八五年九月二十二日)一个外国人的意见值得我们反复思考。

近年来，西方现代派文艺陆续引进我国，我们应该怎样正确对待这些资产阶级文艺流派，前一时期有所讨论。在戏剧方面，有些同志对荒诞派的"反戏剧"思潮颇为热衷，主张无情节、无性格、非理性和非逻辑的戏剧，而且认为只有这种戏剧才能代表世界最高水平，但是另有许多同志并不赞成这种观点。所谓最高水平，在意识形态领域里当然不同于科学技术。现代世界各国存在着各不相同的社会制度和政治集团，文学艺术的世界水平只应该以能给进步人类以深刻的启示和高尚的美感为准。曹禺是走向世界的中国剧作家，他的经验值得今天许多青年剧作者学习。

一九八六年一月

原载《中国现代文学研究丛刊》1986 年 02 期

论曹禺剧作和奥尼尔的戏剧艺术

刘　珏

曹禺不但是一位具有鲜明的个人风格和浓郁的民族风格的剧作家，而且也是一位深受外国戏剧影响，并以其杰出的剧作走向世界的剧作家。在曹禺接触的外国戏剧中，以美国戏剧家奥尼尔的剧作对他的影响最为复杂。

早在三十年代，人们已发现《雷雨》与奥尼尔的《依女带丧记》(即《悲悼》[①])很相象[②]，《原野》问世时，曹禺说此剧受了《琼斯王》[③]的影响。由于以往研究者对《原野》否定性的批评较多，或指责作家"模仿前人的成作"[④]，或把《原野》同奥尼尔戏剧中的神秘思想相提并论，使得曹禺在一段较长的时间里，对自己所受奥尼尔戏剧的影响表示沉默。直到打倒"四人帮"后，曹禺才较多地谈到他所受奥尼尔的影响。一些研究者也才开始注意并重新认识和评价曹禺和奥尼尔剧作之间的联系。国外的研究者对这一课题较早就表现出很大兴趣，如戴维德·程、克利斯多弗·兰德、约瑟夫·劳等人认为，曹禺戏剧在主题思想、人物关系等方面都受到奥尼尔戏剧的影响。戴维德·程还把《琼斯王》与《原野》、《毛猿》与《北京人》加以比较，试图说明曹禺戏剧的创作思想与奥尼尔有着大致相同的发展脉络。康斯坦丁·董则认为，应当以奥尼尔的现代心理学的戏剧观点来解释曹禺戏剧中的人物关系。刘绍铭、饭塚容、佐藤一郎等人的文章较多地谈到曹禺戏剧在艺术方法和技巧方面所受奥尼尔的影响。这些研究对于曹禺与奥尼尔戏剧的相似之处，作了较多的发掘，为深入展开这一课题提供了丰富的资料。

但是，也应当指出，目前国内外对曹禺所受奥尼尔戏剧影响的这一课题的研究还停留在个别的、具体的类比阶段。研究者大多循着曹禺戏剧主题的某一侧面，或某些人物或某些技巧作比较，而这些比较也往往只是找出两者之间的相似点，或加以类比，或揭示其影

① 《悲悼》及下文中的《毛猿》《天边外》均引自荒芜译的《奥尼尔剧作选》，上海文艺出版社，1982 年。
《漫长的旅程》《榆树下的恋情》均引自欧阳基等译的《漫长的旅程/榆树下的恋情》，湖南人民出版社，1983 年。
《琼斯王》引自洪深译本，发表在《文学》1934 年第 2 卷第 3 号。
《东航卡迪夫》引自古有成《加力比斯之月》(独幕剧集)译本，商务印书馆 1933 年版。
《奇异的插曲》引自王实味译本，中华书局 1936 年版。
《安娜·桂丝蒂》引自聂森译本，开明书店 1948 年版。

② 苏茹：《从〈雷雨〉到〈日出〉》，《宇宙风》1937 年第 40 期。

③ 曹禺：《原野·附记》，《文丛》1937 年第 1 卷第 5 号。

④ 南卓：《评曹禺的〈原野〉》，《文艺阵地》1938 年第 1 卷第 5 期。

响所在。对于曹禺所受奥尼尔剧作影响的特征和程度，其间的内在联系和规律，以及这种影响对曹禺戏剧创作的意义，乃至对中国话剧发展史的意义等，都缺乏深入的开掘。这些，正是本文试图加以初步探讨的问题。

在二十世纪二三十年代的中国，尽管茅盾主编的《小说月报》于一九二二年就把奥尼尔介绍过来[①]。继之，洪深、顾仲彝、古有成、王实味、聂淼等人又译介了奥尼尔的《琼斯王》《加勒比斯之月》《天边外》《悲悼》《奇异的插曲》《安娜·桂丝蒂》等剧作；甚至还把《琼斯王》《天边外》《午餐之前》[②]等剧作搬上了舞台[③]。但是，除了洪深的《赵阎王》可以明确地看到奥尼尔剧作的影响之外，似乎再难找到一个戏剧家象曹禺那样默默而深入地吮吸着奥尼尔戏剧的精华，为中国戏剧创作的革新而作出坚实的努力。由于在旧中国的戏剧界，奥尼尔毕竟还是一个比较生疏的名字，因此，在三十年代，有人说曹禺是易卜生的信徒，莎士比亚的学生，甚至是契诃夫的崇拜者，可是没有人把曹禺和奥尼尔的联系摆到一个重要的地位上：这是历史的疏忽。

究竟应该怎样理解和评价曹禺和奥尼尔戏剧之间的联系？问题不仅在于发现他们两者之间的相似，更重要的是要把注意力放到揭示他们两者之所以会发生联系的内在动因和逻辑关系上。首先，值得我们研究的一个问题，即曹禺为什么会喜爱奥尼尔的剧作？曹禺是怎样接近奥尼尔的？我们的回答：是世界戏剧发展的历史潮流把曹禺和奥尼尔的名字联系在一起的。

戏剧较之其它艺术形式具有更强烈的时代性，戏剧是最敏感而又紧密地伴随时代发展而演变革新的。易卜生被认为是现代戏剧之父，现代戏剧大抵都是在他的影响下发展起来的。瑞典批评家马丁·拉姆说："易卜生是戏剧上的罗马，条条大路出自易卜生，条条大路又通向易卜生。"[④]可以说，易卜生之后的诸种戏剧流派中，都留下了他的戏剧痕印，在世界各国都可以找到他的继承者：在英国是肖伯纳，在美国是奥尼尔，在苏联是契诃夫，在中国曹禺就是其中之一。但是，他们不仅是易卜生戏剧的师承者，时代的发展促使他们各有发展和创造而成为他的戏剧的革新者，从而为现代戏剧的发展作出贡献。从这种意义上来说，虽然曹禺是较之奥尼尔晚出二十年的剧作家，但可以说他和奥尼尔又都是世界现代戏剧发展潮流中的不期而遇的创新伙伴。

令人惊异的是，曹禺和奥尼尔所面临的任务如此相象！奥尼尔登上美国戏剧舞台的时刻，美国剧坛正充斥着情节剧、通俗剧和闹剧，奥尼尔以其真诚严肃的戏剧创作，揭开了美国现代戏剧的序幕。正如评论家马库斯·坎利夫所说，是奥尼尔的戏剧"确立一种易卜生式的现实主义，来代替支配美国剧坛的戏剧传统"。[⑤] 然而，奥尼尔所面对的是急骤变化

① 茅盾：《美国文坛近状》，《小说月报》1922 年第 13 卷第 5 号。

② 奥尼尔戏剧演出资料，转引自刘海平《尤金·奥尼尔在中国》，《苏州大学学报》1983 年第 3 期。

③ 《午餐前》演出资料，见《戏剧杂志》1938 年第 1 卷第 3 期《消息动态》。

④ 迈克尔·迈耶：《易卜生对现代戏剧的影响》，《外国文学报道》1981 年第 1 期。

⑤ 马库斯·坎利夫：《美国的文学》，香港今日世界出版社，1975 年版，第 289 页。

的美国社会现实，在伴随着高度集中的垄断资本主义发展的同时，人与人之间的社会关系也产生了相应变化，并由此引起哲学、心理学和戏剧观念的变动。在新的生活现实面前，易卜生戏剧的思想方法和艺术方法已不足以反映这个世界，并满足于这个时代观众的审美需要了。虽然，奥尼尔接受的是易卜生戏剧的影响，但奥尼尔所开拓的是一条在易卜生的基础上不断革新和创造的新路程，而这正是奥尼尔戏剧吸引曹禺的地方。

曹禺肩负的历史重任似乎更为艰难。中国话剧是舶来品，当曹禺进行戏剧创作时，中国的话剧在艰苦的探索中已有了将近三十年的历史，其中，经历了“文明戏”的兴起和衰落，到“五四”文学革命话剧再生的曲折历程。不可否认，话剧史上曾经有过“易卜生热”，热情地翻译和演出易卜生戏剧，对中国话剧创作曾一度发生过强烈影响。但正如戏剧评论家向培良所指出，“五四”时期，易卜生的追随者“所承袭的只是一些 Ibsen 主义或 Ibsen 口号，并且勉强把这些主义或口号装到他们所作的未成熟的剧作里面去”①。直到《雷雨》之前，还没有一部多幕剧能够以深刻的民族生活内容和精湛的艺术技巧赢得中国广大的戏剧观众。曹禺不愧是易卜生的信徒，他的戏剧创作不仅接受了易卜生现实主义的戏剧思想，更主要的是从戏剧美学方面吸取了易卜生戏剧的艺术营养。也正是在对易卜生戏剧的深入领悟中，曹禺感到了易卜生戏剧的缺陷而探寻着更新的戏剧创作艺术。当他把《雷雨》奉献给中国观众时，他已经把奥尼尔的革新戏剧融入他的戏剧之中了。

曹禺所受奥尼尔戏剧影响甚深，其中最为本质的方面，在于对奥尼尔新的戏剧美学思想的吸引和领悟上。它是推动曹禺走向奥尼尔的根本动因。

奥尼尔戏剧是现代生活复杂化的产物，它代表了现代审美意识的发展和变革。西方评论家说：“美国喜剧比美国小说更能跟着时代改变。”②作为美国现代戏剧的开创者、奥尼尔首先以其独特的审美思维方法体现了时代变迁对现代戏剧的影响。美国戏剧理论家劳逊指出：“在易卜生的剧本中，主人公的动作的动机和他的环境有着极密切联系。这是戏剧结构的一种根本性改革。”③易卜生从人与社会环境的互为作用考察人物命运的审美思想，代表了近代戏剧发展的一次重大革新；而奥尼尔则在易卜生的阶梯上又上升了一步，他把人物自我矛盾及其由这一矛盾造成的人物命运的复杂化，纳入了戏剧的审美范畴，从而敏感深刻地揭示出现代生活的复杂特征。

较之易卜生，奥尼尔戏剧有两大特点：一是创造了具有多重人格的分裂性格。奥尼尔戏剧中心的创办人兼主席乔治·怀特说：“奥尼尔剧作的最独特之处是人物的两重性格和矛盾心理，每当一个人物说‘我恨你’时，他往往意味着‘我爱你。’”④这些人物显示出奥尼尔与易卜生的区别。易卜生在将人物命运归究于社会环境时，却又把“个人精神反叛”看成是反抗社会的力量所在。因此，他所提倡和描写的“独特的心灵”带着浓厚的主观化、理

① 向培良：《中国戏剧概评》，泰东书局，1928 年版。
② 马库斯·坎利夫：《美国的文学》，香港今日世界出版社，1975 年版，第 294 页。
③ 约翰·霍华德·劳逊：《戏剧与电影的剧作理论与技巧》，中国电影出版社，1978 年，第 55 页。
④ 谢榕椋：《奥尼尔戏剧中心主席乔治·怀特谈中美戏剧》，《外国戏剧》1985 年第 1 期。

想化色彩。如劳逊所指出，这类人物其审美形态属于静止的人格。[1] 奥尼尔的人物是多重审美形态的复合体。因为在他的戏剧中人和环境的关系十分复杂，外在的环境因素已不是简单地作为主观对应的客观物体而存在，它已渗透在人物自身性格和心灵系统中；人物本身也不再是被动地受制于客观环境的摆布或者单纯地与环境相对抗，人物的自身矛盾本身就是主宰人物生存和命运的重要的乃至决定性的要素。奥尼尔正是通过这些具有美和丑、善和恶、悲和喜的多重审美形态的人物性格，展现了现代生活的多层性和复杂性，真实地揭示了现代生活的某些本质特征。二是开拓了从人物的内心矛盾……[2]因此，他对戏剧冲突的兴趣，也由易卜生对重大事件的关注转向深刻地□□[3]人物的心理冲突。易卜生把重大社会问题化为不同人物性格的冲突。而奥尼尔却把社会问题蕴含在人物的心灵世界里，通过丰富细腻的心理内容及其与人物命运的彼此“因果关系”，曲折地表现现实问题，由此更加深刻地鞭挞了现实的不合理。

显而易见，奥尼尔戏剧在塑造人物性格和表现现实生活时所遵循的审美思维方式已和易卜生戏剧大不一样了。奥尼尔的革新戏剧体现出现代审美意识的进步和现代戏剧观念的演变。当他把矛盾的人物性格和人物的内心矛盾引入戏剧后，便为戏剧表现社会生活提供了崭新的审美视角。

日本评论家佐藤一郎说：“曹禺的《原野》是他喜爱奥尼尔戏剧的实践——我认为，这是向二十世纪文学学习的可贵实践。”[4]不仅《原野》，曹禺所有的戏剧，都体现出与奥尼尔戏剧审美思维方式的精神共鸣。虽然，曹禺与奥尼尔所面临的社会现实环境完全不同，他们思考和研究的社会问题也不一样。

奥尼尔对于曹禺戏剧创作的影响是十分复杂的。一个作家的作品对另外一作家的创作产生的影响，并不是靠理性的吸引，而更多的、更重要的是美学的自然渗透。这是一种潜移默化的过程，一种审美的悟性启示过程。曹禺在奥尼尔的戏剧美学中感悟到了他在观察、思考和表现生活时与其相通的某些东西。这些共鸣便转化为一种影响，强化并升华了曹禺戏剧的创造力。

奥尼尔所善于塑造的那种具有丰富审美内涵的人物性格，以及他表现人物心灵世界的高度透视力，对曹禺的戏剧创作有着重大影响。

谁都(能)看出，象蘩漪、陈白露、仇虎、金子等这些曹禺笔下的人物性格，在中国其他现代作家的作品中是很难找到他们的伙伴的。这些杰出的性格创造既是民族的、现代的，又是属于曹禺自己的，有他们独特的艺术魅力。在这些特殊的人物性格中，我们看到奥尼尔对曹禺的启示和影响。

---

① 约翰·霍华德·劳逊：《戏剧与电影的剧作理论与技巧》，中国电影出版社，1978年，第105页。

② 原文第4段第25—31行不清晰，无法辨别，编者注。

③ 原文不清晰，编者注

④ 佐藤一郎：《曹禺》，《现代中国の作家り了》(和光社)昭29年7月。

有人提出："蘩漪是中国的Nona，是现代中国个性解放的旗手。"[①]倘若认真地辨析，与其说蘩漪同娜拉相似，倒不如说她与奥尼尔笔下的艾比、克利斯丁更为相近。这三个女性都是他们家庭中的最不幸者，也是他们家庭中最激烈的反抗者、破坏者。艾比是《榆树下的恋情》中的主人公。她大胆泼辣，为了摆脱贫困，她不得不嫁给有钱的卡伯特。但她渴求自由和爱情的性格，使她无法忍受卡伯特的冷酷无情。在争夺遗产的过程中，艾比对卡伯特的儿子埃本产生了真挚的爱情。她为证明自己的爱而亲手杀死了她和埃本的儿子，一个能够给她带来财产的儿子。《悲悼》中的克利斯丁也是执着于感情的追求者，她所企求的安乐和温暖与她所处的孟南家族中世代相仇的窒息气氛极为对立。在为冲出家庭的斗争中，她杀死了丈夫，但在情人被暗杀后，她又不愿苟活，终于以身殉情。艾比与克利斯丁为争取和维护自由和真挚感情不惜一死的极端性格，是很容易使人联想到蘩漪的。在摆脱物质利欲，孜孜追求精神和情感上，她们似乎与易卜生的娜拉相通，有其理想化的一面，但是她们又并非是单一纯粹的理想化人物。蘩漪是很难充当娜拉式的反封建"旗手"的，因为蘩漪同艾比、克利斯丁一样，在追求个人自由和爱情的过程中，他们性格和行动的极端性，都有非理想性的一面。她们都以或是乱伦，或是杀人的极端行动来实现自己的主观意愿，他们同属于自我分裂、自我矛盾的复杂性格。这种涵蕴着美与丑、正义与邪恶的性格特征和行动特征，与易卜生理想化了的完整人格是颇不相同的。

人物性格是作家认识生活的产物。曹禺一再强调："我爱戏，读文学作品，我所注目的是人，人是最重要的。心中有了人物，然后再考虑如何写。"[②]曹禺笔下独特的人物性格，凝结着他独特的审美感受，以及对他所处的社会现实的哲学沉思。曹禺对蘩漪这样的女人太熟悉了，他说："我算不清我亲眼看见多少蘩漪……她们都在阴沟里讨着生活，却心偏天样的高；热情原是一片烧不息的火，而上帝偏偏罚她们枯干地生长在沙上。这类的女人许多有着美丽的心灵，然为着不正常的开展，和环境的窒息，她们变为乖戾，成为人所不能了解的。"[③]曹禺在对生活高度的艺术概括中把握到这类性格的特征："她的生命交织着最残酷的爱和最不忍的恨，她拥有行为上许多的矛盾，但没有一个矛盾不是极端的。"[④]这种"矛盾"和"极端"奠定了曹禺悲剧主人公的性格基色。陈白露、仇虎、金子等，都以不同的表现形式，显现出性格的自我对立和多面性。这些人物反映出作家对他那个时代的思考。曹禺不可能象易卜生那样沉迷于"个人精神反叛"的梦幻中，幻想着理想化了的各种人物，而他那些带着自我局限的悲剧人物，则表现了他对个人主义的反抗思维的怀疑。随着作家思想发展，在他的剧作中越来越清晰地看出走向集体斗争的必然性。曹禺与奥尼尔近似的复杂人物也同样反映出他们对各自不同的社会现实的思考。奥尼尔着重揭示畸形变态的物质世界对人性和对人的精神的扭曲，对于那些极端追求感情生活的扭曲性格给予热

① Lau, Joseph S. M. "Two Emancipated Phaedras: Chou Fan-yi and Abbie Putnam as Social Rebels", The Journal of Asian Studies, XXV, 4(August, 1966)P706。

② 曹禺：《戏剧创作漫谈》，《剧本》1980年第7期。

③ 曹禺：《雷雨·序》，文化生活出版社，1947年版。

④ 曹禺：《雷雨·序》，文化生活出版社，1947年版。

情的肯定。曹禺则由哲理反思的高度,在同情和肯定人物性格中所具有的积极、进步的因素时,否定了他们狭隘的个人理想和个人反抗道路。在此需指出的是,虽然他们对生活的探索和思考受到各自不同社会现实的制约,但奥尼尔从复杂人物性格透视社会复杂性的审美视角,对曹禺观察、认识和表现他的人物性格及其这些性格产生的社会现实却有着深刻的审美启示意义。

奥尼尔所揭示的那些追逐金钱和物质而被扭曲了的人物性格和心灵,对曹禺认识在急剧地半殖民地化的都市社会中的某些阶层的人物性格和情感也是有帮助的。奥尼尔的戏剧为他打开了审美视角,启发曹禺去把握这些性格的多面性。李石清的扭曲性格很自然地使人联想到《榆树下的恋情》中的卡伯特,李石清由小职员一步步争得银行襄理之职,卡伯特从流浪汉逐渐发迹成大农场主。在他们为摆脱贫困,争夺物质名利的拼斗中,金钱利欲锈蚀了他们最起码的人性。李石清为追逐利禄,连妻儿生死都不顾,卡伯特在垒石筑建农场时,连同自己的外形和内心全都成了冰冷的石头。这是一对被金钱摄走灵魂的魔鬼,他们很容易激起人们的厌恶和憎恨,但作家并没有将人物简单化,奥尼尔把卡伯特建筑农场的信念和毅力写得颇有几分悲剧人物气息,曹禺也认为,李石清是“一个讨厌而又可悯的性格”。他们都很有分寸地写出了人物某些合理要求和不幸境遇。李石清惨淡经营,机关算尽,到头来只落得儿子因无钱医治而病死,自己也被辞职的下场。卡伯特劳碌了一生,结果是妻离子散,只剩下牲口与他为伴。这些人物毫无愧色地可称为现实中的强者,他们不乏手腕、能力和坚定的意志,他们被现实所迫而趋向恶,但在恶行中却包含着他们对黑暗现实的扭曲反抗,因而他们又具有可怜可悲的一面。这样在对这些人物的审美把握上,奥尼尔和曹禺就有了相通的地方。他们不是肯定或否定某一具体性格,而是由人物性格的多层侧面,深刻逼真地反映社会现实。特别是这些否定性因素为主导性格的人物的命运,连这些坚强不屈的抗争者也被现实所吞噬,就更有力地揭示了现实环境的黑暗本质。

奥尼尔戏剧美学的创新之处,在于他从精神领域探寻人物内心因果关系,这点,同样启示曹禺去深入揭示自己笔下人物的心灵世界和感情世界。

一般研究者论及《原野》所受奥尼尔戏剧的影响时,几乎不约而同地将目光集中在艺术技巧的影响上,而国外的研究者却发现了《原野》与奥尼尔许多剧作在内容上的相似。日本评论者饭塚容认为,曹禺借鉴了奥尼尔戏剧爱与恨的复仇主题①。康斯坦丁·董认为,《原野》戏剧化地表现人物最原始状态的种种人类激情,与奥尼尔的现代心理学的戏剧思想相象,都接受了弗洛伊德的影响②。显然,这些观点是有偏颇的,他们试图把曹禺戏剧的主题、题材列入奥尼尔戏剧创作的框架中,这种比较是缺乏客观性的。然而,他们的文章却说明一个现象:《原野》在作品内容上也与奥尼尔戏剧有着可比的一面,透过这些现象,我们认为,两者在表现生活时的审美视角是接近或相通的。评论者常把《原野》与《琼

① 饭塚容:《オニルは中国の导入——オニル、洪深、曹禺》,《季节》1977 第 11 月第 5 号。
② 转引自陈圣生《关于〈原野〉的英译本》,《文学研究动态》1984 年 6 月第 119 期。

斯王》《悲悼》比较，因为，这三个剧本都是从精神领域表现一种无形的精神力量对人物性格的主宰作用，并都是在人物自我的精神对抗和精神分裂中完成悲剧性格的。《琼斯王》描写一美国黑人琼斯的精神崩溃过程，琼斯被美国现代文明腐蚀，并因之在一小岛称王称霸奴役土人，后因土人造反而逃走。在穿过森林时，原始环境唤醒了他心灵深处的黑人意识，由此引起人物内心恐惧而导致精神失常。在《悲悼》中，也表现出精神力量对人物内心的控制。主人公莱维尼亚继承了孟南家族无情冷酷的血统，她嫉恨充满生命力的生活，与母亲克利斯丁的正常思想无法相容而造成克利斯丁的悲剧。莱维尼亚也曾一度被清新的海洋空气和土族人的自由生活所感化，但残存在她头脑中的旧思想观念却阻碍她走向新生活。在描写那些无形的但却主宰人物命运的精神力量对人物自我精神异化方面，《原野》与这两个剧本是相通的。《原野》在三十年代描写农民题材的文学作品中开辟了一个新的领域，它不同于茅盾的《春蚕》，通过农民的经济破产表现他们的觉醒，也不象洪深的《五奎桥》，侧重描写农民在政治和经济双重压迫下的觉醒和反抗。《原野》描写一个农民的复仇故事，戏剧集中表现封建精神统治对被压迫者的精神异化。此剧中，构成仇虎血泪命运的主要人物、封建统治势力的代表者焦阎王，并没有以主要反面角色出现，他被处理为戏剧背景。戏剧着重刻划仇虎的内在心理，塑造了一个心地善良、具有强烈反抗意志，但又带着浓厚封建意识和封建伦理观念思想局限的农民形象。和三十年代文学作品中所描写的农民形象所不同的是，造成仇虎悲剧命运的社会根源来自于社会政治、经济和封建精神统治的多重因素，而戏剧着力表现的是封建精神对被压迫者的精神控制。当体现着统治阶级利益的封建思想意识渗入仇虎的心理时，人物的自我精神异化也是构成其悲剧结局的一个不可忽视的方面。仇虎有坚定的反抗意识和力量，但他又不自觉地按照统治阶级的思想观念去思考、去行动。这就使他的反抗无疑是悲剧性的。曹禺没有简单地肯定农民反抗的积极性，他感觉到农民阶级的复杂性，而奥尼尔从精神领域解剖现实的视角也启发他从人物自身的心理矛盾中，揭示中国封建社会政治统治和精神统治兼合一体的社会特征，并由此提出中国农民觉醒和走向反抗斗争的艰难曲折这一重大社会问题。

奥尼尔戏剧的影响也渗进了那些显现中国封建生活所铸造的特殊灵魂——不自知的自私者身上。这里，影响表现为一种审美视角的启悟，而不是具体作品的感应。

周朴园是曹禺塑造的第一个“不自知的自私者”，也是这群人物最集中的代表者。在中国现代文学史中，周朴园和吴荪甫构成中国资产阶级的两个特殊典型，作家不同的审美视角赋予人物不同的审美认识价值。茅盾的《子夜》从中国社会特定时期政治、经济特征中考察了吴荪甫的性格和命运，由人物的悲剧证明中国半封建半殖民地的社会性质。而曹禺的《雷雨》则以家庭生活为背景，透过周朴园的精神生活、情感生活，揭示了中国资产阶级与封建思想意识的血统渊源，说明了中国反封建斗争的复杂性和艰巨性。曹禺是通过人物的精神剖析来实现他深刻的戏剧题旨的，他着力表现了周朴园在封建精神支配下由自我精神对立到统一的“内心因果关系”。如周朴园无情地抛弃侍萍又深情地追念她的矛盾行动。不能说，周朴园抛弃侍萍毫无内心痛苦，对自己的抛弃行为，他是有“不忍”和自责的，然而，人物内心深处根深蒂固的封建意识却如一付神妙的调节剂，帮助他摆脱内心分裂而导向精神平衡。一方面封建门第观念、光宗耀祖建功立德的封建思想成为其抛弃行为的精神支柱，一方面他三十年如一日的悼念行动，又为其建立了道德自信。他的犯罪心理的合理化就是依赖这□□□□□[①]慈多情的追悼行为得以转化的。既然被残酷遗弃的女仆被尊为高贵的夫人，既然他三十年来也未曾忘却旧情，并神象般地供奉她，昔日的不仁不义也就因此而冲淡而抵消了。正是这种不影响任何实际利益的悼念行为，消释了周朴园"于心不忍"的内心痛苦，并在合乎封建伦理观念的自信中，取得了内心平衡。可以说，周朴园的每一个所谓自我完善的道德行为，实际上都是对家人亲友身心的一次摧残和迫害，而这种由封建意识支配下的合理性，恰是人物不自知的自私灵魂赖以形成的社会土壤，透过周朴园的心灵□□[②]，曹禺写出了封建社会自私虚伪专制残酷的社会本质。

佐藤一郎说："欧洲理性教给曹禺的是对于渗透着古陶和黄土子孙血液的民族自觉，曹禺每次迷入欧洲，对中国的理解就更进一层。"[③]曹禺就是带着他对中国社会现实生活的"民族自觉"，在世界戏剧发展的大潮中，在中国戏剧发展的转折时刻和奥尼尔相会在一起，并走向奥尼尔戏剧的艺术宫殿的。

在我们初步探讨了"曹禺为什么会喜爱奥尼尔的剧作？又是怎样地接近奥尼尔"这样的问题之后，接着而来的问题便是：曹禺究竟是怎样吸收奥尼尔的戏剧技巧的？又是吸收了奥尼尔戏剧的哪些技巧？

对于这个问题，国内外学术界的看法是不同的：有人认为，奥尼尔是表现主义者，曹禺从奥尼尔戏剧中吸取的是表现主义的戏剧技巧，有人认为，曹禺在接触易卜生、契诃夫后，将注意力转向奥尼尔是作家由现实主义走向表现主义，[④]也有人认为是"现实生义和表现主义相结合"[⑤]。然而，奥尼尔对曹禺的影响并不局限于表现主义戏剧，也不是表现主义与现实主义戏剧的简单结合。奥尼尔的戏剧技巧之所以引起曹禺的兴趣，其关键在于他的戏剧体现出新的美学原则。

在此，我们不妨先看看奥尼尔对表现主义戏剧技巧所采取的态度和原则。

美国评论家加斯纳曾指出："纵观我们的整个世纪，剧作的各种风格是彼此碰撞而又相互沟通的。"[⑥]奥尼尔便是在"彼此碰撞而又相互沟通"中成长起来的戏剧革新家，最能体现奥尼尔这种"碰撞"和"沟通"特征的，是他对易卜生和斯特林堡戏剧的借鉴。

奥尼尔是现代戏剧两大流派——易卜生式的现实主义戏剧和斯特林堡的表现主义戏剧的继承人。尽管，易卜生和斯特林堡的戏剧都被誉为"心理现实主义"，两者对探索人物内心世界的艺术追求也有些相通之处，但是，他们的美学原则是截然不同的。易卜生强调，戏剧应当客观地反映现实生活，应该通过人物逼真的戏剧动作展开戏剧冲突，并将能

① 原文不清晰，编者注

② 原文不清晰，编者注

③ 佐藤一郎：《古陶と黄土の子》，《三田文学》第41卷第5期，昭26年9月。

④ 吴建华：《从现实主义到表现主义》，《衡阳师专学报》1983年第3—4期。

⑤ 潘克明：《〈原野〉和表现主义》，《中国现代文学研究丛刊》1983年第3期。

⑥ 《外国现代剧作家论剧作·导言》，中国社会科学出版社，1982年，第2页。

否塑造生动真实的典型人物性格，作为戏剧的审美尺度。斯特林堡恰恰相反，他的表现主义戏剧完全摒弃人物性格，有意表现鬼魂梦幻和潜在意识，以此传达作家主观的思想情感。在表现手法上，他打破了传统戏剧的时序结构，创造出自由联想、幻觉、独白等戏剧技巧。倘若从戏剧的时代性来看，奥尼尔与斯特林堡更相近。奥尼尔说："斯特林堡是我们戏剧中一切现代化特点的先驱。"①他也很推崇斯特林堡开创的"在舞台上深刻而具有独创性地体现'潜在的生命力'"②的戏剧方法。然而，奥尼尔并没有全盘肯定和接受斯特林堡的戏剧美学思想。他认为，表现主义"把许多动作带进戏剧，现代生活的某些方面，他们表现得比老式戏剧好"③，但他又说："如果不用表现人物性格的手段是无法使观众接受主题思想的。如果舞台上出现的是些抽象的人物，譬如男人或妇女，那么观众就不会在剧中主人公身上认出自己，戏剧和观众的这种联系就失去了。……这就是我不能同意表现主义者的理论的地方。"④在此，我们看到，奥尼尔在学习斯特林堡时并没有割断与易卜生的联系，而是继承和发扬了易卜生塑造人物性格的美学原则。这一原则制约他全部的戏剧创作，即便在《奇异的插曲》，这部被称为"戏剧形式的意识流小说"⑤的剧作中，也不例外。此剧虽然用了大量的独白、旁白技巧，"努力于潜在情绪的戏剧化"⑥，但剧中每个人物都有现实性格，有自觉意志和清晰的行动线索。奥尼尔的戏剧理论和实践体现着一个统一的思想：深深地植根于现实主义，并且在这一基础上，借鉴和化用其它戏剧流派特别是现代派戏剧。在他的剧作中，虽能看到表现主义以及象征主义戏剧的影响，但奥尼尔并没有成为这些戏剧流派的追随者和摹仿者。因为，奥尼尔建立了"沟通"各派戏剧的新美学原则，即将各派的新方法、新技巧溶化在塑造人物性格之中。

正如奥尼尔对待斯特林堡及其它戏剧流派一样，曹禺也采取了与之大致相同的态度来对待奥尼尔的。曹禺是把奥尼尔作为一个有特殊风格的现实主义戏剧家来接受的。曹禺认为，奥尼尔"试过象征主义的手法，也用过表现主义的手法，但他又似乎不属于哪种流派。我认为他基本上是个写实主义者"⑦。因此，曹禺说，他最佩服奥尼尔的是"他不断探索和创造能生动地表现人物的各种心情的戏剧技巧"⑧。这里，以新技巧来"表现人物心情"的思想，道出了曹禺所学奥尼尔戏剧技巧的核心内容，也反映出他们在利用各派戏剧之长，以强化塑造人物的艺术表现力的美学原则上的精神契合。这一原则成为曹禺学习奥尼尔戏剧技巧的美学支柱。

首先，曹禺遵循现实主义塑造人物性格的原则，从奥尼尔戏剧中借鉴了表现主义的戏

① 奥尼尔：《戏剧及其手段》，引自复旦大学《外国文学》1980 年第 1 期第 208 页，第 209 页，第 211 页。
② 奥尼尔：《戏剧及其手段》，引自复旦大学《外国文学》1980 年第 1 期第 208 页，第 209 页，第 211 页。
③ 奥尼尔：《戏剧及其手段》，引自复旦大学《外国文学》1980 年第 1 期第 208 页，第 209 页，第 211 页。
④ 奥尼尔：《戏剧及其手段》，引自复旦大学《外国文学》1980 年第 1 期第 208 页，第 209 页，第 211 页。
⑤ 石昭贤等：《欧美现代派文学三十讲》，贵州人民出版社，1981 年，第 96 页。
⑥ 约翰·霍华德·劳逊：《戏剧与电影的剧作理论与技巧》，中国电影出版社，1978 年，第 166 页。
⑦ 曹禺：《我所知道的奥尼尔——为〈奥尼尔剧作选〉写的序》，《外国戏剧》1985 年第 1 期。
⑧ 曹禺：《和剧作家们谈读书和写作》，《剧本》1982 年第 10 期。

剧技巧，并把它糅合在自己的艺术创造之中。

《原野》是曹禺戏剧中受表现主义戏剧技巧影响比较突出的一个剧本，也最能体现曹禺借鉴奥尼尔表现主义戏剧技巧的特点。它是一部既受表现主义影响又跳出摹仿窠臼而具有创造性的剧本。然而，在论及曹禺戏剧所受外来影响时，《原野》的评价历来最低。早在三十年代末，就有人提出："作者有一个癖好，就是摹仿前人的成作。《原野》很明显的同奥尼尔的《琼斯皇》非常相像……《原野》却是失败的。"①为了说明《原野》所受表现主义戏剧技巧影响的特点，我们不妨把它同洪深的《赵阎王》加以比较。

《赵阎王》可以说是中国戏剧家最早借鉴奥尼尔戏剧的产儿。洪深说，他的《赵阎王》"借用了欧尼尔底《琼斯皇》中的背景与事实——如在林子中转圈，神经错乱而见幻境，众人击鼓追赶等等——除了题材本身的意义外，别的无甚可观"②，既然着力于"借用"，因而就留下更多的摹仿痕记。实践证明"借用"的效果是不理想的，在演出中"观众颇不明了，甚至有谓此人（指赵阎王——引者注）系有精神病者"③。观众无法接受《赵阎王》的事实说明，若仅仅是摹仿，即使艺术形式上引进"新"的东西，也缺乏艺术的生命力。而曹禺的《原野》的情况却不同。

无须掩饰，曹禺的《原野》借鉴了奥尼尔戏剧的独白、幻觉等表现主义技巧。在场景布置（黑夜、森林）、音响效果（枪声、鼓声），以及第三幕根据人物意识流动组织戏剧动作的结构方法等方面，都与《琼斯王》有相同之处。曹禺自己也承认，此剧"采用奥尼尔氏在《琼斯皇帝》中所用的，原来我不觉得，写完了，读两遍，我忽然发现无意中受了他的影响"④。但是，这里也多少透露出曹禺和洪深之不同，"无意"的影响毕竟与有意"借用"是不一样的。

奥尼尔的《琼斯王》采用了表现主义技巧，同时，他的艺术思想也多少受到表现主义的影响。如他格外倾心于表现一种人类所具有的恐惧心理，而在追求用新的技巧来表现这一抽象情感观念时，在某些方面忽视了人物性格的内在依据。因之，对这种抽象心理内容的描写就超过了对活生生的人物性格刻画的关注，使全剧蒙上一层神秘色彩和表现出一种人物概念化的倾向。评论者将此剧作为表现主义戏剧是有道理的。洪深的《赵阎王》对《琼斯王》中这些弱点未加辨析地加以全盘"借用"，就很难取得成功了。

但是，曹禺的《原野》却是一个有创造性的剧本，甚至一些国外专家也认为《原野》较《琼斯王》还要好些。如刘绍铭说，《原野》"更能活用舞台技巧，想象力更丰富，也因此更能扣人心弦"⑤。戴维德·程说："因为《原野》非常灵活地从《琼斯王》中吸取戏剧形式和技巧，所以创造了自己的风格。"⑥《原野》中的"自己的风格"，实际便是曹禺创造性地溶化奥

① 南卓：《评曹禺的〈原野〉》，《文艺阵地》1938 年第 1 卷第 5 期。

② 洪深：《中国新文学大系戏剧集·导言》第 70 页，第 61 页。

③ 洪深：《中国新文学大系戏剧集·导言》第 70 页，第 61 页。

④ 曹禺：《原野·附记》，《文丛》1937 年第 1 卷第 5 号。

⑤ 刘绍铭：《〈原野〉所倡导的原始的精神》，《曹禺论》，香港文艺书屋，1970 年版，第 94 页，第 86 页。

⑥ Chen，David Y. "Two Chinese Adaptations of Eugene O′neill′s The Emperor Jones"，Modern Drama，Ⅸ(February 1967)，P435.

尼尔表现主义戏剧技巧的结晶。

曹禺“自己的风格”具体表现为两个方面：一是坚持用非写实技巧表现写实内容。如曹禺在运用幻觉和独白的技巧时，首先注意的是仇虎潜意识心理的真实性，而这一真实性是与人物性格和心理发展的真实逻辑紧密相连的。日本评论者饭塚容认为，“《原野》从序幕到第一、二幕情节的展开，比奥尼尔、洪深有更真实的内容”①。这里，“真实的内容”指的就是仇虎性格发展的真实性和完整性。仇虎的内心演变过程，较之琼斯王有更清晰的心理发展线索。他的精神失常在第三幕前已有一个孕育过程。在前两幕，曹禺有层次地写出了积淀在仇虎思想中的封建意识、复仇意志和善良天性的激烈冲突。在仇虎完成复仇意愿时，他的精神状态也到达了崩溃的边缘。他是带着杀死大星和小黑子的良心谴责进入森林的。沉重的心灵负载，加之外界特殊环境的压迫，人物潜意识的产生便十分真实自然了。当独白、幻觉等非写实技巧有效地表现人物深层心理真实时，戏剧便摆脱了神秘迷雾。二是注意将非写实技巧与写实手法结合运用。如在处理人物幻觉和独白的转换时，曹禺巧妙地将表现人物潜在心理编织在人与人之间的现实关系中。《琼斯王》中，人物的幻觉、独白内容是利用枪声来切隔和转换的。琼斯王的每一段潜在意识的流动都源自人物内在的心理变化，与外界环境几乎不发生联系，而曹禺的《原野》却采用写实手法，大大丰富了那些与人物心理彼此呼应的外在因素。《原野》也利用仇虎的枪声来调节他的潜在心理变化，但剧中的音响处理比《琼斯王》活跃得多，如剧中断断续续的木鱼磬声、焦母凄厉的叫魂声、侦缉队的枪声……这些音响渲染了人物活动环境的恐惧性，并与人物的恐惧内心相交流。《原野》还塑造了大量的现实人物，以引发仇虎潜在心理的流动，如常五一再提到大星，引起了仇虎对大星的幻觉。再如，因焦母的身影和白傻子持伞打着红灯笼的形象而诱发仇虎对“阎罗宝殿”的幻象。曹禺说：“至于那些人形，我再三申诉，并不是鬼。为着表明这是仇虎的幻相，我利用了第二个人。”②第二个人就是金子，金子是曹禺的独创，他不仅赋予金子以自身的现实生命，并依赖她发挥反衬的艺术作用。金子的清醒意识，映出仇虎的犯糊涂，使仇虎的幻觉、独白更富有心理特征；金子的理性思维和对白，又是仇虎潜意识变化的外在推动力，通过金子回忆仇虎家世，提醒他的不幸，牵动和激发他的内心发展。这就比《琼斯王》用单一的枪声来变幻人物心理内容更具有真实效果。《原野》坚持了人物性格和人物心理的真实，巧妙地运用各种写实手法强化了非写实技巧的写实性，从而为现实主义表现人物深层心理真实开拓了新路径。

其次，在对待象征主义的戏剧艺术上，曹禺与奥尼尔相通的是，他们都是将象征手法与人物性格的塑造结合起来。这种“结合”体现了象征的戏剧艺术在现代的发展。

有人认为，《雷雨》与奥斯特洛夫斯基的《大雷雨》相象。“两人的创作灵感都是被‘雷’所触发的”，都用“雷雨”作象征，以寓示封建统治的残酷专制。③ 但是，两者的象征处理则

① 饭塚容：《オニルは中国の导入——オニル、洪深、曹禺》，《季节》1977 第 11 月第 5 号。

② 曹禺：《原野·附记》，《文丛》1937 年第 1 卷第 5 号。

③ 饭塚容：《〈原野〉と外国文学》，《季节》1981 年第 10 号。

代表着象征艺术在不同时代的特点。《大雷雨》中的“雷雨”象征，属于传统的象征手法，它的象征意蕴明确，象征作用单纯。“雷雨”作为封建统治的化身，它代表一种外在的社会力量，以此震慑主人公卡杰林娜的精神，迫使她向封建家长忏悔，最后导致她的悲剧结局。在这里，“雷雨”与卡杰林娜的性格塑造还不具有紧密的内在联系。曹禺的“雷雨”象征是现代化的，因为，他与奥尼尔相承，都从现代象征主义戏剧中吸取了艺术营养。

梅特林克的象征主义戏剧为象征的戏剧艺术输入了现代气息。梅特林克认为，人生活在一个预兆的迷宫中，外部可见的世界，只是内部不可见精神的象征，戏剧便是运用具体可感的象征形象寓示不可知的内在精神。由于他的戏剧建立在神秘主义的哲学基础上，在他的戏剧中，从人物性格、故事情节到细节描写都是反现实主义的，都只是主观抽象精神的外化。然而，象征主义戏剧毕竟为象征艺术的发展创造了新的东西。因为，象征主义戏剧赖以表现主观精神的艺术途径，在于象征物体与主观思想情感之间的一种互为交感，一种诗化的“物我统一”。当戏剧中的象征物体作为戏剧人物主观精神的象征时，便成为表现人物内在情感的一种艺术手段了。遗憾的是，梅特林克戏剧中的人物和事物都是缺乏现实生命的作家主观精神的象征物。因此，象征主义戏剧的“物我统一”，弥漫着浓重的象征主义色彩。

奥尼尔对于梅特林克戏剧的进步，就在于较大程度上摆脱了那种神秘主义的东西，将“物我统一”建立在塑造真实的人物性格的基础之上。在此，我们看到，曹禺摄取象征主义的戏剧技巧，也是为了深化他塑造现实主义的人物性格，并因此与奥尼尔的象征处理产生共鸣。

曹禺的“雷雨”与《安娜·桂丝蒂》中的“海”相似，他们都以现实的客观存在物为象征，并将象征与人物性格塑造融合起来。“海”是一个多义象征，它凝结了奥尼尔对复杂现实的深刻认识。奥尼尔没有因“海”的主观象征性而取消它本身存在的现实性，而是将海与人物相连。“海”的象征意蕴渗透在人物思想情感里。在安娜心中，海是美好自由生活的象征，但在她父亲的眼里，海却是给人带来灾难的“老怪物”。“海”因其寓示善恶交织的现实生活特征，而成为剧中人物的矛盾冲突和命运的象征。因为向往“海”一般纯洁清新的生活理想，导致安娜自我冲突、父女冲突及人物彼此间的各种矛盾。而这些善良的人们彼此之间的隔膜和不幸，又深发了“海”作为“老怪物”的象征内涵。由于“海”是人物活动的真实环境，又与人物的性格、命运和矛盾冲突互相呼应，海的象征性便具有相对的现实性和定向性，从而也就多少摆脱了神秘。曹禺笔下的“雷雨”与“海”一样，它也具有丰富流动的意蕴，它象征“宇宙间的残忍”，代表毁灭人性的恶势力，它暗示具有生气的抗暴力，内蓄着憧憬和希望。而所有这些意蕴都与剧中的人物水乳交融、息息相应。作为恶的象征，它与周朴园专横残忍的性格交相呼应，并反作用于善良无辜的侍萍、四凤和周冲等人；作为一种抗击黑暗势力的力量象征，它渗入鲁大海、蘩漪的性格之中，尤为成功的是，曹禺将“雷雨”的多层象征意蕴与人物多重性格交织起来。“雷雨”的出现，总是让人联想到蘩漪，蘩漪的“极端”“矛盾”的性格，与“雷雨”的矛盾的极端的象征意蕴□□□□□[1]同声共振。在此，曹禺大大地□□□□□□□□[2]的“物我统一”。把象征的戏剧技巧和人物性格的塑造更好地熔铸起来。

□□[3]象征意蕴紧密连结着人物性格，当这些具有描写环境作用的象征物发展变化时，□□[4]表现人物的思想感情提供了有效的艺术手段。如奥尼尔的《天边外》，作者用屋内和户外两个场景表示人物生活的现实环境和理想憧憬，并以此与人物的内在情感相对应。全剧分三幕六场，每幕由两个对比场景的交替，以象征人物内心希望和失望的情感节奏，而这两个对比场景又随着剧情发展而变化，屋内场景越来越灰暗和户外日渐光明的色调转变，映出了主人公罗伯特对现实的失望、绝望直至完全沉（溺）于自我梦幻的心灵历程。曹禺的《日出》也利用场景变化表现人物的内心发展。陈白露栖身的大旅馆里终日阴暗，而窗外却日渐光明。鲜明的场景对比，映现出陈白露渴求光明，但又无法挣脱环境，挣脱自我局限的内心矛盾。这种场景的对比越是强烈，她的内心冲突也越加尖锐，当“日出”的光明终究取代了漫漫长夜时，也就形象地寓示了她无可避免的悲剧命运。

不但《日出》是这样，《雷雨》也是如此。曹禺曾说：“关于《雷雨》的舞台气氛，这是我写戏很注意的一个问题。也就是把自然界的现象和剧情的发展联系起来，用以表现人物、人与人之间关系。”[5]“雷雨”与奥尼尔的《漫长的旅程》中的“雾”都借助自然界的现象，表现人物的感情脉络。由于它们紧扣人物性格，又贯穿于整个戏剧，它们自身的演变发展，便伴随着人物的情感潮汐。“雾”象征家人之间的心灵隔膜和主人公玛丽孤独清冷的内心感情。玛丽恨“雾”，因为“雾”制造了人与人之间的隔阻和冷漠。但是，玛丽又不得不躲在“雾”中，以逃避现实的冷酷无情。雾伴着家庭气氛日趋紧张而增浓。最终“雾”“象一堵墙”，把剧中人全锁在雾障中。雾的积聚至弥漫的过程，也就是玛丽由清醒到精神失常的过程。雾与人物感情互为作用，而使人物的内在情感具象化，也诗意化了。“雷雨”和“雾”一样，它的孕育至毁灭性爆发的过程，最生动形象地外化了蘩漪从抑压扭曲的爱情追求至歇斯底里的反抗报复的感情发展历程。蘩漪的感情特征强化了“雷雨”的象征性，而“雷雨”又成为表现人物情感不可缺少的一部分，鲜明地表达了人物的心灵世界。需要说明的是，《雷雨》是曹禺的处女作，写于一九三三年，而《漫长的旅程》则作于一九四一年，但他们却不约而同地表现出在象征处理上共同的美学追求，恰是这种美学追求的共鸣，致使曹禺能够汲取奥尼尔象征艺术的营养，并标志着曹禺的象征处理由传统走向了现代。

第三，把传统戏剧对高度戏剧性的追求同现代戏剧表现人物内心的技巧结合起来，是曹禺和奥尼尔共同的艺术目标，也是曹禺受奥尼尔影响的一个重要方面。

---

① 原文不清晰，编者注

② 原文不清晰，编者注

③ 原文不清晰，编者注

④ 原文不清晰，编者注

⑤ 曹禺：《曹禺谈〈雷雨〉》，《人民戏剧》1979 年第 3 期。

在戏剧编剧法方面，曹禺所受奥尼尔的影响被人们忽视了。其实，曹禺对奥尼尔的“戏剧性”是很感兴趣的。他们在编剧方面的许多相似之处都告诉我们，在这方面，奥尼尔对于曹禺的影响同样是比较深刻的，自然也说明他们的戏剧美学的追求是相近的。

早在四十年代，曹禺在戏剧学校任教时，就曾以奥尼尔的《安娜·桂丝蒂》作为讲解戏剧编剧术的范本。[①] 表现出曹禺对奥尼尔设置情节、构成戏剧冲突的编剧特点的推崇。曹禺再三强调，奥尼尔的剧本“戏剧性很强”[②]，这里的“戏剧性”指的就是奥尼尔独特的编剧特点。

如何结构情节是戏剧编剧法的核心，而有无戏剧情节则是划分现代派戏剧与传统的现实主义戏剧的重要标志之一。高尔基指出情节是“某种性格、典型的成长和构成的历史”[③]。现实主义戏剧重视塑造人物性格，势必也强调情节的重要性，而现代派戏剧往往致力于表现抽象的心灵图象，忽视人物性格的塑造。随之，也就不重视戏剧的情节设计。但是，奥尼尔的戏剧却独辟蹊径，他在剧中采用了大量现代派（戏）剧的艺术技巧，但他同时又始终注意戏剧情节的创造。写《大神布朗》时，奥尼尔就曾说过：“我的想法绝不是让那描写人类心灵中各种矛盾潮流的背景喧宾夺主，来掩盖这部由可以辨识的人物——狄奥、布朗、玛格丽特和西贝尔——所组成的活生生的戏剧，叫它失去均衡。”[④]不仅是《大神布朗》，他所有剧作都是以活生生的人物组成的“活生生的戏剧”。如《榆树下的恋情》被评为“新原始主义作品”[⑤]，但仍有紧张动人的故事情节。《悲悼》被誉为表现现代心理的杰作，但同时又被称为“一部美妙的传奇剧”[⑥]。《奇异的插曲》用的是非写实技巧，但“情节结构是合乎理性的”。奥尼尔把传统戏剧讲究情节和注重故事的特点同现代派戏剧技巧有机地糅合起来。美国评论家唐纳说得好，“有些别的剧作家惯于构思悲剧情节，另有一些善于充分利用现代舞台的艺术潜力，但是，很少有人能象尤金·奥尼尔那样始终如一地做到两者达于平衡的结合”[⑦]。这一“平衡”，也是奥尼尔戏剧革新的重要内容。

奥尼尔的这一特点对于曹禺是很有吸引力的，如《原野》，它显然受了《悲悼》的影响。两剧的情节构思相似，都是围绕一个惊心动魄的故事展开戏剧冲突，展现深刻的心理内容。《原野》以三幕的容量，浓缩了《悲悼》“归乡”“猎”“祟”三部曲的情节，时空安排比《悲悼》更为紧凑。他借鉴了奥尼尔将各种非写实技巧紧扣在情节发展线上的处理方法，如第二幕中焦母对着似金子的木人象的独白，它逼真地刻画了焦母内心，也加速了婆媳矛盾的情节发展。由于木人事件，加深了金子对焦家的仇恨，推动其参入仇虎的复仇行动。如《家》中的洞房独白，作者利用独白技巧成功地表现了觉新和瑞珏由陌生到心心相印的心

① 聂森：《安娜·桂丝蒂·译者序》，开明书店1984年版。
② 张葆莘：《曹禺同志谈剧作》，《文艺报》1957年第2期。
③ 高尔基：《和青年作家谈话》，引自《文学论文选》，人民文学出版社，1958年版，第297页。
④ 奥尼尔：《大神布朗》，《外国现代剧作家论剧作》，中国社会科学出版社，1982年，第252—253页。
⑤ 奥尼尔：《论悲剧》，复旦大学《外国文学》1980年第1期第207页。
⑥ 马库斯·坎利夫：《美国的文学》，香港今日世界出版社，1975年版，第292页。
⑦ 转引自《关于奥尼尔的评论选译》，复旦大学《外国文学》1980年第1期第229页。

理转变过程。而这一过程又紧连着全剧情节的总体构思，以抒情独白手段完成了爱情悲剧情节发展的第一步：相爱。再如《家》中的象征处理，曹禺也兼顾到情节作用。此剧的时序由春夏秋冬四季转换构成四幕，每个季节就是一种象征，寓示人物的性情与命运。如用春象征着觉新与瑞珏的相爱，以冬暗示着瑞珏的死亡和爱情悲剧，但季节又是情节性的，它以自然时序转变展现故事发生的时间和背景。在此，感情时空和情节时空交相并进相映成辉了。

奥尼尔设置戏剧冲突的特点也吸引了曹禺。

人们习惯上把戏剧冲突分成两类：一种是外在冲突，即围绕具体事件设置不同人物性格之间的冲突；一种是内在冲突，指人物自我性格矛盾造成的内心冲突。易卜生戏剧以紧张的外在冲突见长，他的剧在矛盾包孕最激烈的一刻设置人物的性格冲突，在倒叙式的回述中揭示情节事件构成的人物之间的矛盾，及其对人物性格和命运的影响。契诃夫戏剧则以内在冲突著称，他将戏剧外在情节作为引发人物内心冲突的现实背景，由人物对各种外在环境因素的感悟，着力表现人物的自我内心冲突。因此，苏联的著名导演斯坦尼斯拉夫斯基说，契诃夫“剧本整个的风格是抒情的，而不是戏剧性的”①。他还指出，戏剧冲突直接影响戏剧的艺术效果，外在冲突能“娱人心目或使人激动”，内在冲突则“感染并抓住我们的心灵”②。奥尼尔戏剧就是以其两种戏剧冲突的有机统一，获得了“娱人心目”和“感染”心灵的双重艺术效果，从而发展了现实主义戏剧。

评论者一般把《日出》，特别是《北京人》看成是受契诃夫影响的剧作，但在组织戏剧冲突方面，他与奥尼尔的共鸣是十分鲜明的。曹禺分析《安娜·桂丝蒂》时说：“这个剧本情节曲折生动、发展变化幅度很大，大起大落，但却入情入理。它情节曲折，但不是情节戏，因为它的人物写得深刻。”③“情节曲折生动”和“人物写得深刻”相统一的艺术境界，正是曹禺所追求的。他的《日出》和《北京人》都特别注重表现人物的内心冲突，但这种内心冲突总是与人物之间的外在矛盾冲突相交织。有人对陈白露的悲剧结局不能理解，认为她未能与方达生一同出走是自绝于光明。④ 但从戏剧的冲突安排来看，人物之死绝非如此简单。曹禺在谈情节突转时说“‘陡转’有两种：第一，故事的，见于形象；第二，人物的，是内心的变动。”⑤陈白露的自杀结局就是故事变动和内心变动的双重结果。造成陈白露自杀的直接原因是外在情节。她所救助的小东西，这个与她有着相似命运的不幸者被现实吞噬；她所依仗的后台潘月亭遭金八暗算而破产；而她从乔治、福升等人的势利无情中倍感世态炎凉孤独无依。这一系列外在冲突的激化又加剧了她内心的冲突。她痛恨现实、痛恨堕落的自我。这种多重冲突造成的多重复杂而又激烈深刻的恨，把人物推向了死亡的

① 斯坦尼斯拉夫斯基：《〈海鸥〉的导演计划》，中国电影出版社，1982 年，第 8 页。
② 斯坦尼斯拉夫斯基：《我的艺术生活》，《斯坦尼斯拉夫斯基全集》第 1 卷第 261 页。
③ 曹禺：《我对戏剧创作的希望》，《剧本》1981 年第 4 期。
④ 刘绍铭：《从比较文学的观点去看〈日出〉》，《曹禺论》香港文艺书屋，1970 年版，第 61 页。
⑤ 曹禺：《编剧术》，重庆正中书局 1940 年版。

深渊。《日出》正是以其复杂多变的戏剧冲突塑造了生动迷人的艺术典型。在人物彼此纠葛中表现人物心理矛盾的手法，在《北京人》中表现得更加娴熟。《北京人》在戏剧冲突设计上与《漫长的旅程》相象，两剧都写一个家庭的崩溃过程，两剧的时间安排都很严密紧凑。《漫长的旅程》集中于蒂龙家中，仅用一天时间展现了这个家庭几十年间的事变和各个人物的精神演变过程。《北京人》选取中秋节和曾老太爷的生日这两个时间支点，在曾家大院，演完了曾家三代人的不同命运。两剧设置戏剧冲突的方法格外相象，他们不是靠偶然巧合的事件引发外在冲突，而是把人物之间的矛盾建立在微妙逼真的家庭人事关系上。不同人物的外在冲突又反作用于人物心理，加深了人物自我的内在冲突。如《北京人》中愫方、文清和思懿三人的矛盾。思懿欺侮愫方的每一个刻毒行为都加深了愫方的内心矛盾，逼使她更清醒地面对现实去思考人生意义。而愫方的痛苦和不幸又深深打在文清的心上，使文清在欲助无力，欲忍不得的内心挣扎中越陷越深，终于造成自杀悲剧。这种内、外冲突彼此交织互为作用的戏剧特点，是构成曹禺深沉含蓄而又紧张热烈的戏剧风格的重要因素之一。

总而言之，曹禺对待奥尼尔戏剧艺术的态度，体现了一种创作原则，代表着一种戏剧潮流。曹禺倾心于奥尼尔，不只是出自于他个人的艺术旨趣，而是世界戏剧发展潮流把他们联系在一起，是在继承易卜生现实主义戏剧而又面临新的生活变革和变革戏剧的历史要求中走在一起了。奥尼尔在这种创新的戏剧浪潮中，成为美国现代戏剧的开创者，并创造了独特的戏剧风格，而曹禺也成为中国戏剧的革新者、代表者。在用现实主义融化其它戏剧流派，特别是现代派戏剧的创造性变革中，以他独特的民族风格而载入世界戏剧史册。

本文作者：刘珏，女，1953 年生，上海人。1970 年到安徽生产建设兵团劳动，1978 年考入安徽大学中文系，1982 年毕业，入北京广播学院，攻读现代文学专业研究生，1985 年毕业，获硕士学位，现在苏州大学中文系任教。曾发表《田汉与外国文学》《创造社与现代话剧》等文章。

原载《文学评论》1986 年第 2 期

曹禺剧作与易卜生的“创作场”

焦尚志

被誉为“近代戏剧之父”的亨利·易卜生，是曹禺较早接触其剧作，并深受其影响的外国剧作家之一。曹禺的剧作受易卜生的影响是多方面的，而启发和激励曹禺走上现实主义戏剧创作道路，并使他蜚声剧坛的，则是易卜生社会问题剧“创作场”所体现的积极、进取的审美意识。

易卜生的戏剧创作活动是在十九世纪中后期。此时，欧洲不少先进国家相继进入衰退的垄断资本主义阶段，而易卜生的故乡挪威却出现了资本主义蓬勃向上的气象。旧的传统观念以及与生俱来的资本主义制度的悖理性，束缚、压抑了人们日益觉醒的个性意识，阻碍着人性的健全发展。具有时代敏感的易卜生，从资产阶级人道主义立场出发，高张个性主义大旗，以 1869 年创作的《青年同盟》为发端，在他中后期创作的《玩偶之家》《群鬼》《人民公敌》等剧作中，提出了家庭、婚姻、妇女解放、政治生活等一系列社会现实问题。他的这些剧作往往被人们称为社会问题剧。这些剧作在审美意识上的一个重要特征，就是透过人的个性与现实社会的冲突，去探究人生的重大问题。易卜生社会问题剧的尖锐性正表现在这里。在易卜生之前，从古希腊、罗马戏剧，到莎士比亚以至古典主义、浪漫主义戏剧，就其主流来说，都直接或间接地表现了人性与社会的冲突，都在不同程度和层次上反映了现实人生问题；所不同的是，过去时代的戏剧一般取材于历史故事或神话传说，象易卜生社会问题剧那样直接从现实生活中取材，因而泼辣、犀利的剧作是极为少见的。即使象莎士比亚那样伟大的剧作家，他笔下的许多成功的艺术形象尽管都闪耀着他那个时代的光彩，但它们所处的环境却依然是已经过去了的时代或神奇虚妄的幻想世界。因此，着眼于现实的人的个性与社会的冲突，表现当代生活的重大问题，是易卜生在近代话剧艺术的革新上作出的具有划时代意义的重要贡献。正如肖伯纳所指出的：“莎士比亚把我们自己搬上舞台，可是没有把我们的处境搬上舞台。”而易卜生对欧洲戏剧进行革新的实质就在于，“易卜生补做了莎士比亚没有做的事。易卜生不仅把我们搬上舞台，而且把在我们自己处境中的我们搬上舞台。……易卜生的戏不但能残忍地刺痛我们的心，并且还能使我们觉得还有希望摆脱‘理想’的压制，使我们看见比现在更为完美的生活远景。”①这个“更为完美的生活远景”就是冲破束缚、压抑人的个性的现存秩序与传统观念，去创造

① 阿尼克斯特：《论肖伯纳的思想剧原则》，见《世界艺术与美学》第 5 辑，文化艺术出版社，1985 年版，235 页。

一个人性获得充分、健全发展的崭新世界,这样,现实的人的个性与社会的冲突,便成为易卜生探索人生奥秘与“完美的生活远景”的独特审美形式,造成一种特殊的“创作场”。

苏联当代美学家鲍列夫曾指出:“前辈艺术的启示作用不是表现在伟大先驱的创作对后代艺术家产生直接的影响上面,而是表现在它能造成一个后代艺术家经常要陷入其中的、特殊的创作场(Геор цческое поле)。这种影响比较隐蔽,但影响力更大。”①易卜生的社会问题剧正是这样。斯特林堡、肖伯纳、高尔斯华绥、霍普特曼、契诃夫、奥尼尔等具有世界声誉的戏剧巨人,尽管他们的剧作艺术千姿百态,显示着各自时代与民族的特殊风貌和个性,但在表现现实的人性与社会的冲突,揭示并提出时代重大问题上,却有着明显的相通之处。这正是他们自觉或不自觉地感应到易卜生社会问题剧的“创作场”磁力的深刻反映。曹禺剧作受到易卜生的深刻影响,也主要体现在易卜生社会问题剧人的个性与社会的现实冲突所形成的特殊的“创作场”的强烈吸引上。

易卜生的社会问题剧之所以具有那么强烈的吸引力和广泛深刻的影响,根本原因就在于它适应了十九世纪末到二十世纪以来激烈动荡的变革时代人性的复苏与骚动,以及它要冲破现实与传统的牢笼而获得自由、解放的先进的时代意识。曹禺创作的旺盛期——本世纪三四十年代旧中国风雷激荡的社会现实,恰是感应易卜生社会问题剧“创作场”的典型社会环境。以“五四”为发端,以彻底的反帝反封建为旗帜的民族民主革命运动的蓬勃兴起,惊醒了中华民族这个东方“睡狮”。长期被压抑、被桎梏的人们的个性意识,犹如火山爆发喷涌而出,形成一股强大的革命力量,猛烈地冲击着鬼影憧憧的封建大厦。在马克思主义的光辉照耀下,“个性解放”的口号,响彻中国上空,透露出民族新生的曙光。在当时的中国,易卜生剧作之所以那么异乎寻常地风行,不少作家竞相模仿与师法,其原因主要在于他的剧作表现人的个性与社会的现实冲突和积极的审美视角恰好适应了中国社会革命的形势和任务。

在“五四”及其以后的旧中国,受到易卜生“创作场”吸引与影响的剧作家颇为不少,但是能够登堂入室,领略到易卜生的社会问题剧艺术的奥秘,受其“创作场”影响最深的,可以说只有曹禺一人。这原因主要是,曹禺是从对现实生活的深刻体验与感受中,去领悟易卜生剧作的精神实质的。曹禺出生于没落的封建官僚家庭,在少年时代就受到“五四”精神的启蒙与激荡,萌生了民主思想与人道主义精神。在他那个寂寥、冷酷的官僚家庭及其腐败、罪恶的上流社会环境中,曹禺不仅强烈地感到苦闷和压抑,更寄同情于那些个性和人格受到沉重压抑与摧残的被压迫者,尤其是那些被压在社会底层,心理变态、性格扭曲以至因绝望而自戕的妇女们的悲惨命运。曹禺曾多次谈到,出现在他的笔底的蘩漪、侍萍、陈白露等被专制家庭窒息和被上流社会损害的可悲妇女,在现实生活中不知有多少!曹禺对这些不幸的妇女的深刻理解就在于,他打破世俗的偏见,从蘩漪的“乱伦”和陈白露的“堕落”等被压抑、被损害者的悲惨境遇和异常现象中,发现她们被严重摧残的个性意识

① 鲍列夫:《美学》,中国文联出版公司,1986 年版,第 329 页。

和灼灼放光的人性的火种，强烈地感受到旧中国的浓重黑暗与吃人本质。从人道主义出发，从个性或人性与社会的现实冲突，特别是从被压迫、被损害的妇女同命运顽强抗争的审美视角，去批判旧社会旧制度，探究个性或人性的彻底解放与民族出路，这一贯穿在曹禺剧作中的审美主线，是在对现实生活的深入体验与发掘中与易卜生的戏剧美学思想沟通、联系起来的。因此，同风行于“五四”及其以后的许多社会问题剧相比，曹禺的剧作具有更丰富的审美特性与更深刻的生活内涵，更接近易卜生社会问题剧的实质与神韵。

正因为曹禺接受易卜生“创作场”的影响，是建筑在对现实生活深入体验与发掘的基础上的，因而他的剧作必然会渗透进时代精神与审美意识。

首先，他的剧作把对资产阶级个性解放问题的思考同对整个社会与民族解放道路的探索联系了起来。

崇尚人的个性自由发展的易卜生，一直在不倦地研究与探索个性解放的道路，竭力去想象和描绘人的个性充分、健全发展的“美好远景”与奇迹的出现。但是，他赋予他笔下的人物去开辟“美好远景”与创造“奇迹”的武器，却是个人奋斗式的“精神反叛”与“自我道德完善”。从个性解放出发，易卜生是否定传统观念与资本主义现存秩序的，但他并不赞成“政治革命”，认为“人的精神革命远胜于政治革命”①。因此，他的剧作中的主人公大都具有较强的个性意识和反抗现实环境与传统观念的叛逆性格，但他们所进行的这些斗争，都始终不曾跳出精神反叛”的疆界。随着对现实认识的深化，易卜生逐步意识到，束缚与压抑人的个性发展的阻力，不仅来自社会，还来自人们自身性格的弱点和灵魂的秽垢。因此，在他的后期剧作中，由对主人公“精神反叛”的赞颂转而剖析他们的内在品质与人性的弱点，提倡人性的自我完善。但是，无论是“精神反叛”还是“人性的自我完善”，都无法从根本上改变束缚与压抑人的个性的社会制度和传统观念，易卜生越是把他的笔触向生活深层开掘，便越感觉到现存秩序与传统观念压迫的沉重，越感觉到人类前景的暗淡。如果说，易卜生中期的社会问题剧还有比较明显的乐观色彩和战斗朝气的话，那么，越到后来，特别是《野鸭》及其以后的剧作，乐观色彩与战斗锐气日趋消退，而苦闷、孤寂、忧郁以至绝望的情绪却象茫茫迷雾，越来越浓重地笼罩在人物的心头。这与其说是作家资产阶级个人奋斗思想的悲剧，毋宁说是历史的局限。在易卜生所处的时代，个人奋斗是当时占统治地位的资产阶级冲击封建残余势力，获得自身发展的一种战斗武器，但资本主义制度本身对人的压抑与桎梏，却是个人奋斗无法解决的历史课题。因此，易卜生要在他的时代用资产阶级个人奋斗的武器实现人的个性充分、健全的发展，不过是一种幻想而已。

而曹禺所处的二十世纪前期的中国，由于马克思主义的广泛传播和世界无产阶级革命运动的蓬勃开展，资产阶级民主革命注入了社会主义的因素，个性解放的要求同整个社会与民族解放的利益不可分割地联系在一起，只有把为个性解放而斗争的涓涓细流汇入人民大众反帝反封建的民族民主革命的时代潮流中去，才是个性解放的真正途径。曹禺

① 茅于美：《易卜生和他的戏剧》第51页。

正是在对现实生活的深入发掘中，感受到了时代精神的激荡，在他的戏剧创作中，把对资产阶级个性解放问题的思考同对整个社会与民族解放的道路的探索联系了起来。因此，比之易卜生，曹禺具有更为开阔的审美视野。

同易卜生一样，曹禺也是主张个性自由与解放，热情讴歌同压抑、桎梏人的社会势力与传统观念彻底决裂的叛逆精神。但是曹禺不象易卜生那样，往往将作家虚幻的愿望赋予那些追求个性解放的人物，表现他们“精神反叛”的胜利与“道德自我完善”的成功，而是直面严酷的现实，浓墨重彩地描绘他们鲜血淋漓的个人奋斗的悲剧。无论是《雷雨》中的蘩漪、《日出》中的陈白露，还是《原野》中的仇虎与金子等等，这些个性受到沉重压抑与摧残的不幸者，无一不是经历了坚韧顽强、竭尽全力的反抗与挣扎之后，依然摆脱不掉黑暗势力的牢笼而跌入绝望的深渊或落入死神的魔掌的。这一方面固然反映了半封建半殖民地的旧中国的腐败与吃人本质，同时，也揭示出在强大的黑暗势力面前，资产阶级个人奋斗的道路是走不通的。应该承认，“五四”以来，人们为争取个性解放而进行的种种方式的个人反抗，在冲击封建势力与传统观念，促进民主革命任务的完成上，其战斗作用和历史功绩是不容抹煞的，但是，个人反抗倘不和波涛汹涌的人民大众反帝反封建的时代主潮联系起来，是很难冲破根基深固的封建藩篱，获得成功的。这是旧中国资产阶级本身的软弱和封建势力的格外凶残所形成的客观情势所决定的。“五四”以来，在新文学创作中，曾经涌现出大量以描写和表现反抗封建桎梏、追求个性解放为主题的作品，其中不少作品不同程度地反映了时代精神，但是真正震撼人心，引起人们对现实的深刻怀疑和人生出路的深沉思索的，往往不是对侥幸获得个性解放的胜利者的讴歌，而是那一幕幕触目惊心的个人奋斗者的惨剧。鲁迅的《伤逝》、郁达夫的《沉沦》、丁玲的《莎菲女士的日记》及其它一系列表现“个性解放”的作品，所以那样强烈地激动时代青年的灵魂，固然同作家表现的别致与艺术的精湛有一定关系，但主要还在于他们对黑暗现实与时代精神的深刻把握，是作品中那些主人公经过种种个人抗争、探索之后，仍然找不到出路而产生的不可解脱的苦闷、彷徨情绪，以至造成精神变态、绝望而死的悲剧。不管作家自觉或不自觉，曹禺剧作中的个人奋斗者的悲剧，是他对旧中国那个黑幕重重而又地火奔突的复杂现实深刻感受和发掘所得出的必然结论。

个人奋斗，此路不通。那么，个性解放的真正出路到底在哪里呢？曹禺当时的思想无疑是朦胧的。他的可贵之处，就在于那种进取的执着的探索精神。曹禺在他的戏剧创作中，把他审视资产阶级个人奋斗悲剧的视野进一步伸展到命运更为凄惨的被压迫、被损害的下层劳动人民的境遇及其抗争上，这使他在生活的更深层次上触摸到了时代的脉搏。《雷雨》既突出了深受封建桎梏的资产阶级女性蘩漪拼死挣扎的反抗的悲剧，又表现了婢女出身的侍萍（鲁妈）、四凤母女两代惨遭封建性资本家压榨与欺凌的悲惨命运。孤军奋战，终于沦落风尘的陈白露的悲剧，居于《日出》结构的中心，但作为陈白露的活动的重要背景呈现于剧情中的，还有翠喜、小东西、黄省三等被上流社会凶残吞噬的下层社会的一幕幕“血腥”惨剧。到了《原野》，作家推向前台并以浓烈色彩表现的，是苦大仇深的农民向封建地主豪绅的复仇悲剧，而体现在仇虎、金子身上的个性解放的悲剧因素，则隐含、包容在劳动人民的整个悲剧之中了。在曹禺解放前的主要剧作中，资产阶级、特别是小资产阶级个人奋斗的悲剧同挣扎在死亡线上的劳动人民被压迫、被损害的悲剧紧密相联，彼此交织，展现出半封建、半殖民地畸形制度下一幅幅人性哀号、灵魂泣血的“悲惨世界”的动人画卷。透过这一幅幅画卷，不仅表现出作家对腐朽而又凶残的旧社会旧制度的深刻认识与强烈愤懑，而且使他发现资产阶级个性解放的渴求者同被压榨、被损害的劳动人民命运的一致性。他们的地位和处境尽管不同，但他们的命运却是被罩在同一根魔杖之下的：旧社会旧制度压抑与扼杀他们的个性与人性的生机，是造成他们人生悲剧的最深刻的根源。因此，他把资产阶级个性解放问题同解救灾难深重的劳动人民的问题统一起来进行探索，在整个社会与民族问题的彻底解决中，去寻找资产阶级个性解放的根本出路。他把探索光明未来的希望的目光逐渐凝聚在劳动人民及其群体身上，便是一个确证。从《雷雨》到《北京人》，作家一直在苦苦思考和探索摧毁旧制度、解放人性、解救被压迫人们的曙光与出路，尽管他的心目中始终不曾脱尽隐约、朦胧的特点，而且有时在艺术体现上并不那么自然、熨帖，但他那种执着现实、不断进取的革命精神和积极捕捉时代律动的前进意识，却给他的剧作注入了激荡人心的诗意力量。站在民主革命的立场上，从资产阶级个性解放问题出发，联系被压迫、被损害的劳动人民的悲惨境遇，揭示旧社会旧制度的腐朽和罪恶，探索社会解放和民族的光明未来，这条审美主线贯穿于曹禺解放前的全部剧作中。曹禺这种在个性解放问题上的开阔视野，反映出比易卜生更深广的忧愤和更革命的态度，正是彻底、不妥协的反帝反封建的时代精神的折光。

其次，向人物内在世界深入发掘，透过人的“灵魂悲剧”表现个性或人性同旧社会旧制度的冲突，这一点也是曹禺剧作现代审美意识的重要特征之一。

英国戏剧理论家阿·尼柯尔指出：“近代戏剧家作出努力，力图使流血的悲剧和表面堂皇的悲剧发展成为这样一种悲剧，在这种悲剧中死亡并不是一件惨事，表面上的伟大也因内在的伟大而失色。”[①]因此，他认为，“内在性是与古代戏剧对比而言的近代戏剧的一个显著特征”[②]。易卜生就是继莎士比亚之后，开辟戏剧“内在性”审美领域的拓荒者之一。为了更深刻地表现人的个性与社会的现实冲突，易卜生抛开了英雄或传奇人物不寻常的壮举与遭遇，而着眼于严酷的现实在普通、平凡的人们的灵魂深处所产生的影响和激起的波涛。他的剧作，特别是他中后期的社会问题剧，就是向人物因压抑而反叛、而骚动不安的内心世界不断探索的心理纪程。《玩偶之家》呈现在我们眼前的，是娜拉与海尔茂之间尖锐、紧张的性格冲突，但荡人心魄的却是源自娜拉内心深处要挣脱男尊女卑的传统观点，获得人格独立的“精神反叛”。《群鬼》已经看不见剧烈冲突与紧张场面，沉重地压在人们心头的是主人公阿尔文太太无力反抗传统势力与世俗观念而日益加剧的内心隐痛。易卜生的剧作越到后来，对人的内心世界和心理活动的剖析越深入，越能触摸到现实斗争的复杂本质：不仅看到外在世界——现存秩序和传统观念对人们造成的沉重的精神压力，还

① 阿·尼柯尔：《西欧戏剧理论》，中国戏剧出版社，1985年版，第107、110页。
② 阿·尼柯尔：《西欧戏剧理论》，中国戏剧出版社，1985年版，第107、110页。

进一步发现人们内在世界的缺陷与秽垢对健全个性的羁绊。易卜生的后期作品出现一种越来越重的忧郁、悲观色彩与神秘气氛，这是他在对现实的深入发掘中，轰毁了原来的思路而又看不到个性解放的真正前途的一种深刻迷惘与困惑的反映，是现实主义发展与深化的标志。

在注重发掘人物复杂的心灵世界和表现的“内在性”上，曹禺显然受到易卜生的社会问题剧的启迪与影响。曹禺整个戏剧大厦就建筑在个性或人性与现实冲突在人的内心世界所造成的复杂影响与创痛的基础之上。他的剧作，外部冲突一般较为紧张、复杂，惊心动魄，似有“情节剧”的味道，实则作者的审美性质在外部冲突激起的人物心灵世界的狂涛巨浪上，追踪内在本质的诗意真实。人物丰富复杂、波涛起伏的心理活动，闪耀着时代的斗争异彩与搏动着人性生机的“内在性”，如一股澎湃激荡的潜流，汹涌在曹禺的整个剧作之中。

作为一种现代艺术的审美倾向，表现的“内在性”，曹禺接受的影响是广泛而多元的，既受惠于易卜生，更得意于风格各异的莎士比亚、契诃夫、奥尼尔等许多戏剧前驱，而对这一切，他又都融化在对现实生活的开掘之中。因而，曹禺剧作的“内在性”，既有与易卜生等戏剧大师精神上相通之处，更含蕴着他对民族生活的深刻感受和由此而来的独特审美个性。这就是：透过“灵魂悲剧”，表现个性或人性同社会的现实冲突。

在旧中国半封建半殖民地腐朽、罪恶的制度下，人们的个性乃至整个人性，受到极端野蛮、残酷的桎梏与践踏，给人们造成的灾难，特别是精神苦痛是十分沉重的。曹禺正是在对旧中国黑暗现实深刻感受的基础上，运用表现的“内在性”于被压迫、被损害者的“灵魂悲剧”的揭示之中，把个性或人性与旧社会旧制度的冲突最触目惊心地表现出来。曹禺剧作最震撼人心之处，也往往是奔突在被压迫、被损害者内心深处无法摆脱的“灵魂悲剧”，是封建伦理道德和资产阶级腐朽意识给人物造成的不堪忍受的精神剧痛。《雷雨》中的蘩漪，作为封建家庭的资产阶级女性，感受到精神上的极度压抑，同易卜生笔下的娜拉相比，其命运还要悲惨得多。娜拉平时尚能得到丈夫的爱抚和家庭的温暖，缺少的只是独立自主的意志，而蘩漪与之朝夕相对的，却是冷若冰霜的家庭专利魔王。在周朴园的桎梏下，蘩漪不仅没有个人意志，甚至“呼吸不到一口自由的空气”，她那火一样的青春年华与强烈的生活欲望几乎被“枯死”“渴死”。作家透过蘩漪与周萍“乱伦”的悲剧，通过蘩漪拼命要抓住周萍这叶救命“扁舟”而终成为泡影的过程，揭示了她反抗封建压抑、渴望个性自由的那种热烈果敢而又阴鸷乖张，“心比天高”但又妒忌自私的变态心理与矛盾痛苦的灵魂挣扎。在《日出》中，作家则从沦落风尘的陈白露的不甘沉沦中，感触到了被旧社会腐蚀与损害的灵魂的自我搏斗：她热爱生活，但又不得不与上流社会那些荒淫无耻醉生梦死的人周旋；她天性高傲，渴望自由与独立，但又摆脱不掉对资产阶级钱袋的依赖。她想挣脱“习惯的生活桎梏”，试图飞出去，但又象寓言中金丝笼里的鸟，已经失掉在自由的天空盘旋的能力。她反复吟诵诗句“太阳升起来了，黑暗留在后面。但是太阳不是我们的，我们要睡了”，这是陈白露渴望光明但又无力自拔的悲剧心理的自白。陈白露的“灵魂悲剧”，实质上是她那本真的人性与被腐蚀、被异化的心灵的激烈格斗。她最后绝望而死，也不是人性的泯灭，恰恰相反，正是她不与旧世界同流合污、不甘堕落的美好人性的显露。《原野》构思的匠心独运之处，在于作家无意渲染农民与封建豪绅之间复仇与反复仇的血淋淋的惨剧，而倾其全力表现主人公仇虎复仇后无法逃脱的“灵魂悲剧”：一方面，“父仇子报，父债子还”的封建伦理观念促使仇虎枉杀无辜，受到良心的谴责，感到无限的恐惧与悔恨；另一方面，造成他全家惨剧的封建势力的罪恶阴影笼罩在他心头，反抗的烈焰腾腾上冲。两股心理潜流腾挪起伏，互相撞击，使他时而惊恐万状，时而怒火中烧，精神处于极度紧张、惶惑、迷惘的异常状态中，以至逃不出阴森恐怖的“黑林子”而陷入敌人的重围。仇虎复杂的悲剧心理活动，是他正直善良的人性同他潜意识中的封建伦理观念的搏击，是农民反抗被压迫、被欺凌的悲剧命运，但找不到正确出路的苦闷、彷徨的心灵的骚动。德国哲学家恩斯特·卡西尔写道：“艺术使我们看到的人是灵魂最深沉和最多样的运动。……我们在艺术中所感受到的不是哪种单纯的或单一的情感性质，而是生命本身的动态过程，是在相反的两极——欢乐与悲伤、希望与恐惧、狂喜与绝望——之间的持续摆动过程。”[①]曹禺笔下一幕幕“灵魂悲剧”所演示的，正是被压迫、被损害者“灵魂最深沉和最多样的运动”，是被旧社会旧制度压抑摧残的人生命激荡的紧张搏斗与拼死挣扎的“动态过程”。作家透过这一系列令人颤栗的“灵魂悲剧”，展现出人与现实冲突之间一片最深邃、最神秘、最瑰丽奇伟的审美天地，触摸到现实生活最复杂、最本质、最富于诗意的深刻内蕴，“灵魂悲剧”，无疑是作家向生活深层突进所开辟的独特而崭新的审美领域。

无可否认，易卜生确是“各种精神状态的探索者”[②]。他的那些优秀社会问题剧，大都揭示出人物丰富多样的内心世界，他后期有些作品还触及到人物灵魂深处的复杂矛盾与冲突，散发出或浓或淡的悲剧气氛，但是，在发掘被压抑个性的悲剧心理活动上，易卜生的剧作却往往显得底气不足，触摸不到如曹禺剧作那样的震撼人心的灵魂自我紧张搏斗。这在很大程度上是由作家所处的时代特点决定的。易卜生所处的十九世纪后期的挪威，尚处在自由资本主义时代，不象曹禺所处的二十世纪前期中国半封建、半殖民地制度那样腐朽、黑暗，现存制度和传统观念对人性（包括个人）的压抑也没有象旧中国那样凶残、酷烈，给人们造成那样深沉的精神创伤。在易卜生的戏剧所反映的世界里，“人们还有自己的性格以及首创的和独立的精神”[③]。在这个问题上，易卜生无法超越自己的时代，而在他的剧作中表现出深刻的“灵魂悲剧”来。曹禺在汲取“内在性”的艺术表现方法时，从旧中国的特殊的现实出发，注意发掘旧社会、旧制度在被压迫、被损害者灵魂深处造成的精神创痛，因而有所前进，有所创造。曹禺笔下人物的“灵魂悲剧”是作家向民族的现实生活深入开掘的结晶。这极大地增强了他的剧作的内在深度和丰富的审美特性，是他的剧作耐读、耐看，具有持久的艺术生命力的重要根源。

原载《天津社会科学》1987 年第 3 期

① 恩斯特·卡西尔：《人论》，上海译文出版社，1986 年版，第 189 页。
② 转引自茅于美著《易卜生和他的戏剧》，北京出版社，1981 年版，第 6 页。
③ 转引自《易卜生评论集》，外语教学与研究出板社，1982 年版，第 8 页。

曹禺与奥尼尔

——悲剧创作主题、冲突与形象之比较

王德禄

在曹禺与外国戏剧家丰富深刻的联系中，奥尼尔是值得重视的。时过五十年之后，曹禺还说："美国奥尼尔也是对我影响较大的剧作家。"[①]奥尼尔作为"现代美国戏剧之父"和诺贝尔文学奖金获得者，是以悲剧创作奠定了他的历史地位的。在三十多年的创作生涯中，他写下了近五十部剧作，其中大多数是悲剧，曹禺的主要剧作也都如此。因此，悲剧创作就成为他们艺术实践的一个共同的重要领域。本文拟就曹禺与奥尼尔悲剧创作中的主题、冲突、形象等问题进行比较研究。

悲剧主题

奥尼尔的悲剧创作，无论是用表现主义和象征主义方法创作的大量非写实性作品，还是用现实主义和自然主义方法创作的少量写实性作品，主要选取以下三方面的题材：大自然作为一种生命力量对人的灵魂的作用；物质第一主义的价值观念对人的影响；人的自我问题。这些题材集中反映了这样一个共同的基本主题：二十世纪初西方普遍出现的对人生意义、自我价值和生活理想的追求与幻灭。奥剧具有巨大的严肃性、强烈的现实性和独到的深刻性。

奥尼尔生活和创作的时代正是美国从自由资本主义进入垄断资本主义的阶段，他和他的同时代人一样，经历了幻想破灭的痛苦。他们原来对美国这个新兴的资本主义国家——"上帝的新乐土"——所抱的种种良好的愿望，在严酷的现实面前一起破了产，一切传统道德、宗教信仰都丧失了原有的意义和价值，而科学和物质文明又不能提供一个新的上帝来填补人们精神上的空虚。一时间，追求物质和肉体的享受成为人们的生活内容和目标。面对这样的现实，作为一个严肃的剧作家，奥尼尔是不可能熟视无睹的。这种由理想破灭而感到的无所寄托、无所依傍的痛苦是当时社会的普遍心理。在这种心理状态的支配下，大家感到："我们本身就是悲剧，是已经写成和尚未写成的悲剧中最令人震惊的悲剧。"[②]因此，奥尼尔悲剧主题的产生不是偶然的，实质上就是二十世纪初期三十年来美国社会现实的折光。所以，虽然他的许多作品在主题的表现上采取了非现实的形式和手法，但是，主题本身无疑是非常现实的，具有易卜生"社会问题剧"的性质。

---

① 曹禺：《和剧作家们谈读书和写作》，《剧本》月刊1982年第10期。

② 《奥尼尔戏剧理论选译》，复旦大学《外国文学》1982年第1期。

奥尼尔悲剧的主题具有独到的深刻性。它首先表现在注力于挖掘人的精神苦难，并对潜伏在苦难后面的悲剧根源进行深刻的探索，在剖析人的复杂内心世界中发现真正悲剧性的因素：一方面对理想永远无法实现具有清醒认识，另(一)方面又为不懈追求而带来的悲剧的崇高性。其次，表现在他能摆脱传统观念的束缚，面向生活，致力于在世人视为“卑鄙下贱”的生活中发现崇高的精神美。他说：“我爱生活”“即便在丑里面也包含着美”“邪恶往往比美德高尚”。[①] 所以，他往往把处于社会底层的小人物的命运作为悲剧的主题，同时把探索的触角伸展到当时重大迫切的社会问题，如《琼斯皇》中的黑人命运问题，《毛猿》中的水手生活问题。作为一个严肃的剧作家，他痛恨那些粉饰现实的浅薄的乐观主义者，鄙视那些给人以廉价的希望、含泪的安慰和虚假的光明的作品。他不是不爱欢乐，不是天生的愤世嫉俗，而是因为他耳闻目睹的现实中丑恶多于美好，不幸多于幸福。他说：“我当然要写幸福，如果什么时候，我有幸遇到这种幸福的话。”[②]忠于生活，敢于正视惨淡的人生，这正是奥尼尔悲剧主题产生独特深刻性的原因。正因为，奥剧创作具有巨大的严肃性，从而使他成为美国严肃戏剧的奠基人。奥尼尔曾这样说：“今天的剧作家一定要深挖他所感到的社会的病根”，“不然的话，他只不过是在事物的表面上乱画一通，他们的地位不会比站在客厅里说笑话的人好多少”[③]，这可以说是奥尼尔庄严的艺术宣言。因此，奥尼尔作为“美国戏剧之父”的意义首先在于他积极的、严肃的美学理想，而他的悲剧作品的富于严肃性、现实性和深刻性的主题则是他的美学理想的艺术结晶。

曹禺尊崇并受影响于奥尼尔，应当从这个角度去理解和考察。就曹禺剧作的主题来说，同样具有奥尼尔作品主题所具有的严肃性、现实性和深刻性，表现出他们悲剧精神的相通。

三十年代的中国社会处于半封建半殖民地的境地，人们的思想处于封建思想的禁锢之中，争取生存解放的战斗心理成为社会普遍的心理。因此，当时的中国虽然不可能广泛产生西方世界由于物质生产高度发展，精神生活极端贫乏而引起的异化、孤独、绝望的社会心理，但也面临着人的真正解放这一重要的社会课题。曹禺就是在这样的时代条件下，开始了自己的艺术探求的。任何真正的艺术都是作家对生活的独特发现。曹禺作品的取材都是从现实生活中提炼出悲剧的冲突，挖掘出悲剧主题的。剧作家在《雷雨》《日出》《原野》这些剧本中大声呼喊：“摧毁这黑暗的社会吧，让人成为人！”这是我们在曹剧中听到的人的主题的旋律。罪恶社会对人的腐蚀吞噬、黑暗中的人渴望追求光明以及这种要求遭到扼杀——曹禺正是从这三个方面有力地表达了严肃的人的主题。表现人的主题在中国新文学中并非自曹禺始，但曹禺悲剧主题的深刻性在于他把悲剧描写的焦点集中在揭示人的非凡的深刻的精神痛苦上，他总是致力于表现人物深刻的内心痛苦，总是从解剖灵魂入手，以深婉细曲又淋漓尽致的笔墨将悲剧人物的内心痛苦一层层传状得深邃剔透，把原

① 《奥尼尔戏剧理论选译》，复旦大学《外国文学》1982 年第 1 期。
② 《奥尼尔戏剧理论选译》，复旦大学《外国文学》1982 年第 1 期。
③ 《奥尼尔戏剧理论选译》，复旦大学《外国文学》1982 年第 1 期。

来无形的灵魂痛苦仿佛浮雕似的突现出来。因此，这些精神痛苦虽然埋藏得很深，不易为人觉察并且不表现为鲜血淋漓，却能比一般的苦痛更能动人哀怜和引人深思。同时，曹禺的悲剧所描写的痛苦是清醒地意识到的痛苦，人物的心灵在痛苦中挣扎，都想摆脱这痛苦与不幸，却都绝望地发现自己无路可走，这痛苦属于他们个人也属于社会，这就使曹禺的悲剧主题表现出异乎寻常的深刻性。

从上面的分析可以看出，悲剧主题的严肃性、现实性和深刻性是曹禺和奥尼尔悲剧的共同特色，通过写出深刻的灵魂来揭示人物的巨大精神痛苦，写出不同时代的人为谋求自己存在的价值而挣扎苦斗以及追求的毁灭，则是他们悲剧的共同性的思想内涵。但在主题的表现和处理上，他们又表现出因作家和时代不同而产生的差异。

表现人的悲剧命运，它曾经是并将永远是悲剧的一个中心主题，但它同时又是一个具有明确时代性和具体现实性的主题。真正有意义的表现人的悲剧命运的作品也必然是具有强烈社会性的作品，因为从来就没有抽象的虚妄的人的命运，从这个意义上说，人的悲剧也就是社会悲剧。奥尼尔的悲剧，就其主题来说，具有强烈的直接现实性，但奥尼尔对悲剧主题的理解和处理既有社会性、时代性的一面，又有纯粹哲学和抽象心理学的一面。所以他虽然在剧作中触及到了当时的一些社会现实问题，但在作者笔下，却往往变成了超时空的抽象的人同命运的问题。作者反映这些的目的，除了揭示人与社会的矛盾的一面，更重要的还是为了揭示人的内心冲突。例如，他在《毛猿》中着重表现的是水手杨克有追求归宿的本能要求，但他没有实现这一要求的精神能量。这些人的追求都是“没有希望的希望”，因此他们的悲剧不但是无法避免的，而且是永恒的。所以，奥尼尔说：“杨克其实就是你，也就是我，他是每一个人。”①这就使奥尼尔对悲剧主题的理解具有抽象性，对悲剧主题的处理具有非现实性，悲剧主题本身的现实性与作者对悲剧主题的非现实的理解处理，是奥剧的内在矛盾。这种矛盾在奥剧中是普遍存在的，这正是奥尼尔内心世界矛盾的反映。而就曹禺创作的全貌来看，主题的现实性与作家对主题的现实主义的理解处理是基本一致的。他从呼唤“雷雨”到向往“日出”，最后走向“原野”，作家的视线从家庭转向都市再投向农村，视野越来越广阔，同时又越来越贴近现实的土壤，脉搏日益和中国社会的动荡相一致。作家对他所描写的内容，保持了一种现实主义的理解和处理。在《雷雨》中，虽然情节线索是一张由血缘亲子关系结成的错综的网，但并没有掩盖其中所孕含的深刻的社会矛盾和斗争，到了《日出》，作家的注意力从家庭伸展到社会，对社会现实表现出深度的透视力，对于人的悲剧命运的探索直接深入到社会躯体内部，通过小小舞台反映出一个人吃人的社会形态，这就使《日出》的主题具有更深刻的现实性。《原野》则包含着现实生活中阶级冲突的尖锐迫切性，透露出豪绅统治下阶级压迫的消息和农民不可抑制的复仇反抗情绪，表现出作家对农民出路问题的深切关注和积极探索，应该说，现实性是极其强烈的。但作家由于缺少对这个重大课题的把握能力，对题材中所孕含的现实斗争内容及

① 《奥尼尔戏剧理论选译》，复旦大学《外国文学》1982 年第 1 期。

其实质没有能充分地从作品选择的具体社会环境和人物阶级关系中去理解，却多少用抽象的道德动机和纯粹的心理逻辑来理解，因而使作品主题的表现带有若干探讨人类抽象命运的色彩，这是曹禺创作道路上的一个曲折。

悲剧冲突

传统的现实主义戏剧理论认为，优秀的剧作都应该具有深刻尖锐的蕴含着巨大社会性的戏剧冲突由此而产生出浓厚强烈的戏剧性，同时又认为戏剧冲突主要表现为人与人之间的意志冲突，这是戏剧冲突中最具体的冲突，它构成了戏剧冲突的主要内容。美国著名戏剧理论家劳逊对以上观点作过很好的概括："戏剧的基本特征是社会性冲突——人与人之间、个人与集体之间，个人或集体与社会或自然力量之间的冲突。在冲突中，自觉意志被运用来实现某些特定的、可以理解的目标，它所具有的强度足以导使冲突到危机的顶点。"①而现代主义诸流派尽管他们没有否定冲突在戏剧中的重要地位，但在戏剧冲突的内在构成和外在表现上，又表现出和现实主义戏剧流派的不同，奥、曹的剧作正说明了这种情况。

首先，从戏剧冲突的内在构成来说，现实主义戏剧理论的悲剧冲突律特别强调意志的作用，认为自觉意志是悲剧冲突的基础。意志是反映社会需要的心理活动的一个重要方面，它表现在自觉地提出行动的目的上，表现在达到这一目的的决心上，以及为了克服那些阻碍目的的实现的障碍所必需的积极性和刚毅性上。因此，意志活动始终是一种自觉的、有一定目的的行动。现实主义戏剧理论认为戏剧中的人物性格冲突就是人物之间的意志冲突，意志冲突是一切冲突中最富于戏剧性的冲突，它的强度也就决定了戏剧冲突的强度。在曹禺的剧作中，人们都具有强烈自觉的个性意志，描写了由个人自觉意志而产生的各种类型的戏剧冲突：人物在意志酝酿形成过程中产生的自我内心冲突；在执行意志时和别人的自觉意志发生的外部冲突；并把性格刻划和意志冲突的展开巧妙地结合在一起。如在《雷雨》中，各个人物之间的许多相互矛盾着的目的与行动，就构成了极其复杂紧张的冲突，依靠冲突的展开，人物性格得到了充分的展现。这些人物就其自觉意志的表现来看，都是"强者"。这种情况正如别林斯基所说："每个人物都追求自己的目的，并且只为自己而行动，从而不自觉地促成这出戏的整个事件。"②

奥尼尔的现代主义的悲剧创作，却冲破了传统的现实主义戏剧理论关于戏剧冲突的观念，他几乎完全忽略了自觉意志在戏剧冲突中的地位，而一贯地致力于人的潜在情绪的戏剧化。对于人物行动的动机，他更多地是从人物情绪的趋向、潜意识的心理影响等角度来解释，他认为意志不是自觉的，而下意识的情感冲动比自觉意志更富于活力，因此，他的人物的行动不是受自觉意志的指挥，人的行为往往是由他们自己无法掌握的力量——遗传因素、动物本能等所造成的。这就使奥尼尔在作品中常常将道德规范与人的本性对立

① 劳逊：《戏剧与电影的剧作理论与技巧》，中国电影出版社，1989 年，第 213 页。
② 《别林斯基论文学》第 191 页。

起来，将社会性作为自然性的对立面来表现。这样人物的行为动机和结局都难以找到现实的根据，情感本身就是动力的目的，它不需要通过自觉意志来表现它自己，也不需要和人物的自觉活动发生关系。这种对纯粹情感的强调势必使作品中人物的行为带有非理性主义的神秘色彩。

其次，从悲剧冲突的表现内容来看，曹、奥的剧作同样同中有异。首先应当肯定的是，他们剧作的悲剧冲突从实质和根本上都表现了社会生活的冲突，有着十分现实的社会内容，但他们悲剧冲突描写的着眼点却有着不同。

奥剧的悲剧冲突突破了古希腊悲剧主要表现人与神冲突的框架，转而表现人与他自己、与他自己的过去、与他所寻找的“自我”的欲望之间的冲突，是人与本身命运的冲突。奥剧中几乎都是这种“人与自己斗”的历史。这种冲突，既是现实社会冲突的反映，又是作家灵魂深处冲突的反映。直接描写心理冲突并把它外化为具体形象——这是奥剧冲突表现上的一个重要特点。奥剧往往通过心理冲突来表现人物的性格冲突，而不是依靠情节展开性格。如在《安娜·克利斯蒂》中，安娜与老父和爱人布克之间交错纠结的关系所构成的戏剧冲突，是由于他们三人各有其不同的潜在情绪和意向，剧本就是建立在他们三人潜在情绪戏剧化的基础上。奥剧冲突的这种特色导致剧本的情节淡化，甚至有的剧本根本没有故事情节。在他的后期剧作《进入黑夜的漫长旅程》中，写的是人们吃饭、聊天、喝酒、寒暄、回忆、责备……一切都平淡无奇，但其中有着极为复杂深刻的心理活动，正是这些展现着人物的性格命运。为了深刻形象地表现心理的冲突，奥尼尔突破了传统的现实主义表现手法，一方面大胆采取新的非写实的表现手段，一方面又改造古老的技巧，如运用音响效果，借助布景道具，将人物的内心活动诉诸人们的听觉和视觉，运用分隔表演区的方法，揭示不同人物在同一瞬间的反应，产生一种类似心灵感应的效果，采用面具，以表现人格的不同层次，采用独白和旁白，以揭示人物的内在思想，表现隐藏在外表之下的“真我”，这一切都是为了更深刻细腻地表现人物内心的复杂活动。奥尼尔的这种强调人物的内心冲突并将这种心理冲突表现于外，使思想感知化，就使他的悲剧具有了“心灵的戏剧”的特点。

曹剧的悲剧冲突同样致力于表现尖锐的心理冲突，他也总是把创作目标放在刻划人物的有血有肉的活生生的灵魂上。但曹禺并不是直接描写心理冲突并使之外化，而往往是通过强有力的外部情节冲突来显示人物的心理冲突。在他的创作中，微妙的尖锐的心理冲突是通过有震撼力的性格冲突表现出来的，不同性格的撞击闪现出内心活动的火花。因此，如果说奥尼尔是由内而外，那么曹禺主要是以外显内，当然，随着曹禺创作的发展，也可以看到他的剧作悲剧冲突表现由外向内转化的趋向。在《雷雨》中，几乎没有单独孤立的内心活动的描写，人物细腻复杂的思想活动都是通过富予表现力的行动表现出来的，而在《日出》中，情节冲突逐渐减弱了，内在的紧张性却逐步加强，到了《原野》，我们就可以发现作者的笔触直接伸入人物的内心，全力描写人物的内心复杂活动（包括潜意识）并且借鉴表现主义的手法，把内心活动具象化、感知化。从这种发展中，可以看到曹禺对戏剧冲突表现的着眼点由重情节到重性格到重心理的由外向内的转换过程，作者所受的现代主义戏剧影响于此可见。不过，曹、奥的显著不同是曹禺尽管经历了上面分析的那样一个过程，但最终并没有走向纯主观、纯感情的表现主义的极端，没有象奥尼尔那样企图建立一个在情绪上和精神上都独立无羁的内在世界来切断与外界的联系而完全表现“自我”，而是不破坏生活现象与心理活动本身具有的清晰性、合理性与统一性，从艺术表现来说，主要是现实主义的细腻刻划，而对表现主义、象征主义的借鉴只不过是强化了艺术表现力。

最后，曹、奥在悲剧冲突的外在表现上，更有着不同的情况并由此造成了悲剧的不同风格。奥尼尔在作品中并不刻意追求冲突的表面化和激烈性，而且我们可以看到奥尼尔的创作越成熟，人物间的表面冲突就越小，如果说在他早期作品中，我们还可以看到人物间矛盾冲突的影子，那么在后期剧作中，冲突就完全是内在的，在这些作品中，动作是说明性的而不是进展的，发生冲突的一刹那都很松弛或滞缓。奥剧的内在戏剧性包含于内心活动之中，是在思想感情发生变化的隐蔽过程中产生的，侧重表现人物在采取行动之前和之中的内心活动过程，至于行动本身，作品则很少表现或尽量回避。这种写法的目的是为了突出内在的、心灵的、抒情诗的因素，最大限度地利用时间和空间来刻划人物的内心世界。

在曹禺剧作中，悲剧冲突的外在表现在不同的剧作中呈现出不同的风貌，但总的来说，比较注意戏剧冲突的外在紧张性。强烈的戏剧性主要是通过外部激烈的戏剧冲突造成的，一连串的悬念、巧合、误会、陡转造成了矛盾冲突的波澜起伏，使整个剧本具有情节的传奇性，冲突场面的紧张性，表现出比较浓重的“佳构剧”的痕迹。在《日出》中，表面上没有了《雷雨》那种剑拔弩张的情势，而是平淡与紧张的统一，但在平淡中埋着紧张的因子，潜伏着性格、意志、感情、利害等种种冲突。《日出》中也有平静生活中突然产生的紧急事态，有让人透不过气来的场面，有一浪高一浪的感情波涛，每一幕在开场时几乎都是谈心说笑，似乎平淡无奇，但是潜流在暗中集合，最后奔突而出，人物性格也在紧张的冲突中表现得淋漓尽致，这种特点在《原野》中表现得更为突出鲜明。

悲剧人物

奥、曹两剧中的人物自然属于不同的时代，具有各自独特的思想内涵和性格特征，但综观这些人物仍有着若干共同的特色。

首先，他们的悲剧形象多是处于社会底层的小人物或被凌辱被蹂躏的灰色人物。写英雄还是写普通人，这是现代戏剧与传统戏剧的明显区别之一。历来悲剧都是写英雄的，一直到十九世纪批判现实主义兴起以后，人们开始认识到真正感动人的是那些和我们相同的人，这才使小人物在悲剧创作中占有了地位，到了现代主义兴起以后，“反英雄”则更是一种普遍的倾向了。

奥尼尔作为现实主义和现代主义之间的桥梁，在他的悲剧作品中，小人物占据了中心位置。他主张“努力在似乎是最卑鄙下贱的生活中找到悲剧中那种使人理想化的崇高品质”。① 奥尼尔视这些被遗弃、被蹂躏的人为“朋友”“兄弟”，这实际上是对美国传统观念的挑战。在曹剧中，作为悲剧主人公的也都是社会底层的小人物和灰色人物，这些人物主要有两类，一类是受压迫受剥削的劳动人民，另一类是封建阶级资产阶级营垒受压抑受毒化的人。

其次，他们笔下的悲剧人物都是具有作为社会关系总和的人的丰富性格和复杂心理。现代资本主义社会恶善美丑的混淆，使奥尼尔确认尼采所提出的道德本无好坏的观点。因此，在他的剧作中人物一般并无绝对的好坏之分，他认为人是复杂的，人的性格是多层次的，剧作家就要写出人物的复杂性来，他不满足于仅仅表现人与人、人与社会的关系，他更感兴趣的是人的复杂的心理状态。因此，他在剧作中力图转入到人的内心，用一种高度主观的方法去刻划人隐秘的内心世界，表现人的心理冲突。他反对将人物故意美化或丑化以取得戏剧效果，他曾批评当时流行的公式化的剧本，说那儿“善总是获胜，恶总是得报应……男人要么是英雄，要么是恶棍，女人要么是贞女，要么是娼妇，”在他看来，这种将人物截然分成善与恶的做法是十分浅薄的，不符合生活真实的。因此在他的剧本中，几乎看不到一个英雄人物，也没有什么奸恶之徒，人被表现为平凡的然而又是复杂的日常生活中普通的人，他们有追求，有理想，有崇高的东西，但同时他们又有人类常有的弱点：渺小、软弱、可怜，处于不断追求理想又不断破灭的矛盾痛苦过程中，他们的悲剧也是他们自身性格中善与恶、崇高与渺小之间的矛盾的表现。

曹禺剧中的悲剧人物也是充满错综复杂矛盾的人，作者总是力求深入人物的内心世界写出人物性格的多侧面多层次，而不是简单地描写他们单方面的性格特点，他总是一方面抓住人物性格的主要点来加深扩大，使之鲜明突出，同时又有意识地着力发掘其性格中不完全一致的“情感和理智”矛盾的侧面，把明显与隐晦、尖锐与缓和、激烈与平静交错糅合，使人物性格立体化，做到如黑格尔所说：“人的特点就在于他不仅担负着多方面的矛盾，而且还忍受着多方面的矛盾，在这种矛盾中仍然保持着自己的本色，忠实于自己。”②

奥、曹悲剧中的人物都是精神悲剧的承担者，他们都经历了精神极度痛苦崩溃的过程，这些悲剧人物不是以其壮烈伟大的行为引起人们崇高的美感，而是以其对美的东西的追求但不可得而跋涉的痛苦的心灵历程引起人们的关注、同情与共鸣。这正是奥、曹悲剧人物的真正悲剧性的所在。

奥尼尔由于受到叔本华和尼采的影响，悲观主义成为他创作思想的一个重要方面。在他看来人生不过是一场恶梦，因此他认可叔本华的观点：悲剧的目的就是“再现巨大的不幸”，“在于表现人生的可怕方面，难于言表的痛苦，人类的不幸，罪恶的胜利，机运的恶作剧，以及真正无辜者不可挽救的失败”。③ 奥剧及其剧中人物都渗透了这种悲观主义的

① 《奥尼尔戏剧理论选译》，复旦文学《外国文学》1982 年第 1 期。
② 黑格尔：《美学》第一卷，第 169 页。
③ 叔本华：《意志与表象的世界》，《西方文选论》第 331 页。

思想。主人公的遭遇仿佛都是冥冥中由天意安排的，人们盲目地追求，无望地期待，徒劳地与命运斗争，经历了痛苦的内心历程，但最终仍无法逃脱悲惨的结局。人在自然和社会中的无能为力成为奥剧人物的悲剧性根源。但是另一方面，奥尼尔又是个理想主义者。他笔下的人物都以对理想的追求作为自己的精神支柱，而理想的破灭所带来的痛苦，对理想永远无法实现的清醒意识带来的悲剧的崇高性又渗透了他的人物，奥尼尔紧紧抓住悲剧的本质——人的愿望和人无法改变、无法摆脱的环境之间的冲突（灵与肉的冲突、追求和幻灭的冲突），这种冲突交织在一起，产生一种难以忍受的压抑，使痛苦的灵魂在现实的丑恶与理想的崇高之间挣扎着。

曹剧人物的悲剧性也在于精神的痛楚，他发现这些悲剧人物的真正悲剧性在于生活在愿望之中而没有希望，这个愿望就是作为一个人对性爱自由幸福人生的追求，这种追求是历史的必然要求，是这些灰色人物身上“有价值的东西”，但他们的唯一结局是毁灭。在这个过程中，悲剧人物经历了精神的巨大痛苦，这种精神痛苦不是鲜血淋漓而是埋藏得很深，但比一般的肉体痛苦更动人哀怜。“人生最痛苦的是梦醒了无路可走。”①他们清醒的灵魂掉进了痛苦的巨大深渊，写出了悲剧人物深刻的精神痛苦。

奥、曹两剧人物的悲剧性有相同之处，它们都注力于表现人类的精神悲剧，并表现出不同时代的不同人物所可能达到的共同的深刻程度。自然，奥、曹剧作中悲剧人物体现着不同时代的历史内涵并在作品中占据着不同的位置，在曹剧中，悲剧人物始终是创作的中心，然而，奥剧的人物都往往成为表现一种情调、氛围的手段，前者带有更多的客观实在性，后者带有更多的抽象象征性，这正体现了现实主义与现代主义对人物作用理解的差异。

原载《山西大学学报》（哲学社会科学版）1987年第03期

① 鲁迅：《娜拉走后怎样》。

探求心灵奥秘的启示

刘海平　朱栋霖

如果说洪深仅仅借用了《琼斯皇》的表现主义技巧来表达他对社会问题的剖析，奥尼尔对另一位中国著名剧作家曹禺的影响则是深刻透入底蕴的。曹禺多次谈道："美国奥尼尔也是对我影响较大的剧作家。"曹禺佩服奥尼尔的一个重要方面，是"他不断探索和创造能生动地表现人物的各种心情的戏剧技巧"①。奥尼尔的戏剧艺术与美学思想激发曹禺在主要借鉴易卜生的基础上，去超越易卜生，进一层深探人类心灵的奥秘，促成了曹禺以描述剧中人精神生活为主的、激荡炽热而郁愤压抑的悲剧审美风貌。

已经有许多中外学者对曹禺的《原野》与奥尼尔的《琼斯皇》这两部剧作进行了反复比较。《原野》第三幕、《赵阎王》和《琼斯皇》的显而易见的相似，已经成为中外比较戏剧学者的热门话题。但事实上，奥尼尔对曹禺的影响不仅在《原野》第三幕，而且在曹禺创作的美学思想、对戏剧人物的洞察和对戏剧艺术的不断发展上。当然，这种影响尤其表现在曹禺的两部名剧《雷雨》和《原野》中。

曹禺本人多次谈到奥尼尔，谈到对奥尼尔的倾慕，谈到自己在历时五十多年的创作生涯中所受奥尼尔的影响。"他对奥尼尔作品了解之透、理解之深简直令人震惊。"②

早在1936年，曹禺在《日出·跋》中，曾谈到《日出》第三幕利用了北方妓院的一种特殊的所谓"拉帐子"的习惯，用这种方法把戏台隔成左右两部，在同一时间内可以演出两面的戏。他说："这是一个较为新颖的尝试，我在欧尼尔的戏(如 *Dynamo*)里看到过，并且知道是成功的。如若演出的人也体贴出个中的妙处，这里面有许多手法可以运用，有多少地方可以施展演出的聪明，弄得好，和外面的渲染氛围的各种声响打成一片，衬出一种境界奇异的和调是可能的。"③这是指《发电机》《榆树下的欲望》等剧中用多演区的方法表演剧中人物之间的心灵感应和渲染舞台上整个的神秘气氛。显而易见，至迟在1935年，曹禺对大洋彼岸美国著名剧作家奥尼尔的戏剧已经是相当熟悉了。事实上，这个时间还要提前。

此后，从1937年到1987年，曹禺曾多次在课堂上或报告厅里谈论到奥尼尔戏剧和奥

① 曹禺：《和剧作家们谈读书和写作》，《剧本》1982年第10期。
② 路易：《一次具有开拓性的会议——奥尼尔学术讨论会评述》，《戏剧》1987年第2期。
③ 曹禺：《日出·跋》，文化生活出版社，1936年版。

尼尔戏剧对他的创作的影响。① 尤其是他为即将出版的《奥尼尔后期剧作选》写的序《我所知道的奥尼尔》和 1987 年 2 月 24 日在中央戏剧学院等单位举办的“奥尼尔学术讨论会”开幕式上发表的长篇讲话，对奥尼尔戏剧作了精湛、深刻的评价②。他在“奥尼尔学术讨论会”上热情洋溢的发言及他对奥尼尔戏剧理解之深透，使在座的奥尼尔研究学者击节赞叹。

再没有第二位中国剧作家曾像曹禺那样，同大洋彼岸这位二十世纪戏剧的杰出代表奥尼尔进行过如此广泛、深刻的“对话”。这场“对话”在中国现代戏剧发展史上的意义，给比较文学研究提出了一个重要的课题。

---

① 例如：1937 年，曹禺为文化生活出版社出版《原野》单行本所写的后记中承认，写完《原野》后发现，第三幕中有许多地方都与奥尼尔的《琼斯皇》相似。他在国立剧专教授“剧本选读”时，曾给学生分析过《安娜·克里斯蒂》和《悲悼》，他还曾打算翻译《悲悼》。1957 年，曹禺追述自己所受外国戏剧大师的影响时说：在大学时代，“然后碰到的就是欧尼尔(E. G. O'Neill)。他的剧本戏剧性强。我很喜欢他的前期作品，那些作品是很现实的。”(《曹禺同志谈剧作》，《文艺报》1957 年第 2 期)。1981 年他在《漫谈小剧本创作》中说：“美国剧作家欧尼尔的早期独幕剧，我甚至觉得比他晚期作品，更真实有力。”(《小剧本》1981 年第 1 期)他在《我对戏剧创作的希望》中详细分析了《安娜·克里斯蒂》作为“一部深刻的社会问题剧”的艺术价值(《剧本》1981 年第 4 期)。在《和剧作家们谈读书和写作》中，他具体说明了自己所受易卜生、莎士比亚、契诃夫和奥尼尔四位戏剧大师的影响：“《天边外》是他早期的作品，我很喜欢读。我佩服这个剧作家有几点：一是他不断地探索和创造，能生动地表现人物的各种心情的戏剧技巧；二是他的早期的作品，理解下层水手，是真正从生活中来的。他后来的作品写知识分子，慢慢地走上一条更深奥的道路。奥尼尔有个剧本翻译为《只因素服最相宜》，……戏剧性很强。我年青时读这出戏，觉得奥尼尔很懂戏，岁数大一点，就不喜欢这个剧本了，但这并不是说这出戏没有价值。奥尼尔可以说是美国戏剧之父。”(《剧本》1982 年第 10 期)在《我所知道的奥尼尔》中，这位中国著名剧作家历数自己和奥尼尔戏剧的交往、际遇。曹禺在中学时代就读过《天边外》，“那一对兄弟的悲惨遭遇使我深深感动”；在大学里，他读《悲悼》三部曲，深为惊叹与激动；他还“被《榆树下的欲望》的深刻性感动过”；“后来，我教书了，我对学生们讲过他的《安娜·克里斯蒂》”；1946 年曹禺应美国国务院之邀，同老舍赴美讲学，在纽约马丁·贝克剧院观赏了奥尼尔后期名剧《送冰人》的首演；1980 年曹禺再度出访欧美，在莎士比亚诞生地、英国的斯特拉福城的一个小剧场里，观赏由英国演员演出的《安娜·克里斯蒂》的精彩表演等。

② 曹禺指出：“他的剧本有些是传世的创作，为美国文学开拓了无边的戏剧王国。他是美国话剧的光荣，是美国多少年来罕见的天才。……从下层社会以至到上层社会，他的剧本可以说包罗万象。他的饱满的生活和理智分析使他深究不同的人性。在他笔下，任何题目都吸引你，使你思索，使你惊叹他善于表现的才能和他所赋有的异常的戏剧感。他试过象征主义手法，也用过表现主义手法，但他又似乎不属于哪种流派。我以为他基本上是个写实主义者，深刻的写实主义者。他写出难以言传的美国社会中的悲哀与痛苦。他挖掘揭示人物的性格、心理，那样沉厚深透，以至于我们惊叹人原来是这样复杂，彼此之间又多么隔阂，难于互相理解。他表现了极端的爱与恨，他写了多面的生活和社会。他的舞台象是一片望不到头的海洋，汹涌澎拜，风起云涌，暴风旋来，它的怒潮腾起多么高的浪花。有时又风平浪静，月光照着波纹，海鸥水鸟，波光云彩，但又使人默默感到海下蕴藏着无穷的思想与情感的暗流。”(《我所知道的奥尼尔——为〈奥尼尔剧作选〉写的序》，《外国戏剧》1985 年第 1 期) 他说：“奥尼尔的生活天地和创造天地之广阔，对他剧本开掘之深，表现之丰富关系密切。人生理想与现实之间的深刻矛盾使他感到如此的痛苦，他的作品的特点就在于让人们了解到这种矛盾，但又无法解决因而感到痛苦。他极热爱生活，他找不到解决矛盾的方法，他的海上独幕剧就表现了这种痛苦，绝不肯轻易下笔的。……奥尼尔的悲观思想并不能说明他不热爱生活，他就象拥抱妻子一样拥抱生活，只有对生活有看法，才能写出好作品，我们应当从奥尼尔身上悟出这个道理来。”(路易：《一次具有开拓性的会议——奥尼尔学术讨论会评述》，《戏剧》1987 年第 2 期)

奥尼尔对于曹禺戏剧创作的深刻影响，并不表现为曹禺全盘照搬这位美国原型的一切技巧。曹禺的经验是："学习别人的东西，要善于'化'"，"要学别人的'似'，不要丢掉自己的'真'"①。除了《原野》第三幕，你确实不能立即指出哪是奥尼尔的足印，但是你会感觉到似乎曹禺剧作的许多地方都有些"奥尼尔味"，但又都是"曹禺式"的。奥尼尔的深刻影响和曹禺本人的艺术"自我"糅合在一起了。也许，成功的外来影响都应该如此。外来影响也只有契合并真正被吸收、融化进接受者的创作心灵系统中，成为该作家个人的艺术精神存在，才能在艺术创作中产生有价值的美学影响。这是接受者的审美主体在它所存在与发展的社会审美时空中的自我选择，它总是有选择地指向那些使主体感到亲切与感兴趣的少数审美对象，他以自己的个性、气质为出发途径，去寻找与发现自己的精神近亲。曹禺正是从自己的创作个性、审美主体心理出发去靠近自己的艺术"对话"者的。这一点使奥尼尔和易卜生、希腊悲剧三位一体，在曹禺戏剧审美创造心灵系统中占据同一坐标点位。

曹禺的戏剧审美创造心灵构造中吸收了奥尼尔的戏剧美学思想。他从人道主义和人性出发，深入人类精神生活领域，在描写人性的追求与毁灭、心灵的压抑与燃烧中，致力于刻划爱与恨交织的悲剧心理冲突，形成他独特的悲剧美学特征。

人们已经对《雷雨》的思想意义、社会学价值发表了许多见解，这方面的分析有的甚至已经远远超越了剧作本身的内涵。但是，大家都不愿正视这样一个显而易见的事实：《雷雨》的悲剧冲突基础建构在一系列爱与恨的冲突上，这是一部描写由情欲激发的爱恨交织的悲剧；剧作家为这部处女作写的《序》，并没有张扬易卜生式的"社会问题剧"主张，而是一篇更倾向于奥尼尔戏剧观与精神分析说的悲剧美学主张宣言。

这是一个非常明显的事实。曹禺写于 1935 年的《雷雨·序》中所阐述的悲剧美学思想，无论是悲剧观念、悲剧美学特征、对悲剧人物的看法乃至其表述方式、语言，都与奥尼尔十分接近。

> 奥尼尔说："……我常常深切地意识到一种潜在的力量，你叫它命运也好，上帝也好，造成我们现状的推动生物的人发展的力量也好，总之是一种神秘的力量——同时也深切地意识到人的一个永恒悲剧：人为了使这种力量表现自己，而不是象动物一样，成为表现这种力量的一个微不足道的事件，他进行着光荣的然而又是导致自我毁灭的斗争。"(1925 年)②
>
> 曹禺说："《雷雨》对我是个诱惑。与《雷雨》俱来的情绪蕴成我对宇宙间许多神秘的事物一种不可言喻的憧憬。《雷雨》可以说是我的'蛮性的遗留'，我如原始的祖先们对那些不可理解的现象睁大了惊奇的眼。我不能断定《雷雨》的推动是由于神鬼，起于命运或源于哪种显明的力量。情感上《雷雨》所象征的对我是

① 曹禺：《读剧一得》，《论剧作》，人民文学出版社，1979 年。

② 奎因：《美国戏剧史：从内战到现在》第 2 卷第 199 页。

一种神秘的吸引，一种抓牢我心灵的魔。《雷雨》所显示的，并不是因果，并不是报应，而是我所觉得的天地间的‘残忍’。……连绵不断地若有若无地闪示这一点隐秘——这种种宇宙里斗争的‘残忍’和‘冷酷’。在这斗争的背后或有一个主宰来使用它的管辖。这主宰，希伯莱的先知们赞它为‘上帝’，希腊的戏剧家们称它为‘命运’，近代的人撇弃了这些迷离恍惚的观念，直截了当地叫它为‘自然的法则’。而我始终不能给它以适当的命名，也没有能力来形容它的真实相。因为它太大，太复杂。我的情感要我表现的，只是对宇宙这一方面的憧憬。”①

前一段话，众所周知，集中表述了奥尼尔的悲剧观念与悲剧命运观；后一段话，是曹禺对自己悲剧创作的最初的原始表述，值得重视。他用“我对宇宙间许多神秘的事物一种不可言喻的憧憬”的形象说法表述了自己的悲剧观与悲剧命运观。这与奥尼尔对悲剧人生的思考相当接近。奥尼尔深切地意识到：“人的一个永恒悲剧”，“他进行着光荣的然而又是导致自我毁灭的斗争”。曹禺说：“我念起人类是怎样可怜的动物，带着踌躇满志的心情，仿佛是自己来主宰自己的运命，而时常不是自己来主宰着。受着自己——情感的或者理解的——捉弄；生活在狭小的笼里而洋洋地骄傲着，以为是徜徉在自由的天地里，称为万物之灵的人物不是做着愚蠢的事么？”“他们怎样盲目地争执着，泥鳅似地在情感的火坑里打着昏迷的滚，用尽心力来拯救自己，而不知千万仞的深渊在眼前张着巨大的口。他们正如一匹跌在泽沼里的羸马，愈挣扎，愈深沉地陷落在死亡的泥沼里。”②为了能在舞台上表现出这种对宇宙中“神秘事物”的“憧憬”与悲剧命运观，曹禺认为，在《雷雨》中的八个剧中人物之外，还应有“第九个角色，而且是最重要的，那就是称为‘雷雨’的一名好汉”。他曾设想象旧戏里那样用一个一手执铁钉，一手举巨锤，青面红发的雷公，来象征《雷雨》中渺茫不可知的神秘。由于技巧上不允许，他“总觉得台上很寂寞，只有八个人跳进跳出，中间缺少了一点生命”③。这种悲剧命运观，在《原野》中仍留有种种痕迹。

在《雷雨》《原野》中，悲剧人物面对不可控的悲剧命运仍积极抗争，个人意志与情感激越悲愤，在情感的火坑里舍命地打着昏迷的滚，撞击出炫目的生命火花，体现了悲剧的崇高。曹禺对悲剧人物主体生命意志的张扬，有着叔本华、尼采“生命意志”“超人哲学”的影响。他曾读过“那多少被认为洪水猛兽的书籍”，“流着眼泪，赞美着这些伟大的孤独的心灵”，倾听“旷野里那伟大的凄厉的呼声”④，他“同情叔本华对生活的深沉的忧郁。……热爱尼采丰盛的生命力与超人的思想”⑤。这同奥尼尔中期悲剧，如《榆树下的欲望》《悲悼》在不可知的、神秘的悲剧命运下张扬悲剧人物主体生命意识，是同出一源的。

在奥尼尔的悲剧思想与悲剧命运观中，精神分析学的情欲与“情结”占有突出重要的

① 曹禺：《雷雨·序》，文化生活出版社，1936 年版。
② 曹禺：《雷雨·序》，文化生活出版社，1936 年版。
③ 曹禺：《日出·跋》，文化生活出版社，1936 年版。
④ 曹禺：《日出·跋》，文化生活出版社，1936 年版。
⑤ 《作家笔会》，《剧校回忆录》，春秋杂志社出版。

地位。是情欲与各种变态“情结”充溢了悲剧人物的生命，激发起他们与命运抗争的生命主体意识，也是情欲与各种变态“情结”导致他们走向毁灭，体现出悲剧的崇高。《榆树下的欲望》《奇异的插曲》《悲悼》都是如此。艾比和伊本、卡伯特和孟南一家三代六条人命都纠缠在种种情欲与情结交织成的爱与恨的悲剧命运中。这是奥尼尔中期剧作悲剧冲突的典型特征。

就剧作的思想内容与社会意义方面说，《雷雨》提出了一个社会问题，即个性解放的女性在封建专制的资产阶级家庭中的命运。在这方面，《雷雨》倾向于易卜生的“社会问题剧”，但是就悲剧冲突的特征与悲剧人物的情感特征而言，《雷雨》又不同于易卜生，而更倾向于奥尼尔中期那些描写情欲的悲剧。曹禺酝酿《雷雨》有五载，各种素材与人物原型早已烂熟于心，为何要迟至1933年才动笔呢？我们认为，这就象已经接近成熟的事态，正等待一个突发的、偶然的事物为“中介”，使之迅速成熟罢了。这个“中介”就是曹禺在大学时代接触的奥尼尔的《悲悼》《榆树下的欲望》等剧作。

《悲悼》首演于1931年，曾轰动欧美，在中国也有反应。曹禺在清华大学时经常阅读美国的《剧场月刊》等戏剧刊物。引导他走上戏剧道路的南开大学教师张彭春熟谙美国戏剧，并且已从美国考察归来，当然会带给他美国剧坛新信息。曹禺一向倾慕希腊悲剧，现在他又从《悲悼》等剧中惊奇地看到奥尼尔完全赋予希腊古典悲剧以现代的解释：“爱情、情欲主宰了一切。弗洛伊德的学说是一个幽灵，缠住了戏中的人物。读了这本长戏，我惊叹奥尼尔善用人物的变态心理和相互的爱与恨的关系：这部结构十分紧密的三部曲，它使我不能不一直读下去。我料到在舞台上它也会叫人喘不出气来地看下去的。”他“被《榆树下的欲望》的深刻性感动过”，“在奥尼尔笔下，真实的爱与对财产的贪婪成了难以调解的矛盾。……希腊悲剧曾经有过类似的故事。然而奥尼尔却在美国一个农场里铺续起这个故事。剧中每个人物的性格都充溢着鲜明的美国乡土味。他刻划人物是既深又狠的。两种欲望激烈的争斗，那种残酷性使人战栗，使人觉得奥尼尔对人生探索得多么深透。”①

奥尼尔悲剧的启发，激发了曹禺的戏剧创作灵感。如果曹禺满足于写一部易卜生式的“社会问题剧”，他早就可以完稿，但他需要超越，需要找到新的美学范本，他要发现自己的创作个性。因此，希腊命运悲剧、易卜生式的“社会问题剧”，与奥尼尔式的精神悲剧三者都融合在《雷雨》之中了。若问曹禺创作《雷雨》是否受到弗洛伊德精神分析学影响，我们的回答是肯定的。他对《雷雨》《原野》的剧中人蘩漪、金子、仇虎的充沛丰盈的情欲、情感的倾注笔力的渲染，就是明证。《雷雨》剧中人的复杂的爱与恨的纠葛、“母子”乱伦、兄妹乱伦，《原野》中焦母对大星的爱、对金子的妒恨，都是对“俄狄浦斯情结”及各种变态情欲的剖析。他的《雷雨·序》起因于否认评论家刘西渭指出的该剧受欧里庇得斯悲剧、拉辛《费德尔》的影响，因此该序言的开头几段措辞相当谨慎。但是就在这几段严谨的文字

① 曹禺：《我所知道的奥尼尔》，《外国戏剧》1985年第1期。

中，曹禺使用了下列词汇："潜意识""自卑意识"[①]等。这些显然都是弗洛伊德精神分析学的重要概念、术语。熟知医学并且早在二十年代就在自己创作中自觉运用精神分析学的著名文学家郭沫若，于 1936 年为《雷雨》日译本作序，就立即发现个中奥秘："作者于精神病理学、精神分析等，似乎也有相当的造诣。以我们学过医学的人看来，就是用心地要去吹毛求疵，也找不出什么破绽。在这些地方，作者在中国作家中应该是杰出的一个。"[②]

最惹人注目的是蘩漪。这位挣扎着要冲出家庭束缚的女性，当然比较容易使人想到娜拉。但是，她炽热的情感，那交织着最残酷的爱和最不忍的恨的生命，那满蓄着抑压的阴鸷性的"力"和一颗强悍的心，更应使人联想到艾比与克莉斯丁。娜拉是理想的典型，蘩漪是情感的代表。蘩漪与艾比、克莉斯丁又都是原有家庭中最激烈的反抗者、破坏者，都是"雷雨"性格的女性。《悲悼》中的克莉斯丁执着于感情的追求，她所企求的安乐与温暖，同她所处的孟南家族世代相仇的窒息气氛极为对立。在为冲出家庭进行的斗争中，她杀死了丈夫，但在情人被暗杀后，她又不愿苟活，终于以身殉情。艾比大胆泼辣，过于丰盛的生命中洋溢着炽热的情感，她那渴求自由和爱情的性格，使她无法忍受卡伯特的冷酷无情。她在争夺遗产的过程中，对埃本产生了真挚的爱情，她为证明自己的爱而亲手杀死了她和埃本的儿子——一个能够给她带来财产的儿子。爱情胜利了，情爱获得了最高意义的满足，他俩人都去领受法律与道德的惩罚。艾比与克莉斯丁为争取和维护自由和真挚感情不惜一死的极端性格，使人联想到蘩漪在沉闷压抑的周公馆里所作的"困兽的斗"。曹禺让蘩漪步着她俩的后尘。蘩漪的结局不是"娜拉式"的，这一点更切合中国当时的社会现实。《雷雨》的基本情节冲突象《悲悼》等奥尼尔悲剧一样建构在由情欲激发的爱与恨交织的冲突基础上，而社会意义方面则是"社会问题剧"。

从这个角度说，蘩漪所面临的爱与恨的情爱悲剧冲突，又是一个涉及到个性解放的女性与封建专制统治势力的矛盾。她与周朴园的冲突体现了这场斗争的实质，她与周萍的冲突就是由此引起的。而曹禺着力通过蘩漪与周萍的情爱冲突，从更深刻的意义上来反映个性解放女性与封建专制统治势力的尖锐矛盾。

蘩漪，这是一颗压在封建专制主义沉重磐石下的种子。这粒种子本来可以开放出繁茂鲜艳的花朵，现在却被窒息了生命的呼吸。这就是蘩漪从周朴园那里遭逢的悲剧，一个追求个性解放的女性在家庭生活中受到封建专制主义精神折磨与压迫的悲剧。蘩漪心灵上还有另一层更不忍的痛苦，这痛苦来自另一个冲突——她与周萍的悲剧冲突。周公馆枯寂的牢笼生活使她的心灵慢慢萎死了，是周萍叩开了她的心扉。爱情的风帆刚在她心海上升起，又被残酷地扯了下去。周萍的行为使她遭受又一个悲剧：要求摆脱封建压迫的女性在爱情追求中遭到抛弃的又一次绝望的悲剧。封建恶势力以双倍的压力摧折着蘩漪

① 曹禺说："但尽管我用了力量来思索，我追忆不出哪一点是在故意模拟谁。也许在所谓'潜意识的下层，我自己欺骗了自己"；他又说："这一年来，批评《雷雨》的文章确实吓住了我，它们似乎刺痛了我的自卑意识，令我深切地感触自己的低能。"（《雷雨·序》，文化生活出版社，1936 年版）

② 郭沫若：《关于曹禺的〈雷雨〉》，《沫若文集》第 11 卷，人民文学出版社，1961 年版，第 113 页。

这颗女性柔弱的心。她承受着双重的打击，双重的失望，双重的痛苦，双重的悲剧。终于，从她那颗受尽蹂躏的心灵中升腾起一股不可遏抑的力量，她在这双重的悲剧冲突中挣扎着，搏击着，从中凸现出一颗“交织着最残酷的爱与最不忍的恨”的灵魂，表现在行动上则是不顾一切的追求，不顾一切的反抗与报复。在“最残酷的爱与最不忍的恨”的性格交织中，她的内心向着变态发展。爱变成恨，倔强臻成疯狂。这就将悲剧作了更独特而深入的发掘。她在绝望中的反抗，是一个被压迫女性的血泪控诉，是对封建专制主义无情的揭露和抗争。她那火炽、强悍的灵魂的最不同寻常之处，是对封建道德彻底蔑视的勇气。一个后母与名分上的儿子相爱，已被社会认为是大逆不道的罪恶，然而蘩漪却毫不犹豫地把自己的性命与名誉一齐交出来，并且什么都不顾了。怯懦的周萍表示后悔，蘩漪反驳说：“这不后悔，我从来做事没有后悔过。”封建势力与封建观念禁锢着她的身体，她却冲破桎梏，在精神上把自己彻底解放了，表现出对封建势力及其观念最勇敢的反叛，在道德问题上最充分的自信。剧中描写的是乱伦，而曹禺要肯定的则是蘩漪个性解放的要求和反叛封建道德的勇气。这中间有娜拉“妇女解放宣言”的回响，也有克莉斯丁、艾比式的情感喷爆，当然这又是蘩漪的，是“曹禺式”的。

易卜生的问题剧没有跳出佳构剧的窠臼。奥尼尔刻划人类精神生活与性爱的悲剧大都带有情节剧的倾向，他懂得舞台，知道怎样才能取得最佳舞台效果。《悲悼》运用各种手段创造压抑紧张、阴森恐怖的舞台气氛，这也是剧中人的心态气氛。他的剧中人物不多，然而互相之间的矛盾却盘根错节、错综复杂。他善于构筑紧张激烈的心理冲突，富有极强的戏剧感。奥尼尔这一艺术特征，得益于他父亲一辈子演出的那种浪漫主义情节剧，得益于贝克教授的“英文 47”，得益于易卜生的戏剧。一向敬佩易卜生的曹禺，也一再称赞奥尼尔“很懂戏”，“具有敏锐的舞台感”，惊叹“他赋有的异常的戏剧感”，他的剧作“戏剧性很强”①。

曹禺还赞赏奥尼尔戏剧刻划人物心理、情感、欲望和由此形成的浓厚的抒情风格。曹禺的剧作中，既有在易卜生影响下形成的高度戏剧性，又有得力于奥尼尔剧作的深刻的心灵冲突，两者糅合贴切，构成了“曹禺式”的紧张激荡、压抑郁愤的悲剧风格。奥尼尔具有诗人气质，有的评论家称他的有些作品“诗意盎然，恰似一团熊熊燃烧的烈火”②，而中国评论家李健吾亦称曹禺的“现实主义塔尖立着一位热情奔放的诗人”③。

在另一部受奥尼尔悲剧影响的剧作《原野》中，激荡阴郁、忧愤紧张的悲剧风格与手法也是如此。剧中角色少，但四个人物之间各种矛盾错综复杂，一个悲剧后面隐藏着另一个悲剧。每个人物都怀着深仇宿怨，戏剧开幕已面临危机，“过去的戏剧”推动着“现在的戏

① 曹禺：《我所知道的奥尼尔》，《外国戏剧》1985 年第 1 期。

② 约翰·梅森·布朗语，美国《星期六评论》，1946 年 10 月 19 日，转引自《外国文学》第 1 辑（1980 年）第 228 页，复旦大学外国文学研究室编。

③ 李健吾：《改编剧本》，《李健吾戏剧评论选》，中国戏剧出版社，1982 年版，第 201 页。

剧"，斗争难分难解，戏剧冲突跌宕起伏、紧张热烈。曹禺塑造戏剧人物重在刻划灵魂，他在《原野》中再次将笔深深透入剧中人心灵的堂奥。剧中几乎每一场面、每一冲突都处于紧张的心灵搏击之中。《原野》中的种种冲突又全在阴风惨惨的黑夜里发生，作者将自己创作个性中愤懑、焦灼的审美激情渗透在情节与场面中，全剧始终汹涌着一股由仇恨、爱恋、妒恨、凶暴、痛苦交织起来的感情的激流。这些就形成了《原野》的悲剧风格，具有"曹禺式"的抒情个性：蒸腾着不可遏压的愤懑，奔涌着紧张热烈，汹涌激荡的巨流。

由此，我们看到，对于曹禺来说，奥尼尔与易卜生一样具备了成为他创作个性与审美主体心理的"精神近亲"的品格。这位中国剧作家受到西方人道主义与个性解放思想感召，总是从人性，从被压迫女性的命运与追求的角度去感受生活，形成他对人生进行艺术概括的独特性；他深入人类精神生活领域，描写人性的追求与毁灭、心灵的压抑与燃烧，以剧中人心灵深处涌起的思想、意志、情感、欲望的变化形成情感波涛的起伏动荡，构筑紧张激荡的戏剧冲突；他的个性偏于忧郁，小时候"整个家庭都是郁闷的"[①]，造成他"素来有些忧郁而暗涩"[②]，对生活中悲剧性事件具有特殊的敏感，审美情感中包蕴一股令人窒息的悲剧压抑感，他的内心也是"雷雨"的，"雷雨"式的激荡热烈、压抑忧愤。因此，曹禺在戏剧美学指向方面不可能倾向于他人。例如，高乃依等古典主义戏剧的内容同曹禺当时所关注的中国社会问题、人类心灵情感相去甚远，梅特林克、斯特林堡的象征主义、表现主义戏剧冲突不够尖锐激烈，莫里哀的喜剧艺术、肖伯纳的机智幽默不甚切合曹禺的悲剧缪斯，莎士比亚那宏伟博大的戏剧境界不是一位青年艺术家立即就能到达，而要真正领悟契诃夫那"深邃艰深"、别开生面的艺术，还需时日。只有易卜生、希腊悲剧、奥尼尔才最契合曹禺的创作个性。易卜生的"问题剧"式的社会思考和诱人的戏剧性，奥尼尔对悲剧人生与人类心灵情感的探索，对于曹禺都是最具魅力的启示。

如果说在《雷雨》中，曹禺以自己的创作个性融合了三者，那时候他基本上还是个易卜生的门徒，那么在他的第三部剧作中，曹禺向自己提出了新的课题。在《雷雨》《日出》中，他主要是通过再现客观生活本身来描写剧中人的精神生活，在《原野》中，他却要探索表现人物灵魂的新技巧，将人的内心世界舞台化，将人的精神生活的流动变化直接表演在观众面前，从中追求戏剧性的新颖形式。他从易卜生进一步走向奥尼尔。奥尼尔一直在"探索和创造能生动表现人物的各种心情的戏剧技巧"。继洪深之后，曹禺在《原野》中再次借鉴《琼斯皇》，在自己的创作个性中吸收表现主义艺术，发展了戏剧观。对于美国原型来说，《原野》是一部既受其影响又有创造性的作品。

从戏剧表层看，《原野》第三幕与《琼斯皇》一样都是描写人的恐怖心理。剧中仇虎的复仇，可以说是一个具有社会意义的悲剧，但更是一个深刻的心理悲剧。戏剧的外部冲突——仇虎的复仇反映了处于黑暗中的农民的挣扎与反抗，以及因个人反抗找不到出路

① 《曹禺同志谈剧作》，《文艺报》1957 年第 2 期。

② 曹禺：《雷雨·序》，文化生活出版社，1936 年版。

而惨遭失败的命运;悲剧人物的内心冲突——仇虎的内心矛盾、恐惧与心理自我谴责,蕴含着造成悲剧的成因。戏剧冲突的两条线索互有起伏,至后半部逐渐靠拢,合而为一。仇虎所杀者是无辜的,他的行动受到封建伦理道德因素影响,在仇虎认为“父债子还”,杀死焦大星、小黑子是可行的,而其实是十分愚昧的。他的反抗并没有触动黑暗势力,却使自身陷入谴责与痛苦中,产生了悲剧性的内心冲突,掉进恐惧的“心狱”而不能自拔。第一、二幕已经笔酣墨饱,描写了仇虎的外部戏剧行动与内心戏剧冲突,当第二幕结束,仇虎开枪击落焦阎王画像,夺门而走时,他的神经已开始错乱,内心的谴责与恐惧占据了他的心灵,而焦母又在向仇虎追索小黑子的冤魂。戏剧急转直下,如箭在弦,不得不发,剧作家必须淋漓尽致地描写仇虎内心冲突的高潮。

因此,《原野》第三幕仇虎在森林中潜逃的一场就充满了情绪的力量。这一幕共有五景,又采用了许多与《琼斯皇》相似的表现主义戏剧因素,如主人公逃跑时的恐惧心理,他的喃喃独白,幻觉中过去生活经历的再现,舞台上无声的幻象以及黑幽幽的森林和催命的鼓声①。《琼斯皇》蕴含在表面戏剧情节之中的深邃的象征意义当然是消失了。仇虎潜意识中过去生活经历的意象是按照事件发生的时间先后顺序出现的。曹禺描写这些,意在重现他所遭受的种种不公,揭露以焦阎王为代表的黑暗统治者的凶暴残忍,控诉农民所受的深重压迫与苦难。同时仇虎在这种种幻象的纠缠下拚命挣扎、苦斗,他的反抗的意志越来越顽强,而他深深的恐惧与迷乱则反映出愚昧与迷信所造成的内心悲剧性的冲突。美国著名戏剧理论家艾尔默·赖斯说:“表现主义努力尝试超越仅仅是再现生活,而达到阐述生活。作者并不努力于忠实地描述事件,而是告诉观众这些事件的内在含义。为此,剧作家经常觉得有必要完全离开客观现实而采用象征、浓缩与许多在保守者看来是随心所欲的以及荒诞不经的手法。”正是由于运用了表现主义手法,曹禺才出色地描写了仇虎恍惚迷离的精神状态,成功地展示了一幕农民复仇的心理悲剧。

但《原野》第三幕不是原型的简单模仿,曹禺善于将原型中对自己有价值的技巧创造性地吸收到自己作品中,他借鉴外来艺术善于“化”。他运用针线细致绵密的穿插,层层渲染铺垫,来描写仇虎幻觉产生的过程。奥尼尔描写琼斯幻觉意象的产生主要依仗森林夜色的恐怖、饥饿时的空虚感、迷路者的慌乱和土人战前原始宗教舞蹈的阵阵鼓声,每次幻觉出现都比较突兀,当然,这种突兀跟奥尼尔要表现人在极度恐惧下,脑海中无意识地跃现出过去可怕的情景的创作意图是一致的,跟全剧的表现主义戏剧风格是吻合的。曹禺在《原野》中除了保留《琼斯皇》原有的戏剧因素外,进一步发挥了在《雷雨》《日出》中就显示出来的艺术特长,而且有所创新。第三幕第一景的最后任务是写仇虎完全进入迷乱状态,在幻觉中看到自身的幻形。仇虎的幻觉,一变单调冗长的长篇独白而为更易于中国观众接受的富有戏剧性的对话、独白的交互使用。在前两剧中,舞台上只有主人公一人,而

① 按四川人民出版社1982年版《原野》单行本,曹禺将鼓声改为庵里招魂的木鱼声、磬声。

深知我国剧场规律的曹禺，在仇虎身边安排了金子，又拉上常五作人质，还有焦母托着小黑子尸体过场，每一角色都与仇虎发生关系，起了诱发与推动仇虎潜意识活动的作用。

人的幻觉的产生需要有一个过程。第一景开始，仇虎在幕内远处惊呼："灯！红灯！"焦母叫魂的红灯一开始就出现在仇虎视觉中，使仇虎带着一种恐惧心理上场。这盏灯贯穿着这一景的始终，焦母的阴影也始终控制着他的心理。接着曹禺又安排了四层铺垫，自然巧妙而又层次分明地为仇虎内心幻想的出现作了心理引导①。曹禺为仇虎幻觉意象的产生所作的心理准备与引导，不仅细致自然，层次分明，而且符合人的心理规律。现代心理学告诉我们，在人的全部心理活动中，有意识和无意识生活的一切活动，按其产生的方式来说，都是反射。没有外部的感性的刺激，任何思想都是不可能的。《原野》中这一系列情节中的许多细节铺垫、气氛渲染都是促使仇虎心理幻觉产生的最强有力的外部感性刺激，又作用于他所感受的过去的生活影响。奥尼尔的表现主义艺术已经融化进曹禺的戏剧创作系统。正如一位海外评论者所说："《原野》非常灵活地吸取了原型的形式和手法，从而形成自己独特的风格。"②

如果说曹禺在描写仇虎幻觉意象的产生时取得了成功，那么，在直接表现幻觉意象活动时则略嫌不足。人物潜意识是思想和情感的自由的、不规则的流动，它不受时间与空间的限制，也不受客观现实与主观幻想的约束。因此艺术表现的一个重要特点就是通过时间与空间跳跃颠倒，现在与过去、未来的交错出现，现实与幻想的互相融合，来反映人物的白日梦的真实感，因为这一切并非真的发生的现实事件而仅仅活动于人物的幻觉中而已。奥尼尔刻画琼斯幻觉心理时创造出一片朦胧迷乱的意境，而曹禺描写仇虎催眠状态中对过去的回忆，如上述第二景中，则清晰如事件再现，过实象当事人当场搬演。这固然能使我国一般观众易于理解，但太清晰则过于理智，过实则反失其真。这在第四景仇虎看到阎罗王的场面中更为明显。这一景由于过多地受到中国传统戏曲中'阴审'的影响，本应更虚幻的事件反而更落实，并且缺少新意。这给《原野》带来另一问题，尝试新的艺术技巧的兴趣使作者忽略了对人物形象应作更准确的把握。艺术表现贵在适度，失去了适度就削

① 剧中有这样四层铺垫：常五一个劲儿称金子为"大星媳妇"，这"大星"两字深深触痛了仇虎谴责与悔恨的心灵，一提到它仇虎就犯糊涂，他朝空放枪，表明他内心已由刚上场时的恐惧开始迷乱，这是一。紧接着他知道焦母一定也在这林子里，一步一步地跟着自己，"那，那红灯就是她！"恐惧更增加了。常五又提起小黑子，再一次触痛他的潜在心理，他狂跳起来："天哪！"剧烈的谴责与悔恨使他的恐惧与迷乱愈益加剧，这是二。金子要他小心手上的血，他悔惧地："这心跟谁能够说得明白，啊。这林子好黑！"长叹一声。这叹气，这"好黑"的语言是大星临死前的梦呓。由于这种语言的暗示与引诱，仇虎进入了催眠状态喃喃自语起大星的梦呓，进一步激起为大星惨死的恐惧、悔恨。他的心灵结构因而不断破散、崩裂、瓦解，终于完全失去自持能力而进入催眠状态，这是三。最后，焦母叫魂来了，庙鼓沉沉，红灯恍惚，红灯与叫魂声。一灯如豆，在黑幽幽的森林夜色中闪烁恍惚，如鬼火飘动，如鬼魂悠游；焦母惨厉的叫魂声震动恐怖的夜空，既有谴责又有地狱鬼魂尖嗥的恐怖，猛烈地摇撼着仇虎的心灵支柱，他的心灵彻底瓦解，大叫一声："这简直是到了地狱！"掉进了心狱中的仇虎终于神经迷乱，在幻觉中看到了他自身的幻形。

② 陈大卫：《奥尼尔〈琼斯皇〉的两个中国翻版》，《现代戏剧》1967年第6期第435页。

减了艺术的价值。当然这些并不影响《原野》艺术探索的基本成就。曹禺最初从易卜生出发，走向奥尼尔。洪深的失败并不证明此路不通，他和后来者曹禺在现实主义中大胆吸收表现主义艺术，探求艺术新路，足见中国现代戏剧家在创造二十世纪中国现代戏剧艺术过程中探求同世界戏剧“对话”的胆略、勇气与创造精神。

《琼斯皇》的鼓声终于在中国舞台敲响，西方现代戏剧的表现主义经历曲折的历程终于步入中国剧坛。这就是奥尼尔对中美文化在戏剧中的交流和对我国现代戏剧的发展所作出的重要贡献。

原载《中美文化在戏剧中交流——奥尼尔与中国》，南京大学出版社 1988 年版

曹禺剧作艺术探索(节选)

华忱之

第二节 借鉴表现主义

曹禺的《原野》在创作方法和艺术技巧上显然受有美国现代优秀剧作家尤金·奥尼尔(Eugene O'Neill,1888—1953)的某些表现主义手法的启发和影响,特别是和奥尼尔的剧作《琼斯皇》(*The Emperor Jones*,1920年作)有不少共通的特色。奥尼尔平生戏剧作品甚多,早期的作品有《东航卡迪夫》等,二十年代至三十年代的代表作有《琼斯皇》《天边外》《毛猿》《安娜·克里斯蒂》等。奥尼尔的剧作打破了传统话剧的规范,在艺术技巧上锐意创新,运用表现主义戏剧手法描写人物在幻觉中的潜意识,挖掘人物自身的内心冲突,表现人物被扭曲了的变态心理,努力于"潜在情绪的戏剧化"。在他笔下的人物大多不能掌握自己悲剧性的命运,摆脱苦难前结局,从而对资本主义社会生活不合理性进行揭露。他早期的作品跃动着反抗的热情和浓厚的诗意,有较强的现实性,晚期有的作品带有神秘主义色彩。

《琼斯皇》全剧共分七场,主人公琼斯是一个美国越狱的黑人逃犯,逃到西印度群岛的一个小岛上,在伦敦商人亨利·施密塞的引诱下,他利用从资本主义社会学来的狡黠手段,欺骗了当地的土人,竟做了岛上的皇帝。后被土人识破后,起来反抗。他在追捕的鼓声中逃到黑树林里,企图穿过黑树林逃回美国,但他迷了路,于是在恐怖心理支配下出现了各式各样的幻象:小而无形的"恐惧"们从树林黑处爬出来;又看见了被他杀害的黑人泽夫的幻象;还看见了他当年在监牢中和黑人一起被奴役的情景,他开枪向那看牢的白种人的幻影打去。接着,琼斯便进行了自我忏悔,他向上帝祈祷说:"我是个可怜的犯罪人。"他说,他错杀了黑人泽夫,他不应该欺骗土人,他祈求上帝饶恕。后来在他的幻觉中又再现了他过去在种植园被拍卖给白种人的场景,他又向那拍卖人和种植家的幻影连发两枪。最后,又在他的幻觉中出现了一个刚果巫医的形象,巫医警告琼斯,要牺牲他的性命。他就在蓬蓬鼓声和魔鬼奔叫声中,感到无名的恐惧,他终于没有逃出黑树林,被打死了。剧本通过幻觉和隐喻象征手法,在充满恐怖紧张的氛围中,表现了深受种族歧视和迫害的美国黑人的内心世界和生活的悲剧。被认为是表现主义的作品。

表现主义是二十世纪初期流行于西方,以绘画、音乐、诗歌、戏剧为主的文学艺术流派和文艺思潮,就戏剧而论,它的基本特征是,不满足于反映生活真实的表面化、平庸化,而强调表现人的内心生活，特别是深藏在人们灵魂深处的潜意识；强调要把人们的潜意识外化为具体可感的舞台形象。为了达到这一目的，表现主义戏剧往往采用人物的内心独白、梦境、幻觉等艺术手段，并“借助一种象征的语言或表演，加上布置和灯光”，把人物的“思想、他的下意识的心灵，他的行为简括地表现出来”。① 他们刻意追求奇幻怪诞的舞台景象所产生的艺术效果，强化紧张逼人的环境气氛，强调形象诉诸感觉的直觉，而不注意讲求现实生活中细节的真实。

奥尼尔的剧作在三十年代初期对中国话剧界发生过相当的影响。洪深一九一六年由清华毕业赴美留学后，曾经在哈佛大学就学于美国著名戏剧家贝克(Baker)教授，读他的戏剧编纂课“英语四十七”。奥尼尔也是贝克教授的学生，和洪深先后同学。奥尼尔的剧作《琼斯皇》《天边外》等均曾被介绍到中国来，而洪深和顾仲彝便是《琼斯皇》剧本的最早翻译者。洪深当时还编著有《奥尼尔年谱》，介绍了奥尼尔的生平和作品。《年谱》和《琼斯皇》的译文一并发表在《文学》二卷三期上。洪深一九二二年写成的剧作《赵阎王》，也深受《琼斯皇》的影响。据他自述：《赵阎王》“第二幕以后，我借用了奥尼尔的《琼斯皇》中的背景与事实——如在林子中转圈，神经错乱而见幻境，众人击鼓追赶等等。”②曹禺在清华就学时就接触过奥尼尔的作品，并深深受到吸引和影响。据解放后他回忆说，奥尼尔的“剧本戏剧性很强，我很喜欢他的前期作品，那些作品是很现实的”③。又说：“美国奥尼尔也是对我影响较大的剧作家。《天边外》是他早期的作品，我很喜欢读。我佩服这个剧作家有几点：一是他不断探索和创造能生动地表现人物的各种心情的戏剧技巧；二是他早期的作品，理解下层水手，是真正从生活中来的。他后来的作品写知识分子，慢慢地走上一条更深奥的道路。”④由此可见，曹禺所以欣赏奥尼尔的作品，主要是欣赏它的现实的戏剧性和生动地表现各种人物心情的戏剧技巧，这正是奥尼尔和曹禺共同追求的美学原则和艺术目标。

毫无疑义，《原野》和《琼斯皇》在艺术处理上确有某些相通之处，但这决不是曹禺写作《原野》时对《琼斯皇》的有意摹拟。正如他所说，此剧“采用奥尼尔氏在《琼斯皇》中所用的，原来我不觉得，写完了，读两遍，我忽然发现无意中受了他的影响”⑤。曹禺正是为了探索新的表现技巧，也为了强化现实主义塑造人物性格的深度，因而才创造性地借鉴了奥尼尔表现主义的某些戏剧手法，把它融化到《原野》的艺术创造中去。《原野》尽管在艺术处理上与《琼斯皇》有某些相通之处，但是，这两个剧本实际上是有着很大区别的。无论就思想、艺术表现的深度和广度而言，《琼斯皇》都不能和《原野》相比拟。《原野》所追求、所探索的远远比《琼斯皇》深广得多。《琼斯皇》虽然表现了深受种族歧视的美国黑人的内心冲

---

① 克拉克：《现代戏剧研究》，转引自劳逊《戏剧与电影的剧作理论与技巧》。
② 洪深：《中国新文学大系戏剧集·导言》。
③ 张葆莘：《曹禺同志谈剧作》，《文艺报》1957 年第 2 期。
④ 曹禺：《和剧作家谈读书和写作》，《剧本》1982 年第 10 期。
⑤ 曹禺：《原野·附记》，《文丛》1937 年第 1 卷第 5 号。

突和生活的悲剧，但琼斯却是利用从资本主义社会学来的狡黠手段，欺骗和剥削了当地的土人，做了岛上的统治者。他对种族歧视和阶级压迫缺乏自觉的反抗意志，而《原野》则是描绘了被压迫的广大农民的逐步觉醒和走向反抗斗争的艰难曲折的心灵历程。展现了农村阶级对立的图景，对农民的命运和出路进行了深刻的探索，也寄寓着作者对未来光明的憧憬。在人物塑造上，《琼斯皇》中的人物形象较之《原野》单薄得多。《原野》最值得称道的仍然是人物的创造。作者有意识地通过仇虎与大星、仇虎与金子、金子与焦氏的性格对比和反衬，刻划了他们各自不同的鲜明的个性。作者赋予焦氏以一双瞎眼，一根铁拐杖，这就不仅强化了焦氏特有的性格，而且对剧本情节纠葛的推动也起了微妙的作用。奥尼尔有些剧作中的人物，一般说来，大多“受宿命或奇想所控制而不受自觉意志的指挥”，往往“以心理学的概念代替具体的意志活动”①。曹禺不同于奥尼尔，《原野》更不是《琼斯皇》的翻版。《原野》描写的是中国农民复仇的故事，仇虎的性格和心理也比较真实地展现了一个生长在旧中国农村里苦难深重的农民所具有的强烈的反抗复仇的意志，带有时代、民族的特性。特别在戏剧手法和舞台效果的处理上，在民谣俗谚和传统曲调的运用上，都展现出作者独特的审美个性。例如他在剧中采用了两个我国传统曲调作为背景音乐，一个是第一幕仇虎与金子调情时唱的那个“正月里探妹正月正”的小调，一个是在第一、二、三幕连续唱出的那个“妓女告状”的曲调。这两个曲调的穿插运用，都紧密结合戏剧纠葛的逐步激化，有力地渲染了环境气氛，烘托出人物内心世界的矛盾苦闷，同时也推动了剧情的开展。很巧妙地把表现主义戏剧技巧和传统的民族风习溶合在一起，把原来属于外国现代派的戏剧手法加以民族化，把它融化于我们民族生活中，用以塑造人物性格，从而形成作者独特的美学风格。因此，我们评价《原野》，既不可把曹禺和奥尼尔的哲学观点、文艺思想混为一谈，把《琼斯皇》创作上的某些缺点和《原野》相类比，从而把对奥尼尔的思想倾向、创作倾向的分析批判不加区别地用来分析批判曹禺的思想和创作，也不可把作品中的人物思想、心理活动与作家本人的思想和心理刻板地等同起来。应该承认，作者的审美主体思想和审美对象反映出来的思想是有一定联系的，但在更大程度上，两者往往是有重大区别的，不容混为一谈。

人类的生活是繁富多采的，作家在文艺作品中，通过艺术形象反映社会生活时，也应该允许他们结合自己的创作个性，采用不同的创作方法进行创作。他们可以采用现实主义或浪漫主义创作方法，也可以采用其它一些创作方法。如鲁迅的某些小说和《野草》，都不是采用单一的创作方法写成的，郭沫若的一些创作，也有类似情况。这中间“必须保证个人的创造性，个人爱好的广大空间，思想和幻想、形式和内容的广大空间”。因之，我们评价《原野》，就不应该仅仅把现实主义创作方法作为评价作品成败得失的唯一的标尺，单纯用现实主义这把标准尺来衡量和批判《原野》的某些不足。巴金一九四〇年十二月写的《蜕变·后记》中有一段话说得很好，可供我们参考。他回忆六年前在当时北平翻读《雷

① 劳逊：《戏剧与电影的剧作理论与技巧》第 182 页。

雨》原稿时被感动下泪的情景后说:“《雷雨》是这样地感动过我,《日出》和《原野》也是。”“六年来作者的确走了不少的道路。这四个剧本就是四方纪程碑。”曹禺正是以《原野》胜利地结束了他创作道路上的第一个阶段。

在这期间,曹禺还改编了独幕话剧《镀金》。

一九三六年十月,曹禺改译米尔恩作独幕剧《戏》,由马彦祥导演,在南京中正堂演出。为了提高剧校学生的表演水平,曹禺根据法国十九世纪喜剧作家腊皮虚(E. Labiche)三幕剧《迷眼的沙子》(法语是“蒙混骗人的意思”)改编成“一本适合中国风土人情的讽刺剧”《镀金》。剧本描写马医生和马太太爱慕虚荣,为了装点门面,不惜弄虚作假,迷人耳目。通过女儿美丽的婚姻问题,闹出许多笑话。曹禺认为:“《镀金》容易有舞台效果,可以使初学表演的人尝尝初次面对观众是什么滋味。”(曹禺:《〈镀金〉·后记》)此剧由剧校学生排演,曹禺自任导演,先后在南京演出数场。一九四三年十一月《镀金》在洪深主编重庆出版的《戏剧时代》创刊号发表。一九四四年二月由中国万岁剧团在重庆首次公演。

原载《曹禺剧作艺术探索》,四川文艺出版社1988年版

试论《雷雨》的基督教色彩

宋剑华

我们试图为《雷雨》研究另辟新径，对这部优秀作品的社会价值，做出真正的科学与求实的解释。因此，我们提出《雷雨》中的基督教色彩——这一长期以来被理论工作者所排斥、否认，但又是作品中客观存在的实际问题，加以讨论。

基督教是世界三大宗教之一。公元三世纪，古罗马帝国的政治危机日益加深，统治阶级为了加强对人民大众精神上的奴役，宣布基督教为国教，为全体臣民必须信奉的唯一宗教，强制推广普及。从此，崇尚基督教的热潮，便逐渐在欧洲盛行起来。在人类文化的发展史上，基督教曾是麻痹人民神经的“鸦片烟”，但也无可否认，它对西方文学的发展，也产生过极大的影响。但丁、莎士比亚、弥尔顿、歌德、托尔斯泰等人的作品，都不同程度地受到基督教的影响。鸦片战争以后，作为西方文化的组成部分之一，基督教开始进入中国的现代文化生活，并影响到我国的现代文学创作。曹禺就是其中的一个。

他曾毫不忌讳地说：“我接触《圣经》是比较早的，小时候常到教堂去，究竟是个什么道理，我自己也莫名其妙。人究竟该怎么活着？为什么活着？应该走什么样的人生道路？那时候去教堂，也是在探索解决这些问题吧？当时我是有闲工夫的。我觉得宗教挺有意思，但对佛教不感兴趣，大约它太出世了。……在清华大学读书时，我对巴赫的宗教音乐也有过接触。我读了托尔斯泰的《复活》，就非常想看看复活节是怎么回事，也想看看大弥撒的仪式。”“我当时有一种感觉，好象是东撞西撞，在寻找着生活的道路。……甚至对基督教、天主教，我都想在里边找出一条路。”①

曹禺虽然不是一个基督教徒，但他从少年时代的对《圣经》感兴趣，到青年时代的希望从它那里寻找生活之路，基督教精神实际上已在他的思想深层，埋下了潜伏的影响。而这种影响，在他创作《雷雨》时，就被充分表现出来。当时的曹禺，还只是个二十五岁的朝气青年，但他所面对着的社会生活，却是五光十色、扑朔迷离。他不满现实的黑暗，痛恨阶级压迫，认为“人毕竟是要活着的，并且应该幸福地活着”②，但现实生活中的人，又都被卷入“不是恨便是爱，不是爱便是恨；一切都走向极端”“这种宇宙里斗争的‘残忍’和‘冷酷’”的

① 曹禺：《我的生活和创作道路》，载田本相著《曹禺剧作论》一书的附录部分，中国戏剧出版社，1981年版。

② 曹禺：《〈日出〉跋》，文化生活出版1937年版。

漩涡之中，他预感到在这种斗争的背后有一个神奇的“主宰”力量，可又“没有能力来形容它的真相，因为它太大，太复杂”[①]。虽然，他也曾经间接地读过一点马克思主义的书，可是“读不懂就放下了”。[②] 对现实生活的敏锐感受，激起他强烈的创作欲望，而理论修养的不足，又使他无法解答人生之迷。困顿、迷惘、朦胧、惆怅的矛盾心理，自然而然地把他的视线引向早已熟悉的《圣经》，试图从宗教中去寻求大千世界的真谛。

从本质上来说，基督教“只承认一切人的一种平等，即原罪平等。”[③]它认为：人生是善恶两种势力之间的长期斗争，在不远的将来，斗争结束，那时死者将会复活，并依照他们过去的功过是非，得到相应的酬报，善良而忠诚者，可以进天国享受极乐，奸佞而邪恶者，便被打入地狱备受折磨。因为人一生下来就是有罪的，所以要不断忏悔、不断思过，只有这样，最后才能“赤身裸体，走向上帝”。这与主张人们消极“出世”的东方佛教，大不相同。

《雷雨》所显示的客观效果，正是人生中“善”与“恶”两大势力间的激烈征战，以及“上帝”（在作品中体现为自然力）所做出的公正裁决，这并非我们有意标新立异、别出心裁。从宏观角度来看，作者在狭小的空间与浓缩的时间里，以周、鲁两家的血缘纠葛为轴心，构成无数的矛盾运动，这些矛盾相互依存又彼此冲突，连接成一张巨大的矛盾“网”，作者生动地描绘出这张“网”从失调转向协调那一瞬间所暴发的悲壮场面。从微观角度来看，作品中每一个人物的灵魂，都在“不是恨便是爱，不是爱便是恨”的人间畸形关系中挣扎、哀号，并逐渐走向忏悔、净化。全剧的中心动作，是人性由“邪恶”向“忏悔”的转化过程，形成结构上“平衡”→“失调”→“平衡”的圆形循环轨迹。

空洞的说教，是毫无意义的。下面，我们从结构模式、中心人物、环境布局三个方面，来探讨基督教对《雷雨》的浸透影响。

一、《雷雨》的矛盾结构模式——体现了“上帝”的意志

凡是读过（或看过）《雷雨》的人，都认为它的情节“巧”得出奇，就连作者本人也说它的确“太象戏了”。这引起我们的兴趣。作者是怎样把众多人物和无数矛盾“巧”织在一起的呢？为此，我们曾做过很多次试验，力图给《雷雨》的矛盾系统建立一个科学的模式，但只成功了一次，见图一。

---

① 曹禺：《雷雨·序》，文化生活出版社，1947 年版。

② 曹禺：《我的生活和创作道路》，载田本相著《曹禺剧作论》一书的附录部分，中国戏剧出版社，1981 年版。

③ 恩格斯：《反杜林论·十 道德和法·平等》，载《马克思恩格斯选集》第三卷，人民出版社，1976 年版。

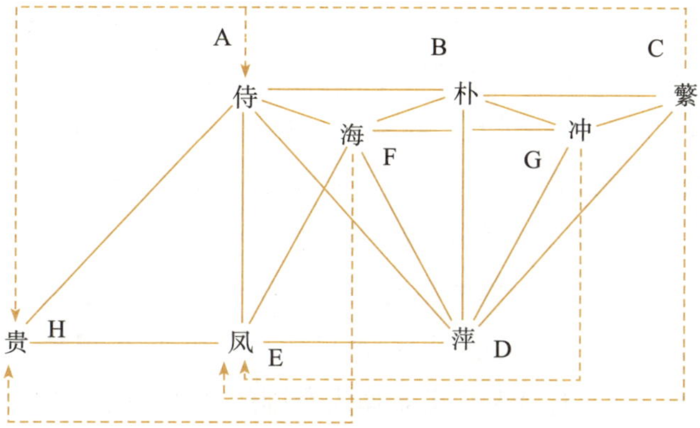

图一:《雷雨》的矛盾系统网络图

〔说明:1. 贵——鲁贵,侍——鲁侍萍,凤——鲁四凤,海——鲁大海,朴——周朴园,萍——周萍,冲——周冲,蘩——周蘩漪;2. 图中的实线部分,是血缘(纯血缘与混杂血缘)矛盾关系,虚线部分,是非血缘矛盾关系。〕

从图一中,我们可以清晰地看到,周、鲁两家的各种矛盾关系(主要是实线部分),是由四个大三角形组成的平行四边形几何图形,其中又容纳了若干个小三角形,构成多种交叉循环状态。我们没有必要去猜测曹禺的算术几何学功底有多深,仅就图一来看,已充分显示出他高度的抽象思维能力和驾驭戏剧情节的能力。这些大小三角形,构成了许多几乎是全等的关系:

①ABF=AHE=BCG〔纯血缘的父(母)子(女)关系〕

②FED=FGD〔同父〔母〕异母(父)的混杂血缘兄弟(妹)关系〕

③BFG=BFD=CGD=AFE〔混杂血缘的父(母)子(女)关系〕

这些三角形的串联相接,又引伸出无数条直线,其中每一条直线(包括虚线)代表一对矛盾,那么,我们可以从图一中提取二十二对矛盾(有人曾说是十五对矛盾,数字显然不准确)。这众多的三角形和无数条直线,组成《雷雨》庞大的矛盾群体,其中每一个人物的矛盾构成都不是单一性的,而是多项性的。过去,理论研究工作者在这个矛盾群体中,只提炼出单一的"阶级关系",围绕着它深发"微言大义",这既不合理,同时也与作品实际相去甚远。孤立地看待周、鲁两家的关系,的确可以概括为压迫阶级与被压迫阶级的对立关系;抽象地理解鲁大海与周朴园之间的矛盾,也确实体现着无产阶级与资产阶级斗争的尖锐性,但是,当作者用一条条矛盾线将这两家的各种人物,纵横交错地编织在一起时,问题便不那么简单了。各种三角形关系的交叉循环,使阶级关系完全被血缘关系所融化,鲁大海在这张关系网中,也只处于次要地位(即子项)。并且,作者本人也多次说,他写《雷雨》时,并没有意识到无产阶级的存在,主观动机是对人的"极端性"与"原始性"的解剖分析。这一点,在作品中得到明显的表现。因此,我们认为:无论是作者的创作动因,还是作品的客观实际,在读者和观众头脑里建立的印象,绝不是血缘关系掩盖了阶级矛盾,而是阶级矛盾增加了血缘冲突的残酷性。单一地运用"阶级分析"法,无法正确地解释《雷雨》,我们更要通过对这部作品的还原处理，即对基督教的“原罪”与“报应”思想对《雷雨》整体构思的影响，做深入地开拓性研究，才能科学地解开“《雷雨》之迷”。

为了便于分析，我们对图一进行一次精减。在周、鲁两家的血缘矛盾中，鲁贵实际上是个局外人，故可把他省略，虚线所代表的非血缘冲突是次要矛盾，也可以略去不计。下面，我们对图一所表现出的基督教色彩，做一解剖。

图一中的C、D、E三项，是全剧的主要外在表现形式，即乱伦关系；A、B、C三项，既是这种乱伦关系的产生之因，同时又是《雷雨》悲剧的承受者；F、G是作为“果”反作用“因”的一个组成部分。曹禺为什么选择乱伦关系作为全剧的主要表现形式呢？我们不排除其中“暴露大家庭的罪恶”的因素，但作者对此是后加追认的。① 那么，作者设计这一中心情节的最初动机是什么呢？我们认为是《圣经》中的“戒语”。基督教把血缘乱伦关系视为是人生最大的罪恶，所以，在《圣经》的许多章节，传教人借“主”耶和华之口反复告诫他的信徒们：“不可露你继母的下体，羞辱了你的父亲。……不可露你继母的下体，这本是你父亲的下体。你的姐妹，不拘是异母同父的，是异父同母的，无论是生在家，生在外的，都不可露他们的下体。”“与继母行淫的，就是羞辱了他的父亲，总要把他们治死罪。……人若娶他的姐妹，无论是异母同父，是异父同母的，彼此见了下体，这是可耻的事，他们必在本民的眼前被剪除。他露了姐妹的下体，必担当自己的罪孽。”（《旧约·利未记》）“与继母行淫的，必受诅咒，……与异母同父，或异父同母的姐妹行淫的，必受诅咒。”（《旧约·申命记》）

周萍的行为，违反了基督教教义，犯了“与继母行淫”和与“姐妹行淫”罪（实际上也是人间之大忌）。他意识到与蘩漪之间的乱伦，是一种不可饶恕的罪过，多次说自己有罪，“对不起父亲”并极力想摆脱这种“不自然的关系”，表现了他恐惧和忏悔的心理，他不知道四凤是自己的妹妹，同她热恋、私通，甚至要娶她为妻，这本来是无罪的，但从道义上讲，这种关系仍是违反了人伦常规的。所以他的结局，虽然没有被别人“剪除”，却在良心的谴责之下，在家人（实际也是“本民”）面前自杀谢罪。

周萍之死，固然是本身罪孽的报应，也是周朴园、鲁侍萍、周蘩漪三个“原罪”应得的报应。如果我们把图一展开讨论，则可以清楚地看到这种报应的残酷性。D、E、F、G四项，构成兄弟、兄妹相煎的矛盾冲突，使A、B、C三项（父与母）面对着一种残酷的现实；D、E、F、G又与A、B、C之间构成父子、母子、母女的对抗冲突，又使A、B、C三项直接承受着情感上的打击。全剧的结局，只剩下三个“原罪”，其余人物都沦于死亡。在这群“不幸的孩子”当中，除周萍这个形象蒙有一层罪人的色彩之外，其他三人都是无辜的，特别是四凤和周冲，“他们的死，自己并无过咎”，②对此又做如何解释？回答是：“上帝”的意志。在《旧约·何西阿书》第十章，记载着这样的惩恶誓词：“耶和华必纪念他们的罪孽，追讨他们的罪

① 曹禺：《雷雨·序》，文化生活出版社，1947年版。

② 曹禺：《雷雨·序》，文化生活出版社，1947年版。

恶。……必不生产，不怀胎，不成孕，纵然养大了儿女，我却必然使他们丧子，甚至不留一个。”《雷雨》的结局，不正是应验了这种咒语吗?! 而在 A、B、C 三项中，侍萍与蘩漪最后都疯了，只剩下一个周朴园。他不仅承受着丧子的报应，同时又承受着疯妻的打击，因为他是周、鲁两家悲剧的真正“原罪”，所以，“上帝”要用最残忍的灭族手段，对他施行严厉的制裁。这种结构模式，我们在埃斯库勒斯的悲剧《俄狄浦斯王》里见过，在奥尼尔的代表作之一的《悲悼》(三部曲)里也见过。而这两部世界名著中的基督教色彩，已被专家学者们所共认；曹禺不但受过基督教的影响，而且他的《雷雨》也受过这两部名著的影响。因此，我们也就不难理解《雷雨》整体构思中所散发出的浓郁的基督教色彩。

根据图一所示，每一对矛盾冲突，最后都归结到网络系统的中心项——周朴园，揭示出全剧的中心人物。所以，对周朴园这一形象的准确把握，也就成了研究《雷雨》的一个重要前提。

二、周朴园性格的发展轨迹——从邪恶走向忏悔

周朴园是一个极其复杂的艺术形象，过去，研究工作者对他都是采取否定的态度。我们认为，对于这个人物，需要重新做出解释。

曹禺没有给周朴园安排一个“死”的结局，曾使许多人无法接受。回答这个问题，还是应该回到《圣经》中去。《旧约·以西结书》第三十三章写道：“主耶和华说，我指着我的永生起誓，我断不喜悦恶人死亡。惟喜悦恶人转离所行的道而活。”这绝不是“偶然的巧合”，作者的主观意图，实际上亦是如此。八十年代初，曹禺曾对一位访问他的专家说：“周朴园，我只是写他吃素，没写他信佛，后来他成了天主教徒了。旧本《雷雨》的序幕和尾声写得不好，周朴园老了，后悔了，挺可怜的，进了天主教堂。”[①]这是解放后，作者的世界观发生了根本转变以后的新见解，但是，他并没有否定写《雷雨》时对这一人物的同情。这里有一点需要说明一下：解放以后，曹禺曾对《雷雨》做过较大规模的修改。他不仅删掉了足以反映《雷雨》基督教色彩的序幕和尾声，而且对于表现周朴园忏悔意识的语句，也改动很大。尽管如此，作者的主观意图并未被完全掩盖掉。我们在同一些青年朋友的交谈当中，仍发现他们有这样一种感受：周朴园并非是个完全否定的形象，人们对他所产生的，更多的是同情心。这应该引起理论研究工作者的重视。

我们说周朴园这一形象内涵极其复杂，这是因为：他既是“大家庭罪恶”的制造者，也是周、鲁两家悲剧的受害者；他既是剥削者、压迫者的化身，也是丈夫、父亲的实体，在他身上，既有残忍冷酷的“兽性”，也有丰富内在的“人性”。这种复杂成分的交融组合，构成他性格中的多元矛盾运动。随着剧情的发展，这些矛盾也不断分化，最后是人性战胜了兽

① 曹禺：《我的生活和创作道路》，载田本相著《曹禺剧作论》一书的附录部分，中国戏剧出版社，1981年版。

性，灵魂也由“邪恶”走向“忏悔”。他的性格发展轨迹，在很大程度上体现了基督教的忏悔意识。

作者对这一人物的设计，安排了两个层次。

第一，《雷雨》的情节展开，体现了周朴园性格演变的历程。全剧的正剧总共四幕，周朴园出场三次（第一、二、四幕）。他第一次出场，给人一种蛮横刚愎的印象：“一对沉鸷的眼，在（眼镜）底下闪烁着。……一种冷峭的目光和偶然在嘴角逼出的冷笑，看出他平日的专横，自是和倔强。”（注：本文所有引证的原文，均摘自一九三四年第三期《文学季刊》所载的《雷雨》原本）他的话很少，却非常严厉：强迫蘩漪吃药，训斥周萍的不轨行为，打破周冲那天真浪漫的梦，激化了全剧的矛盾。这场戏，集中体现着他那“冷酷”的尊严。第二次出场，他与侍萍与鲁大海发生了激烈的矛盾冲突：侍萍的突然出现，给周朴园一向认为是“最圆满最有秩序的家庭”带来威胁，也勾起他对往日情人的忏悔意识。自私与自责的矛盾心理，使他惊恐不安；鲁大海与他的交锋，不仅揭露了他那不光彩的发家史，更使他面对着这样的现实——曾被他抛弃了的亲生骨肉，如今已变成自己的对立面。他憎恨、恐惧、痛心、忏悔。从表面上看，他的尊严压倒了情感，“兽性”征服了“人性”，实际上，从这时开始，他那蛮横刚愎的性格，已被恐惧感所中和。到了第三次出场，他的精神面貌已完全变了：在蘩漪的逼迫之下，他只好说出周、鲁两家血缘关系的真相，导致了一场惨不忍睹的悲剧发生。此时的周朴园，悲伤哀鸣的心理又取代了恐惧感，失落的人性，完全复归。

在这里特别值得一提的，是作者在“序幕”与“尾声”中对周朴园的最后交待。悲剧发生过后十年的一个腊月三十晚上，周朴园来到教堂医院（原来的周公馆）。看望疯了的侍萍和蘩漪。作者是这样描写的：

> “一位苍白的老年人走进来，穿着很考究的旧皮大衣。进门脱下帽子，头发斑白，眼睛深沉而忧郁，他的下颏有苍白的短须，脸上满是绉纹。……手有些颤抖，……衰弱地咳嗽两声。”（序幕）
>
> “老妇（疯了的侍萍）至窗前，慢吞吞地拉开帷幕，痴呆地望着窗外。
>
> “老翁（周朴园）绝望地转过头，望着炉中的火光，外面忽尔闹着小孩们的欢笑声，同足步声。”
>
> ……
>
> “老翁又望一望立在窗前的老妇人。转身坐在炉旁的圈椅上，呆呆地望着火，这时姑乙（教堂修女）坐左边长沙发上，拿着一本《圣经》来读。”（尾声）

首先，从外观上看，周朴园前后的变化判若两人，那双时常放出“冷峭的目光”的“沉鸷的眼”，已变得“沉静而忧郁”，“昔日的丰彩”，也被颓唐所代替。与其说这是岁月催老的表现，还不如说是内心沉重负担压迫的结果，留给人的印象，也不再是个令人憎恶的“暴君”，而是一个凄惨楚楚的可怜老人。其次，教堂外面的节日景象和孩子们的欢闹声，与他的失子疯妻之痛，形成鲜明的对照，猛烈地冲击着他那孤独寂寞的心灵，增加了全剧的悲剧效果。再者,他面对着疯了的侍萍,修女在一旁读《圣经》,内心在忏悔、反省,精神上接受着宗教洗礼。我们若把全剧的结构联系起来加以考察,作者的精心构思便一目了然:序幕——忏悔意识,正剧——矛盾展开,尾声——忏悔意识,形成一个完整的循环圈,而周朴园性格的演变历程,又集中地体现了作者的意图和作品的主题。

第二,从鲁大海、鲁侍萍与周朴园之间的矛盾冲突中,看他的忏悔意识。在《雷雨》中,与周朴园构成直接冲突的主要人物,是鲁大海、周蘩漪和鲁侍萍。

周朴园与鲁大海之间的阶级对立关系,历来为研究者津津乐道,并一再强调这是作者思想的升华之处。鲁大海作为一个工人阶级的形象,的确表现了许多闪光的思想:他爱憎分明,疾恶如仇,对于资本家的反动本质有深刻的认识。在罢工斗争中,他立场坚定,毫不妥协,正如周朴园所说的那样,"你是罢工闹得最凶的工头"。他敢蔑视周朴园的淫威,控诉他下令矿警"开枪打死三十个工人"的罪行;揭露他收买工人中的败类,瓦解罢工运动的无耻行为;诅咒他故意叫江堤出险,"淹死两千二百个小工",从每个小工的保险费中扣除三百元钱的罪恶家史,是在发"绝子绝孙的昧心财!"这种无情的揭发和控诉,使周朴园狼狈不堪、无地自容。但是,请注意:其一,鲁大海并不知道周朴园是自己的生身父亲,故可以毫无顾忌地与对方交锋,如果他知道真相以后,后果又会怎样呢?其二,如果鲁大海这一形象的目的,仅仅是为了揭周朴园的"短处",那么他的戏也就可以到此而止了,但作者并未这样做,而是让他继续表演下去。这样一来,阶级矛盾关系,就必然屈居次要地位,而血缘纠葛,则成为我们注意的主要对象。

这一点,从周朴园的相反表现中,得到很好的印证。他已从侍萍口中知道了他和鲁大海之间的血缘关系,所以,尽管鲁大海对他谩骂诅咒,在他的心中引起极其复杂的反应,但他的行为举止却很有节制性。一方面,作为阶级的对立面,他憎恨气恼对方,下令开除鲁大海的工职,但另一方面,作为一个父亲,他对儿子的变化又深感痛心和内疚。因此,当他亲睹了周萍对鲁大海大打出手的兄弟相煎场面后,感情再也难以控制,厉声喝道:"不许打人!"并斥责周萍"你太莽撞了!"从这点我们可以看出,周朴园的"人性"并未完全泯灭,他的灵魂在经受着良心和道义的拷问。周朴园虽然没有原谅鲁大海的罢工行为,可是却为自己未尽到父亲的责任而后悔莫及。当周、鲁两家的悲剧发生以后,仆人向他报告鲁大海跑了,他立刻命令仆人去追,并哀伤地说:"我丢了一个儿子(指周冲被电死),不能再丢第二个了。"后来,他为了寻找鲁大海的下落,又付出了整整十年的代价。所以,我们认为:鲁大海与周朴园之间的对立冲突,既是对周朴园一生罪孽的一种无情报应,也是促使他走上忏悔赎罪道路的催化剂。

周朴园与周蘩漪、鲁侍萍之间的矛盾,是一种不同思想、不同性格类比之下所产生的矛盾冲突。蘩漪是个开放型的资产阶级新女性,她渴望自由幸福,追求个性解放,热情而开朗;侍萍则是一个典型的东方女性,淑静、温柔、勤劳、善良,在她的身上凝结着中国妇女的传统美德,同时也使人们看到我们民族古老文化的积淀。周朴园则介乎两者之间,资本主义世界的金钱铜臭气味与传统的道德观念集为一体，形成这个中西方文化相结合的混血儿的性格骨架。在家庭观念上，主宰他思想的恰好又是传统的伦理道德，因此，周朴园在处理蘩漪与侍萍的关系上，“抑”与“扬”是明显不同的。他不喜欢蘩漪的个性冲动欲，压制她内心熊熊燃烧的情火，造成她性格的畸形发展，使蘩漪最终走向乱伦的罪恶之渊，毁灭了自己，也毁灭了别人。促使周朴园产生这般铁石心肠的真实原因，又是他与侍萍之间昔日纯真的爱情。他曾真心地爱过侍萍，与她结合，生下两个儿子，一同享受过天伦之乐，但后来，由于以周老太太为代表的封建家长势力的极力反对和他自己的私心作怪，在“情”与“利”的天平上，他终于出卖了自己的良心：赶走了侍萍，迎进有钱人家的小姐。从此，便在他的心中留下了一道深深的伤痕。特别是他与蘩漪结合以后，蘩漪的冲动、奔放与侍萍的温存、顺从，形成鲜明的比较，更使他产生了“新人不如故”之感。所以，几十年来，他一直保留着侍萍用过的东西，遵守着侍萍在时的某些习惯（如关窗子等）。在内心世界中，再造一个侍萍的心理形象。这些举动，都是周朴园忏悔意识的物化表现。有人说这是虚伪的假相，我们不这样看。正如蘩漪在讥讽他时所说的那样：“哼，又在看那个女人的相片！”的确，周朴园把侍萍的照片摆在柜子上，经常独自一人坐在屋里，回忆过去，闭门反省。可是，侍萍并没有“死”，又突然出现在周朴园的面前，这时，周朴园的内心失去了平衡。时而恐惧地试探，时而暴怒地责问，时而又温和地忆旧。他的目的，无非是要赶走现实中的“这个”侍萍，维护现有家庭的正常秩序；同时，他又感到内疚，拿出巨款供侍萍养老（虽然侍萍当面撕毁周朴园给她的五千元钱支票，但事后周朴园仍派人给她往济南汇去两万元）。金钱固然难以赎罪，但在当时的环境中，他也只能用这种方式，来表达他的忏悔赎罪心理。

我们不否认，周朴园这一形象给人一种“劝善惩恶”的感觉，这恰恰是基督教色彩在《雷雨》中的又一次明显泛现。

三、《雷雨》的环境布局——基督教色彩的直接外现

如果说，《雷雨》中的基督教色彩在结构模式与中心人物形象上，是暗示出来的话，那么，作者在《雷雨》的环境布局中，更是把这种色彩直接表现出来。在作品中，曹禺借助“雷雨”“教堂”“巴赫的宗教音乐”，构成一种独特的抒情模式，奏出一曲神秘的随想曲。

《雷雨》中表现为自然力的“雷雨”，是一种艺术性的象征，这一点已得到学术界的公认，但在它到底象征着什么东西的问题上，却产生了很大的分歧。我们认为：这个自然界的“雷雨”所象征的，是作品中几乎每个人都惊呼过的“天”——“上帝”的化身。《雷雨》中的主要人物，在悲剧暴发的前前后后，都大呼“天意”，向“天”哀鸣，因为他们都预感到“天”的惩罚即将来临。特别是周朴园，他在第四幕中，曾惊恐地对周萍说：“（畏缩地）不，不，有些事简直是想不到的。天意很——有点古怪；今天一天叫我忽然悟到为人太——太冒险，太——太荒唐；（疲倦地）我累得很。（如释重担）今天大概是过去了。（自慰地）我想以后——不该，再有什么风波。（不寒而栗地）不，不该！”如果我们把“雷雨”与“天意”结合起

来考察，就非常清楚了："天"是"上帝"的化身，而"雷雨"则又是"天"的具体表现形式，在作品中，"雷雨"给人以沉闷、压抑、恐惧、威严的感觉，实际上，正是"天意"——"上帝"发怒惩恶力量的显现。因此，"雷雨"也就同整个剧情融为一体，代表着作者本人印象中，感到若即若离、模糊存在的"第九人物。"

在道具设计上，作者也是颇费了一番工夫的。比如，把周公馆变为教堂，表面上看，只是"物"的用途的变化，但这其中，却又深深隐含着一种无形的"神"的变化，即由罪恶（周公馆曾是罪恶之地）向忏悔（教堂本是洗礼忏悔的圣地）的演变。这与作品的主题、周朴园性格的走向，又完全吻合，使全剧的"人"与"物"形成一个协调的整体。解放后的改写本将序幕和尾声以及有关情节做了删改，实际上等于抹杀了作者最初的创作动因。

在序幕和尾声中，作者还有意地安排了一段管风琴伴奏的多声部合唱："Bach：High Mass in Bminor Benedictus quiuenait Domini Nomini（巴赫《B 小调弥撒曲》）。"作者说："那点音乐是有用意的"，因为它"会把观众带到远一点的过去境内，而且又可以在尾声中回到一个更古老、更幽静的境界内"，产生"叫观众如听神话似的，听故事似的"效果。[①] 巴赫的宗教音乐《B 小调弥撒曲》，以慢节奏、多声部，构成一种深沉、庄重的旋律，把人带入一种神秘的幻境。在这种音乐的作用下，人们往往会脱离现实，产生丰富的联想。用基督教徒的话来说，就是洗涤罪恶，憧憬"天国"。在《雷雨》的启幕与闭幕，作者两次运用这种音乐，特别是在尾声中，用这种宗教忏悔音乐，给观众留下最后一个印象，值得研究者深思，可以说，巴赫的《B 小调弥撒曲》，再次对《雷雨》的主题，起了极好的烘托作用。

根据我们的全部分析，现在我们可以对图一的主体部分进行一次抽象：

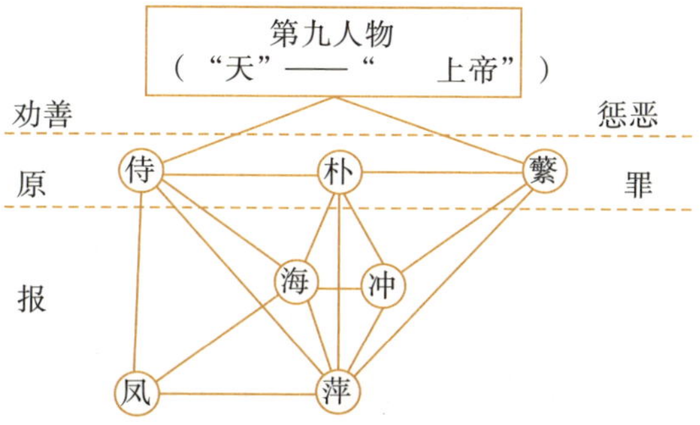

图二：《雷雨》的基督教色彩图示

图二把《雷雨》的基督教色彩揭示出来，以供研究者参考。在这里，我们有必要对"第九人物"——"天"——"上帝"这一奇特现象，做一解释。曹禺本人一再说《雷雨》中有个"主宰"力量的存在，"这个主宰，希伯来的先知们赞它为'上帝'，希腊的戏剧家们称它为'命运'。近代人撇弃了这些迷离恍惚的观念，直接了当地叫它为'自然的法则'，而我始终

① 转引自田本相、张靖编《曹禺年谱》1935 年部分。

不能给他以适当的命名”。“我不能断定《雷雨》的推动是由于鬼神，起于命运或源于哪种明显的力量。”①作者对《雷雨》中到底存不存在“上帝”的影子的问题，做了既非肯定，又非否定的回答。因此，许多研究者便主观地选择了“否定”的答案，回避了这一客观事实。

我们认为：这“第九人物”就是“上帝”的影子在《雷雨》中，它牢牢控制着那张错综复杂的“网”。惩恶，它使那群“不幸的孩子”化为乌有，把侍萍、蘩漪变成疯子；劝善，它又引导着周朴园这个“原罪”之首走向反省、忏悔。它自始自终，都在通过各种不同的自然物体，向人们显示着它的存在。

四、对《雷雨》社会价值的再认识——我们论点的总结

《雷雨》是一部具有巨大社会价值的优秀作品，无论是过去还是现在，它都以惊人的艺术生命力，活跃在话剧舞台上，受到广大观众的高度评价。我们认为，这种社会价值与艺术价值的产生，其根本原因是作者对弱小者的同情和对强暴者的憎恨，表现了他宽阔的人道主义胸襟：并在一定程度上，较真实地揭示了“人”——这个文学主体的价值。

三十年代初期，由于革命势力与反革命势力发展的暂时不平衡，社会一片黑暗，尽管无产阶级文学已经亮出大旗，但多数有成就的作家，对于马克思主义和无产阶级革命并不了解。他们不满国民党的反动统治，但又找不到正确的出路；一方面探索人生，一方面又悲叹现实，这种状况，在当时的作家中几乎成了时代的通病。由于世界观的局限性，他们只能运用“人道主义”的武器，去争取人的价值与尊严，对黑暗的现实做了较深刻的暴露，却找不出它的病根。曹禺的《雷雨》，正是反映了他青年时代的苦闷、徬徨与探索、追求之间的矛盾心理。他敏感到这个社会，把人性扭曲、颠倒了，可又苦于无力把它重新矫正过来。于是，借助艺术的想象力和基督教的神话，来发泄自己内心被压抑的情感。“幻想的动力是未得到满足的愿望，每一次幻想就是一个愿望的履行，它与使人不能感到满足的现实有关联。”②在《雷雨》中，曹禺借助“天”对周朴园所实行的无情惩罚，实际上正是用艺术的想象来满足这种得不到满足的“幻想”，所以，他把“上帝”做为公理的化身，让它对人生中的“善”与“恶”做出公正的裁决，并以此向社会敲响警钟。《雷雨》全剧的最后一个造型动作，是周朴园静听修女朗颂《圣经》，至于朗颂的是什么内容？我们不得而知。但是，仿佛有一种巨大的共鸣声，飞出舞台，传向社会，震撼着人们的心：邪恶者，忏悔吧——阿门！

这就是《雷雨》所表现出的客观效果。它反映了那些在黑暗中挣扎、哀号的弱小者的共同心声，即：弱小者的悲剧，能唤起强暴者的忏悔意识，使人间充满“和谐”与“仁爱”。这是一种幼稚的愿望，不仅在当时的社会环境中具有普遍意义，在世界上一切暴力、压迫、罪恶尚未完全清除以前，由于人们自身存在的堕性、愚昧心理的支使，这种幼稚的愿望仍会

① 曹禺：《雷雨・序》，文化生活出版社，1947 年版。
② 弗洛伊德：《创作家与白日梦》，载《现代西方文论选》。

普遍存在。艺术欣赏是一种特殊的思维活动，它“并非对于一个对象的欣赏，而是对于一个自我的欣赏。它是一种位于自己身上的直接的价值感应”①。《雷雨》之所以能在广大观众中引起强烈的情感共鸣，是因为他们从这部优秀作品的劝善惩恶行为中，得到了“愿望”的满足和心灵快感。

我们不否认《雷雨》中存在着“阶级矛盾”和“阶级斗争”，因为作者的目的是反映人生、探索人生，而人生又是包罗万象的，这不必大惊小怪。但无论从作者的主观意图，还是作品表现的客观效果来看，它都是一个次要因素。曹禺说：“我说作品的思想性，不是叫人看了那么直来直去，一览无余，不应该那么狭窄，那么简单，一看就知道是反封建，反这，反那。”他认为，用马克思主义研究文艺作品是对的，但不能用马克思主义来代替文艺作品的主题。《雷雨》虽然浸透着基督教色彩，但却经历了时代的考验，这种现象在中外文学史都不少见。美国现代作家、诺贝尔文学奖的获得者海明威指出：“一件真正的艺术作品是经久不衰的，不管它的观点如何。”②《雷雨》正是这样的艺术作品。

最后说一句：托尔斯泰并未因为自己的作品中有宗教色彩，而名誉受到损害；《复活》至今仍被世界上千千万万读者所崇拜。何况曹禺和他的《雷雨》呢？

1986 年 11 月初稿于徐州师院

1986 年 12 月修改于杭州湾

1987 年元月定稿于南京师范大学

原载《中国现代文学研究丛刊》1988 年第 1 期

① 里普斯：《移情作用、内摹仿和器官感应》，载《现代西方文论选》。

② 《海明威谈创作》，三联书店 1986 年版。

曹禺与契可夫

——艺术风格的联系和比较

王德禄

曹禺曾多次谈到对他的戏剧创作产生较大影响的外国剧作家主要有莎士比亚、易卜生、奥尼尔和契可夫①，自然，这些影响在曹禺的剧作中已融而化之，与中国传统戏剧的熏陶及曹禺的个性特色有机地结合起来。这些外国剧作家对曹禺创作的影响有不同的侧重面，在契可夫与曹禺之间，影响和联系主要表现在艺术风格方面。

对于艺术风格，歌德曾作过以下的概括："在全部艺术领域内，我们谈到风格总是意味着通过特有标志在外部表现中显示了自身的内在特性。"②因此可以说，风格是作家独特个性的一种艺术表现，并且随着作家创作的进展而呈现出变化。契可夫从早期的《蠢货》《求婚》等独幕剧到后期的《三姐妹》《樱桃园》，曹禺从《雷雨》到《日出》和《北京人》，作品的艺术风格都有所变化发展，正是在这种变化发展中，我们发现了曹禺所受契可夫的影响以及他们风格之间的密切联系，并且在联系中表现出各自鲜明独特的"内在特性"。

外在戏剧性向内在戏剧性的转化

从契可夫与曹禺创作风格的发展来看，他们都表现出一种共同的趋向：外在戏剧性向内在戏剧性转化。

中外古今的戏剧家们几乎一致认为，戏剧冲突是戏剧创作的基础，而戏剧冲突可以分为两种：一种是在行动中、在人与人的外部冲突中产生的，一种是在思想或感情发生变化的隐蔽过程中产生的。前者表现为外在戏剧性，它包含于外部冲突中，是由事件（行动）的转折造成的，后者表现为内在戏剧性，它包含于内心活动之中，是由感情上的转折造成的。

两种不同的戏剧性给读者或观众带来两种不同的审美感受：外在戏剧性以强烈紧张的外部冲突而引起读者（观众）的激动和惊奇，内在戏剧性则以诗意浓郁的情调使读者（观众）受到情绪的感染，外在的动作的史诗因素是前者的审美特征，内在的心灵的抒情因素则是后者的审美特征。由外向内深入地表现人的内心发展几乎是所有艺术发展的共同规律，现代戏剧的发展也表现出内向化的趋势，契可夫与曹禺的戏剧创作同样呈现出这种发展的轨迹，而后者又明显地受到前者的影响。

契可夫早期的独幕剧往往以直截了当、明快无隐的幽默与讽刺为其特征，人物的行动

① 原文作契可夫，现多用契诃夫。

② 歌德：《文学风格论》。

性很强，戏剧冲突是强烈外露的。这种艺术风格一直到《海鸥》才发生了根本性的改变。《海鸥》是首先透露出契可夫艺术风格巨大变化的一部作品，在这个剧本中，契可夫抛弃了戏剧性在于外部冲突的观念，将大量的外部冲突推到幕后，而将表现人的内心冲突放到了主要的地位，初步显示了契可夫"心灵的戏剧"的特点。在剧本主人公宁娜的塑造上，作品并没有给我们提供一个艺术家形成和成长的确切详尽的历史以及在这个过程中所发生的具体冲突，作品更集中于描绘主人公内心所经历的精神的巨大风暴。契可夫认为"人的全部意义，他的全部悲剧是在内心，而不在外部表现"①，因此从《海鸥》开始，他把剧本的重心转移到一种内在的、从表面上看不到的、潜在的行动里。这种转变更鲜明地表现在他以后的剧作中。在《三姐妹》中，外部冲突（三姐妹与以娜塔莎为代表的小市民势力的冲突）不再象在传统戏剧中那样得到充分展开，契可夫有意把它隐在剧本后面，以渗透的方式在人物事件的变化中表现出来，作品所要表达的对美的被毁灭的悲愤和对美好未来的向往之情，象一股不尽的诗意，洋溢在作品的各部分，这是一股比外在冲突更为强烈的"戏剧潜流"。这股"戏剧潜流"产生了潜伏的内在戏剧性。作为内在戏剧性的外部体现，戏剧冲突既不紧张也不尖锐，往往是悄悄地隐藏不露地进行的，人们不能直接地看到它，而只能间接地感到它的存在。契可夫的这种独特风格在《樱桃园》中发挥到了极致。剧中没有正面交锋、没有激烈冲突，然而戏剧性反而加强了。正如肖伯纳所指出的："在契可夫的《樱桃园》里，和蔼而有教养、弹奏舒曼乐曲的财主人家，感伤理想可以化为乌有，是因为契可夫的手段比易卜生柔和，所以，也更为毒辣，剧中除了描写财主穷得非卖老宅不可之外没有什么惨祸。"②剧本所描写的是再平淡不过的生活本身，正如契可夫所概括的那样："一切都是那么复杂，同时又是那么简单，正如生活里一样。人们吃饭，就是在吃饭，然而就在这当儿，有人走运了，有人倒霉了"③，"走运""倒霉"这是人物命运的转折，是戏剧性的事件，而"吃饭"则是最普遍、最平淡无奇的日常生活现象，可见契可夫认为戏剧性不仅存在于那些惊人的罕见的激变中，而且更主要的是隐藏在那些无关紧要的、习以为常的琐事中。那么为什么说既"复杂"又"简单"呢？这是因为《樱桃园》的剧情缺乏外部变化，甚至有意强调生活之流是平静无波的，然而又包含着内在的质的变化，这种深藏在"生活流"之下的戏剧性就是潜伏的内在的戏剧性。契可夫追求的正是平静生活掩盖下的内在戏剧性，他要表现的不是生活中的戏剧，而是生活本身的戏剧。

由上可以发现契可夫的戏剧风格的变化：从注重外部行动、追求外在的戏剧性到注重内心生活、追求内在的戏剧性。

曹禺的戏剧创作在契可夫的影响下，艺术风格的发展呈现出和契可夫相似的发展轨迹。

《雷雨》是曹禺最初的艺术实践，它与契可夫的后期剧本具有迥然不同的艺术风格。

① 斯特罗耶娃：《契可夫与莫斯科艺术剧院》。

② 肖伯纳：《易卜生戏剧的新技巧》。

③ 斯特罗耶娃：《契可夫与莫斯科艺术剧院》。

《雷雨》的紧张激烈的冲突、曲折跌宕的情节和强烈急骤的节奏与契可夫式的风格相去十分遥远，可以说，一个把希腊古典式的戏剧艺术发挥到了极致，一个把戏剧革新到如生活本身一样地朴素自然，一个注重于戏剧冲突的外在紧张性，一个把外部戏剧冲突减弱到最低限度；一个象雷雨一样充满紧张、嘈杂、沉重的气氛，一个象情诗牧歌那样温柔、哀惋和幽远。

曹禺对契可夫风格的关注是在写《雷雨》之后。他曾这样记述他的艺术风格追求的转移过程："写完《雷雨》，渐渐生出一种对于《雷雨》的厌倦。……我很想平铺直叙地写点东西，想敲碎了我从前拾的那一点浅薄的技巧，老老实实地学一点较为深刻的。我记起几年前着了迷，沉醉于柴霍夫（契可夫）深邃艰深的艺术里，一个沉重的心怎样为他的戏感动着"，并且具体描写了他阅读契可夫作品时心荡神移的感受："没有一点张牙舞爪的穿插，走进走出是活人，有灵魂的活人，不见一段惊心动魄的场面，结构很平淡，戏剧人物也没有什么平伏发展，却那样抓牢了我的魂魄，我几乎停住了气息，一直昏迷在那悲哀的氛围里"，并决心改变艺术风格的追求："我想再拜一个伟大的老师，低首下心地做个低劣的学徒。"[①]《日出》就是曹禺向契可夫学习的产物，虽然《日出》还不是一部典型的契可夫式的作品，但其风格中的确显露出契可夫的风格因素。

《日出》同《雷雨》比较起来，虽然某些戏剧场面还保留着激烈紧张的外部冲突，但整个剧本表明，曹禺已把握到契可夫那种把激烈戏剧冲突埋在剧本内部而以渗透方式制约剧情发展的结构方式，采用深藏的冲突与分散的片断间的有机渗透，而使全剧显得既接近生活又富有深邃诗意。在《日出》中，戏剧冲突的外在紧张性减弱了，而内在紧张性却加强了，在自然转换的戏剧冲突起伏中，没有了《雷雨》那种剑拔弩张的场面，抒情的、喜剧的、悲剧的场面互相连接，象生活中那样自然交替出现，而讽刺性、悲剧性却深藏其中。这表明《日出》颇得契可夫戏剧艺术的神味，但它比契可夫的艺术风格更热烈些，有时，作家巨大的热情仍然不可遏止地迸涌而出，燃烧着愤懑与激怒，因而《日出》的戏剧冲突又有着契可夫所少有的"辣味"。

如果说《日出》是曹禺学习契可夫戏剧的第一步，那么《北京人》则几乎是一个契可夫式的剧本了。在《北京人》中，外在戏剧冲突淡化到了几乎没有的地步，出现在舞台上的生活之流仿佛是平静无波的，然而又包含着内在的质的变化，作家集中力量表现的是发生在人物内心世界中无形的然而更为激烈动荡的冲突，直接的直观的尖锐冲突大都被推到幕后处理了，然而却成了剧中人内心冲突产生的依据。"深邃""潜伏""内在"——这些用语是我们理解契可夫也是理解《北京人》的独特钥匙。

自然，《北京人》较之契可夫的《樱桃园》，所表现的矛盾纠葛更为复杂和尖锐，喜剧性情调更为内蕴，绝少契可夫式的纯喜剧性格和纯喜剧情节，契可夫的喜剧性具有欢快轻松的抒情格调，色彩幽远清淡象水墨丹青，《北京人》则在向旧世界告别的喜剧情调中包孕着

① 曹禺：《我怎样写〈日出〉》。

低沉缓慢的悲剧情调，象线条浓重轮廓分明的彩色版画，这也正表现了中国戏剧的民族风味。

戏剧性由外向内的转化可以说是世界戏剧发展的一个重要趋向，这无疑把戏剧性扩展到了更深刻更广阔的领域，表现了戏剧艺术向一种更高的美学境界的追求。

直接写实与诗意象征的结合

契可夫就其创作基本倾向而言，是现实主义作家，但是契可夫的现实主义的深刻独特性在于：一方面他的创作是现实主义的，然而如果再往前走一步，简直就是自然主义的；另一方面，契可夫的创作又是抽象的抒情的哲理的，这种抒情性和哲理性的倾向也几乎到了象征主义的边缘。他的作品在叙事和抒情、现实与哲理、具体与抽象这样两个相反的方向上都走到了一个分界线，超过这个分界线，要么丧失真实感，要么损害艺术性。盖斯纳指出："为了成功地把戏剧性与现实主义结合起来，首先应该找到在具体与抽象之间、主题的明确性和把我们引向超时空的虚构之间的黄金中间地带"①，契可夫正是找到了这样的"黄金中间地带"。这个特色表现在作品的风格上就是直接写意与诗意象征的结合，它使契可夫的现实主义上升到富有深刻意义的象征的境界。曹禺的剧作从《雷雨》到《日出》再到《北京人》，我们一方面可以看到他的现实主义的深刻笔触越来越深入到社会现实的底层和人物心灵的深处，具体精致而又深刻细腻地描绘出社会生活的种种形象和人物错综复杂的精神面貌，使现实主义走向深入，另一方面，我们又看到作家越来越频繁地使用象征艺术手段，刻意捕捉富有诗意的形象并寄寓着作家强烈的主观抒情性和巨大的对生活的概括意义。直接写实与诗意象征的结合——这是契可夫与曹禺戏剧风格上的又一个沟通点。

这里需要说明的是，契可夫和曹禺的象征艺术手法并不等同于象征主义。象征主义作为现代主义的一个分支，它的哲学基础是叔本华的直觉主义、马赫和新康德派的主观唯心论，他们强调形而上学的直觉，把表现由直觉而产生的虚无漂渺通向空想世界的幻觉看成是艺术的任务。在象征主义作品中，象征是一种主要手法，他们认为自然界的万物与人类的精神之间存在着一种神秘的"对应"关系，这种"对应"关系使得两者之间可以互相"反应"，互相转换。而契可夫和曹禺创作中的象征手法也塑造具有象征意义的形象，但这些形象本质上是依附于作品中的现实主义形象的，它一方面有着深厚的生活基础和深刻的现实性，另一方面又为创造比普通实际生活更高的艺术形象服务，它并不引导艺术走入神秘的领域，而引导艺术走向更加自觉和深刻的境界，同时，他们作品中的象征形象又是富于诗意的。

契可夫的这种直接写实与诗意象征相结合的手法在《海鸥》中首次获得了充分的表现。在剧本主人公宁娜奋斗史的描写中，在作品提供的关于海鸥的具体画面中，我们看到

① 盖斯纳：《现代戏剧的形式与思想》。

了它们的象征意义——也就是作品的主题：歌唱战胜生活的黑暗和重压，对于艺术的爱的意志的胜利和人生的胜利。作品描写的生活是平淡的，或者简直说是平庸琐碎的，仿佛是一个老一套的少女的浪漫爱情悲剧，但这一切都被内在的诗意的光辉照亮，在直接的写实背后，还隐藏着一个含意深刻的象征的境界，这个象征境界达到了哲学概括的高度，同时又具有深刻的现实性。在随后的《万尼亚舅舅》中也贯串着这一特点，以至高尔基在给契可夫的信中称赞它的"现实主义上升到了富有鼓舞力量的、含意深刻的象征的境界"[①]。在契可夫的最后一个剧本《樱桃园》中，作品描写的樱桃园的形象是一个深刻的象征性形象，作为旧生活的最后一块象征性的基石，樱桃园的被拍卖宣告了旧生活的毁灭。但这个象征不是直接的，而是在全剧中表现出来的，正如丹钦科所指出："契可夫把现实主义磨炼到了象征的境界。"[②]

曹禺的创作在现实主义真实描写与诗意的象征的结合方面，经过了一个自觉化和深刻化的过程。在《雷雨》中，作家运用象征的手段，用雷雨的自然形象象征一种似乎具有摧枯拉朽的破坏力量，也象征渺茫不可知的神秘，既象征着环境的压抑，也暗示着人物郁结的烦闷，这是作家对直接写实与诗意象征结合的最初尝试。但是在《雷雨》中，这种象征手段主要是用于创造一种戏剧气氛和烘托人物情绪。到《日出》中，在直接写实的同时，象征手法的运用更自觉也更广泛。《日出》的诗意主题，体现了作家对阳光的渴望，这种渴望被作家转化为晨曦旭日、满天鲜红的日出景象，日出既是光明的象征，也是同春天的生机勃勃联系起来的无限生命力的象征，在这里，日出不但是一个自然的背景，而且是诗意主题结晶出来的诗意的象征形象。至于在《北京人》中，则不但出现了色彩各异、复杂丰富的象征性群像，如用棺材作为封建社会死亡的象征，耗子作为曾府中一群废物的象征，北京人作为与耗子成为鲜明对比的新人的象征，起到了或对比，或深化主题，或加强抒情性的作用，而且作为剧本重要冲突的曾杜两家为争抢寿木而引起的斗争以及袁家父女与曾家的生活观念方式的冲突，都是具有象征意义的喜剧冲突。这些象征性冲突并没有非常细致地去描写斗争的各方之间的复杂关系，但对封建主义必然灭亡和资本主义同样黯淡的前景，都作了富于艺术征服力的象征性暗示。而剧本中的象征性形象和象征性冲突，都附着在整个作品的高度真实性上，使它们融化在真实的生活镜头的描写里，这样就使象征的主观性特点在整个作品中深藏不露。

从上面的分析可以得出这样一个结论：在契可夫和曹禺的剧作中，直接现实的反映（写实性）和哲学的诗意的概括（象征性）这双重结构构成了他们创作的"潜流"，这就使他们的现实主义上升到富有深刻意义的象征境界，它不是引导艺术走入抽象神秘的领域，而是艺术家头脑和心灵中的一切穿上绘形绘影、有声有色的服装，引导读者（观众）跟随这些形象进入艺术家的思想和灵魂中。

---

① 见《契可夫与高尔基通信集》。
② 斯特罗耶娃：《契可夫与莫斯科艺术剧院》。

悲剧性与喜剧性的交融

契可夫的《三姐妹》《樱桃园》和曹禺的《北京人》在发表和演出后，都曾被读者（观众）误认为是悲剧，而契可夫却称《三姐妹》是通俗喜剧并认为《樱桃园》比《三姐妹》更富有喜剧性。高尔基道出了其中的秘密："照我看来，安・巴・契可夫创造了一种完全独创的剧本类型——抒情喜剧，如果把他的优美的剧本当作正剧处理，那就会使它们变得沉闷，就会把它们毁掉了。"[①]《北京人》也同样是这种情况，它们揭示了契可夫和曹禺戏剧风格的一个重要特征——悲剧性和喜剧性的融合。

契可夫早在小说创作中就表现出悲剧性和喜剧性结合的特色，善于从"为世人所看得见的笑料"中发现"为世人所看不见的眼泪"，透过似乎可笑的表面现象显示出事物的十分悲惨的本质，鲁迅曾把契可夫的这些作品称为"不是简单的只招人笑"的"趣闻"[②]。但早期契可夫小说中的悲剧性与喜剧性的结合往往是在喜剧形式下的悲剧，而契可夫后期的戏剧却往往是悲剧形式下的喜剧。这不但表现了作者风格的转换，同时也说明作者对生活态度的变化，标志着对现实生活反映的深化，是美学感受发展的结果。别林斯基认为："喜剧性幽默讽刺不是大家都能懂得的……喜剧性是文明之花，是发展了的社会性的果实。要懂得喜剧性，就必须站在教养的高级阶段上。"[③]曹禺戏剧创作的格调也同样呈现出这种发展趋向。《雷雨》是典型的悲剧，而《日出》就初步显示出喜剧与悲剧的交织渗透，至于《北京人》则是作家不断积累起来的对现实喜剧感受的产物。但它们不是一般的喜剧，而是悲喜交融、互相渗透，其形式是悲剧的、本质是喜剧的。

契可夫和曹禺的这种风格诞生的基础是现实生活本身。正如契可夫所说："在生活里，一切都是错综复杂的，深刻的和浅薄的，伟大的和渺小的，悲惨的和可笑的常常混合在一起。"[④]悲剧性和喜剧性的互相渗透和补充是人类美学感受发展的结果，正如生活中悲剧与喜剧的交织转化显示出生活的丰富性和复杂性一样，艺术中悲剧性与喜剧性的交融能更深刻地揭示生活本质，给人们以更复杂，更高级的审美感受。

契可夫与曹禺的戏剧风格的这种变化和他们思想前进的步伐有密切关系。契可夫后期写《三姐妹》《樱桃园》时，他已经敏锐地感觉到时代内部正孕育着深刻的变化而站在未来的高度去观察生活，这样在他的剧本里，一方面对现存的社会制度加强了批判，表现出美好事物惨遭毁灭的沉重的悲剧，另一方面又站在与旧社会旧事物含笑告别的高度，写出了丑恶事物的可笑的必然灭亡。对于曹禺来说也是如此。如果曹禺只是站在与现实生活同样的高度，对于黑暗现实只是充满激情的诅咒和反抗，他只能写出《雷雨》那样的悲剧来，而当他站在高于现实的未来的高度时，他看出了现实中那些必将随旧制度一起灭亡的

① 见《契可夫与高尔基通信集》。
② 鲁迅：《〈坏孩子和别的奇闻〉前记》。
③ 见《别林斯基选集》第二卷。
④ 见《契可夫论文学》。

荒谬事物，便写出了《日出》那样的悲剧形式下的喜剧。正如马克思所说："喜剧高于悲剧，理性的幽默高于理性的激情。"

在悲剧性与喜剧性的交融上，曹禺的《北京人》和契可夫的《樱桃园》是十分接近的。《樱桃园》写了一群寄生者，一群漫不经心丧失樱桃园、抛弃祖国的人们，他们拍卖祖产，到外国去享乐，去追逐朝秦暮楚的爱情，作者嘲笑了地主及其知识分子精神上的空虚和堕落。《北京人》也写了一群寄生者，他们的封建家庭危机四伏，经济上的衰败伴随着思想上的崩溃，作者揭示出封建阶级及其知识分子分崩离析的没落趋势。在两个剧本的情节中都包含着共同的根本的喜剧因素：客观生活已经提供了解决矛盾的途径，而那些喜剧性格却为着一个背逆历史潮流的目的在作徒劳地挣扎，在庄重的外表和言词下掩盖着渺小、可笑的动机，甚至把希望寄托在虚幻的努力上，因此他们的行动表现出荒谬可笑性，但又都在喜剧性中渗透出悲剧的氛围——这是因为旧事物的死亡和新生力量的诞生又都是那样艰难沉重的缘故。

但是《北京人》较之《樱桃园》，风格上也存在着差异。契可夫的《樱桃园》是把美的毁灭的悲剧性和垂亡事物的喜剧性结合起来加以展现的，只是嘲笑了腐朽力量，而正面人物都只不过是幻想者，尽管这种幻想通向未来，但却是软弱的、无行动的，并未明确地指明出路，而《北京人》既讽刺旧事物，又赞美新事物，是送旧迎新的双重意义的喜剧，它提出了更为积极的主题：冲破黑暗、追求新生、追求幸福，用人物行动回答了"人活着怎样才是有意义的""这种有意义的人生到哪里去寻找"这样一些充满积极意义的重要课题，这就使《北京人》具有更加震撼人心的诗意力量和深邃丰富的哲理内涵，使作品产生的喜剧美感更为浓郁、强烈和动人。

近百年来，世界戏剧史上发生了几次重大变革，而第一次重大变革应该说是由契可夫完成的（第二次和第三次重大变革应归功于布莱希特和尤奈斯库、贝克特等人）。他最大限度地革新了传统戏剧观念，开拓了"内在戏剧性"的新的广阔领域，使戏剧由原来传统戏剧的重在表现外部行动、描写直观的直接的冲突、叙事因素占主导地位，而走向重在表现内心活动、描写潜在的心灵的冲突、抒情诗因素占主导地位，从而给人们一种崭新的更加动人的审美感受。这股变革浪潮对中国现代戏剧的冲击有力地表现在曹禺创作的发展上。因此，研究曹禺和契可夫的关系，其意义就不仅仅是两个具体作家的比较，应该说，这是考察中国现代戏剧如何融汇进世界戏剧潮流中去的一个视点。

原载《贵州社会科学》1988 年第 6 期

曹禺创作启示录(节选)

李丛中

抽他人之金钱,织自己的锦衣

人们都公认:由于曹禺的戏剧创作,使中国话剧逐渐趋于成熟。曹禺的幸运之处,就在于他恰恰出现在中国话剧从诞生到成熟的临界点上。历史选择了曹禺,让他担负起促成中国话剧成熟的重担,曹禺没有辜负历史的期望。他以他的无与伦比的才华,以他巨大的吸收和消化外国戏剧的能力,以他对生活的深刻体验与感受,终于写出了一批具有深刻的思想性与完美的艺术性的作品,为中国话剧的成熟奠定了坚实的基础。

然而,我们在高度评价曹禺对中国话剧发展的历史贡献的时候,也应当清醒地认识到:曹禺之所以作出如此巨大的贡献,是由于他站在前人的肩膀上不断向上攀登的结果。若无"五四"前后一大批剧作家为中国话剧作了许多拓荒的工作,曹禺的创作是无法达到这样的高度的。因此,我们必须回过头去,看一看中国话剧的前辈们为中国话剧的诞生怎样披荆斩棘、开荒播种;看一看他们怎样把外国戏剧之苗,移植到中国这块东方的土地上,让它生根、发叶、开花、结果。

无可否认,中国现代话剧从他诞生的那一天起,就与外国戏剧结下了不解之缘。中国的第一个话剧团体——1907年由留日学生组织的春柳社,就是以演出两个外国戏而开始了中国话剧的拓荒工作的。这两个话剧是:法国作家小仲马的《茶花女》、美国剧作家根据《汤姆叔叔的小屋》改编的《黑奴吁天录》。这两个话剧的演出并获得成功,不但使中国话剧的拓荒者们大受鼓舞,而且使很多致力于中国话剧事业的先驱者增强了信心。他们相信在东方的土地上,可以种下西方话剧艺术之花。同样,对中国话剧运动有重大影响的南开新剧团,也改编和上演过许多外国话剧。比如易卜生的《娜拉》《国民公敌》,又比如根据美国作家高尔斯华绥的《争斗》改编的《新村正》,根据莫里哀的《悭吝人》改编的《财狂》等。可以说,在中国现代话剧的草创时期,如果没有相当规模的对外国戏剧的翻译与演出,改编与移植,中国话剧的兴起是不可想象的。

随着话剧运动的勃兴,剧本的匮乏便日益严重起来。为了给剧团提供脚本,便出现了一股改编之风。当时的许多著名的戏剧家,差不多都改编和移植过外国戏剧。洪深根据英国剧作家王尔德的《温德米特夫人的扇子》改编的《少奶奶的扇子》,成了当时最叫座的剧本。田汉将歌德的《威廉·迈斯特》中的眉娘的故事改编成独幕剧,后来又被陈鲤庭、崔

鬼加以中国化、现代化的《放下你的鞭子》，也是一出相当出色的街头剧。改编虽严格地说不能算创作，但改编同样需要慧眼和胆识，技巧和匠心。改编的过程，也是一个学习外国戏剧并使之中国化的过程，它对中国话剧的萌芽和生长，起着重要的作用。

当然，改编毕竟不是真正的创造，靠改编来解决剧本荒虽不失为一种方法，但绝不是中国话剧创作的康庄大道。因此，许多剧作家在超越了简单的用中国的人物和情节去替换外国的人物和情节的"改编术"之后，便在外国戏剧的启发下开始了创作。当然，这些创作，还不是真正的独立意义的创作，因为在这些剧本中，还可明显地看出外国戏剧的影子在游动。比如郭沫若的《王昭君》，就有英国戏剧《莎乐美》的影子，洪深的《赵阎王》，也明显留下了学习奥尼尔的《琼斯皇帝》的痕迹，欧阳予倩的《泼妇》，白薇的《打出幽灵塔》，胡适的《终身大事》，都隐约可见易卜生的《玩偶之家》的人物的影子。这种情况，说明中国话剧在其发展过程中，确实难免留下一些外国戏剧影响的胎记。这是毫不足怪的。可以这样断言：没有改编和移植，外来的话剧形式就很难在中国扎根，不受外国戏剧的影响，中国的话剧也很难成型。问题不在于我们在多大程度上受到外国戏剧的影响，而在于我们对外国戏剧的精华，是否真正理解和把握，是否把这种精华化进我们的戏剧的血肉之中。

中国早期的话剧运动，是和中国的新文化运动，和中国人民的反帝反封建的政治斗争同时进行的。因此，当时对外国戏剧的选择，便自然地首先从其政治倾向上来加以考虑。只有和反帝反封建的政治斗争相一致的外国戏剧，才能首先被作为斗争的武器来加以利用。在外国戏剧中，为什么易卜生的戏剧在中国受到最大的欢迎，就因为易卜生的个性解放、妇女解放的思想，与当时的新文化运动，与反帝反封建的斗争一拍即合的缘故。这样，中国话剧在借鉴外国戏剧之时，就免不了带着某种急功近利的特点。凡是认为于当时的思想和政治斗争有利的外国戏剧，就急急忙忙地"拿来"，又囫囵吞枣般地吃下，无暇细心辨别它的滋味，也无暇去领略外国戏剧的妙处。有时，为了斗争的需要去改编外国戏剧，也只是往外国戏剧的结构框架里塞进中国的人物和情节。这种按谱填词式的改编的戏剧，虽然也能获得一时的艺术效果，但与真正的借鉴和真正的创作，还有相当大的距离。这说明，在中国话剧运动的早期，我们只是在这样的浅层次上徘徊。"五四"前后新掀起的规模巨大的借鉴外国戏剧（扩而大之，则是外国文化）的热潮，不能不浅尝辄止地告一段落。

中国话剧的拓荒者们，在经过了一段时间的向外国戏剧的借鉴之后，出于现实斗争的需要，开始独立地进行创作。本世纪二十年代，出现了一批为中国话剧奠基的好作品。欧阳予倩的《屏风后》《回家之后》，丁西林的《一只马蜂》《压迫》，田汉的《咖啡店之一夜》《获虎之夜》《名优之死》，洪深的《赵阎王》《五奎桥》《香稻米》等，都是早期的中国话剧创作的实绩。这些作品，已不再是对外国戏剧的"描红"式的移植和模仿，它们都能从中国这块斗争的土地上获得创作素材，又返回到中国革命斗争中去。这是中国自己的新式话剧。这些作品的出现，标志着中国话剧已初具雏型，西方话剧的根，已逐渐扎在中国的土地上。

……

中国话剧站立在三十年代的大门口，呼唤着它的成熟期的到来！

而曹禺，正好出现在中国话剧由幼稚走向成熟的临界点上。

历史要求曹禺：必须克服中国早期话剧在借鉴外国戏剧上浅尝辄止的弊病，真正吸取外国戏剧的精华来滋养自己。必须在戏剧创作上有新的突破，使中国的话剧艺术成为有自己独特的艺术品格的民族戏剧。

不管曹禺是否意识到历史对他（当然也是对同时代的其他剧作家）的要求，他还是用他高超和精湛的戏剧创作，来完成了历史赋予他的使命。曹禺的戏剧创作，是中国话剧走向成熟的标志，也是中国话剧向世界剧坛发出的独立的宣言。

正是在这个意义上，我们感到有必要对曹禺创作的经验和教训，作认真的思考和分析。

纵观曹禺漫长的创作生涯，我认为，有一个重要的经验大概是会被人们认可的，那就是：既大胆借鉴，博采众长，又善于创新，对外国戏剧作勇敢的超越。这正是曹禺创作走过的一条成功之路。

曹禺对外国戏剧的借鉴，诚然是大胆的、广泛的和相当用心的。早在南开中学求学之时，曹禺就在易卜生的名剧《娜拉》和《国民公敌》中扮演过角色。后来，他进入清华大学西洋文学系，又广泛地涉猎了世界各国的戏剧作品。从希腊悲剧家到莎士比亚，从易卜生到莫里哀，从契诃夫到奥尼尔，只要他能找到的世界著名戏剧家的作品，他都仔细地阅读，如醉如痴地沉入到戏剧的艺术境界与氛围中去，在欣赏中去领悟外国戏剧的奥妙之处。他勿须急功近利地摘取外国戏剧的皮毛，来装点自己的作品，而是从容地、孜孜以求地吸取外国戏剧的精华，来丰富和提高自己的文学素养。当现实生活撞击着曹禺的心扉，一种按捺不住的创作冲动使曹禺提起笔来的时候，曹禺的深厚的文学素养，便立即转化为灵感，转化为技巧，转化为滔滔不绝的戏剧文思，奔涌到他的笔下。这时，你很难说曹禺究竟从哪个戏里得到启示，从哪个戏里摘取形式与技巧。

曹禺在谈到《雷雨》与外国戏剧的关系的时候，就说过了一段值得深思和玩味的话：

> ……在国内这次公演之后，更时常有人论断我是易卜生的信徒，或者臆测剧中某些部分，是承袭了 Enripides 的 *Hippolytus* 或 Racine 的 *Phèdre* 灵感。认真讲，这多少对我是一个惊讶。我是我自己——一个渺小的自己！我不能窥探这些大师们的艰深，犹如黑夜的虫甲想象不来白昼的明朗。在过去的十几年，固然也读过几本戏，演过几次戏，但尽管我用了力量来思索，我追忆不出哪一点是在故意模拟谁。也许在所谓"潜意识"的下层，我自己欺骗了自己。我是一个忘恩的仆隶，一缕一缕地抽取主人家的金钱织成自己丑陋的衣服，而否认这些褪了色（因为到了我的手里）的金线也还是主人家的。其实用人家的一点故事，几段穿插，并不寒伧。同一传述，经过古今多少大手笔的揉搓塑抹，演为种种诗歌、戏剧、小说、传奇，也很有些显著的先例。然而如若我能绷起脸，冷生生地分析自己的作品（固然作者的偏爱总不容他这样做）我会再说，我想不出执笔的时候，我是追念着哪些作品而写下《雷雨》，虽然明明晓得能描摹出来这几位大师的遒劲和瑰丽，那怕是一抹，一点或一勾呢，会是我无上的光彩。
>
> ——《〈雷雨〉序》

曹禺的这段话，可以说是曹禺在借鉴与创新的关系上的自我体验，既是辩证的，又是真实的。

从曹禺的这段话里，我们当然不会误解曹禺在否定外国戏剧对他的影响。因为他说得很清楚，借用外国戏剧的"一点故事，几段穿插，并不寒伧"。他甚至说，如能从外国戏剧大师那里描摹出他们的"遒劲和瑰丽"，哪怕是一抹，一点，一勾，都将是"无上的光彩"。曹禺在很多场合，都以崇敬的口吻谈到外国戏剧给予他的滋养和熏陶。所以，曹禺决不是"忘恩的仆隶"，在得到外国戏剧的好处之后还否认主人给予的恩德。曹禺之所以说在写戏的时候，"追忆不出哪一点是在模仿谁"，是因为促使曹禺提起笔来创作的，不是外国的戏剧大师，而是那"梦魇一般"的生活，是光怪陆离的现实，是人间的不公，是他心中无法抑制的爱与恨。活跃在他眼前的，也不是外国戏剧中的人物，而是他身边的令他爱，令他恨，令他怜悯，令他憎恶的活生生的人物。人物和故事，现实和历史，性格和心理，都被他的灵感，他的激情所融化，被他的艺术修养所统领，被他的技巧所安排，顺顺当当地在稿纸上现出一个新的虚拟的世界。在这样的激情奔涌的时刻，谁还有功夫去追查这一情节，这一技巧，这一手法的出处呢？曹禺的这种创作体验，正是一个成熟的作家的良好创作心态的真实描述。如果在创作时，刻意地从莎士比亚那里借一情节，从契诃夫那里偷一技巧，那么创作就必然变成拼凑，戏剧的活的生命也将被阉割。也许正是由于曹禺不愿在创作时刻意"模拟谁"，而把创作主体的能动性发挥到了极至，他才郑重声明："我是我自己。"

但是，话又得说回来，如果因为曹禺在创作时并没有明确地意识到要"模拟谁"，就否认曹禺受到外国戏剧的影响，这也是不符合实际的。就是曹禺本人，在很多场合也对外国戏剧给予他的影响供认不讳。问题的症结在于：这种影响是怎样渗透进他的创作过程中，这种影响在曹禺的作品中占何种地位，它对曹禺的创作倾向和艺术风格的形成起何作用。只要不简单化，不绝对化，能从创作的特殊规律出发去探索外国戏剧对曹禺的影响，那么，对于理解曹禺与外国戏剧的关系，对于总结曹禺创作的经验和教训，都将是有益的。

创作，本来就是一种极其复杂的精神活动。当作者进入创作过程时，各种各样的生活现象便涌进作家的头脑中。作家需要依靠自己的世界观、人生阅历和各种理论素养去分析生活现象，挑选出自己的创作素材。平时积累起来的艺术素养、技巧和手法，也参与到构思的过程中。当这复杂的思维过程突然受到某种艺术构思的启发，这种启发又和作者所掌握的生活素材，以及作者所要表达的主题碰撞而闪出耀眼的艺术火花之时，作家的思路便豁然开朗，作品的构思过程也就接近于完成。在这样的复杂的、微妙的、有时甚至是难以捉摸的艺术构思的过程中，你要指出哪一点受谁的影响，是很困难的。然而，影响毕竟是客观存在的，否定它也是徒劳的。

曹禺之所以在中国话剧由幼稚到成熟的临界点上，能把中国话剧提高到一个新的水平线上，不能不归功于他对外国名剧的烂熟于心的借鉴，不能不归功于他站在世界著名戏剧家所铺就的艺术阶梯上所作的新的登攀，当然，也不能否认曹禺横溢的才华和他惊人的独创能力。曹禺自谦地说他"一缕一缕地抽主人的金钱，织成自己丑陋的衣服"，其实，他是抽他人的金线，来织自己的锦衣。如果没有外国戏剧对他的潜移默化的熏陶，如果没有他独具慧眼的选择和他巧妙的编织与穿插的能力，曹禺是不可能在三十年代初，为中国现代话剧开拓新的局面的。大胆借鉴与勇于创新，的确是曹禺创作的成功之路。

现在，世界上有一种研究文学间的相互影响、相互渗透的方法，即比较文学的研究方法。这种研究方法，通过不同国家、不同作品的共同点和差异点的比较，找出两个作家、两种作品的联系和差异，进一步探讨文学的外在与内部的规律，收到了良好的效果。这种方法，虽不一定处处可靠，事事确凿，但它确实能在比较中给予我们许多启示。下面，我们准备用比较文学的研究方法，来探索曹禺与外国戏剧的渊缘和关系，看一看曹禺如何借鉴外国戏剧，又如何超越外国戏剧。如果在比较中，有生硬和牵强之处，那不是曹禺创作上缺陷，而是笔者的拙劣和低能。

原载《曹禺创作启示录》，云南大学出版社 1990 年版

曹禺与易卜生

——伦理批判与精神反叛的认同及离异

王德禄

关于曹禺与易卜生剧作之间的显著联系，是曹禺自己一再提及并为戏剧研究者们所关注的，因为这种联系是曹禺的戏剧融汇进世界戏剧潮流中去的一条重要渠道。美国戏剧理论家约翰·霍华德·劳逊曾指出："易卜生对今日的戏剧的巨大影响，主要在于他的思想体系和技巧（体现思想的工具）这两方面。"①综观目前对曹禺与易卜生关系的研究，研究者多把目光投向曹禺剧作与易卜生剧作技巧的具体联系，而多少忽略了易卜生的富于个性特色的"思想体系"对曹禺更为深刻内在的影响，这种忽略，一方面导致了对他们之间联系的简单化、表面化理解，另一方面也妨碍我们对曹禺剧作思想价值的准确把握。

本文企图以曹禺解放前的主要剧作与对之产生深刻影响的易卜生的社会问题剧为比较研究对象，从"思想体系"的角度，对两者进行求同索异的探讨。

伦理批判的认同

易卜生对曹禺和中国现代戏剧创作影响最大的是他中期的创作——现实主义倾向的社会问题剧。这个时期的创作以《青年同盟》(1869) 为始，以《海达·高布乐》(1890)作结，其中包括《社会支柱》(1877)、《玩偶之家》(1879)、《群鬼》(1881)、《人民公敌》(1882)等为中国现代戏剧界与读者所熟知的名剧。这些现实主义剧作以日常生活为素材，从多方面提出和剖析社会问题，启发读者思考，从而引导人们起而改革社会的弊端，这是易卜生社会问题剧的主要特点，从这个意义上说，易卜生社会问题剧的主旨在于社会批判。那么，易卜生的社会批判关注的是什么样的社会问题，是从什么角度进行的什么性质的批判呢？在这个问题上，以往对易卜生社会问题剧的理解往往是失之简单化和表面化的，这可以最负盛名的《玩偶之家》为例。长期以来，人们认为《玩偶之家》的主题是妇女解放，娜拉的出走是迈向妇女解放的第一步，甚至认为《玩偶之家》是妇女运动的"独立宣言"，实际上，这是对《玩偶之家》的误解。不能否认，易卜生对妇女问题是关心的，但在《玩偶之家》中，易卜生主要不是讨论妇女问题，而是通过妇女问题，表现他对现实环境中人的道德观念以及所追求的最高道德理想的思考。娜拉在出事以后，她首先考虑的是丈夫对此事的态度，所思索和探求的内容主要局限于伦理问题（夫妻关系、家庭关系），她追求的目标是夫妻"应

① 约翰·霍华德·劳逊：《戏剧与电影的剧作理论与技巧》。

该真正象夫妻”，她与丈夫海尔茂临别的话是充满了希望的，他们都相信有一天他们会重新结合成“一对真正的夫妻”，实际上，易卜生是借家庭这个试验场进行道德观念的试验，研究人的心理过程，探究人在道德方面和精神方面的变异。正如普列汉诺夫所指出，“总而言之，易卜生拥护妇女解放，但是在这里，跟在别的任何地方一样，使他感到兴趣的是解放的心理过程，而不是它的社会结果，不是它对妇女的社会地位的影响。”①

综观易卜生的社会问题剧，从道德的角度提出问题，立足于对家庭和人的精神生活以及道德观念的剖析，对社会进行伦理批判，通过道德抗议来进行社会抗议——这就是易卜生的独特的“思想体系”。而我们在曹禺的剧作中，可以发现易卜生的这种独特“思想体系”的深刻影响。如果说《玩偶之家》《群鬼》等社会问题剧是“易卜生把火炬投进了市侩的‘和睦家庭’宣布了资产阶级买卖婚姻内蕴的欺骗性的罪状”，②那么，曹禺的《雷雨》则用令人震颤的闪电撕破了中国传统道德的虚伪面纱，烛见了中国旧家庭的罪恶；而在《日出》中，则以日出前的满天红光反衬出那个“损不足以奉有余”的罪恶社会的黑暗冷酷，揭示出对人的精神追求扼杀的不公道与非人性；《原野》则通过一个“大地之子”的悲剧形象在“心狱”中的搏击，展示出被压迫者在善与恶道德观念交战中的痛苦磨难；在《北京人》描写的善良与丑恶、新生与腐朽、光明与黑暗的冲突中，我们则看到了封建统治比经济衰落更为深刻的道德伦理精神支柱的最后崩塌。可以看出，贯穿在曹禺一系列剧作中的，是通过伦理批判与道德抗议而奏出的“摧毁黑暗社会，让人成为人！”这一高昂的音调。对社会的伦理批判的认同，表现出曹禺剧作与易卜生剧作之间思想的深刻沟通。

我们指出曹禺与易卜生的剧作都共同致力于对社会的伦理批判，丝毫没有贬低他们剧作的社会意义的意思。伦理批判所关注的是社会的道德关系和道德现象。道德关系是通过人们的意识而形成的依靠一定的道德原则、道德规范所维系的、直接体现个体（个人）与整体（社会）矛盾的特殊的社会关系，它较之经济关系、政治关系、法律关系、宗教关系等更具有普遍性。道德现象就是指人类道德关系中各种矛盾的表现形式，作为一种重要的普遍的社会关系，道德的社会本质是由一定经济基础决定的上层建筑，是社会物质生活条件的反映。人类历史上的各种道德体系的原则和规范，都是从社会经济关系的利益中引申出来的，社会经济关系是构成各种道德原则和规范的实在内容。因此，立足于道德角度的伦理批判，同样是一种深刻的社会批判。

正是由于曹禺剧作与易卜生剧作对社会的伦理批判的一致认同，因而导致了它们在内容上的以下相似之点。

首先，是题材的选择。易卜生和曹禺的剧作都不约而同地把目光投向大量地集中表现道德伦理现象的家庭结构和人的心理过程的剖析。在易卜生看来，社会动乱的根源在于人与人之间道德关系的恶化。由于资产阶级社会的单位组织是家庭，他便深入分析和解剖家庭的结构，希望通过剖析能找到把家庭从毁灭中挽救出来的方法，重新恢复它的完

① 普列汉诺夫：《亨利克·易卜生》，收入《论西欧文学》。
② 弗朗茨·梅林：《亨利克·易卜生》。

整性，他认为这是在资产阶级社会的界限内获得自由的唯一道路。曹禺的剧作关注家庭领域的生活和有关人生、爱情的感情世界，将艺术透视力伸入封建家庭和人的精神生活领域的深层，着眼于渗透在漫长无边的日常生活中的思想情感和精神活动，描写此中人性的追求、心灵的反抗及其毁灭的悲剧。通过对家庭与人的精神生活的剖析来剖析社会，提出对社会的道德抗议和伦理批判——这是他们剧作题材选择上的共同特点。

其次，是主题的开掘。摧毁虚伪的陈旧的道德价值观念，在新的道德价值观念的重建中确立人的地位，让人真正成为人——这是易卜生的社会问题剧和曹禺剧作中共同的贯穿性主题。易卜生的社会问题剧故事情节虽然各异，然而却围绕着一个中心：揭露和批判那些假仁假义、贪赃枉法、腐朽堕落的"正人君子"以及他们所依附的虚伪自私的道德观念。在《玩偶之家》中，海尔茂的庸俗道德观的毁灭暴露了资产阶级的现存道德准则和婚姻神圣的虚伪性，而在《群鬼》中，曼德教师的形象则成为资产阶级道德虚伪的揭发者。曹禺的《雷雨》从道德角度揭露了融化在封建道德观念中的资产阶级代表人物专横、伪善、冷酷的灵魂；《日出》则揭露了"损不足以奉有余"的"人之道"，但不是浮面地描写政治压迫、经济剥削或肉体摧残，而是深入到人的深广的精神世界，深刻描写了冷酷残忍的"人之道"对人的精神的戕害和灵魂的扭曲；《原野》的复仇主题中则蕴涵着正义的复仇者内心中新旧道德观念搏斗撞击以及最终被无形而又沉重的精神桎梏扼杀的悲剧；《北京人》在着力描写封建阶级精神统治破产的同时，又反映出其对善良灵魂的吞噬。可见，在批判中追求，在破坏中重建，这是曹禺与易卜生剧作主题的共同格调。

最后，是审美角度的切入。艺术作品对生活的审美反映有多种切入的角度，易卜生的社会问题剧和曹禺的剧作都注重心灵的开掘与描写，着力展现人物的精神悲剧，因而都具有心灵戏剧的特点。易卜生由于"爱好思想、忧虑道德、关心良心问题"，①因此，他总是以敏锐的观察力，全神贯注地剖析人物心理，描写心理危机，尤其对现代妇女的心理分析的注重，使他的社会问题剧"首先是揭示资产阶级妇女的心灵的戏剧"。② 曹禺的剧作也同样着意于人物灵魂的深挖与细描，不是浮面地而是深入地把握具有独特个性的内心世界来反映形象的深度，我们看到蘩漪的躁动不安的灵魂在痛苦的深渊中挣扎，窥见陈白露丰富细腻而又复杂矛盾的内心世界，感受到仇虎心灵中的仇恨、爱恋、妒恨、凶暴痛苦交织起来的感情的激流，触摸到愫方的一颗忧伤而坚韧的灵魂在沉沉黑暗中的顽强搏动。他们的这种以深婉细曲笔墨挖掘人的内心深层从而写出人的"灵魂之深"就使他们成为"高的意义上的写实主义者"，③成为心理分析大师。

易卜生和曹禺的深刻的道德伦理层次的忧患意识与批判意识的认同，促使他们都采取了把道德伦理批判和文学批判结合起来进行社会批判的方式。这种结合并不是一种偶然的个别的选择，而可以说是一种世界性的文学现象，它正反映了文学进行社会批判的一

① 法国批评家杜密克语，转引自普列汉诺夫《论西欧文学》。
② 蔡特金：《亨利克·易卜生》。
③ 鲁迅：《集外集·〈穷人〉小引》。

种重要特点和普遍方式。这种现象之所以成为一种普遍的世界性文学现象，首先是由现实生活中真善美的有机统一所决定的，而作为现实生活反映的文学中的真善美是不可分割地结合在一起的。文学家进行创作不可能是对生活的“纯客观”的记录，而总是按一定的审美理想去审视生活，道德理想就是审美理想中的一个重要内容。文学家的道德观念、道德感情和道德理想必然直接影响他对现实生活的审美选择和审美评价。在一定意义上说，任何文艺作品都是文艺家的道德面貌和道德理想的形象呈现。其次，文学创作所关注的是人们的精神生活，要求艺术地揭示人的心灵，展现人的丰富的精神世界，而道德作为一种意识现象，它是人们反映道德关系的心理过程及各种观念、态度、情感、意志、信念的总和，是人类最普遍、最重要的精神现象，文学对经济、政治、法律、宗教等的反映必然要通过道德反映的中介。因此，易卜生和曹禺的剧作所表现出的道德伦理批判与审美批判相结合的倾向，就不是一个偶然的个别现象，而恰恰揭示了文学进行社会批判的一种普遍方式。

精神反叛的共求

根据以上分析，我们可以看到易卜生作为一个现实主义作家，同时也可以说是一个特殊意义上的伦理学家。在他身上，道德家和艺术家是融为一体的。在易卜生看来，现存的国家、宗教、婚姻、家庭、道德、政治等等社会的一切，都是虚伪与谎言的产物，都是他猛烈加以抨击的目标。一八七一年二月十七日他在给乔治·勃兰兑斯的一封信中这样说道：“国家对于个人来说是个该诅咒的东西，……任何宗教也注定要消灭的。不论是道德的概念或者艺术的形式，都没有永久存在的因素。”他认为，只要摧毁这些虚假的道德价值观念，个人便能得到自由，于是他从一种近于虚无主义的绝对个人主义的角度出发，呼吁来一次吞没整个世界的“整体革命”，即人的精神反叛。

精神反叛，这是易卜生从道德伦理批判角度提出的解决社会问题的药方。他在他的社会问题剧中不断强调人的精神革命，力主“人的精神的反叛”，以此来革新和清洗堕落的灵魂并使之得到新生和解放，在这种“精神反叛”的鼓吹中，充分表现了易卜生对现存社会秩序的怀疑。他在剧中通过一些普通人物（实际上是中小资产阶级）日常生活的描写告诉人们所谓幸福之家不过是傀儡之家，所谓社会支柱实则是社会蛀虫，真正为人民谋福利的好人倒被诬陷为“人民公敌”，整个社会的道德标准和道德价值全是颠倒了的，只有对这一切从精神上彻底反叛，才能使真理与正义得到伸张。《玩偶之家》中的娜拉、《群鬼》中的海伦和《人民公敌》中的斯多克芒都是家庭和社会中的弱者或少数，但他们凭着从对现实深刻的洞察和反省中获得新的信念，与社会的黑暗进行斗争，所用的武器就是“人的精神反叛”，易卜生把改造社会的理想就寄托在这些精神反叛者身上。这种对个人精神反叛的推崇和对“所有的问题在于人的内心解放”的强调，表现了易卜生对现存政治的厌倦与所谓“政治革命”的绝望，他认为“他们想要局部的、完全表面的政治革命，这都是些空事，重要的只有人的精神反抗”。① 这种对表面化的政治革命的冷漠和对深层次的人的精神革命的追求，表现出易卜生的个人主义理想化和非政治化倾向。

那么，这种“精神反叛”的力量来自何处？易卜生的答案是，来自人的自觉意志。意志是反映社会需要的心理活动的一个重要方面，它表现在自觉提出行动的目的上，表现在达到这一目的的决心上，以及为了克服那些阻碍目的实现的障碍所必需的积极性和刚毅性上，意志活动始终是一种自觉的、有一定目的的行动。易卜生剧中人物的自觉意志是极其强烈的，是人的个性力量的极度高扬。在《玩偶之家》中娜拉在经历了家庭危机、产生了人的觉醒以后，坚定执着地要弄清楚“究竟是社会正确，还是我正确”(第三幕)，甚至放弃为妻为母的被男性中心社会认为的神圣职责；在《群鬼》中，海伦的牺牲和献身更是至艰至难，她以顽强的毅力和巨大的代价换来了对严酷现实的严肃思考，终于看穿了现存国家法律秩序和道德秩序不过是正人君子用以束缚别人的绳索；在《人民公敌》中，愤世嫉俗的斯多克芒医生在强大的黑暗势力面前毫不屈服，面对愚昧的庸众和“人民公敌”的恶名，他坚信“世界上最有力量的人是最孤立的人！”这些人就其实际处境和地位来说，是社会的少数和弱者，但就其精神力量和自觉意志的力度而言，他们都是强者。

在曹禺的剧作中，应该指出，他对作品反映的个人悲剧和社会问题根源的探索是不断深化的，由个人的到社会的，由精神的到物质的。但即使曹禺后期剧作对根源的探索触及到社会的经济的根柢时，也并非直接诉诸社会政治经济分析，而是往往通过人的精神变异的中介来引导读者意识到物质经济的终极根源(这正是文学作为人类精神形式之一与物质社会联系的特殊方式)，精神反叛同样是曹禺剧中悲剧人物摆脱精神危机，进行社会控诉、谋求某种思想革命实现的途径。无论《雷雨》中的蘩漪、《日出》中的陈白露，还是《原野》中的仇虎、《北京人》中的愫方，都有一颗不安定的、叛逆的灵魂，他们面对着的主要是强大而又残酷的精神桎梏，承受的主要是无形而又沉重的精神压力，但他们同时又处于少数和弱者的地位，他们所依仗和选择的也只能是由坚定执着的自我意志而产生的人的精神反叛。蘩漪在封建重压下，从现代女性自我意识的觉醒出发，勇敢地发出“我是人，一个要真正活着的女人”的强烈呼喊，以至为实现这种反叛而付出了惨重的自我牺牲的代价；陈白露在内心的自我痛苦交战中，最后以死的圣水荡涤了玷污灵魂的污垢，换取了与社会和旧我的决裂，实现了自我的“精神反叛”；在愚昧和迷信的“心狱”中痛苦挣扎的仇虎，所追求的也是自我“精神反叛”的实现，在恍惚错乱的精神世界的幻觉中，仇虎对不公平人世的痛斥和诅咒，正表现了他企图挣脱肉体和精神镣铐的精神反叛的强烈意志力量；至于在沉沉黑暗中熠熠闪光的崇高灵魂——愫方，我们则从她沉默而热烈、忧郁而刚毅的性格交织中，看到了人的要求在沉重如磐石的封建精神重压下潜滋暗长，最终，她终于实现了与旧的世界及其旧我的艰难的告别。在这些人物身上，建立在强有力的自觉意志基础上的精神反叛的追求，是一条充满悲剧力感的思想与行动线索。

---

① 普列汉诺夫：《亨利克·易卜生》，收入《论西欧文学》。

通过精神反叛以实现人的某种“思想革命”，可以说是易卜生和曹禺剧作中正面人物所体现的思想价值之所在。描写个人的精神反叛，以追求某种“思想革命”的实现，这可以说是中外文学史上，作家对人的观念的认识不断深化和人物自身主体性不断完善无限过程中一个必经的重要的阶段，它是在经过中世纪古典主义对人的价值的否定和浪漫主义对人的价值的憧憬之后，对人的价值及其内在复杂性更现实、更深刻的理解和把握。人的精神反叛既包含着对束缚人的价值充分完美实现的自然异己力量——社会环境的反叛，(这往往是批判现实主义所致力的目标)也包含着对束缚人的价值充分完美实现的自我异己力量——内心世界的反叛(这更多地被现代主义作家所关注)，贯穿在其中的是以人的觉醒为基础的对环境和自我的反省与批判精神。因而，它可以说是一种摆脱了蒙昧主义和理想主义之后的更为清醒的现代意识，易卜生和曹禺的剧作为这种思想倾向的世界性提供了一个有力的例证。致力于描写人的精神世界的变异，是现代文学艺术的一种世界性现象，特别是当批判现实主义对物质社会环境的批判达到了它所能达到的极点以后，文学就更多地转向对作为社会环境产物的人的精神生活的剖析，努力从人的自身内部找到解决社会危机和人的精神危机的途径，这就使后期批判现实主义和现代主义的文学创作都具有一种强调精神的倾向，易卜生的社会问题剧正处于这样一个时期。正如他自己所说：“对我说来，每次新的创作，都服务于心灵的解脱过程和净化过程的目的。”[①]因而易卜生的社会问题剧又带有心理分析剧的特点。对于曹禺来说，随着创作的发展，心理分析的特色是越到后来越突出，《北京人》简直可以说是一部典型的“心灵的戏剧”了。

这种对个人精神的反叛，“思想革命”的肯定，在以往和目前的许多论者笔下，往往是被视作“唯心主义”的“历史局限”来看待的，其理由是忽视了群众的多数和物质经济基础的变革，这样的批评不能不说是简单化的。因为实际上任何文学作品都是立足于描写个别和致力于表现精神生活的，文学不可能也不应该被要求直接描写所谓多数以及象政治经济学论文那样直接揭示社会变革的物质终极原因的。是历史唯心主义的局限还是历史唯物主义的正确阐扬，关键不在于是否以描写“个人”或“精神”为出发点，而在于这种描写通向何处，即最后的落脚点。而正是在这一点上，易卜生和曹禺的剧作呈现出某种差异。

认同与共求中的离异

从道德伦理的角度批判社会，通过个人的精神反叛以追求某种思想革命的实现——这可以说是曹禺与易卜生独特“思想体系”的认同与共求，然而，认同与共求并不是等同。由于时代的变迁和作家思想的歧异，从同一个角度和起点出发，是可以而且应该达到不同的终点的。

首先，对于易卜生来说，对社会的道德伦理批判既是他的社会批判的起点，也是他的社会批判的终点。应当承认，易卜生看到了人的心灵问题(道德观念和伦理准则)和财产

① 奥托·布拉姆：《亨利克·易卜生》。

关系间的联系，他在作品中不断指出金钱对道德伦理的腐蚀性影响（这也正是易卜生超过左拉的地方）。但是，在易卜生看来，社会动乱的最终根源在于私人间关系的恶化，在于人的道德的堕落和伦理的沦丧。他认为，只要摧毁虚假的道德价值观念，个人便能得到自由，灵魂就能得到拯救，为此，他便深入地解剖家庭的结构和人的精神世界，尽力把家庭和个人从毁灭中挽救出来，重新恢复它们的完整性。

因此，易卜生对社会的批判从道德伦理的信仰等精神现象出发，但也就止于对道德伦理的批判，这种道德伦理的批判并不通向政治，并不通向造成社会动乱和悲剧的终极根源——经济制度和社会制度。他往往把政治问题当作是道德伦理问题，并把道德伦理问题的解决看作是解决整个社会问题的途径。他的作品中的人物为谋取个人的完整而斗争，而这种斗争是伦理的而非社会的，他们反抗的是习俗，但不是习俗产生的社会条件。因此易卜生虽然敏锐地看出了资本主义世界和资产阶级世界观的危机，并一直在探索根源、寻求出路，也觉察到人是环境的产物，但是他只从纯粹精神的道德伦理方面树立榜样，思想老是在道德伦理的概念里打圈子（正如《群鬼》中的海伦·爱尔文夫人所说“我只想解开一个单独的结”），而这并不能真正彻底解开整个病态社会的根本症结，因而在后期的现代主义剧作中，易卜生走向悲观主义和绝望主义是合乎逻辑的发展。

曹禺对社会的抗议和批判也是从道德伦理的角度和起点展开的，但曹禺与易卜生的差异在于：曹禺的道德伦理批判始终没有割断与对社会整体批判的联系，并且这种联系是不断强化和深化的。这种对社会的整体批判既包括对社会精神环境也包括对社会物质环境的批判。换言之，他的道德伦理批判的锋芒是不断深入（由个人到社会、由精神到物质、由道德到政治），以至触及到社会的根柢，这就使批判摆脱了易卜生的“纯粹精神批判”的空想性与超然性，而具有更为实际、深广的社会内容。在《雷雨》中，对周朴园的批判诚然是从道德伦理角度展开的，但周朴园的道德伦理的堕落沦丧是与人物所处的社会环境和所属的社会地位密切联系的，或者说，前者正是后者的产物，如果没有封建主义与资本主义相交混的社会环境，就没有周朴园这个混血儿及其道德的错乱，因此对周朴园的批判就不纯然是对个人的道德批判，而包含对整个社会环境批判的严峻内容。

自然，我们指出曹禺道德批判的锋芒超越了纯粹精神批判的范围而直接与产生旧道德的社会环境的批判相联系，这并不意味着曹禺在创作之前已经明确自觉地把握了关于道德伦理与社会政治制度经济基础之间的唯物辩证的理解，也并不意味着曹禺剧中生动形象的生活画面直接给读者提供了悲剧的社会终极根源的理论阐发，而是指曹禺没有止于对社会的道德伦理批判，而是企图努力挖掘道德伦理的深层意义及根源，而作品对现实社会生活和社会关系的真实描写，客观上就引导读者对悲剧的根源进行更为本质的深层思考。

其次，易卜生从道德伦理批判的角度，提出了解决社会问题的途径——通过个人的精神反叛，以实现某种“思想革命”，而精神反叛的动力来自人的“自觉意志”。我们在曹禺剧中正面人物的身上看到了这种追求，贯串在这种共同追求中的是对旧现实、旧我的否定和对新现实、新我的向往。但是，在这个富于革命意义的积极命题中，以下一些问题是值得进一步探究的：个人是社会的中心吗？个人的“精神反叛”和“思想革命”的具体内涵是什么？人的“自觉意志”在社会的历史发展中处于什么地位？恰恰在这些问题上，曹禺和易卜生的艺术实践提供的答案显示了不同的走向。

易卜生认为所有的问题在于个人的内心解放，最重要的是要彻底改变人类的精神面貌，为此他鼓吹个人精神反叛。这种个人精神反叛的核心是对个人主义的崇拜，易卜生的个人主义强调对真正自我的发现和个性的发扬，他认为人的个性是比观念更为重要的，他对朋友说：“我首先希望你具有真正强烈的自我主义，这种自我主义一时会促使你把同你自己有关的东西看成是唯一有价值和重要的东西，而把其他一切当作是不存在的东西。不要把这个看作是我的兽性的一种表露，要对社会有益，最好的办法就是发展自己的本质。”①于是，他就死抱住内在的自我，要在人的内部找到社会危机和精神危机的解决方法。他认为人只能依靠自己的意志来挽救自己，依仗自我意志实现个人对环境的精神反叛，这是易卜生用以反抗社会的唯一武器。这样，他就面对了一个不可解决的矛盾：他无法替作为强大社会环境的对抗力量的个人意志找到一条真正的出路。正由于他把孤立的个人作为这一精神反叛的体现者，把个人的自觉意志作为精神反叛的唯一动力，结果就只能得出个人不可避免要毁灭的结论。易卜生的个人精神反叛的内涵是一种极其空洞抽象的“全有或俱无”，“全有”意味着完全占有精神的超乎一切的凝聚与专一及其至高无上的权力，“俱无”是指不受一切与个人对立的政治、法律、宗教等社会秩序的约束，这是一种精神上的极端主义，而且势必要走向虚无主义。

曹禺剧作中的许多正面人物也有着强烈的个性主义倾向和顽强的自觉意志，他们也表现出要通过思想上的叛逆把自己挽救出来的内在要求，但曹禺并没有走向对个性主义的极端崇拜和对个人自觉意志的狂热歌颂，他在对这一切有所肯定的同时又表现出一种清醒严峻的批判态度。作家认识到在个性主义和自觉意志的个人力量之上，还存在着一种更为巨大强猛的社会力量在主宰着人的命运，当然这种认识是由朦胧而逐渐趋于明确和科学的。在《雷雨》中，作家模糊地感到在“这斗争的背后，有一个主宰来使用它的管辖”②；在《日出》中，这个主宰就明确化为“损不足以奉有余”的金钱社会；在《北京人》中，作者就发出了对现存的封建秩序的强烈诅咒。因而在曹禺剧作中，并没有把个人精神反叛和“思想革命”加以理想化，却写出了个人精神反叛和“思想革命”的悲剧的必然性：在蘩漪、陈白露、仇虎等形象身上，作家在肯定他们的叛逆精神的同时，又不得不含着热泪把他们送上悲剧的末路，同情中包孕着沉痛，沉痛中透露出批判。而只有当这种处于主宰地位的社会力量已经崩塌，新的社会理想朦胧然而强烈地显现时，个人精神反叛才获得了依托，个人的自觉意志才真正找到了出路（在《北京人》中，愫方就不再是悲剧型的人物和悲剧的结局）。因此，个人精神反叛在曹禺剧作中的肯定性描写只具有相对的历史的意义，而并不象易卜生剧作中那样被强调成绝对的永远富于现实意义的东西。曹禺剧作显示的

① 致勃兰兑斯函，转引自卢卡斯《易卜生的性格》。
② 曹禺：《〈雷雨〉序》。

个人精神反叛的无出路和必然的悲剧归宿，表现出曹禺对这一切更为严峻清醒的现实主义审视态度。

正由于易卜生和曹禺对个人精神反叛与“思想革命”的不同理解和处理，这就决定了：易卜生写下的只能是对现存社会的控诉状和悲观绝望的墓志铭，而曹禺却在奏出旧社会的送葬曲的同时奏出了新的理想社会的预言诗，易卜生在中期社会问题剧创作之后，走向后期以绝望主义和悲观主义为基调的现代主义，曹禺则在现实主义深化中表现出向革命现实主义的突进。

原载《山西大学学报》(哲学社会科学版)1991 年第 1 期

曹禺：历史的突进与回旋

马俊山

象征：借鉴与超越

除古希腊悲剧以外，易卜生和奥尼尔的作品，也曾以对社会人生的独特理解和精妙殊异的表现手法，使曹禺赞叹过倾倒过。在曹禺解放前的一些剧作里，也多多少少折映出这两位近代巨匠的点点光影斑斑色彩。在其深沉宽阔的现实主义主流里，不时会有几朵闪烁着象征光亮的浪花飞扬起来，显现出某种耀眼而异样的情调，比较强烈集中地见之于《日出》《原野》和《北京人》等几部写于三十年代后半或四十年代初的作品中。

在《大公报》对《日出》的第一次集体批评里，王朔较早地指出过这种现象。他说："由《雷雨》，我们便感觉到作者之喜用象征。《日出》仍然是一部充满了象征的戏，然而在运用的艺术上，是比前剧进步多多了。……一切这里所用的，全都是地道中国的，然而没有人曾经拾起来，这样适当有力地运用过。"①之后，许多批评家逐渐倾向于把曹禺前期剧作中的象征成分区别为肯定和否定两种。前者如《日出》中的太阳，《北京人》里的"北京人"等，后者有《日出》里的沉沉夜色、金八，《原野》里的黑森林、镣铐，《北京人》里的棺材、老鼠以及"孤独"的鸽子之类。这些因素的存在，给有关作品点染上某种跟严格的现实主义不尽相同的审美特征。它关系到能否准确地理解和评价这些作品的思想艺术价值，因而对它进行一番理论上的考察说明，不无必要。

首先，象征的运用使曹禺的一些剧作更加富于民族的地方的特色和打动人心的艺术魅力。这种艺术效果，主要的不是象传统的现实主义作品那样，依靠情节和人物性格发展的逻辑力量，而是从某一特定历史时期的民族生活赋予象征物的哲理内涵和诗意中获取的。黑格尔把它看作同生气贯注的"自由个性"（即性格）相对立的"未受定性的抽象的普遍观念"。也就是现代象征主义所追求的那种溢于意象和语言之外的"世界的真实"或"纯诗"。叶芝称之为"源远流长的联想"。它之所以被人理解，主要依赖于通过文化遗传而历史地积淀在民族心理中的那些意象原型。在这些原型上，凝聚着许多由民族生活和历史造成的特殊含义。这些意义绝大多数是人为地加上去的，与象征物本身并没有多少必然的联系。因此，象征型艺术的民族性和抽象性是历史地融合在一起，同一问题的内容和形

① 王朔《话现的二十世纪图》。出处存疑。编者注。

式两个方面。这是我们鉴赏象征艺术的基本出发点。天堂地狱和美人香草只能是不同民族生活和心理的产物。易卜生的《布朗德》《彼尔·金特》和《野鸭》《建筑师》等几部带有较多象征色彩的作品，便从民间生活和民族传说中获得不少灵感，充满了浓厚的挪威民族气息。

曹禺前期剧作中，《北京人》的象征运用得最富于民族特色，也是最成功的。作家使某些与人物命运和性格有实生活联系的特殊事物，在具体的戏剧情境里，显示出确切的暗喻的底蕴来，赋予它更加深刻的主题意义。那只"孤独"地囚在笼子里，再也飞不出去的珍种鸽子，初看似乎有些象易卜生在《野鸭》一剧里使用过的野鸭，其实完全是道地的中国货。受伤的野鸭是艾克达尔父子那种在事业和生活里受损害受蒙骗，被打败后只能躲在心造的幻影里，体味当年的英姿豪气，虚构着未来的辉煌大业，聊以自欺者的象征，鸽子却显出实质全然不同的意蕴。老舍曾讲过，北京的旧八旗子弟，政治上的飘零衰落无所作为却使享乐的才能奇突地发展起来。琴棋书画无所不能，吃喝玩乐也日渐精微。春天放风筝，夏夜游北海，秋天临西山看红叶，冬日窗下品茗赏雪，成了式微的纨绔子弟的终身业绩。玩鸽子更是他们打发寂寥的时光必不可少的消遣。空中响过的鸽哨，会同他们的许多咏花鸟虫鱼的诗章一样，昭告着主人公的无聊和闲暇。许多人便在这成年累月的空虚里，消蚀着徒具躯壳的生命。沃罗夫斯基在《论"多余的人"》里也讲过，一切在旧生活中逐步走向没落的诗礼簪缨之族的末代子孙，当他们无力转变到新的阶级立场上来的时候，空虚和百无聊赖必然会使他们失去人之为人的灵魂、活力和热情，徒呻吟着无力和无神的痛苦。曾文清就是这样一个人，他是吃封建传统文化的乳汁长成的废物，他从来没有自由地飞翔过，也不会飞，尽管他也许有过挣脱自新的欲望。当中国新旧社会处于方生未死之际，他必然会成为一个多余的存在。他的生活是和标志着封建士大夫文化素养的琴棋书画、风筝鸽子紧紧地联系在一起的。所以，用鸽子失去飞翔能力的遭遇，可以让主人公的悲剧命运更加突出明显起来，赋予它一种可怜而又可悲的撼人心魄的艺术力量。如莱辛和斯泰尔夫人所说，把那些谙悉这种生活的观众，卷入逼真可感的生活场景里，使他们激动流泪，幡然省悟生活的奥秘。其它如行将就木的老一辈对那口标志着死亡的棺材的执迷，也植根于"厚葬"的传统封建意识。它的借喻意义，是每一个中国人都可以理解，因而也具备特殊的艺术感染力的。

其次，曹禺作品中的象征，具有黑格尔所谓"真正的象征性艺术"特点，即形象与它的寓意明确地区别开来，而其含意又有十分明确具体的规定性。这种规定性来自反映在作品中的二三十代的社会生活，因而是社会性的。《日出》的所有动作线索，都是在夜色沉沉的氛围里展开的。没有三十年代大都市夜生活的包容隐蔽，难以构想各种各样的荒淫和无耻，灾难与苦痛，会如此合情合理地交织一起，呈现在舞台上。《原野》第三幕的原始森林，为人物命运的悲剧性结局，提供了一定的环境依据。交替出现在里边的种种幻象：抢男霸女的地头蛇焦连长，与之狼狈为奸沆瀣一气的阎王爷等，重重围逼着复仇者，终于导致了他们的精神崩溃。这些都象征性地寄托着作者对二三十年代激烈动荡而又长夜难明的社会现实的比喻性概括。它增强了戏剧情境的概括性典型性，有力地烘托和强调了作品总体现实主义构思的社会批判力量。旧中国的观众，一定能从这种压抑黑暗的气氛特点里，体味出作家批判锋芒的社会指向性。正是象征因素暗示意义的这种社会定性，把《原野》的戏剧情境与奥尼尔《琼斯皇》里的西印度群岛的森林区别开来，毫不雷同。

另外，与此相联系，人物的语言除了动作、性格等方面的含义外，还埋伏着一种特殊的哲理性潜台词。这种哲理素质有机地渗透在情境对人物行为和心理的规定性里，通过暗示、隐喻等方式表达出来。角色的言谈在一些特定的场面里，会“从头到尾都有别的意思”。① 因为象征因素本身在戏剧情境里，就是含有具象和抽象两种意义，与人物发生关系的。当人物的心灵跟这些象征性事物发生碰撞或交流时，会使具体台词的内涵猛烈扩张，上升到哲学的高度，成为格言。这关节，作家寄寓在对话里的生活感受，往往借助象征而特别令人深思。陈白露反复吟咏的那句诗，“太阳升起来了，黑暗留在后面；但是太阳不是我们的，我们要睡了”，表面看似乎是主人公对自己夜生活的慨叹，实质却流露出她对自己的生活现状和出路的痛苦反思。其中也寄托着曹禺对小资产阶级“新女性”已经走入穷途末路的历史命运的深刻见解。这里“太阳”和“黑暗”已经在某种程度上脱离了它原有的词汇意义，更多地成为人物生活环境和内心世界的隐喻了。

这种哲理性大多数裹挟着情感素质，把人物难言的感触转化成潜语丰富的台词，使场面上飘荡着主题的旋律。曾文清的离而复归，使甘愿为他牺牲一切的愫方大失所望，并猛然省悟到传统的士大夫文化素养和封建大家庭的人事关系，如何蛀蚀着一个活人的灵魂，使之成为丧失生存能力的废物。最后一幕，她终于准备脱离这个使人烂朽的环境，与曾文清有一段对话：

文 （没有说话，凄凉地）这，这只鸽子还在家里。

愫 （点头，沉痛地）嗯，因为它已经不会飞了！

文 （一楞）我——（忽然明白，掩面抽咽）

愫 （声音颤抖地）不，不——

文 （仍然在哀泣）

愫 （略近前一步，一半是安慰，一半是难过的口气）不，不这样，为什么要哭呢？唉！

文 （大恸，扑在沙发上）我为什么要回来呀！我为什么回来呀！明明晓得绝不该回来的，我为什么回来呀！

愫 （哀伤地）飞不动，就回来吧！

文 （抽咽，诉说）不，你不知道啊——在外边的风浪——

愫方的台词，于脉脉含情的爱抚中，编织进无可奈何的哀怨和指责，借鸽子道出曾文清这种现代中国的多余人之所以没落而无法自新的病症——“已经不会飞了”！正是这句话击中了曾文清的要害，才使他哀哭不已。象征（主题）意义，动作、个性、命运及自我反省

① 《易卜生戏剧集》Vol. 3，人民文学出版社，1959 年版，第 48 页。

的心灵起伏，有机统一在对话里，造成曹禺戏剧语言巨大的生活容量和抒情特质。

曹禺剧作中这些渗透了哲理性的对话，由于产生于戏剧情境的需要，所以是性格化并具有动作性的语言，而非借角色之口进行的宣教，如早期社会问题剧的某些纯粹思辨性台词，它暗示的性质远大于教训的性质。它鼓舞人的情绪和联想，造成心理中不同意象的叠印，从而加强某一部分的艺术冲击力。不仅仅诉诸观众的理智，这是它的长处，但如果更进一步，则容易流为晦涩难解或神秘。因为“象征在本质上是双关的或模棱两可的”，[①]难以避免“暧昧性”。这种倾向，在易卜生的后期及奥尼尔、斯特林堡等人的作品里，都较多地存在。无怪乎中外许多研究者把梅特林克和叶芝等象征主义作家划入神秘主义范围。剧评家们为了弄清他们作品中的许多象征和对话的确切含义，曾绞尽脑汁寻找“谜底”，打了无数笔墨官司，最终还是众说纷纭，莫衷一是。曹禺前期剧作中的象征因素，由于具有上述来自民族、社会和具体戏剧情境的规定性，因而避免了易卜生、奥尼尔等人的缺失。

当然，有些人根据《北京人》里运用了“北京人”这一象征，便断定袁任敢教授对自由、真实、自然的人的生活的赞美，代表了作家“对原始生活的向往”，则又趋于另一极端。他们在艺术鉴赏上，恰恰蹈入了黑格尔早就指出过的一个失误，即“象征所要使人意识到的却不应是它本身那样一个具体的个别的事物，而是它所暗示的普遍性的意义”。胡风在《北京人》发表不久就指出过，应该从与周围环境的比照里，判断“北京人”的象征意义。它不是在提倡“复古”，而是借以比照和批判曾家毫无希望的生活和腐朽人生，提倡某种抽象的理想。[②] 可惜的是，这种比较科学的解释，在相当长的时间里，被多数批评家忘却了。作者本人，对所谓“重返原始”的不准确诠释，从来都是持否定态度的。

正如一些研究所表明的，曹禺前期剧作中的象征成分，代表现实生活中否定性事物的因素，一般都比较真实可信，具备高度的社会概括意义。而光明的、正义的、寄托着未来生活理想的部分，却大多较为玄虚模糊，缺乏质感和得自戏剧情境的必然性。在特定的意义上可以说，它以象征的形式手法，表达了作家的某些积极性浪漫情思，显出一种与其创作个性的主导趋势相矛盾的非写实倾向。《日出》里作为三十年代中期统治中国的各种社会恶势力总代表的金八，几乎可以理解成一个自为的性格，其寓意与未出现的形象基本是同一的。暴露于舞台上的大都市夜生活的种种罪孽，显现着象征当时社会背景的重重黑暗的本质内容。夜，不仅是剧情的时间依托，而且是这幅社会画卷的底色，或作品主题思想的基本轮廓。作为重要的戏剧因素，它与人物的内外动作紧密相关，因而含义比较确定。相反，海号高唱的夯工，以及和他们联系在一起的朝阳——作者所谓“象征伟大的将来蓬蓬勃勃的生命”，由于和正面表现的几条主要动作线索结合不十分密切，只在陈白露方达生等人的心灵上留下了一点儿不太清晰的反响和光痕，因此意义显得比较空洞。“北京人”也有这种寓意上的空泛性，这是导致它常常被误解的一个重要原因。黑格尔认为，真

① 黑格尔：《美学》Vol. 2，商务印书馆，1982 年版，第 11 页。
② 胡风：《论曹禺的〈北京人〉》，《青年文艺》创刊号，1942 年。

正的艺术家在创作中"这种形象表现的方式正是他的感受和知觉的方式"。① 因而,上述审美特征的差异,以及曹禺在其创作的特定时期采用某些象征手法的原因,还须到他当时的生活和思想状况,与其创作个性这两方面的矛盾统一中去寻找。

普列汉诺夫和梅林都曾说过,易卜生追求在作品里忠实地再现生活,并从道德和精神方面指出社会的出路。但在晚期,当现实的发展超越了作家的知解力和预想的时候,作家对生活的抽象思考,便不得不借助象征来表达。② 曹禺写作《日出》《原野》《北京人》时候,情形与此相仿佛。作家力图正面地反映出社会中行将灭亡的黑暗现实,和深深地隐藏在生活底层的曦微曙光,但是,作家当时的思想和生活状况,却使他难以十分圆满地以严格的现实主义方法完成这一任务。

一方面,同易卜生等伟大作家一样,曹禺也是一个社会矛盾勇敢不懈的质疑者。他以自己的方式方法,触及到当时社会生活的一系列重要主题,诸如封建家庭关系的破裂与崩溃,新女性的历史命运,农民的自发反抗等。创作过程,也是他寻求答案的过程。当他对社会进行审美认识,推究其罪恶的根源时,象多数小资产阶级作家一样采取了抽象的善恶观点。一九五〇年作家回首往事说:"我对于旧社会的罪恶是深恶痛绝的。爱憎之心非常强烈,却不能客观地分析社会的现象,把罪恶的根源追究个明白。"③在《日出》中,作家把他刻划的人物简单地区分为玩弄人又被人玩弄的"坏蛋",和被损害被践踏的"好人",中间是有心无力的"有心人"或"好心人",而把各种脓疮疥癣笼统地归因于"整个制度的腐败"。不过,所谓"整个制度",在曹禺当时的思想里,还属一种比较泛泛的认识,并未和十分生动具体的生活体验真正有机地融汇贯通起来,从而达到抽象与具体相统一的那种"哲学上的明晰性"。因而用科学的水准来衡量,作家说自己当时对社会罪恶的根源还不明白,是可信的。这种思想状况,在长篇的《雷雨·序》和《日出·跋》里,毫不掩饰地表现出来,亦可为佐证。

福楼拜、巴尔扎克之后的近代现实主义,基本原则之一是在生存环境中探索个性的成因,从而揭示人物悲剧或喜剧命运的社会根源。通过塑造典型环境中的典型性格,达到批判社会的目的。他们的思想深度,往往体现在按照生活本身的样式,去描写和揭露人与社会的种种错综复杂的关系里。然而,对于唯物主义的机械理解,又使他们的作品带有过量的感性色彩,或多或少地兼有自然主义倾向。作为一种反拨,象征主义之后的许多现代主义流派,则又趋于另一极端。他们对生活的理解,往往以寓意寄托的方式出之,不十分注意典型环境的创造,而更多一些对社会人生问题的形而上的思索。抽象化是它的重要特征,无论是经典现实主义或反叛的现代主义,认识论方面的缺陷却是相同的,即特定意义上感性与理性的分裂。曹禺前期社会观中既有唯物的因素,也有唯心的成分,同样表现出

① 黑格尔:《美学》Vol. 1,第362页。

② 普列汉诺夫:《亨利克·易卜生》,收《论西欧文学》,人民文学出版社,1957年;梅林:《亨利克·易卜生》,收《论文学》,人民文学出版社,1982年。

③ 曹禺:《我对今后创作的认识》,《文艺报》1950年10月。

思想认识上的这种裂痕。但这种割裂在其创作中的反映，却与传统现实主义或现代主义都不尽相同，而是经过一番“揉搓塑抹”后的扬弃。在《日出》等几部作品里，作家既力图按照传统现实主义方法去创造典型环境中的典型性格，同时又在人物周围布置了相当多的象征因素，来加强环境的深度和主题的力度，互相弥补其不足。曹禺以自己的方法和风格掌握了社会本质的某些重要方面，给现实主义方法增添了新的内容。如果不抱任何偏见，很难得出结论说，这些作品中的环境刻划缺少典型性。我们很难想象会有“关起门来”产生的典型性格，是一个有力的反证。相反倒应该说，当作家运用象征手法把某些比较抽象的思想转化成形象的时候，卓越的艺术才气，在一定程度上帮助他克服了思想认识的缺陷。这是曹禺与同时代的其他许多作家不同的地方。

另一方面，三十年代中至四十年代初，作家虽然在天津、北京、上海、南京、成都、重庆等地居留或生活过，但其社会视野还一直局限于都市日常生活的圈子。在“上流社会”、城市下层、封建大家庭和“新女性”里，“看见过多少梦魇一般可怖的人事”。对于当时发生在中国大地上的一场非常深刻而剧烈的社会革命，则有些隔膜。他谙悉前者的种种细节，而于后者却不十分了然，只有一种模糊不清的“暴风雨来临之感”和“大地震来临前的‘烦躁不安’”。当时他还不能象高尔基那样，从社会斗争的客观发展中看出未来，只能在批判与否定现实中预感到将有一种别样的社会和人生。将来到底如何，曹禺还不十分清楚。所以他只好说，“渴望着一线阳光”。“我们要的是太阳，是春日，是充满了欢笑的好生活，虽然目前是一片混乱”，①实际“路在哪里？我非常渺茫”。②《日出》前面引述的八段《圣经》，也表达了作家的这种生活感受。

生活体验的差异，必然要影响到作家对社会各方面进行概括的深度和性质，也会使艺术表现受到一定的制约和拘束。当曹禺忠实地再现他熟悉的生活，在错综复杂而又逼真可信的家庭或社会冲突里，创造一个个风采各异的人物时，戏就能有力地打动人心，实现其人生批判、精神批判和社会批判的审美理想。这构成了曹禺现实主义大树的主干，和艺术风格的核心。一旦他接触到不具形的未来社会或理想人生，作家的期望、设想、召唤便不得不用诸如太阳、春天、“北京人”这样一些与剧情关系并不十分密切的象征性意象来显示。形象与意义互相割裂，处于这样一种非现实的暗示比喻关系，在一定程度上给有关作品的某些局部渲染上了过分抽象化、装饰化的色调。这时候，生活里的那种鲜明丰富的色彩感往往倏然消逝，质感变成暗示，统一和谐的艺术旋律中出现了噪音。象征手法，并不能根本补救作家思想和生活上的局限，从而历史地具体地揭示出社会的前景。艺术上的裂痕，说到底是由生活和思想上的矛盾造成的。

象征因素，始终是曹禺用以克服广阔的创作要求同生活及思想的相对局限性的一种局部手法。它既反映了作家思想和生活的局限，也表现了他强大的艺术才华。当象征手法与他的创作个性一致时，它是深刻有力的，反之就显得苍白软弱，甚至成为累赘。随着

① 《日出·跋》。
② 《曹禺选集·后记》，人民文学出版社，1961 年版。

作家的思想在四十年代的步步深入明朗，以及生活视野的逐渐扩展，象征因素也就失去其原来的地位而明显地消退了。在未完成的话剧《桥》和电影剧本《艳阳天》里，已经很难找到象征的痕迹了。这是作家经过中国社会斗争的历史洪流冲刷洗礼的结果，也是历史行进的脚步在作家创作中的回音。在发展方向上，由于所处的社会历史条件不同，曹禺与曾经不同程度地对他产生过影响的易卜生、霍普特曼及奥尼尔等欧美作家截然相反，他们最终大多走入越来越浓重的神秘主义迷雾中。

曹禺剧作中，不存在象奥尼尔《毛猿》或斯特林堡《鬼魂奏鸣曲》那样一些完整意义的象征主义作品。象征因素，在曹禺的有关作品里只是局部现象，因而作用也是有限的。例如“北京人”这个因素，并不构成《北京人》全部剧情的基础，作为一个穿插，它只是某种抽象情思的寄托物。而奥尼尔的“毛猿”，却是全剧的基点，人与猿地位的互换，表达了作家对资本主义社会人的异化现象的强烈抗议。① 这种不同类似于卢卡契对易卜生与斯特林堡的区别：前者，作为重要的戏剧因素，使用某些别有寄托的人或物，某种信仰或迷信，“为了把只是叙述个别事件的情节提高到主题的普遍高度，易卜生需要这种象征；在赫伯尔、斯特林堡、霍普特曼那里情节本身就是象征的”。②

这是格外须要提请注意的。

原载《曹禺：历史的突进与回旋》，中国工人出版社 1992 年版

① 《毛猿》的创作方法，一直众说纷纭。作者 1922 年说是表现主义，1924 年又说成是象征主义作品。参见《外国现代剧作家论剧作》，中国社会科学出版社，1982 年。其实，这两种创作方法是一棵树上的两只果子。本文暂取后一种看法。

② 卢卡契：《易卜生创作一种资产阶级悲剧的尝试》，《易卜生评论集》外语教学与研究出版社，1982 年，第 218 页。

《雷雨》与《群鬼》

——主题、人物、结构比较谈

黄爱华

有人说，曹禺的《雷雨》很象奥尼尔的《悲悼》，也有人说，《雷雨》是奥斯特洛夫斯基《大雷雨》的翻版。但无论从表现生活的审美视角看，还是就塑造人物形象的方法、结构故事情节的艺术技巧来说，都似乎与易卜生的《群鬼》有更大的可比性。下面试分为主题篇、人物篇、结构篇三方面进行比较。

一、主题篇

同是一出大家庭的悲剧，而一是抨击旧礼教，否定资产阶级的婚姻、家庭和道德；一是批判资产阶级化的封建主义专制统治，宣扬个性解放。

《雷雨》与《群鬼》一样，也把审美视点落在了社会的最小单位——家庭上。“家庭是社会的细胞”（马克思语），家庭也是社会的缩影。通过家庭这面多棱镜，每每会看到社会的形形色色，乃至风云变幻，故家庭无疑是一个表现生活、反映社会现实的非常经济而有效的审美视角。

易卜生的《群鬼》写作于1881年，19世纪后半期的欧洲，是个资本主义已经发展得烂熟而传统封建思想尚未销声匿迹的时代。《群鬼》就是描述了这样一个资产阶级社会制度下的一个资产阶级家庭的悲剧：主人公阿尔文太太是个由传统道德教育培养出来的妇女，年轻时由母亲作主嫁给了有钱的阿尔文。但婚后逐渐看清丈夫不过是个酒色之徒，她忍受不了精神上的痛苦，企图离家出走，被旧情人曼德牧师以“责任”“义务”之类冠冕堂皇的词句劝回家中。为了恪守传统妇道，阿尔文太太牺牲自己，违心地扮演了一个资产阶级体面家庭的贤妻良母的角色。她屈从于既成婚姻，忍受荒淫无度的丈夫与女仆偷情，还把丈夫的私生女吕嘉纳养大成人。又为了维护掩盖生前的丈夫以及整个家庭的名誉，一直给在巴黎读书的儿子欧士华制造父亲的偶像，还为逝世10年的丈夫建纪念碑、以他的名义办孤儿院等等。可是，就在她发现亲生儿子还是重蹈了父亲的老路，也在追求女仆（即同父异母的妹妹吕嘉纳）时，她开始意识到自己的一切努力都是徒劳的，便毅然撕掉虚饰，揭开了真相。最后，爱慕虚荣的吕嘉纳离去，欧士华则遗传了父亲的不治之症，面临成为白痴的厄运。欧士华拿出毒药要求母亲毒死他，阿尔文太太痛苦地拿起毒药，而又不忍心下手……。阿尔文太太成了旧礼教的殉道者。

阿尔文太太觉得自己忙于“跟鬼打架，跟心里的鬼和外头的鬼打架”，[①]她在第二幕中对旧礼教的捍卫者曼德牧师说：“我本来只想解开一个疙瘩，谁知道一个疙瘩解开了，整块儿东西就全部松开了。我这才明白这套东西是机器缝的。”[②]剧本就是通过阿尔文太太与周围一系列“鬼”作斗争的心理过程，把批判的矛头指向了腐朽的旧礼教，从而否定了资产阶级的婚姻、家庭和道德。

曹禺的《雷雨》写作于1934年，比《群鬼》晚去半个世纪。剧作以20世纪20年代前后的中国社会为背景，描写一个带有浓厚封建性的资产阶级家庭的悲剧。情节的轮廓线是：30年前还是少爷的周朴园，在女仆侍萍为他生下两个儿子后把她抛弃了。20多年后，周朴园的妻子蘩漪由于不堪忍受其专制统治，爱上了大少爷周萍，而周萍不久(后)厌弃了她，又追求女仆四凤，即他的同母异父妹妹。蘩漪发现周萍与四凤的私情，叫来四凤的母亲鲁妈，要她领走女儿。周朴园和鲁妈互相认出他们竟是30年前的旧情人。最后，亲子关系和乱伦事件被揭开，于是悲剧发生了——四凤、周冲先后触电而死，周萍自杀。一个曾经被周朴园自诩为“最圆满、最有秩序的家庭”[③]霎时崩溃了，毁灭了……。当然，其中除主要人物关系和兄妹恋爱的“乱伦”情节与《群鬼》大致相仿外，《雷雨》的剧情要复杂得多、曲折得多，因而主题也更为深广。

中国是个具有几千年封建史的国家，封建势力异常强大，封建思想根深蒂固。所以虽然到了20世纪前30年代，浓厚的封建性仍然是中国资产阶级与生俱来的固有特性。青年曹禺正是通过周朴园这一形象，揭示了中国资产阶级和封建思想意识的奇妙结合；而通过蘩漪的形象揭露批判了封建专制统治在精神上对人、对人性的压制和扼杀。《雷雨》的创作，正是剧作家受了“五四”反封建和个性解放思想运动的激荡和感召的结果。

由于时代背景和社会性质的不同，《群鬼》与《雷雨》两剧通过主人公所提出的问题也是不同的。阿尔文太太是个旧礼教的殉道者，易卜生通过她，提出了反礼教和妇女独立解放的问题。蘩漪，则是曹禺心目中的一员反封建的猛将，通过她，剧作家提出了个性解放的问题。而蘩漪的失败，正说明了中国妇女争取解放道路的曲折性和斗争的艰巨性。

二、人物篇

具有大致相对应的人物关系，而一为五个出场人物，除女主人公外，其他形象都较模糊；一则八个人物全部登场，且各人的境遇、性格、灵魂都表现得淋漓尽致。

《群鬼》与《雷雨》的人物关系对应如下：

① 易卜生戏剧《群鬼》，《易卜生戏剧四种》，人民文学出版社，1978年版，第247页。

② 易卜生戏剧《群鬼》，《易卜生戏剧四种》，人民文学出版社，1978年版，第246页。

③ 曹禺戏剧《雷雨》，《中国新文学大系·戏剧集一(1927—1937)》，上海文艺出版社，1985年版，第622页。

《群鬼》	《雷雨》
阿尔文：生前是御前侍卫，没有出场；	周朴园：某煤矿公司董事长；
阿尔文太太：其妻；	蘩漪：其妻；
乔安娜：19 年前的女佣，没出场；	侍萍：30 年前的女仆。被周朴园抛弃；
安格斯川：木匠，乔安娜丈夫；	鲁贵：管家，侍萍再嫁丈夫；
吕嘉纳：女佣，阿尔文与乔安娜生女；	四凤：女仆，侍萍与鲁贵生女；
欧士华：阿尔文太太生子，追求同父异母的女佣吕嘉纳；	周萍：周朴园与侍萍生子，与蘩漪有暧昧关系，又追求同父异母的女仆四凤；
曼德牧师：阿尔文太太旧情人。	周冲：蘩漪生子，也追求四凤；
	鲁大海：工人领袖，周朴园与侍萍生子。

从以上对照可以看出、除了曼德牧师和鲁大海各自独立，欧士华一人包容了周萍和周冲两个角色之外，其他都是一一对应的关系。不过，这仅是表面的相仿而已，人物的典型意义还是截然不同的。

阿尔文身为上尉，却是个毫无理想抱负的酒色之徒。他与女佣乔安娜偷情，并非由于爱情，而仅仅是"对感官享受具有相当大的容量和胃口"①，出于玩弄女性的目的而已。终于，因荒淫无度而过早地去世了。他在剧中虽然没有出场，但处处有他的"鬼"影显现。正是他，直接造成了妻子的悲剧，也成了欧士华悲剧的间接制造者。周朴园则是个野心勃勃的矿业资本家，他年青时留学西欧，接受过欧风美雨的熏陶。他对女仆侍萍的感情也并非完全虚假，他确实有愧于自己"始乱终弃"的行为，30 年来才一直让房间保持着侍萍早年的布置和装饰。这个人物之所以丰满生动，就是由于剧作家并没有抹去他的这一点人性。比起阿尔文的单色调来，周朴园的性格要复杂多彩得多。他既有资产阶级的自私、虚伪，为了金钱不择手段，又具备封建家长的专制、冷酷，压迫和扼杀着人性，同时也有虚怯、温情的一面。正是他，一手造成了侍萍的悲剧、蘩漪的悲剧，而且也是周萍、周冲、四凤等年青一代的悲剧的间接制造者。周朴园，直接代表了剧作家所要抨击的罪恶社会本身！所以，这个人物形象的涵义也远比易卜生笔下的阿尔文要丰富深刻得多。

阿尔文太太的可悲命运是《群鬼》全剧的核心。她是"被说服后继续呆在家里的娜拉"②"不敢反抗礼教而被牺牲的妻子"③。阿尔文太太也不可不说具有叛逆的性格，当结婚一年发现丈夫不忠实后，她毅然离家出走。尽管表面上听从了曼德牧师的规劝回到家尽一个妻子和母亲的责任，但 20 年来被"群鬼"包围和自己也在说谎中违心地过日子，也并没有完全蚀去当年的棱角。相反，她毫不顾忌地收藏和品读"禁书"，欧士华从欧洲带回

① 肖伯纳：《论〈群鬼〉》，《易卜生评论集》，外语教学与研究出版社，1982 年版，第 44 页。

② 斯泰恩：《易卜生对现实主义的贡献》，《现代戏剧的理论与实践》第 1 册，中国戏剧出版社，1986 年版，第 38 页。

③ 潘家洵：《易卜生戏剧四种序》，《易卜生戏剧四种》第 10 页。

来的那些让曼德牧师瞠目结舌的新思想，她都能自觉地接受并自觉地站在年轻人一边。不过，阿尔文太太充其量是个无声叛逆的女性，她虽然早认识到“这一切都象鬼一样”，但又无力与“群鬼”作坚决斗争，行为上还是被纳入了所谓贤妻良母的理想模式。蘩漪则是《雷雨》中最有“雷雨”性格的人物，有着“爱之欲其生，恶之欲其死”的强烈个性。她的婚姻与阿尔文太太一样并非出于自己的意愿和选择，从她被骗进周公馆的那一天起，就承受着礼教和封建家长制的双重压迫。为人妻母，要侍奉丈夫，要尽一个母亲和女人的责任，还得“替孩子做个服从的榜样”①！而这恰恰是蘩漪所最不能忍受的。对她来说，无自由，勿宁死！这种性格是淑女型的阿尔文太太所企望不及的，可惜蘩漪一开始就找错了叛逆的方法和途径。她把爱转移到了丈夫的前妻之子周萍这个懦夫身上，这正如阿尔文太太去找伪善的道学家曼德牧师一样，都是必然要失败的，只会加快加深悲剧的速度和浓度而已。后来果然周萍胆怯了、厌弃了，试图躲进女仆四凤的温柔爱抚之中。蘩漪不甘心自己个性解放的要求就这样惨遭痛挫，便以摧毁一切的力量发起进攻，进行报复。这种近乎可怕的勇气与阿尔文太太被曼德牧师轻轻几句话就劝回家中比起来，也不啻霄壤之别。正因为周朴园在家庭生活中专制得象个暴君，蘩漪的反叛才体现出了强烈的反封建性和个性解放的要求，这个形象的典型意义也是与阿尔文太太相别甚大的。

欧士华是个接受过欧洲近代思潮影响的青年，思想开放，目光远大，但也从父亲那儿承袭了生活放荡的恶习。他因闲极无聊，便与女仆吕嘉纳打情骂俏起来，就在父亲当年的丑剧要重演时，被母亲阿尔文太太一语点破了天机。欧士华失望到了极点：对于父亲的偶像崇拜破灭了，自己追求的原是同父异母的妹妹，多年来折磨着他的病竟是从父亲那儿遗传来的不治之症！于是，他要求母亲用麻药药死他。而在《雷雨》中，周冲是个有理想、富有朝气又富于同情心的人，他对未来的憧憬，就寄托着剧作家本人的社会理想。他似乎代表了欧士华思想开放的积极性的一面。周萍则可以说是欧士华消极一面的发展，他不仅引诱后母，而且使同母异父的妹妹致孕，走上了双重乱伦的罪恶道路。剧中通过鲁大海之口，说出这个没有灵魂、毫无生气的大少爷就是周朴园罪恶一生的“报应”，这也是他这个形象的涵义所在。在《群鬼》中，欧士华性格呈不一致性，且不够明朗，而周冲和周萍，则由于“各司其职”，人物形象显得丰满而生动。特别是周萍这棵染上封建主义的毒素太多以致病恹恹的小草，其审美意义要远远超过欧士华。

在《群鬼》中，20年前的女佣乔安娜没有出场，她与阿尔文老爷偷情以及生下吕嘉纳之后的际遇，都是通过剧中人补叙出来的，而侍萍却在《雷雨》中起着举足轻重的作用。幕一拉开，就提示她将来周公馆领女儿，是她，首先认出周朴园，从而引出30年前的纠葛，得以挑明了周家与鲁家的亲子关系。乔安娜被阿尔文玩弄后嫁了个喋喋不休的酒鬼木匠，却身为奴隶而不自知，仍然装腔作势，在丈夫面前夸耀。侍萍却是个很有骨气的劳动妇女，如果说她早年确实被富家少爷的“爱心”打动过，那么，一旦认清这些人的面目，便由爱变

① 曹禺戏剧《雷雨》，《中国新文学大系·戏剧集一(1927—1937)》，上海文艺出版社，1985年版，第618页。

为强烈的悔和恨。当周朴园一再厉声问她"你是谁"时,她都理直气壮地回答:"我是这儿四凤的妈!"[①]表现了凛然不可侵犯的气度。周朴园认出她后,企图以金钱堵她的嘴、赎自己的罪,她却当面撕毁了五千元钱的支票。刹那间,她的人格现出了最动人的光辉。她,一个物质上的极度贫乏者,在腰缠万贯而灵魂虚空的周朴园面前,却一下子变成了精神上拥有巨大财富的资产者!这个形象完全是曹禺自己的创造,她所达到的思想高度,是易卜生笔下的乔安娜所无法企及的。

吕嘉纳和四凤都是年轻美丽的女仆,两人有着相似的地位和命运,但吕嘉纳是个好强而爱虚荣的浅薄之辈,她以能在阿尔文太太家中做奴隶而自豪。她拼命学法语,学做种种文雅的样子,为的是有一天欧士华能把她带到巴黎结婚。当最后知道自己与欧士华的血缘秘密后,便头也不回地寻找别的追求目标去了。四凤却是个心地纯洁善良而又过于天真幼稚的姑娘,就象 30 年前的她的母亲。她爱周萍,是因为大少爷说他爱她,为此她整天担心受怕,小心翼翼地躲避着周围随时向她射过来的冷箭。当血缘关系大白后,悲剧已经铸成了,她的死是必然的,即使这一切都没有发生,也未必能改变她的悲剧命运。因为黑暗的社会是早晚会吞噬掉这个美丽而动人哀怜的灵魂的。

《雷雨》之所以不让人觉得与《群鬼》雷同,而且作为曹禺戏剧创作上的第一块里程碑载入中国现代戏剧史史册,一个重要的原因,就是他不只把笔墨集中在主人公一人身上,而是同时塑造了一系列栩栩如生的完美的人物形象,为中国现代文学史和戏剧史奉献了象蘩漪、鲁侍萍、周朴园、周萍等这些不朽的审美典型。

三、结构篇

都运用"巧凑剧"的编剧技巧,但一是突出"过去的戏",一是"过去的戏"与"现在的戏"交错发展,且以后者为主,前者只是为后者的发生发展提供背景、规定情境氛围。

巧凑剧是在 19 世纪上半叶由法国剧作家斯克里布创始的,美国戏剧理论家德莱佛在他的《浪漫探索和现代问题——现代戏剧史》一书中,把巧凑剧的编剧技巧概括为八点,而其中最主要的两条是:剧情以秘密为基础,采用倒写方法,通过对话或独白,补叙前情往事。

《群鬼》和《雷雨》都算得上是活用巧凑剧编剧法的卓例。两剧都以恋爱者双方的血缘关系为秘密,都在接近高潮处切入,把这之前的事作为幕后处理,不断以"过去的戏"推动"现在的戏"的发展,形成双重振荡,一旦秘密"发现",剧情就发生"突转",一场悲剧便不可避免。

《群鬼》一剧人物的经历将近 20 年,而出现在舞台上的却只有从午饭前到当天晚上的 10 多个小时。戏剧的开场,似乎刚好是过去某事发展的结果。第一幕,通过阿尔文太太和曼德牧师的思想冲突和辩论,展开情节,并引出 10 多年前的往事;第二幕继续谈论过去的

---

① 曹禺戏剧《雷雨》,《中国新文学大系·戏剧集一(1927—1937)》,上海文艺出版社,1985 年版,第 651 页。

事，并插入欧士华追求吕嘉纳的情节；第三幕是孤儿院被火烧了，牧师也走了，阿尔文太太向欧士华和吕嘉纳透露真相，吕嘉纳出走，欧士华欲自戕。结论：什么家庭、道德、法律，都是虚伪的，非人性的，都是一群“鬼”。由于易卜生以表现人物心态为主，模糊人物之间的戏剧冲突，这样，情节被淡化了，也没有了强烈的外部动作，而仅仅是提出问题，以达到批判社会的目的。

戏剧结构一般有三种形式：锁闭式、开放式和片断连缀式。《雷雨》由于暴露大家庭罪恶的主题之需要，和《群鬼》一样，也选择了便于使矛盾冲突强化集中的锁闭式结构。即从30年来的矛盾着眼，从一天之内的冲突落笔，大幕拉开，已是危机降临的前夕，悲剧的发生仅仅是过去一系列旧事发展的结果。整部剧包含“过去的戏剧”和“现在的戏剧”两层戏剧动作，构成双重振荡，以前者不断推动后者的发展。这些，都与易卜生的《群鬼》相距不大，但两者又是同中有异。

同是用“回溯法”，《群鬼》以“过去的戏剧”为主，从而说明“父亲造的孽要在儿女身上遭报应”，“现在的戏”则没有多大进展，回溯完毕，故事也就结束了。《雷雨》则是“过去的戏剧”与“现在的戏剧”交错进行，以表现“现在的戏剧”为主，“过去的戏剧”只是为“现在的戏剧”的发生发展提供基础和背景，规定情境的氛围，从而加浓了悲剧的深刻性，而主题是在“现在的戏剧”的进展中显现出来的。第一幕周朴园与家人在客厅相聚的一场戏，就暴露了封建家长的专横、冷酷和压制人性，到强迫蘩漪喝药达到高潮；第二幕中，周朴园逼问侍萍及开除鲁大海，表现了他作为矿业资本家的虚伪、残忍、不近人性；第三、四幕中蘩漪不顾一切地追踪、报复周萍，则也从一个侧面反映了封建主义的扼杀人性和妇女要求个性解放的愿望。在“现在的戏剧”的展开和推进过程中，曹禺运用了一些诸如“悬念”“惊奇”“偶然”“巧合”“发现”“突转”之类的编剧技巧，使得戏剧结构更加严谨缜密、跌宕多姿，充满紧张激荡的性格色彩，从而收到了极好的剧场效果。

在场面的具体安排上，《群鬼》和《雷雨》也有个别相似的地方。如《雷雨》第一幕开场四凤滤药、鲁贵向四凤要挟讨钱的父女之间的对话，就很象《群鬼》开头吕嘉纳与其后父安格斯川对话的场面。不过，《群鬼》的这场戏对前情交代不多，只是从吕嘉纳两次提醒“少爷在楼上睡觉”的关切样子和安格斯川隐约谈到乔安娜的过去，为后面欧士华与吕嘉纳的恋爱关系及后来真相的揭露埋下伏笔。而《雷雨》中这场戏的作用要丰富得多，不仅鲁贵贪婪、圆滑的个性表现无遗，更重要的是交代了许多线索，如侍萍就要来周公馆，周萍和蘩漪两年前的暧昧关系，周萍目前与四凤的恋爱等等，预示着一场暴风雨的即将来临。而其间通过鲁大海和周冲的上下场穿插，剧中人物都已出来，人物关系也已基本明了。这对于下面将要展开的纠结繁杂的冲突来说，犹如在一团乱麻之中理出了一条线，同时也为全剧规定了一个总的悬念、总的期待。

《雷雨》的剧情富于传奇性，戏剧冲突炽热火爆，具有强烈的外部动作和剧场效果。这似乎与以表现人物心态和内部动作为主的《群鬼》风格相差甚远，其实，它们之间还是能找到契合点的。《雷雨》的作者真正感兴趣的，并不是编织多么离奇的情节，而是在倏忽变幻的情节背后，剧中人心灵感情的紧张激荡和痛苦颤栗。故而《雷雨》的戏剧冲突不是浮在

表面，而是置于人物内心，表现为剧中人之间强烈的心灵交锋和人物内心的自我冲突。其中许多场面又是把两者紧密交织融合起来。第三幕中侍萍逼四凤在雷声中发誓永远不见周家人一段，就充满了紧张强烈的心灵动作性和扣人心弦的戏剧性。蘩漪形象塑造的成功，也是得力于这几种以心灵交锋和内心冲突刻划人物性格的方法。这则又是与易卜生似异而实同了。

四、模仿与借鉴《雷雨》的价值

通过以上在思想内容、人物形象、戏剧结构诸方面的比较，我们发现《雷雨》与《群鬼》确有不少相近相似之处，但决不能因此简单地认为《雷雨》模仿了《群鬼》。曹禺在《雷雨·序》中曾一再表白："在过去的十几年，固然也读过几本戏，演过几次戏。但尽管我用了力量来思索，我追忆不出哪一点是在故意模拟谁"[①]"我想不出执笔的时候，我是追念着哪些作品而写下《雷雨》"[②]。这里，曹禺也决不是为了自己剧作的价值，有意否认借鉴过某世界戏剧大师的作品。因为艺术家的文化积累是渐进的、多元化的，常常也是无意识的。当接收的信息再输出时，由于主体性的作用，复现或再现出来的东西往往带上艺术家本人的主观意识和创作个性，甚至也已渗进了艺术家所属民族的固有文化传统和思维模式。所以会有"追忆不出哪一点是在故意模拟谁"的现象产生。曹禺大概自己也隐隐意识到这种审美规律，后来巧妙地打了比喻。他说："也许在所谓'潜意识'的下层，我自己欺骗了自己。我是一个忘恩的仆隶，一缕一缕地抽取主人家的金线，织成了自己丑陋的衣服，而否认这些褪了色(因为到了我手里)的金丝，也还是主人家的。"[③]《雷雨》之于《群鬼》，确实"抽取"过里面的"金线"，不过，这些金线在曹禺手里并没有褪了色，而是更加熠熠生辉，更加光彩夺目了。

承认借鉴过世界大师的作品，并不就否认了该作品的价值。文化人类学告诉我们，人类文化本身就是一条无始无终、连续不断的流。任何新的文化形态的产生，都是对前一形态的肯定和扬弃。没有这种否定之否定的相续承继关系，也便没有了人类文化的延续发展。戏剧文化亦复如此，甚至可以说这种"超越"和"回归"的现象尤为突出。从古希腊戏剧至今，绵延了两千多年，先后经历了中世纪、文艺复兴、古典主义、启蒙主义、浪漫主义、批判现实主义和现代派等等阶段和流派，而每一阶段和流派都是对它之前的某个或某些流派的超越和回归，如浪漫主义突破了古典主义和启蒙主义，是对文艺复兴时期戏剧的回归；批判现实主义则跨过浪漫主义而肯定了古典主义，又是对浪漫主义以前的戏剧的回归。是不是因为继承借鉴了它之前的流派而贬损了自身的价值呢？恰恰相反，它们都以自己鲜明的时代特征和崭新的艺术风貌出现在各自特定的历史时期，丰富了戏剧流派，推动了人类戏剧文化的发展。就拿易卜生本人来说，他也受过古希腊悲剧和 19 世纪上半叶

---

① 曹禺：《雷雨·序》，《曹禺戏剧集·论戏剧》，四川文艺出版社，1985 年版，第 352—353 页。

② 曹禺：《雷雨·序》，《曹禺戏剧集·论戏剧》，四川文艺出版社，1985 年版，第 352—353 页。

③ 曹禺：《雷雨·序》，《曹禺戏剧集·论戏剧》，四川文艺出版社，1985 年版，第 352—353 页。

法斯克里希的“巧凑剧”的影响。《玩偶之家》《群鬼》在手法上都明显地带有“巧凑剧”的痕迹。但易卜生照样为人类戏剧文化做出了巨大贡献，成为19世纪批判现实主义戏剧大师。可见问题的关键，在于接受什么样的影响，是死模仿还是活借鉴，在于能否突破前人而有自己的发展，能否反映自己的时代，塑造出只属于自己的完美的艺术形象，表达自己对社会、对现实的独特感受和看法。而《雷雨》显然是出色地做到了这一点的。

模仿会失去艺术的生命，但借鉴却是必须的，没有学习和借鉴，便没有人类文化的螺旋式发展。《雷雨》不是《群鬼》的仿制和重复，而是23岁的青年曹禺自己崭新的天才创造。它不仅是曹禺贡献给时代的第一部艺术精品，同时也是中国现代戏剧史上里程碑式的不朽之作。《雷雨》与《群鬼》，一东一西，一后一前，必将永远辉映于中西戏剧史上。

原载《浙江大学学报》(社会科学版)1992年第2期

论曹禺和象征主义

庄浩然

在借鉴欧美现代主义戏剧的浪潮中，曹禺是个后继者。这位富有才智与创造力、勇于探索的剧作家，虽没有参与 20 年代接纳西方戏剧新潮的创作实践，但他凭借宏放的现代文化眼光、创新的戏剧思维和卓越的艺术才能，轻骑突起，后来居上，对现代派戏剧进行了精心的鉴别、摄取与融化，取得了极为丰富、裨助未来的新鲜经验。象征主义、表现主义是曹禺着重借鉴的两种戏剧新潮，后者着重表现于《原野》一剧，前者则贯串其话剧创作的全程，不独时限长，花力大，也获得更为成功的艺术经验。然而，对此评论界却有截然不同的反应，特别是对《原野》汲取表现派技法，历来褒贬臧否，莫衷一是。而曹禺剧作与象征派的关系却少有人论及，更谈不上进行历史的具体的考察。本文拟就此课题作初步探讨。

曹禺借鉴象征主义，是在现代派戏剧对中国话剧运动影响衰微的三四十年代。大家知道，“五四”时期域外文艺思潮奔涌而至，对新文学运动产生很大影响。诚如郑伯奇指出，短短 10 年间，“西欧两世纪所经过了的文学上的种种动向，都在中国很匆促地而又很杂乱地出现过来”①，戏剧领域亦不例外。浪漫主义、现实主义、自然主义、象征主义、未来主义，甚至西方尚未成熟的表现主义等流派，也都在中国话剧剧坛上竞相露面。从总体看，写实派、浪漫派因据有民族生活和文化传统之培养基，逐渐衍成两股戏剧主潮。而象征派等新潮的传播虽远为逊色，却也日趋强化，至大革命前后终于蔚成高潮。剧作家以两种方式进行大胆的尝试。一是将象征派表现派戏剧移植到本土，例如洪深《赵阎王》、陶晶孙《黑衣人》、向培良《暗嫩》和高长虹《一个神秘的悲剧》等。此类剧作大凡凭直觉进行探索，既谈不上检验识别，又未能顾及民族心理与欣赏要求，往往生搬硬套。有的内容晦涩难懂，笼罩着浓重的宿命论观念与异域情调，或充满凌空蹈虚的主观冥想和虚无玄秘的色彩。大革命后出现的少量剧作，开始跳出模仿之藩篱，注重于摄取融化，但演进中亦有逆折。濮舜卿据《圣经》亚当、夏娃神话故事改作的《人间的乐园》，借鉴梅特林克《青鸟》的形式、手法，表现了人类觉醒和创造的历程。全剧富有哲理性和浪漫色彩，而没有神秘模糊之弊。继而推出的《黎明》描写女权运动的现实主题，但也许为默剧形式所拘，象征隐喻降格为直观的演示，哲理流为拟人的表述。而余上沅《塑像》因主体意识和艺术观的失误，象征暗示竟被用来宣扬“艺术不是社会的产物”“大众是不要艺术的”②错误观点。另一种以

① 《中国新文学大系小说三集·导论》。

② 茅盾：《谈〈上沅戏剧甲集〉》，《文学》第 3 卷第 3 期。

现实主义、浪漫主义为主体，汲取象征派等新潮的艺术经验、技巧。从事尝试的有郭沫若、田汉、杨晦、白薇、王独清、熊佛西、袁昌英等人。其剧作大多注重摄取融化，也尚能顾及民族的心理，审美情趣，与上述移植之作相比无疑略胜一筹。但因鉴别力和艺术经验不足，亦存在着唯美倾向、神秘色彩，或融而不化、取径偏狭等毛病。进入三四十年代，左翼和抗战戏剧运动相继勃兴，写实派戏剧凌驾浪漫派而独占鳌头，现代派戏剧之影响跌入底谷，译介固为冷冷清清，创作亦属凤毛麟角。除曹禺外，陈楚淮《骷髅的迷恋者》、洪深《狗眼》、袁昌英《文坛幻舞》及徐讦的未来派剧作，可算是其代表。它们多为短剧，论移植大凡未脱20年代之轨迹，于摄取融化也欠有力的突破。因此，曹禺这一时期对象征派等新潮的创造性借鉴，无疑具有特别重大的意义。它不仅强有力地维系中国话剧运动与现代世界戏剧潮流的联系，而且在20年代借鉴现代派戏剧的基础上，将检验识别、摄取融化引向深层，为发展、丰富中国现实主义话剧艺术作出卓著的贡献。

曹禺倾心于象征派等欧美现代戏剧，虽与“五四”以来收纳新潮、吐弃陈套的潮流影响有关，但毕竟还有深刻的主体动因。这位具有现代文化意识的剧作家，不但拥有深厚的中西文化和戏剧修养，洞悉现代戏剧与传统戏剧之间的因革异同，而且敏锐地感悟中国话剧参与世界戏剧事业的历史潮流。他始终高揭现实主义的大旗，致力于借鉴易卜生所开创的近代写实派戏剧，同时以宏放、发展的眼光博采众长，汲取古往今来其他戏剧流派、方法的有益成分，以推进话剧现代化民族化的历史进程。他曾深有体会道：“要吸收各方面的营养，才能强壮起来。千万不要偏食，专吃一种食物，是成长不好的。”①显然，正是宏放豁达、博取众揽的现代戏剧意识，使他在现代派戏剧影响渐趋式微时，能不为时尚所左右，果敢地把选择镜角投向象征派等新潮，并从东西方文化、戏剧的交融中，为借鉴象征主义开拓新的戏剧思维空间。

前辈和同代剧作家借鉴象征派的两种模式，无疑为曹禺提供了有益的参照。鲁迅、郭沫若创造性地汲取象征主义因素的《狂人日记》《凤凰涅槃》等作品，更给予他深刻的思想与艺术启示。曹禺摒弃移植，而以现实主义为主体，摄取融化象征主义的合理因素，这一顺乎中国现代文艺潮流的睿智抉择，正是他对新文学借鉴象征派的艺术经验加以梳理剔抉的结果。以创建现代的民族话剧为指归，曹禺重新巡视西方近现代戏剧的历史变迁，审度象征派等新潮独标异帜的思想艺术特征。在他看来，从象征派到荒诞派的现代西欧戏剧，既“应当研究”，也“有可借鉴的”②。象征主义作为西方现代派中最早出现、影响最大的派别，是对忠实地再现外部世界的写实主义的反拨。它宣称“艺术的根本目的是将主观的东西客观化（思想的客观化），而不是使客观的东西主观化（通过气质的眼睛看大自然）。”③从根本上说是一种唯心主义的文艺思潮，但其创新的审美特征和艺术技巧却有值得借鉴的合理因素。象征派强调表现人的内心与精神深处的东西，包括幻觉、梦境，擅长运用有

① 曹禺：《论戏剧》，四川文艺出版社，1985年版，第173页。
② 曹禺：《论戏剧》，四川文艺出版社，1985年版，第182页。
③ 《世界艺术百科全书选译Ⅰ》，上海人民美术出版社，1987年版，第62页。

声有色的物象，来暗示微妙的内心世界或传达人生的哲理。倘若剥离其神秘超验的唯心内核，无疑可以作为现实主义的一个重要补充。茅盾 1920 年就指出象征主义等新浪漫派崛起，系为“补救”写实主义“偏重观察而摒弃想象”“丰肉弱灵”①等弊病。曹禺伊始亦未认清象征主义的唯心本质，其借鉴主要为弥补写实主义在表现内心生活、情感潜流与人生哲理等方面的局限。这一取向既基于他对写实派与象征派审美特征的权衡较量，也内蕴着对现代戏剧发展潮流的领悟与体认。为曹禺所喜爱的易卜生、契诃夫、奥尼尔等人，在写出名重一时的现实主义剧作后，都曾进一步追寻象征派等新潮。诚如他指出，易卜生晚年的剧本《当我们死人醒来的时候》等，就以“有力的象征”揭示深刻的生活真理，给人“重要的启示”②。契诃夫则以写实主义融化象征主义，推出一系列“是现实主义的，也富有诗意和象征性”的杰作，它们“对生活达到某种哲理性的概括，是极其含蓄而又意味深长的”③。而奥尼尔大胆尝试表现主义、象征主义、神秘主义等新的戏剧形式，“运用各种创作方法来充分表现人的复杂性”“追求戏剧上的高度艺术”④。他们以自己的艺术实践生动地昭示：象征主义虽是现实主义之反动，却可与后者并存互补。这对曹禺自是深刻的启迪。与此同时，曹禺返观中国的古典戏剧，参究民族的文化心理、审美情趣与艺术传统。在他看来，象征派不直接描述所要表达的思想与情感，而是凭借引发情感和心志状态的象征加以暗示，让观众运用自己的想象重新创造它们。这一审美表现与传统的写意抒情自有某种相通处，同中国人独特的艺术感觉和表述方式亦有契合点。事实上，曹禺正是凭借象征方法，找到了沟通欧美现代戏剧新潮与中国戏曲等传统艺术的一道津梁，也为现代话剧达成“外之既不后于世界之思潮，内之仍弗失固有之血脉”⑤的艺术创造，开辟一个新的天地。

曹禺接纳象征主义的内发机制，形成了创新的戏剧思维坐标系：它在垂直方向上处于与连续的民族文化和戏剧传统的纵向承传中，在水平方向上又处于向象征派等西方戏剧新潮的横向借鉴中，而坐标系的中心乃是作家独特的美学追求和审美映照。中外艺术的多方浸润，使他逐渐形成对诗意、哲理的美学追求。曹禺认为“剧作家应该是思想家”，“对人，对人类，对社会，对世界，对种种大问题……有自己的独立见解”⑥，否则就难于统驭丰富纷繁的生活积累，从中悟出深刻的人生哲理。即使“写社会问题剧，也要对人类的精神世界和生活的哲理，有一定的认识”，“不能简单地用一种社会问题，来箍住他对如此复杂多变的人生的深沉的理解”⑦。这样，才能使观众“对人生、对社会，有一种比较广大的视

---

① 沈雁冰：《为新文学研究者进一解》，《改造》第 3 卷第 1 号。

② 曹禺：《论戏剧》，四川文艺出版社，1985 年版，第 176 页。

③ 曹禺：《论戏剧》，四川文艺出版社，1985 年版，第 51—63 页。

④ 曹禺：《在奥尼尔学术讨论会上的讲话》，《奥尼尔戏剧研究论文集》，中国戏剧出版社，1988 年版，第 3—5 页。

⑤ 鲁迅：《坟》，人民文学出版社，1981 年版，第 49 页。

⑥ 曹禺：《论戏剧》，四川文艺出版社，1985 年版，第 151 页。

⑦ 曹禺：《论戏剧》，四川文艺出版社，1985 年版，第 106 页。

野、比较博大精深的看法”[①]。这种哲理来自主体对社会人生深刻的颖悟与理知，迥异于象征派所追寻的超越现实之上的永恒理念，但在从有限的形象走向无限的丰富的世界，以有形的描写寓示无形的意念方面，却有近似处。与此同时，曹禺要求剧作家具有“诗人的气质”[②]，热爱生活，以激情拥抱他所爱或所憎的对象，描写“自己的精神世界中真正深思熟虑过的，真正感动过的，真正感情充沛的东西”[③]，使作品富有内在的生命，深沉的感染力。这种诗意源于主体对现实世界的深刻感受，没有象征派神秘玄奥、扑朔迷离的形而上因素，但在不满足于浮面的描写，而企求进入心理、情感之深层上，二者亦有类似处。对哲理、诗意的执着追求，驱使曹禺的审美映照进入“情理真实”[④]的深邃境界。他虽以西方的摹仿写实为审美机制，却未停留于再现人物活动的事理的逻辑真实，而是强调充分发挥主体情志的统摄作用，并使之与审美对象发生同化、顺应关系，以深入表现人物活动的深层心理和情感世界的逻辑真实。这一汲取传统的写意抒情要素的审美观照，异于“将主观的东西客观化”的象征主义，但在强调主观性、内向性方面，与后者却有相似之处。总之，曹禺以现实主义为基质的美学追求和审美映照，固与象征主义存在着本质差异，但在某些方面却呈现出“亲和性”。

新的戏剧思维构体，为曹禺的借鉴提供了宏观整合的运作机制。如上所述，前辈和同代剧作家借鉴象征派虽方式不一，趋归有别，然皆为一时期的创作现象，有的纯系偶一为之。此种一时性虽受制于“社会的选择”[⑤]，但也与主体缺乏理知力、选择力有关系。其结果遂使他们不可能潜心于对象征派的艺术借鉴，将初期的探索试验，引向饶有成效的摄取融化。曹禺则不然，其借鉴的动机虽也来自时代的潮流，但并不随波逐流，而是真正洞达世界戏剧之大势和中国话剧走向世界的历史潮流，把收纳象征派等新潮看为发展、深化现实主义的长远之计，并持之以恒、一以贯之地艰辛劳作。总体观之，曹禺借鉴象征派始于《雷雨》，而集大成于《北京人》。《雷雨》的象征主义因素渗入场景、对白、音乐、道具，其“序幕”“尾声”充溢着超验的神秘氛围。而《日出》《原野》的象征则延伸到角色、场面、细节，其手法从象征暗示扩展到梦境、幻觉，剧名亦如《雷雨》带有象征意义，使剧本的现实主义笼罩一层象征主义色彩。随着曹禺创作的发展，其摄取融化也渐趋成熟，技法丰富多样，到《北京人》终于呈现全方位交叉综合的整体效果，不独与现实主义有机融合，且与民族的艺术传统达成了完美结合。《家》保持、发展了这一特色。曹禺卓有成效的探索、实践，为融化象征主义、发展现实主义提供了宝贵经验。

以现代文化意识和戏剧美学观念为指南，从民族的现实生活出发，对象征主义的哲学思想、审美原则、表现方法等进行综合考察，检验鉴别，一面扬弃其唯心观念和神秘色彩，同时汲取其艺术经验、技巧，并在融化上下功夫，是曹禺借鉴象征派的基本经验。这一经

---

① 曹禺：《论戏剧》，四川文艺出版社，1985 年版，第 148 页。
② 曹禺：《论戏剧》，四川文艺出版社，1985 年版，第 152 页。
③ 曹禺：《论戏剧》，四川文艺出版社，1985 年版，第 108 页。
④ 曹禺：《论戏剧》，四川文艺出版社，1985 年版，第 24 页。
⑤ 《茅盾文艺杂论集(上)》，上海文艺出版社，1981 年版，第 187—188 页。

验虽有个不断层积、逐渐完善的过程，其间亦不无教训，但在鉴别的基础上摄取融化的基本路向，却确保作家伊始就超越模仿硬套的幼稚阶段，进入比较成熟的艺术借鉴。象征主义以尼采的悲观主义哲学、柏格森的直觉主义等西方哲学思潮为思想基础。这些学说反对理性的压制，重视直觉的作用，要求进入意识与精神的深处，其浓重的主观主义，唯心主义，直接渗入象征主义的思想倾向和艺术特征中。因此，只有经过一番扬簸麸糠、剔抉剥取的功夫，象征主义审美原则、方法的有益成分，才能为现实主义所融合，否则势必与后者发生扞格。《雷雨》借鉴之偏差遂出于兹。作者汲取象征派运用直觉，捕捉引发情感和心志状态的象征，并将它和摹仿写实的方法糅合起来，以暗示人物复杂的内心世界或寓示生活哲理。这是两种异质的艺术方法的焊接，虽略有渗透，却难于真正的融合。暴风雨意象即为一例。它作为一种情感的憧憬，用来隐喻蘩漪内心追求精神自由的强烈愿望及其受抑压的极度愤懑，显得深沉含蓄。但它又是无名的恐惧的象征，暗示着某种神秘莫测的非理性的力量，这显然违异作者对悲剧社会历史构因的深刻揭示。这种自相枘凿的困窘也表现在艺术构思和整体结构上。象征"取材于过去，避免触及社会问题"①。曹禺亦称"我写的是一首诗，一首叙事诗，……但决非一个社会问题剧。"基于这一构想，他用了带有神秘的宗教色彩的"序幕""尾声"，将事件"推到非常辽远的时候"，使观者如"听神话""听故事"似的，又用巴赫的《b小调弥撒曲》，引他们进入"一个更古老、更幽静的境界内"②。这无疑严重斫伤《雷雨》的现实主义主体。显而易见，该剧的命运色彩不仅系结于古希腊悲剧的审美模式，也同象征主义"统辖其上，审判且总领其命运的神秘"③观念影响有关。事实表明，只有剥弃象征主义神秘超验的唯心内核，才谈得上摄取融化其合理因素。《雷雨》问世后，社会的选择对"序幕""尾声"的抵拒，作者的返躬内省与琢磨探索，终于在《日出》中获致可喜的效果。该剧在揭示悲剧根源时虽也采用象征，却剔除其神秘的命运观念，而完全转向探求社会经济和阶级结构之症结。金八这个买办资产阶级人物，同时隐喻着制造悲剧的社会恶势力、旧制度。其象征意蕴既使悲剧社会历史构因之揭示，从个别人深入到"损不足以奉有余"的社会形态，也使都市上流社会的喜剧性揭露，上升到彻底否定旧中国的社会制度。象征主义方法终于被纳入现实主义的审美机制，二者亦从并存走向融合。

而对象征主义的审美原则，曹禺除扬弃其唯心观念外，还予以根本改造。象征派显著的审美特征是凭借象征暗示，立意提示所谓不受时空限制，也无法直接表述的普遍真理。在曹禺看来，真理总是相对的，并不存在超越时空、无法明言的抽象永恒性。象征暗示一旦滑入超验玄秘，扑朔迷离，就会使观众坠入猜想之迷宫而不知所云。所以，他总是通过现实关系的真实描绘，规限象征所暗示的情绪、心态与哲理。著名的棺材象征堪称范例，它含蓄地寓示曾皓朽腐、自私、阴暗的深层心理和情感世界，而曾、杜两家抢棺木的情节，则象征封建阶级和资产阶级都已日薄西山，即将入土，剧尾在黎明之前寿木被抬走，又隐

① 布罗凯特：《世界戏剧艺术欣赏——世界戏剧史》，中国戏剧出版社，1987年版，第343页。

② 曹禺：《〈雷雨〉的写作》，《杂文》1935年第2号。

③ 布罗凯特：《世界戏剧艺术欣赏——世界戏剧史》，中国戏剧出版社，1987年版，第343页。

喻与旧的生活方式诀别，以迎接新生的光明。此外剧中人对棺材的不同态度，也体现他们与封建主义的种种情感纠葛。这一切虽纯用暗示，但因深入地描写特定时代的人物及其相互关系，棺材意象的多重隐喻与引申功用是明晰的。为了避免象征主义的模糊、神秘和不可解，曹禺有时还大胆突破其审美规范，直接描述象征的意蕴，或通过与具体意象明显的比较去限定它。“北京人”即是一列。作者一面对这一象征角色的意指加以规限，他以卡车工人和小柱子分别扮演大、小北京人，使北京人带有象征工人、未来农民的阶级内涵，同时借袁任敢和江泰的对话，理性地表述北京人寓示人性的解放与复归，并以之对照曾家在封建主义桎梏下人性的斫伤、变异、堕落。剧尾，北京人向伟大的巨灵打开大门，引导瑞贞们冲出黑暗的王国，走向瑞贞不愿明言的地方。显而易见，曹禺对人性解放的理想社会的向往、追求，蕴含着人类历史演变的观点，并赋予它现代社会的历史内涵，其思维意向是指向现在、未来，而不是倒向过去，“返回原始”。但不容否认，北京人近乎原人的外貌、神情，机械的动作，某些违拗因果律的行动，以及围绕他而设计的布景、道具，也给形象抹上一层神秘色彩，使其意蕴不无模糊之处。这与德国表现主义的影响亦不无关系。

把音乐擢拔到与诗歌、戏剧同等的地位，也是象征主义的审美原则之一。象征派认为“一切艺术都有待于达到音乐的境界”，因为音乐具有他们所追寻的那种模糊、富有暗示性的因素。对某些象征派来说，音乐乃是比戏剧更好的一种表现媒体。曹禺摒弃象征派过分夸大音乐之效能，甚至认为“音乐先于一切事物”①的唯心观念，而择取其注重音乐的传情和暗示性的有益成分。他的剧本浓重的音乐因素虽有乐曲、音响两种主形态，但除《雷雨》的巴赫宗教音乐外，皆服从现实主义戏剧性的需要，且与其他艺术因素密切配合，达成多功能的审美效应，也给剧作带来浓郁的感情色彩和鲜明的节奏感。就乐曲而言，既有为剧本特地谱写的“轴歌”“轴号”、谐谑歌，也有流行的抗战歌曲、戏曲唱段、俚俗小曲、民歌及曲艺数来宝等。其曲调富有浑厚的民族色彩，且填以歌词，使人明确所抒发的感情内容。它们常被用来表现情绪情调，帮助制造环境氛围，或暗示生活哲理。如《日出》的夯歌。剧尾在黑暗消退、太阳冉冉升起时，传来打夯工人高亢而洪壮的“轴歌”：“日出东来，满天大红！要想得吃饭，可得做工！”伴随着打夯声、脚步声，一轮红日蓬勃而出。它震撼观众的灵魂，使人们感受到作者对新的社会力量的赞美，对新的生活的热切期望，也告诉人们：旧的终于死去，新的必然来临。有时则兼以表现情感冲突和性格心理，或辅以创造戏剧场景。例如仇虎在焦家惨厉幽幽地唱起：“初一十五庙门开，牛头马面两边排……”乐曲含蓄地倾泻人物内心深处怨愤鼎沸的复仇情志，也从情感上对仇虎和焦母之间尖锐的心理冲突加以渲染。而在黑林子的破庙旁，这一唱段又在仇虎幻听中回荡，伴随低沉幽森的和唱声，仇虎眼前出现了歌词中的一系列幻像，还幻见屈死的妹妹、父亲……。在这里，音乐配合其他因素，不仅在幻觉中重构阴森可怖的舞台场景、氛围，也表现了仇虎昏迷梦幻的潜意识和内心冲突的搏击腾跃，具有夺人心魄的艺术魅力。至如自然界和社会生活

① 查·查德维克：《象征主义》（肖聿译），北岳文艺出版社，1989年版，第8页。

中的音响，如风、雷、雨声及鸡鸣、鸟啼、叫卖声等，则被用以点染环境氛围或创造象征情调。必须指出，曹禺处理音响与象征派判然有别。他不只要求音响“有一定的时间、长短、强弱、快慢，各样不同的韵味，远近”，而且强调：“每一个声音必须顾到理性的根据，氛围的调和，以及对意义的点醒和着重。”①

曹禺所以能在借鉴象征主义中找到自己的创造道路，还得益于他对民族文化传统的继承。他接纳象征派的艺术经验、技巧，总是以民族的文化心理、艺术传统与欣赏要求为参照系，加以权衡较量，取舍增益，把摄取融化引向革新创造之深层。上述择取象征派的音乐要素，即顾及了传统乐曲往往融合歌唱等特点。其他剧作家所热衷于效法的象征派描写幻觉、梦境，曹禺除《原野》外很少采用，亦正是顾及中国民众的心理定势和欣赏习惯。而最能体现曹禺融汇中西之创造力的是象征手法。欧美象征派常常以超验的象征。表现现实之外的理念世界，充满浓重的唯心观念与神秘色彩。少量隶属人事层面的象征，其意象也往往凭借现成的概念、事物、事件的联想，带有主观随意性，意指范围也过于宽泛。而中国传统的象征大凡属于人事层面，其意象荷载着为民族文化所制约的言外之意、象外之旨，以此维系丰富多样的暗示性。曹禺摒弃超验的象征，多用传统的象征，并予以创造性的发展。他选取的意象几乎全是自然界、日常生活或民族文学中习见的物象、动作、音响，它们既契合民族的审美情趣、欣赏要求，又没有域外象征的神秘超验。作者批判地借鉴中国戏曲，一面依据象征客体的不同性质，赋予意象鲜明的美学倾向。当客体为悲剧性人事时，多用阔大浑厚、或婉丽美好的意象，例如雷轰电闪的暴风雨，莽莽苍苍的原野，笼中的白鸽，寂寞而冷艳的梅林，以烘托、暗示客体的崇高美或阴柔美。而客体是喜剧性人事时，常用丑陋衰败或生机盎然的意象，例如棺木、耗子，鸽哨、鸡鸣等，以传达憎厌、鄙视的喜剧感或生气蓬勃、乐观向上的精神。同时又把意象融入人物的精神世界，并用莎士比亚的“繁富意象”予以延伸。例如陈白露的一段对白：“太阳升起来了，黑暗留在后面。但是太阳不是我们的，我们要睡了。”它以初升的朝阳与消亡的黑夜，享有光明的人们与陷入黑暗的“我们”平行类比，造成喻体各方相互映照与对应交接的扩张意象，以此隐喻陈白露憧憬美好生活，却又悲观绝望的复杂矛盾的心理状态，也从中透示光明必将取代黑暗的哲理。

在意象的内部组合和表述方面，曹禺赋予客观对应物写实的形貌，造成以生活实象为依托，以象征意指为内蕴的组合方式。由于“意”与“象”契合同一，既不致蹈入神秘模糊，又显得复杂深刻。而其艺术表现，则借取象征主义“一点一点地引出某物以便透露心绪”，或“选择某物并从中抽取思绪”②两种手法，并用创造象征的传统技法加以生发，使意象既含蓄蕴藉，启人思迪，又富有民族的丰采、韵致。以《家》中的杜鹃为例，洞房一场六次描写夜半湖边的杜鹃声，系“一点一点地引出”，但其透露新婚夫妻错综变化的复杂心绪，却输入“依微以拟议”的起兴。而鸣凤向觉慧询问“杜鹃啼血”的典故，哀慕地表白“我就想这样说一夜晚给您听”，则是“选择某物并从中抽取思绪”，但也融合“托物以寓意”之机杼。作

① 《曹禺文集》第1卷，中国戏剧出版社，1988年版，第467页。

② 查·查德威克：《象征主义》（周发祥译），昆仑出版社，1989年版，第2页。

者还以情景相生、情理交融为契机，巧妙地引入建构意境的审美机制。剧尾瑞珏临终，窗外落着漫天大雪，却传来佃户小孙子学杜鹃的叫声。瑞珏突然忆起洞房之夜的杜鹃声，觉新泫然。“那时候是春天刚刚起首。”他绝望而沉痛道，“现在是冬天了。”瑞珏却低弱而沉重道：“不过冬天也有尽了的时候。”她逐渐闭上眼。外面杜鹃凄婉而痛彻地鸣唱。这一悲愤感人、深沉含蓄的象征意境，不仅透映两人不同的情感潜流和深致的内心世界，也启示人们：冬天终将过去，春天就要到来。值得一提的还有情调象征，它“以表现情调气氛、心境之类为主……并不要‘切类’，只要有一种笼统的、模糊的空气就行。”①这类象征意在不言中，比一般象征更为含蓄深蕴。曹禺创造情调象征，向来擅长以音响为媒介，利用音响联想，达成声情交融，烘托环境气氛的隐喻效果。试以《北京人》第三幕为例，有阵阵聒噪的老鸦声，独轮水车单调的滚动声，西风卷落叶的呼啸声，凄凉而寂寞的号角声，扛夫抬棺的爆竹声，土墙訇然的倒塌声，远处火车尖锐的汽笛声……它们既渲染了特定的环境氛围，又和人物的感情打成一片，使心理语言凭借音响而得以延伸，创造出一种感情更形丰富的表达方式。

曹禺以现实主义为本体融化象征主义的艺术实践，不仅极大地开拓了他的审美视野和映照社会人生的深度，使他的剧作超越一般意义上的现实主义，而走向透视人类灵魂奥秘的心理现实主义，也有力地促进作家以哲理、诗情交融为标帜的艺术个性和美学风格的形成，提高了中国现实主义话剧的美学品位，使之进入与现代世界戏剧同频共振的境界。

原载《福建师范大学学报》（哲学社会科学版）1992年第4期

① 转引自童道明《他山集》，中国戏剧出版社，1983年版，第351页。

论中外戏剧艺术对曹禺剧作构思的影响

曹树钧

一

对中外戏剧艺术与曹禺剧作艺术关系问题，在中外学术界存在两个极端。一个是不科学地运用比较研究方法，否定曹禺剧作的艺术独创性。例如刘绍铭先生在《曹禺论》自序中，一方面认为“在作品上表现外国文学影响最特出的，想首推曹禺。这就是我去研究他的理由”。另一方面又说林以亮先生认为“我不应该在曹禺的身上花这么大的功夫，因为他的作品浅薄得不能入流派。我同意林先生对曹禺的批评”，“他的作品华而无实但却往往被文学批评毫无修养的人瞎捧一番”①。十年以后，他作了一些修正，但仍认为“曹禺的创作，是没有什么特别的 Vision（视野）的”。也许这一派学者贬之过甚，另一种观点则又走向另一个极端，讳言曹禺创作受中外艺术大师的影响。似乎一讲这个问题，就是否定了曹禺剧作的艺术独创性。在一次研讨会上，笔者论述了洪深根据王尔德剧作《温德米尔夫人的扇子》改编的《少奶奶的扇子》，对曹禺剧作构思产生过十分明显的影响，马上引起一位学者的反感，他认为这样的研究贬低了曹禺，抹煞了曹禺剧作的独特的艺术创造。我以为，这两种观点都不符合曹禺创作构思的实际情况，或贬或褒，都失之公允、客观，也不利于我们从比较研究的视角探讨曹禺剧作获得成功的复杂原因。

这里首先产生一个问题：什么是曹禺剧作的艺术独创性？曹禺剧作的创造性究竟主要表现在什么地方？

我以为，曹禺剧作的总体构思来自中国社会生活的启迪，“是从生活中挖出来的”②，经过艺术想象对生活印象、素材进行重新组合，再创造出富有独创性的戏剧形象，这是曹禺剧作构思的一个最基本的特征。这一特征决定了曹禺剧作独特的艺术地位，保证了它经久不衰的艺术生命力。

作为一位严谨的现实主义剧作家，曹禺剧作中的许多艺术形象都可以在现实生活中找到蛛丝马迹。曹禺剧作中构思中的人物来自现实生活感知的启迪，是他长期观察、体验过的生活印象的结晶，这是他创造性思维活动的首要特征。然而，他又不仅仅停留在生活印象、心灵感受的积累和提炼上。他的创造性思维活动的第二个特征是在第一步的工作

① 刘绍铭：《雷雨论》，香港文化书店，1970 年初版。

② 王育生：《曹禺谈〈雷雨〉》，《人民戏剧》1979 年第 3 期。

的基础上，经过丰富的艺术想象，对生活印象、感受进行重新组合，虚构出新的人物、新的戏剧情节，从而完成一部具有独创性的戏剧作品的创作。

曹禺的艺术想象建立在扎实、丰富的现实生活土壤之中，既非闭门造车式的胡思乱想，又非哗众取宠式的胡编乱造，他的许多人物都有生活原型。这些生活原型取材于自己最熟悉、最了解的生活圈子和人物群中，是他从炽热的感情出发"真知道"、真有感受的人物。它们为曹禺提供了创造艺术典型的坚实基础。《日出》中的陈白露的构思创造就是典型的一例。

陈白露的生活原型主要有四个。原型之一：邻居的一位美女。她住在民主道 23 号，原是一位交际花，被一个军阀花万元买来养在家中。原型之二是唐若青。她是中国旅行剧团的台柱演员，戏演得出色，人也很风流，交游广，有点玩世不恭，曹禺构思《日出》时，她正住在惠中饭店，曹禺常与她交往。"中旅"不少演员认为陈白露就有她的影子。原型之三：阮玲玉。她出身贫寒，25 岁时成为名噪一时的著名影星，1935 年因黑暗势力的中伤迫害，含恨自杀而死。曹禺看过当时报纸上的大量有关她的报道，也看过她的电影。阮玲玉的死触伤了曹禺，令他思索人生。他说："陈白露之死，就同这些有着关联。""阮玲玉是触发写《日出》的一个因素。"①原型之四：王又佳。曹禺的前妻郑秀说："她是陈白露的原型之一。王又佳在美国留过学，是一个并不公开的交际花，不住旅馆，交往的都是上层人物，达官贵人。"曹禺说："我同她不十分熟悉。"②准确的说法应该是相当熟悉。郑秀、曹禺的干妹邹钧以及白杨等人都不约而同地谈到曹禺笔下的陈白露与王又佳的密切关系。邹钧说："王又佳的母亲与曹禺的母亲是干姐妹，交过兰谱，也是潜江人。"③在一次访问中，郑秀还谈到曹禺的好友靳以追求过王又佳。靳以人大气、老实，在女中教书，后被王又佳抛弃，为此精神上受了很大的刺激，"整天咒骂女人，发誓决不再娶妻子"，曹禺还劝过他"要娶也不要娶这种女人"。由此可见，《日出》中陈白露与方达生的关系，就有王又佳与靳以关系的影子。这一点曹禺也承认了，他说："方达生的影子是靳以，靳以就有那股憨劲儿，从来不懂世故。"④

这四个原型在曹禺的艺术构思中所起的作用各不相同，有的主要提供了肖像，有的主要提供了人物的结局，有的提供了性格、气质，然而最重要的是王又佳这一原型。她起了将曹禺构思中美好的印象凝聚起来的作用，并唤起了曹禺丰富的艺术想象。如同曹禺所说：王小姐"她这个人一下子就把我写陈白露的形象点燃起来，就象我那位同学的嫂子，点燃了蘩漪的形象。"他又说："各种各样的生活影子，但王小姐却把各种生活形象点燃起来。是这样一种点燃、生发、想象。"⑤生活原型焕发了曹禺的艺术想象。

值得注意的是，人物原型的综合能力和凝聚作用，在曹禺的艺术构思过程中决不是冷

① 田本相：《曹禺传》，北京十月文艺出版社，1988 年 8 月。
② 田本相：《曹禺传》，北京十月文艺出版社，1988 年 8 月。
③ 邹钧同笔者谈话记录。1986 年 8 月。
④ 田本相：《曹禺传》，北京十月文艺出版社，1988 年 8 月。
⑤ 田本相：《曹禺传》，北京十月文艺出版社，1988 年 8 月。

静地进行的，而是通过情感对想象发生作用。因此曹禺用“点燃”这个词，确切地表达了伴随想象而来的强烈的情感活动。通过这种综合和凝聚，剧作家改造了从生活中所获得的种种感受和印象。使它在表象中得到提炼和取舍，扬弃了一些琐碎的、非本质的东西，从而塑造出比生活本身更具有典型意义、更能显示事物本质的人物形象，创造出具有独特艺术想象力的艺术形象。

这是曹禺剧作构思的基本特征，陈白露形象的创造不过是一个典型的例证，在曹禺的杰作中，众多艺术形象均是遵循这一艺术规律创造出来的，它决定了曹禺剧作的创造本质。

然而，这一基本特征丝毫不排斥在构思过程中，中外艺术家经验的借鉴所起的作用。相反，善于吸收中外戏剧艺术经验，这正形成了曹禺剧作构思又一个重要的、不可分割的特征。

二

曹禺的剧作具有完整、缜密的构思，人物、语言以及不少情节都是从生活中汲取、提炼而成，形成自己独特的艺术风格，同时在构思过程中对中外文学、戏剧艺术采取“拿来主义”。其主要表现为：大量生活印象、生活感受经过艺术想象，重新组合孕育出崭新的人物和情节。在这一构思过程中，曹禺长期积累的、已经化为他血肉的丰富的中外戏剧艺术经验，在组接、蒸腾过程中对情节的构成起了穿针引线的编织作用，对主题的提炼、风格的发展起了深化作用。

试以《雷雨》《北京人》两剧为例，探讨一下构思过程中，中外戏剧艺术的借鉴在这两方面所起的作用。

《雷雨》中的人物，许多情节来自生活的启发，换句话说来自作者的生活经验，包括直接经验与间接经验。生活本身已经提供了两个方面的情节：一是周家的故事。这方面的故事，不少有生活依据。比如“吃药”，这是曹禺在家中和亲戚、朋友中经常可以碰到、听到的故事；周萍与蘩漪始乱终弃，这在曹禺的一个同学与他嫂嫂的类似故事中可以找到影子；至于周家老爷年轻时同女佣人私通，然后又加以抛弃这类事在士大夫家庭中更是屡见不鲜，与曹禺的父亲过从甚密的周九爷就干过这类的事。至于周家几个人物，在生活中也都有各自的原型。例如周朴园这一形象就是众多生活原型综合的结果。

在周朴园众多原型中，有军阀齐某某，有曹禺的父亲万德尊，还有一个董事长。“此人是万家常客，在德国留过学，自命不凡极了，狂妄自大，唯我独尊，自诩身上沾有日耳曼民族优越感，有浓厚的封建意识和剥削工人以肥己的思想与行为。”[①]在封建大家庭中，老爷玩弄丫头，后又将她抛弃，这样的故事在旧社会不胜枚举，曹禺父亲的好友周学辉是比较典型的一个，他是周朴园的原型之一，人称“九爷”。此人是一个伪君子，“平常叼着雪茄烟，好训话，我父亲见到他不敢说话，就那么站着，九爷是矿上的董事长，每周周末从矿上回来，穿着洋派。九爷在家里同一个安徽籍丫环乱来，丫头怀孕之后，将她收为妾，后来又让给师爷，打发她回

① 郑秀：《〈雷雨〉在这里诞生》。

家。丫环在安徽死了之后，他又假惺惺地去吊唁。”[①]曹禺的干妹邹钧则从另一个方面描述了“九爷”：“他生得清秀、高个、瘦长脸、分头。在家里穿灰色长缎袍子、马褂，冬天戴风帽，是个老古板。万德尊临终前将妻子、儿子托付给他。万家的存折也由九爷帮着存在银行里。”不仅周朴园，《雷雨》中周家其余三个人物也都有各自的生活原型。

第二，鲁家发生的故事，在生活中也有这样那样的蛛丝马迹。例如周冲与四凤的故事，生活中的原型之一就是曹禺和他家中的一个使女。在《雷雨》创作期间，曹禺的同学、好友孙毓棠就曾悄悄地告诉郑秀“我看了家宝写的剧本的草稿，你知道他那个剧本里头的周冲是谁吗？就是家宝，他对他们家一个小丫头就曾有过那么点意思。这事，他以前亲口告诉过我的”[②]。艺术形象不能与生活中的真人真事对号入座，将周冲与万家宝划等号显然不妥，然而，孙毓棠讲的这个情况却反映了作者构思周冲与四凤的故事，也是有他一定的生活依据的。

从上所述，周、鲁两家人的人物均有生活根据，并积累了大量的生活素材，那么这两条线如何紧紧地结合在一起？这是作者在构思时颇费斟酌的问题，“费了好大的劲”。如果光是写周萍始乱终弃，象生活中曹禺的那个同学乱伦的故事那样，不能深刻地揭露封建大家庭的罪恶本质，必须从历史角度进行艺术概括，描写周朴园自己年轻时也曾与丫环有过一段感情纠葛，才能拓宽视野，向深处开掘。在这一构思过程中，曹禺烂熟于心，他醉心研究过的戏剧作品就无形之中发挥了作用。

首先是王尔德原作、洪深改编的四幕话剧《少奶奶的扇子》启发了曹禺。这个戏他不仅多次看过演出，而且亲自为南开女中的同学导演过，他反复琢磨剧本，翻来覆去将剧本都看破了。《少》剧中风尘女子金女士 20 年前离开丈夫，20 年后回到旧地，要求见女儿一面，女婿徐经理答应一见，但相见不能相认。女儿 20 年后要重蹈母亲的复辙，金女士不惜牺牲自己的名誉力劝女儿。如此等等的情节都直接间接地启发了曹禺，影响着《雷雨》情节的构思和场面安排。同时，又据此引申出去：鲁妈 30 年后见到的周朴园，也不是一般的资本家，正是当年抛弃过她的大少爷。周朴园也从他的利益出发，同样提出了侍萍与周萍“相见不能相认”的要求。这样的构思不仅将周鲁两家的故事紧紧地纠织在一起，情节更加集中，而且更便于作者从历史的深度鞭挞封建制度对劳动妇女的蹂躏和摧残。

曹禺读得入迷的易卜生的名剧《群鬼》则从另一个方面启示作者：父子两代人与丫头发生的感情纠葛，并且启发曹禺从鲁贵父女谈鬼开场，交代出全剧错综复杂的人物关系和一部分前史。

易卜生的另一部剧作《社会支柱》和曹禺亲自参加演出的《争强》（英国高尔斯华绥原作，张彭春、曹禺改译，曹禺主演董事长安敦一）则启发了曹禺进一步伸展《雷雨》的视野，通过鲁大海与周朴园的冲突，在更加广阔的社会背景上，表现了二十年代初我国工人阶级同资产阶级的尖锐斗争。通过周朴园对工人运动的血腥镇压，进一步揭露了这个买办资

① 周骥良同笔者谈话记录。1985 年 8 月 12 日。
② 郑秀同笔者谈话记录。1987 年 12 月 13 日。

本家的极度残忍和狡滑奸诈。

《争强》原名《斗争》，它是享有世界声誉的英国剧作家高尔斯华绥最有力的剧作。剧本通过董事长安敦一镇压铝板公司工人罢工运动的描写，深刻地揭露了资本家对工人的残酷剥削和无耻欺骗，寄托了剧作家对工人的深厚同情，对资本家残酷剥削的憎恨。曹禺不仅亲自参加这个戏的改编，而且多次演出此剧。这个戏不仅对曹禺进步思想的形成起了作用，而且在艺术构思上也有形无形地影响了《雷雨》的创作。

茅盾在《创作的准备》一书中指出："就一个知识分子的从事文学而言，他在试笔以前所读的文学作品特别是他爱读的，读得入迷的部分，往往会影响到他的初期作品。"[①]曹禺精心研读并且亲自导演过的《少奶奶的扇子》、粉墨登场演过的《争强》，以及易卜生的剧作，无疑对《雷雨》的构思产生了影响。曹禺曾说，编剧编剧，就是要千丝万缕地编，千丝万缕地织。这编织之工一要生活积累、感情积累。二要艺术积累，剧本读得越多，体会越深，构思起来就得心应手，左右逢源。在情节的构思、场面的安排上如鱼得水，使烂熟于心的生活素材，通过艺术的编织，重新创造出一件天衣无缝的艺术精品。

实际上曹禺爱读的、读得入迷的文学、戏剧作品不仅影响到他早期作品的构思，而且影响到他中期、后期作品的构思。《北京人》就是一个明显的例子。

《北京人》的总体构思来自他从幼年到四十年代几十年生活的启迪。同《雷雨》《日出》一样，这个剧本的许多人物都有生活的原型。愫方的主要原型是作者的第二个夫人方瑞（第一个夫人郑秀，于解放初离婚）。思懿主要根据三个夫人（郑秀，陈治策夫人，校长夫人）为原型创造出来的。曾皓这一形象的构思，几乎动用了曹禺几十年的生活积累和感情积累。他的原型至少有以下四个：一个是作者的父亲万德尊。曹禺自己说过："曾皓有我父亲的影子。"万德尊有一个长子万家修，学法律的，沾染上抽鸦片烟的恶习，一辈子什么事也没做成。父亲恨铁不成钢，一次父子冲突起来，万德尊将家修的腿踢断了。"我哥哥就出走，从天津到哈尔滨，过了一个冬天，他又回来了，但不敢进家，后来母亲托人把他弄回来。他回家后，我的父亲不和他说话。"[②]这人有点象文清，但回来以后依然故我，恶习难改。一次抽鸦片被万德尊发现，气得跪在他面前说："我是你儿子，你是我的父亲，我求你再也别抽了！"剧中曾皓跪求文清这一情节就是根据这一件真实事件构思的。万德尊望子成龙心切，盼望儿子能够出国留学。"那时，家境逐渐欠佳，他就对我说，为了你留学，我再出去奔一奔，赚点钱。"曾皓的台词也有类似的话，是剧作家从父亲那儿借来的。还有曾皓中风，这也是从万德尊两次中风获得的联想。

原型之二是青岛大学校长杨振声教授。曹禺自己说："我见过一个很有学问的名教授，和一个青年女子有某种感情上的来往，实际上是剥削别人的感情。"这位教授向校医（方瑞的父亲）建议不要送她上大学，就让她在家里读书，似乎要把她培养成中国最后的精谙国学的闺秀。实际上怀有自私的目的。这个校长的故事并不长，也不热闹，但它是方瑞

① 茅盾：《创作的准备》（《茅盾论创作》）。

② 曹禺：《和剧作家们谈读书和写作》，《剧本》1982年10月号。

的亲身经历，曹禺很同情方瑞，“对此深有所感”。作者从他的灵魂深处构思出了曾皓，由他的灵魂引起联想，开掘了曾皓卑鄙的灵魂，把他内心深处的卑鄙自私挖出来。著名演员万琯德说：“方瑞是我的表姐，书念得不多，《北京人》反映了她的实际。她被杨某某留住，想走，又没有能力。大家庭养成了她的自我矛盾的心理。后来，我把她弄出来了。”①曹禺的挚友张骏祥则说：“江安时，我与闰哲吾搭伙在曹禺家中，由他保姆烧饭。《蜕变》排出之后，曹禺感到生活太压抑，不愿长住在江安，他感到自己想做什么都做不成。《北京人》中的思懿有郑秀的影子，曾皓有杨振声的影子。杨振声与方瑞的父亲是好友，曹禺很讨厌这个人。当然，《北京人》不是每件事都有依据，剧中的人物往往是生活中的好几个人合成一个。”②

原型之三是曹禺的同学、好友孙毓棠的外祖父徐××。考清华大学之前，曹禺住在徐家复习功课。徐家房子很多，一个套院连着一个套院。徐家继承先辈家产，祖上做过前清的高官，但当时已经败落，不过还有包车，偶尔也上馆子吃饭。到了晚上，他家的少爷、小姐赌博、抽鸦片，甚至将家中贵重的古董偷出去变卖，给曹禺印象很深。

原型之四，是江安的一个老地主。这老头才五十一二岁，就备下了“寿木”，一口特大的楠木棺材，以为这样可以添寿，不光寿木，他还悄悄地告诉曹禺“我连寿衣都已经制作齐全了”。曹禺几次到他家后院去转转，参观他的楠木棺材。在构思过程中，不仅经常去江安老地主家，而且多次到江安一家棺材铺去参观。国立剧专的陈治策教授对学生说：“我几次看见万先生朝棺材铺跑，他将来的剧本里肯定有一个老头，有一副棺材，不信你们以后瞧。”③

这四个原型在曹禺的构思过程中发挥着各不相同的作用。徐家老太爷主要提供了一个典型环境和遗老之风。同时，提供了曾皓的家史：一个封建世家，曾经是炫耀几代、气象轩豁的望族，而如今到了家运衰微，内里蛀空、徒有其表。还提供了与曾家有关的一部分人物关系，一些百无聊赖、无所事事的少爷、小姐。江安老地主主要提供了一个与曾皓密切有关的、贯穿全剧的重要情节：珍爱如命的棺材，以及一旦棺材被卖如丧考妣的封建遗老的心态。杨振声不是老地主，但他将一个年轻女子长期占在自己身边这件事，却集中地暴露了他自私的灵魂。这件事也成为《北京人》的一个重要情节。由此构思出曾皓卑鄙的灵魂，生发出其他一些情节：不同意愫方嫁给袁任敢，同意她成为儿子的妾。曹禺父亲万德尊这一原型则为丰富曾皓的形象发挥了独特的作用。“跪求儿子”、中风、“望子成龙”等等的内容都使这个典型人物更加血肉丰满、栩栩如生。

从生活中挖出来的素材，经过典型化，创造出一个个生动的艺术典型，但是这些典型如何组织在一个完整的故事情节之中，作者感受很深的文艺、戏剧作品在构思中就起了重要的贯穿、编织和深化作用。

① 方琯德同笔者谈话记录。1990 年 11 月 1 日。

② 张骏祥同笔者谈话记录。1987 年 7 月。

③ 朱昆同笔者谈话记录。1987 年 7 月。

例如，一部《北京人》从哪里切入才能有力地展示全剧的主题？这就是一个十分具体的艺术构思问题。在这一构思过程中，曹雪芹的《红楼梦》就产生了明显的影响。一部《红楼梦》几百个人物，事虽不多，一天也有一、二十件，竟如乱麻一般，从哪里写起？曹雪芹经过深思熟虑，决定正文从刘姥姥一进荣国府写起，让这个乡村农妇进入繁华阔绰的富贵之家，处处形成贫富对比，这样的构思可以更加深刻揭露贾府的骄奢淫乐，展现贾府由盛至衰的历史过程。曹禺在构思《北京人》时受此启发，从陈奶妈、小桂儿中秋进曾家拜节写起，将昔日曾家家运旺盛时期宾客盈门与如今债主逼债，一副穷愁潦倒的模样形成鲜明的对比，并由此逐步展开全剧的冲突：一个破落户却硬要打肿脸充胖子，还要维持诗礼传家书香门第的架子，为以后曾家内部为钱而明争暗斗、勾心斗角揭开了序幕。

俄国杰出剧作家契诃夫的剧作对曹禺剧作构思也产生了十分重要的影响，它首先表现在艺术风格上的变化。曹禺对契诃夫的剧作是十分迷恋的，在江安任教期间，受他的影响，学生们形成了一批“柴迷”。（当时契诃夫译为柴霍甫——笔者注。）契诃夫那种寓深邃于平淡之中的戏剧艺术使他叹服。他十分敬佩契诃夫的戏里没有一点张牙舞爪的穿插，“走进走出的，是活人，有灵魂的活人”[①]结构平淡，起伏不大，却又能那样抓牢读者的灵魂。

在西方戏剧史上，契诃夫的剧作被称为静默戏剧，这类戏剧更加接近日常生活，多用停顿，重在揭示人物深藏的内心世界。在构思《北京人》期间，曹禺对这类戏剧深入钻研，如醉如痴。在国立戏剧专科学校《名剧选读》课上，他不仅仅陶醉在契诃夫剧作上，而且还详细分析法国剧作家班拿的名剧《玛婷》，尤其注重此剧人物心理描绘的剖析。他讲到此剧第一幕“写一对青年男女在烈日炎炎的乡村小道上，偶然相遇，在仅有的一棵树荫下，休息歇凉，开始人生新的一页”，将学生们“都吸引到剧中人初次和异性接触，忐忑不安的心情之中”[②]。受契诃夫、班拿这类静默戏剧的影响，《北京人》的艺术风格发生了明显的变化。此剧人物的构思虽说同样是在尖锐复杂的冲突中进行的，但在表现形式上却明显不同于《雷雨》和《日出》，不是那样的剑拔弩张，绝少外在的惊心动魄，而是寓浓于淡，于平淡中展现深度，通过更加接近日常生活的自然形态的方式反映生活、更加注重人物内心世界的揭发和开掘。剧作家更加追求的是内在的深度和力度。

因此，《北京人》在重庆首演之后，人们一眼就看出“《北京人》是从两园——大观园（即《红楼梦》）和樱桃园（即契诃夫名剧《樱桃园》——笔者注）来的”。然而，剧中的某些人物又比作者受影响作品中的人物“性格更复杂而且更为具体的”[③]。《北京人》一剧的成功，可以明显地看出，伟大作品的熏陶对曹禺剧作风格的发展和艺术的深化所起的巨大促进作用。它们启示剧作家一方面继续保持自己剧作浓烈而厚实的特色，同时，又在人性的开掘、人的灵魂的揭示上不断向新的高峰迈进。

---

① 曹禺：《日出·跋》。
② 李乃忱：《戏剧大师曹禺在国立剧专》。
③ 胡风：《论曹禺底〈北京人〉》，《青年文艺》1942年10月。

三

在戏剧创作中，剧作家要写出好的剧本的基础是生活，但是，有了丰富的生活，写作时还需要技巧，我国杰出的戏剧教育家熊佛西很重视剧作家的艺术修养和中外戏剧精品的熏陶，认为这“对于一个艺术家的成就亦极重要”①。曹禺在号召剧作家向优秀作品学习时，也同样论述了这一问题，要求通过这些阅读和鉴赏，“学习他们安排故事的本领，描写性格的本领，遣词造句的本领”②。

曹禺剧作构思受中外戏剧作品影响的另一个重要方面，是在结构方法、艺术手法上，大量吸收他感受过的艺术精品的经验，并在总体构思中将它们与人物典型的创造融为一炉。

在曹禺剧作的构思过程中，这方面的借鉴是不胜枚举的。这不仅是无可指责的，而且是理所当然的，是剧作家形成自己独特风格的必由之路。善于吸收前人成果的艺术经验，这正是曹禺剧作构思的一大特色，它使曹禺的剧作在剧情的展开、气氛的渲染、手法的丰富多彩方面独具魅力，也是他的剧作具有强大艺术征服力的重要原因之一。

曹禺曾经指出：“编剧应该感受什么写什么，编剧就是千丝万缕地编，千丝万缕地织，只有这样才能搞出好东西。好的作品总是精细的，比如造房子，粗制滥造就要坍下来，一定要先将骨架搭好，然后再加上泥土、石灰，加以润色，这样造出的房子才结实，才不会坍下来。”

在结构方法上，曹禺在构思时借鉴了几千年人类戏剧史上创造的多种多样的结构形式，同时又加以创造性的发展。《雷雨》借鉴了古希腊《俄狄浦斯王》锁闭式的结构方法，但在情节的安排上，又比它复杂得多，在具体场景安排上也不局限于一个地点；《日出》则另辟蹊径，借鉴了西洋戏剧《底层》（高尔基作）之类的“人象展览式”的结构方法，但同时又考虑到中国观众的审美习惯，每一幕都安排紧张场面，这种紧张场面有的是高潮场面，有的则是戏曲的重场戏。在场面构思时，他总是十分注意向人物的心灵深处开掘，表现出特定生活环境中具体人物的思想感情的脉络，多层次地展开具体的戏剧冲突。达到感人至深的艺术效果；在《家》中，则又运用了中国观众熟悉的情节展开有头有尾、源源本本的“开门式”结构方法。除了现实主义的构思方法，曹禺在构思时还大胆地借鉴了西欧表现主义戏剧的结构方法。在《原野》一剧中，打破时空的限制，用意识流的方法展现仇虎错综复杂的心灵。值得注意的是，在中国现代话剧史上，不论是“锁闭式”的结构类型，“人象展览式”的结构类型，还是表现主义的结构类型，曹禺的剧作都是成功的首创者。例如锁闭式的结构方法，在他之前，也曾有人尝试过（如欧阳予倩创作的《屏风后》），但都没有曹禺的《雷雨》搞得那么精致，同我国传统的戏曲结构方法结合得那么好。表现主义戏剧结构方法，洪深在《赵阎王》中，也曾作过大胆的尝试，但其艺术成就与艺术生命力，是不能和《原野》同日而语的。在《原野》的构思中，曹禺不仅借鉴了奥尼尔《琼斯皇》的结构方法，而且将它

① 熊佛西：《创作》，《写剧原理》中华书局 1933 年。

② 曹禺：《切忌浅尝辄止》，《戏剧报》1959 年第 5 期。

同我国戏曲《断臂说书》《游龙戏凤》等剧的场面开掘方法有机地结合起来，使人感到此剧不仅有现代意识，而且富有民族特色。

在具体的情节安排上，曹禺从中外戏剧艺术中也汲取了大量的营养。例如莎士比亚对于如何用戏征服人，想得非常周到，曹禺对莎剧的开头与结尾的技巧作了深入的研究。他不仅研究莎剧开场如何引人入胜，而且琢磨戏的结尾如何别出心裁、耐人寻味。他对《奥赛罗》结尾处理之妙赞不绝口，认为这样的结尾既符合人物性格，又符合生活逻辑和审美逻辑。受莎士比亚这一艺术技巧的启发，他在构思剧本时也十分重视结尾的推敲。《原野》中仇虎自杀的处理便是成功的一例。不仅如此，他还养成了这样的构思习惯：先把结尾想明白以后再写，可能写出来，也可能想好了不写，但一定要把结尾先想清楚。

有些欧洲剧作家如契诃夫的剧作很重视舞台气氛的渲染，并通过舞台灯光、音响效果的处理达到这一艺术效果。如同斯坦尼斯拉夫斯基所说的："契诃夫把舞台上的外在真实和内在真实掌握得同样的好。他使我们对舞台上的什物和音、光的作用认识更准确、更深刻了。在剧院里，也象在生活里一样，这些东西对人的心灵有着强大的影响。"①受此启发，曹禺在构思时也很重视舞台气氛的渲染，并且把它同戏的结尾处理技巧结合起来。在他剧作中各幕的结尾，有一些仿佛是信手拈来的音响效果、人物活动背景的渲染，实际上都是经过剧作家精心构思、提炼过的。象《日出》第三幕的结尾：一个宁静的深夜里，小东西自杀前夕，那小贩凄凉的卖硬面饽饽的叫卖声，以及附近一个妓女揪心的隐泣声，这些处理不仅使这一戏剧场面具有浓厚的生活气息，而且大大增强令人窒息的舞台气氛，让观众活生生地感受到小东西就是在这样黑暗的地方被吞噬掉的，正是这样的人间地狱葬送了无数善良的妇女。

在结构手法上，曹禺在构思时也是一位善于借鉴前人经验的高手。《少奶奶的扇子》一剧，曹禺在中学时代就如醉如痴地研究过，这个戏的结构、人物关系的设置、制造悬念的方法，就对《雷雨》的构思产生了十分明显的影响。除了前面论述过的对《雷雨》总体构思、人物关系设计上的影响外，在场景安排、人物带戏下场、用一个道具贯串全局、制造悬念等艺术手法上对《雷雨》的创作均有启发并得到创造性的运用。

综上所述，曹禺在创作构思中，借鉴中外戏剧艺术经验。有两个显著的特点：一是多，博采众家之长。从古希腊悲剧"发现""突转"的技巧，到契诃夫、奥尼尔的象征手法、舞台气氛的渲染。从莎士比亚揭示人物内心的本领到中国戏曲人物内心外化的手法，曹禺都广泛吸收、接纳。他接受影响作家之多、作品之广，根本无法断定他的剧作构思具体只受哪一部或几部作品的影响。例如《雷雨》，有人说他受了《伊波吕特斯》《费得儿》的影响，又有人说他受了《榆树下的恋情》《群鬼》的启发，其实何止这几部。在《雷雨》中，我们还可以明显地感觉到《俄狄浦斯王》《少奶奶的扇子》《织工》《罪》《悲悼》《天边外》以及中国戏曲、文明戏的影响。他早年的一个学生说得好："我们学习研究万家宝先生的剧作，千万不能

① 转引自布罗茨基主编《俄国文学史》(下)，作家出版社，1982年版。

‘瞎子摸象’，盲目以局部来当作整体，更不能一知半解地去评头论足。”①

对一个艺术家包括伟大的艺术家在内，在构思时受别人一些影响，不必讳言，也不必自惭，因为它符合人类艺术发展继承、创新的辩证关系。正如鲁迅所说：“受人家一点影响，不必如此娇嫩，因而脸红。”这是因为“创作必须博采众家，取其所长，这才后来能够独立”。一位剧作家，他看的剧本、作品越多，感受越深，他运用的技巧、手法就越丰富多采。曹禺的构思之所以具有特色，一个重要的原因正是在于他广泛地吸收了人类几千年历史所创造的艺术成就，大大提高了自己作品的艺术品位，这也是他的剧作具有高度艺术魅力的奥秘之一。

第二个特点是化。什么是化？曹禺有一个概括的阐述。他说：“学外国人的好的东西，是不知不觉的，是经过消化的。不是照搬、模仿、而是融入、结合。在这种融入结合之中，化出中国自己的风格，化出作家自己的风格，总之，是引出新的创造来。”在接受美学家王朝闻采访时，曹禺又指出：“人们常说‘千古文章一大抄’，这是糊涂话。‘读书心得’绝不是人家怎样说你怎样说，而要把它‘化’了，变成你从生活中印证出来的东西。借鉴与抄袭的界限就在于此。”②

曹禺对中外戏剧经验的借鉴是不知不觉的，长期积累深有感受之后潜移默化地进行的，是融化在他的总体构思之中的。不熟悉中外戏剧知识的人，是不会感觉出他是在故意学谁、模仿（谁），因为他有一个完整、严谨、独特的构思。剧中的人物、语言以及不少情节甚至细节都是他从生活中汲取、提炼而来的，反映了特定的时代精神，跃动着时代的脉搏，打上了民族的印记，以及他个人独特体验的印记。这种融合，是剧作家高度艺术修养的结果，长期生活积累、感情积累的结晶，是艺术才华的集中体现。例如“乱伦”“始乱终弃”这类故事，《俄狄浦斯王》有，《群鬼》有，从古希腊起一直为各种戏剧作品所袭用。《雷雨》的构思也有这种内容。然而，这类故事在《雷雨》中已经“中国化”了，而且有了他自己的创造，成为一部完全独立的创作。这种创造就表现在《雷雨》的总体构思，它孕育的主题是从作品所反映的生活中流露出来的、体会出来的。它反映了剧作家对生活的认识、体验和理解，从一个侧面反映了时代的脉搏和时代精神。这一点他早年的一位学编剧的学生李庆华感受尤为真切。他说：“有人说：‘天下文章一大偷！’我看这话对万先生用不上，他是真正的天才。比如我自己：我读过的剧本也很不少，或多或少也受过启发，可是我就没有万先生那样的才能，能真正化为自己的东西。”

知师莫如徒，曹禺的高足寥寥数语道出了曹禺借鉴中外艺术经验获得巨大成功的根本原因。

原载《外国文学研究》1994年第3期

---

① 殷振家：《绛帐春风化春雨》（上）。
② 殷振家：《绛帐春风化春雨》（上）。

《雷雨》与《群鬼》

——一个比较的再思考

任生名

易卜生的《群鬼》在中国至少上演过三次。1927 年，北京艺术学院戏剧系的学生首先把此剧搬上了中国舞台；1930 年 5 月，成立于 1929 年的天津现代戏剧协会演出了此剧；1947 年，上海实验戏剧学院的学生举行了此剧的周末公演。此外，还有一件事值得一提。1928 年，欧阳予倩（1889—1962）自武汉赴广州中途抵达上海，为他召开的一个欢迎会作出一项决定，为了促进中国戏剧新艺术的发展和巩固上海戏剧运动协会的基础，应当演出易卜生的《群鬼》。虽然结果此剧这次并未演出，但人们可以看出，中国是把它作为一个重要而有意义的艺术作品来接受的。无疑，1927 年和 1930 年的两次演出以及那次欢迎会所传达的信息很可能影响了正在北京写剧本《雷雨》的曹禺。

曹禺于 1930 年动手写《雷雨》，1933 年完成，1934 年发表于《文学季刊》。从时间上看，曹禺受到易卜生的《群鬼》的影响这一点是可以肯定的；如果考虑到以下情况，这一点则会更清楚。1920 年，北京大学出版社的《新潮》杂志上刊登了易卜生的《群鬼》的中译本，曹禺在清华大学时的专业是英国语言文学，显然他读了不少英文版的易卜生的剧作，而早在天津南开高中部时他就参加过易卜生的《玩偶之家》和其他剧作的演出。看来，易卜生对曹禺的影响是无可争辩的。本文以此为前提来考察易卜生的《群鬼》与曹禺的《雷雨》之间在结构、情节、人物、象征主义、母题和主题的相似和差异，旨在对《雷雨》这部重要的中国剧作出进一步的认识和评价。

一

《雷雨》是一部四幕剧。它的第一幕的开头与《群鬼》极其相似。戏一开始，两剧的场景都是一个可以透过窗户看见花园的客厅，客厅里有两扇门通向其他房间。由天气造成的阴沉的舞台气氛也是相似的：《群鬼》里下着连绵的雨，《雷雨》则以阴霾的天预示一场雷雨迫在眼前。联系到在两剧中起到说明作用的父女——安格斯川与吕嘉纳和鲁贵与四凤——之间的对话，这些相似显得更为突出。两位父亲都有所求于女儿，而两位女儿都多少对自己的处于下层的父亲持一种爱理不理的回避态度，心里总有点看轻。第一幕里的说明是由父女的对白展开的。这对白至少起到如下三种相似的说明的功能：1. 指明了人物的行止：牧师曼德要来，欧士华从巴黎回到了家；鲁妈要回家，大海要来周家找老板周朴园，而主人将外出。2. 暗示了某些事情将发生：阿尔文孤儿院将完工开放；罢工正在进行。3. 暗示了人物的特殊关系：吕嘉纳不是安格斯川的亲生女儿；四凤和周萍的关系暧昧。从这样的对比我想是不难看出模仿的痕迹的。

与此类似的痕迹还可以在《雷雨》的结构的其他方面看到。在时间结构方面,《雷雨》基本上走的是跟《群鬼》相同的路子。两剧中的时间都是从白天延伸到次日凌晨,差不多在 24 小时之内,遵守了古典的三一律中的时间一律。而且,两剧均从主要情节(action)的接近高潮的中途开始,运用了回溯的技巧。两剧中的过去正是在追溯和回忆中一点一点展露的,区别仅仅是在情节发展的不同时刻,出自不同的人物口中而已。再进一步,如果换一个视角,从两剧与索福克勒斯的《俄狄浦斯王》的关系也可以看出在时间结构上的相似。象《俄狄浦斯王》一样,两剧把过去时间引进发生在一个戏剧业界绝对时空中的现在时间之内,从而创造了一个多层面的时间构架。《群鬼》中阿尔文上校过去的过失是支配现在时间的力量。同样,《雷雨》中周朴园过去的罪过也是主导剧中现在时间的力量。区别在于,《群鬼》将未来时间引入了这一结构,而《雷雨》则在最后一瞬间时间静止了,凝固在一点上。

现在来看看两剧的高潮的处理。《群鬼》的高潮始于孤儿院失火之后,这时主要人物先后集中于客厅,阿尔文太太对儿子说出了可怕的真实。《雷雨》的高潮安排在下着雷雨的深夜,这时主要人物也先后集中于客厅,周朴园走下楼,命令周萍当众在侍萍面前跪下,因为她是周萍的亲生母亲。回声又一次是清楚的。

不过,也存在着一些区别。这些区别之所以值得注意,并非因为曹禺在创造高潮时具有某种独创性,而是因为他对悲剧的理解明显地不同于易卜生。照曹禺在剧中体现的看法,悲剧中死亡是必须的,也就是说,死亡是一部悲剧的极点,但是他忽视了这一点,悲剧的死亡具有一种不可避免性。《雷雨》中的断电线,这造成四凤死亡的直接原因,露出的正是外在的和人为的因素。《群鬼》中欧士华告诉他的母亲,他将死于一种可怕的疾病,虽然易卜生犯了个医学错误,但根据戏剧的假定性,这仍然具有内在必然性和合理性。换句话说,易卜生的思考路子是正确的。遗传成为一种命运,在这方面,易卜生显示出明显的自然主义色彩。而曹禺则有着更多的佳构剧色彩,一件道具起着关键作用,虽然他也考虑到命运。

曹禺在《雷雨》初版序言中说:"写完《雷雨》渐渐生出一种对于《雷雨》的厌倦。我很讨厌它的结构,我觉得它有些太象戏了。技巧上我用得过分。……我很想平铺直叙地写点东西,想敲碎了我从前拾得的那一点点浅薄的技巧,老老实实学一点较为深刻的。"①曹禺对他自己的这个剧本的结构感到不舒服,但他并未反省这背后的原因。结合以上的比较分析,我想至少可以发现以下几个方面的原因:1. 易卜生更有效地吸收了佳构剧的结构,以便写他的现代悲剧;曹禺则从现代悲剧后退,佳构剧的成分更多一些。2. 曹禺模仿《群鬼》过于执着了点,表面上看似有力,其实并不尽然。

① 《曹禺研究专集》,海峡文艺出版社,1985 年,第 14 页。

二

《雷雨》的情节比《群鬼》复杂得多，可是除去它的副线情节，很容易看出它的框架与《群鬼》很相似。

从这两剧的情节中显然可以抽出一个共通的情节骨架，或者说，一个共有的母题：一个父亲犯下的性的过失在他儿女身上以乱伦的形式得到了报应，并由此造成一个家庭和两个女人的悲剧。如果将这母题还原到两剧中，可以更清楚看到二者在情节上的相似。阿尔文上校与周朴园这两位父亲都曾在性方面违反各自社会的伦理标准而犯下一个过失，所不同的是前者在婚后，后者在婚前，乔安娜在戏开始时早已死了，侍萍则活着并成为戏的主要角色之一，但过失的后果则是一样的：他们的儿女陷入了乱伦关系。当然，《群鬼》中的乱伦还只是处于萌芽状态，尚未成为事实，而《雷雨》则予以重点突出，并发展成双重乱伦——周萍与两个女人即后母与异父同母的妹妹，但这并无实质区别。另外，两位父亲的性过失也造成了他们各自占有的两个女人的悲剧。区别在于，乔安娜过早死了，侍萍则活着；阿尔文太太直接参与了母题，而蘩漪至少在第二幕以后只是母题的半旁观者，或者至少是一个被动者。不用说，上面提到的区别是次要的，重要的是二者的情节骨架是相同的，这种相同说明《雷雨》对《群鬼》的模仿，在母题的层面并无什么新的发现和创造。当然，在文学、戏剧中，运用同一母题的现象很普遍，并不足怪。

还有一个区别值得说一下，这就是两剧在情节容量方面的区别。《群鬼》是简单情节，另一个家庭的故事被推到了幕后；而在《雷雨》中，另一个家庭的故事则出现在舞台上，这就使情节复杂起来。周萍和四凤的关系成了主要情节；乱伦被具体化和发展了；周冲也卷进了这场两性的纠葛，周朴园和侍萍的相认把过去推上了舞台；鲁大海的出现使事件更加复杂，冲突一波未平一波又起。情节容量大的结果是使得情节复杂多变，多少有些含混，死亡人数增加到了 3 个，也就是说，死亡的容量大大增加了。乔治·贝克指出："对于所需情节的数量，各民族各有其爱好。"①我想，中国民族传统上喜欢容量大的情节。在这方面，《群鬼》显然接近希腊悲剧和法国古典主义悲剧的传统，而不同于莎士比亚的传统；《雷雨》则接近莎士比亚的传统，或者更确切些说，更接近中国元明清时期的戏文传奇的传统，比如高明所作元代南戏《琵琶记》，有 42 折，洪昇所作清代传奇《长生殿》，有 40 折，孔尚任所作清代传奇《桃花扇》，有 50 折。曹禺写《雷雨》时显然考虑了这一传统。

三

在此，我将试图分析几组对应的人物，说明其相似和差异，来显示曹禺在《雷雨》中如何在人物方面进行模仿和创造。

鲁贵在某些方面与安格斯川相当。他们都是社会下层人物，鲁贵是仆人，安格斯川是

① 乔治·贝克：《戏剧技巧》，余上沅译，中国戏剧出版社，1985 年，第 119 页。

木匠。两人又都是酒鬼，为了钱而想利用女儿。而且两人都是遭人遗弃的女人的接受者，并与其结婚，成立了家庭，而与另一个家庭存在着潜在的关系。此外，两人又均颇狡猾，善于利用他人的不利形势为自己谋取利益。不过在这一点上，两人之间有一点区别。鲁贵身上有着历来中国奴仆的品性，即特别留意于主人家的隐私丑闻，将其作为日后获得好处的筹码。我想，这是由此剧的中国背景决定的，只是在此意义上可以说剧作家作了一些创造。

四凤在某些方面与吕嘉纳相当。两人都是女仆，正当青春年华，脸色健康红润。两人都有点重复母亲的命运，只是一个终于未成，一个已既成事实。不过重复的结果并不一样。吕嘉纳知道欧士华得了绝症后，拒绝与欧士华一起生活，宁愿随安格斯川回去或去别的地方，她要走自己的路，追求自己的自由和幸福。而四凤却重蹈母亲的命运，委身于主人家的儿子。吕嘉纳身上有着娜拉的影子，四凤身上却没有，她愿随周萍而去，即使周萍不娶她，她也愿意，在她身上更多的是忍耐顺从的品性。不过她俩还有另一个相似之处，即女仆受主人恩惠而获得受教育的机会。吕嘉纳讲话时不时夹些法语词和句，四凤为母亲能识字读书而骄傲，她很感激周冲愿从自己的费用中拿出一部分钱来帮助她接受教育的好心。这一点上有两个方面的影响值得注意：一个是易卜生的人物吕嘉纳的影响，另一个是中国背景，我们知道，本世纪初，义务教育在西方平等自由观念的影响下开始在中国流行。

周萍与欧士华相当，两人都是父亲的罪过的结果之承担者，他们承受了乱伦，也承受了死亡；他们既重复了父亲的过去，又成为父亲过去的罪恶的牺牲品，也就是说，二者都是家庭悲剧的替罪羊。两人的灵魂也极其相似。欧士华要吕嘉纳跟他一起生活，他所关心的仅仅是吕嘉纳的生命的快乐使他得到拯救。周萍爱四凤的主要理由是因为她正当青春年华，四凤的生命的快乐会使他得到拯救。这两个男人都是自私的。两人都一点儿也不考虑所爱的人的自由意志和幸福。欧士华太关注自己的死亡，想不到去关心吕嘉纳的感情。周萍最后因无法摆脱蘩漪的纠缠而想一走了之，根本不考虑四凤的感情和未来。周萍与欧士华的相似是无可怀疑的。

周朴园当然与阿尔文上校相当。阿尔文上校作为死去的人物没有出现在舞台上，因此他只具有象征意义，他是过去的象征，是无可弥补的罪过的象征。但是周朴园则作为一个主要人物出现在舞台上，得到了丰富和发展。不过他依然是过去的象征，是无可弥补的罪过的象征。而且，二者之间至少还有三个相似之处：1. 犯下了性罪过；2. 有两副面孔，一副对社会，一副对家庭；3. 对女人持利己主义态度。阿尔文上校没有给妻子爱情，周朴园亦复如此，同时两人都无望然却无情地抛弃了一个女人。不过，周朴园毕竟，他并不是阿尔文上校的简单重复；在上述三个方面他得到了丰富和发展：他在哈尔滨修桥时犯了罪过；他在处理矿工罢工时是严酷而狡诈的，曼德的虚伪融入了他的性格；30 年后他对侍萍怀有一种矛盾的感情。此外，阿尔文上校反对社会，而周朴园则维护社会和家庭；阿尔文上校是个放荡的人，周朴园则是一个体现了中国宗法制的严厉的专制家长。在周朴园身上有许多中国传统的因素，可以说，这个人物是成功的，但是无可否认，这个人物得益于

《群鬼》，在原型的基础上得到丰富和发展。

现在，让我们来看看侍萍、蘩漪、乔安娜和阿尔文太太之间的联系。这组人物不仅有交叉关系，还有对应关系。侍萍和乔安娜都是女仆和男人的欲望的牺牲者。乔安娜是个已死去的牺牲者，她在剧中的作用极其有限，而侍萍则是一个活着的牺牲者，并卷进了现实的冲突之中。同时，侍萍不仅是过去罪恶的见证人，而且她亲身经历了现实中的更深更伤心的痛苦。曹禺不留一点余地地把她的生命推向极端，显然是要在乔安娜原型的基础上创造一个不幸的中国母亲的形象，她不仅是过去的罪过的承受者，也是现在的罪过的承受者。作者让侍萍亲眼见到亲生的儿女陷入乱伦关系，并在她眼前一个接一个死去。这对于她来说真是太残忍了。她面对命运无能为力，无所作为。从这一点也可以看出，如果说有中国的悲剧观，那也只是哀惋和怨，而非悲（tragic），这一点与西方十分不同。另外，乔安娜接受了阿尔文太太给她的钱，侍萍则拒绝了周朴园给她的作为补偿的钱，侍萍身上反映出了中国传统的重义轻利的处世态度。侍萍确实是一个中国母亲的形象。

然而，侍萍身上还留有阿尔文太太的痕迹。这两个女人对待乱伦的态度非常相似。阿尔文太太认为，如果她觉得欧士华真的爱吕嘉纳，她为了儿子会默认他们在不知情的情况下结婚，因为她曾看到在乡村存在许多这种情况。侍萍在发现儿子和女儿的乱伦关系后，她在绝望中命令周萍和四凤一起远走他乡。她自言自语说："啊，天知道谁犯了罪，谁造的这种孽！——他们都是可怜的孩子，不知道自己做的是什么。天哪，如果要罚，也罚在我一人身上，我一个人有罪，我也走错了一步。……他们是我的干净的孩子，他们应当好好地活着，享着福。……他们快活，谁晓得就是罪过？他们年青，他们自己并没有存心做了什么错。"[①]于是她对他们说："你们这次走，最好越走越远，不要回头。今天离开，你们无论生死，永远也不许见我。"[②]侍萍显然超越了中国社会传统的道德伦理观，这个形象在中国历来的文学戏剧中从未出现过，是一个新的形象。在上述这一点上，如果没有阿尔文太太这个原型的影响，曹禺让侍萍做出这个决定是难以想象的。

再看蘩漪与阿尔文太太的关系。两人都经历了一场没有爱情的婚姻，并且都竭力反抗这不幸的婚姻。但是两人都不是《玩偶之家》中的娜拉，只是在家庭之中反抗，不同的只是反抗的方式。阿尔文太太努力经营丈夫的事业，使之兴盛，来维持门面和丈夫的家庭的声誉，把希望寄托在儿子身上。蘩漪则以乱伦的方式反抗夫权，反抗压制，她是报复，也是追求失去的时光和她自己的自由幸福。她紧紧抓住家庭中唯一的希望。她的行动出于她的自由意志。她虽然不象阿尔文太太是剧中的主角，始终占据舞台的中心，但她超越了对应，获得了自己的独立性，成为中国现代戏剧世界中新的不幸的中国妇女形象。

四

不妨可以这样说，《群鬼》的中心是群鬼，或者更确切些说，是象征主义。易卜生的不

① 《中国新文学大系 1927—1937》第 15 集，戏剧集 1，上海文艺出版社编，1985 年，第 724 页。
② 《中国新文学大系 1927—1937》第 15 集，戏剧集 1，上海文艺出版社编，1985 年，第 725 页。

少剧作的名称用了象征意象，如《野鸭》《玩偶之家》《社会支柱》《罗斯莫庄》等等。曹禺的一些剧作也喜欢用象征意象，如《雷雨》《日出》《原野》等等。这一方面的相似与两人都追求剧作的更普遍的象征意义的企图有关。因此，这也为《群鬼》与《雷雨》象征的运用提供了可比性。

先说鬼的意象。这是两剧中的一个重要意象。在《群鬼》中，鬼的意象的出现使剧情产生一个大转折，或者说，从现在转入过去，并把过去拉进现在，这无论在结构上和意义上都有其重要性。在《雷雨》中，鬼的意象是一条情节线，是主要冲突的一个方面，并且是情节推向高潮的主要力量，它由隐到显，构成一个悬念。另外在寓意上两者也相同，都是指乱伦关系，事实上，乱伦是复仇神。批评家马丁·缪勒指出《群鬼》与希腊悲剧相似[①]。其实早在 1883 年一位挪威教授就曾指出这一点[②]。1922 年，法国批评家安德雷·安东尼更进一步指出，《群鬼》将希腊悲剧《俄狄浦斯王》的伟大和最大胆的现代心理戏剧观念结合在一起。[③] 中国的批评家也从一开始就指出了《雷雨》与希腊悲剧的相似。[④] 显然在这方面有些东西值得进一步思考。

我想，两剧都以乱伦之鬼为核心意象，这其中应该有着更深刻的含义。这既涉及到一个与人的生存困境密切相关的问题，又涉及到一个悲剧范式问题。这里可以用弗洛伊德的俄狄浦斯情结来解释，但更需要用他的原父说来解释。弗洛伊德在《图腾与禁忌》一书中把悲剧称作原始部落中儿子们推翻原父现象的再现。一群儿子不满于原父独占母亲和其他女性，起而推翻并驱除了原父，分享原父的占有物，然后又出于负罪感而把原父奉作崇拜的偶象。儿子们合力驱除原父与原始人的生存困境密切相关，这才是俄狄浦斯情结的真正起源，同时，这也赋予俄狄浦斯情结更深的含义。作为文化现象的弗洛伊德心理分析学说是一种关于人类文明的悲剧观。从这一点出发，可以开掘出《群鬼》和《雷雨》中鬼的意象的深层意蕴。也就是说，可以进入人物的原型心理层面，去分析其自我，揭开自我的面具。在两剧中，悲剧命运成了一种生存状况。在这种生存状况中，人被剥夺了自我，也失落了自由意志或者自由意志受到压制。这些主要表现在逃避现实，不敢直面自己的生存。周萍和欧士华一样，都力图逃离不是他们自己选择的现实，然而又都不由自主地更深地陷入了痛苦的现实。他们无法逃避鬼魂的纠缠。这是一个生存的怪圈。

但是二者在鬼的意象的运用上却有很大区别。《群鬼》是虚，《雷雨》是实。曹禺取实恐怕更多出于现实的考虑。中国社会其实存在类似的乱伦现象，但是很少出现在文学作品中，尤其是戏剧作品中，因为违反伦理历来是中国戏曲的一大禁忌。但是在观众的心理深层却存在这种反伦理的艺术期望。《雷雨》在一定程度上适应了这种期望。同时，《雷

---

① Martin Mueller, Children of Oedipus, and other Essays, on the Imitation of Greek Tragedy, 1550—1800, University of Toronto Press, Toronto, 1980, p. 147.

② Ibid

③ See R. Stein and P. Pickert ed. , Major Modern Dramatists, Frederick Ungar publishing Co. , New York, 1984, Vol. 2, p. 274.

④ 杨晦：《论曹禺》，见《曹禺研究专集》，第 357 页。

雨》中鬼的意象又打上了反封建反家长制的印痕，可以满足当时社会一般的艺术期望。《雷雨》两者都顾到了。这种双重接受，我想正是《雷雨》在中国久演不衰的深刻的社会心理原因之一。

五

《群鬼》的主题有两个层面：社会的和普遍的，或者确切些说，现实主义的和形而上的。曹禺在写《雷雨》时，也在两个层面上考虑它的主题。他在 1934 年的序言中说得很明白，他不仅要毁谤中国的家庭和社会，而且要揭示宇宙的残酷，天道无情。[①] 与《群鬼》相似，这里也是两个层面：现实主义的和形而上的。

众所周知，易卜生是为了回答某些人批评娜拉走出家庭而写《群鬼》的。《群鬼》在社会层面上表现了这样一个主题：由于婚姻的不幸和社会的虚伪，一个为尽职而留在家庭里，只是在事后才觉悟到努力争取自身的自由幸福的女人的下场是可悲的，这是现实主义。引进中国的第一部易卜生的剧作是《玩偶之家》。在中国，易卜生的现实主义或易卜生主义可以称作娜拉主义。在本世纪初和 20 年代，中国接受易卜生主义完全是出于社会的考虑。后来接受《群鬼》正是这种考虑的进一步发展。曹禺将《群鬼》作为模仿对象的原因之一在于他想要走一条新路子，想要提供一些新的创造性的东西，因为中国人对娜拉主义太熟悉了，也就是说，他想要为现代中国人探讨一下新的戏剧主题。

在主题的社会层面上，《雷雨》象《群鬼》一样，把焦点对准了家庭悲剧。在“五・四”运动前后，提供了新的重要含义的家庭，成为许多艺术家和作家关注的对象。冲破封建家庭意味着冲破封建制度，反对家长制意味着反对专制。许多艺术家和作家从家庭入手来探讨中国的社会问题，中国人应走什么道路的问题，以及中国的现代意识和现代个人问题。胡适的《终身大事》，鲁迅的《伤逝》，茅盾的《创造》，巴金的《家》，是这方面的代表作。无疑，《雷雨》也探讨了中国家庭。象《群鬼》一样，《雷雨》也显示了一个困境：当家庭在过去的压力下开始瓦解时，用什么来维系家庭？这种家庭是否值得维系？这些都是当时中国人面临的新的问题。

在主题的形而上层面上，两剧都追求哲理性。两剧都象《俄狄浦斯王》一样表现了对乱伦的恐惧，或者说，对文明的质疑。我在上面提到，乱伦涉及人类文明。乱伦不仅是对原罪的惩罚，也是人类文明进步的代价。这是中国很少深入考虑的问题。受到宗法制严重束缚的中国人很少感到乱伦的恐惧，也并不真正明白这一点。曹禺把西方的这一种文明观引进中国，尤其是引进中国的戏剧世界，其功当不可没，尽管这一点在《雷雨》中多少有些含混。

六

《雷雨》的名声在中国超出了其他现代话剧剧作。我认为这有如下几个主要原因：1.

---

① 参见《曹禺研究专集》，第 16—17 页。

它有一个适当的中国背景，尤其是深入探讨了中国的家庭问题，这使它汇入了现代中国发展的主流。2. 它在希腊悲剧的影响下追求哲理性。不用说，这两个因素得益于《群鬼》。但是，从世界戏剧的范围来看，到了现在，理应对它的艺术价值和独创性作出新的审视。由此可以得出以下一些结论。

1. 曹禺是西方戏剧的认真的学习者，并不如刘绍铭教授所说，是个“勉强的学徒”①。但他在这方面的目标有些含混。当他企图在形而上层面深入下去时，也总是退回到社会层面，而未真正开掘出超越中西两大文明的人类生活的终极真实。我们知道，中国现代话剧完全不同于中国古典戏曲，跟后者关系甚少。中国现代话剧走的是一条十分不同的道路，西方戏剧是它的模式和灵感的主要源泉。中国现代话剧实际上是现代西方文明背景下的中国现代民族戏剧。

2. 在社会、家庭、个人方面，它多少有点停留在说故事的层面，也就是说，用中国的语汇和感情来说一个西方的故事。无需指出，曹禺按照他对现实主义的理解走着一条不同的路子。在《群鬼》中，社会是环境，人的灵魂是探索的目标。在《雷雨》中，人的灵魂是媒介，现实是达到的目标。探讨社会现实是不够的，因为在中国，“五·四”运动从那时到现在是一个并未完结的过程，而且它也不仅仅与社会有关。实质上它关系到中国文明的发展和中国人的生存。一个历史进程并不是你说完结就完结的，它是一个自然进程，有它自己的客观法则，当人们无视它的时候，它依然在起作用。一个中国现代剧作家应当关注中国文化，传统

和民族心理，然而，他必须从这一层面进入到更高的形而上层面。曹禺在这方面进行了努力，他是西方戏剧的认真的学习者，是易卜生戏剧的认真的学习者，他引进了一些西方的观念到中国的戏剧世界中来，比如阿尔文太太的伦理观，西方悲剧文明观，他是大胆的，可惜人们并未予以足够的注意，由此来认真探讨诸如此类的观念在中国现代话剧中的流变，以及它们可能对中国现代话剧的发展所可能产生的影响和作用。我想，这些观念的引进，正是《雷雨》的艺术生命如此顽强的主要原因之一。

原载《中国比较文学》1994 年第 1 期

① See Joseph S. M. Lau：Ts'ao Yu，Hong Kong University press，1970.

从《悲悼》和《雷雨》看奥尼尔对曹禺的影响

龙兆修

早在30年代，读者就发现《雷雨》与《悲悼》很相象，但论述者在论述曹禺所受奥尼尔影响时，大多循着曹禺戏剧主题的某一侧面，或某些人物或某些技巧作比较；而这些比较也往往只是找出两者之间的相似点，或加以类比，或揭示其影响所在，而忽略了对于曹禺所受奥尼尔剧作影响的特点和程度，其间的内在联系和规律，以及这种影响对曹禺戏剧创作的意义等的探讨。本文拟就这方面作些尝试。

一

关于《雷雨》与《悲悼》的相象之处，本文无意赘述；要能理解和评价曹禺和奥尼尔戏剧之间的联系，最重要是揭示他们两者之所以会发生联系的内在动因和逻辑关系。

首先，是世界戏剧发展的历史潮流把曹禺和奥尼尔联系在一起的。

和其他艺术形式比较起来，戏剧具有更强烈的时代性，戏剧是最敏感而又紧密地伴随时代发展而演变更新的。易卜生被认为是现代戏剧之父，现代戏剧大抵是在他的影响之下发展起来的。英国的肖伯纳，美国的奥尼尔，俄国的契诃夫，中国的曹禺等，都可以说是他的继承者。但是，他们不仅是易卜生戏剧的师承者，时代的发展促使他们各有发展和创造而成为他的戏剧的革新者。因此，可以说曹禺和奥尼尔都是世界现代戏剧发展潮流中的不期而遇的创新伙伴。

而且曹禺和奥尼尔所面临的任务是如此相象！奥尼尔登上美国戏坛的时刻，美国舞台上还充斥着情节剧、通俗剧和闹剧。然而，奥尼尔所面临的是急骤变化的美国社会现实，在伴随着高度集中的垄断资本主义发展的同时，人与人之间的社会关系也产生了相应的变化，并由此引起哲学、心理学和戏剧观念的变动。在新的生活现实面前，易卜生戏剧的思想方法和艺术方法已不足以反映这个世界，并满足于现代观众的审美需要了。因此，奥尼尔开拓了一条在易卜生的基础上不断革新和创造的新路程，而这正是奥尼尔戏剧吸引曹禺的地方。

曹禺肩负的历史使命似乎更为艰难。当曹禺进行戏剧创作时，中国的话剧已有了将近三十年的艰苦探索的历史。在其发展过程中，曾经一度发生过易卜生热，而且产生过强烈影响。直到《雷雨》之前，还没有一部多幕剧能够以深刻的民族生活内容和精湛的艺术技巧赢得中国广大的戏剧观众。曹禺的戏剧创作不仅接受了易卜生现实主义的戏剧思想，更主要的是从戏剧美学方面吸取了易卜生戏剧的艺术营养。也正是在对易卜生戏剧的深入领悟中，曹禺感到了易卜生戏剧的缺陷而探寻着更新的戏剧创作艺术。当他的《雷雨》和观众见面时，他已经把奥尼尔的革新戏剧融入了他的戏剧之中。

曹禺所受奥尼尔戏剧影响最深，最为本质方面的，是对奥尼尔新的戏剧美学思想的吸取和领悟上，这是推动曹禺走向奥尼尔的根本原因。

较之易卜生，奥尼尔戏剧有两大特点：其一，是创造了具有多重人格的分裂性格，即人物的两重性格和矛盾心理。奥尼尔正是通过那些具有美和丑、善和恶、悲和喜的多重审美形态的人物性格，展示了现代生活的多层性和复杂性，真实地揭示了现代生活的某些本质特征。其二，是开拓了从人物的内心矛盾窥视人物命运的审美视角。奥尼尔的剧作着力于揭示人物心中隐藏的深刻矛盾和洞察人物心中的因果关系。因此，他对戏剧冲突的注意力，也由易卜生对重大事件的关注转向深刻地挖掘人物的心理冲突，并把社会问题蕴含在人物的心灵世界里，通过丰富细腻的心理活动及其与人物命运的彼此关系，曲折地表现现实问题，因此，更能深刻地鞭挞现实的不合理性。

奥尼尔对于曹禺戏剧创作的影响是十分复杂的。这种影响并不是靠理性的吸引，而更多的、更重要的是美学的自然渗透。这是一种潜移默化的过程，一种审美的悟性启示过程。曹禺在奥尼尔的戏剧美学中感悟到了他在观察、思考和表现生活时与其相通的某些东西。这些共鸣便转化为一种影响，强化并升华了曹禺戏剧的创造力。

奥尼尔所善于塑造的那种具有丰富审美内涵的人物性格，以及他表现人物心灵世界的高度透视力，对曹禺的戏剧创作有着重大影响。曹禺笔下的蘩漪、陈白露等人物性格，既是民族的、现代的，又是属于曹禺自己的，有其独特的艺术魅力。在这些独特的人物性格中，可以看到奥尼尔对曹禺的启示和影响。

有人把蘩漪说成是中国的Nona，甚或认为她是现代中国个性解放的旗手。要是认真地辨析，与其说蘩漪同娜拉相似，倒不如说她与奥尼尔笔下的克莉斯丁更为相近。她们都是家庭中的最不幸者，也是她们家中最激烈的反抗者、破坏者。《悲悼》中的克莉斯丁就是执着于感情的追求者。她所企求的安乐和温暖与她处的孟南家族中世代相仇的窒息气氛极为对立。在为冲出家庭的斗争中，她杀死了丈夫。但在情人被她儿子杀死后，她又以身殉情。克莉斯丁为争取和维护自由和真挚感情不惜一死的极端性格，是很容易联想到蘩漪的。在摆脱物质利欲，孜孜追求精神和情感上，她们似乎与娜拉相通，有其理想化的一面。但是她们又并非是单一纯粹的理想化人物。蘩漪是很难充当娜拉式的反封建“旗手”的，因为蘩漪同克莉斯丁一样，在追求个人自由和爱情的过程中，她们性格和行为的极端性，都有非理性的一面。她们都是或以乱伦，或以杀人的极端行动来实现自己的主观意愿。她们都属于自我分裂、自我矛盾的复杂性格。

蘩漪就是性格的自我对立和多面性人物的代表。这些人物反映出作家对他那个时代的思考。曹禺不可能象易卜生那样沉迷于“个人精神反叛”的梦幻中，塑造出理想化的各种人物。而他笔下的悲剧人物，则表现了他对个人主义式反抗的怀疑，并且随着他思想的发展成熟，在他创作中塑造的人物更趋向于集体斗争。曹禺与奥尼尔近似的复杂人物也同样反映他们对各自不同的社会现实的思考。奥尼尔着重揭示畸形变态的物质世界对人性和对人的精神的扭曲，对于那些极端追求感情生活的扭曲性格给予热情的肯定。曹禺则由哲理反思的高度，在同情和肯定人物性格中所具有的积极、进步因素时，否定了他们狭隘的个人理想和个人反抗道路。这里需要指出的是，虽然他们对生活的探索和思考受到各自不同社会现实的制约，但奥尼尔从复杂人物性格透视社会复杂性的审美视角，对曹禺观察、认识和表现他的人物性格及其这些性格产生的社会现实却有着深刻的审美启示意义。

奥尼尔戏剧美学的创新之处，在于他从精神领域探寻人物内心因果关系。这点，同样启示曹禺去深入揭示自己笔下人物的心灵世界和感情世界。

奥尼尔与曹禺俩在表现生活时的审美视角是很接近或相通的，即都是从精神领域表现一种无形的精神力量对人物性格的主宰作用，并都是在人物自我的精神对抗和精神分裂中完成悲剧性格的。在《悲悼》中，表现的就是精神力量对人物内心的控制。主人公纳维妮亚继承了孟南家族无情冷酷的血统。她天生需要爱，却得不到爱。爱情的种子被撒在这块贪婪的土地上后，再加上忌妒这一毒液的浇灌，自然只能开出仇恨的花朵，结出残暴的果实——造成其母克莉斯丁的悲剧。《雷雨》中的蘩漪的反抗之所以如此激越，是因为她要“人样的生活”，是感情支配了她的行动，是爱导致了她作困兽斗。

奥尼尔戏剧的影响渗进了那些显现中国封建生活所铸造的特殊灵魂——不自知的自私者身上。这里，影响表现为一种审美视角的启悟，而不是具体作品的感应。周朴园是曹禺塑造的第一个“不自知的自私者”，也是这类人物最集中的代表者。他着力表现了周朴园在封建意识支配下由自我精神对立到统一的“内心因果关系”。如周朴园无情地抛弃侍萍又深情地追念她的矛盾行动。不能说，周朴园抛弃侍萍毫无内心痛苦，对自己的抛弃行为，他是有“不忍”和自责的。然而，人物内心深处根深蒂固的封建意识却如一付神妙的调节剂，帮助他摆脱内心分裂而导向精神平衡。一方面封建门第观念、光宗耀祖建功立德的封建思想成为其抛弃行为的精神支柱；一方面他三十年如一日的悼念行动，又为其建立了道德自信。他的犯罪心理的合理化就是依赖这一似乎很仁慈多情的追悼行为得以转化的。既然被残酷遗弃的女仆被尊为高贵的夫人，既然他三十年来也未曾忘却旧情，并神象般地供奉她，昔日的不仁不义也就因此而冲淡、而抵消了。正是这种不影响任何实际利益的悼念行为，消释了周朴园“于心不忍”的内心痛苦，并在合乎封建伦理观念的自信中，取得了内心平衡。实际上，周朴园的每一次所谓自我完善的道德行为，都是对家人亲友身心的一次摧残和迫害；而这种由封建意识支配下的合理性，恰是人物不自知的自私灵魂赖以形成的社会土壤。透过周朴园的心灵解剖，曹禺写出了封建社会自私虚伪专制残酷的社会本质。

佐藤一郎说：“欧洲理性教给曹禺的是对于渗透着古陶和黄土子孙血液的民族自觉，曹禺每次迷入欧洲，对中国的理解就更进一层。”①曹禺就是带着他对中国社会现实生活的

① 佐藤一郎：《古陶と黄土の子》，《三田文学》第 41 卷第五期。

"民族自觉",在世界戏剧发展的大潮中,在中国戏剧发展的转折时刻和奥尼尔相会在一起,并深刻接受奥尼尔戏剧艺术的影响的。

二

前面论及了曹禺为什么喜欢奥尼尔的剧作,以及又是怎样接近奥尼尔的问题,那么曹禺究竟是怎样吸收奥尼尔戏剧技巧?又是吸收了奥尼尔戏剧的哪些技巧?

国内外学术界有一种看法,认为奥尼尔是表现主义者,曹禺从奥尼尔戏剧中吸取的是表现主义的戏剧技巧。其实,奥尼尔对曹禺的影响并不局限于表现主义戏剧。奥尼尔的戏剧技巧之所以引起曹禺的兴趣,关键是他的戏剧体现出新的美学原则。

我们先来看奥尼尔对表现主义戏剧技巧所采取的态度和原则。

奥尼尔是现代戏剧两大流派——易卜生的现实主义戏剧和斯特林堡的表现主义戏剧的借鉴者。尽管,易卜生和斯特林堡两者的戏剧,对探索人物内心世界的艺术追求有些相似之处,但是,他们的美学原则是截然不同的。易卜生强调,戏剧应当客观地反映现实生活,应当通过人物逼真的戏剧动作展开戏剧冲突,并将能否塑造生动真实的典型人物性格,作为戏剧的审美尺度。斯特林堡恰恰相反,他的表现主义戏剧完全摒弃人物性格,有意表现鬼魂梦幻和潜在意识,以此表示作家主观的思想感情。在表现手法上,他打破了传统戏剧的时序结构,创造出自由联想、幻觉、独白等戏剧技巧。要是从戏剧的时代性来看,奥尼尔与斯特林堡更为相近。他也很推崇斯特林堡开创的"在舞台上深刻而具有独创性地体现'潜在的生命力'"的戏剧方法,然而,奥尼尔并没有完全肯定和接受斯特林堡的美学思想。他认为:要是不采用描绘人物性格的手段是不能使观众理解主题思想的,而且戏剧和观众就会失去联系。显然,奥尼尔在学习斯特林堡时并没有割断与易卜生的关系而是继承和发扬了易卜生塑造人物性格的美学原则。奥尼尔的戏剧理论和实践体现着一个统一的思想:深深地植根于现实主义,并且在这一基础上,借鉴和化用其他戏剧流派特别是现代派戏剧。在他的剧作中,虽能看到表现主义以及象征主义戏剧的影响,但奥尼尔并没有成为这些戏剧流派的追随者和摹仿者。因为,奥尼尔建立了"沟通"各派戏剧的新美学原则,即将各派的新方法、新技巧溶化在塑造人物性格之中。

曹禺是把奥尼尔作为一个有特殊风格的现实主义戏剧家来接受的。他认为,奥尼尔"试过象征主义手法,也用过表现主义的手法,但他又似乎不属于哪种流派。我认为他基本上是个写实主义者。"①因此,他最佩服奥尼尔能不断探索和创造那种生动地表现人物的各种心情的戏剧技巧。以新的技巧来表现人物心情的思想,是曹禺学习奥尼尔戏剧技巧的核心内容,也反映出他们在利用各派戏剧之长,以强化塑造人物的艺术表现力的美学原则上的精神契合。这一原则成为曹禺学习奥尼尔戏剧技巧的美学支柱。这表现在:

第一,曹禺遵循现实主义塑造人物性格的原则,从奥尼尔戏剧中借鉴了表现主义的戏

① 曹禺:《我所知道的奥尼尔——为〈奥尼尔剧作选〉写的序》,《外国戏剧》1985年第1期。

剧技巧，并把它揉合在自己的艺术创造之中。

《原野》是曹禺戏剧中受表现主义戏剧技巧影响较为突出的一个剧本，也最能体现曹禺借鉴奥尼尔表现主义戏剧技巧的特点。它是一部既受表现主义影响而又具有创造性的剧本。《原野》很同奥尼尔的《琼斯王》相象。比如曹禺的《原野》借鉴了奥尼尔戏剧的独白、幻觉等表现主义技巧。在场景布置（黑夜、森林）、音响（枪声、鼓声），以及第三章根据人物意识流程组织戏剧动作的结构方法等方面，都与《琼斯王》有相同之处。

但是，曹禺的《原野》却是一个有独创性的剧本。其独创性表现为两个方面：一是坚持用非写实技巧表现写实内容，比如积淀在仇虎思想中的封建意识、复仇意志和善良天性的激烈冲突，采用的是独白、幻觉、潜意识等非写实技巧与写实手法结合运用。如在处理人物幻觉和独白的转换时，曹禺巧妙地将表现人物潜在心理编织在人与人的现实关系中。《琼斯王》中，人物的幻觉和独白内容是利用枪声来隔切和转换的。琼斯王的每段潜在意识的流动都源自人物内心的变化，与外界环境几乎不发生联系。而曹禺的《原野》却采用写实手法，大大丰富了那些与人物心理彼此呼应的外在因素。《原野》也使用仇虎的枪声来调节他的潜在心理变化。但剧中的音响处理比《琼斯王》的活跃得多。比如断断续续的木鱼磬声、焦母凄厉的叫魂声、侦缉队的枪声……等音响渲染了人物活动环境的恐怖性，并与人物的恐惧内心相交流。《原野》坚持了人物性格和人物心理的真实，巧妙地运用各种写实手法强化了非写实技巧的写实性，从而为现实主义表现人物深层心理真实开拓了新路径。

第二，在对待象征主义的戏剧艺术上，曹禺与奥尼尔是相通的，他们都是将象征手法与人物性格的塑造结合起来，而且体现象征的现代发展。

梅特林克的象征主义戏剧为象征的戏剧艺术渗入了现代气息，但由于他的戏剧是建立在神秘主义哲学基础上，所以在他的戏剧中，从人物性格、故事情节到细节描写都是反现实主义的，其人物和事物都是缺乏现实生命的作家主观精神的象征，弥漫着浓厚的象征主义色彩。奥尼尔较之梅特林克的进步之处，就在于很大程度上摆脱了那种神秘主义的东西，将“物我统一”建立在塑造真实的人物性格的基础之上。曹禺摄取象征主义的戏剧技巧，也是为了深化他塑造现实主义的人物性格，并因此与奥尼尔的象征处理产生共鸣。

曹禺的“雷雨”与《安娜·桂丝蒂》中的“海”相似，他们都以现实的客观存在物为象征，并将象征与人物性格塑造融合起来。作为多义象征的“海”，凝结了奥尼尔对复杂现实的深刻认识，因此，奥尼尔将“海”的象征意蕴渗透在人物思想感情里。在安娜心中，海是美好自由生活的象征，但在她父亲的眼里，海却是给人带来灾难的“老怪物”。“海”因其寓示善恶交织的现实生活特征，而成为剧中人物的矛盾冲突和命运的象征。由于“海”是人物活动的真实环境，又与人物的性格、命运和矛盾冲突相呼应，海的象征性便具有相对的现实性，从而也就一定程度上摆脱了神秘。曹禺笔下的“雷雨”与“海”一样，它具有丰富流动的意蕴。它暗示具有生气的抗暴力，内含着憧憬和希望。而所有这些意蕴都与剧中的人物水乳交融、息息相应。作为恶的象征，它与周朴园专横残忍的性格交相呼应，并反作用于善良无辜的侍萍、四凤和周冲等人；作为一种抗击黑暗势力的力量象征，它渗入鲁大海、蘩漪的性格之中，尤为成功的是，曹禺将“雷雨”的多层象征意蕴与人物多重性格交织起来。“雷雨”的出现，总是很自然使人联想到蘩漪。蘩漪的“极端”“矛盾”的性格。在此，曹禺大大发展了象征主义的“物我统一”，把象征的戏剧技巧和人物性格的塑造更好地溶合起来。

由于象征意蕴紧密连结着人物性格，当这些具有描写环境作用的象征物发生变化时，就为表现人物的思想感情提供了有效的艺术手段。《雷雨》中的“雷雨”与奥尼尔的《漫长的旅程》中的“雾”，都是借助自然界中的现象表现人物的感情脉络的。由于它们紧扣人物性格，又贯穿于整个戏剧，所以，它们自身的演变发展，便引发着人物的情感波涛。“雾”象征家里人之间的心灵隔膜和主人公玛丽孤独清冷的内心感情。玛丽恨“雾”，因为“雾”制造了人与人之间的阻隔和冷漠，但是玛丽又不得不躲在“雾”中，以逃避现实的冷酷无情。雾伴随家庭气氛日趋紧张而增浓。最终“雾”象一堵墙，把剧中人物全锁在雾障中。雾的积聚到弥漫过程，也就是玛丽由清醒到精神失常的过程。雾与人物感情互为作用，而使人物的内在感情具体化，也诗意化了。“雷雨”和“雾”一样，它的孕育到毁灭性爆发过程，最生动形象地外化了蘩漪从压抑扭曲的爱情追求到歇斯底里的反抗报复的感情发展历程。蘩漪的感情特征强化了“雷雨”的象征性，而“雷雨”又成为表现人物感情不可缺少的一部分，鲜明地表达了人物的心灵世界。需要指出的是，《雷雨》是曹禺于 1933 年写就的，而《漫长的旅程》则写于 1941 年，但他们却不约而同地表现出在象征处理上共同的美学追求，也正是这种美学追求的共鸣，致使曹禺能够汲取奥尼尔象征艺术的营养，并标志着曹禺的象征处理由传统走向了现代。

综上所述，曹禺倾心于奥尼尔，不只是出自于他个人的艺术旨趣，而是世界戏剧发展潮流使他们走到了一起，是在继承易卜生现实主义戏剧而又面临新的生活变革和变革戏剧的历史要求中走到一起来了。奥尼尔在这种创新的戏剧潮流中，成为美国现代戏剧的开创者，而曹禺也成为中国的戏剧革新者。在用现实主义融化其他戏剧流派的创造性变革中，更有他独特的民族风格。

原载《外国文学研究》1997 年第 3 期

美国的悲剧与中国的悲剧

——曹禺与奥尼尔的悲剧人物比较

冯 涛

(一)

已经有数不清的文章谈论曹禺与奥尼尔的关系和对他们的接受，但大多停留在具体影响的描述上，所注意的中心是曹禺对于奥尼尔的戏剧技巧(主要是表现主义)的借鉴和超越。另有一些文章注意到曹禺的剧作无论在情节、人物还是场景技巧上都有许多可与奥尼尔的剧作相对照的地方，而且进一步作了许多较细的对比。但这样总给人支离破碎之感，而且，曹禺的剧作似乎变得“无一处无来历，无一字无出处”了。那么剧作家的创造性呢？为什么曹禺与奥尼尔会有这么多可以类比的特点呢？本文再来作曹禺与奥尼尔的比较，是因为笔者认为曹禺之所以接受奥尼尔的影响，奥、曹剧作中有如此多的可类比的方面，是因为曹禺与奥尼尔在基本的戏剧美学观上有相近的看法，在悲剧观念、悲剧人物、戏剧手法上都有相近的追求，也就是这种大方向上的趋同才使曹、奥产生了更加细节化的相似。

奥尼尔与曹禺从气质上讲都是典型的悲剧诗人，他们都生性敏感、情感丰富。或许因为天赋或许因为挫折，情感上都偏于阴郁。他们从小都饱尝到家庭给他们带来的精神上的创伤，这些创伤终其一生都无法愈合，而且成为他们创作的源泉和动力。他们对父亲都又爱又恨，他们都终生向往母亲的爱。曹禺的母亲在生下他之后便去世了。他由继母抚养长大，这种创伤他一生都感觉得到。直到七十多岁了，他还热泪盈眶地呼唤母亲[①]。而对于奥尼尔，母亲的吸毒成瘾和对他的忽视是他心灵创伤的根源。他就是《更庄严的大厦》中那个母亲讲的童话里面被放逐的王子，他是他母亲放逐的，永远无法打开那扇心灵的大门。奥尼尔感到自己永远是精神上的被放逐者，他终其一生都在寻找精神的归宿。于是，“母亲”成为曹禺与奥尼尔一生的向往，“家”成为他们创作中最重要的主题，精神的自由与归宿成为曹禺与奥尼尔最终的共同追求。

曹禺与奥尼尔都是古希腊悲剧的爱好者。这与他们天性中的敏感神秘的倾向相结合，使他们不停地追问那些永恒的命运和神秘，观照那些原始的爱与恨，崇尚那些不屈不挠的精神英雄。此外，他们更是戏剧大师易卜生的门徒。易卜生前期关注人与社会的关

① 曹禺的传记资料见田本相著《曹禺传》，北京十月文艺出版社，1988 年。

系，他相信意志能挽救人类。但当他发现人与社会的矛盾已经过于尖锐时，他退守到内在的精神领域、家庭的主题，退向神秘主义，观照人的内心的斗争和痛苦。永恒的精神冲突和具有吞噬力量的爱情成为他中后期剧作的主题。易卜生的转变标志着整个戏剧观念向现代的转变。

劳逊清楚地指出这种转变，这种转变为现代戏剧指明了方向，圈定了主题，“我们可以注意到他对性爱的强调；爱情是‘超出于善恶之外的’，它救人，它也杀人；三角恋爱变成中心的主题。在这种情况下，社会力量被忽略了，而被强调的是家庭的冷酷无情和情感上的需要。”①“三角恋爱被当作一个心理问题而不是一个情况来处理了，炽烈的情欲被部分地美化；家庭生活的冷酷无味；被削弱了的意志，凶兆的感觉；具有特殊情感和特殊力量的超人观念，神秘的解决方法——丧生以保生……所有这些概念在今天的戏剧中仍在永无休止地重复出现着。”②易卜生的示范再加上现代精神分析学对于恋母情结、性欲及与之相系的家庭关系的强调奠定了现代戏剧的基本观念。

曹禺③和奥尼尔是易卜生的门徒，他们分别成为真正意义上的中国和美国现代戏剧的开创者。他们代表了一种共同的趋势，正是在这个意义上曹禺与奥尼尔成为中美现代悲剧中最有代表性的人物，他们的剧作显示出如此多的可比之处。

（二）

戏剧是写人的，是由人来演的。现代悲剧其不同于古典传统的不单在于它的悲剧观念、悲剧主题等方面，我认为更明显地体现在其悲剧人物的现代审美性上。而具体到曹禺和奥尼尔这两位悲剧作家，促使他们写出一部部现代悲剧的毋宁说主要源于悲剧形象的诱惑和对孕育于头脑中的悲剧人物的爱憎。本文就曹禺、奥尼尔的悲剧人物作一些粗浅的比较。

曹禺说：“我初次有了《雷雨》，一个模糊的影象的时候，逗起我的兴趣的，只是几个人物，一种复杂而又原始的情绪。”④“《雷雨》里的八个人物，我最早想出的，并且也较觉真切的是周蘩漪，其次是周冲。其他如四凤，如朴园，如鲁贵都曾在孕育时给我些苦痛与欣慰……”⑤而对于奥尼尔来讲，他剧中的悲剧形象如果深挖下去的话，实际上几乎都是他自己、他的父母和兄长的精神传记。他对父母、兄长的真实的爱恨是他写作戏剧的根本动力。无论是奥尼尔还是曹禺，当他们创作时恐怕都“并没有显明地意识着我是要匡正、讽

① J. H. 劳逊：《戏剧与电影的剧作理论与技巧》，中国电影出版社，1978 年，第 103—104 页。

② J. H. 劳逊：《戏剧与电影的剧作理论与技巧》，中国电影出版社，1978 年，第 103—104 页。

③ 国内也有许多文章谈论曹禺对于易卜生的接受。但着眼点仍在技巧的借鉴或者将接受只限于易卜生前期探讨人与社会关系的剧作。这是因为将曹禺和易卜生的剧作都有意解释为社会剧的原因。

④ 曹禺：《雷雨・序》，《曹禺文集》第 1 卷，中国戏剧出版社，1988 年，第 211 页。

⑤ 曹禺：《雷雨・序》，《曹禺文集》第 1 卷，中国戏剧出版社，1988 年，第 214 页。

刺或攻击些什么”[1]。但他们对于对之爱恨的悲剧人物的深刻挖掘，正深刻地反映出现代社会中的生存困境，他们的悲剧性的挣扎和毁灭。

曹禺与奥尼尔著名的悲剧人物在审美特性上迥异于古典悲剧[2]，具有鲜明的现代性特征。

曹禺悲剧中最引人注目的是其女性形象。但这是一种对于中国传统的审美观造成多大冲击的女性形象！她们要爱，要恨。对于男人来讲，她们是夏娃，既是一种诱惑，又是一种挑战。做一些深入思考的话就会发现，作为曹禺的悲剧主角的女性不是青春少女（如四凤），不是半老徐娘（如侍萍），也不是被侮辱与被损害的下层妇女（尽管曹禺对她们寄以深厚的同情，如翠喜和小东西），而是具有“雷雨”般性格、阴鸷的蘩漪，虽不那么疯狂却同样任性的陈白露和妖冶强悍的花金子。她们都有“火炽的热情，一颗强悍的心，……情热烧疯了她们的心。”[3]如果追溯一下曹禺创作的潜意识的话，她们或许正代表了曹禺对母亲形象更宽泛一点——地母形象的追寻。蘩漪、陈白露[4]（她们多少经过了文明化）和花金子，不正是野性的自由生命力的象征吗？从精神分析的观点来看，男性对于女性的向往是兼有母亲和“荡妇”型的——夏娃型或是地母型。

曹禺对蘩漪的描写：“她一望就知道是个果敢阴鸷的人。她的脸色苍白，只有嘴唇微红，她的大而灰暗的眼睛同高鼻梁令人觉得有些可怕……在那静静的长长的睫毛的下面，有时为心中的郁积的火燃烧着，……她是一个中国旧式的女人，有她的文弱，她的哀静，她的明慧，……但是她也有更原始的一点野性：在她的心、她的胆量、她的狂热的思想，在她莫明其妙的决断时忽然来的力量，……当她见着她所爱的……两颊的笑涡也显露出来的时节，你才觉得她是能被人爱的，应当被人爱的，你才知道她到底是一个女人……（但）她会爱你如一只饿了三天的狗咬着它最喜欢的骨头。她恨起你来也会像只恶狗狺狺地，不，多不声不响地恨恨地吃了你的。”而金子则完全脱去了“旧式女人”的文弱、哀静和明慧，她“眉头藏着泼野，耳上镀金环子铿铿地乱颤。……长得很妖冶，乌黑的头发，厚嘴唇，长长的眉毛，一对明亮亮的黑眼睛里面蓄满魅惑和强悍。……她的声音很低，甚至于有些哑，然而十分入耳，诱惑。”

但值得注意的是曹禺后来的审美观逐渐回归了传统。他的剧作逐渐消退了火气。郁热、狂野的气氛逐渐消失，终于进入了他创作的清秋季节——以《北京人》和《家》为代表——剧作的中心仍是女性，但已不复是夏娃型的了，而变成了为爱而忍耐和牺牲的空谷幽兰愫方和春夜杜鹃瑞珏了。作者正回归于传统的审美观。愫方甘心呆在生命的囚笼中，为了文清胆怯而无生气的爱而默默牺牲，她是整部《北京人》中的诗，但是一首最凄婉

① 曹禺：《雷雨·序》《曹禺文集》第1卷，中国戏剧出版社，1988年，第211页。

② 曹禺中、后期剧作的悲剧人物在审美特点上有向传统回归的趋势。

③ 曹禺：《雷雨·序》《曹禺文集》第1卷，中国戏剧出版社，1988年，第215页。

④ 陈白露的形象没有蘩漪和金子来得鲜明、深刻，主要因为作者写《日出》一部分转向了社会剧，是要塑造一组群像。

的诗。作者不忍她的灭亡，安排了她的出走。但我们不禁要问一句："愫方出走之后又会如何呢？"而《家》中的瑞珏呢？她"虽只有十七岁的年龄，却举止十分端凝，端凝中又不免露出一点小孩子的稚气。黑的眸子闪着慈媚的光彩，和蔼而温厚，……柔和的脸上浮泛着一脉淡淡的愁怨。"这样一个集纯真、端庄、妩媚、温婉、厚道，还有一点哀愁于一身的瑞珏真是符合传统审美观的最完善的女性。但她(们)与蘩漪、金子相比有多大的不同啊！

奥尼尔剧作的女性形象在审美特点上与曹禺前期塑造的形象有很大的可比之处。

奥尼尔理想中的女性形象体现在其剧本中是典型的地母型。她们大多粗俗肉感(这一类女性中许多是妓女)，有的虽不粗俗却也身高体壮，这类女性实际上就是妓女与母亲的混合。《大神布朗》中的妓女西比尔(Cybel)的名字就来源于安纳托利亚的大地之母Cybele。象征着异教酒神精神与基督教圣安东尼禁欲精神永恒冲突的戴昂、安东尼和其继承者比利·布朗都是最后在西比尔——大地母亲的怀抱中得到精神上永恒安宁的。突出的例子还有《榆树下的欲望》中的阿碧。阿碧粗俗而肉感，就是在她(他的继母)身上伊本找到了情人和母亲。作者描写两人在住有伊本母亲幽灵的客厅里第一次作爱时，阿碧感觉到幽灵："对她变得和蔼了"，伊本的母亲让出了自己的位子。而也只有当阿碧对伊本流露出"真诚的母爱"时他才对她的热情有所反应。作者写道："阿碧摆出一副非常富有母性的姿态，这不是装出来的，而是真正相信自己就是他的母亲。她不断亲吻他，弄得他糊里糊涂，搞不清她和自己的身份。"伊本"感到通过她，也重新找到了母亲。"

一个突出的形象是奥氏最后一个剧本——描写他哥哥的悲剧与救赎的《月照不幸人》中的乔西·霍根。杰米在母亲死后，绝望中他像母亲逃避到毒品中一样逃避到酒精和最下三滥的妓院里。乔西是蒂龙家佃农的女儿，她被描写为"个子特别大，几乎像个畸形的人，体重一百八十磅光景。"同阿碧、西比尔一样，她被赋予奥尼尔理想中的女性外形形象：结实的大乳房、细腰和丰满的屁股、大腿。她装出一副淫荡女人的样子，其实是个心地善良的处女。在整整第三幕中，再次酒醉的杰米向乔西诉说了他对母亲的依恋和母亲的死给他带来的绝望。乔西在月光下把吉米抱在怀中，杰米在她怀中似乎重新找到了母亲，沉沉睡去。这个悲伤的大个子女人把一个面貌憔悴的中年酒鬼搂在怀里，好像她是刚从十字架上被解下来的。他们构成了一幅圣母哀悼基督那样圣洁而又悲剧性的画面。

这一类女性除了以上分析的三位之外，已形成了一个系列。再比如《诗人的气质》和《更庄严的大厦》中的萨拉·梅洛迪，《发电机》中的梅·法伊夫和《安娜·克里斯蒂》中的安娜。这类妓女与母性混合的女性形象同花金子有极为相似的审美特点，共同体现了剧作家的理想。

除了这种地母型的女性之外，奥尼尔剧作中另一类型的女性形象就是奥尼尔的母亲玛丽的真实的传记形象。她们大部分是母亲，但都敏感、高傲、神经质，近乎歇斯底里而自身又忍受着极大的痛苦。如果说男主人公在上一类地母型女性身上找到归宿和安慰的话，那么这一类女性则是男主人公精神痛苦产生的根源，而这正是奥尼尔本人的真实情况。或许正是母亲对儿子的精神放逐，奥尼尔才创造出上一类妓女——母亲混合型的女性，希望受到伤害的心灵在理想化的女性形象身上找到安慰。

这一类女性形象主要有《上帝的儿女都有翅膀》中的埃拉、《悲悼》中的克莉斯丁、《更庄严的大厦》中的黛博拉，当然——《长日入夜行》中的玛丽·蒂龙。这一类女性形象同蘩漪有极大的相似之处，特别是《悲悼》中的克莉斯丁，简直像是蘩漪的孪生姐妹。她同蘩漪一样处于精神和欲望的完全压抑中，她们都有火一样的热情又都"秉性高贵"（曹禺语）。蘩漪爱的是继子周萍，而克莉斯丁爱的是亲生儿子奥林。在奥林参战期间她疯狂地爱上了丈夫的堂弟、复仇者布兰特。布兰特在她心目中正好替代了不在眼前的奥林。像蘩漪宁愿舍弃一切也要死咬住最后的爱情不放一样，克莉斯丁为了这绝望的爱情而毒死了丈夫。蘩漪的绝望挣扎是推动《雷雨》发展的根本动力，而克莉斯丁的杀夫成为整个家庭血缘悲剧的开端。结局是蘩漪面对自己造成的后果只有发疯，克莉斯丁面对儿子杀死情夫的事实只有自杀。克莉斯丁与蘩漪在冲突的情感的性质上、高贵的气质、绝望的挣扎、甚至外貌上都有极大的相似的审美特性。

这组母亲形象是造成儿子精神痛苦的根源、而又对儿子有强烈的占有欲。最明显的代表是《更庄严的大厦》中的黛博拉。在这一点上她与《原野》中的焦母形象有较大的可比性。焦母与金子对于大星的争夺简直就像是黛博拉与萨对西蒙的争夺的翻版（无涉"影响"）。焦母对大星强烈的占有欲和她的阴狠（后者与黛博拉等没有相似性）使她成为《原野》中与仇虎、金子同样鲜明的形象，一起辉映。

（三）

在奥尼尔的悲剧人物中除了上述两类女性形象，同样重要而引人注目的就是儿子的形象。如果说上述两类女性形象代表了真实的母亲和理想的母亲的形象的话，那么儿子形象就是他本人精神的自画像。儿子形象是剧本的悲剧主人公，他们都有恋母情结，敏感而有诗人气质，他们渴望得到母亲的爱，又受到母亲精神上的放逐（或者是背叛母亲或者是被母亲背叛），他们的精神极度痛苦。寻找母亲，寻找精神的归宿是他们终其一生追求的目标。

儿子的形象纵贯了奥尼尔一生的创作。从《天边外》的罗伯特、《榆树下的欲望》中的伊本、《大神布朗》中的戴昂、安东尼、《发电机》中的鲁本到《悲悼》中的奥林，《无穷的岁月》中的约翰·洛文、《诗人的气质》和《更庄严的大厦》中的西蒙，直至最后的代表作《长日入夜行》和《月照不幸人》中的爱德蒙和杰米。

奥尼尔在谈到《发电机》的主题时说，"看来没人懂得这个真正的写人际关系的故事。就是说小伙子的母亲对他干的事情，以及导致他最后把那个姑娘——他母亲所憎恨并妒忌的姑娘——奉献给一个母性的神的经过，这一切是那个小伙子同上帝的真正的斗争，或者说激起了这种斗争。这一切符合隐藏在剧本后面的美国生活的主题，而美国正是具有恋母情结的国家……没有一个人提到这一点。他们对普通的宗教主题热中得要命，所以看不到人的心理斗争了。”①

在儿子系列形象的塑造上奥尼尔达到了他心理刻画的最高境界。他们是真正的悲剧主人公，他们心理的深度、精神的痛苦和人格的分裂是这一类形象的共性。奥氏悲剧的命运感、悲剧精神主要体现在这类人物身上，对观众心灵的巨大冲击力也主要来自于他们。罗伯特代表了作者早年对天边外的美好理想的向往，戴昂、安东尼和约翰、洛文集中表现了现代人精神和人格的分裂，而伊本和奥林则集中表现了俄底浦斯情结，西蒙除了表现出恋母情结外还表现了物质贪欲对诗人气质的戕害。这类人物成为整个美国剧坛内涵最为丰富、复杂而又深刻的形象，具有极高的审美价值。

反观曹禺剧作中的儿子形象将是很有意思的。曹剧中的儿子形象与奥剧有些基本点上的类似，但曹禺在很多情况下并未充分展开（这不单是相对于奥尼尔而言的）。他的态度极为傲妙，对于儿子的形象他基本上是持否定态度的，所以即使相同的特征在两人笔下也会显出不同的审美效果。曹禺最著名的儿子（或者说男性）形象是周萍、周冲、方达生、仇虎、大星、文清和觉新等。实际上比较深地揭示了其内心冲突的人物只有周萍、仇虎、大星、文清。在审美特点上周萍和大星是最符合奥氏笔下儿子形象的（这当然并非衡量高低的标准）。周萍和大星都敏感而脆弱，大星对母亲的依恋、周萍与蘩漪甚至与四凤的乱伦关系完全可以解释为恋母情结。周萍最像《悲悼》中的奥林，奥林先是依恋母亲而对父亲则深为反感，后来又依恋取代了母亲地位的姐姐。周萍在《雷雨》中可以算得精神最为痛苦、人格分裂最为严重的人物。作者如果再深挖下去的话，周萍完全可以成为最有心理深度的形象②。即使是现有的周萍形象也已具有了相当的心理深度和审美内涵。只是作者对他总有些蔑视（称之为“阉鸡式的男人”），这在创作中免不了就已经将他一定程度地简单化了。作者另外写了一个周冲（作者自称最喜爱这个角色），将诗人气质和对美好东西的向往赋予他。但实际效果却是周冲在剧中只是一个简单的平面人物，没有心理深度③。而事实上如果将周冲与周萍合并的话其结果就是奥林、伊本或爱德蒙。

被简单化得更严重的二个形象是焦大星。大星的心理冲突也绝对大于仇虎、金子和焦母。他处于母亲、妻子、朋友（又是仇敌）三种强大精神的夹攻下，他应该是最有心理分析意义的。而实际上他不单被简单化甚至被丑化了。作者为了表示对他的蔑视，甚至特意给他戴上了一个耳环。在剧中他只有受到嫌弃和至多一点同情的份。同时，仇虎在开幕时虽然是生命力的象征，但随着剧情的发展他反成为精神分裂的人物。仇虎是这个剧

① Virginia Floyd: The Plays of Eugene O' Nell: a New Assessment (Frederick Ungar Co., Inc. 1987) P356.

② 蘩漪是《雷雨》中最为深刻和鲜明的形象。但实际上她的内心冲突远不如周萍来得复杂。她认准了一条路就一路走下去，而周萍却始终是矛盾的、分裂的。

③ 周冲或许是作者最钟爱的人物，却的确没有写活。他甚至没有能进入戏剧冲突的漩涡，更别提心理深度了。李健吾很早就在《雷雨》一文中写道，“抹掉他在戏里的位置，毫无纠纷发生，未免使人失望”。“所以同样的性格，作者就把周冲写失败了”。（《咀华集》第 94 页作者注②，花城出版社，1984）

中最有心理深度的人物。透过他坚硬的外壳，他内在的分裂和斗争才是作者着意刻划的。他本来就不单是什么“农村青年”，他产生的幻象更不是因为什么“封建迷信的毒害”，透过他反映出的正是现代人人格的分裂。在这一层面上他与奥氏的儿子形象有其一致性。

文清和觉新是作者审美观有了较大转变之后的人物形象，他们仍然精神软弱而痛苦，但已被赋予了太多的社会的、历史的内涵，已不再与奥尼尔的儿子形象的精神痛苦处于同一层面。

（四）

奥、曹剧作中除了以上主要的人物形象之外，还有一类所谓的“不自知的坏人”。如《榆树下的欲望》中的老卡伯特、《长日入夜行》中的老蒂隆和《雷雨》中的周朴园、《北京人》中的曾皓等。这类人物绝不是简单意义上的“反面人物”，他们有丰富的心理内涵，在某种意义上讲甚至有一种悲剧感，如果还不值得尊敬的话，起码值得人怜悯和同情。

老卡伯特是清教的忠实信徒，他有强烈的物质占有欲，而根本不顾妻儿的死活，但整个壮丽的农庄是他一手辛苦创下的。他有一个坚定的目标，永不动摇。他是他自己命运的主人。老蒂隆虽然吝啬，是造成妻子嗜毒和儿子不幸的重要原因，但他的吝啬是因为他出身贫寒，十岁就开始挣钱养家。他曾依靠自己的才华和努力成为最优秀的莎剧演员。但出于对金钱的贪欲他却演出惊险剧《基督山伯爵》三十几年。他的贪吝也毁了他自己的前程。晚年面对妻子和儿子的不幸，面对自己一无成就的现实，他的内心是同他的亲人们一样痛苦的。

曾皓虽极其自私，但更多地则是显出他是个软弱的可怜的老人。晚辈的不肖使他伤透了心，还要时刻提防大奶奶的暗算。最后他唯一的寄托——棺材也给人抢走了。曹禺对曾皓的心理开掘较深。

同样，周朴园也并不是一个十恶不赦的坏人。他几十年来对侍萍的怀念绝不是作假（根本没有这个必要），只是他怀念的侍萍已不是那老得连他也认不得的真实的侍萍罢了。像卡伯特一样，他有一套恪守的行为准则，他贯彻如一。他不知道他给别人造成了多大的压抑和痛苦，他逼蘩漪喝药并不是存心跟她过不去，他从他的原则出发要她“作个服从的榜样”，他要建立一个有秩序的模范家庭。周萍就佩服他，甚至他的冷酷。但在最后一幕，他对自己确信的准则产生了怀疑，他说：“今天一天叫我忽然悟到为人太——太冒险，太——太荒唐。”作者对周朴园也并无太大的恶感，说他色厉内荏，把他比作自己的父亲①。周朴园是复杂的，他有他真实复杂的人性，在这种性质上他与卡伯特、蒂龙是相似的。

在序幕和尾声中，周朴园作为一个历尽沧桑、白发苍苍的老人的形象出现，照看着两个他曾伤害过的女性，在宗教中忏悔。他的亲人死的死、疯的疯，只有他一个人清醒地咀嚼着过去的痛苦。他没有选择死，他的活比死和疯更为艰难。“还是为虐待意志而不断地

① 田本相：《曹禺传》第16页。

寻求不愉快的事情。为折磨自己而拒绝快乐，甘愿过着赎罪的生活；也就是故意地破坏意志。”[①]他的选择同《悲悼》中的莱维尼娅的选择性质一致。她选择了活着，守着那些死人，“让他们折磨我，直到偿清孽债，孟南家最后一个人咽气为止！”从这个角度上讲，这两个罪人竟都有很强的悲剧感。

总体来说，曹禺与奥尼尔的悲剧形象在审美特点上有许多基本的相似之处，都共同体现出现代性的审美特点，都共同表现了现代人的精神痛苦和内心的分裂，他们的人物都是丰满而深刻的创造。他们在戏剧中永远地活着。

原载《戏剧》1998 年第 1 期

① 叔本华，《爱与生的苦恼》第 42 页。

曹禺剧作与莎士比亚悲剧的诗意

焦尚志

曹禺作为戏剧诗人，他的剧作深受莎士比亚的戏剧，特别是悲剧的启迪与影响。他说："我曾经读过一阵莎士比亚的剧本，尤其在年少时，读后，总觉心旷神怡。特别是他的悲剧，更加爱不释手。"[①]他一向倾服莎氏悲剧那"变异复杂的人性，精妙的结构，绝美的诗情，充沛的人道精神，浩瀚的想象力。"[②]"想用外国语言把他剧本中的全部诗意和奥妙，都译出来，那简直是不可能的"[③]正是莎士比亚的戏剧艺术，为曹禺打开了广阔的人生天地，使他领略到瑰丽奇伟、无穷无尽的生活诗意与永恒的美的魅力。现在我们就考察一下，曹禺是如何摄取莎士比亚悲剧的诗的光华，为他的现实主义戏剧大厦增添异彩的。

一

诗意，是思想、情感的凝炼与升华，是作家对生活的强烈感受和深入开掘所绽开的激情之花。别林斯基曾经把戏剧看作是"诗的最高发展阶段，是艺术的冠冕"，而称悲剧是"生活中最崇高和富于诗意的因素"。[④] 这就是说，诗意激荡在作家生花的笔端，却深深植根于生活土壤之中。莎士比亚的悲剧，就是立足于人性与社会罪恶剧烈搏斗的文艺复兴时代，探究人生奥秘与讴歌崇高人性的灿烂诗篇。作为资产阶级人文主义者，莎士比亚对于时代的嬗变与人性的复苏有着特殊的敏感。他早期创作的以婚姻恋爱为主题的一系列喜剧，嘲讽和鞭挞禁欲主义与封建邪恶势力，颂扬个性解放与美善人性，鼓荡着一种蓬勃向上的乐观情绪和对人生的坚定信念。随着作家对现实认识的逐步深化，特别是新起的资本主义社会中浇薄而冷酷的人际关系与社会罪恶，使他的人文主义理想同现实之间发生了深刻矛盾：渴望把人从中世纪封建桎梏中解放出来，使善美人性主宰世界；而严酷的现实却表明，与善美的人性尖锐对立和恶性发展起来的，乃是普遍的掠夺。因之，他的创作重心，也由乐观喜剧与颂扬君主集权的历史剧，逐渐转向雄奇悲怆的悲剧。在《哈姆莱特》《李尔王》《奥赛罗》《麦克白》《雅典的泰门》等著名悲剧中，人性与社会罪恶的悲剧性冲

① 曹禺：《〈柔蜜欧与幽丽叶〉前言》，人民文学出版社，1979 年版。

② 曹禺：《和剧作家们谈读书和写作》，见《剧本》1982 年 10 月号。

③ 《曹禺夜谈创作、艺术修养及其他》，见《小剧本》1981 年 11 月号。

④ 别林斯基：《诗的分类》，见《西方文论选》下卷，人民文学出版社，1964 年版，第 383 页。

突，已经成为作家观察世界、认识现实的主导审美视角。作家通过悲剧主人公同现实和自身弱点的复杂冲突，深刻地揭示了人性与邪恶势力的尖锐对立，无情地诅咒和鞭挞黑暗现实，抒发了自身的人道主义崇高情怀。这些悲剧主人公尽管历尽种种劫难，饱受邪恶势力的精神摧残，甚至熄灭了自身的生命之火；但是，从他们身上迸发出来的人性光辉与激荡人心的浩然正气，却是充盈天宇、悲壮动人的。作家那关注人类命运的海洋般宽广而深沉的人道主义精神，是激荡在悲剧杰作中的诗意灵魂。莎氏悲剧中这种闪烁着理想光辉的人道主义激情，无疑是他对人类和时代生活深入发掘与深刻理解的结晶。别林斯基就指出："莎士比亚是现实的诗人"。他写道："其实莎士比亚是比席勒更富于理想的诗人；但是莎士比亚上升到永恒理想的崇高领域时，就把这些理想带到大地上来，从个别的、特定的、孤立自在的现象中间突现出一般东西来。的确，莎士比亚牢牢地紧靠着大地。"①可以断言，莎士比亚如果不是"牢牢地紧靠着大地"，没有对人类命运的深切关注，就不会"上升到永恒理想的崇高领域"，也就无从产生他那饱含着崇高人道主义激情的悲剧。

曹禺从莎士比亚那丰富而深邃诗意的悲剧中，获得深刻启迪的也正在这一点：戏剧的感人诗意，来自对生活真谛的执着探索和对人类命运的深切关注。曹禺不止一次地称道莎士比亚对人生认识的广阔与深刻，赞叹他的戏剧"是宇宙与人性的歌颂"，"宇宙有多么神奇，它就有多么神奇"。曹禺对莎剧的诗意与生活的内在联系的深刻理解，生动地贯彻在自己的创作实践中。曹禺出生没落封建官僚家庭中，早就身受"五四"时代精神的熏陶，对旧中国半封建半殖民地的黑暗社会与家庭，有深刻体验与强烈感受。在《雷雨》《日出》《原野》《北京人》等剧中，就沸腾着作家对旧社会旧制度的强烈诅咒与看不到光明出路的愤懑激情。对现实生活的强烈感受与深沉思考，乃是曹禺剧作诗意的最深刻的源泉。

早在一九四三年，美学家吕荧就注意到了曹禺剧作的诗意与莎剧的联系。他看出莎士比亚的戏剧是建筑在"现实的，美学上的""真实的诗"，因为"几乎在他笔下的每一个人物背后都浮现出社会的巨影"和"现实生命的内涵"；故而"他的诗的领域也无限宽广，他的诗的生命如浩瀚的大海。"他进而指出曹禺受莎剧的启发，"从《雷雨》以来，作者都在剧作里寻求着诗。"②但他把这些剧作同莎翁剧作对比时，却认为曹禺剧作的诗意是"观念的思维"，缺乏生活的"真实"基础，根本否定了曹剧诗意与现实生活的深刻联系。这样的论断，既缺乏对曹禺剧作意蕴的深入分析，也是对深深植根于中国现实的剧作家的误解。正是基于对旧中国社会现实的强烈感受与深刻理解，才构成曹禺剧作诗意的源泉与艺术生命。如果说足踏大地，关切人类命运，是莎士比亚悲剧磅礴的人道主义诗情的灵魂；那么，执着现实，探究人生悲剧真谛与人类光明未来，则是曹禺剧作深处奏鸣起的隽永，深沉，激荡人心的诗意主旋律。

---

① 别林斯基：《关于〈暴风雨〉》，见《莎士比亚评论汇编》(上)，中国社会科学出版社，1985年版，第438页。

② 吕荧：《曹禺的道路》，见《抗战文艺》9卷第3—4，5—6期，1944年9月，12月。

二

莎士比亚是怎样向时代生活深入发掘，表达他深沉的人文主义理想，抒发那汹涌澎湃的人道主义豪情的呢？他开辟一条重要途径，向人的内心世界深入探索，表现现实世界的风云变幻在主人公内心深处所腾起的复杂剧烈的感情波涛。因此，莎翁悲剧震撼人心的诗意，往往不是表现在戏剧外部的动作与冲突，而是来自主人公灵魂深处的强烈骚动与掀天的感情巨浪。在《哈姆莱特》中，主人公从克劳迪斯杀兄篡位的罪恶活动中，深深感受到社会的浓重黑暗，燃起了他抗击邪恶、“重整乾坤”的宏图与正义之火；但同时他又瞻前顾后、优柔寡断，迟迟不能付诸行动。思想上的反复搏斗，在人物内心深处掀起轩然大波，通过主人公感情激荡的内心独白淋漓痛快地喷发出来。《李尔王》中李尔在把国土分给女儿后，饱尝了人情浇薄道德沦丧的社会罪恶之苦。当他被女儿逼得无家可归，流落旷野时，在暴风雨中发表那段著名独白，揭示了颠倒混乱的时代在他内心世界激起的“惊涛骇浪”。《雅典的泰门》主人公，从一个慷慨好施、受人敬重的贵族，到破产后乞援无门、倍受冷遇的遭际中，痛感被金钱毒化了的世态人情的颓败与冷酷。泰门那诅咒金钱的内心独白，揭示了资本主义社会金钱支配一切的罪恶本质，闪耀出真理的诗意光辉。这些悲剧主人公回肠荡气的内心独白，表达了作家人文主义理想同黑暗现实之间的尖锐冲突与伴之而来的深远忧郁，成为莎士比亚揭示人物剧烈复杂的感情波涛，抒发人道主义情怀最有效的“喷火口”与独特方式，是形成莎氏悲剧雄奇瑰伟的审美特性的重要因素。

《麦克白》有其独特的审美视角。它不是一般的英雄或正面人物的悲剧，而是野心家的罪恶思想和行动带来的自身的精神崩溃。作家没有去表现麦克白弑君篡位的野心得逞后的兴奋与欢快，而是着重揭示他在这罪恶行动中深刻的精神苦痛。作为战功卓著的名将，麦克白野心勃勃不安于侯爵的地位，无时不在觊觎着辉煌的“王冠”；但他又深恐天怒人怨，身败名裂，丧失已有的“尊誉”，从而坐卧不安。在妻子的怂恿下，麦克白终于杀死了国王邓肯而登上了苏格兰的“宝座”。然而，强烈的犯罪感却如怨鬼般咬啮着他血污的灵魂，使他不能自拔地跌入精神痛苦的深渊。就这样，作家把人物内心深处正义与邪恶、人性与非人性的剧烈冲突与复杂心理活动揭示出来，深刻地展现出一代英雄如何在不能自控的野心驱使下一步步走向精神崩溃与穷途末路的，从这个野心家的精神悲剧中折射出人性的诗意光辉。莎翁这种独特的审美视角，来自对生活，特别是对人物心灵世界的深刻体验。莎士比亚看到了人物性格和内心世界的复杂性，即使象麦克白这样双手沾满鲜血的大野心家，内心世界也并不那么简单，也存在着善与恶、人性与非人性的矛盾因素和复杂冲突，也激荡着人性的正义力量。莎士比亚悲剧的深刻性就在于，作家把他探索人生悲剧根源的笔触深入到人的内心，从人的心灵深处复杂冲突与剧烈骚动中，去洞察时代的风云变幻与社会罪恶。哈姆莱特、李尔，泰门以至麦克白等悲剧主人公所经历的一次次剧烈复杂的内心风暴与深刻的精神创痛，无一不是源自于资本主义取代封建主义的社会变动，无一不是高扬的人文主义思想同自私，卑劣、欺诈、掠夺等资本主义罪恶的尖锐格斗。阿尼克斯特指出：莎士比亚悲剧的价值并不在于“他确切无误地找出了主人公不幸的原因，因而依据他的作品就能够再现时代的本来面目”，“他的可贵处在于，他揭示出人的心灵的复杂辩证法，揭示出一切使生活变为悲剧的东西是如何在心灵里表现出来的。”[①]莎士比亚就是透过“人的心灵的复杂辩证法”，去揭示人生悲剧深刻的社会根源，去发掘体现生活诗意真实的人性的光辉，抒发他那笼罩着浓重感伤阴影的人道主义激情的。

向人的内心世界深入发掘，表现“人的心灵的复杂辩证法”，是莎士比亚的戏剧艺术在透视和探究现实人生的奥秘，抒发对时代生活的诗意感受的有效的视角。曹禺借鉴了这一审美视角。他的不少剧作，就是通过被压迫被损害的妇女和劳动人民内心世界复杂、剧烈的悲剧冲突，即“人的心灵的复杂辩证法”，表现旧中国那个悲剧时代，抒发他对黑暗现实的强烈诅咒和对光明未来不懈探求的诗意激情的。在《雷雨》中，蘩漪在周朴园的威逼下，试图反抗而终于不得不把苦药吞下去时那股压抑、翻滚在心底的怒火；鲁妈逼四凤起誓断绝与周家少爷往来时，在四凤内心深处掀起的既不忍使妈妈失望又难于割断同周萍爱情丝缕的矛盾痛苦的感情巨浪；鲁妈发现自己的亲生儿女之间的“恋情”后，所承受的那种爱恨交攻、悲愤难抑的内心隐痛，都显示了作家对罪恶家庭的愤懑与对宇宙的神秘“主宰”深刻困惑和紧张探究的激情。到了《日出》和《原野》，作家对黑暗现实的诅咒与对人生悲剧紧张探究的激情，倾注在悲剧主人公的灵魂搏斗中。陈白露的内心深处时时进行着紧张的搏斗：上流社会豪华与奢靡生活的诱惑，使她不能自已地周旋于大亨老板和流氓恶棍之间，消磨在灯红酒绿的饮宴乐舞之中；而她那正直倔强，渴望独立与自由的“天性”，却又使她不甘于沉沦下去。她想从堕落的深渊里爬出来，但“习惯的生活桎梏”和旧社会黑暗势力却又死死地拖住她。“太阳升起来了，黑暗留在后面。但是太阳不是我们的，我们要睡了。”陈白露反复吟诵的这一诗句，透露了她剧烈深沉的内心矛盾与痛苦，是震荡全剧的一支沉郁、凄绝的回旋曲。从这里，我们感受到的是作家诅咒黑暗现实，探究被压迫被损害者出路的愤懑而焦灼的激情。与《日出》不同，《原野》借鉴了表现主义方法，深入开掘了主人公悲剧心理活动的潜意识。仇虎苦大仇深，起而反抗压迫者剥削者，本是理直气壮的；但由于在复仇中“枉杀无辜”，内心自责而产生深重的悔恨与恐惧，造成了他的巨大精神苦痛。仇虎逃进“黑林子”后，作家极力渲染呈现在他意识深层的幻觉与幻象，刻画他那不能自已、反复纠结的灵魂搏斗，就愈能表现出封建统治阶级的残酷压迫给农民造成的深刻精神创痛。透过仇虎惊恐万状而又愤火中烧的异常心态，他那困兽似的左冲右突，终于没有冲出“黑林子”而落入黑暗魔掌的绝望挣扎，可以认识到作家对灾难深重的农民命运的深切关注和看不到他们出路的那颗骚动不安的心灵。在《北京人》中，作家将他的笔触伸到现实生活与传统文化相交汇的深层。在主人公愫方的性格中，交织着时代精神与宗法观念的复杂因素。作家刻画她渴望自由幸福而又忍辱负重的矛盾痛苦的内心世界，表

① 阿尼克斯特：《莎士比亚的创作》，山东教育出版社，1985年版，第369页。

现了她挣脱精神枷锁、奔向自由天地的艰难历程。愫方是从旧中国现实生活的深层曲折生长的、泄露新时代讯息的一枝迎霜怒放的“腊梅花”。在她身上，寄寓着作家对旧世界的极端蔑视与彻底否定，对隐约可见的“新世纪”黎明的激情呼唤。在曹禺剧作里，被压迫被损害者一幕幕剧烈复杂的内心冲突和不可解脱的灵魂搏斗，凝聚着作家对旧中国黑暗现实的强烈愤懑和焦灼地向往和探究光明未来的巨大激情，造成一种沉郁而激盈的戏剧紧张感。这一点，颇与莎士比亚悲剧相通。莎氏悲剧主人公内心世界那奔腾汹涌的感情巨浪，给人以强烈的“对生活及其悲剧性矛盾那种震撼人心的戏剧紧张感”。[①] 曹禺剧作同莎士比亚悲剧这种共通的“戏剧紧张感”，绝非偶然的历史巧合，而是有着内在的必然联系：两位剧作家对自己所处时代的社会矛盾都有敏锐而深刻的感受，都具有关注人类命运前途的强烈社会责任感。这是他们剧作里丰富的人性与滚滚诗情的深厚根源。但是，曹禺与莎翁揭示人物内心世界的方式毕竟不同：莎翁以人物沸腾激荡的长篇独白抒发内心的强烈感受见长；曹禺则善于以简洁、隽永、富于潜台词的动作和对话去透露人物灵魂深处的感情浪涛。反映在抒情特征上，莎翁悲剧滚动着热烈奔放、雄奇悲怆的磅礴气势；曹禺剧作则每每蕴蓄着沉郁、激荡的浓烈诗情。即使是《家》和《王昭君》这些直接借鉴莎剧人物内心独白形式的剧作，主人公内在激情的表达与抒发，也往往和人物简洁、隽永的动作、对话及诗情画意的意境水乳交融，呈现出深情缱绻、幽谷暗流般含蓄、沉郁的诗意特征，与莎氏悲剧那种热烈奔放、雄奇悲怆的抒情格调形成鲜明对照。

曹禺剧作与莎翁悲剧这种抒情方式及其审美特征的分野，在颇大程度上是与作家各自的气质、个性与审美追求密切相联的。莎士比亚胸襟宽广，眼界高远，感情奔放，是浪漫气质较浓的诗人，自然崇尚豪放雄奇、深邃悠远的诗意境界，即使是感伤情绪的抒发，也往往挟带着豪壮悲怆的气势；而曹禺的气质则偏于“忧郁而暗涩”，[②]沉思寡言，追求那种含蓄深沉的审美风格：即使是不可遏止的冲天愤火，他也要尽力控制，并非那么直截痛快地冲破“地表”。

三

曹禺剧作与莎士比亚悲剧的联系，还表现在诗意化形象的塑造上。

作为伟大的戏剧诗人，莎士比亚具有“诗情洋溢的世界观”[③]和无与伦比的想象天才。因此，他在进行创作时，既“牢牢地紧靠着大地”，又飞动他那五彩缤纷的诗意想象，凝思竭虑地去描画与表现时代生活的诗意真实。阿尼克斯特指出：“莎剧的效果不是建立在对现实的模仿上，而是建立在对现实的充满诗意的有力描写上”。[④] 美国莎学家斯托尔也认为：

① 阿尼克斯特：《莎士比亚的创作》，山东教育出版社，1985 年版，第 662 页。
② 曹禺：《雷雨・序》，见《雷雨》，文化生活出版社，1936 年版。
③ 阿尼克斯特：《莎士比亚的创作》，山东教育出版社，1985 年版，第 66 页。
④ 阿尼克斯特：《莎士比亚的创作》，山东教育出版社，1985 年版，第 78 页。

莎剧不是事实的描写，而是诗人所认识的事实。莎士比亚创造了对现实的“激动人心的幻想”。①

莎士比亚的诗意想象，是建筑在对时代生活的深入发掘与人性的本质认识基础之上的。不仅激扬在他的剧作主人公剧烈、复杂、迸射着人性光彩的心理活动中，更表现在诗意化的女性悲剧形象的塑造上。其中，奥菲利娅、考狄利娅、苔丝狄蒙娜等女性形象特别引入注目。同对男性悲剧主人公那种浓墨重彩的正面刻划异趣，作家对这些女性悲剧形象的描写往往从侧面入笔，运用明暗对比和以虚代实等表现方法去烘托人物的高尚情操和灵魂的诗意美。《哈姆莱特》中美丽单纯的世家少女奥菲利娅，是一个深深地爱着王子哈姆莱特，但却成了宫廷斗争的无辜牺牲品。作家着墨寥寥，只是透过别人对她疯后落水而死的转述，就把她那晶莹的灵魂的美和令人惋惜的逝去，富于浪漫色彩地表现出来。《李尔王》中的考狄利娅是作家热烈讴歌的人性美的化身，却很少直接出场。作家只是揭露考狄利娅两个胞姐虐待和遗弃父亲的“灭伦”之罪和她们自私丑恶的灵魂，以衬托考狄利娅虽未受父亲的任何馈赠，但在父亲走投无路时发兵相救以至献出生命的淳厚深沉的父女人伦之倩。作家愈是表现里根、高纳里尔对父亲李尔的残忍无情，就愈使人感受到考狄利娅那克尽父女人伦之情的人性美。《奥赛罗》最撼心夺魄的是忠贞于丈夫的绝代美人苔丝狄蒙娜被挚爱她的丈夫奥赛罗误杀的惨痛悲剧。对苔丝狄蒙娜这个照亮全剧的悲剧人物，作家主要从剧中其他人物的眼睛、议论、态度、行为等侧面，来烘托她那与众不同的眼光，和对丈夫至死不渝的坚贞爱情。总之，在这些女性悲剧形象身上，灌注着诗人的心智与激情，闪罐着理想主义的异彩。然而，这些女性悲剧形象之所以那样光采照人，主要是因为作家把她们放在了自私与掠夺恶性发展、正义和人性深受压抑与摧残的悲剧时代的广阔背景下，寄托着作家对人性的热烈讴歌和对社会罪恶强烈抨击的激情。她们是人类精华的荟萃，正义与光明的象征。她们的悲剧也正是时代的悲剧。作家愈驰骋他的绚烂想象，愈突出她们情操与灵魂的人性美，便愈体现出他对无情摧残与毁灭人性美的社会罪恶不可抑制的诅咒与愤激。想象，是激情的产儿。莎士比亚笔下这些闪耀着人性美异采的女性悲剧形象，无疑是作家那澎湃的人道主义激情开放的浪漫花朵。雨果在谈到莎士比亚的天才时，写道：“想象就是深度。没有一种精神机能比想象更能自我深化、更能深入对象，这是伟大的潜水者。”②莎翁就是凭借他那瑰丽多姿的诗意想象的天才，深化了形象，深化了悲剧主题，深化了他的人道主义激情，从而表现出时代生活激动人心的诗意真实。

曹禺对女性的品质与情操美的认识与理解也往往是富于浪漫诗意的。他说：“妇女们就是美，美得象梦！她们是我们最美丽的梦中人。他们温柔，象蓝天下的湖水；她们深沉热烈，象探不透的燃着烈火的土地；她们坚强，她们是从不知屈服的水晶一般透明的灵

① 斯托尔：《莎士比亚的艺术与技巧》，1933 年剑桥版，第 49 页。

② 雨果：《莎士比亚的天才》，见《莎士比亚评论汇编》(上)，中国社会科出学版社，1985 年版，第 411 页。

魂。""历史见证：最柔软，最坚韧，最谦和，又承受不可形容的痛苦，非人性的折磨，一切最野蛮、最原始的酷刑的，是妇女。"①这既是曹禺对女性的人性美的本质认识，又酷似他对莎翁笔下女性悲剧形象的准确而又深刻的概括。这当然不是偶然的。早在一九三六年，曹禺就已经看出，莎士比亚"最懂女子"，在他的作品中"上至公爵夫人下至女仆全能把她们的心理写得针针见血，"②特别是他笔下女性悲剧形象的人性美是那样富于诗情画意，那么激动人心。可以想见，曹禺从莎翁笔下女性悲剧形象中领略到人性美的丰富内涵。正是在莎士比亚女性悲剧形象的启示下，曹禺进一步加深了对现实的理解，形成了他独特的悲剧审美视角，我们考察一下他的剧作，就会发现：他笔下的主人公或重要人物，大都是女性，他的创作灵感，他的诗意想象，往往是从被压迫被损害妇女的悲剧及其人性美中汲取或触发的。

在旧中国漫漫长夜中，随着民主革命思想的不断增强，曹禺逐渐深刻地认识到：恰恰是那些遭遇最不幸，命运最悲惨的被压迫被损害的妇女，在为生存、为自由、为美好未来而斗争、而挣扎的时候，焕发出来的人性美才是最动人、最富于诗意的。这是作家的一个独特的生活发现。他的处女作《雷雨》的《序》中就说：在《雷雨》八个人物中，"我最早想出来的，并且也较觉真切的是周蘩漪。""我算不清我亲眼看见多少蘩漪（当然她们不是蘩漪，她们多半没有她的勇敢）。她们都在阴沟里讨着生活，却心偏天样的高；热情原是一片浇不熄的火，而上帝偏偏罚她们枯干地生长在砂上。这类的女人许多有着美丽的心灵，然为着不正常的发展，和环境的窒息，她们变为乖戾，成为人所不能了解的。受着人的嫉恶，社会的压制，这样的抑郁终身，呼吸不着一口自由的空气的女人在我们这个社会里不知有多少吧。在遭遇这样不幸的女人里，蘩漪自然是值得赞美的。她有火炽的热情，一颗强悍的心，她敢冲破一切的桎梏，做一次困兽的斗。虽然依旧落在火坑里，热情烧疯了她的心，然而不是更值得人的怜悯与尊敬么？"这是作家对旧中国被压迫被损害的妇女深刻认识的诗意宣言。这个"宣言"的不同凡响之处在于，他打破了世俗观念，从那些"做了所谓'罪大恶极'的事情"——"乱伦"的怨妇身上，看到了被压迫被损害的妇女在最悲惨的处境中那不安于悲剧命运起而抗争的灵魂的人性美：她们对自由幸福强烈渴望的天样高的"心"，她们那"一片浇不熄"的"热情"之火，那"敢冲破一切的桎梏，做一次困兽的斗"的叛逆性格……。曹禺从这里出发，驰骋他的丰富想象，展开了他那被压迫被损害妇女的一幅幅沉郁而又激荡人心的悲剧画卷，塑造出一个个焕发着人性美的女性诗意化形象。但是，曹禺剧作中诗意化女性形象，同莎翁笔下女性悲剧形象相对比，她们的性格和灵魂并不那么单纯、晶莹，往往是善恶、美丑纷然杂陈的对立统一体。而且，正是在人物灵魂中善与恶、美与丑的紧张对抗里，迸发出顽强不屈的人性美的光辉。在《雷雨》中，蘩漪的诗意并不表现在性情的温柔与情操的高尚上，而是激荡在她的热烈果敢而又乖张阴鸷的矛盾性格与病

① 曹禺：《妇女颂》，《光明日报》1987年3月7日。

② 安正元：《戏剧家〈雷雨〉的作者万家宝先生访问记》，《益世报》（天津）1936年1月30日。

狂心态之中。她那不顾一切的“乱伦”行动，矛盾偏执的性格与病狂心态，不仅折射出封建专制对人沉重的压抑，更强烈地烘托出她为个性自由与生活幸福而抗争的不屈的灵魂。曹禺在《雷雨·序》中，“蘩漪“最富有魅惑性”、最使人着“魔”的地方，就是她的“尖锐性”。我认为，这种所谓“尖锐性”就是她那极端、矛盾性格与病狂心态所体现出来的为不幸命运顽强抗争的反叛精神。不认识蘩漪性格中这种“尖锐性”的深刻内涵，“就只觉得她阴鸷可怖”，而领略不到她那“魅惑”人的诗意之所在。《日出》陈白露形象的诗意，则是闪耀在她那剧烈复杂的灵魂自我搏斗之中人性的火花。表面看来，陈白露似乎是一个不可救药的堕落的女人了；然而她那紧锁的愁眉、倦怠的神情所传递出来的深沉的内心苦痛，却又证明她不甘沉沦下去，在灵魂深处依然有明灭不熄的人性之光。她那剧烈复杂、波澜起伏的内心冲突，就是她不甘于沉沦的人性同不能自已的堕落性和“习惯的生活桎梏”殊死搏斗的纪程。她的内心冲突愈剧烈，精神隐痛愈深沉，她灵魂深处的人性之火就愈壮旺。陈白露的死，不是人性之火的熄灭，而是不甘沉沦的人性在艰难的斗争历程中终于战胜堕落性之后树起的一座熠熠生辉的“纪念碑”。陈白露反复吟诵的诗句“太阳升起来了，黑暗留在后面。但是太阳不是我们的，我们要睡了”，所以感人至深，不只因为它深刻地揭示了人物不可解脱的悲剧心理，同时也透露出被压抑在灵魂深处向往光明而又冲不破黑暗牢笼的不屈的人性的绝望挣扎。《北京人》中愫方形象的动人诗意，体现在她那既受到时代精神的感召，又交织着传统思想文化影响的丰富复杂的人性美上。愫方反抗封建压迫，探寻光明的人生出路，走着艰难曲折的独特道路：“既不象蘩漪那样以烈火般的叛逆性格和“乱伦”的极端行动去反抗专制家庭的沉重压抑，也不象陈白露那样困扰在不甘沉沦，渴望“太阳”而又无力挣脱“习惯的生活桎梏”矛盾痛苦的灵魂搏斗之中，她是以顽强的生活意志，去寻求有意义的人生和自由的美好未来。在曾公馆这个腐朽没落、令人窒息的封建牢笼中，愫方没有针锋相对地去直接反抗封建压迫者与吃人的礼教，而往往以坚毅惊人的“隐忍”和“利他”“为人”的情操与行动，去抵御封建家庭沉重的精神压迫，寻找人生的意义与乐趣。愫方说的“什么可怜的人我们都要帮助，我们不是单为着吃才活着的啊！”这种美好的生活理想和志趣，正是她能够“隐忍”沉重压迫而顽强地生活下去的精神支柱。她对文清的爱情是最拨动人们的心弦之处，乃是她为着减轻文清的痛苦促他离家出走去过有意义的生活，而承受着巨大痛苦和自我牺牲的时候。她就是用这种炽热高尚的情操来浇灌他们，那被摧残的爱情之花，从而在难耐的痛苦中获得内心的充实与快乐。愫方深挚地同情和关怀着瑞贞的爱情悲剧，并且从精神上的支持鼓励瑞贞的叛逆。即使是贻误了她的青春、咬啮着她的灵魂的曾皓那样自私腐朽的封建遗老，也寄予人道主义的同情与怜悯。当她决意离开曾家这个封建牢狱时，还给曾皓端去参汤，并把自己要带走的毯子“轻轻地给他盖上。”自然，愫方这种“隐忍”“利他”“为人”的情操与行为，不免残存着封建伦理道德和“泛爱”思想影响的痕迹，但她那正直、宽厚，试图挣脱压迫的痛苦，追求有意义的人生，时时表现出来的勤劳善良的本性，却是愫方坚韧的生活意志的源泉。愫方曾经在很长时间内把生活的希望寄托在对文清身上。当文清经不起社会上的风浪出走而复归后，她对文清的幻想和期望彻底破灭了。她终于看清了曾公馆是怎样一个窒息和摧残人的“监牢”；愫方在瑞贞的帮助和启发下，心中升起了一个虽然朦胧却很耀目的生活憧憬，终于冲出曾公馆，迎着新世纪的“曙光”走去。愫方的出走，是时代精神的照耀，是她那不懈地探寻自由和光明出路的人性美的升华。这里当然熔铸进了作家的理想和诗意想象的激情，但它的根须却扎在现实生活与历史传统相交汇的深层。

从《北京人》开始，曹禺笔下的被压迫被损害的女性形象，有一个显著变化：作家更注重展示人物内心世界丰富多彩的人性美，因而更富于理想色彩。愫方的形象闪耀着丰富复杂的“利他”“为人”的情操，已经显露了这种变化的迹象。到《家》中，作家更以饱蘸激情的诗意笔触发掘了她的内在品质的人性美：她的心地纯洁、善良，晶莹得如一泓清幽透底的湖水；对丈夫爱得那样温婉体贴、炽烈深沉，在诀别人世的绝望的心境下，还强装笑容掩饰心底的巨大悲痛以安慰丈夫。瑞珏的死，是封建制度与礼教对人性美的残忍绞杀，是作家对旧中国那个黑暗腐朽的悲剧时代的血泪控诉。从愫方、瑞珏等富有理想的人性美的女性形象看，曹禺的创作逐渐与莎翁悲剧接近起来。但认真体味，依然可以看到曹禺笔下女性形象人性美的民族特征：淳朴宽厚的善良心地、坚毅顽强的生活意志；这些中国妇女的传统美德往往同“怨而不怒”、忍辱负重的封建宗法和礼教思想的影响纠缠杂揉在一起。这是曹禺对被压迫被损害妇女认识的深化，是他把创作笔触伸进现实与历史传统相交汇的生活更深层的产物。

悲剧，是社会生活中新旧力量不可调和的冲突的产物，是新生的正义力量被腐朽的邪恶势力压迫或摧毁的人生灾难的演示，当然会使人感到悲怆、压抑、“怜悯与恐惧”。但作为悲剧艺术的特有魅力与震撼人心之处，却在于被压迫被摧残的新生的正义力量那种宁折不屈、悲壮激越的崇高情调和人性的诗意美。曹禺剧作，正是从被压迫被损害的女性悲剧形象的视角，去透视旧中国半封建半殖民地的时代悲剧，发掘被压迫被损害者内心深处不向命运屈服、渴望自由光明的生机焕发而又丰富多彩的人性美，从而，彻底否定扼杀人性的旧社会旧制度，探索解放被压迫者乃至整个民族的光明出路。当然，《北京人》就其整体和结局看，是喜剧或者悲喜剧，而不能算是传统观念上的悲剧；但表现在主人公愫方形象及其悲剧遭际上，特别是她那负荷着深刻的精神创痛，依然顽强地寻求人生意义和光明出路的人性美，是体现了悲剧的审美特性的。因此，愫方的形象，在揭示旧中国那个令人窒息的悲剧时代与透露新世纪的曙光上，具有特殊意义与作用。曹禺剧作特有的悲剧内涵与动人的诗意就在于，它不仅彻底否定压迫、摧残人性的旧中国那个悲剧时代，而且从发掘被压迫被损害者灵魂深处激荡着顽强挣扎的人性美中，透露人类希望的曙光与探索中华民族解放的光明出路。作家透过一系列灌注着作家的诗意激情、具有浓重悲剧色彩的女性形象，令人信服地揭示出：民族民主革命的时代精神，是点燃潜隐在被压迫被损害者内心深处人性之火，指引他们通达光明之路的灿烂“灯塔”。正是建筑在对生活深刻体验基础上的诗意激情与绚烂想象，才使曹禺笔下的女性悲剧形象焕发出人性的异彩，创造出对现实的激动人心的诗意真实。曹禺立足于对本民族现实生活的深入开掘，创造性地借鉴外国的戏剧艺术经验，才使他的剧作获得巨大的艺术成就。

对现实生活的深刻体验对人类命运的深切关注，是莎士比亚悲剧人道主义诗意激情最深厚的源泉与永恒的生命之所在。曹禺从莎士比亚悲剧中获得最重要的启示，正在这一点。当然，曹禺也从莎氏悲剧诗意化的表现方法中，如向人物内心世界深入发掘、诗意美悲剧形象的塑造等等中，领悟到瑰丽多姿的想象在深化人性美并使其升华到动人的诗意境界的独特作用；但即使如此，曹禺也没有忽视使想象飞动起来，迸发出奇光异彩的现实激情。他始终立足于中国现实，把他的丰富想象及其诗意化的艺术方法建筑在对生活深入体验与人生真谛探究的激情之上。他的那些充溢着生活的诗意真实和丰富的审美内涵的剧作，显然熔铸着莎士比亚美学思想的“精灵”。从生活出发，深刻地表现生活的“诗意真实”，是曹禺现实主义戏剧美学思想的核心与灵魂。而在这一美学思想的孕育与形成过程中，莎士比亚悲剧的启迪与影响，具有特殊重要意义。

原载《中国话剧研究》第1期，《大舞台》1998年02期

《原野》是对《琼斯皇帝》的模仿吗？

陈晓丹

在中国现代文学史上，曹禺是一位杰出的戏剧家。他的作品以其鲜明的时代特色、新颖的艺术手法，在中国戏剧史上树立了一座座丰碑。

曹禺创作了众多的戏剧作品，其中有一部极具争议、极富魅力的剧作，那就是他的第三部作品——《原野》。《原野》最早连载于1938年4月至8月的《文丛》月刊，同年8月，上海文化生活出版社出版了单行本。由于历史的原因和人们认识水平的差异，《原野》一问世就遭到了种种非议，直到八十年代还是一部禁演的剧目。诞生至今，《原野》几度引起评论界的广泛论争。论争的焦点之一是关于《原野》对《琼斯皇帝》的借鉴：它是简单的模仿？还是在借鉴的基础上有新的突破的成功之作？本文试就此问题做些阐述。

一、曹禺的艺术追求与《原野》的创作渊源

曹禺的作品顺应时代的呼唤，集中反映了五四新文学的主题，反映被压迫者的呐喊和个性解放的革命民主主义力量，强烈冲击着旧的封建势力和黑暗的现实社会。他不断地从外国文学、古典文学中汲取营养，运用不同的艺术手法进行创作尝试，形成独特的个人风格。他的艺术追求依循的是“求新、思变”的道路。

苏联的尼科里斯卡娅在《田汉和中国二十世纪戏剧》中说：“曹禺的成长，曾受希腊悲剧、易卜生、奥尼尔和契诃夫的影响”。这一观点是中肯的，可以从曹禺前期创作的三部曲——《雷雨》《日出》《原野》的创作看出。《雷雨》借鉴了易卜生的巧凑剧《群鬼》的构思，按受了讲究强烈的剧场效果的戏剧技巧；之后，契诃夫现实主义的创作精神震撼了他的心灵，于是用“片断的方法”“人生的零碎”来“阐明一个观念”，创作了《日出》。他发展了契诃夫的客观主义，在尊重客观现实的基础上，持有一种客观态度，将主观认识通过反映客观现实展现出来，形成自己的观点。比起巧凑剧，更具悲剧效果和艺术魅力；第三部作品《原野》则借鉴了奥尼尔《琼斯皇帝》的一些艺术表现手法，并有创新和突破。这正是本文要着重论述的问题。

从《雷雨》《日出》到《原野》，外国戏剧文学对曹禺的影响是很明显的。曹禺不断地学习和运用各种表现方法，他不懈地追求，充分享受着在文学领域探索的乐趣，创作出一系列风格迥异的作品。这是曹禺的艺术追求所在，也是他独具特色的创作个性所在。可以说，《原野》对外国文学的借鉴与作家一贯的创作态度和艺术追求有着必然的联系，有着历史渊源。

二、《原野》是对《琼斯皇帝》的模仿吗?

关于《原野》最早的一篇评论是李南卓的《评曹禺的〈原野〉》。文中指出:“作者有一个癖好,就是模仿前人的成作。《原野》很明显同奥尼尔的《琼斯皇帝》非常相像。”[①]李南卓认为:《原野》因模仿而失败。

这里,我们必须明确模仿与借鉴这一对文学概念的含义和区别。模仿是简单的拿来主义,借用他人他作的题材、构思和方法,没有形成自己的观点,不是自己的创造;借鉴则着重于学习他人之所长,并结合自身特点,融汇贯通,表现作者自己的立场和新的观点,创造出具有个性特色和独立的美学价值的作品。借鉴在创作中是需要的,与简单的模仿有质的区别。

奥尼尔通过心灵冲突展现人物命运的写法的确影响了曹禺,但这些影响是在潜意识中进行的。《原野》与《琼斯皇帝》在主题、题材和写法上都是完全不同的。前者较后者有新的发展,反映生活更为深刻,艺术处理更为独到。可以说,《原野》借鉴了《琼斯皇帝》,同时具有独创性,是一部成功之作。

1. 主题的凝炼与题材的选取

《琼斯皇帝》是美国剧作家奥尼尔作于 1920 年的八场戏剧。剧本主要描写了一个黑人囚徒琼斯越狱逃亡,来到西印度群岛的一个小岛上,成为当地土人的首领。他对土人实施残暴统治和敲诈,激起了土人的愤怒和反抗。戏从土人暴乱,琼斯出逃开始。琼斯必须穿过黝黑恐怖的森林,才能到达避难的一艘法国炮舰上。他又饿又累又怕,在森林中迷了路,亡命地奔跑,眼前出现了种种幻景。最后土人追上了他,开枪把他击毙。

《琼斯皇帝》这部表现主义戏剧,着重表现的不是土人围捕琼斯这一事件本身。它所力图表现的是琼斯这样一个独特的人物形象,在特定的环境中,内在的思想过程和情绪波动。该剧以摩写人的主观感受、激情跳荡、幻觉产生和潜意识的流动见长,对人物进行了成功的心理分析。可以说,该剧的主题和题材与作者着力呈现的艺术手法相比,是居于其次的位置的。

从这点上说,《原野》不同于《琼斯皇帝》。《原野》的主题是鲜明、突出的,有积极的现实意义。它所选取的也是实实在在发生于旧中国千万劳苦大众身上的悲剧题材。

《原野》讲述了一个农民复仇的故事。故事的背景是辛亥革命失败后,封建统治下无边黑暗的农村社会。八年前恶霸地主焦阎王为抢夺仇家的地,勾结官府,谋害了仇虎的父亲和妹妹,又强占仇虎的未婚妻金子作儿媳妇,并把仇虎投入监狱,打瘸了他的腿。故事从仇虎越狱回乡开始,围绕复仇行动——复仇成功——心理崩溃——肉体幻灭展开。

其实,复仇并非《原野》的主题。作品旨在暴露封建宗法制统治下农民的苦难、抗争与觉醒。在主题的凝炼上,《原野》对《琼斯皇帝》的发展,在于它深入挖掘出了隐藏在作品题

① 见 1958 年 6 月《文艺阵地》第 1 卷第 5 期。

材内部的思想底蕴。仇虎的复仇一开始就蕴含了深刻的阶级仇恨和社会意义。封建恶势力与反动军权、政权相勾结，繁殖着罪恶也主宰着世界。他们正是仇虎斗争的对象。仇虎斗争的矛头直指罪恶的封建主义社会，并不只是对个人命运的抗争或复一己之仇。

作品通过刻画仇虎这样一个具有无法束缚的巨大力量的“真正的人”，展现了他身上涌动的“原始的力”。所谓“原始的力”其实是由仇恨、意志、反抗、激情熔成的巨大的内在力量。虽然带有朴素、粗野的特征，但体现在与地主阶级的复仇斗争中，是农民阶级反抗意志和斗争精神的升华，有着丰富的社会阶级内涵。在斗争中，仇虎的反抗意识逐步升华，临死前发出了“不，不能完，我死了还有弟兄，我们不能子子孙孙生下来就受人欺侮！”他这一点睛之笔，使主题得以升华。

总之，曹禺以独特的视角，独特的方式，揭示了农民沉重的精神世界，展现了农民由觉醒到反抗的曲折的心灵历程。这就是《原野》主题的深意所在。

2. 人物形象与心理刻画

在《琼斯皇帝》中，奥尼尔把人与环境的矛盾，渗透于人物自身性格的矛盾中，特别是融入人物自身心灵的矛盾中。通过人物心灵的冲突展现人物的命运，把人物心灵、情绪戏剧化，从而写出现代人复杂而深刻的精神矛盾，以及人的内心世界的隐秘。可见，奥尼尔着重的是对人的心理分析，而不是现实人生。《原野》所关注的则是中国的现实人生，以独特视角反映了本世纪初我国农民的艰难抗争。体现在人物形象的塑造上，《原野》的人物形象更为丰满，性格更加鲜明，有呼之欲出之感。《原野》在借鉴《琼斯皇帝》基础上又有了新的突破和升华。

琼斯是一个身为黑人，却受到白人文化毒害，背叛了自己种族的人物形象。他的种族出身与他的心理行为发生了割裂，这是一种深刻的文化和心理的冲突。奥尼尔通过对琼斯的心理分析表现了这种矛盾冲突，同时塑造了琼斯的人物形象。

仇虎是作为一个“原野的人”出现的。他外形怪异、丑陋，“头发像乱麻，硕大无比的怪脸，眉毛垂下来，眼里烧着仇恨的火。右腿打成瘸跛，背凸起仿佛藏着一个小包袱”。这是一个浑身充斥着仇恨的烈火、不可抗拒的意志和粗野的激情，要“以血还血”的正义凛然的悲剧英雄形象。

作品是如何将陈旧的故事赋予新的涵意呢？这里特别值得提出的是曹禺的独创性，即将复仇过程写成人物心理、潜意识发展演变的过程。作家在刻画特定环境中人物形象，人物心理变化方面作出了可贵的探索——通过激烈的戏剧冲突来刻画人物。这种冲突是深入心灵深处的，是意志与情感的交战、心灵之间的搏杀。第一幕中仇虎与焦母的斗争将这种冲突体现得淋漓尽致。首先，焦母先发制人，佯装亲热：“咱们娘儿俩谈谈”，实质是在试探对方，明拉暗攻；仇虎的回答是硬梆梆的：“好，谈谈”，采用了以守为攻，以静观动的心理战术。长长的一段对话，仇虎针锋相对，步步紧逼，瓦解对方。仇恨、讥讽、鞭挞之意溢于言表。焦母节节败退，卑鄙、丑恶的嘴脸，在双方心灵的交战中暴露无遗。这场戏有力地表现了仇虎的复仇意志与反抗力量。

《原野》第三幕着重写了仇虎复仇后矛盾、恐惧的心态。深刻的仇恨和强烈的反抗意识与这种心理谴责交织起来，悲剧性的内心冲突给人以灵魂的震撼。

仇虎选择了“父债子还”的复仇方式，将善良、懦弱的焦大星作为复仇的对象。他以自认为有力的方式向封建势力宣战，复仇后却并没有触动黑暗的封建统治，也没有带给他丝毫快感，反而造成他的心理恐惧、神经错乱，直至出现幻觉，陷入了更为深重的心灵的炼狱。从心理分析上来说，农民阶级认识的局限性、愚昧性造成了他内心悲剧性冲突。而造成愚昧、迷信的根源是根深蒂固的封建主义思想和强大的黑暗的封建统治势力。这才是他内心悲剧冲突的本质原因。复仇前后，仇虎始终没能摆脱黑暗势力的压制，肉体和灵魂都背负着沉重的枷锁。他的心灵承受不了这一巨大压力，最终无路可走，以自杀来作最后反抗。仇虎的死悲愤壮烈，有净化灵魂的力量，具有崇高的美学价值。此时，戏剧的外部冲突与人物的内心冲突，仇虎的复仇行为与心理谴责完美地统一于同一主题之下。前后的行为动作与人物性格相互交融、浑成一体，表达出“要自由，就要打碎人间的不平，摆脱精神的桎梏”这一崇高理念。

在刻画人物心理的艺术手法上，《原野》有其独特之处。曹禺受中国传统戏剧影响，善于用独白抒发感情。独白是直接表现心理活动，是人物心灵的自我剖析。仇虎在焦阎王灵像前仇恨的诉说，焦母扎木人时的恶毒诅咒都是独白。另外，《原野》将心理刻画与外部动作结合起来，通过动作暗示人物的心理变化过程。如金子与仇虎“捡花”的一场戏，由送花、摔花、捡花、戴花四个场景组成，表面上是在打情骂俏，实则表达了有情人相亲相爱，不愿分离的真挚感情，使人物形象更加光彩照人。奥尼尔的剧作并不擅长于此类内心独白和外部动作的描写。这也是两部作品的显著差别之一。

3. 浪漫主义的写实手法

《原野》用浪漫主义的笔触构筑了一个令人目眩惊恐的奇特世界：奇异的人物、奇异的环境、奇异的冲突，构成了一个富有诱惑力的故事。作品塑造的一系列人物形象，极具个性，富有象征色彩。仇虎粗犷彪悍，象征着不可束缚的坚决反抗黑暗的巨大力量；焦母阴险多疑，是令人恐惧的凶残冷酷的封建家长制的化身和黑暗势力的象征；作品中描写的环境是阴森、诡谲、恐怖、具有神秘色彩的：暮秋的原野，面目狰狞，密布着幽暗的赭红色的云；黑林子里蟠踞着生命的恐怖，矮而胖的灌木像无头的饿鬼，风起时，如滚动的一堆堆黑色肉球……景物的阴沉、恐怖，象征着压迫劳苦大众，使之难于抗争的黑暗现实和封建势力。

奇异的人物在奇异的环境中，展开奇异的冲突。人物间激烈的斗争和纠葛贯穿始终。仇虎与焦母、仇虎与大星、仇虎与金子、焦母与金子、金子与大星间都充满着矛盾，体现出扭曲变态的人性，给人强烈的心理压力。最后一幕中，现实的景象和幻觉的景象相交织，体现出强烈的奇异感。

这一切都富有神秘色彩，但并不是外国文学中推崇的“神秘主义”。神秘主义认为现实是不可知，不可理解的。而《原野》对社会原型进行概括与提炼，以理性的思考和细腻的情感超越生活、直面人生，深入地观察与描绘生活，反映了深刻的主题。

《原野》是一部具有浪漫主义色彩的作品，写实与写意结合，并且强化了写意性。用浪漫主义的手法反映了现实主义的题材，发掘出具有深刻的现实意义的主题，具有较高的审美价值。从这点上来说，《琼斯皇帝》的深度是远不及《原野》的。

4. 从《原野》与《琼斯皇帝》的比较，看《原野》的表现主义

表现主义是1910—1924年兴起于德国的戏剧流派。表现主义认为人的根本真实在于他的精神、情感、欲望、幻想和潜意识里。它着力将人的主观感觉外部化、戏剧化，强烈地表达出人物的内心感情。它不以真实地反映客观现实取胜，重在人的主观冲动，表现主观感受、思想、幻觉、激情等等，因而是“灵魂的戏剧”。

美国剧作家奥尼尔的《琼斯皇帝》是表现主义戏剧的代表作之一，1936年获得诺贝尔文学奖，由此在中国掀起了一股奥尼尔热。它描写了人的恐怖，寓有深邃的象征意义，体现了集体无意识（由特定的种族、部族、家庭沿袭下来的念头）、个人无意识（由个人特有的境遇产生的无意识念头）、个人意识（由个人无意识中产生的“自我”）的冲突、转变和瓦解。通过人物心灵的冲突，将心灵与情绪戏剧化，展现人物命运，写出人物复杂、深刻的思想矛盾。《琼斯皇帝》是运用表现主义进行深刻的心理分析的杰作。

《琼斯皇帝》通过象征的手法和新奇大胆的技巧，把琼斯内在的思想、情绪渲染出来。剧中，奥尼尔充分运用音乐效果推进剧情发展。土人造反擂响的鼓声贯穿全剧。开始鼓声咚咚，节奏如同人脉搏的跳动。随着剧情发展，气氛趋于紧张，鼓声像发烧的人的脉搏一样急促加速，造成一种强烈的戏剧氛围，使人不自觉地随之屏声静气，心跳加速。这种艺术手法剧场效果好，有极强的艺术感染力。

为了刻画仇虎复仇后的内心冲突，曹禺借鉴《琼斯皇帝》，采用表现主义艺术手法，进行了全新的艺术探索。他将中国传统的舞台艺术与新学来的西方技巧互相融合，使之相得益彰，很好地控制了舞台气氛。最突出的地方是它善于运用音乐的效果，仇虎的音乐构成了一个主题基调。同时，《原野》对《琼斯皇帝》有新的突破。这就在于它对幻觉产生过程更为细致周密、渲染铺垫的描写。《琼斯皇帝》中每次幻觉的出现都较简单突兀，而《原野》第三幕刻画仇虎幻觉产生，进入迷乱状态的过程是循序渐进，层层铺垫的，符合心理发展的规律。白傻子提的红灯，焦母凄惨的叫魂声“黑子，黑子！你回来吧！”常五呼喊“大星媳妇”“小黑子”的声音，金子语言的暗示引诱，以及黑林子的庵堂中传出的木鱼声、庙鼓声，被巧妙地加以安排，成为仇虎内心恐惧感一步步增强和幻觉产生的心理引导。仇虎的潜意识活动一步步加剧，他的心灵被悔恨和谴责所折磨、割裂，直至最后精神完全崩溃，以自杀作为结束痛苦的方式。这一系列的情节，一系列的气氛渲染，为仇虎心理幻觉的产生提供了强有力的外部感官刺激。可以说曹禺为仇虎幻觉意象的产生做了细致分明的心理准备和引导，完全符合人类的心理规律和认知规律。

《琼斯皇帝》的表现主义对曹禺的影响是深刻的，但这一影响是在潜意识中进行的。曹禺融化了奥尼尔的东西，创造性地从特定的视角，描写出仇虎恍惚的精神状态，展示了

农民由反抗到觉醒的曲折复杂的心理历程。

《原野》是运用表现主义艺术手法的一次较为成功的尝试。

综上所述，李南卓关于“《原野》因模仿而失败”的说法，显然混淆了借鉴与模仿的区别。说它“模仿前人的成作”是不符合实际的，是片面的。实际上，《原野》是借鉴外国文学的成功典范，因为它已将借鉴的东西化为己有，并有所突破和发展，形成了独特的个人风格。

正如唐弢所言：《原野》是百看不厌的剧本，因为“这个剧本里有戏，群众看起来过瘾。这个剧本里有生活，顾盼左右，仿佛就在身边，让人看起来恐惧和喜欢”。①

《原野》这块被蒙上尘土的金子，这颗文学长河中不该被遗忘的珠，尽管争议与厄运相伴而生，但历经近六十年风雨考验之后，日益焕发出夺目的光彩，必将成为中国现代文学史上不朽的篇章。

原载《中国文学研究》1999 年第 1 期

① 见《原野》重演，1947 年 8 月 29 日《大公报》。

《雷雨》对外国戏剧的多维吸收

陆葆泰

话剧《雷雨》，不愧为是中国现代文学史上的代表作品。半个多世纪以来，它以其深邃而独到的见地，曲折而新颖的情节，鲜明而生动的个性，严谨而完美的结构，简练而行动化的语言，魅力无穷地吸引着广大观众的心灵。探究《雷雨》成功的缘由，不能不令人感到，作者对外国戏剧的多维吸收，应该是其中的组成部分之一。

一、《雷雨》对外国戏剧的多维吸收

《雷雨》对外国戏剧的学习，一摒那种借鉴只能囿于技巧的井蛙式的闭塞陋见，摆开了广采博纳、全面吸收的态势。为此，从思想认识到艺术技巧，以致情节、语言，只要能够利用，它都来者不拒、认真吸收。但是这种学习，又回避了“全盘照搬”的懦夫哲学的困扰，坚持了一切以有利反映生活为原则，从而使采纳和吸收，都直归于有效地应用的轨道上来，让具体的创作实践决定对象的去留取舍，然后或直挪，或改造，或同化，将之融合成作品的有机组成部分。

众所周知，《雷雨》悲剧的总根子是周朴园。四凤之所以会狂奔于暴雨之中，是由于她发现了自己与恋人周萍的血缘关系，而这起同胞相恋事件的产生，又是由于周朴园年轻时对侍萍的遗弃。四凤的狂奔，引起了触电身亡，以至于前来搭救她的周冲随之归天。四凤的猝死，强烈地刺激了周萍，使周萍亦失却理智地拔枪自尽。而蘩漪——一个受过“五四”影响的女性，因为忍受不了周朴园的冷酷、专横，为了寻求自由，她寄情于周萍，当听到周萍自尽的枪声时，她的大脑的自控系统再也抵御不住外界的沉重袭击，绷紧的神经整个地崩溃——她终于精神失常了。而周朴园所以会造此罪孽，又与其内心里残剩的严重封建主义思想有关。为什么他会抛弃一度钟爱并为其生育了两个儿子的侍萍呢，不就是封建门第观念作祟之故么？为什么他会不给蘩漪以丝毫的丈夫温暖呢，不又是封建的纲常思想在起作用么？所以，《雷雨》的主题是反封建应为毫无疑义的。反封建，按理说，该在封建主义与反封建势力之间进行，例如《雷雨》之前的《红楼梦》，《雷雨》同时代的《家》等作品均是如此，而《雷雨》的反封建斗争，却在一个资产阶级家庭内部开展，矛盾的对立面周朴园，是一个大矿主，也就是说，是一个资本家。一场反封建的斗争发生在资产阶级的家庭内部，矛盾的组成是一群酷爱民主、自由的人们与一个资本家头脑中残留的封建主义思想的对立，这不能不说是别出心裁、匠心独运。它形象地表明，在中国特定的社会生活条件下，反对封建主义的艰巨性。作家能独具慧眼，其十分重要的原因，就是他受到了外国戏剧作品的思想认识的潜移默化的影响。

曹禺先生在《我的生活和创作道路》中说："我曾经找过'民主'，也就是资产阶级民主，譬如林肯，我就佩服过。甚至对基督教、天主教，我都想在里边找出一条路来，但是，我终于知道这些全部都是假的。"资本主义社会的不民主现象，自然包括资本主义社会初、中期某些人物身上存在的脱胎于封建社会的专制、独断倾向和社会上出现的种种粗鲁、野蛮现象。《玩偶之家》中银行家海尔茂将妻子娜拉视为附庸的行为，《榆树下的恋情》中农场主仗财讨娶——实际上不啻于粗野占取小于自己达四旬的年轻女郎爱碧的做法，不都透露出中世纪的蛮性么？它使作家意识到，要清除封建主义的"蛮性的遗留"，是多么艰难的事情啊！作品主题确定上的成功，又和作家对社会现实生活的细心观察与深入体验密切关连。实际上，曹禺先生的父亲的身上，又何尝缺乏周朴园的阴影呢？他虽身为赋闲官僚，但又投资纺织公司，从这点上看，他已从封建阶级分子转化成了资本家。曹禺先生在《我的生活和创作道路》一文中回忆说，父亲"毕竟是个军人出身的官僚，他的脾气很坏，常常在饭桌上就训斥起子弟来"。——也就是说，他很蛮横。可作家的父亲有的地方又显得并不顽固，如《红楼梦》《水浒传》等一些封建社会的禁书，他却认为是可以看的小说而让曹禺阅读，西欧文学，亦被纳入可读之列。所以生活中的曹禺先生的父亲本身，就有两种特性交糅：他既有封建阶级的性质，又有近代民主的气息。创作素材的积累和对社会生活的理解，使外国戏剧的影响在写作时只能变成一种启示因素，它诱导作家体会生活实质，引导作家摘取生活材料，最终必定溶解于作品中，成为作品的浑然的组成部分。对立面周朴园既为镇压罢工的大矿主，但在作品中又是主要作为封建主义的代表人物出现的，就是上述两种因素结合的结果。

至于情节和故事，外国文学对于其的影响痕迹似更为显著。前妻之子与后母有暧昧关系，这样的故事对于中国的观众来说，确实不无新奇性，而它在外国戏剧中，却是个"从古希腊起，一直为各种戏剧一再袭用"的老题材，作家以旧瓶盛新酒，将它化为具有浓郁的中国色彩的故事，使人感到，这个老故事的"题材，事件，人物等等，是从生活中挖出来的"。就以蘩漪这个形象来说，生活原型是这样的："我有一个很要好的同学，我常到他家去玩。他有个嫂子，我和她虽然见过面，却没有说过几句话。她丈夫是个相当好的人，她也很贤慧。后来，我听说她和我那个同学有了爱情关系，我很同情她。因为我知道，他是不会为这个爱情牺牲什么的。"①生活中的真实人物和故事，显得十分平淡，女人偷情，生活常事，毫无离奇意味，但到了曹禺先生的笔下，就面貌迥异。追求，追求，追求，不息地追求，浑身上下充满了火辣辣的滋味，故事亦波澜起伏，扣人心弦。曹禺先生说，蘩漪"她是一个最'雷雨的'性格"。"她如一匹执拗的马，毫不犹豫地踏着艰难的老道。""在全剧中，蘩漪从未停歇过她的强烈的动作，她抓住了周萍不放手，想重拾起一堆破碎的梦，救出自己。"在希望破灭，周萍行将带着四凤私奔时，她不畏事情的真相可能暴露于周朴园，毅然地唤出

① 曹禺：《论戏剧》，四川文艺出版社，1985年版，第531页。

周朴园前来拦路，这种勇敢而坚决的行为，不能不令人顿时改容。这样的浓墨重彩的写法，在我国的传统作品的命运近似的人物塑造中，是很难找到其雏形的。中国反封建作品中的同类女性，往往是以封建主义的牺牲品的面目呈现的，就以《家》为例，鸣凤，婉儿，梅，瑞珏……无不如此。即使是具有觉悟个性的觉民的女友张蕴华，其叛逆特征的描写，亦较侧重于内向性。关汉卿的窦娥，是一个反抗意识较浓的人物，但她的反抗，亦只停留在“不认命”这一点上，动作很少给对方以主动出击的力量。因此蘩漪的性格，部分内容该溯源于外国戏剧作品，是外国作品开导了作家，从而使作家在形象的设计和构置中，较多地注意了被我国传统文学忽略了的方面。

古希腊的《安提戈涅》、近代的《莎乐美》等等一些外国戏剧作品，描写了“女人遭遗弃而复仇”的形象，这些形象，推动作家从“见过许多这类事”中注意人们的积极反抗动作。但是，蘩漪毕竟不是安提戈涅、莎乐美，蘩漪就是蘩漪，《雷雨》的观众或读者是绝对不会认为她不是中华民族的女性，她是中华民族中千千万万个具有反抗品格的女性中的一员；古国幽深的文化的熏染及荆棘丛生的客观环境使她心理活动十分丰富，从而令其不似安提戈涅等形象那样一往无前，义无反顾，勇猛的反抗有时亦交织着苦苦的哀求，她不是在感觉到周萍和四凤将私奔时，曾请求周萍亦带其出走么？封建主义的重重包围，使她几乎不存在任何的社会活动和社会交际，亦使她十分缺乏独立的经济观念，她从来未有如娜拉或爱碧那样，产生过企图脱离任何依傍的自立思想；由于帮佣者在特定的社会条件下还不成其为劳动力的自由出卖者，主人和仆人之间的关系常常粘连不解，所以在鲁贵与四凤被解雇后，作为东家，她亦会指令其子周冲，带款前去安慰。

《雷雨》的结构，遵循了三一律，时间“发生在不到二十四小时之内”，地点和动作又是统一的，这种方法的运用，自是吸取了欧剧的经验。曹禺先生说：“外国剧作家对我的创作影响较多的，头一个是易卜生。”[①]易卜生的代表作《娜拉》就是三一律的典型。曹禺先生说：《雷雨》与其说是“受近代人的影响，毋宁说是受古代希腊戏剧的影响”。(《曹禺论创作·〈雷雨〉的写作》)古希腊戏剧中“三一律”式的作品，真是不乏其例。希腊戏剧亦好，近代作品亦罢，为了达到高度集中的目的，往往全剧仅为一景，曹禺先生根据反映生活的需要，不搞削足适履的蠢事，在《雷雨》中，他将第一、二、四幕安排在周家内室，而把第三幕拉到了鲁家。这样，虽说剧情发生的地点仍在一个城市之内，但用景却是两个。

在语言上，《雷雨》亦吸收了外国戏剧的长处。曹禺先生说：“生活中原来的语言，不是在用的时候照抄，而需要大大加工提高。”[②]要加工就必须注意戏剧史上各位高手大家的经验，曹禺先生在这方面亦是甚为勤勉的。他曾分析高尔基的作品的语言，他说：“高尔基的戏，常常用一两句话就把一个人物勾出来了。”[③]莎士比亚戏剧的语言，亦引起了他研磨的深深的兴趣，他说：“第二个使我受到影响的剧作家是莎士比亚，莎士比亚的戏博大精深，

① 同上书，第 74 页。
② 同上书，第 17 页。
③ 同上书，第 16 页。

每个人物说出的台词，时如晶莹溪水，时如长江大海，是宇宙与人性的歌颂，是用利刃解剖人性的奥秘，是寻常却永恒的哲理的珠玉，是阳光灿烂的人道主义的精华。”①外国优秀剧作的台词写作，常使他陶醉，有一个时期，他曾经常高声诵读契诃夫的作品。他说：“读剧本不是匆匆忙着一次就算了，应该反复地读，将自己最喜欢的段落背诵下来，甚至高声朗读，这样就能够潜移默化，真正吸收这个作家的长处。”②博采众长是为了从中吸取养料，以利于表现本民族的社会生活，所以学习不是刻板的模仿，而是融化，曹禺先生在借鉴了诸家的技巧后，将它们与反映民族生活结合起来。这样，他的剧作的语言很少有洋腔洋调，很少有欧化句，它们个性化，行动化，口语化，精炼流畅，它们深得观众和读者的赞赏。

二、《雷雨》多维吸收的内在机制

在学习和借鉴外国戏剧作品中，曹禺先生为何气度宏大、方法灵活、成就显赫呢？对于这个问题，若作纵向综合的考察的话，我们认为，它应从作家内在的素质变化上着手进行揣摩。曹禺先生在接触外国剧作的过程中，个人的心理结构和思维方式发生的深刻的变化，似应该归结成首要的原因。早年在清华大学求学时，曹禺先生就终日埋头苦攻，博览群书，他说，在他写作《雷雨》之前，已经不止读过几百个剧本了，广泛的阅读，使他对于世界戏剧以至文化有了一个总体的检阅和了解，使那种眼界狭小、夜郎自大的传统心理迅速地得以矫正。曹禺先生说：“从来知识不能固步自封的，它要发展，它要更新，它要交流。历史记载了，我们‘输出’我们的文化，但也不断‘输入’各国异域的文化。大家共同享受人类创造的溢满甘汁的文化与精神的果实。”③曹禺先生认识到，世界上一切国家的优秀文化，都是属于全人类的。人类的文化恰如一个一而贯之的连通器，从历史的宏观点上观察，水平低的必定向水平高的接近。正是这种广阔的视野，使之能够站在一个较高的视角上，瞻前顾后、综观全局，从而具有宽广无比的胸襟，能够广为包容，竭力蓄留。曹禺先生说：“我不希望你们只学一个作家，要多读一些作家的作品，受他们一些影响和熏陶，但更重要的是要走自己的道路。”④在曹禺剧作中，深厚的文化渊源与鲜明的民族特色的辩证统一，与其十分尊重“人的价值”，注意个体意识有关。他说，“我们从来不应顶礼膜拜，盲目地赞颂。那会使我们变成崇拜偶像的妄人，丧失了认识天才之所以为天才的智慧之处”⑤。他又说，“天才从来是受文化传统和历史影响最多的人，天才又是独创天地的人，在荒谬与庸俗的世界中，思想最解放的人”⑥。“每个国家都有自己的莎士比亚。”⑦这种个体意识的存在，令其在虚怀若谷的同时，也不妄自菲薄、随波逐流，因此能学贯中西，将两种文化巧

① 同上书，第 7 页。
② 同上书，第 548 页。
③ 同上书，第 310 页。
④ 同上书，第 179 页。
⑤ 同上书，第 312 页。
⑥ 同上书，第 312 页。
⑦ 同上书，第 311 页。

妙地熔于一炉。

其次，渊博的戏剧史知识，也为作家的借鉴打开了方便之门。借用传统的戏剧故事，不少人惧怕产生抄袭之嫌，而曹禺先生在创作《雷雨》时为何却神情自若、从容挥毫呢？它不能不说与曹禺先生对世界戏剧史的了如指掌有关。曹禺先生深知，旧有故事结合现实生活的化用是戏剧发展史上的一个惯例，所以在实践中才腰板硬朗，胸有成竹。他说："其实用人家一点故事，几段穿插，并不寒伧。同一件传述，经过古今多少大手笔的揉搓塑抹，演为种种诗歌戏剧、小说传奇，也很有点显著的先例。"①

多维吸收自然也与作家刻苦真诚的思想修养不可分割。可以这么说，作家的思想修养有多高，那么，对外国优秀作品认识方面借鉴的幅度也就有多大。曹禺先生说："一个剧作家应该是一个思想家才好。一个写作的人，对人，对人类，对社会，对世界，对种种大问题，要有一个看法。"②据说，一九二七年对曹禺先生的思想发展是一个重要的年代。在迷惘中，他读佛、老，诵圣经，求教过柏拉图、尼采、叔本华、林肯，也研究过孙中山著作和主张。随后通过《东方杂志》等书刊开始接触各式各样的社会主义思想，在国民党左派办的训练班里听王芸生讲工人运动史和马列主义常识。他开始同情共产党和学生中的进步活动。优秀作品的学习，当然也是曹禺先生获得精神食粮的重要途径。他说："学习莎士比亚可以开拓我们的视野，使我们更懂得珍惜生活中美好的东西，憎恨一切丑恶的东西。"③由于接受了资产阶级民主思想，在塑造反封建形象时，才会引入外国作品里人物个性热情奔放的特点，才会以颂扬的立场，让人物无所顾忌地勇往直前。又由于接触了社会主义思想，他才会细心研读霍普特曼的《织工》、高尔斯华绥的《斗争》等作品，认真分析其中的种种观点，因而在写作《雷雨》时，终于创造了鲁大海这样的产业工人的形象。对于鲁大海，作家自始至终持有同情和赞美的态度。

多维吸收又与作家重视技巧的学习休戚相关，在对外国文学的借鉴吸收中，技巧问题确是重要的一环，它具有较大的难度，非作家思想上高度注重及行动上花大力气不可。曹禺先生说："要从中国和外国好剧本学技巧。"④他对古希腊戏剧的钻研兴趣盎然，他说，欧里庇德斯等作家使他学会了"观察现实的本领以及写实主义的表现方法"。易卜生作品使他"从中懂得些戏剧的技巧"。他说："我为他的剧作谨严的结构，朴素而精炼的语言，以及他对资本主义社会现实所发出的锐利的疑问所吸引。"莎士比亚，契诃夫，奥尼尔，斯特林堡，王尔德……经典作家们的精湛技艺，都是他竭诚效法的对象。

丰富的生活经验，又为他这种吸收，奠定了雄厚的基础。倘若没有生活基础，那么，外国作品的思想和内容就无法让作家在印证中得以体会，在创作实践中获取理解。所以曹禺先生说，"多生活，多读书，可以使我们得到一个高标准。这种标准是多少年的文化修养

① 同上书，第 353 页。
② 同上书，第 51 页。
③ 同上书，第 307 页。
④ 同上书，第 14 页。

潜移默化得出来的。有了这种高标准的感觉，我们才知道如何修改自己的作品”①。

多种因素，在多维吸收中，是否均处于平等的地位呢？我们说，不是的。思维方式和心理结构的变化，以及戏剧史方面的知识的准备，似稍为重要一些。没有前一项的变化，就不会具备开放的意识，吸收的多维性也就无从谈起，即使开始这种吸收，由于没有主体意识，吸收将成为不能很好地反映客观生活的生搬硬套；缺乏戏剧史的准备，吸收又将失去了参照系，实践时往往会举棋不定，难以下手，艺术创作将无法起步或难于推进。

原载《曹禺剧作魅力探缘》，华东师范大学出版社 2000 年版

① 同上书，第 198 页。

话剧《蜕变》与苏联文学

陆葆泰

话剧《蜕变》是曹禺先生 1940 年创作的作品。曹禺先生在该剧的《跋》里说:“在抗战的大变动中,我们眼见多少动摇分子,腐朽分子,日渐走向没落的阶段。我们更欢喜地望出新的力量,新的生命已由艰苦的斗争里酝酿着,育化着,欣欣然发出美丽的嫩芽。”①这段话明确地表示,作者是以极为严肃的现实主义的态度从事该剧的写作的。但曹禺先生又说过:“在抗战初期的客观生活中,我感觉到,抗日救亡运动仿佛有这样一个好处,那就是,旧的东西一定会去掉,新的东西必然会发出来。”②在该剧中,作者又在奋力地表现“对光明的向往”③,在“由现实人生向理想跃进”④。而该剧的理想因素,又是“发自客观现实生活中间”⑤。从这点上认识,该剧又表现了一定的浪漫主义倾向。它是一个将现实主义和浪漫主义相结合的作品,这样,其和苏联文学,或者说得确切些,其和“苏联文学中占统治地位的”⑥社会主义现实主义作品,显得格外地相近。如果谨慎地分析该作,我们就能发现,《蜕变》与苏联文学在某些地方存有相像之处,在某些地方,它又与苏联文学存有不同之处;同时我们亦能明晰地感觉到,这些相像或不同之处的产生,是有其具体缘由的。我们认为,认真地研究这些问题,对于我们借鉴这位大师的经验,以及深入地探讨社会主义现实主义在我国的运用方法,是不无重大的理论和实践意义的。

一、《蜕变》与苏联文学在创作方法上的相同点及其产生原因

苏联著名作家法捷耶夫指出:“工人阶级不是想对人类说谎话,而是努力让人类用真实的眼睛来看世界。社会主义现实主义和旧现实主义的极其重要的区别之一,就是有些能够比较客观地认识现实的素质。”⑦社会主义现实主义首先要求作者真实而又历史具体地反映现实,要求作者“按照生活的本来样子”客观地摹写生活,再现它的原有的进展过程。由于社会生活和世界上一切事物一样,都是处于不断的发展变化之中的,所以社会主

① 《蜕变·关于“蜕变”二字》,文化生活出版社,第 404 页。
② 《华东师范大学学报》1984 年第 4 期。
③ 《中国新文学史稿》下册,新文艺出版社,1953 年版,第 154 页。
④ 《胡风评论集》,人民文学出版社,1984 年版,第 401 页。
⑤ 《华东师范大学学报》1984 年第 4 期。
⑥ 《苏联作家论社会主义现实主义》,人民文学出版社,1960 年版,第 89 页。
⑦ 《苏联作家论社会主义现实主义》,人民文学出版社,1960 年版,第 103 页。

义现实主义反对人们将生活看成一泓静水，主张如实地表现其发展变化，清朗地展示出其前进的趋向和各种复杂的矛盾斗争的解决途径。高尔基曾经指出：“恩格斯说过，‘生活是一种接连不断的运动和变化’。我以为拿他这种见解作为社会主义现实主义的出发点。”① 话剧《蜕变》给我们的首要印象即是如此。

《蜕变》描写的是，抗战初期一所战地医院除旧布新、取得脱胎换骨的改造的故事。作品开始时，该院邪恶当道，正直的人们受到压制，由于贪污枉法的院长秦仲宣和无耻蛮横的庶务主任马登科等人的把持，医用公款被任意挪用，药物仓库被占用囤米，病房为私人占用……整个医院处于乌烟瘴气之中，混乱的现象遭到人们一致的反感，人们普遍地希望不正常的现状能够迅速得以改变。具有高度的爱国主义热情的名医丁大夫蔑视假公济私的上司，正气凛然地夺回了为院长小老婆强占的病床；医院小录事孔秋萍对马登科的提前签到大为反感，并在同事中公开地进行抨击，在视察专员梁公仰前来检查时，他亦敢于提供被秦、马扣发的催药公文；医院的公务员谢宗奋更是毫不畏惧地当面揭露了院长秦仲宣的占仓囤米的罪行……

凡是阅读或观看了该剧的人即能了解到，《蜕变》表现的故事发生在一九三八年末至一九三九年初，它的背景是：日寇大举侵华，国土大片沦落，在这样的条件下，国民党政府退居峨嵋，在动乱之中，其各级行政机构的弊端充分暴露，营私舞弊之劣迹层出不穷；在这同时，全国人民的抗日救亡激情空前高涨，广大群众渴望在驱逐日寇的过程中，现存的政权亦能有所改革；由于第二次国共合作的实现，某些共产党人已进入国统区工作，他们对一些阶层的人们亦产生了一定的影响，但由于当局的形形色色的限制，这种影响尚不广泛和深入。各级政权形式该变，这是人心所向，大势所趋，因此《蜕变》所表现的内容，是那时实际生活的极其客观的反映。

由于苏联文学在细致地描画生活的实情时，十分注重其发展的方向，因而它必定自然而然地展示自己崇高的理想。高尔基说过：“我们不仅要知道两种现实——过去的现实和现在的现实，我们还必须知道第三种现实——未来的现实。我们现在应该设法把这第三种现实列入我们的日常现象，应该描写它。如果没有它，我们就不会理解社会主义现实主义方法是什么。”② 由于文学作品一般都是通过人物形象来体现主题的，所以在这类作品中，作者往往将笔墨集中于主要人物身上，将其理想渗透在它们的上边。日丹诺夫曾说过：“苏联文学应当善于表现出我们的英雄，应当展望到我们的明天。”③ 话剧《蜕变》塑造了若干个理想色彩异常浓郁的形象，其中最主要的有梁公仰和丁大夫。

剧中的丁大夫是位技术高超的著名女医师。她正直、豪爽、热情，她嫉恶如仇，同时富有充沛的工作干劲和具备高度的爱国主义觉悟。她经常正面顶撞院长等人，以致院长的外甥马登科抱怨舅舅说：“院长发的什么疯，为什么当初要答应什么名医来服务……闹得

① 《苏联作家论社会主义现实主义》，人民文学出版社，1960 年版，第 20 页。

② 《文学论文选》，人民文学出版社，1961 年版，第 409 页。

③ 《日丹诺夫论文学与艺术》，人民文学出版社，1959 年版，第 10—11 页。

现在一塌胡涂。”丁大夫斗志昂扬、意气风发，一个月居然能完成一百三十九次手术。在工作中她废寝忘食，对待民族救亡战争，亦能公而忘私，她的独子丁昌奔赴抗战前线，她非但不竭力阻拦，甚至还予以支持。尤其令人感动的是，在其子战场负伤初愈后，她又立即送他重返战场。在当时，虽然民族自救的情绪十分高涨，但“各人自扫门前雪，不管他人瓦上霜”的庸人哲学在社会上亦占据着广阔的市场，在这样的环境中，具有不顾惜一切、全力以赴精神的丁大夫的形象，不能不说其中包蕴了理想的因素。

毛泽东同志曾经说过：“在长期的和残酷的民族解放战争中，在建立新中国的伟大斗争中，共产党必须善于吸收知识分子，才能组织伟大的抗战力量，组织千百万农民群众，发展革命的文化运动和发展革命的统一战线。没有知识分子的参加，革命的胜利是不可能的。”[①]如果说，丁大夫这样的人物在现实生活中还有一个现实阶层的话，那么，梁公仰的形象就更富于理想性了。梁公仰是一位“上面”派来的视察大员，他到底是哪里派来的，我们不得而知，不过有一点是可以肯定的，即在当时国民党的腐败机构中，是肯定找不到这样的人的。因为他廉洁奉公、联系群众、支持正气，他始终坚决而不留情面地打击种种歪风邪气。在戏剧开场后不久，我们就能看到，他已将秦仲宣等人违法乱纪的罪行掌握得一清二楚，为什么能如此呢？他事先微服私访，在和群众打成一片后，群众很知心地为他提供了各类材料。在揭露秦仲宣的面貌时，他是那么的铁面无私、冷酷无情；但在对待丁大夫的诊疗和医院的改革中，他又是那么的春风满面、热情洋溢。曹禺先生曾经指出：“梁公仰，他的生活原型就是徐特立。”[②]在描绘国统区的生活中，写出一个具有强烈的共产主义者气息的人物，这，不能不说作者是在竭尽全力地展示理想。

从以上两方面来看，《蜕变》的创作方法和苏联的社会主义现实主义具有同样的主要特征，它似乎就是在积极地运用这种创作方法似的。该剧何以会这样呢？曹禺先生曾经告诉笔者，在创作前，他并未接触过在理论上介绍社会主义现实主义的书籍，他说：“我曾阅读过几本苏联文学作品，如法捷耶夫的《毁灭》、高尔基的《母亲》等，我也许受到了潜移默化的影响，但在具体创作过程中，我好像没有想到过它们。我们作家在写作时，是只考虑如何将生活表现好的。”曹禺先生的这段话，可以作为我们理解问题的契机。我们不能说，曹禺先生对社会主义现实主义方法一无了解，但仅凭这点肤浅的认识，要应付裕如地采用这种方法，自然亦是不可能的。如果对诸种条件进行综合分析的话，那么我们认为，上述的对作品的接触只能产生粗略的印象和一些启发，真正起决定作用的，第一是当时中国出现了与社会主义现实主义产生时相似的环境状况；第二与曹禺先生严格地运用现实主义方法有关。我们都知道，苏联社会主义现实主义创立于 20 世纪初。那时无产阶级革命虽然处于低潮，但革命形势仍在向前发展，工人阶级正在逐步觉醒，我国的社会制度，处于变革的前夜。而《蜕变》写作时，整个中国的社会制度，亦面临着根本性质的变化，根据地的情况，作者和国统区的人们虽然不甚了解，但在国统区工作的共产党人，已以其模范

① 《毛泽东选集》第 581 页。

② 《华东师范大学学报》1984 年第 4 期。

的行为对周围发生了影响。

曹禺先生回忆说：1937 年在长沙，他听过徐特立的演讲，"他讲的题目是《抗战必胜，日本必败》，一讲就是五六个钟点。他的讲话内容使人感奋，所以第二天天不亮，我就去拜望了他，可是他已经出去了。闲聊中，他的小勤务兵告诉我，他和老人就睡在一个床上，老人对他很好，晚上常帮他盖被，还教他读书。我听后感动极了。官兵之间这么融洽，在当时，是人们见所未见的。从这里我才知道了'平等'到底是怎么一回事。"[①]社会制度将变，新生活的曙光已经透泄了出来，而曹禺先生以其真诚的文笔，把现实生活及其变化十分慎重地记述了下来，这样，就必然不由自主地把现实主义和浪漫主义手法十分有机地结合了起来，使中国舞台上较完善地出现了近似苏联文学的作品。

二、《蜕变》与苏联文学在创作方法上的相异点及其产生原因

苏联文学是革命的无产阶级性质的文学，因而首先它是以马克思列宁主义为指导的。高尔基认为，社会主义现实主义"按其基本的领导思想则应当是社会主义——列宁主义的，这个意思就是把人们从过去的余毒中，从万恶的把思想和感情加以歪曲的阶级历史的影响下解放出来……"[②]正是由于其指导思想是确定不移的，所以，社会主义现实主义十分强调它的主观宣传和教育作用。法捷耶夫认为："苏联文学可以而且应该被看作是在人们的社会主义思想改造工作方面社会主义人民手里的强大武器。"[③]苏联文学理论家特罗菲莫夫认为："社会主义现实主义在批判一切旧的、过时的东西的同时，还要肯定新的、社会主义的现实。"[④]倘若以这些原则来衡量的话，那么《蜕变》就与苏联文学存在着一定的距离。

众所周知，《蜕变》写作之前曹禺先生虽也接触了马克思主义著作，但那只能被认作为些微的接触，他曾回忆说，那时他"接触了一些辩证唯物主义学说"。它们是通过什么被了解的呢？主要是艾思奇的《大众哲学》等极少量的通俗读物。他接着说："当时我阅读了艾思奇的《大众哲学》。"[⑤]因此从总体性质来说，曹禺先生的世界观，尚为革命的民主主义的。因而可以说，《蜕变》的创作，受到某些马列主义思想的影响，但就其指导思想来说，还是革命民主主义的。在国难当头、烽火连天的时刻，这种革命民主主义又是与爱国主义相互水乳交融的。曹禺先生说：《蜕变》的创作，是由"强烈的民族愤恨感"和"广大人民爱国热情的鼓舞"等诸方面因素促使的。[⑥] 因而它所要宣传的思想，亦不可能是马克思主义和无产阶级思想。曹禺先生曾经说过："关于蜕旧变新的实际内容，也就是说，以后政府到底要改成如何一个样子，老实说，当时我也没有想得很具体。自然，这件事绝对不会寄希望于国民党，但也确实不是根据地

① 《华东师范大学学报》1984 年第 4 期。
② 《高尔基文学论文选》第 370 页。
③ 《苏联作家论社会主义现实主义》，人民文学出版社，1960 年版，第 102 页。
④ 《社会主义现实主义——苏联艺术的创作方法》，新文艺出版社，1958 年版，第 49 页。
⑤ 《华东师范大学学报》1984 年第 4 期。
⑥ 《华东师范大学学报》1984 年第 4 期。

样式。那时对于延安，我们知道得是很少很少的。”[①]在抗战初期，作者感觉到，随着社会的动荡，旧的必死，新的必生。该剧，曹禺先生“就是根据这样的感受创作的”。

与此相关联的，《蜕变》的主要人物，亦绝对不就是无产阶级分子，当然更谈不上是无产阶级的英雄。丁大夫这个形象，据曹禺先生回忆，取材与白求恩事迹有关，但它的主要生活基础，主要还是活跃在其身边的众多的爱国知识分子。他说：“丁大夫是这些群象典型化的结果。创造这个人物时，在丹尼的身上，我汲取了不少东西。”[②]所以，丁大夫只能算作一位激进的民主主义者或热烈的爱国主义者。至于梁专员，虽然较集中地以共产党人为模特儿，但由于作者不是用革命的无产者的眼光去观察生活中的人物和表现艺术形象的，而是以激进的民主主义者的笔触来对之进行描画的，因此这个形象的身上，虽然融入了不少共产党人的动人事迹，但其基本特征，仍只能被认为是作者理想中的革命民主主义者。关于这一点，从以后其所管辖的那片医院的特征上可见。我们都知道，无产阶级历来是主张实行民主集中制的，主张在民主基础上的集中，在集中指导下的民主。而该院从上到下，其中包括梁专员这样的视察官员，均是医学专家，在这所医院里，处处散发着民主主义的空气，但是集中领导似乎缺少了一些，作为主要负责人的梁专员，仿佛只是位巴巴结结地包揽一切事务工作的社会公仆。事实上，不要说在抗战初期，即使在社会主义时期的今天，在企、事业的管理中，集中领导亦是必不可少的重要一环。

在《蜕变》的形象的具体描绘中，我们能够见到社会主义现实主义经常被忽略、而革命民主主义文学又一贯异常重视的内容，即对于人物的人性、人情的详尽的展现。在丁大夫艺术形象的创造中，胡风先生说，她是个“最镇定，最有理想的人，但同时，作为一个茹苦含辛的寡母，作为一个为伤兵请命的慈祥的女性，又应该是最仁爱、最富于感情的人”。作者将其置于重重障碍之前，放在矛盾旋涡之间，在其与种种困难的争斗中，不遗余力地揭示了这个人物的动人的人性和人情。“她坚持，她抗辩，她含着眼泪，她咬紧牙根，她痛苦，她摇摇欲坠……”正因为这样，她具有非同一般的感动力，胡风先生认为，“这样的一个形象，怎么没有可能像一支火箭一样，射进和祖国底命运相连，和人民愿望同在的读者和观众底心里呢？”[③]综上所述，我们可以这么认识：无论在思想特性和表现对象上，《蜕变》均显示出了与社会主义现实主义所不同的独自的个性，在这一点上，它又使人感到《蜕变》就是《蜕变》，《蜕变》与苏联文学相去有距。

三、《蜕变》创作方法上独特性的作用

在中国现代戏剧史上，曹禺先生堪称是妥善使用创作方法的第一等高手，他总是那么因材施宜地给作品对号入座。例如《雷雨》中人物间的冲突，异常紧凑有力，他选择了古典主义的方法；《原野》中的人，有可能被挖掘出极为丰富的内心活动，他又吸收了奥尼尔剧作的表现主义的方法；而《北京人》中人物生活的节奏，表面平稳清淡，内部却蕴藏着幽深的诗意，他又

① 《华东师范大学学报》1984 年第 4 期。
② 《华东师范大学学报》1984 年第 4 期。
③ 《胡风评论集》，人民文学出版社，1984 年版，第 401 页。

引用了契诃夫的生活化的抒情散文式的构剧形式。曹禺先生的这些卓越表现,往往令人情不自禁地拍案叫绝。《蜕变》亦然,对于包含着明显的发展趋向,希望的婴儿躁动于母腹的生活内容,曹禺先生经过了细致的挑选,采用了能将现实主义和浪漫主义实在而巧妙地结合的苏联文学样式,以致使形式和内容的关系显得那么地妥帖自然、相得益彰。

高尔基说:社会主义现实主义"按其基本的领导思想则应当是社会主义——列宁主义的。这个意思就是把人们从过去的余毒中,从万恶的把思想和感情加以歪曲的阶级历史的影响下解放出来……"[①]社会主义现实主义要求作者自觉地意识到自己所肩负的共产主义思想教育的任务。曹禺先生如果当时即有这样的思想水平的话,那么《蜕变》将比现有的作品要深刻得多,试想,假使梁公仰被写成为一个地地道道的共产党人,不是能较大程度地符合生活的真情么?不是更可与以后的历史进程吻合么?但如人所周知,社会主义现实主义的这项任务,又是不允许人物"变成单纯的传声筒"[②]的,其"倾向应当从场面和情节中自然而然地流露出来,而不应当特将把它指点出来"[③],要辩证地将此问题处理好,绝非是一件易事。近数十年我国创作领域中的不少事实表明,在作者的思想水平和对生活的认识尚未达到特定的高度时,勉为其难地或机械刻板地套用苏联文学的方法,那么往往是画虎不成反类犬,时常导致公式化、概念化等等弊端的出现。

曹禺先生说:"老老实实写人生最困难,最隽永。而把自己放在里面,歪曲事实,故意叫观众喝彩,使他们尝到'义愤发泄后的甜蜜'较容易,但也很无聊"[④]。曹禺先生踏上了与上者相反的征途。他在创作时从来都不准备作什么专门的宣传,他只切实地写自己生活的真正感受。他从生活出发去选择和创造相应的形式,所以《蜕变》在方法上又与苏联文学同中有异,并异中出奇。马克思给燕妮的信中说:"我衷心珍爱你,自顶至踵地吻你,跪倒在你的眼前,叹息着说:'我爱你,夫人!'并把以此可能诽谤我、污蔑我的敌人视为笨蛋,而是将永远都是笨蛋。"[⑤]列宁亦说过:"没有'人的感情',就从来没有也不可能有人对于真理的追求。"[⑥]马列经典作家的这些论述告诉我们,人身上都带有人性和人情的,既然如此,我们又欲将作品中的人物塑造得栩栩如生,那么,我们能不恰如其分地描写它们的"人性""人情"么?

曹禺先生的《蜕变》的创作方法上的独特性有利有弊,他在《蜕变》中的实践,足以引起我们深入思考和值得我们刻苦钻研。

原载《曹禺剧作魅力探缘》,华东师范大学出版社 2000 年版

① 《高尔基文学论文选》第 370 页。
② 《马恩全集》第 29 卷,《致斐迪南·拉萨尔》(1859 年 4 月 19 日)。
③ 《马恩选集》第 4 卷第 454 页。
④ 《日出》,四川人民出版社,1985 年版,第 259 页。
⑤ 《马恩全集》第 29 卷,第 512—515 页。
⑥ 《列宁全集》第 20 卷,第 265 页。

横隔重洋的一对孪生姐妹

——《雷雨》之蘩漪与《榆树下的欲望》之爱碧比较

陆葆泰

在我们观赏或阅读世界名剧时，经常会发生这样的现象，有些人物，尽管他们出生在异国，他们的身上散发着迥然不同的各自民族的气息。但是又确实令人感到，他们是孪生的，他们往往是手儿拉着手儿地向你迎面走来，他们与你交谈，也不约而同地深叩你的心扉。在这诸多的孪生形象中，曹禺先生《雷雨》里的蘩漪和奥尼尔《榆树下的欲望》里的爱碧，诚可谓是较为亲切的一对。

在比较文学研究领域中，对待孪生者，理论家们往往采取解剖法，即通过自己的利笔，将人物进行层层剖析，多方比较。这种方法有其优越性：通过它的冷峻的分理，使人物间的异同点及作家的异同性等，均条分缕析地展现在读者眼前。但是，它亦有明显的不足之处：活生生的人物均变成了僵尸。在现代派的文学和戏剧创作中，有种表现主义的方法，它让人物或作者的内心外化，为了对上述比较研究有所变通，本文试图借用表现主义的方法，让活跃于心间的人物自己迈步而出，相互进行一番通信交谈。

蘩漪给爱碧的信

爱碧仁姐惠鉴：

在这封信里，我要告诉您一个激动人心的好消息，由于受到我国著名作家巴金的青睐，我将通过其编辑的《文学季刊》杂志问之于世，也就是说，我登上戏剧舞台的日子将为时不远了。每当沉浸于无限幸福的时刻，我都免不了要想起您以及其他的爱姐，如娜拉等等，说实在的，如果不是你们的重大影响，捏制我的上帝——曹禺先生，不知将会把我塑造成什么样子呢！

我很钦慕您——一个农家的主妇，在“金钱万能”铜臭熏天的资本主义制度下，却让人性、人情放射着耀眼的光辉，让它们冲破那遮天蔽日的妖雾，普照万众的心灵。不是么？在作品的前一大半部分，充斥我们双耳的，只是“遗产”“遗产”这两个使人作呕、令人生厌的字。凯勃特第一个妻子的两个儿子——彼得和西蒙，他们垂涎三尺地注目于它，甚至于毫无根据地企图到法院去宣布其父疯了。二妻之子伊本呢，亦盯视着它，为了独吞遗产，居然盗窃了父亲的钱袋，以之与两位哥哥订下了转让遗产的君子协议，并且摆出拼搏的姿态，欲与父亲及后母决一高低。

至于您，恕我直言，亦一度沉湎于遗产的角逐中。您，出身贫寒而又刻苦耐劳，可是在那乌烟瘴气的环境里，一个卅五岁的中年妇女，为了能赢得这份未来的遗产，不惜嫁与一个高出自己四十以上的年迈老头；为了赢得这份未来的遗产，您竟勾引前子，冀求生育一个合法的继承人。你的凯勃特老头，亦是个围着金钱不知所向的人物，他对三个儿子都冷漠无比，他切感他们的威胁，他精力过人、血气方刚，故而他亦倾力进行自卫。他咬牙切齿地说："我发过誓要活到一百岁，我肯定会的。就是为了碍着你们点儿，叫你们别在我身上动缺德的脑筋，我也要活它个一百岁！"

可是人毕竟是人，在这场肮脏的争斗中，首先是您，接着在您的感染下，您所钟爱的伊本，重新恢复和焕发了人性，尽管在资本主义世界，金钱是那么的迷人，那么的神通广大，但是它还是抑制不住人性的迸发，你们终于无视凯勃特老头财产的诱惑，不畏警察的镣铐将带来的痛苦，你们气宇轩昂地并肩而行，在这场金钱与人性的搏斗中，你是个强者，你以你自己的行动告诉人们——人，这个名词的深邃而崇高的含义。也就是因为这，你将以你高大的形象，纯美的品格，永远受到人们的尊敬和效仿！

在阅读贵剧中，我深深地钦佩您的上帝——奥尼尔先生，为了使你们的冲突显示出更为广阔的现实意义和具有历史的深远感，他将它安排在一个虚拟的环境中——作为二十世纪二十年代的人，却去描绘十九世纪中叶的故事，而该故事既非历史的大事件，亦非实有的奇闻趣事——也就是说，其实是没有真正的原型的。这样地编写历史故事，倒与寓言及童话之类体裁的写作，极为近似了。它的象征意义特别浓烈，因而蕴藉于它的思想内涵就特别深厚，从而也就特别地能够耐受观众和读者的咀嚼。人性和金钱的冲突，由于您这样的人物的令人惊叹的牺牲精神，结果使人性占据了压倒的优势，在资本主义社会中，这不能不说是稀有的，它是作者理想的反映。从个人所感受到的惊心动魄的力量上来看，我以为，这种理想必将发挥巨大的作用，必将鼓舞人们，为夺得真正的自由自主，为获取人的应有的地位和尊严而进行顽强的奋斗。

仁姐，奥尼尔先生驾驭戏剧技巧的能力，也太让人叹为观止了。这不仅仅是指为了意蕴深厚而采用的虚写法，在第二幕第一、二场两次出现的您与伊本的隔墙对话，也不能不说是个绝妙的创造。就以二幕二场为例吧，整个戏剧均在凯勃特的住宅内进行，它上下两层被分切成了四间。在这一场中，您和伊本的戏，是在二楼的左右两间中展开，剧本是这样告诉我们的：

> 凯勃特他倾听着，似乎在等待回答。他放下手臂，摇摇头，朝饲养场方向走去。楼上，伊本和爱碧透过墙互相凝视着。伊本重重地长叹一声，爱碧像回声一般也叹了口气。两人都异常地激动、烦躁。爱碧站起，耳朵靠在墙上倾听，而他却站在那儿一动不动，仿佛能看到她的一举一动。她似乎下了决心——坚决地从后面那扇门走了出去。他的眼睛追随着她……

您和伊本情意缱绻，这是有目共睹的。但是，隔墙传情，好似中间存在着一种微妙的电波，一丝不苟地传递着你们的心声。这在现实生活中是绝对不可能发生的，它只存在于作者内心之中，作者恰如其分地将这种感受有条有理地展现出来，让观众能真切地观看到这种感受，从而心扉受到震动，思想上得到感染。奥尼尔先生的这种方法，为你们详尽地表现自己的内心活动，充分地表达个人的感情大开了方便之门。使观众和读者不仅眼见那些外部表现出来的形体动作，还能十分全面而深入地感觉到你们内在的激情和有力跳动的脉搏。

在戏剧写作中，奥尼尔先生又是一位十分注意情节发展的节奏对比和推进的作家。作品在您上场前，已经作了环境的铺垫，三个前子的谋划和算计，蓦然将“遗产”推拥至格外炫目的地位，在这个时刻，你和凯勃特老头驾到，接着，是伊本觊觎“遗产”，而凯勃特却认为，“西蒙和彼得坏透了，简直该下地狱，伊本也跟着他们学坏样。”而“老婆不是我本人。儿子才是我——我的血肉——我的。我的东西该留给我的后代，留给了他们，这些东西才仍旧属于我的——即使我在六尺土下还是属于我的，你懂吗？”

在这种情况下，为了夺得财产，你才冷酷而决断地说：“我现在要一个儿子。”由于凯勃特老头已成老朽，所以在以后的一段戏中，你的最高目的是引诱和骗取伊本，以致能生育一个争夺战中所需的孩子。在上面的那些戏里，戏剧节奏都是步步推进，愈趋愈烈。当剧情发展至您已有一孩子后，凯勃特在得意之余，无意中向伊本泄漏了您的以前的思想。他说，您曾告知他，伊本欲跟您闹恋爱，还告知他：“她接着跟我说，咱们得有个儿子——，我就说，要是咱们有了孩子，你要什么都成。她说我要把伊本赶走，这样你死后这田庄就是我的了！”伊本听了此话怒火中烧。这是一个情节的突转，因而剧情出现了严重的危机。阅读到这里，我怀着十分急迫的心情，十分焦灼地欲了解您的反应。如果在一位普通的作家手中，也许剧情就顺此急转直下，您的面貌被揭露，伊本则向隅而泣，戏剧就此结束。

不过倘真如此，那么您将是个阴谋者的形象。奥尼尔先生不愧为是饮誉世界的杰出手笔，这时他让您竭力向伊本解释。当伊本说：“你要了我——让我爱上你——骗我说你也爱我——就是为了要从我身上得到个孩子把田庄偷到手。”你听到这些话时，简直有些不能自持，你语无伦次地说：“他不会偷你的！我会先把他杀了！我真的爱你！我会向你证明……”在下一场中，您告诉伊本，为了坚贞的爱情，您亲手闷死了自己的幼小骨肉。

如果到此，作品就此告终也未尝不可，因剧情已步步紧逼，很有节奏地奔向高潮，您的个性也已具完整性，但是作者为了使作品能虎虎有声，能凤头猪身豹尾，他又让伊本对您怀疑，伊本说：“我现在看出你的诡计了——还是那老一套——你是要把自己犯的谋杀罪让我承担！”跟着他去向警长告发了，但在告发后，由于您的真诚，使伊本的某种潜意识突然迸发，他欲与您一同潜逃，殊不知，此刻您却显得十分坦然平静，您说：“我真该受惩罚——为了我干的罪恶。”并且表示：“我不忏悔这个罪恶！我不要上帝饶恕我这个人！”

你准备独自承担责任地束手就擒。您的钟情，不能不引起伊本对您认识的深入，最后，他愿与您一同担当一切，他十分肯定地向警长承认：“这事是我帮她一起干的。”然后两人心满意足地任凭警察带去。剧情如此紧凑地层层推进，在推进中不断地造成异峰突起、出奇制胜，在戏剧史上，确实是不可多得的。

仁姐，阅读贵剧，真是一场千载难逢的美的享受。我知道，大凡名家，均有宽大的胸怀，谦逊的美德。回信时，奥尼尔先生会让您要我谈谈不足之处的。唉，老实说，要在《榆树下的欲望》这样的作品上作挑剔的话，那真是太令人为难了。为了能在您面前交账，就让我胡诌一通吧。在阅读中我感到，在开头的三分之一篇幅中，亦即您上场前的那段伊本等人的环境铺垫，似乎略嫌拖沓了些。三个人之间的冲突，实际上主要只表现一点思想和现象，即儿子对“遗产”不约而同地流露出贪婪的目光，而对生父却冷若冰霜，仅此而已，花费那么长的篇幅是否必要和值得？不过这是愚昧的虚妄之谈，固不足为训矣！

草草至此，奉上《雷雨》手抄本一册，望抽暇一阅，并请不吝赐教！

即颂

福祉

妹蘩漪鞠躬

公元1933年冬

爱碧给蘩漪的复信

蘩漪贤妹：

来信早已收悉，《雷雨》本亦已寄至，勿念！近日里，我深深地给贵作的故事和人物迷上了！本来早欲复信，斟酌再三，觉得还是思索得成熟点为好，故回复一直延宕至今，迟复为歉了！

来信指出的敝剧开始部分的弊病，确深中肯綮，在演出中，也有类似的反映，在此谨致谢意！信中谈及的我个人的影响和作用，实属过词。事实上，贵国的曹禺先生的才艺确是过人，《雷雨》也许借鉴了我们的一点技巧，但通篇散发的却是中华民族的气息。我的经验使我明了，这样的剧作，必将首先受到本民族的观众、进而也必然受到各国人民的钟爱。

您钦佩我的上帝——奥尼尔先生思想的深邃性。是的，奥尼尔先生的思维能力着实超常出众，可贵国的曹禺先生又何尝不是如此呢？据我所知，贵国目下的封建势力是极其强大而顽固的，在往常情况下，一个反映反封建主义的作品，其对立面必定为封建主义，《雷雨》却不同一般。他的对立面周朴园，却是个资产者，而且留过洋——喝饱了资产阶级洋墨水的中国资本家，在作品中，我们很难看出他的封建阶级的属性，即使是在家庭出身吧，也只透露了点滴的类似封建意识的东西，如周家老太太的势利、凶残和专横等等，周朴园就是这样一个人物。可是由于他头脑中残剩的封建专制主义意识，却坑害了两个家庭，同时使他自己也落入了“茕茕孑立、形影相吊”的孤独境地。

如此地对矛盾的选择和冲突的组织，使作品的思想显得十分深刻，它说明中国封建势力的根深蒂固性，不要说在封建主义所占据的领域内，即使是在地地道道的资产阶级家庭中，亦有封建主义与反封建主义斗争，而且这种斗争常常表现出其殊死的性质。这样，它就必然在人们的脑际敲起了警钟，它告诫人们，在反封建的问题上绝对不能掉以轻心，任重而道远，征途坎坷且曲折。世界历史告诉我们，封建主义的顽固性是历史上任何一种制度和意识所不能相比的。所以，《雷雨》不仅在近年，即使在半个世纪甚至更长的时间以后，我想，亦会诱发人们进行深思、推动人们挺身而战的。

您称赞我具有冲破金钱万能妖雾的勇气，事实上，您的反禁锢的英雄气概，更为气吞山河、动人心魄。您是一位贵妇，从您的谈吐中即可了解，您出身的门第本自高贵，年轻时又是在书香氤氲中长成，过门后，即是一位大矿主的太太。在周家，您有豪华的大公馆，您侍佣成队，可挥金如土，但是对于这些，您却一概视若芥草，不屑一顾。您所热烈追求的，是个性的解放、自由的获得。在作品中，曹禺先生为您安排了一系列环环相扣、逐级推进的动作：规劝周萍回心转意——解雇四凤——反扣鲁家窗户、锁闭周萍以希求鲁、周间矛盾高度激化、关系彻底决裂，在这一行为又未达到预期的目的后，您居然不顾一切地唤下周公馆的暴戾君王——周朴园前来挡道。您一计不成，又生一计，名誉、地位、经济条件、生活前程，一古脑儿地全给置于一旁，一个劲儿地追求自己确定的理想世界。这种执着的精神，多令人肃然起敬啊！难怪曹禺先生要这么称道您："我欢喜看蘩漪这样的女人……在遭遇这样的不幸的女人里，蘩漪自然是值得赞美的，她有火炽的热情，一颗强悍的心，她敢冲破一切的桎梏，做一次困兽犹斗。虽然依旧落在火坑里，情热烧疯了她的心，然而不是更值得人的怜悯与尊敬么？"您的思想、意志和勇气，必将激励那些和您地位相近或不同者，一起奋起反抗！

《雷雨》反封建主义的立场是坚定的，态度是强硬的，作者的这种倾向，是通过人物群像表现出来的。周萍、四凤、侍萍、周冲等人物，除了乳臭未干的周冲外，个个坚决，人人激昂，您只是群像中的一员。最近曹禺先生在刚出版的《日出·跋》中说："《日出》没有绝对主要的人物……这些人物并没有主宾的关系，只是萍水相逢，凑在一处。他们互为宾主，交相陪衬，而共同烘托出一个主要的角色，这'损不足以奉有余'的社会。"结合《雷雨·序》中曹禺先生说的：夏天是个烦躁多事的季节，苦热会逼走人的理智。人们"不是恨便是爱，不是爱便是恨"；一切都走向极端，要如电如雷地轰轰地烧一场，中间不容易有一条折衷的路。

代表这样的性格是蘩漪，是鲁大海，甚至于是周萍，而流于相反的件格，遇事希望着妥协、缓冲、敷衍的便是周朴园，以至于鲁贵。但后者是前者的阴影，有了他们，前者才显得明亮。鲁妈、四凤、周冲是这明暗的间色，他们做成两个极端的阶梯。确切地说，《雷雨》也是没有绝对的分角的。为了使这场冲突富有生活的实感，曹禺先生以他的生花妙笔，将一个个人物均塑造得如同您一样地栩栩如生，同时感情又都十分强烈，它如实地表现了贵国当代叱咤风云的社会本貌；形象地说明，尽管封建制度根基扎实，但遭到雷雨的无情刷洗和猛烈轰击，以至走向灭亡，是势在必然、在所难免的。

大凡名家作剧，首先从某一概念或某一思想出发的现象，是很罕见的。他们往往是在难以遏止的感情浪潮的推涌下伏案疾书的，这样，同一主题，会出现多种面貌迥异的作品来反映之。《雷雨》无疑是这种剧作法的产物。根据《雷雨》的反封建主题，如果从思想概念出发，那么，其人物必然是封建主义维护者和反封建主义者各为一方，两类人物进行着针锋相对的斗争。

《雷雨》却不然，它的情节主要由您、周萍、四凤的三角恋爱关系组成，全剧由鲁贵与四凤在纠葛中介绍这项关系的前史开始，随着这项关系的发展而发展，至周萍欲携四凤私奔、您唤出周朴园拦截而冲往高潮，当这项关系由于周萍和四凤的血缘关系被无意泄露时，走向绝路，至此，全剧亦自然而然地趋于结束。

剧中，周冲、鲁贵、鲁大海均是作为人物的存在背景的，他们出现于作品里，只是为了展示人物生活的环境，对于该项三角关系的产生和变化，不能起到任何重大的作用。例如鲁大海，他着实反对妹妹的这种关系，可却无力劝说她改变态度，更不必说去阻拦或破坏这种关系了。而周朴园和侍萍，则是两种不同性质的障碍。为什么周萍和四凤情投意合而却不敢于公之于世呢？还不是与专断蛮横的周朴园横亘于前有关么？也正因为这样，您方能够得以在中间干扰，与此同时，在最后的有限时刻，热情奔放地追求您的理想境界。

鲁侍萍，是促使周萍和四凤的关系最后崩溃的因素，而其之所以会变成这样的因素，又是与周朴园青年时代造的孽关联，试想，没有周朴园的薄情与负心，怎么会发生以后的同胞相恋呢？从这一点上说，在《雷雨》中，一切罪恶的渊薮，应追究于周朴园，周朴园是罪恶的根源。《雷雨》反封建的主题，就是如此曲折而生动地被揭示的。这么熟练地揉捏生活的素材，从而使作家察觉到的生活本质，以十分接近生活的方式被形象地显现，作家的这样丰厚的功力，必定会招致人们的不由自主的拍案叫绝！

《雷雨》的台词，也是世界戏剧史上不可多得的艺术珍品。我们且不列举第一幕的周朴园逼迫蘩漪服药等著名的片断，就信手拈得地以第一幕中的蘩漪部分第一段台词为例吧：

蘩：你父亲干什么呢？

凤：不知道。——他说，他问太太的病。

蘩：他倒是惦记着我。（停一下，忽然）他现在还没起来么？

凤：谁？

蘩：（没想到四凤这样问，忙收敛一下）嗯——大少爷。

凤：我不知道。

蘩：（看了她一眼）嗯？

凤：我没看见大少爷。

蘩：他昨天晚上什么时候回来的？

凤：（红脸）我每天晚上总是回家睡觉，我不知道。

蘩：（不自主地）哦，你每天晚上回家睡？（觉得失言）老爷回来，家里没有人会侍候他，你怎么天天要回家呢？

凤：太太，不是您吩咐过，叫我回家睡么？

蘩：那时是老爷不在家。

凤：我怕老爷念经吃素，不喜欢我们侍候他。

蘩：哦，（忽而抬起头来）这么说，他在这几天就走，究竟到什么地方去呢？

凤：（胆怯地）您是说大少爷？

蘩：（注视四凤）嗯！

凤：我没听说。（嗫嚅地）他，他总是两三点钟回家，我早晨像是听见我父亲叨叨说下半夜给他开的门来着。

蘩：他又喝醉了么？

凤：我不清楚。（想找一个新题目）——太太，您吃药吧。

蘩：谁说我要吃药？

凤：老爷吩咐的。

蘩：我并没请医生，哪里来的药？

凤：老爷说您犯的是肝郁，今天早上想起从前您吃的老方子，就叫抓一付，给您煎上。

……

这段台词，您的动作性是很强的。一心念着周萍，也知道周萍与四凤的关系，因而十分想从四凤口中探出点真情，诸如周萍生活的近况及与四凤关系的进展等。由于自己所处的“太太”的高贵地位，也为了不暴露自己与周萍的特殊关系，所以言语内所蕴含的潜台词就其量无穷了。也因此而在询问中，我们可以感觉到您一方面为地位所囿不能穷追不舍，另一方面由于内心滚动的情愫而时时暴露对周萍的关切，如您说：“哦，（忽而抬起头来）这么说，他在这几天就走，究竟到什么地方去呢？”以致四凤不禁要问：“您是说大少爷？”这时您注视着四凤说了声“嗯”，这“注视”中，表现了思想上的惊讶，其间有警觉自己的失言，也有倚势威逼对方的意味存在，而四凤言语时“胆怯”的神态，也十分流畅地显现了其特定的地位、人际关系和其时的心情。台词内蕴的丰富性，促使人物形象的每一片断均带有多面性，并且让作品处处均充满了诱人的魅力。至于语言的节奏感和精炼性，那更是不必多加赘笔的了。

人物的台词均出自日常用语，所以十分生活化，但经过作者天衣无缝的巧妙加工，它又避免了生活语言中常有的拖沓和语病现象，语言显得十分洗炼。同时根据人物此时此地的特定处境，语言有时简略得只用一个语气词“嗯”，虽仅一字，节奏却极强烈；有时甚至层层递进，例如当四凤告知你，她每晚回家住时，你先是将信将疑地复述四凤言语的内容，尔后，又进一步追问：“老爷回来，家里没有人会侍候他，你怎么天天要回家呢？”前后连接的两句话，却是一弛一张，显得十分因境制宜。妙语连珠，真是通篇皆是。

您知道，我是个直性子，不善于作细剥慢析的事儿，但既为姐妹握手叙情，似乎还是倾其肺腑，将话说得透彻些为好。我反复细读，再三推敲，感到贵剧开首部分和我们这个作品有同样的不足，即鲁贵和四凤对您与周萍关系的交代，篇幅似占用过多，虽然作品十分熟练地运用了话剧交代的技巧，而一面正面开展他们两人的冲突，显示他们的个性，一边宛如附带般地揭露你们间的关系，但由于作者使力过匀，对每个人物，几乎都用同样的力量描绘，因此，当人们感到作品的主要情节是你们主人的关系时，就油然觉得，该段戏的剧情进展过缓，节奏嫌平且弱。倘若综观全剧考察之，那么，该段似应大加压缩，鲁贵和四凤的关系可表现得简略些，您和周萍的关系在附带描写中，一经交代清楚，即可速予辍笔。

当然，《雷雨》开场的篇幅使用问题与我们不同，你们的写法是过细，但戏剧动作从未停顿过，所以对于适应慢节奏的观众来说，还是可以原封不动地照本上演的①。我们的戏却是繁冗，三个儿子等待外出的老子归来，而其中两个儿子——西蒙和彼得，却又是与中心事件联系不大的人物，这样的一种内容，有无必要用去全剧的三分之一篇幅呢？所以这部分是必须予以压缩的。

自知识浅，上面说的不一定对，尤其关于《雷雨》的议论，不当之处，切祈包涵，并请给以指正。

专此奉复，顺致

问候

姐爱碧顿首

公元1936年冬

原载《曹禺剧作魅力探缘》，华东师范大学出版社2000年版

① 以后著名演员石挥40年代初在上海演出时，就取得了良好效果。

鲁大海和他的外国哥儿们

陆葆泰

一

鲁大海，以其与众不同的“这一个”面貌，挺拔而自在地屹立在世界戏剧史上。历史上曾出现过不少描写受压迫、被剥削的无产阶级的典型，就以两位诺贝尔文学奖获得者的代表作品——德国霍普特曼的《织工们》和英国高尔斯华绥的《斗争》来说，其中就塑造了不少工人形象。如《织工们》中，有坚决果断的白克，坚韧机智的雅各，对国王和老板抱有幻想的宝默特老人，安分守己的希尔侍老人等等；在《斗争》中，有顽强坚定的劳勃芝，有奸诈虚伪的黄色工会领袖哈尼斯，还有职工委员会的其他成员罗斯、格林、汤麦斯和工人伊文斯等，如果将我们的鲁大海放入这个队伍里的话，从直觉上感受，那么，毫无疑义的，它是带有强烈的独特性的。豪爽、粗犷、坚毅、顽强，在其所处的典型群里，是找不到第二个与之雷同的性格的。当我们回想起这一形象系列时，鲁大海必定是以敞着对襟大褂、迈着宽大的步伐、发着朗朗的嗓音向我们走来，它有着中华民族的宽厚的个性、侠义的心肠。他，鲁大海，他就是他！

二

如果在这群哥儿们中，力求找出鲁大海的相似者的话，那么，白克和劳勃芝可以最后入选。是坚定不移这个性格上的共同性，将他们连接在一起的。

《织工们》描写的是1844年西里西亚织工起义的历史故事。在西里西亚的瓦楞山一带，居民们基本上均在家织布。他们经受着手工工场老板的盘剥，同时还要向地主交纳种种捐税，生活贫苦极了。当时，德国的手工业生产既承负着国内机器生产竞争的压力，又要抵御英国廉价商品的威胁，面临着重重的困难。德国的纺织资本家为了维护自己的利益，竭力压低工人的工资，这样，织工们被挤至死亡线上，有资料表明，当年西里西亚织工约3.6万人，被饿死的就有6000人。为了获得生的权利，他们终于掀起了波澜壮阔的反抗当地资本家的武装起义。起义工人愤怒地捣毁资本家的住宅，破坏工厂的机器。虽然以后政府调动的大批军队把他们镇压了下去，但他们提出了自己的政治要求，显示了自己的力量，已经作为一支独立的政治力量，出现在历史舞台上。

白克，是忍无可忍的工人群众中的一员。他矢志不渝、义无反顾地反对资产者，请看他与希尔侍老头的一段对话：

白：希尔侍伯伯，我们心里这样想，宁愿死也决不再过以前的生活了。

希：我不是过了六十多年了么？

白：你说这话对我们有什么好处？——非改变改变不可了。

希：那要到上帝的最后审判日。

白：他们不甘心给我们，我们就要用武力来夺取。

希：用武力？（大笑）你们还不如马上就去掘你们自己的坟墓吧。他们一会儿就会显示给你们看看谁有武力，等一下瞧吧，小伙子。

希尔侍是个阶级意识尚为朦胧的人物。他也不满现实，所以盼望来世也能过上好日子，但在今世，他却认为应安贫知命，"忍受一切苦难"，因而在政府的军队前来镇压工人，并且凶暴地进行扫射时，他却仍然若无其事地纺织着他的布匹，口中还滔滔不绝地对老伴说着："天父已经把我安排在这儿，不是吗？孩子他妈，咱们就要坐在这儿谋守咱们的本分。"与希尔侍一样，青年工人白克亦对现实有所反感，但是他将这种不满化成了不安。他极不安于现状，而且已经认识到自己的阶级和资产者的势不两立的关系，所以在整个起义中始终表现得十分积极，抓资本家德奈西格等他均走在前边，进而公然谈论起"用武力来夺取"的问题。

大约晚半个世纪，劳勃芝作为英国工人阶级的一个代表，出现在大西洋的彼岸。《斗争》反映的为19世纪末、20世纪初的英国的劳资关系。当时，自由资本主义的英国已开始向帝国主义转化。由于经历了阶级斗争的长期磨炼，英国的资产阶级已积累了一定的对付工人的经验，他们主要通过豢养和培植工人贵族，来分化工人阶级，在工人队伍中安插自己的代理人，而英国的无产阶级，由于没有自己的坚强的政党，所以在阶级的殊死斗争中，常常显得不够成熟。英国当时的这种社会状况，在话剧《斗争》中，均有所表现。

在该剧中，劳勃芝是一名资产阶级的顽强反抗者。他是一位技艺出众的工人，曾因发明一种制法，拿到过一大笔钱，所以假使要卖身投靠资产阶级，他是不无本钱的，但是，他没有这么做。在斗争中，他挺身而出，担任了罢工委员会的主席，他说："我们在这里也有另一个上帝，我疑心他跟怀特尔的那位大不相同的。"他与资产者不共戴天，他说："如果我看见安沙尼先生快要死了，而且只要我举起手来，就能把他救活的话，我也不肯把我的手指头举起来"，因为"安沙尼先生是专制魔王"。为了罢工，他把"全部积蓄都化光了"，他说，"在穷人受罪的时候，他没有权力存一文钱"。他的老婆心脏原是衰弱的，罢工以后，又没有获得适当的食物，但他断然拒绝资本家的任何施舍。他曾明确表示，我们宁愿死，全体死光，也不"让步"。这样一位工人阶级利益的坚定维护者，由于不懂得密切联系群众和发动群众，不懂得怎样揭露资本家及工贼们的嘴脸，所以斗争到最后，竟成了失败者，所以在戏的结尾，尽管他嘲笑铅板公司董事长安沙尼道："那么，你再也不做本公司的董事长了！（发出半狂态的笑声）啊哈哈——哈，哈，哈！他们把你撵掉了——撵掉了他们的董事长啊，哈——哈——哈！”但在笑声中，十分清晰地隐含着令人心酸的苦涩味，因为“他们把我们两个都推翻了呀”。

鲁大海，以中国二三十年代的工人阶级典型的身份，跻身于世界剧坛。他是周朴园矿上罢工运动的煽动者，是四个领袖人物中态度最坚决的一个。他了解周朴园的发家史，他揭露周朴园道：“你故意淹死两千两百个小工，每一个小工的性命你扣三百块钱！姓周的，你发的是绝子绝孙的昧心财！你现在还——”周朴园对于工人群众的现实剥削，他更是深有感受，他说：“这两年我在矿上看够了他们做的事，我恨他们。”在他的心目中，眼下，他和周朴园——一个是资方，一个是劳方代表，应是平起平坐的，所以，他十分傲慢地要鲁贵传话说：“你告诉他，工人代表鲁大海要见他。”在被开除后，他还说：“我也许就要回到矿上去。”并且充满信心地认为：“我们要闹出个名堂来。妈，不要看他们这么霸道，周家这种人的江山是坐不稳的。”但是，他毕竟显得很不成熟，他对资产者的仇恨，只是停留在工人运动的初期阶段上，因此他对周家成员，无所分辨地实行一刀切，他对于周冲——这个带有中学生稚气的、受过革命民主主义影响的年轻人，也采取了对待周朴园一般的态度；他竟然一无所知地为其他的工人代表出卖了，因而周朴园亦极为鄙夷地对他说道：“傻小子，没有经验只会胡喊是不行的。”他不善于密切联系群众，以致几乎落到了孤军奋战的地步。在这种境地中，他居然企图走上个人拼杀的道路，他藏有手枪，为的是“周家逼得我们没有路走，这家伙早晚有点用处的”。鲁大海就是这样的一个栩栩如生、闻之有声的工人形象。

三个人物虽然生活在不同的国度，却如同孪生兄弟一般地相像。他们均意识到自己的阶级与资产者之间尖锐地对立着，所以在反抗斗争中都态度坚决、充满毅力。德国的白克是这样，英国的劳勃芝亦然，中国的鲁大海又何尝不是如此呢？但在强敌面前，他们又几乎不约而同地变得克敌无术。究其缘由，皆与缺乏先进思想的指导和革命政党的领导有关，因而他们均不善于做群众工作。且不说囿于呐喊、被人出卖的鲁大海，亦不论在全剧中难以发现有联系群众行为的劳勃芝，就以能够与群众谈心的白克来说吧，也十分缺乏启发群众觉悟、促使群众转化以致引导他们走上革命道路的方法。从上边我们引用的与希尔侍老头的谈话上观看，其发动群众只是停留在思想的十分表层的直接开导上，缺少必要的策略和手段，不善于将眼前的斗争与群众的日常经济利益挂起钩来，所以对方出现了无动于衷、寸步不让的状况。

人物的共同特点，是由人物所处的环境的相似臻致的，他们均承受着日益深重的压迫和剥削，极度的苦难已使他们忍无可忍，但同时，他们或者尚处于斗争的初级阶段，如白克和鲁大海，他们均只能算作自发的革命者，因此他们不可能懂得应有的斗争策略；或者由于对立面已具丰富的应对经验，故而迫使其一筹莫展，劳勃芝就是生活在这样的条件下的一位工人领袖。

相似只是透露着人物的总的性格倾向，而这种倾向，往往又是以不同的个性色彩表现出来的。在作品中我们看到，白克刚直精悍，同时善于思索，鲁大海大大咧咧，坚韧勇敢，而劳勃芝则坚决与温雅相兼。人物的个性不同，除了渊源于各民族的政治经济特点外，还与其不同的民族文化素养关联。

德意志民族，是个富于思辨的民族，这就促成了白克这样的普通工人群众，即使在工运初期，也意识到武装斗争的重要性；英国资产阶级由于利用其在资本主义世界的优越经济地位，在国内采取了培植工人贵族和缓和阶级矛盾的措施，所以，即使最具有反抗精神的工人群众，也不可能如其本阶级早期或其他国度的工人群众那样，富有激情和敢于行动，这是劳勃芝在资产者面前缺乏强动作的重要原因；鲁大海呢，虽然处于社会地位最低的工人阶级中，中国二十世纪初的无产阶级的悲苦处境，使他未能接受到些微的文化教育，同时由于其生活的地区，适逢中国共产党的活动尚未产生影响，因而本身的教养不足加上寻找不到出路，使其时时显得焦躁不安甚至有些鲁莽。

人物的个性特征又与作者对生活的感受和记忆素材的泛起及重新组合有关。霍普特曼虽出身于一旅店主家庭，但其祖父却是位纺织工人，并对其产生过极深刻的影响。19 世纪 80 年代中期在柏林大学学习时，他曾和劳动人民广泛接触，而且还订阅了社会民主党的刊物《新时代》。他说，当时“社会主义者的法令还统治者，不言而喻，我在区当局的眼里就成了一个嫌疑分子”。[①] 19 世纪末如火似荼的工运，给他们较深刻的影响，他亲眼目睹了工人阶级政党深入人心的状况，也接触过马克思主义，因而虽然其立场未发生根本性的变化，但在政治上，还是拥护工人阶级的政党的，霍普特曼的这些思想特点，在《织工们》及白克这个人物身上，是有明显的表现的，他在剧本的“献词”中写道：“无论这篇作品是生动有力，还是腐烂透心，它完全是‘像哈姆莱特那样可怕’的人所能奉献的最好的东西。”白克在作品中是被当作赞美的形象来描写的，白克所参加的罢工，亦是得到讴歌的，这样，尽管历史事实是罢工在第三天即被镇压了下去；而在作品中，戏剧的结尾部分，却散发着一定的浪漫主义色彩，作者让军队被撵走，台后“传来高呼嘿啦的声音，那些一直站在门廊里的人也跑出去了，一齐欢呼了”。

而劳勃芝，在剧终时，却只是一个值得同情的失败者。劳勃芝身上的矛盾情状，是作者内心矛盾的反映。高尔斯华绥出身于德文郡一个古老家族，经济富裕，在牛津大学毕业后，做过律师，又广泛旅游后作为乡绅从事专业创作。高尔斯华绥富裕的经济地位，使他很容易与当时流行的改良主义思潮取得一致，这种因素，就使得劳勃芝不可能成为一个胜利者，作者将庆贺成功的花环，套在了黄色工会领袖哈尼斯的颈上。但高尔斯华绥又确实是一个严肃的现实主义作家。英国 19 世纪 80 年代末建立了新工联组织，该组织用罢工形式来争取改善工人状况，使上世纪末、本世纪初出现了工运浪潮。据统计，1900 年加入新工联的工人达 195 万之巨。列宁曾指出：“1889 年，英园开始了年轻的、新鲜的、充满新的革命精神的工人运动。”工人运动中涌现的那些正派领袖形象的耿直特性，亦必将在作者

① 冯至等编《德国文学简史》第 308 页。

笔端很自然地有所描绘，所以对于劳勃芝，高尔斯华绥又是以客观的、肯定的态度予以认真表现。

鲁大海呢，是曹禺先生心血和感情的结晶。曹禺先生尽管出身于一个封建官僚家庭，但对工人阶级也不乏了解：李大钊的事迹曾深深地打动了他的心；他中学时期的同学、共产党人管亚强、郭中鉴等人在他脑际树起了高大的形象；还有一些是接触不多、但印象极深的，如有一次在开往长辛店的列车上，他遇到一位普通的工人，虽貌不惊人，却有很强的宣传能力；其他的还有对佣人等下层劳动者的认识，如少年时长期陪伴他的保姆段妈等，对他讲了不少故事；当然，左翼作家和外国作家关于工人生活的作品，也为其提供了异常重要的参照系。曹禺先生说："我写《雷雨》时，已经清楚地感觉到这个社会是不会长久的。我心中有的是愤恨和不平，这大概就是通常说的正义感和是非感吧！"正是对旧制度的嫉恨，使他能以褒奖的笔调来刻画鲁大海。但他对二三十年代的工人群众的接触到底还是太少了，生活范围的局限性到底还是太大了，所以，虽然创作《雷雨》时，中国不仅发生了"二七"、省港工人大罢工等波澜壮阔的工运，而且中国工农红军与革命根据地也已建立，作者笔下的鲁大海，还是一个在迷惘中觅路的惆怅人物。

人物个性的确立，还要受到作品中人物组合的制约。例如《织工们》中的白克，他不可能比现在的工人领袖更为精明理智，因为在同一个作品里，还有一个叫毛力子·雅克的人物，这个人物曾在军队中任过少校军官的勤务兵，因而见多识广，性格灵活机智。在这种情况下，白克要在作品中作为一个独立的个性，只能是目前的这个模样。鲁大海亦然，倘若其不粗犷爽快，生就一副大炮脾气的话，那么，作品的一些戏剧波澜也就掀动不起来了。试想，倘若换上一个文绉绉的鲁大海，那么，他和周朴园的冲撞还会出现么？他与周萍的相互抽脸以及第三幕中所发现的周萍的情，也无存在的必要了……至于《斗争》中的劳勃芝，则更是如此了。他是作为董事长安沙尼的对立面、黄色工会领袖哈尼斯的对比物而立足于剧本里的，戏剧冲突的开展和主题的揭示，需要这样一个人物，也只允许这么样的一个人物出现。

社会历史和民族的客观条件与作者的主观因素、作品的制约性作用等，驱使鲁大海与他的哥儿们面目相近而又各有特征，他们是一类人，同时又都是"这一个"。

三

和《雷雨》的其他形象塑造一样。对于鲁大海，作者也将其投放至广阔的社会背景上予以描绘。大敌周朴园是生父；相互抽脸的对头周萍，是妹妹热恋中的情人；令其作呕的、庸俗不堪的继父鲁贵，又确实养育过自己，并为自己安排过工作；而常常出来阻拦其奋斗的，又是其崇敬的生母；在他吃够了周家的苦头，内心正烦闷不堪时，又来了个一心要"同情"自己的周家小少爷周冲……在这样的特有的环境中，性格的各个侧面就自然能够得到左右逢源的铺写，性格的点也可舒卷自如地予以细描。在与周朴园——这个大矿主的纠葛中，其豁达、淳朴、率直的个性得以表现；鲁贵为其刚正、侠义的个性的展开创造了基础；而侍萍，又令其揭示了驯顺、宽厚的个性……在多种冲突中，作者又都是十分细致地、如层层剥笋般地给以了详尽的描写。

譬如他和鲁贵的关系，第三幕中的内容就极具代表性。遭到其他工人代表的出卖，又为资本家周朴园所开除，心情应该说是够恶劣的了，又恰巧遇上了鲁贵——这个为他厌弃的赌徒继父的唠叨不休，真如火上加油似的。他开始奉劝鲁贵："你要骂我就骂我，别指东说西，欺侮妈好说话。"在鲁贵直接指着他的鼻子数落时，尽管有些"不耐烦"，他还只是采取劝阻和不搭理的态度，以后鲁贵责令"你给我滚"时，他亦只是说："妈，他这样子我实在看不下去。妈，我走了。"企图一走了之。即使在鲁贵继续谩骂他是"穷骨头"，"叫他滚，滚，滚！"时，他亦只是奉劝道："你小心点。你少惹我。"只有在鲁贵将鲁大海的敬爱的母亲一起侮辱在内地唤他为"杂种"，并无耻地对侍萍说："我没有在家养私孩子，还带着个（指大海）嫁人"时，他才怒不可遏地掏出了手枪说："我——我打死你这老东西！"不过，在威逼鲁贵认错后，即对其母交底："您别怕，我是吓唬吓唬他。"作家十分谨慎地描述了人物的感情的起伏变化，在感情的表现中，刻画人物个性，显示人物特点，从而导致形象呼之即出、跃然纸上。

如果从人物刻画的大刀阔斧与精工细雕相结合这一点上要求的话，那么，白克和劳勃芝这两个形象仿佛均稍微逊色了一些。以上我们所列举的白克和希尔侍老人的那段对话，是《织工们》里白克的一段有代表性的台词，这段对话可以使我们感觉到，作家在塑造形象时，十分注重人物思想特征的表露，而对于个性的层次性及人物在特定环境中的感情的多变性的描写，却明显地被忽略了。这就使得这两个人物及白克与其他形象的关系表现上，均将注意力过于集中于对方的政治态度，而此时此刻相互间在感情尺度运用上的考虑，却少到了几乎没有的程度。造成这种现象的原因，主要为作者未足够重视人物关系深厚性的设置，白克和希尔侍毕竟是怎样的关系，从历史上考察，并不久远，从现实上观望，也不太复杂深切，因而也就不会溅起变幻莫测的感情的浪花。劳勃芝描写上的这种特点似更为显著。综观全剧，这个形象性格中所突现的唯一特征也只是颇为简单的"坚决"。

四

对于鲁大海，我们的学者对它有一个认识的历程：解放前人们忽视了对这类形象的认真研究；解放后在一个时期内，人们用机械唯物主义的观点理解"生活是文学艺术的唯一源泉"的命题，以为文学只是生活的呆板照相，因而从曹禺先生对工人群众的直接接触这一点出发，错误地断定鲁大海只能是一个写得草率、粗糙的形象。这种论断忽视了艺术想象在创作中的巨大作用。想象要掏出作者直接经验的材料，亦要借助间接经验及其他文艺作品潜移默化地触动其心灵的东西——对于鲁大海来说，笔者感到该形象的形成，这些因素曾起过十分重要的作用。不过第一，这种作用当然是在作者不知不觉之中发生的，否则形象不会如此地浑然一体、天衣无缝；第二，一切想象的东西，都是可以感受的东西，它们在融化为形象的有机组成部分时，又都在不知不觉中得到作者的直接经验的印证。近年，有的学者认为："鲁大海这个形象，写得的确简单了些，并不成功。但要说他'僵硬，不真实'，是个'可怕的失败'，却也并不切合实际。""作为一个文学形象来说，他是不能算成功的。但是历史主义地来看这个形象……它的成就和积极意义，在我们过去的评论中未免有肯定不足的倾向。"有的评论家认为，"鲁大海确实是一个不够成熟的工人形象，也是一个不够完美的形象"，但他"在剧中出现，使《雷雨》的现实意义有了鲜明的时代特色，也使《雷雨》的反封建的主题注入了新的阶级内容"。这些论点，虽然对鲁大海进行了必要的肯定，但是由于它们对这个形象主要致力于社会学、政治学方面的评论，角度不够多维，首先缺少了文艺学与戏剧史上的认识，因而就显现了肯定不足的偏向。当我们将其与世界上公认的名作进行了深透的比较研究后，是否可以这么说，鲁大海是个不可多得的艺术形象，它完全可以昂首阔步地走上世界戏剧光辉舞台呢？笔者觉得，这应是一个毫无疑义的被肯定回答的问题。

原载《曹禺剧作魅力探缘》，华东师范大学出版社 2000 年

中外名家笔下的两对资产阶级父子

——《雷雨》与《斗争》的一点比较

陆葆泰

我国现代文学的代表作《雷雨》中，出现了一对资产阶级家庭的父子——周朴园和周冲。他们在对待工人的罢工问题上，产生了不同的看法，发生了针锋相对的冲突。父亲周朴园，一个依靠“包修江桥，故意在叫江堤出险……淹死了两千两百个小工，每个小工的性命扣了三百块钱”而起家的矿业资本家，他是个与工人阶级势不两立的人物；同时由于留学德国，从理论上学过外国资本家的经验，故能“忽而软、忽而硬”地对付工人群众，他又是个十分狡猾、奸诈的人物。在矿上发生罢工时，他毫不留情地勾结警方，让“警察开枪打死三十个工人”，但在工人代表前来交涉时，他又能十分巧妙地让除鲁大海以外的其他三人签字同意复工。即使是鲁大海，一个坚定地维护本阶级利益的青年工人，在其以坚决的态度站在他的面前时，他开始是颇为耐心地规劝道：“你这么只凭意气是不能交涉事情的。”继而又十分“循循善诱”地抛出对方已被自己的同伴出卖的信息，在鲁大海挨打时，他亦能“厉声地”制止众人“不要打人”。在家庭中，他是个十足的专制君王，他认为“朕即家规”，他的任何意见，都是不许人家越出雷池半步，“逼药”的一戏，即是它的明证。剧中，他臆断妻子蘩漪有病，在没有医生辨证诊治的情况下，竟然命人依照旧方抓药，并当着周冲等人的面，极其野蛮地逼迫蘩漪服药。

与之相反的是其次子周冲。他年方十七，是个“在美梦里活着的”年轻人，女仆四凤为他取来汽水时，他能很有礼貌地道出“谢谢你”。他无地位观念，所以公然向四凤求婚，在遭到拒绝时，仍矢志不渝，并妄想“父亲允许我把我的教育费用分给她一半上学”。他的这种真挚、热诚的感情，使得曾下意识地说出“这倒像我自己的孩子”的其母蘩漪，亦大为惊讶。对于工人鲁大海，他请求其跟自己“拉拉手”，并表示愿意与之做“朋友”；在听到鲁被开除时，他居然禁不住呼叫道：“爸爸，这是不公平的！”并在以后到鲁家时，不无歉意地对鲁大海说：“今天下午，你在我们家里——”“我觉得我心里对你很抱歉的。”他的这种态度，遇到两个方向的冲击：父亲冷酷、冥顽，致使其分学费的想法终于不敢启齿；鲁大海的畛域分明，他“不需要你们可怜我们”，又导致其来个逆转，他说道：“我没想到我的父亲的话还是对的。”“我错了。我想周家除了我不会再有人这么糊涂的。”但是他对四凤还是钟情的，在听到四凤要跟周萍出走时，他只是用十分平淡的态度说：“只要四凤愿意，我没有一句话可说。”接着，他又对周萍说：“你把她带走吧，只要你好好地待她！”当四凤了解到自己与周萍的血缘关系后，痛苦地狂奔于暴雨之中时，他也能奋不顾身地前去追逐。由此，我们亦可想象到其和鲁大海的关系，他对鲁大海说的上面引述的那些话，是在这样的情况下说出的：鲁大海不善于分辨对象，将周家看得若铁板一块，同时又受了周家的一肚皮窝囊气，因而对周冲始终是态度极其生硬的。从他贯穿剧本的基本特性来看，倘若鲁大海对其看法有所转变，那么，他的态度也必定会恢复到与原先相差无几的状态。

无独有偶，在世界戏剧史上，亦曾有过一对矛盾着的资产阶级家庭的父子，它们即是高尔斯华绥的《斗争》中的铅板公司董事长安沙尼与其儿子爱德嘉。安沙尼，该公司的创建人，他十分明白自己和工人阶级的对立关系，他对自己的女儿安纳德说："你想象，在你，你的阶级和那些同情的工人之间又有什么界限存在着么？"他极为清晰地意识到，工人斗争对自己及家庭将意味着什么，他对安纳德说："第一将要失去你的感情，其次，你的教养，然后你的一切安逸也要永远失去了。""数年之后，你和你的孩子们堕落到他们现在那样的情形，那么你们就会见到事物的真相，而且生出脊骨来支撑自己了。"基于这样的认识，他对工人群众一贯采取顽固的态度，用他自己的话来说："我跟工人们来往已经有五十年了，我老是和他们对抗，可是至今还不曾吃过败仗，我和本公司的工人已经争斗了四次，都没有被他们击败。"随着历史的迅速发展，他也感受到"现在据说时代变迁了"，但面对急骤变化的形势，他显得十分执拗，他异常坚决地表示，"不过他们即使要变，我们却不能跟他们一同变迁，而且将来我也是不能的"。对于工人群众提出的改变现状的要求，他认为，"据说现在主人和工人要平等了！那不行，因为一家人家只能有一个主人！"他对之使用了一个近乎尼采的"超人哲学"的观点："当两个人遇在一块儿时，总得由一个较优的人来统制。"他反对对工人作出一定的让步，他表示，资本家可以依然如故地主宰一切，"我们的使命便是指导和决定干什么事，而且可以不必畏惧一切好恶地去干"。不仅对待工人群众中的强硬派领袖劳勃芝等人如此，对于改良派头头哈里斯，他亦采用了顽固的立场，他说，"这文件上没有一样东西是我们能够答应的"。他甚至恶狠狠地说，"与其那样畏惧，我毋宁死"。他竭力地坚持着，他说，"对待工人们只有一种方法——就是应用铁腕"。对待其他的董事们，他也显得十分冷峻威严，在日常接触中，"董事们均要看他脸色"行事，人家问话，"他亦可不予置理十分傲慢"，他的这方面的特性，用工人领袖劳勃芝的话来概括，即为"安沙尼先生是专制魔王"。

与其态度迥异的是其亲生儿子爱德嘉。爱德嘉，一位三十岁左右的年轻人，铅板公司的董事。面对工人的斗争，他毫不掩饰地表示，"我对于这次罢工的同情心，是完全在工人方面的"。他略带抗议意味地对其他董事说，"不顾人们一切困苦，把事情弄到这步田地，完全是不必要的——那真是——真是残酷啊"。对于父亲，这个罢工运动的主要障碍，他更是表现得格外激愤，当安沙尼说"我们不是来吵架的"时，他说："老爷，我知道那点，不过我们确实是太过火了。"他开诚布公地告诉其他董事们："我想我们应当考虑到工人们的身上……我不是想着我们的情感，我是想着工人们的情感。"十分明显的，这是一个具有浓郁的民主主义倾向的青年资产者形象。

两对父子之间，存在着显著的共同特点，即父亲保守，性格上抹有浓重的陈旧色彩，儿子则主张采取变通态度，身上闪着块块时代的光斑。两组矛盾，均是特定的历史转折时期客观历史的折射。是作家以严谨的现实主义方法，如实地反映现实生活的产物。

《雷雨》中的周朴园与周冲，生活在20年代，当时的中国社会刚刚经过“五四”运动的伟大洗礼，新民主主义革命的影响已经开始深入人心，反封建主义的浪潮从社会一直渗透进许多家庭，工人运动也在发展。在这样的形势下，有的剥削者为了维护自己的阶级利益，不顾一切地负隅顽抗，周朴园即是其中的一员。周朴园，一个出身于封建主义气息十分浓烈的家庭的人，以后又留学帝国主义的德国，并经营矿产。所以他身兼两性：既有封建主义者的特性，又有资本家的特性。对待鲁大海等工人，他是个狡诈而又凶狠的资本家，对于家庭，他又是封建主义的死硬卫道士。而他的儿子周冲，却毕竟是一个正在接受着洋学堂资产阶级教育的青少年，“五四”运动散播的新思想，西方资产阶级的民主主义的学说，无不影响着他，他向往着光明，憧憬着未来，自然对眼下的一切会经常地发出厌恶之情。正是如此，父子之间终于发生了矛盾。

《斗争》中的安沙尼父子亦然。他们亦处于社会动荡之中，19世纪末、20世纪初，我们都知道，正值西方资本主义向帝国主义转化的时期，这时社会矛盾特别尖锐激烈，工人运动亦风起云涌。在这样的情势下，有的资本家从自己既有的阶级利益出发，十分怨恨工人阶级，他们咬牙切齿地欲固守阵地。也有些资本家，为了适应新的情况，他们变换了旧有的手法，开始接受工人中有的人提出的不根本改变社会制度的某些经济要求，公然收买工贼，其中也不乏有这么一些人，他们公然主张用较为民主的态度来对待工人群众，有的甚至迈出了背叛了自己的阶级的一步。安沙尼，这个年迈耄耋的老资本家，阶级利益驱使其仇视工运，时常凶相毕露，但他到底过于年迈，本阶级据情变换的手法他已难以接受，所以他仍拘泥旧法、墨守成规；而他的儿子爱德嘉，从阶级地位来看，资本家的属性自不待言了，但他与其父的地位似有所不同，其父安沙尼为董事长，大权揽手，独断独行，所以爱德华往往很少参与决策大政方针，这样就使他成为一名非独立支配企业的资产者，他身上原有的青年学生的气息，也许表现得更深厚。这又决定了爱德嘉善于接受新思想和新事物，而不满于传统的对待工人群众的态度和方法，因此，就不可避免地使他们父子之间出现不快。

两对父子关系上亦有同中有异的地方。周朴园父子毕竟生活于中国这块土壤上，这样，在他们身上就油然地透发着中华民族所独具的特性。由于当时中国的殖民地、半殖民地的性质，就决定了这对父子关系中，有壁垒分明的封建专制主义与资产阶级民主主义的斗争。例如周冲认为，婚姻恋爱，是每个人自己的事情，因此个人理所当然地拥有选择权，所以他对四凤始终一往情深，这些均将势在必然地为周朴园所反对。故而当逼药无成以后，当周朴园询问周冲“你刚才说的事呢”时，周冲对“分学费”事不敢表露半点，他只是低声地说：“我现在没有什么事情啦。”而围绕着对待鲁大海的态度，父子间又表现出了资本家与具有社会民主主义倾向的青年之间的冲突。他们一个在镇压罢工，一个却在为工人群众大鸣不平，并还请求与之“交朋友”。

安沙尼父子间的矛盾，就属于另一种样式。它一直是资产阶级内部的一场冲突，斗争的焦点，也始终是如何对待罢工问题。他们的冲突亦蔓延至他们的其他关系以及家庭关系中，但在家庭内部的纠葛上，我们却丝毫发现不了其中的封建专制主义因素。安沙尼的专横个性，具有资产阶级残暴压迫和剥削的性质，可也仅此而已。它只是表现为如何盘剥工人和管理工厂等内容，并不含有对人的自由权利的粗暴干涉和蛮横的控制。

如果将两对父子关系相比较，我们就能有趣地发现，安沙尼与周朴园有一恰巧相反的特性，即在与子女的相处中，他常常作风尚为民主，因而让人感觉到几分慈祥与和蔼的滋味。由此，女儿安纳德才会请求哥哥道，“你的第一个责任是救助父亲哪!”她希望爱德嘉能诱导父亲想得开点，慈父的始终如一的关怀换来了孝女的贴切的照应。从安沙尼对安纳德的那段忧虑子女今后地位变化的谈话中，我们也可以认识到，他对工人群众所推行的铁腕方针，归根到底，还是为了子女计，为了维护子女已有的优裕生活条件和高贵的社会地位。

综上所述，两组矛盾在内容上是同中有异、异中又有同的。

在艺术上，两位戏剧大家的技巧运用皆得心应手，洒脱自如。他们都将人物投置于矛盾的旋涡中心，因而使人物之间的冲突就显现出异乎寻常的激烈性，从而为形象塑造的主体化和生动化，奠定了必要的基础。正由于冲突的致因根深蒂固，所以剧情的开展就波澜迭起，人物个性的揭示，也就层出不穷了。周朴园，这是一个关系到全剧人物命运的角色，由于他的存在，蘩漪感到沉闷得透不过气来。周萍亦在极度的痛苦中苦熬时日，周冲感到扑朔迷离，鲁侍萍更是直接受到他的残害，而工人代表鲁大海，当然是他的你死我活的敌手……横亘于周朴园面前的，是矛盾连着矛盾，冲突续着冲突。《斗争》亦然，铅板厂刮起了罢工的飓风，这种形势，促使安沙尼父子不得不明确表态及采取积极的行动。在这同时，展示性格和接受时代的筛选。

和内容一样，在艺术表现上，也是异中有同、同中有异的。综观两剧，如果从个性的厚实性和生动性上评论和比较的话，那么老实说，前者——周氏父子似乎比后者略胜一筹。为什么这么说呢？因为周氏父子的性格，是以全方位、多侧面的态势进行表现的，同时，在其展示的时候，又是十分细腻和不断地变化着的。这样，形象的核心就极其突出，个性特征格外清晰明亮，而形象的内涵，又很为幽深宽大，令人剥示不尽。也正因如此，多少年来，它们曾诱使学者和专家们苦绞脑汁进行殚思竭虑的剖析和争辩。

例如周朴园这个形象，既有封建主义的性质，又有资本主义的性质。两个侧面均表现得十分充分。就拿其封建主义的冷酷性和暴虐性来说，作品通过了各种冲突予以抒写，其中有他和现妻的矛盾，与长子、次子的矛盾，与遭其抛弃的侍萍的矛盾……每组矛盾面貌迥异。除此之外，还写了他与其他劳动者的矛盾，如与佣人领班鲁贵的关系，与女佣四凤的关系。而在具体描写各对冲突中，作品又十分注意其深入性和透畅性。这里，就以他与侍萍的关系为例吧。鲁侍萍是周朴园青年时期的女佣的女儿，一个曾为他生过两子的类似偏房的人物。为了赶娶一位有钱有势人家的小姐，他竟和他家庭一起，惨无人道地驱赶了她。富男玩弄穷女，这是文坛上用熟了的题材，但《雷雨》不同凡俗，作品不仅表现至此，作者将笔墨的重点，落在了几十年后的他们的邂逅相遇上。作品让周朴园从未能认出对方至误识对方，以为对方只是为了敲诈自己钱财而至的，这样步步推进地展现其冷酷的一面。但是，以现实主义方法反映生活的《雷雨》，是绝不会将周朴园当作一个抽象的符号，一个呆板的概念来看待的，它在绘声绘色地创造着活人。所以，作品中安排了下列内容：第一，对于遗弃之事，周朴园自感"于心不忍"，因而侍萍"从前顶喜欢的东西，多少年我总是留着，为着纪念你"。第二，周朴园认出了对方后，先是表示"一切路费，用费，都归我担负"。接着，又送上一张五千块钱的支票，"算是弥补我一点罪过"。在侍萍与之分离并表示"我希望这一生不要再见你"后，周朴园私下还预备给她两万元。第三，当周朴园亲口当众暴露了侍萍的身份后，周萍半狂似地吼叫道："不是她！爸，不是她！"这时，周朴园即极愤怒地斥责道："混账！不许你胡说！她没有什么好身世，也是你的母亲。"他不允许周萍嫌弃生母。以上这些内容，是一个有机的杂糅体，其中既有周朴园的内心恐慌、外部冷静的老于应对的因素，又有多年的内疚、忏悔以至采取"补过"行动等因素……总之，作品塑造形象，是将形象作为一个生活中的真人来写作的，因而形象的特征是多方面的，并应和着冲突的发展而不断地以变奏的形态出现。这样，对于形象的各个侧面，就令人很难以"虚伪"或"真诚"等词语来概括，它常使人们自认只能道出人物性格的一个大概。

也许是习惯于欣赏本民族文学作品之故吧，相比之下笔者以为，《斗争》中的人物个性刻画，无论从面的铺张上或点的具体写作上，似乎均显得不够充分。如安沙尼这个形象，总体特点十分明显，即顽固不化，但作者将其与董事们及子女的关系上，仅局限于表现这一个特点。从点上考察，安沙尼与爱德华之间虽也不乏父子关系的描画，但工作关系这一层内容，仿佛过于压倒了其他的一切。这样，性格的"顽固"特征，变成了近于唯一的内容。

但《斗争》亦有使人乐于接受它的地方，即其剧情展开和人物描写均十分自然、畅达，有如行云流水。安沙尼父子间的冲突，紧紧地围绕着铅板公司工人的罢工，而每一个回合，作者使用的笔触均非常朴素、简洁，令人觉得它们真好如同生活本身一般，我们就信手摘一段对话为例吧：

爱：我说我们都要负责。

安：战争原是战争哪！

爱：那可不能施之于奴人身上。

安：这是一般清客所不懂的。

尽管语言剔除了枝蔓，显得十分洗炼、含蓄，但人们仍会感觉到，它们和生活贴得很近。艺术加工的功夫藏而不露，这样，就便于人们接受它与产生共鸣，就大大地加强了作品的感染力和潜移默化的作用。

以与现实生活的距离上认识,《雷雨》好像有些斧凿的痕迹。巧合加巧合,虽然均合乎逻辑,但在一个社会生活的局部中,哪会有那么多的凑巧事儿聚集在一起?因为过于注意艺术技巧的运用,有时倒反而顾此失彼,使故事的某些环节出现破绽。例如周朴园离家两年多,为什么一次也不省亲?与家庭如此疏远,为何周冲的思想上还是受到其一定的影响?周萍,已经二十八九岁了,在其生活的年代,这种年纪应算老青年了,并且其又为周家的长子,为何男大未婚而周朴园却无动于衷呢?在观剧时,由于《雷雨》太具有艺术的魅力了,所以观众往往不会立即提问,但剧终以后是否会在脑际跃出疑团?就很难让人只作否定的答案。观众疑问的产生,是必然会严重地削弱作品的审美效应的。

原载《曹禺剧作魅力探缘》,华东师范大学出版社 2000 年

曹禺与莎士比亚悲剧观念之比较

焦尚志

莎士比亚和曹禺都是戏剧创作、尤其是悲剧创作的高手与巨匠。他们的悲剧创作，虽然成就大小不同，思想内涵与风格特征各有千秋，但两者仍有相通之处：不仅存在影响与被影响的关系，更有他们在悲剧创作深层的遇合与神交之处。比较、评析他们的悲剧观念，对于深入理解他们悲剧创作的实质，揭示曹禺在中外戏剧撞击中进行悲剧创作的成功经验和奥秘，提高当代悲剧艺术创作的境界与水准，具有特殊的价值与意义。

一

曹禺与莎士比亚悲剧观念的相通之处，首先在于，他们都继承和发展了自古希腊以来的悲剧观念，都创造性地把握到了悲剧艺术的实质与精魂。

什么是“悲剧性”？就其核心来说，就是人在面临不可抗拒的灾难与厄运时所表现出来的那种不向命运屈服的抗斗精神与人性光华。这也就是悲剧观念的精魂。埃斯库罗斯、索福克勒斯和欧里庇得斯等古希腊剧作家的悲剧创作，就是这种悲剧观念最初的依据。他们的悲剧创作以人与不可抗拒的命运冲突的表现形式，高扬了人类不向命运屈服、不为灾难压倒的坚强意志与崇高，激荡着一种令人振奋的宏伟气魄与崇高精神。这是早期人类智慧与创造的文化结晶。希腊悲剧这种表现形式与美学内涵，对后世悲剧创作和悲剧观念的发展演变产生了深远的影响。莎士比亚的悲剧观念就深受古希腊悲剧的启示与影响。他的《哈姆莱特》《奥赛罗》《李尔王》《裘力斯·恺撒》《安东尼与克莉奥佩特拉》等著名悲剧创作，就是以激情讴歌人性的崇高与伟大而震撼人心的。“宇宙的精华！万物的灵长！”这一对人类本质激动人心的赞语，成为贯串在他的一系列悲剧杰作中的血脉与魂魄。曹禺受希腊悲剧的影响也是有迹可寻的。这不仅反映在曹禺一再申述他喜爱古希腊三大悲剧作家创作的宣言中，更有力地表现在他的一部部悲剧创作里。曹禺正是借鉴了希腊悲剧人与命运冲突的表现形式，强调地描写了主人公为了自由和理想奋力冲击命运罗网而终于落入悲剧深渊的顽强意志与“火炽的热情”。《雷雨》《日出》和《原野》等悲剧主人公，几乎都不安于自己的悲惨处境，无一不同严酷的命运进行了坚韧、顽强地抗争。他(她)们的抗争，虽然往往导致失败甚至毁灭了生命，但他(她)们那种反抗压迫与桎梏，渴望自由与解放的骚动不安的美好人性，却强烈地激荡在人们的心胸。然而，奠定曹禺悲剧创作之深厚根基的，则是莎士比亚的悲剧观念。曹禺不止一次地称道莎翁对人生认识的广阔与深邃，赞叹他的戏剧“是宇宙与人性的歌颂”，“宇宙有多么神奇，它就有多么神奇”。

他佩服莎士比亚悲剧那“变异复杂的人性，精妙的结构，绝美的诗情，充沛的人道精神，浩翰的想象力”①。他认为，莎士比亚是兀立在人类历史高峰之上的“文学巨人”，他引导人们懂得“人”的价值、尊严和力量。② 莎士比亚这种建筑在对人的本质力量认识的基础上的悲剧观念，在很大程度上照亮与深化了曹禺对社会和人生的认识，大大激发了他的创作灵感与灿烂的想象，提高与升华了他的悲剧创作的思想高度与艺术境界，成为支撑他悲剧美学大厦之最坚固、最壮丽的柱石。莎翁对曹禺的影响是复杂的和多方面的，诸如在性格刻划、结构方式和戏剧气氛的创造等等艺术表现方法与戏剧技巧上，无疑对曹禺的戏剧创作是有不少启示的；但我认为，主要还是莎士比亚对时代、对人生的深刻认识与理解，特别是他对人性的热烈讴歌和对人的本质力量的坚定信念启迪了曹禺，赋予曹禺悲剧观念与悲剧创作以坚实的根基和强劲的美学生命。

莎士比亚和曹禺，都是在尊重和继承人类优秀文化成果的基础上，向悲剧艺术的高峰作不懈地攀登，从而取得令世人瞩目的非凡成就的。

二

然而，曹禺和莎士比亚毕竟是不同时代、不同国度和民族的剧作家，因此，他们的悲剧观念往往呈现出不同的文化色彩与民族特征。这可以从以下三个方面看出。

首先，两位悲剧作家的思想基础不同。

莎士比亚处在欧洲文艺复兴时代，他的悲剧观念是建筑在深厚的人文主义思想基础上的。文艺复兴时代，是欧洲社会史上的一次重要转折，即：封建主义已日落西山，资本主义正应运而起。反映在思想文化领域，挣脱封建宗侣桎梏，要求人的自由和解放的呼声日益高涨；勇敢无畏，热情奔放，大胆创新，成为这一时代的显著特征。当时，一些先哲曾“幻想用人的王国取代神父们所宣扬的神在人间的王国”。③ 意大利哲学家皮科·德拉·米朗多拉曾以上帝创造世界的神话，充分肯定了人的伟大力量和潜能。他写道：造物主对亚当说，“我把你安置在世界中央，使你能更容易洞察周围的一切。我把你创造成不是天上的生物，然而又不纯粹是地上的生物，不是必然会死的生物，然而又不是不朽的生物，目的是使你超越束缚，自身成为创造者，亲手塑就自己最终的形象。你有可能沦入动物界，但也有可能仅靠你内心的意志而升华为象神一般的生物”。④ 人及人的创造性活动被提到了世界的中心地位，这是欧洲文艺复兴时代人文主义思想的核心与灵魂。莎士比亚作为一位伟大的人文主义者，即人道主义者，对人及其本质力量有深刻的认识与体验。他曾借他笔下人物之口，对高贵的人性作了发自心底的热烈赞美：“人类是一件多么了不得的杰作！多么高贵的理性！多么伟大的力量！多么优美的仪表！多么文雅的举动！在行为上多么

① 曹禺：《和剧作家们谈读书与写作》，见《剧本》1982 年 10 月号。
② 曹禺：《莎士比亚研究·发刊阅》，浙江人民出版社，1983 年出版。
③ 阿尼柯斯特：《莎士比亚传》第 12 页。
④ 阿尼柯斯特：《莎士比亚传》第 34 页。

象一个天使！宇宙的精华！万物的灵长！”①这便是莎氏悲剧往往鼓荡着热烈奔放的人道主义浪漫激情的深刻根源。但是，伴随着资本主义崛起而来的日益严重的社会罪恶，又使他的人文主义理想与现实发生了尖锐而深刻的矛盾。在欺诈、掠夺，“悖伦灭义”的世风以不可阻挡之势恶性膨胀，正义之神和善美人性受到空前残暴的压迫与亵渎之时，莎翁对人类前途曾产生深沉的忧虑与感伤。这就给他的悲剧观念笼上了一抹浓重的感伤的阴影，从而赋予他的悲剧创作浪漫激情以感伤的色彩。这从以《哈姆莱特》为代表的莎翁中后期的悲剧创作中明显地反映出来。正如阿尼柯斯特指出的，文艺复兴时代的欺诈、掠夺、“悖伦灭义”这种“不很令人满意”的道德状况，在莎士比亚的作品中有所反映：“与充满人文主义气息的美好人物形象并列的，是形形色色的冒险家和恶棍。在他的人物中间，不少人具有突出的两面性：他们本是一些超群绝伦的人物，却把自己的智慧和精力用到了反社会和无人性的目的上去。”他认为，“莎士比亚的时代是以宏伟壮丽的社会悲剧而引人注目的”②。莎翁中后期的创作正是以深沉的思考与浪漫感伤的特色去表现他的时代悲剧的。

曹禺也是一位人道主义者，但却是被现代中国激进的民主主义思想照亮了的乐观的人道主义者。这也就形成了他的悲剧观念的基本立足点。曹禺在青少年时代，就受到“五四”新文化运动以来蓬勃向上的民主、自由思潮的激荡。他深切地感受到了半封建、半殖民地社会的黑暗和人们难以摆脱的悲剧困境；但他对人类的未来却是充满着坚定信念与诗意憧憬的。曹禺在谈到他创作《雷雨》的思想状态时，曾说：“对那时眼前的社会印象太深刻了，非常厌恶那个社会，觉得那个社会不会长久的。”“我亲自近过的、看过的，亲自经历的那么令人愤懑的坏人坏事，都使我感到这个社会非改变不可。”③在创作《日出》时，作者一面愤激诅咒那个黑幕重重的罪恶社会，渴望“平地轰起一声巨雷，把这群盘踞在地面上的魑魅魍魉击个糜烂，那怕因而大陆便沉为海”；一面激情地呼唤“新的血，新的生命”，呼唤“太阳”“春日”“充满欢笑的好生活”④。因此，《日出》虽然是一出令人愤懑的悲剧，但在结尾处的背景上，即在已自尽的陈白露的窗外，却出现了在朝阳辉映下工人们洪壮的“夯歌”声。传到观众视听中的“是一个大生命浩浩荡荡地向前进……，洋洋溢溢地充塞了宇宙”的动人意象。在《原野》的最后，仇虎已经陷入侦缉队重重包围之中，将要结束自己生命的瞬间，还在向往他心目中那片理想的“乐土”——“黄金子铺的地方”。《北京人》中心地善美而又倍受精神折磨的愫方，在饱经苦难人生的试炼之后，在时代思潮的指引下，终于跳出了曾公馆那座“死牢”而走向虽然朦胧但却是“光明”的所在。《家》中的那个善良温婉，深受封建家庭制度残害的瑞珏，在她被迫来到荒凉的郊外分娩时，面临死神的威胁，她对人生依然那样留恋，弥留之际，还在憧憬“夫妻偕老，儿女满堂”的人伦之乐，盼望那冬天过后的“春天”。抨击封建专制与社会黑暗，讴歌为人的自由、解放而奋斗、而挣扎的人

① 见《莎士比亚全集》第9卷，人民文学出版社，1978年出版，第49页。

② 阿尼柯斯特：《莎士比亚传》第44页。

③ 曹禺：《我的生活和创作道路》，见田本相《曹禺剧作论》，中国戏剧出版社，1981年版。

④ 曹禺：《日出·跋》，《曹禺论创作》，上海文艺出版社，1986年出版，第33页。

性精神，憧憬人类的光明未来，成为曹禺一系列悲剧创作的基本主题。因而，同莎翁悲剧在热烈奔放的浪漫激情中往往蒸腾着浓重的感伤情绪不同，曹禺的悲剧创作，在郁热、愤懑的氛围中，隐隐透露出一种蓬勃进取的气象。

三

其次，在思维方式上，莎士比亚注重哲理思考，曹禺则倾向于伦理的表现。

作为一位胸怀广阔，思想深邃的天才诗人和剧作家，莎士比亚长于思辩与哲理思考。这在他的悲剧观念上打下了深深的印记。反映在他的悲剧创作中，作者善于通过悲剧人物性格的刻划及其内心世界的诗意发掘，表达他对社会、人生的深刻见解与哲理思考。在《裘力斯·恺撒》中，作者充满激情地刻划了勃鲁托斯为罗马而献身的悲壮性格。恺撒作为罗马的一名功勋卓著的战将，专横跋扈，野心日露。他的好朋友、品德高尚的勃鲁托斯看在眼里，忧在心中。为了罗马人的自由，勃鲁托斯抛开私人友情，而率领路歇斯等人在恺撒去元老院加冕的路上刺杀了他。勃鲁托斯在向惶惑、惊恐的市民们解释他的动机时，袒露了他对恺撒既爱且恨的复杂心绪。他说："并不是我不爱恺撒，可是我更爱罗马。你们宁愿让恺撒活在世上，大家作奴隶而死呢，还是让恺撒死去，大家作自由人而生？因为恺撒爱我，所以我为他流泪；因为他是幸运的，所以我为他欣慰；因为他是勇敢的，所以我尊敬他；因为他有野心，所以我杀死他。"然而，勃鲁托斯心地太善良、太相信恺撒的亲信安东尼一伙了，给他们以煽惑民众和反扑的机会，再加上他们反叛者内部的纠纷（主要是路歇斯有个人野心），致使起事最终失败，勃鲁托斯也自杀而亡。勃鲁托斯为罗马而生，也是为罗马而死的。他的磊落胸怀与崇高人格，甚至连把他逼上绝路的政敌安东尼也赞佩不已："在他们那一群中间，他是一个最高贵的罗马人……。只有他才是激于正义的思想，为了大众的利益，而去参加他们的阵线。他一生善良，交织在他身上的各种美德，可以使造物肃然起立，向全世界宣告'这是一个汉子！'"作者就是通过勃鲁托斯悲剧性格的描写与刻划，揭示了这样一条真理：正义事业可能遭致失败，人的生命可以毁灭，善美人性却是不可战胜与浩气永存的。在《安东尼与克莉奥佩特拉》中，莎翁则又着重表现了安东尼这位古罗马的一代袅雄复杂而又独特的悲剧性格。他英武豪爽，雄视一切，但他却又耽于女色与佚乐，以致使他疏于政治和军事，丧失掉天下霸主的地位与荣耀。从安东尼的政治生涯上看，后者是他身上的一个致命弱点。然而，正是在他追求女色与佚乐之中，即在他与埃及女王克莉奥佩特拉的热恋中，却谱写了一曲人性生命的灿烂华章：他对克莉奥佩特拉是那么爱怜，那么倾情，不仅以抛弃他那如锦的政治前程为代价，而且用他整个生命去维护他们那火辣、炽热的爱情。正如安东尼在沉醉于情海时所说的："让罗马融化在台伯河的流水里，让广袤的帝国的高大的拱门倒下！这儿是我的生存的空间。""生命的光荣存在于一双心心相印的情侣的及时互爱和热烈拥抱之中；（拥抱克莉奥佩特拉）这儿是我的永远的归宿；我们要让全世界知道，我们是卓立无比的。"当安东尼从战场上大败而归，得到克莉奥佩特拉的死讯（其实她此时并没有死）后，他"像一个新郎似的奔赴死亡。"他的烈焰般的爱情，使一度受到恺撒威逼、诱惑而对安东尼动摇的克莉奥佩特拉也深为感动，她那脆弱的感情与意志逐渐变得坚不可摧。安东尼死后，她也怀着“永生的渴望”泰然地迎着死神走去。在他们死后，随即赶来的战胜者恺撒都深为感动。他说，“世上再也不会有第二座坟墓怀抱着这样一双著名的情侣。”通过安东尼的悲剧，作者想要告诉人们的似乎是这样一个哲理命题：在争权夺利的政治战场上，安东尼显然是一个失败者，然而在追求人间至情的人生战场上，他却是一个伟大胜利者。应该指出，莎士比亚在刻划悲剧性格时，往往通过悲剧人物复杂剧烈的内心矛盾与痛苦，来展示人性与非人性、正义与邪恶的紧张搏斗，从而抒发他对人性的热烈赞美与对人的本质力量的坚定信念。在《哈姆莱特》中，使主人公陷入悲剧困境的，主要不是哈姆莱特与弑兄篡位的克劳迪斯之间的直接冲突，而是哈姆莱特灵魂深处的自我搏斗：他想为父王的冤魂复仇，却又贪生惧死，顾虑重重；决心“重整乾坤”，而又优柔寡断，一再延误时机。哈姆莱特一次次震撼人心的抒情独白，透露出来的，就是他内心深处这种复杂剧烈的矛盾和痛苦。他的内心冲突的过程，也正是他同自己软懦的思想、性格搏斗的过程；他与克劳迪斯同归于尽之时，亦即他的人格自我完善之日。最后，哈姆莱特的生命虽然熄灭了，但从他悲壮的死中迸发出来的人性光辉与浩然正气，却是充盈天宇的。《李尔王》表现的是正义同“悖伦灭义”的社会罪恶之间的严重冲突。集中体现这一冲突，则是李尔被他两个女儿遗弃后所经历的那场惊天地、泣鬼神的内心风暴。李尔在深夜旷野，面对狂风暴雨所引发的那段著名独白，表现出来的是一颗被残酷伤害与蹂躏的人性灵魂对黑暗世界的愤怒诅咒，是社会罪恶激起的正义之神的震怒与人性的“可怕的骚动”。《奥赛罗》的悲剧最激动人心之处，是悲剧主人公因受骗误杀爱妻苔丝狄蒙娜而产生的悔恨、痛惜与人性灵魂的颤战。奥赛罗在自杀前那篇真诚而又充满思辩色彩的“自供状”，既展示了他那坦荡磊落的伟大人格，又蕴含着发人深思的人生教训。《麦克白》描写的是野心家的精神悲剧。作者没有表现麦克白弑君篡位得逞后的兴奋欢乐，而是着重揭示他的这一罪恶行径在他内心深处激起的人性与非人性之间的剧烈冲突和精神苦痛。深刻地揭示了一代英雄是如何在无限膨胀的野心驱使下一步步走向穷途末路与精神崩溃的。总之，莎士比亚深切地感受到了他那个时代日益严重的社会罪恶和人类面临的悲剧困境，感伤的情绪浓烈地笼罩在他的心头；但是，莎翁却坚信人性和正义是不会泯灭和不可战胜的。即使像安东尼和麦克白这样复杂的人物，或者是沉湎女色与佚乐的盖世英雄，或者是战功卓著的野心家，他们的内心世界同样存在着善与恶、人性与非人性的复杂冲突，同样激荡着人性的正义力量与诗意光芒。在作者的心目中，善美人性和人间正义才是镇妖降魔的神剑和指引人类航船永不沉没的“灯塔”。莎翁在他的悲剧创作中，以浪漫激情热烈讴歌的，就是被压抑、被摧残的正义和人性抗击邪恶势力和非人性所迸发出来的奇光异彩与浩然之气。这是汹涌在一部莎氏悲剧杰作中震撼人心的哲理底蕴与诗意灵魂。雨果就曾指出，莎士比亚的作品“表现了哲学的深度”。他能根据“上帝的逻辑”而虚构出种种人生“图像”，并且还让人在“图案之后辨识出整个的哲学”[①]表现人性和

① 见《莎士比亚汇编》(上)第412页，中国社会科学出版社，1985年出版。

正义的不可战胜及其浩然之气，正是莎士比亚悲剧所虚构的人生“图像”中蕴含的一个重要的哲学主题。

曹禺则深深植根于以宗法伦理观念为核心的中国传统文化，他的悲剧观念也就与日俱增地濡染上了伦理色彩。在中国传统文化中，历来重视和强调为人处世的道理与关系，因而形成了有别于其他民族文化的“伦理型”范式。以儒家思想为代表的封建宗法伦理观念，则成为华夏文化的核心与灵魂。这在中国传统悲剧中深刻地反映出来。在《窦娥冤》《牡丹亭》《清忠谱》《桃花扇》等古典戏曲中，悲剧人物无不深受封建宗法伦理观念的浸润，“怨而不怒”“忍辱负重”，往往是他们共具的伦理人格特征。因而，他们在为争取爱情自由、坚持节操和维护人格尊严的斗争中，一般不与阻碍他们理想实现的封建代表人物和邪恶势力直接冲突与尖锐对抗；然而，无论后者怎样压迫、摧残，他们对理想的追求和维护人格尊严的意志却是热烈坚执，决不动摇的。与古希腊、莎士比亚等西方悲剧主人公那种锋芒毕露、主动进攻的性格不同，中国传统悲剧人物往往是在貌似软懦、退避中，隐含着内在人格的坚韧与刚毅。曹禺的悲剧观念受到民族文化和传统悲剧观念的影响是无可置疑的。即使像《雷雨》《原野》等主要承袭了西方悲剧观念的曹氏早期剧作，也并非毫无传统文化的痕迹。比如，被称为“娜拉式”的叛逆者蘩漪，与周萍私通后，在她内心深处隐隐有一种摆脱不掉的“犯罪感”。尤其是，蘩漪虽然看清了周公馆是一座窒息人的可怖的“人间地狱”，周萍也是这样一个不值得依恋的“软血动物”，但她却从未想到冲出这座牢笼，如娜拉那样，到更广阔、更自由的世界去寻找自己的幸福。这显然又是“女性依附男性”伦理观念对她思想和行动的潜在羁绊。而勇猛刚烈的仇虎因“枉杀无辜”而造成的悲剧性的心灵冲突，根源则又有“父仇子报，父债子还”的传统观念。然而，曹禺真正重视对民族文化的深入发掘，自觉地塑造具有鲜明伦理特征的悲剧性格，还是他中期创作的《北京人》和《家》等作品。这些作品所展现出来的悲剧人物，或具有浓重悲剧色彩的人物，已经没有了如蘩漪、仇虎等那样热烈果敢、火辣辣的抗斗性格与进攻姿态，而代之以内向隐忍、柔中寓刚的性格特质。如传统悲剧那样，他们一般不去针锋相对地直接反抗封建压迫者与吃人的礼教，而往往以坚毅的隐忍和对爱情、对有意义的人生执着追求和憧憬，去抵御、抗击封建势力沉重的精神压迫。一般认为，《北京人》是一出悲喜剧，但主人公愫方无疑是一位具有浓重悲剧色彩的人物。她深挚地爱着表兄曾文清，当然遭到表嫂思懿的妒恨与她自身伦理观念的制约，有着深刻精神折磨的封建代表人物。她是以异乎寻常的隐忍、宽厚善良的心地和美好情操来灌浇她那被压抑、被摧残的爱情之花，从而获得内心的抚慰与快乐的。她是以忍辱负重来维护她和文清的深挚爱情，坚守自己的人生信念的。因此，愫方最后虽然走出了曾公馆这座精神牢狱，但她性格中蕴含着的浓重的悲剧性因素却给人留下了难以磨灭的印象。如同愫方一样，《家》中的瑞珏以对丈夫执着顽强的爱和对美好生活的憧憬，以这种内在的隐忍与坚毅，来抵御封建家族和吃人礼教的残酷压迫与获得生活的精神支柱的。这同样是人物向命运抗争的一种独特方式。当然，瑞珏的悲剧形象并不是愫方的简单重复，而是有她自己的鲜明个性：后者似乎更温婉，内心世界更莹洁，对丈夫的依附性也更强一些，反映在她身上的封建伦理观念更重一些。

曹禺在对时代生活和民族文化传统的不断思考和开掘中，在对民族悲剧性格的探索与塑造中，不仅深化了他对人的本质力量的认识，也进一步拓宽了他的悲剧观念的视野：主动向不可抗拒的灾难与厄运抗斗的性格，固然有悲剧性；而不与压迫者和邪恶势力直接对抗，看似被动、软懦却执着人生追求的“隐忍”的性格同样具有悲剧性。因为后者也有抗斗精神，不过它是以“柔中寓刚”的独特形式反映出来的。这似乎缺乏莎士比亚等西方悲剧的强度和力度，但却造成一种隽永、深沉的诗意境界与特有的悲剧美感。可见，曹禺的悲剧观念是丰富复杂的，既深受西方悲剧观念的启示和影响，又具有鲜明的民族文化品格。从某种意义上讲，曹禺的悲剧观念丰富与拓展了现代悲剧美学思想，其意义不可低估。

四

再次，在美学倾向上，莎士比亚追求雄奇悲怆的崇高美，曹禺则向往那么一种沉郁、激荡的诗意境界。

莎士比亚作为人文主义的戏剧诗人，具有博大深广的人道主义胸怀与雄奇奔放的浪漫主义激情。尤其是，面对正义与邪恶的剧烈交战和世风日下的严酷现实，他既深刻地感受到人类面临的种种不可抗拒的巨大灾难与痛苦，同时也看到了历尽劫难而不为邪恶势力所征服、所压倒的崇高人性。因此，莎士比亚在进行悲剧创作时，倾心表现的，就是饱经苦难试炼愈加光彩照人的人性的雄奇悲怆的崇高美。莎翁笔下的悲剧主人公，那沸腾着正义与邪恶的紧张剧烈搏斗，鼓荡着人性的浩然正气而又带有浓重感伤色彩的内心冲突与情感波涛，那一次次回肠荡气、惊涛裂岸的抒情独白，传送给读者与观众的，正是那么一种雄奇悲怆的崇高感。值得注意的是，莎士比亚往往把他对时代悲剧的思考与诗意想象结合起来，从而把他笔下悲剧人物的人性美表现得更加雄奇悲怆而又绚烂多姿。莎翁不仅对悲剧人物的内心世界和人性的复杂性有异常深刻的感受与洞察，而且具有无与伦比的想象的天才。通过他那神采飞扬的诗意想象，往往将人类最难以捉磨和表达的复杂情感与心灵奥秘充分、淋漓地表现出来。哈姆莱特复仇前那一次次抒情独白，正是凭依作者的诗意激情与瑰伟想象而展现出波涛汹涌的内心冲突与雄奇悲怆的人性美的。李尔对“悖伦灭义”的黑暗现实几近疯狂的满腔怒火与恶毒诅咒，那被亵渎、被蹂躏的正义之神的震怒与崇高人性的骚动，又是通过狂风暴雨、雷电交加这一象征天怒人怨的特定情境的设置而格外震撼人心的。好善乐施的贵族泰门(《雅典的泰门》)，财产散尽，却乞讨无门，深深感受到了人世的无情与冷酷。泰门对人世的愤怒和仇恨，体现在他对“金钱”的猛烈而又发人深思的诅咒上：“金子！黄黄的、发光的、宝贵的金子！……这东西，只这一点儿，就可以使黑的变成白的，丑的变成美的，错的变成对的，卑贱变成尊贵，老人变成少年，懦夫变成勇士。”泰门的这段著名独白之所以给人以强烈的震撼，就是因为作者以他深邃的洞察力和奇绝而又妥帖的想象，不仅触目惊心地揭示了资本社会罪恶的根源，而且激扬着正义和人性的悲愤、郁勃之气。即使像安东尼这样的失足于女色与佚乐的英雄和克莉奥佩特拉这样性情乖张、感情易变的艳后，作者也能从他们的浪漫情史中发掘出人性的奇异之处，并以他那卓拔的想象和绚烂的笔触描绘了他们那不朽爱情的动人画卷。可见，莎士比亚站在人文主义立场上，在对人生悲剧困境的深刻感受与深入思考的基础上，以他浪漫、澎湃的激情与妙思迸涌、石破天惊的天才想象，成功地创造了众多性格复杂、深刻动人的悲剧形象，热烈地颂扬了坚持正义、渴望自由却又倍受压抑与磨难的人性的崇高及其雄奇悲怆的美。这也正是莎翁在他的悲剧创作中倾心追求的诗意境界与美学理想。

作为激进的民主主义者，曹禺对旧中国封建专制制度与黑暗统治对人性的压抑、摧残，有着刻骨铭心的深刻感受，尤为同情和理解身隐地狱中心偏天样高的妇女们的悲惨命运。他在谈到蘩漪的不幸遭遇时，写道："这类的女人，许多有着美丽的心灵。然为着不正常的发展，和环境的窒息，她们变为乖戾，成为人所不能了解的。受着人的嫉恶，社会的压迫，这样抑郁终身，呼吸不着一口自由的空气的女人在我们这个社会里不知有多少吧。"① 如何摧毁旧社会旧制度，使人性获得自由和解放，曹禺一直在进行着不懈的思考与探索，然而却迟迟找不到出路与答案，在一段颇长的历史时期内，他困惑、郁闷，焦灼不安。加之曹禺偏于"忧郁而暗涩"的个人气质，这便形成了他的悲剧观念所特有的内敛与郁热的情感性质和审美趋向。这在他的悲剧人物创造上突出地反映出来。心高气盛却在"阴沟里讨着生活"的蘩漪，为了冲破封建家庭的桎梏，获得个性自由与过上真正的人的生活，她以"乱伦"的极端方式与一系列果敢、阴鸷的行动，进行了拼死抗争。最终虽然未能冲突命运的罗网，但她那种决不向命运低头的叛逆性格，迸发出了人性的"艳丽的火花"。然而，作者在表现蘩漪的叛逆性格与"火炽的热情"时，却是尽量抑压、向内积蓄，不使强烈的外在动作卷走了人物性格的内在美。《雷雨》中令人愤感的"郁热"氛围基调，主要就是从蘩漪的火炽而又抑郁的悲剧性动作（尤其是内在动作）和性格中蒸腾出来的。陈白露深沉动人的悲剧性格，则是由她那已经堕落而又不甘于沉沦的复杂剧烈的内心矛盾表现出来的：她渴望自由和独立，但却摆脱不掉对资本家钱袋的依赖；她厌恶了醉生梦死的卖笑生涯，但又像笼子中的金丝鸟一样，改变不了"习惯的生活桎梏"。陈白露的这种复杂的内心矛盾与痛苦，主要不是靠强烈的动作，而是透过简洁、含蓄的台词和动作揭示出来。譬如，陈白露精神上受到外界打击或者强烈刺激，内心极度矛盾、痛苦时，往往表现出那么一种忧郁、倦怠、"欲说不休"的动作特征，有时则以自我解嘲、玩世不恭的变态心理所折射出来。陈白露反复吟诵的诗句："太阳升起来了，黑暗留在后面。但是太阳不是我们的，我们要睡了。"更把她那渴望自由、光明，但又无力从堕落的陷阱中救出自己的矛盾、痛苦的内心世界含蓄而又深刻地透露出来。从陈白露的悲剧性心理活动中渗透出来的，是作者对那个"畸形社会"的憎恶与愤感的激情。仇虎那善良、勇猛，敢于向命运挑战的悲剧性格，也主要是由他"枉杀无辜"后所引发的恐怖、悔恨与不可抑止的复仇怒火之间紧张、剧烈的心灵交战反映出来。而仇虎这种心灵冲突，则又是通过幻觉、幻象等象征、隐喻的方法表现出来的，因而，作者激情的抒发显得绚烂而又隽永，含蓄而又沉郁。作者在刻划愫方和瑞珏

① 曹禺：《雷雨·序》，见《曹禺论创作》第11页。

的悲剧性格及其矛盾、痛苦的内心世界时，由于伦理文化日益明显地渗透，激情的抒发就更抑压、委婉，更富于忧郁的情致与诗的意境了。……曹禺那一幕幕被压迫、被损害者的人生悲剧及其抑压而又不能自已的灵魂激战，所呈现出来的沉郁、激荡的抒情特征，就是他那内敛与郁热的悲剧观念的生动反映。在展示悲剧人物内心世界的冲突上，如果说莎士比亚是以人物回肠荡气、惊涛裂岸的抒情独白见长，那么曹禺则以简洁、隽永，富于潜台词的对话和动作为人称道。在抒情方式上，莎士比亚的悲剧往往滚动着热烈奔放、雄奇悲怆的磅礴气势，曹禺的悲剧则每每充盈着含蓄隽永、沉郁激荡的浓烈诗情。这显然是由他们各自悲剧观念的独特性质与美学追求所决定的。

通过以上对曹禺与莎士比亚悲剧观念的比较分析，我们得到一些什么启示呢？

其一是，莎士比亚和曹禺都立足于各自的时代，热切地关心、思考人类的命运和人生的价值与意义。这不仅赋与他们的悲剧创作以深厚的时代生活根基，而且得以探视到社会和人生的深层奥秘与本质性问题，因而，他们的悲剧艺术便具有深刻的、振聋发聩的思想内涵与艺术力量。

其二是，重视广采博取，继承和发扬人类文化的优秀成果，是莎士比亚和曹禺进行卓有成效的悲剧创作的基础与出发点。自古希腊以来人类创造的以人与命运冲突为形式，以高扬人性精神与人的本质力量为灵魂的悲剧观念，成为莎翁和曹禺发挥创造性心智与驰骋丰富绚烂想象，攀登悲剧艺术的辉煌殿堂不可或缺的借镜与阶梯。

其三是，莎士比亚和曹禺都具有非凡的创造性素质与才华。莎翁的悲剧创作，尤其是他创造的性格悲剧以及在展示悲剧人物丰富复杂的内心冲突上的杰出贡献，开辟了悲剧创作的一个新的时代。而曹禺民族悲剧性格（即伦理人格）的成功创造和由此带来的悲剧观念的拓展，“柔中寓刚”的悲剧形式的探索等等。这都造成了他们各自独特的悲剧美学风格，都是他们创造性素质与非凡才华的表现。

在悲剧艺术创作成就上，曹禺当然难以与莎士比亚比肩，但在向悲剧艺术殿堂攀登的心理过程与深层经验上，曹禺却与莎翁有颇多遇合与神交之处。正是通过上述与莎士比亚在悲剧观念方面的比较分析，我们不仅进一步理解到曹禺之成为一代艺术宗师和悲剧创作巨匠的深层奥秘与卓拔之处。

原载《戏剧》2000 年第 4 期

基督精神与曹禺戏剧的原罪意识

宋剑华

在基督教的教义中，人天生就是有罪的，罪与生命同时诞生，这是一种根深蒂固的终极信念，它与信奉人性本善的儒家哲学形成强烈的反差。人为什么一生下来就是一个罪人？抛开宗教神话的荒诞色彩，应该说这是人类对于宇宙本原认知局限性的产物。年轻时代的曹禺，在他话剧创作的过程中，始终表现出想用艺术的感知和生命的体验，去解开人与罪恶世界之间错综复杂关系的强烈的主观愿望，但却又时常使自己陷入情感的困惑与精神的苦恼。人是一种无法从理性上加以说清楚的生物这一事实，是曹禺神游于希伯莱文化并与上帝进行灵魂对话的真正原因。

曹禺在他的作品中创造了一个充满罪恶的现实世界，悲剧作为罪恶的必然产物，而显示出了他对基督教义的认同和对生命存在的理解。

一、原罪意识与曹禺戏剧的主题构想

理解曹禺的作品，我们首先应该回到《圣经》那富有传奇色彩的神话故事。伊甸园里有两棵树：一棵是生命之树，一棵是智慧之树。人祖亚当、夏娃本来只食生命之树的果实，过着无忧无虑的快乐生活。但蛇出于嫉妒之心，诱惑人祖偷食智慧之果，从而触怒了上帝，把他们贬谪人间带罪修行。曹禺以其年轻但却异常敏锐的思维，对这一问题进行着一种神奇浪漫的思考。当他难以从理性分析的推断中排除自身精神惶惑的谜团时，熟读《圣经》和讲授过《圣经》文学的经历，的确帮助他走出了内心的压抑与苦闷。“伊甸园”的神话故事在其艺术构思过程的潜意识活动中得到了某种特殊艺术形式的转化再现，我们完全可以从他第一部悲剧作品《雷雨》的故事编排中，破译这种转化再现的意象代码。在剧本里，有一段并非是为了演出实践的需要而只是作为故事交代的情节，即周朴园与鲁侍萍两人长达两年之久的相亲相爱的同居生活。他们是那样执着地追求幸福，那样自由自在地享受快乐，作者的主观意图，明显是在暗示他们曾经厮守在精神世界的伊甸园里，扮演着亚当和夏娃的传奇角色。这是一个可以成立的推论。周朴园与鲁侍萍曾经拥有过的纯真与上帝造人的初衷完全是一致的，只不过是当诱惑激活了邪恶的智慧以后，道德的天平才发生了剧烈的倾斜。这个诱惑当然不是神话传说中的蛇，而是与蛇具有着同样毒性的贪欲。诱惑的介入，使上帝将周朴园与鲁侍萍逐出了伊甸园（幸福与快乐的精神生活领域），让他们变成了“原罪”的化身，而他们的子女自然也就因其父母（也就是《圣经》故事中“人祖”的替代物）的失误而被作者赋予了罪人的色彩。如果我们看一下《雷雨》故事的结局，所有的人物都因无法意识到自身的罪过(因为他们是作为被无情抛入这个世界的无知存在者而对前世命运一无所知)而最终都沦于毁灭,只剩下周朴园、侍萍和蘩漪活着。蘩漪是作为另一种类型的罪人显示其存在意义(可参见拙作:《基督精神与曹禺戏剧的结构模式》,载《荆州师院学报》1999年第4期),周朴园和侍萍则是作为"原罪"的形象在承担着悲剧命运的严重后果。最使我感兴趣的是,曹禺有意识地让这两位"原罪"人物都清醒地感悟到了自己所犯的"罪孽"。在第四幕中,周朴园多次用"天意"这个词来表达自己预感上天惩罚即将来临时的内心恐惧;鲁侍萍则更是明白无误地表示了她的对"天"认"罪"态度:

> (沉重的悲伤,低声)啊,天知道谁犯了罪,谁造的这种孽!——他们都是可怜的孩子,不知道自己做的是什么。天哪,如果要罚,也罚在我一个人身上;我一个人有罪,我先走错了一步。……这罪过我知道,可是罪过我现在替他们犯了;所有罪孽都是我一个人惹的,我的儿女都是好孩子,心地干净,那么,天,真有什么,也就让我一个人担待吧。
>
> ——《雷雨》第四幕

这绝不是曹禺本人的宿命论思想借助艺术形象的一种表现。作者让鲁侍萍在虽有一定抱怨的前提下对自己的"过失"表示无条件的认罪(最后侍萍虽疯而未死的结局,就是对她这种矛盾心态的一种惩罚),实际上正是作者有意识或无意识地完成了他有关伊甸园记忆的艺术投影;而他本人则是以耶稣基督代言人的身份,于强烈的同情心之外,冷静且理智地审判着这场发生在现实人间的命运悲剧。同样是伊甸园的故事情节,在《日出》中也再次出现过作者"原罪"意识的暗喻或投影。方达生与陈白露也曾经拥有过一段非常浪漫理想的纯情历史:远离城市,远离喧嚣,在边远宁静的世外桃园,无忧无虑地过着快乐无比的日子,但同样是由于诱惑的介入,导致了罪恶的产生。与《雷雨》不同的是,受诱惑的是夏娃(陈白露),而不是亚当(方达生),这更接近伊甸园故事的原型(在《圣经》故事里,最先接受蛇的诱惑而偷吃智慧之果的就是夏娃)。陈白露不仅对自己偷吃禁果的行为拒不认罪(在《日出》中陈白露总是制造种种借口为自己的堕落而辩解),而且还诱惑方达生堕落(方达生抵御了这种诱惑),所以她最后自杀的结局,也是曹禺假借上帝的名义,施替天行道的一种行为。

"原罪"是伊甸园故事的本质所在。但"'原罪'决不等于具体的罪恶。'原罪'产生于人的自由,无论过去还是现在,它都是人类无法摆脱的命运。在现代社会中,'原罪'象征着人与自己本质存在的悲剧性分裂。"①曹禺对于"原罪"意识的神秘感,始终是深信不疑的。他说他写《雷雨》,是将"一件错综复杂的罪恶推到时间上非常辽远的处所。因为事理变动太吓人,里面那些隐秘不可知的东西对于现在一般聪明的观众情感上也仿佛不易明了,我乃罩上一层纱"②。这段话很有意思,也很有内涵。《雷雨》故事的发生时间明显是民国以后(剧本与舞台实践对此表现得都非常清晰),但作者却说"罪恶推到时间上非常辽远

① 刘宗坤:《等待上帝还是等待戈多?》,中国社会出版社,1996年版,第81页。
② 《〈雷雨〉序》,人民文学出版社,1996年版。

的处所”，究竟有多么辽远，恐怕作者所暗示的正是隐藏于他潜意识深处的创世纪时代，“处所”自然也就成了伊甸园的隐喻。“隐秘不可知的东西”作为一种对“原罪”意识的感悟，现代“聪明的观众”竟然难以理解，这对曹禺来说充满了遗憾和感叹。但更使他感到深层次忧虑的，是他清醒地意识到人类作为被动的罪人被无情地抛入到这个罪恶的世界中，他们自己对此却一无所知；灵魂苦苦挣扎的“迷途的羔羊”，最终都在“永久的寂寞里消失这短短的生存”，只留下一个个“鲜血滴滴的印象”①。在曹禺反复强调的话语中，集中表述着这样一种思想：这个世界之所以堕落与黑暗，是因为人类无法对自身本质的确认而造成的。从这一生命体验

出发，曹禺本人于是在精神上背起了上帝的十字架，成为了基督精神的使者和象征，以及道德意识的艺术说教者。

存在主义哲学关于人的“被抛人性”命题，揭示了人的生存“焦虑”（包括可能性、事实性、堕落性和死亡性），都会使人体验到“虚无”。“虚无”作为一种神秘的力量，人是无法逃避的，只有通过亲身卷入，才能真正理解。这种观点对于存在主义神学的“原罪说”，无疑提供了强有力的理论支持。麦奎利认为，人的“焦虑”是人对自身罪恶感的朦胧认识；麦奎利强调“自由”是“罪”的主要因素，他将“自由”与“放纵”做了同义的理解，而人的“放纵”又是对自身“责任感”的否定，因此便形成了人类社会“罪”的根源②。上帝将亚当、夏娃逐出伊甸园，放入一个充满罪恶的现实世界中，让他们连同他们的后代一起接受惩罚与磨难的考验，目的就是要让人类对自己的放纵行为深刻地反省。这是人类重返伊甸园的先决条件。作为基督精神的传播者，曹禺本人对于这一问题的理解，是完全超乎我们普通人常规思维理念的。他清醒地意识到“人类是怎样可怜的动物，带着踌躇满志的心情，仿佛是自己来主宰自己的命运，而时常不是自己来主宰着”③。缺乏对上帝存在的认可，缺乏对自身“罪”的本质的认识，这不仅加深了曹禺的精神忧虑，而且也使他观察人类的视角，从伊甸园的潜意识记忆扩大到了现实存在的生命群体，并对“原罪”意识做了更加广泛而深刻的解剖分析。

在曹禺的作品中，人是作为可怕欲望的产物而存在的，他们在放纵自己追求各种欲望的时候，完全忽视了自身之罪的事实，所以他们在罪恶的泥潭中越陷越深，难以自拔。曹禺揭示人的罪恶欲念的最为显著特征，就是对金钱与物质的永无休止的贪婪。周朴园为了陪嫁而抛弃发妻亲子，为了聚敛钱财可以牺牲几千名无辜者的生命；潘月亭等人把钱财视为是生命最重要的东西，为了它而变得冷酷无情；焦阎王并不满足自己已拥有的丰厚产业，极度膨胀的贪欲使他残忍地毁灭了仇虎一家；曾思懿把两眼死死地盯在公公深藏于怀中那本虚无的存折上，为了得到财产的控制权，根本不顾什么伦理道德礼义廉耻。曹禺通过这些人物形象，表现出了他对人性自私倾向的困惑不解。在《北京人》中，曹禺借愫方的

① 《日出·跋》，人民文学出版社，1996年版。

② 转引自何光沪著《多元化的上帝观》，贵州人民出版社，1991年版，第242页。

③ 《雷雨·序》，人民文学出版社，1996年版。

口说过这样一句台词："我们不是单靠吃米活着的啊！"[①]这话其实大有深意，它从一个侧面暗示着曹禺本人的金钱物质观，以及他对那些贪婪无度者的强烈蔑视。无论是周朴园、潘月亭，还是焦阎王、曾思懿，在曹禺的道德理念中，他们都把上帝的财富据为己有，置身于物欲的放纵而失去了纯粹的精神世界；他们都彻底违背了上帝有关"自私的人乃是邪恶之徒"和"不要沉醉于骄奢淫逸的生活"（《便西拉智训》）的神圣教诲，所以他们最终的悲剧性下场都是上帝惩恶预言的一种验证。曹禺在《日出·跋》中解释说，他的主观意图就是要用"多少人生的零碎来阐明一个观念"，观念的核心是要揭示"人之道，损不足以奉有余"的怪现象。曹禺同其他基督精神的信奉者一样，对于人类正常生活赖以生存的物质条件并非绝对反对，而只是对于人类物欲的随意放纵发出严厉的责难，目的是要使人正视这种罪恶意念的存在并不断地自省自戒，最终踏上重返伊甸园的光明归途。因此，曹禺作品中的命运悲剧随之而转化为基督精神的内在关照，给观众或读者以强烈的道德感奋力量；它不仅使人们惊奇地发现了金钱物欲与灾难罪恶之间必然的逻辑关系，同时又积极引导人们远离罪恶并反观自身体悟"原罪"感。如果我们排除肤浅的政治偏见，剔除宗教信仰外在的神话色彩，曹禺以及基督教人生观对金钱物质方面的道德说教，并不缺乏神明理性的东西；他们对于人类自私本性的透彻感悟，对于人类灵魂丑恶一面的理性认知，是完全符合人类原本就具有的某种本质性的东西的。曹禺崇拜上帝，但无疑他崇拜的是一个理性与智慧的上帝。

"原罪"观念的另一延伸意义，就是基督教伦理道德的贞操观。在基督教的世界里，"基督徒把无玷的童贞性神圣化为带来得救的原则，神圣化为新世界、基督教世界之原则"[②]。在创世纪的故事里，伊甸园中的夏娃就已被上帝塑造成了一个不安分守己的形象，她暗示着女性的诱惑以及作为人类堕落的一个重要根源。上帝将女性视为祸水固然是极其荒谬的，但却从侧面反映了人类抵御诱惑能力的低下，所以，基督教对淫乱行为的惩罚是极为严厉的（女性淫乱者尤甚），而这种惩罚的本身却象征着人类良心的自我谴责。至少曹禺的话剧作品里有一种特殊现象，使我们相信他在冥冥思索的潜意识中，将伊甸园里的夏娃投影到了现实生活中的女性身上，从而使"原罪"意识得到了更加完美的艺术表现。在曹禺的笔下，真正具有生命力和艺术魅力的人物形象几乎全是女性，尤其是那些躁动不安、难以自律的女性（如蘩漪、陈白露、花金子等），对此论点恐怕没有人会提出异议。然而，像蘩漪、陈白露、花金子这三位个性鲜明、精力充沛的美丽女性，作者又是以极其复杂的矛盾心态将她们都处理成了"淫乱型"的人物，这不能不引起研究者的高度重视。曹禺本人在解说蘩漪这类形象时，曾做过这样的评言断语："平心讲，这类女人总有她的'魔'，是个'魔'便有它的尖锐性。"[③]蘩漪有着"狂热的思想"，陈白露长得"明媚动人"，而花金子则泼野强悍"蓄满魅惑……顾盼自得，自来一种风流"（参见作者为上述人物设计的舞台出

① 这句话出自《旧约·申命记》，原文是："人活着不是单靠食物，乃是靠上帝所说的一切话。"

② 费尔巴哈：《基督教的本质》，商务印书馆，1995年版，第222页。

③ 《雷雨·序》，人民文学出版社，1996年版。

场揭示)。在曹禺对这类女性形象的表述语言中,“魔”“狂热”“明媚”“魅惑”“风流”等词汇的内涵,明显带有视觉的挑逗性和诱惑力,而曹禺本人在其创作过程中便首当其冲地面对了他为自己设计的诱惑,并经历了一次次精神上的情感磨难①。“艺术就是我们自愿地沉溺于中的醒着的梦。”②曹禺曾在多种场合下表达了他对这类女性形象的同情与爱慕,甚至要求读者或观众多给她们一些理解,因而使众多批评家接受了一种假象的迷惑,尽力将这类女性形象理解为个性解放或反封建的勇士而加以同情或褒扬。这说明我们在对曹禺作品误读的道路上已经走得太远了。曹禺经受了诱惑却同时抵御了诱惑,基督精神的道德意识压制了他强烈的情感冲动和本能欲望,从而使他把自己从意识与潜意识的矛盾旋涡里拯救出来,重新背起精神上的十字架,成为上帝意志的忠诚使者。蘩漪、陈白露、花金子三位女性形象的命运结局无疑是悲惨的:蘩漪精神分裂,陈白露吞药自杀,花金子失去了一切希望。对此,我们不应该责备曹禺的“心狠”,当他本人经历和抵御了诱惑以后,已经将她们推向了堕落和毁灭的深渊。因为这三位女性形象尽管身份、地位、个性都不相同,但却都具有相同的行为特征:那就是“淫乱”或“纵欲”,她们都失去了被基督徒认为是人格最为完美象征的贞操。那么曹禺对于她们命运的设计,也就无形中体现了上帝的意志。曹禺将她们逐出了精神上的伊甸园,目的无非是告诫他人要严格自律、抵御诱惑,并在不断自省的忏悔中,重返精神上失去了的快乐家园。

“原罪”意识作为人性的一种不可确认的神秘因素,它往往又体现为一种人类原始生成的蛮性力量。人从动物转化而来的事实告诉我们,人始终无法完全彻底地摆脱某些动物的属性,除了贪婪、性欲之外,凶残与暴力亦在其中。基督教文化的先知先觉者们,在很早以前就已经注意到了人类自身由动物特性转化而来的暴力倾向,也是导致人类社会走向灭亡的灾难性原因之一。所以,基督教《圣经》反复强调“勿以暴力抗恶”,甚至主张用“爱”去感化“恶”,以此来换取人类的和平相处与社会的和谐稳定。俄罗斯最伟大的文学家同时也是虔诚的基督徒的托尔斯泰,对于《圣经》的这一命题曾做过专门且极为精彩的演说:“不以恶报恶,恶应当用任何一种正义手段来加以反对,但是绝对不能用恶。”“一般地说,勿抗恶以一个生命的牺牲为代价,或者以生命的某些现实幸福为代价;而抵抗则要以数以千计的牺牲为代价。”③我们不应将老托尔斯泰的话曲解为任人宰割,暴力(在基督教义中无正义与非正义之分)本身就是一种“恶”,以暴力抗“恶”无异等于以“恶”抗“恶”,其结果无疑会导致“恶”的无限循环。当奥斯维辛集中营的犹太人以安详的神态和惊人的勇气去面对死亡时,他们崇高的信仰震撼了整个人类的灵魂,他们以自己的殉难对《圣经》的教诲做了生动的诠释。作为基督精神的追随者,曹禺自然在其年轻的心灵中早已烙下了基督受难的深刻印迹。曹禺同其他基督教的信仰者一样,也反对仇恨、凶残与暴力,并

---

① 女性对曹禺的诱惑是个不争的事实。请参见拙文:《论曹禺的精神生活与其作品的对映关系》,载《河北学刊》1996年第3期。

② 恩斯特·卡西尔:《人论》,上海译文出版社,1985年版,第204页。

③ 《天国在你们心中》,上海三联书店,1988年版,第204页、207页。

在其创作实践中成为一种主题构想模式①。如鲁大海被塑造成一个性格暴戾、充满仇恨情绪和暴力动能的艺术形象，他不敬父母、训斥兄妹、仇恨周家所有的人，整个心灵都积聚着向外喷发的暴力能量。如果说鲁大海残暴的精神人格是对周朴园早年孽债的一种报应，还能博取一点观众或读者的同情心的话，那么仇虎从外表到性格的全面组合，则更是直观地表现出曹禺本人的道德意念。仇虎丑陋的外相与残暴的性格，像魔鬼撒旦的使者，在强烈复仇愿望的支配下，用极其残忍的手段杀害了焦家的无辜者。曹禺绝不是在鼓励或欣赏仇虎（同时也包括鲁大海等人）的复仇行为，而是彻底否定他的暴力倾向（实际上，曹禺用"复仇之虎"的寓义来为这一人物形象命名，其本身就表明了作者的一种预设理念）。仇虎最后走投无路绝望自杀的结局，正是《圣经》教义与《原野》主题直接沟通的产物。当观众或读者从精神与情感上经历了一场血腥残杀的劫难后，人们自然会从对悲剧情节的深刻体悟和对自身行为的内在反省中，感受到暴力的恐怖，并萌发出强烈的爱心与向善的愿望。

二、原罪意识与曹禺戏剧的人性揭秘

当曹禺将"原罪"意识带入他的创作构想，并试图解开人性之秘时，他思考的重心是人的内在属性（神秘而不可知的因素）而非人的外在属性（一般的现实生活行为）。由于阅历的肤浅，他不可能从生活中去归纳经验，而只能是借助于上帝赐与的力量，运用幻觉、直觉和想象来建构他戏剧人生的经验过程。对此我们不必存有疑虑。曹禺说他经常神游于古希腊人"所宝贵的智慧"之中，寻求与希伯莱文化的创造者们进行精神上的对话；即使借助了上帝的力量，他仍就对生命本原的神秘性感到茫然和困惑。所以在他的笔下，每一人物形象在其"原罪"本质被确定之后，他又将人性的复杂多样性按照其主题创作的预设构想，直接分解为"罪性"（恶）与"神性"（善）的两极对立；并且通过它们的矛盾对立与剧烈冲突，充分展示了生命本体内在运动的悲壮过程。曹禺戏剧人物的艺术魅力，也正在于此。

阅读曹禺的作品，我们必须面对一个真实的感觉：那就是只有"悲"而没有"恨"。每个艺术形象尤其是那些罪孽深重的艺术形象，都无法使我们提高到"恨"的情感高度；相反，当他们自己陷入灵魂中"善"与"恶"两极磨难的痛苦挣扎时，往往还会使观众或读者对他们投注更多的怜悯与同情。周朴园因贪欲抛弃了他的发妻，这是他人性"恶"的一面的表现，人们固然因此而对其感到"愤恨"。可是在以后几十年的情感生活中，他不仅在物质上而且在精神上都保留着侍萍"仍在"的空间。这绝不是一种虚伪的装饰，而是他内心深处的真诚忏悔；故这种人性中"善"的因素，多少又使他在一定程度上得到了人们的谅解。如果说，周朴园仅仅是将侍萍当做一种幻觉上的真实存在，那么从现代精神分析学理论的角度，我们也能推断出他人性"善"的一面的客观存在。"因为幻觉本身具有心理的真实性，这种真实性丝毫也不逊于物理的真实性。""如果说爱情插曲是真正经历过的真实体验，那

① 《原野》就是一部以反对暴力抗恶为道德理念的作品，可参见拙作：《失去理智的疯狂——〈原野〉新论》，载《社会科学战线》1991 年 3 期。

么幻觉也同样是真正经历过的真实体验。"[①]周朴园原本爱过并且现在仍在幻觉中爱着侍萍，已不只是作者对于一个事实的认证问题，而是隐喻着作者对周朴园认识到自己罪孽的一种主观认同感。曹禺没有将周朴园的性格简单化处理，他让这一人物徘徊于人性的"善""恶"之间，这使得他笔下的人物形象更具有灵魂的深度。曹禺在对周朴园双重人格的把握尺度上，掌握得恰到好处，虽然肯定其具有"善"的意愿，但却否定其"恶"的品质，在作品的具体舞台实践中，他使周朴园的内心世界始终处于高度紧张的状态。因为这种紧张状态不是"为生活而进行的斗争"，而是"要求维持一种完全人为的生活标准"[②]。无论是性欲或物欲，超越了上帝制定的道德标准，"恶"就必将战胜"善"而把人性引入歧途。周朴园所表现出来的恐惧和紧张，表明他对自己的罪恶虽有认识，但却并不深刻，因而上帝在对其进行惩罚的同时，也为他指明了一条忏悔救赎之路。认识到自身有罪，并为此而赎罪，这是上帝对人类的热切企盼。但曹禺悲哀地看到，人类中"一些冥顽不灵"的动物，"他们偏若充耳不闻，不肯听旷野里那伟大的凄厉的呼唤"[③]；他们即使知道自身有罪，却偏偏不肯思过，这是导致曹禺精神"焦虑"的一个很重要的因素。在曹禺笔下，有许多人物形象都被他涂抹上了人格自我放弃、完全不可救药的罪人色彩。蘩漪究竟应不应该得到人们对她的同情？从感情的角度出发，回答应该是肯定的。一个美丽而忧郁的女性，没有爱情，缺少理解，在苦闷压抑的现实环境中，挣扎着让自己的生命增添一点亮色。但是，作为一妻子、一个母亲的她，与继子行淫通奸，无论如何在道德理念上也是讲不通的。问题的关键就在于她知道自己有罪，且甘愿去接受上天的惩罚。曹禺以一种十分复杂的情感（不排除他对蘩漪的同情甚至于仰慕），最终还是将她推向了精神上的自我毁灭，没有给她留下半点忏悔赎罪的余地，这似乎有点太残忍了。但我认为曹禺对于蘩漪形象的性格塑造由感性转向理性过程所表现出来的"残忍"，实际上正是曹禺遵循上帝的旨意，对于知罪不改、对于放弃自己社会责任的人的人性弱点发出的严重警告。

我们还应该注意到陈白露和仇虎这两个人物形象，他们都与蘩漪具有着完全相同的性格品质，甚至还有过之而无不及。作为具有明显现代特征的清醒罪人，他们的不可饶恕之处，就在于他们对上帝训诫的蔑视。"现代人的罪主要表现在不信、狂妄和纵欲几个方面。不信使人背离上帝的意志；狂妄使人取上帝而代之，成为宇宙的中心；纵欲使人的欲望失去控制。"[④]曹禺在对这两个人物形象的性格处理上，虽然也突出揭示了他们性格中的正反两个极端的矛盾对立，但却更加着力表现他们因现实的诱惑而以凡体去与神性的对抗，以及他们从精神到肉体消亡的全过程。曹禺在陈白露身上所倾注的全部情感，是一种愤怒与困惑：现代人抛弃了上帝，换来的却是堕落。人类与上帝的对抗究竟会得到一种什么样的结局？陈白露在日出的光明到来之前，灵魂与肉体自动消逝在黑暗的夜色里，她同

① 荣格：《心理学与文学》，三联书店，1986 年版，第 134 页、102 页。

② 《基督的人生观》，三联书店，1998 年版，第 138 页。

③ 《日出·跋》。这里作者说的"旷野"的"呼唤"一语，源自于《旧约·以赛亚书》，意指基督爱的呼唤得不到人们的响应。

④ 刘宗坤：《等待上帝还是等待戈多？》，中国社会出版社，1996 年版，第 98 页。

样得不到生命再生的希望之光。这是我们能从曹禺思维模式中寻找到的唯一正确答案。蘩漪为性欲所困，陈白露为享乐所困，她们都体现了人的“原罪”意识（即曹禺本人常说的“人的原始蛮性”力量）的强盛和上帝神性意识的衰退。而仇虎作为曹禺笔下的另一个被否定的人物形象，则是复仇过程中，他始终徘徊在双重人格的矛盾心态中：清醒时，他也承认他的复仇对象是无辜者，是大好人，于己有恩；但糊涂时，则又反复强调父债子还、斩草除根、杀无赦。曹禺对这一形象的主观设计，其目的就是要以艺术形象化的手法，来展示人的动物本性与上帝神性的殊死较量：要使观众或读者在艺术审美的过程中，强烈地感受到人性失衡的可怕状态，以及对人性的本质产生更加深刻与辩证的理解。仇虎的灵魂与肉体也在黑暗的夜色里悄然消逝，理所当然他被上帝拒绝在天国的大门之外。

在基督教文化的道德理念中，“原罪”就是人类动物特性的一种表现方式，它的存在，导致了人性的复杂化倾向。动物特性与人的神性是两种相互矛盾、互为制约的人性因素，两者的协调发展才能促使人类走向生活的幸福和道德的高尚。因此，在基督徒的情感世界中，人的动物特性是客观存在而且是自己无法选择的，它的肉体存在的短暂性与人类渴望生命永恒存在的愿望形成了不可调和的矛盾。所以追求上帝赐与人的神性，限定与压制人的动物特性，就可以从根本上解决人类所有的矛盾。这是一种崇高的美好的人生信仰，它的科学与否并不重要，最起码它对于人性的揭秘是深刻的；当它一再强调勿以人的动物性去对抗人的神性的基本原则时，它对人类社会的道德规范的确起到了严格的约束作用。作为基督精神的追随者，曹禺对这一问题的认知，自然与上帝的意志保持着一致。无论是周朴园、蘩漪，还是陈白露、仇虎，曹禺所揭示与否定的，全是属于他们自身“原罪”性质的动物特性的无限膨胀；它排挤掉了人性中神性的力量，最终这些人物也被上帝排挤出了人类世界。其内在的深刻寓意实在令人回味无穷。

曹禺是位悲剧艺术的创作高手，但这并不意味着他的人生观是黑暗的。当他反复强调人的“原始蛮性”这一词汇，并且以此来诠释人性中不可知的神秘力量时，实际上在他的潜意识中，已经预感到了人类的原始蛮性就是人的动物特性，它与生俱来，又和命运纠缠在一起，这是曹禺本人在经历了思维的困惑之后，所形成的有关人生与人性的理性思考。年轻但却聪颖睿智的曹禺，在他的艺术创作方程式中，将“命运”（原罪）和“原始蛮性”（动物特性）组合成一个不可分割的有机整体，所有人物的人性都被置放于其中，接受着上帝意志的考验。像蘩漪、陈白露、仇虎这类人物，他们放弃神性就意味着放弃了人性；像周朴园之类，徘徊在两者之间，他向观众或读者显示了人类自我拯救的可能性。至于那些善良弱小的无辜者，他们的肉体虽然被邪恶势力所毁灭，但他们的灵魂却被上帝引入天堂，获得了永生。我们只有真正理解曹禺对于“命运”（原罪）的困惑，才能真正感受到他对“原始蛮性”理性思考的现实意义。他虽然揭示了人性的丑恶，但却使人感悟到人性“善”的重要；他虽让人们经历了情感的痛苦磨难，但却向人们展示了天国的曙光。曹禺是伟大的，他的伟大就在于他人格和信仰的高尚。

三、原罪意识与曹禺戏剧的灵魂拯救

曹禺在其作品中，将人的“原罪”意识与人的动物特性联系起来，并通过戏剧艺术的审

美方式加以深刻揭示，的确反映了他与其他中国现代文学作家完全不同的人生思维方式。

如果我们仅仅以凡俗的视野，将曹禺的主观创作动机简单地认定为就是为了暴露人性自身无法完全克服的类属于动物特性的根本弱点，且以此来表达他对现实社会现象的忧虑与不满，恐怕我们还没有真正介入到曹禺内在的精神世界，也不足以解释他的作品客观所产生的巨大的艺术魅力。作为正直而善良的观众或读者，没有人会否定曹禺作品给自己灵魂带来的震撼是来自于悲剧情节背后的一种强劲的道德感化力量。的的确确，曹禺用他创作的无数命运悲剧，不断地向观众或读者暗示着这样一种人生哲理：人经常将自己的实际状态荒唐地理解为是人的本质状态，将自己的认知谬误视为永恒真理；自“称为万物之灵的人”[①]必须通过忏悔与救赎的途径纠正自己自以为是的错误，必须使偏离了正确思维轨迹的道德意识重新回到人的灵魂中来，以基督精神为前导，充分认知“原罪”的客观存在，实现上帝神性对人的动物特性的绝对控制，人类社会才会充满欢乐和幸福。因此，曹禺的作品无论是戏剧氛围还是情节设计，从头至尾都传达着一种强烈感人的忏悔意识以及灵魂拯救意识：它既强化了作品的美感效应，又升华了作品的道德主题，从而使曹禺本人成为基督精神的自觉的传播者。

基督教义十分强调救赎的重要意义，它不仅会使人意识到“原罪”的客观存在，而且还能促使人远离邪恶变得高尚。这是因为在基督徒的神圣信念中，只能通过灵魂的自救与救赎，才能解脱原生之罪的苦难，最终开启天国之门。如果我们能借助宗教思维而进入曹禺作品，自然会清晰地感受到他的这种崇高的精神境界。

《雷雨》的“序幕”和“尾声”是大有深意的情节存在，曹禺坚决反对对其进行随意地割舍，并认为这是《雷雨》的一个重要组成部分[②]。

“序幕”与“尾声”的舞台背景是教会医院，正面墙壁上悬挂着一个钉在十字架上的耶稣神像。幕一拉开，由远至近传来教堂凝重洪亮的钟声，随后是低沉而悠扬的管风琴，演奏着巴赫的《B小调弥撒曲》。……这是多么安宁、肃穆、神圣、庄严的一幅艺术画面！它不仅生动地体现着曹禺对教会文化深刻的情绪记忆，而且也清楚地表明了他以灵魂拯救为目的的主观创作意图。当他让精神颓唐、老态龙钟的周朴园步履蹒跚地走入这上帝神圣的殿堂，面对着两个已经疯了的妻子，静静地倾听着修女朗读《圣经》经文时，人们先入之见的视觉形象并不是一个残忍冷酷的家长专制式的暴君，而是一个凄楚可怜的老人。从这种现实的惨况带入四幕正剧，展示他悲剧命运的始末，然后再次返回“尾声”中教会医院里的那个不幸的老人，人们究竟又会作何感想呢？恐怕对于周朴园，观众或读者在对其罪孽表示强烈愤慨之余，更多的是给予同情和怜悯。这是曹禺不愿放弃“序幕”与“尾声”的原因所在。因为在最初设计《雷雨》故事的主体情节时，周朴园就被曹禺塑造成了一个既是罪恶的制造者，同时又是一个良心的忏悔者的具有双重人格且活生生的艺术形象；如果删掉“序幕”和“尾声”，周朴园给观众或读者的先入之见的视觉形象就只剩下了片面与极

① 《雷雨·序》，人民文学出版社，1996年版。

② 《雷雨·序》，人民文学出版社，1996年版。

端的“恶”，这显然是违背作者创作初衷的。曹禺将周朴园设计成为一个忏悔的罪人形象，让其承受命运打击和精神磨难，最终赋予他灵魂救赎的可能，这是非常基督精神化的思维方式。他让周朴园按照上帝的意志放弃了不义之财，在痛苦的忏悔中重新走向天国之路。从某种意义上讲，曹禺拯救的绝不是周朴园个人，而是想要通过悲剧审美的潜移默化作用，达到拯救所有观众与读者罪恶欲念的目的。

“序幕”与“尾声”作为一种神秘的宗教氛围，无疑是曹禺道德理念的主观预设。然而，他还经常将作品中的人物直接带入到某种特定的精神状态，让他们在孤独无语的环境里默默地进行着灵魂的自我忏悔。《雷雨》中的周朴园，作者安排了三个细节，明确无误地传达出他将这一人物导入救赎过程的信息，遗憾的是主流批评家都对此视而不见（或人为地加以曲解）。第一个信息，是周朴园自从抛弃了侍萍以后，他的良心一直都在进行着强烈的自我谴责。30 年中，无论他人生的足迹飘泊在哪里，总是将侍萍“生前”住过的房间保留下来维持原样，而且又总是在自己最心烦意乱时，一个人躲在里面静静思考。它是周朴园人性未泯的体现。第二个信息，是周朴园在周鲁两家血缘乱伦悲剧的秘密即将被揭穿前，所产生的极度恐惧感。恐惧是对某种事实长期压抑的结果，“为什么人们要压抑对事实的认识呢？这些事实都是他们应该认识到的”[①]。其真实的原因应是他们对自身罪孽的一种不情愿的面对。尽管是不情愿的、被迫的行为举措，恐惧的本身则标志着一个人对自己罪恶认识的开始，并表现出主观向善的强烈意愿，它为上帝参与人的灵魂的救赎提供了必要的前提条件。这样一来，我们便可以充分理解第三个信息的直观效应，即曹禺直接将周朴园置放于教堂文化氛围的主观动机——对于这一人物的灵魂拯救。周朴园面对着两位已疯的妻子，聆听着修女朗读《圣经》经文，通过这一痛苦而又浪漫的艺术画面，作者明显是要让观众或读者接受一个忏悔的罪人的艺术形象。此时此刻的周朴园，抛弃了自己的不义之财，在空虚无语的精神状态中，以默默祈祷和忏悔的方式，与上帝进行着灵魂的对话。他将上帝引入自己的苦恼中，让其参与自己的痛苦与需要：“他把上帝看作是跟他最亲近、最亲密的存在者，他对上帝坦白他自己的最秘密的思想，坦白他最关切的愿望。”[②]上帝成了他唯一的救世主和灵魂的归宿。正是在上帝的引导之下，“通过空虚自己，一个人抛弃了从前的自我，抛弃了他从前知道自己所是的那个自我，与此同时又找到了一个新的自我。”[③]曹禺没有将周朴园推向灵魂与肉体的毁灭，目的就在于他遵从了上帝的旨意，让周朴园通过“空虚”和“否定”自我，重新认识到上帝的存在和伟大，并让观众或读者深刻地感悟生命的真实意义和神圣的天国意识。

可以说，曹禺在其所有的作品中都毫无顾忌地展示着灵魂拯救意识的诱人光环。或是不同人物的灵魂自救，或是上帝使者的救赎，都从各个侧面增强了曹禺作品道德主题的亮色。在曹禺的笔下，灵魂的自救集中体现为人对自身负罪感的认同与忏悔。无论是《雷

① 弗罗姆：《在幻想锁链的彼岸》，湖南人民出版社，1986 年版，第 131 页。
② 费尔巴哈：《基督教的本质》，商务印书馆，1995 年版，第 172 页。
③ 莫尔特曼：《被钉十字架的上帝》，上海三联书店，1997 年版，第 11 页。

雨》《日出》，还是《原野》《北京人》，那些负罪者的人物形象之所以都能得到观众或读者不同程度的同情和谅解，原因也不外乎于此，周萍深知自己与继母通奸是一种不可饶恕之罪，他对此悔恨不已："我是个最糊涂，最不明白的人。我后悔，我认为我生平做错一件大事。我对不起自己，对不起弟弟，更对不起父亲。""我厌恶这种不自然的关系。"(《雷雨》第一幕)周萍拼命想摆脱蘩漪的纠缠，与其说是对蘩漪的"抛弃"，还不如说是他想远离罪恶。周萍的忏语没有什么虚伪的地方，被主流批评家炒得火热的"周萍始乱终弃"的论点，也根本站不住脚(只要我们仔细分析一下两者的年龄结构、性格和对白台词，一切不实之词立刻便会化为乌有)。周萍希望得到灵魂的自我拯救，而蘩漪却偏要同他一道毁灭，其本质意义上是一种邪恶的动念对人性良知的无情扼杀。焦瞎子这一人物，作者同样赋予她灵魂自救的潜在可能性。焦瞎子试图以良知化解仇恨的主观意念，无疑包含着她渴望行善赎罪的动机，对此人们无须置疑。仇虎并不接受她所替代焦阎王做的忏悔，也并不意味着作者否定了她灵魂自救的合理性；恰好相反，作者在《原野》的结尾处，让我们从焦瞎子那凄惨悲凉的哀嚎中，深深感受到"恶"对"善"的施暴所带来的可怕后果。陈白露、仇虎、曾文清等人物，其自身也都或多或少地反映出了一定的灵魂自救倾向。这类人物身上所表现出来的灵魂自救倾向，之所以没有成为最终的现实，其主要原因是他们缺乏对人生意义的崇高信念，缺乏对基督精神的明确认识。他们失去了人最为宝贵的神性——"爱"，完全生活在生命的黑暗与虚无中；他们是上帝的迷途羔羊，无法进行灵魂的自我拯救。所以，在曹禺笔下，便出现了另一类肩负救赎使命的使徒形象，成为上帝意志或基督精神的传道者。如《雷雨》中的周冲、《日出》中的方达生、《北京人》中的愫方等，均具有这种品格特征。一向平和幼稚的周冲，面对父亲蔑视罢工工人领袖的专横自私性格，他竟敢于向历来被他视为是神圣权威的周朴园这样布道说教："我以为这些人替自己的一群努力，我们应当同情的。并且我们这样享福，同他们争饭吃，是不对的。"(《雷雨》第一幕)这类人物在作品的实践意义中，往往被人们误解为过分单纯和脆弱，甚至完全与这个世俗世界不能相容；但实际上他们那执着的人生信念正是上帝赐予他们的永恒力量，他们为那些迷途者指明了人生的正确道路。用《圣经》的语言来讲，就是："我是世界的光，跟从我，就不在黑暗里走，必要得着生命的光。"(《约翰福音·第八章》)曹禺所创造的上帝的使徒形象，在舞台实践中并没有完成拯救邪恶灵魂的使命，这并不是他们的过错。他们所肩负的重任是"拯救"，而"拯救"是一种施爱布善的能动过程，而并非专以某一特定人物为对象；它最终以潜移默化的艺术审美方式，净化了观众和读者的灵魂。

"原罪"意识作为曹禺戏剧所表现出来的一种道德忧虑，它深刻地反映了曹禺对于人性结构不平衡状态的内心恐惧。人的动物特性使人经常无法自我约束，那么人与自己创造的文明社会的公开对抗也就在所难免。因此，曹禺不仅向观众或读者群体揭示了"原罪"与人的动物特性之间的必然联系，而且又以人的灵魂的"自救"或"救赎"，为人类社会公德的重建指明了方向。曹禺在其作品中，始终通过不同的途径，向人们表述着这个混乱无序的世界不能没有一个理智的上帝的存在；如果缺少一个理智的上帝，人的神性特征便会荡然无存，人类便会重返原始的动物群类。这无疑是一幅十分可怕的远景图画。"人应该是他的世界和他自己的主人，但实际上，人已经变成了他所创造的现实的一部分，变成了客体之中的一个，事物之中的一种，变成了宇宙机器上的一个齿轮，为了不被这架宇宙机器所摧毁，人必须使自己适应于它，但这种适应使人成为目标的工具，而这些目标本身也是工具，在它们之中缺乏一个终极的目标。”[①]没有上帝造成了人的精神的真空状态，生命也就沦落为只有动物的本能。这是曹禺戏剧实践与“五四”时代盲目否定理性而任意放纵个性的根本思想分歧点。当曹禺将上帝视为是理性的化身并赋予他神奇的力量时，寻找上帝、回归上帝，便成为人类意志的必然体现。曹禺在谈及他写《雷雨》时曾说：“原有第九个角色，而且是最重要的，我没有写进去，那就是称为‘雷雨’的一名好汉。他几乎总是在场，他手下操纵其余八个傀儡。”[②]其实这条好汉在他所有的作品中都客观存在，它操纵着曹禺笔下的所有人物。曹禺说他经常纳闷为什么总是会将这条好汉漏掉？我认为曹禺是在故意托辞掩盖自己的真实思想。因为对于熟读《圣经》、信仰基督精神的曹禺来说，他当然知道上帝并不是一种物质结构的存在体，它无处不在却只能被感知，是一种精神信念的聚合体，曹禺正是充分利用了上帝不可视见的这种神性特征，将基督教的道德理念戏剧化地处理为完美精神的象征，从而形象地阐述了他自己本人对上帝与基督精神的独特理解。曹禺要求观众或读者持之以恒地去寻找上帝，这个漫长的寻找过程，既是人的灵魂的自我拯救过程，同时又是人的精神人格的自我磨砺过程，它是一种只有人类自身才能感悟到的永无止境的崇高的理想追求。

原载《文学评论》2000年第3期

① 保罗·蒂利希：《文化神学》，工人出版社，1986年版，第87页。

② 《日出·跋》，人民文学出版社，1996年版。

《雷雨》的希腊悲剧血统

——兼与《俄狄浦斯王》比较

王福和

如果说在英国文艺复兴的舞台上，莎士比亚以其卓越的戏剧成就，给欧洲文坛留下了一个永恒的话题——“说不尽的莎士比亚”的话，那么，在20世纪中国现代话剧的舞台上，戏剧大师曹禺及其《雷雨》等优秀剧作似乎也成了一个后人无法穷尽的话题。曹禺的戏剧艺术是辉煌的，《雷雨》的艺术魅力是经久不衰的。正是在这种摆脱不掉的“《雷雨》情结”的诱惑下，笔者也加入了“说不尽的曹禺”的行列，捡起曹禺研究中似乎已被评说过千百遍的、老而不朽的话题，通过《雷雨》与最能代表古希腊悲剧特征的《俄狄浦斯王》的比较，试图从遗传与继承的角度，对这部作品中所“流淌”的古希腊悲剧血统做另类探究。

一、原型血统

原型是一个外来语，又被翻译为“原始模型”或“民话雏形”，指自发地显现在神话、童话、民间故事、宗教冥想、艺术想象、幻想和精神失常状态中以及儿童思维和成年人梦中的一种原始意象。① 在古希腊神话中，蕴藏着诸多有关命运、乱伦、复仇、报应等远古人类的“原始意象”，这些原始意象后来通过悲剧诗人的挖掘和整理后，在其悲剧作品中艺术地“脱胎”出来，形象地显现出来，并且在后世的中外文学画廊中得到了强烈的回应。在中国现代戏剧发展史上，曹禺是西方戏剧营养的最大受益者。这其中，希腊悲剧的影响尤其深刻。因为早在上大学的时候，他就接触到了希腊悲剧的作品。他说“我喜欢艾斯吉勒斯他那雄伟、深厚的感情；从优立辟谛斯，我企图学习他那观察现实的本领以及他的写实主义的表现方法，我很喜欢他的《美狄亚》。”②正是在痴迷于希腊悲剧时期，年轻的曹禺完成了他的不朽剧作《雷雨》。对此，曹禺“供认不讳”。《雷雨》问世后，他十分坦然地承认：“这个剧有些人说是受易卜生的影响，但与其说是受近代人的影响，毋宁说受古代希腊悲剧的影响。”③而在这一方面，蕴涵在希腊悲剧中的神话原型无论对处在成长时期的曹禺，还是对《雷雨》的创作都产生了举足轻重的影响。

悲剧《俄狄浦斯王》“脱胎”于希腊神话《俄狄浦斯的故事》，讲述的是俄狄浦斯在命运

① 叶舒宪：《探索非理性的世界——原型批评的理论与方法》，四川人民出版社，1988年版。
② 张葆莘：《曹禺同志谈剧作》，文艺报，1957年2月1日。
③ 曹禺：《曹禺论创作》，上海文艺出版社，1986年版。

的罗网中犯下杀父娶母的乱伦大罪进而毁灭的悲剧。忒拜王拉伊俄斯由于婚后无子，便向阿波罗祈求。阿波罗答应给他一个儿子，但预言他将死在这个孩子的手中。无奈，拉伊俄斯只好派仆人将出生3天的儿子，丢弃在山上。由于仆人可怜这个孩子，便把他送给了一个牧人。牧人又将孩子转送给同样婚后无子的科任托斯国王夫妇。于是，他们便将俄狄浦斯作为自己的亲生儿子抚养成人。长大后的俄狄浦斯从阿波罗那得知自己的命运后，便离开了科任托斯。在三岔路口，他失手打死了一个老者，那正是他的亲生父亲。当他来到忒拜的时候，正值斯芬克斯女妖在制造灾祸，俄狄浦斯猜中了谜语，解除了灾难，又娶了前国王的遗孀伊俄卡斯忒为妻，那正是他的亲生母亲。十几年后，瘟疫再度降临，上苍要求抓到杀害前国王的凶手。俄狄浦斯经过追查后才发现自己就是那闯下乱伦大祸的罪人。于是，他的母后又是妻子的伊俄卡斯忒自杀身亡，而他自己则弄瞎了双眼，自愿放逐他乡。

在这出人类为反抗命运陷入罗网而不能自拔的悲剧中，“谁是凶手?”构成了推动情节发展的焦点。而当真相大白于天下的时候，人们所关注的就不仅仅是命运得到了应验，而是俄狄浦斯的乱伦之罪。这一“乱伦”的原型经过曹禺的继承和借鉴，在《雷雨》中得到了艺术的复原。《俄狄浦斯王》重点描写了俄狄浦斯与伊俄卡斯忒既是母子又是夫妻的乱伦关系，而《雷雨》的重点也在于描写了周萍与蘩漪既是名分上的母子又是真正意义上的情人的乱伦纠葛。在忒拜的宫殿里所发生的这场因命运的捉弄而导致的乱伦悲剧，既展示了人类同命运的斗争精神，也流露出人类在命运面前的无力和苍白。而周萍与蘩漪的悲剧既是俄狄浦斯与伊俄卡斯忒悲剧原型在中国的再现，也是这一神话原型在中国文学的延续和升华。在周公馆所发生的冲突是人类的原始欲望同现代伦理道德的冲突，是人类求生存、求自由的理想同摧残人性的封建桎梏的冲突。如果说俄狄浦斯与母亲的乱伦是“下意识”的，是“无知的”，那么周萍与后母蘩漪的乱伦则是“有意识的”，是“明知故犯”的。如果说伊俄卡斯忒与俄狄浦斯的结合尚有“感激”和“报恩”成分的话，那么蘩漪与周萍的相恋则几乎就是自身欲望和饥渴的宣泄。借助“原型”这面反观镜，我们发现《雷雨》所表现的心灵的碰撞和情感的冲突几乎就是古希腊“俄狄浦斯情结”在中国舞台上的“移位”和“变种”，《雷雨》也因此成为中国式的“俄狄浦斯”神话。

然而，作为中国现代话剧的代表人物，曹禺并未对古希腊神话的原型进行“照搬”式的借鉴，而是以自身对古希腊悲剧艺术的领悟和对中国社会的观察思考，将古希腊悲剧的原型进行了更大范畴的扩展。同为乱伦，《俄狄浦斯王》在表现血婚禁忌上只渲染了儿子俄狄浦斯与母亲伊俄卡斯忒这一条线索，而《雷雨》则不然。虽然周萍与后母蘩漪是一种没有血婚禁忌的乱伦，但在中国的道德观念中，他们偷吃禁果的行为仍属大逆不道。如果说这一乱伦的关系还不足以回应希腊悲剧原型的话，那么周萍与四凤的兄妹恋情则彻底掉进了血婚禁忌的旋涡。所不同的是，前者是“故意”的，后者是“无意”的；前者有值得同情的成分，后者又显得十分的无辜，但他们所犯下的乱伦“罪行”已是无可更改的事实。古希腊神话的原型就这样间接地通过《俄狄浦斯王》而在《雷雨》中得到了创造性的回应，并通过在周公馆这座罪恶的渊薮中所演绎的一幕幕悲剧而得到了艺术的再现。

二、命运血统

古希腊悲剧绝大多数为命运悲剧，所表现的往往是人类在同命运的抗争中不可避免的毁灭。在悲剧作品中，诗人们常常用灾难和死亡来预示那些深不可知的命运，并且大多在悲剧一开始就或用神谕的方式告诉观众，或暗示给人类，而偏偏将悲剧的主人公蒙在鼓里。于是，悲剧英雄们便极力地与命运抗争，但结果却事与愿违，往往是越挣扎就陷得越深，越反抗就失败得越快，最终只能深陷于命运的泥潭而不能自拔。作为人类童年时代的作家，悲剧诗人们用一颗颗稚嫩的童心在探求着人与命运的关系，但所得到的却是更大的疑惑。这些疑惑又往往使他们斩不断，理更乱。

《俄狄浦斯王》就是这样一部人与命运相抗争的悲剧。在剧中，命运的铁掌一直没有放弃对俄狄浦斯一家的摧残，使他们无论怎样挣扎，无论怎样逃避都无法摆脱命运的追杀。身为父母，拉伊俄斯和伊俄卡斯忒在得知儿子的命运后，就想极力避免这不祥的结局。于是，他们便采取了最简单、最原始的反抗措施——派人将孩子弄死后扔掉，以防儿子长大后成为杀害父亲的凶手。但是，命运却嘲弄了他们。当他们以为孩子已经被除掉，再也无须为未来可能导致的悲剧担心时，仆人的一时怜悯却将他们一举推进了命运的深渊，使其成为命运的最先受害者。身为儿子，俄狄浦斯在得到阿波罗的神谕后，为了逃避杀害父王和玷污母后床榻的可怕命运，也采取了坚决而果断的反抗行动。不幸的是，命运也无情地嘲弄了他。他所极力要避开的并不是自己亲生父母，而他所前往的地方又恰恰是亲生父母所统治的国家。于是，这个为反抗不公的命运而决意抗争的青年也不可幸免地陷入了命运的罗网，最终在无意中杀了不该杀的父亲，娶了不该娶的母亲，生了不该生的“子女”，成为与命运抗争中最无辜的牺牲品。

古希腊悲剧的命运精神，不但影响了青年曹禺，而且在《雷雨》中得到了鲜明的回应。谈到《雷雨》的创作时，曹禺说：“《雷雨》对我是个诱惑。与《雷雨》俱来的情绪蕴成我对宇宙间许多神秘的事物一种不可言喻的憧憬。……我如原始的祖先们对那些不可理解的现象睁大了惊奇的眼睛。”但是，年轻的他又“没有能力来形容它的真实相。因为它太大，太复杂”。他只好“用一种悲悯的心情来写剧中人的争执，”写“他们怎样盲目地争执着，泥鳅似地在情感的火坑里打着昏迷的滚，用尽心力来拯救自己，而不知千万仞的深渊在眼前张着巨大的口。他们正如一匹跌在沼泽里的羸马，愈挣扎，愈深沉地陷落在死亡的泥沼里。……在《雷雨》里，宇宙正像一口残酷的井，落在里面，怎样呼号也难逃脱这黑暗的坑。”因为“在这斗争的背后或有一个主宰来使用它的管辖。这主宰，希伯来的先知们赞他为‘上帝’，希腊的戏剧家们称它为‘命运’”。[①]

纵观《雷雨》中的大小人物，我们会发现，除了鲁贵这个心满意足的奴才外，其余所有与周家有瓜葛的人无一不在命运的“火坑”里挣扎。鲁侍萍是这个“黑暗的坑”的第一个牺牲品。周朴园玩弄了她又抛弃了她，虽然她自杀未成、远离他乡活了下来，并发誓永不同周家人再有来往。但是30年后，“不公平的命”还是鬼使神差地使她再度跨进了周家的大门，而且痛不欲生地目睹了女儿所遭遇的比她还惨的悲剧。周蘩漪是这个“黑暗的坑”的第二个牺牲品。虽然她年纪轻轻就被骗进了周公馆，而且在这座“牢狱”中被摧残了18年，但是在命运面前，她没有选择逃避，而是勇敢地向这个家庭的秩序挑战，并企图借助周萍的“爱情”来重新燃烧自己，以证明自己是一个“真正要活着”的女人。结果不但没能挽救自己的命运，反而落得个与周公馆同归于尽的结局。周萍是这个“黑暗的坑”的第三个牺牲品。这棵弱不禁风的小草和匆匆的过客，为了填补空虚的心灵，他点燃了年轻貌美的后母的情感之火又将其熄灭。为了悔改以往的罪恶又占有了年轻幼稚的四凤，试图用一颗新的灵魂来洗涤自己的罪孽，不料却更深地陷落在乱伦的泥沼中而毁灭。在周公馆这个“黑暗的坑”中，周冲试图通过对四凤的追求来悖逆这个家庭给他安排好的生活秩序未果，四凤拼命地恳求与周萍一道出走以逃避命运未成，鲁大海率领工人闹罢工以改变自己的命运失败，乃至周朴园极力维持这个封建家庭结果毁于一旦等，似乎都是命运在从中作祟。面对命运，他们都曾反抗过、挣扎过、逃避过，但结果却“怎样呼号也难逃脱这黑暗的坑”。

《雷雨》发表后，蕴涵其中的命运观引起了评论界的广泛关注。李健吾指出：“在《雷雨》里面，作者运用（无论他有意或者无意）了两个东西，一个是新的：新的是环境和遗传，一个十九世纪中叶以来的新东西；旧的是命运，一个古已有之的旧东西。然而在这出长剧里面，最有力量的一个隐而不见的力量，却是处处令我们感到的一个命运观念。”[②]郭沫若指出，《雷雨》的“作者所强调的悲剧，是希腊式的命运悲剧”[③]。时至80年代，香港学者忆扬又指出，不仅《雷雨》是命运悲剧，就是“作者写《日出》《原野》与《北京人》时，仍抱有宿命论的意识”。因为“剧中人希望逃避来自‘一种不可知的力量的’厄运，而终于失败”[④]。但是，《雷雨》毕竟是20世纪发生在中国舞台上的悲剧，它既不等同于《俄狄浦斯王》，也并非《俄狄浦斯王》命运观的简单承袭。与处在上古时期的古希腊社会相比，20世纪的中国与其不仅在时空上，而且在社会意识上均有相当大的差异。虽然古希腊悲剧的命运观念深深地影响了曹禺，激动了曹禺，但古希腊悲剧毕竟是人类童年时期的作品，其中所表达的命运观念及其对命运的理解并不能从根本上解决20世纪中国的曹禺所面临的现实问题。

① 曹禺：《曹禺论创作》，上海文艺出版社，1986年版。
② 田本相、胡叔和：《曹禺研究资料（上）》，中国戏剧出版社，1991年版。
③ 田本相、胡叔和：《曹禺研究资料（上）》，中国戏剧出版社，1991年版。
④ 忆扬：《浅谈曹禺剧作》，《海洋文艺》，1980年第7期。

于是，继承了希腊悲剧命运血统的曹禺，又将自己对命运的理解延伸到了生活其中的那个社会，使剧本与20世纪的中国现实紧紧地融合到了一起。在《雷雨》所展示的悲剧中，虽然隐含着一种无论怎样挣扎也难免跌入罪恶陷阱和死亡泥沼的命运色彩，但剧中的人物已不再是头上闪烁着神秘光环的古代英雄，而是就在我们身边的活生生的人。虽然他们由于不甘心自己的悲惨境遇，在顽强的抗争中最后导致了失败和毁灭，但在强大的命运面前，他们却表现出了反抗的勇气，发出了渴望自由的呼声。从这个角度上看，《雷雨》又跳出了希腊悲剧"纯命运"血统的光环，在表现人与命运相抗争的同时，又将一幕幕触目惊心的社会悲剧展现给观众。

三、结构血统

在希腊悲剧中，《俄狄浦斯王》既是命运悲剧的代表，也是结构艺术的典范。戏剧不同于小说，其时间和空间的局限"迫使"它必须要比小说还要讲究结构，必须要确保能在有限的舞台空间内完成所应完成的戏剧冲突。为了在小小的舞台上，在有限的空间内展示出纷繁复杂和丰富多彩的社会生活画面，古希腊悲剧诗人们"不得不"将众多的事件进行大幅度压缩，使其超浓缩地在指定的时间和指定的地点内讲述出一个完整的故事，从而给该剧一个完美的结构，给剧情一个完美的结局，给观众一个完美的享受。

《俄狄浦斯王》的故事前后历经数十年，主要包括俄狄浦斯的父亲因害怕阿波罗的预言而派人将刚出生的儿子丢弃的故事、仆人在怜悯的驱动下将孩子转送给科任托斯牧人的故事、科任托斯国王夫妇将俄狄浦斯抚养成人的故事、俄狄浦斯长大后为反抗命运离家出走的故事、他在生身父母的国家里因无意中杀父娶母而陷入命运旋涡的故事，他为解除瘟疫追查凶手，真相大白后自愿放逐的故事等。这样一个错综复杂且时间久远的故事如果全部搬上舞台，势必会以冲突的繁杂和情节的拖沓而影响全剧的审美效果。为了使矛盾高度集中，为了在露天剧场内将一个人人都熟知的故事艺术地展现给观众，就必须要有所舍弃。于是，作者便紧紧抓住了"谁是杀害前国王的凶手?"这一戏剧冲突的主要环节，通过剧中人物的追溯，巧妙地将阿波罗的预言、俄狄浦斯的出生及其成长、他杀父娶母的行为等事件统统安排在"幕前"完成。在此基础上，悲剧以描写忒拜城遭受天灾而拉开大幕，然后通过"追溯"来逐渐揭示或证实主人公过去杀父娶母的行为，而当一切都水落石出，凶手的身份得到确认的时候，剧情已临近尾声。诗人没有从事件的起因写起，而是从接近事件的结局处拉开帷幕，通过揭示过去的故事作为推动现在的剧情发展的动力，这样，就大大地节省了诸多的叙述和时间，使全剧显得集中紧凑、首尾照应，结构严谨。《俄狄浦斯王》就这样以其独特的艺术手法在世界戏剧历程中开创了"追溯式"结构的范例。

"追溯式"又称"追溯法"和"回顾式"，是戏剧创作中所常用的一种结构手法。其特点是把一部戏的高潮安排在开场前夕，当大幕拉开的时候，整个戏剧的情节已经发展了很长的一段时期，剧中比较重要的事件，比较关键的矛盾都已经形成，正处在总爆发的时刻。

就剧本的矛盾冲突而言，戏剧一开场就进入了高潮，并且“迫不及待”地就走向了结局。从剧本的结构角度而论，“追溯式”手法与小说创作中的“倒叙”十分相似。而从戏剧结构的发展轨迹上来看，“追溯式”手法则经历了一个从传统到现代的、漫长的历史演变过程。尽管由古希腊悲剧诗人索福克勒斯首创的“追溯式”结构在挪威剧作家易卜生那里得到了完善和成熟，但从遗传的角度上看，《俄狄浦斯王》仍为《雷雨》戏剧结构最早的艺术基因。与《俄狄浦斯王》相同的是，《雷雨》的故事也历经了相当大的时间跨度。在 30 年的风风雨雨中，剧中的人物不同程度地体验了人生旅途上的大喜大悲。这里面既夹杂着从前的故事，也蕴涵着后来的故事，还正在搬演着现在的故事。周朴园对鲁侍萍的玩弄与抛弃、蘩漪对周朴园的受骗上当、周萍对后母蘩漪的始乱终弃、四凤与周萍的感情纠葛、周冲对四凤的天真幻想、鲁大海与周家的血脉关联等，将剧中所有的人物及其命运都集中在周公馆这个封建家族之中，并且无法挣脱地扭结在了一起。这样一个长达 30 余年的悲剧故事，自然不可能在短短的几幕剧中就能得到全景式地展示。于是，曹禺便继承了《俄狄浦斯王》“追溯式”结构手法，巧妙地将周鲁两家 30 年的恩恩怨怨，将剧中所有人物的命运都集中在一天之内，并通过“追溯”将周公馆所发生的罪恶历史，将周家大小人物内心世界的苦痛淋漓尽致地揭示出来。

但是，这场发生在 20 世纪中国舞台上的《雷雨》故事，并非是古希腊《俄狄浦斯王》的悲剧在中国的“克隆”。虽然同为“追溯”，但曹禺却没有像其戏剧前辈那样将所有的关键人物和关键事件都放到剧前，也没有像《俄狄浦斯王》那样一开幕就从悲剧冲突的结尾写起，而是巧妙地选择了该剧中最为重要的时刻，从矛盾即将爆发的中心点着手。如果说在《俄狄浦斯王》中，人们的“追溯”是一种痛苦的“回忆”的话，那么《雷雨》中人物的“追溯”就变成了对充满罪恶的周公馆的血泪控诉。如果说在《俄狄浦斯王》中，“吸引观众注意力的，不在于剧中人物在干什么，而在于他们发现自己已经干了些什么”①的话，那么，在《雷雨》中，作者则把着眼点更多地放在了现在，放在了正在进行着的动作和冲突上。如果说在《俄狄浦斯王》中，追溯“过去的故事”是为了找到“杀父娶母”的凶手，一旦追溯完毕，凶手找到，“现在的故事”就达到高潮，走向结局的话，那么在《雷雨》中，追溯“过去的故事”并非是要发现什么，而是要以此来推动“现在的故事”继续向前发展，因为追溯终结之时并非高潮出现之刻。从观众的角度上看，他们与其说关注剧中的人物从前的故事，不如说更关注他们正在发生的故事，关注在那座封闭的周公馆中将要面临的生死攸关的命运抉择。在《雷雨》中，追溯“过去的故事”仅仅是戏剧冲突的一部分而并非全部，因为发生在周公馆的悲剧还在继续，“现在的故事”还正在进行。如果说《俄狄浦斯王》的追溯所显示的是一幅平面图景的话，那么《雷雨》的追溯所显示出来就是立体的雕塑；如果说《俄狄浦斯王》的追溯所显示的是一维空间的话，那么《雷雨》则在多维的时空中将古希腊人的“追溯式”结

① 吉尔伯特·默雷：《希腊文学史》，上海文艺出版社，1988 年版。

构进行了创造性的发挥。我们看到，只有当与周家相连的所有人物都在总爆发的时刻与这罪恶的渊薮“同归于尽”之时，《雷雨》的悲剧冲突才真正归于终结。“追溯式”的结构艺术就这样在曹禺的笔下，在中国式的《雷雨》中走向了发展和成熟。

曹禺是一位汲取了多种外来养分的戏剧大师，因而《雷雨》也不可能仅仅继承了古希腊悲剧一脉血统。莎士比亚、易卜生、奥尼尔、契诃夫……是这些戏剧天才们以其丰富的艺术乳汁哺育了曹禺，曹禺正是在创造性地借鉴了这些戏剧大师艺术成就的基础上孕育出了包括《雷雨》在内的优秀作品，并以此形成了真正属于曹禺、属于中国的戏剧风格。囿于题目所限，本文仅对《雷雨》的希腊悲剧血统做一浅显探询，而其它血统则别文另论。

原载《浙江工业大学学报》(社会科学版)2002 年第 3 期

20世纪中外戏剧比较论稿(节选)

黄爱华

(一)

在20世纪的中国戏剧大家中,首先自觉地拜契诃夫为师、以契诃夫的“学徒”自居的,是曹禺。他一生都崇拜契诃夫,写过多篇有关契诃夫的文章,解放后还自学俄文阅读原版的契诃夫文集。

曹禺(1910—1996),原名万家宝,字小石,祖籍湖北潜江,生于天津。他早在南开中学读书时,就开始戏剧创作和演出活动。1930年,曹禺考入清华大学西洋文学系,从此开始系统地阅读外国文学和戏剧作品。他通读英文版《易卜生全集》,研读希腊三大悲剧家、莎士比亚、奥尼尔、契诃夫、霍普特曼等人的剧作。在他创作《雷雨》之前,已经阅读了几百种中外名剧,此后他又如饥似渴地广泛吸吮着中外戏剧的艺术营养。30年代中期,他连续发表《雷雨》(1935)、《日出》(1936)、《原野》(1937),这些标志着中国话剧文学的成熟的剧作,奠定了曹禺在中国现代戏剧史上的地位。曹禺虽然没有留学国外的经历,但通过阅读,他领悟到了世界戏剧大师及其剧作的艺术精髓和神韵,并加以化用。在中国剧作家中,曹禺剧作与外国戏剧的关系是被研究得最多的,这并非只有曹禺与外国戏剧的关系最为密切,而是他对外国戏剧的借鉴最为广泛,凡是世界戏剧史上出现过的优秀戏剧遗产和戏剧大师的成功经验,他都像海纳百川般地积极汲取吸纳,诸如古希腊戏剧、莎士比亚、易卜生、契诃夫、奥尼尔,他都大胆拿来,兼收并蓄,为我所用。

曹禺之学习借鉴契诃夫、接受契诃夫的影响,是在20世纪30年代中期写作《日出》之时。曹禺在《〈日出〉跋》中说,在写完《雷雨》之后,发现它“太像戏”了,于是想“平铺直叙地写点东西”,“老老实实重新学一点较为深刻的”①。他开始试着试探与《雷雨》的戏剧冲突强烈、场面紧张火爆不同的体现另一种风格的戏路。此时,契诃夫走进他的视野,为他打开了另一扇门,他惊喜地发现,原来在戏剧的世界中,还有另外一个天地,便立即被契诃夫那独特的戏剧世界所迷醉了。曹禺这样描述道:“我记起几年前着了迷,沉醉于契诃夫深邃艰深的艺术里,一颗沉重的心怎样为他的戏感动着。读毕了《三姊妹》……我的眼渐为

① 曹禺:《〈日出〉跋》,《曹禺全集》第5卷,花山文艺出版社,1996年7月版,第32页。

浮起的泪水模糊起来成了一片，再也抬不起头来。然而在这出伟大的戏里没有一点张牙舞爪的穿插，走进走出，是活人，有灵魂的活人，不见一段惊心动魄的场面，结构很平淡，剧情人物也没有什么起伏生展，却那样抓牢了我的魂魄。我几乎停住了气息，一直昏迷在那悲哀的氛围里。”[①]令曹禺激赏的是契诃夫戏剧那平淡的场面、平淡的结构以及“有灵魂的活人”，而这“平淡”，正是他以往熟悉的莎士比亚、易卜生及克里斯布的佳构剧中所看不到的。从这次倾心相慕之后，1935 年，曹禺写出了“用片断的方法”“用多少人生的零碎来阐明一个观念”的《日出》。[②]《日出》不像《雷雨》那样紧紧围绕两个家庭的内部矛盾和血缘纠葛展开，剧本以 20 世纪 30 年代半殖民地半封建都市社会为背景，以方达生去找高级交际花陈白露时的所见所闻为线索展开剧情，着重选取陈白露寄宿宾馆的华丽的客厅和下层妓女翠喜所在的三等妓院宝和下处这两个特定地点，以陈白露的活动为中心，真实地展示了“鬼”似的人们生活的天堂和“可怜的动物”生活的地狱，深刻地揭示了以金钱为中心的社会的罪恶实质。在矛盾冲突的组织上，该剧也与《雷雨》矛盾错综复杂、冲突紧张尖锐、场面热烈火爆不同，构成《日出》的基本冲突的，是被压迫者与金钱化半殖民地社会的矛盾，而人物之间的矛盾不再是全剧的中心。在结构安排上，曹禺学习契诃夫那种把重大社会矛盾埋在剧本内部而以渗透方式制约剧情发展的结构形式，把全剧的根本冲突——打夯工人、银行职员与以金八、潘月亭为代表的黑暗势力的对立隐藏在幕后，渗透在分散的片断的描写之中；《日出》也不再重复《雷雨》的“闭锁式”结构，而是采用“片断的方法”，用“人生的零碎”来表现社会内容，展览人物群像，展示形形色色人物的精神风貌，使全剧既接近生活又富有深邃的诗意，颇得契诃夫生活化的散文诗体结构的韵味。虽然《日出》还不算最得契诃夫“神味”的作品，但却是曹禺戏剧思想和创作风格发生变化的开始，是他的戏剧创作从“经意”到“不经意”的转折。

1941 年，曹禺写出了被戏剧史家们视为“登上巅峰”的剧作《北京人》[③]。该剧以北京一个封建大家庭曾家的经济衰落为贯穿全剧矛盾冲突的线索与戏剧冲突展开的具体背景，通过曾家三代人的命运，展开家庭中善良与丑恶、新生与腐朽、光明与黑暗的冲突，并透过这些冲突，深入封建家庭这一躯体的灵魂深处，着力反映出封建主义精神统治对人的灵魂的吞噬，人们在这种精神统治下对新生活的追求，以及这种精神统治的破产。这是一个描绘“家庭琐事”的剧本，却寓意深沉，富于哲理，在鲜明、生动的形象里流露着对几千年封建礼教、文明的彻底否定。就艺术表现来说，该剧显示出曹禺的戏剧创作达到了一个新的高度，戏里没有“技巧”的痕迹，风格由以前剧作的火辣辣的浓烈转为淡远、隽永。曹禺曾多次坦率地承认自己的《北京人》受了契诃夫的影响，他说：“在风格上，《北京人》受到契诃夫的影响，我是很喜欢《三姊妹》的……这出戏没有我们通常所说的那种动作，但它是有

① 曹禺：《〈日出〉跋》，《曹禺全集》第 5 卷，花山文艺出版社，1996 年 7 月版，第 32 页。
② 曹禺：《〈日出〉跋》，《曹禺全集》第 5 卷，花山文艺出版社，1996 年 7 月版，第 33 页。
③ 重庆文化生活出版社，1941 年 12 月初版。

动作的，只是这种动作并不是我们通常所安排的高潮、悬念在矛盾冲突，他写得很深很深……我是从中悟到一点东西。”[①]曹禺所悟到的，正是契诃夫那种独特的反映生活的视角，以及含蓄而不露痕迹、在平淡中见深刻的艺术神味。

在曹禺看来，契诃夫与莎士比亚、易卜生的最大区别，在于他们所选取的“反映生活的角度”不同。契诃夫作品“很深很深，感情不外露，看不见雕琢的痕迹”[②]；契诃夫的独特魅力，就在于能在平淡的人生铺叙中照样有吸引入的东西，读了他的作品，能使你觉得生活是那么的丰富！正如曹禺研究专家田本相所说，曹禺受契诃夫的影响，“绝不是写法的模仿、风格的因袭，而是一种心灵的启示，是一种审美视角的点悟”。[③] 这种审美视角，就是契诃夫独特的选取和反映生活的角度和方式，是他得以创立“生活化戏剧”模式和抒情风格的基础。曹禺所得到的，正是契诃夫戏剧的精髓。

（二）

当然，借鉴《琼斯皇》最成功的，当属曹禺的名剧《原野》。该剧创作于 1936 年，1937 年 4—8 月在《文丛》第 1 卷第 2—5 期上连载。早在大学时代，曹禺就喜欢上奥尼尔了，读了他的不少剧作。此后曹禺曾无数次谈到自己对奥尼尔的倾慕，谈自己受他的影响，甚至认为奥尼尔是“美国戏剧之父”。[④] 曹禺接受奥尼尔的影响是全方位的，从戏剧观念、美学思想到表现方法，他都积极地吸纳，并融入到自己的血液之中，以致在他的《雷雨》《日出》《原野》《北京人》中，都可以看到奥尼尔的影子。特别是这部《原野》，更是成功地借鉴了《琼斯皇》的表现方法和技巧。

应该说，《原野》的立意和结构都与《琼斯皇》相异，有着更多的社会现实内容。该剧与《赵阎王》一样，都以中国的军阀混战为背景，写战争对人性的扭曲，使人变成“阎王”——赵阎王、焦阎王。但《原野》的重心不是正面写“阎王”，而是写受过焦阎王迫害的仇虎的复仇经历，写在空阔的原野上展开的一段爱恨情仇的故事。仇虎的父亲被焦阎王活埋，妹妹被卖到妓院，自己也被打折腿投进监狱。八年后，他越狱回来复仇，发现自己的未婚妻金子成了焦阎王的儿媳，而焦阎王已死，家里只剩下焦阎王的瞎婆子焦母、懦弱的儿子焦大星及襁褓里的婴儿小黑子。经过与焦母的几番较量和激烈的内心斗争，在“父仇子报”“父债子还”的宗法思想和封建意识的驱使下，仇虎最终还是向弱者实施了复仇计划，直接间接地杀害了焦大星和小黑子。到这里，表现的都是中国北方农村的生活，有着较多的现实主义成分。但曹禺也学习奥尼尔大胆运用象征手法去表现人物深刻而复杂的心理，善于调动各种现代派手法去为表现人物服务，因而《原野》的人、事、景都极具诡秘色彩。仇虎

① 田本相：《曹禺传》，北京十月文艺出版社，1988 年 8 月版，第 311 页。
② 曹禺：《和剧作家们谈读书和写作》，《剧本》1982 年第 10 期。
③ 田本相：《曹禺传》，北京十月文艺出版社，1988 年 8 月版，第 310 页。
④ 曹禺：《和剧作家们谈读书和写作》，《剧本》1982 年第 10 期。

的形象和性格都是奇异的，他“头发像乱麻，硕大无比的怪脸，眉毛垂下来，眼中燃烧着仇恨的火。右腿打成了瘸跛，背凸起来仿佛藏着一个小包袱”。焦瞎子的面目也是让人觉得既可憎又可怕，加上白傻子这样不常见的人物的穿插，和灰暗、沉郁的场景的尽情渲染，整出剧透露着阴森和恐怖。当然，曹禺对奥尼尔《琼斯皇》的借鉴，主要集中于第三幕（这与谷剑尘的《绅董》颇为相似，不知曹禺是否受到过《绅董》的启发）。该幕写仇虎复仇后携金子外逃，迷路于黑林子，在鼓声、枪声和招魂声的阵阵催逼下，仇虎突然精神迷乱，眼前六次出现幻觉，而这些人形、阎罗、判官、小鬼等幻象，像梦魇般纠缠着他，使他怎么样也逃不出黑林子，最后不愿屈服而开枪自杀。这与《琼斯皇》中琼斯受到土人追捕在森林中逃命，精神错乱而出现幻觉极为相似，也是曹禺学习奥尼尔对人物的心理描写和人的精神世界探索最为出彩的地方。

正如曹禺所说：“学习别人的东西。要善于‘化’，不能墨守成规。不要把别人学像了，把自己丢了，要学别人的‘似’，不要丢掉自己的‘真’。把自己的‘真’丢掉了，留下的也就只有‘似’了。”①在借鉴《琼斯皇》的过程中，曹禺从中华民族的文化心理和审美欣赏习惯出发，作了许多创造性的改造和发挥。如“独白”这一表现主义常用的手法在《琼斯皇》中占有重要地位，甚至成了主要表现手段之一，大部分是琼斯皇一个人在表演。在《原野》中，仇虎也有许多独白，是表现他的心理活动的不可缺少的手段，但曹禺又有自己的创新。他安排仇虎与金子一起逃离，既让两人在生死与共中互见真情，又一改《琼斯皇》只有长篇独白的单调冗长，增加富有张力和戏剧性的对白，让独白与对话交互相见。戏剧是动作的艺术，也同样是语言的艺术，人物对话与独白的穿插运用，既推动剧情波澜起伏地向前发展，又更好体现了人物的内心激烈的矛盾冲突，还使人物内心世界与外界有交流，丰富了舞台表现手段，更适于中国观众的接受。而且仇虎面前出现一幕幕幻景，因为有金子的“见证”，而显得更加真实，这比起琼斯一个人说自己看到了什么什么要具象有力得多。在《琼斯皇》中，鼓声是土人群像及反抗力量的象征，它贯穿始终，催逼着琼斯步步走向精神崩溃，在剧中有着极其重要的意义。在《原野》中，由于“鼓声”没有了时代背景和情节依据，没有那么震撼人心了，曹禺就根据中国人信鬼和相信灵魂存在的民族心理和风俗，从剧情出发，添加了“招魂”这一情节，用焦母的一阵阵催人魂魄、令人心碎的招魂的呼喊声，来渲染气氛，把仇虎一步步推向精神迷乱，同时也把剧情推向高潮。与琼斯借助神灵和巫医的出现而最终结束自己的生命不同，仇虎的悲剧来自他的内心深处浓厚的封建意识与其本身的善良敦厚的农民品质相抵触，他是受不了良心谴责、逃脱不了心狱的困扰而精神崩溃的。最后，仇虎把金子推向“黄金铺地的地方”而把死留给自己，是一种自我觉醒的表现，是以死来实现灵魂的自我救赎，这比起琼斯的因紧张恐惧而死，意味更深长，更发人深思，也更具有震撼人心的力量。所有这些，都是《原野》的创新之处，是曹禺善于“化”的结果。

① 曹禺：《读剧一得》，《曹禺全集》第5卷，人民文学出版社，1996年7月版，第246页。

有人认为,《原野》是现实主义与表现主义相结合的作品,也有人干脆把它看作是表现主义戏剧。但不管怎样,《原野》中表现主义艺术的运用是成功的,它不是机械模仿,而是创造性地借鉴和转化,并成功地与民族化相结合,从而别开生面地成就了一部中国平民复仇的心理悲剧。

原载《20世纪中外戏剧比较论稿》,浙江大学出版社2006年

奥尼尔研究(节选)

汪义群

曹禺与奥尼尔

几乎在洪深改编《琼斯皇》的同时，我国另一位剧作家曹禺也对奥尼尔产生了极大的兴趣。尽管他有时坦承自己作品的某一个场景受到过奥尼尔的影响，有时又闪烁其辞，对此不予承认，但明眼人还是在他的剧作中看到了这种影响。

从有关曹禺的传记中我们可以看到，早在中学时代，他就读过奥尼尔的《天边外》。他后来回忆道，剧本中"那一对兄弟的悲惨遭遇使我深深感动"[①]。在南开大学读书期间，他对美国戏剧的兴趣更加浓厚。当时美国出版的《戏剧艺术月刊》，他几乎每期必读，还读了奥尼尔的《悲悼》三部曲，对剧作家的才华大为折服。

对于奥尼尔的兴趣，几乎陪伴了曹禺一生。30 年代后期，他在国立剧专教授"剧本选读"课程时，就给学生分析过《安娜·克里斯蒂》。到了晚年，他还念念不忘奥尼尔，几乎每次讲座、报告都要提一提奥尼尔。在 1987 年 2 月 24 日中央戏剧学院等单位举办的"奥尼尔学术讨论会"的开幕式上，曹禺发表了长篇讲话，对奥尼尔的戏剧创作作了比较全面的评价。他说："奥尼尔的生活天地和创造天地之广阔，对他剧本开掘之深、表现之丰富关系密切。人生理想与现实之间的深刻矛盾使他感到如此的痛苦，他的作品的特点就在于让人们了解到这种矛盾，但又无法解决因而感到痛苦。他极热爱生活，他找不到解决矛盾的方法，他的海上独幕剧就表现了这种痛苦……。奥尼尔的悲观思想并不能说明他不热爱生活，他就像拥抱妻子一样拥抱生活，只有对生活有看法，才能写出好作品，我们应当从奥尼尔身上悟出这个道理来。"[②]1988 年 6 月，南京大学举办纪念奥尼尔 100 周年国际学术讨论会，曹禺给大会主持人刘海平教授发去了贺词，预祝中美戏剧交流史上这一"史无前例"的盛会圆满成功，并希望会议论文能结集出版。

曹禺曾经具体地谈到他对奥尼尔几出剧本的欣赏。在谈到《天边外》时，他说了底下这段话："《天边外》是他早期的作品，我很喜欢读。我佩服这个剧作家有几点：一是他不断地探索和创造，能生动地表现人物的各种心情的戏剧技巧；二是他的早期的作品，理解下

① 曹禺：《我所知道的奥尼尔》，《外国戏剧》1985 年第一期。

② 路易：《一次具有开拓性的会议——奥尼尔学术讨论会评述》，《戏剧》1987 年第二期。

层水手，是真正从生活中来的。”[①]他在谈到《悲悼》时说，“读了这本长戏，我惊叹奥尼尔善用人物的变态心理和相互的爱与恨的关系：这部结构十分紧密的三部曲，它使我不能不一直读下去。我料到在舞台上它也会叫人喘不出气来地看下去的。”[②]在谈到《榆树下的欲望》时，他说“剧中每个人物的性格都充溢着鲜明的美国乡土味，他刻画人物是既深又狠的。两种欲望激烈的争斗，那种残酷性使人战栗，使人觉得奥尼尔对人生探索得多么深透。”[③]敬佩之情油然可见。曹禺对于《安娜·克里斯蒂》一剧似乎情有独钟，他在不同的场合都谈到了这个剧本。说它是“一部深刻的社会问题剧”[④]。

许多学者都注意到，曹禺在悲剧观念上，在对人物的悲剧命运的看法上，乃至在一些表现手法上都受到奥尼尔的影响。例如，他在《日出》中就用了一些分割演区的技巧，这显然和奥尼尔的《发电机》《榆树下的欲望》有不少相似之处。尽管曹禺在为1936年出版的单行本所写的跋中谈到，剧本中将舞台分隔成左右两半，使观众在同一时间里可以看到两个不同地点发生的故事的做法，是借用了北方妓院的一种特殊的所谓“拉帐子”的习俗。但我们知道，当时曹禺已经读过奥尼尔的《榆树下的欲望》，而且就在这一篇跋中，他也并不讳言：“（这种）较为新颖的尝试，我在欧尼尔的戏（如Dynamo）里看到过，并且知道是成功的。”[⑤]

曹禺受到奥尼尔剧作的影响，最明显的是体现在他的《原野》的创作中。《原野》一剧写的是青年农民仇虎的复仇与爱情故事。故事的大致情节是这样的：连长出身的焦阎王回乡后，勾结绑匪，对同村的仇虎一家进行血洗：他们活埋了仇虎之父，抢走了仇虎之妹，并将她卖为娼妓。为了夺走仇虎家的土地，他还一不做二不休地将仇虎诬为土匪，把他送进大牢。8年后，仇虎越狱回来，誓报两代冤仇。但此时仇人焦阎王已死，而仇虎的未婚妻金子，已做了焦阎王的儿子焦大星的媳妇。尽管仇虎和焦大星从小就是好友，而且大星对父亲焦阎王的罪恶一无所知，但仇虎还是在“父仇子报”“父债子还”的思想支配下，杀死了大星，并让大星之子小黑子误死在欲杀仇虎的焦母之手。最后，仇虎携金子外逃，辗转于“黑林子”里迷了路，被侦缉队包围，终于自杀身亡。

在该剧的第三幕中，我们可以明显地看出借鉴奥尼尔《琼斯皇》的痕迹。仇虎杀死了无辜的大星后，内心充满着情与理的矛盾，甚至一度陷入迷惘、惶惑和半疯狂的状态。在这一幕中，我们看到与《琼斯皇》十分相似的场景：仇虎在森林中潜逃时的恐惧心理，他眼前一再出现的幻觉，他的喃喃自语，以及舞台上令人恍惚的幻象、黑魆魆的森林、不断传来的鼓声（后改成庵里招魂的木鱼声和磬声）。

《原野》问世不久，评论界就指出它受到奥尼尔《琼斯皇》的影响。曹禺本人在1937年为文化生活出版社出版《原野》单行本所写的后记里也承认，写完《原野》后，他发现第三幕

① 曹禺：《和剧作家们谈读书和写作》，《剧本》1982年第十期。

② 曹禺：《我所知道的奥尼尔》。

③ 同上

④ 曹禺：《我对戏剧创作的希望》，《剧本》1981年第四期。

⑤ 曹禺：《日出·跋》，文化生活出版社，1936年版。

有许多地方都和奥尼尔的《琼斯皇》相似。[①] 但是，在具体表现技巧的借用以及表面的相似之外，我们还应看到《原野》有别于《琼斯皇》的地方。首先，曹禺对于《琼斯皇》并不是一味地模仿，他还根据我国观众的欣赏习惯和审美需求，进行创造性的改动。例如，奥尼尔笔下的琼斯，在森林里潜逃时始终是孤独一人，而曹禺却在仇虎的身边安排了另一个与剧情有关的人物金子，还抓了一个常五作为人质。这样，在潜逃的过程中就有了更加丰富的动作，以及人物之间的应对。这样的安排显然更加符合我国观众的审美期待。其次，曹禺的社会意识远比奥尼尔强烈。奥尼尔更感兴趣的是人物的内心活动，是将人作为一个抽象的、代表全人类的形象来表现。而曹禺没有像奥尼尔那样刻意地展示人物抽象的恐惧心理，也没有描写抽象的人，而是尽力去表现民国初年那个兵荒马乱的时代，去反映那个时代特有的社会矛盾，去揭示以焦阎王为代表的黑暗势力的残忍，以及处于弱势的农民所受到的深重苦难。正如他自己说过的那样："这个戏写的是民国初年北洋军阀混战初期，在农村里发生的一件事情。当时，五四运动和新的思潮还没有开始，共产党还未建立。在农村里，谁有枪，谁就是霸王。农民处在一种万分黑暗、痛苦、想反抗但又找不到出路的状况中。"[②] 因此，尽管曹禺推崇奥尼尔，喜爱奥尼尔，并且在创作中受到他的影响，但我们还是认为，他的骨子里却更接近易卜生。他对社会现状的关怀远甚于对人物心理的兴趣，他的作品基本上都是社会问题剧。

原载《奥尼尔研究》，上海外语教育出版社 2006 年

① 见《原野·后记》，文化生活出版社，1937 年。

② 张葆莘：《曹禺同志谈剧作》，《文艺报》，1957 年第二期。

曹禺与西方戏剧

朱栋霖

曹禺的成功在于他既能保持自己戏剧风格中属于他个人所特有的、一贯稳定性特质，又能创造性地吸收外来影响。

一

在曹禺戏剧所受西方文学影响的方面，人们一直关注着下述问题：为什么曹禺主要接受了易卜生、奥尼尔、契诃夫、莎士比亚的深刻影响而不是他人？在这种外来影响的先后过程中，他是如何形成并且发展自己的独创风格的？

我们当然可以从"五四"这个新旧交替、个性解放的时代社会特点，从风靡当时社会的"易卜生热"等社会、文艺思潮，来解释曹禺何以在处女作中首先膜拜了戏剧大师易卜生。但是同一社会、文学环境，为什么有的剧作家如田汉、郭沫若、洪深等没有接受这种明显影响，而这位青年艺术家创作伊始就如此强烈地倾倒于那位挪威人？艺术是审美创造，需要我们从艺术创造的审美过程寻绎主客观因素。黑格尔辩证地指出：艺术家"根据他的心情和想象的内在生命去造成艺术的体现。艺术家的主体性与表现的真正客观性这两方面的统一创造了艺术美，因此，"在艺术里，感性的东西是经过心灵化了"①。艺术，是艺术家从自己的创作个性出发，经过"心灵化"，即以主体的审美理想、审美感受对对象重新改造的结晶。因此，任何外来影响都必须能够被融化进该作家的创作个性——心灵系统中，成为该作家个人的精神存在，才能在艺术创作中产生有价值的美学影响。曹禺正是从自己的创作个性、审美主体心理出发来抉择艺术导师。他受到"五四"人道主义与个性解放思想感召，总是从人，尤其是被压迫妇女在社会上的命运与追求的角度去感受生活，从而形成他对生活进行艺术概括的独特性，而易卜生的"社会问题剧"正是站在个性主义立场上，深切关注妇女命运，展开对资产阶级婚姻、爱情、家庭、道德问题的猛烈抨击。他深入人类精神生活领域，用剧中人思想、意志、情感、欲望的变化形成情感波涛的起伏动荡，构成紧张激荡的戏剧冲突，而这正是典型的易卜生式的戏剧观。他个性偏于忧郁，对生活中悲剧性事件尤为敏感，审美情感中包蕴着一股令人窒息的悲剧的压抑感，那种"雷雨"式的激荡热

① 黑格尔：《美学》第1卷第369页、第49页。

烈、痛苦压抑，决定了曹禺的戏剧美学观倾向于悲剧美，而易卜生正是一位卓越的悲剧艺术家。因此曹禺在艺术上不可能倾向于他人，例如高乃依等古典主义戏剧的内容同曹禺当时所关注的中国现实问题相去甚远，梅特林克与斯特林堡的象征主义与表现主义戏剧冲突不够尖锐激烈，莫里哀的喜剧艺术、肖伯纳的机智幽默不甚切合曹禺的悲剧美学观，要真正领悟契诃夫那别开生面的艺术还需时日，莎士比亚那宏伟博大的戏剧境界，也不是一位青年艺术家立即就能达到——只有易卜生乃至希腊悲剧艺术更契合青年曹禺的缪斯。

外来影响只有契合并真正被融进作家的创作个性，才与简单摹仿划清了界限。摹仿者只是简单照搬外在的个别技巧、结构、意象，外来艺术与摹仿者始终处于一种外在的和互相隔膜的状态。易卜生戏剧之于曹禺，不仅激发了他的创作灵感，而且成为曹禺"精神个体性"的合成因素。他学生时代演戏、攻读张彭春馈赠的《易卜生全集》等所积累的艺术库存得以再生出巨大的美学功能，通过艺术的审美创造，以鲜明的个人独创性与独立的美学价值体现出来。他在《雷雨・序》中含蓄地承认自己"抽取主人家的金线"，又强调"我是我自己"。因此，像《终身大事》《泼妇》《打出幽灵塔》等《玩偶之家》的中国翻版都昙花一现，《雷雨》却产生了巨大魅力与深远影响。尽管《雷雨》与《玩偶之家》《群鬼》等易卜生"问题剧"也有许多若隐若显的精神联系：如果说"易卜生把火炬投进了市侩的'和睦家庭'，宣布了资产阶级买卖婚姻内蕴的欺骗性的罪状"[①]，那么曹禺则用"雷雨"中令人震颤的电闪烛见了中国旧家庭的罪恶，作品对于黑暗现实的批判态度和否定精神，对于广大妇女不幸遭遇的巨大同情，无疑是对于《玩偶之家》《群鬼》等易卜生"问题剧"的深刻呼应。如果说易卜生塑造了娜拉这第一个具有现代自我意识的女性，她奇迹般的转变富有诗意地体现了剧作家灵魂深处那个"梦的美好世界"，蘩漪则可被称为"现代中国的娜拉"，她那声声控诉正是《玩偶之家》最后一幕娜拉那"妇女解放宣言"的强烈回声，她那心灵深处的光彩正是曹禺所要热烈赞美的。毫无疑义，这一切都不是从易卜生那里抄来的，他笔下的人物是从自己的生活中"挖"出来的，是他自己的"精神个性"中深思熟虑过、真正感动过的。

曹禺还从易卜生那里灵活地借鉴了许多艺术处理技巧。他说："我特别注意他的结构、人物、性格、高潮。"[②]这里，我们不妨一并提到流行于欧洲十九世纪的"巧凑剧"（又称"佳构剧"）的影响。"巧凑剧"的代表人物斯克里伯和萨顿写了大量剧作，风行当时法国舞台，仅斯克里伯就写了四百多部剧作。"巧凑剧"主要是在情节、结构、技巧方面刻意经营，以获得剧场效果。戏剧理论家曾经分析"巧凑剧"的主要技巧，其中有：剧情以秘密为基础，这个秘密观众早已知道而剧中人却一无所知；采用倒叙方法搬演长篇故事，通过对话或独白向观众"补叙"前情往事；在戏剧进展中利用人物的上下场、书信或说明人物身份等的巧妙安排，而使动作及其结果逐步趋向紧张；主要人物和敌对人物发生冲突时轮番经历

① 弗朗茨・梅林：《亨利克・易卜生》，见《易卜生评论集》，外语教学与研究出版社，1982年版，第113页。

② 赵浩生：《曹禺从〈雷雨〉谈到〈王昭君〉》，《七十年代》1979年第2期。

好的和坏的运气，从而创造出全剧的感情节奏；主角在遭遇最坏的运气之后，由于某种秘密在必需场面中泄露出来而交上了最好的运气；几个剧中人对于一个字或一种情境发生相反的理解，于是引起剧情的纠葛；解开纠葛非常明快且合乎逻辑，不使观众发生拖泥带水之感等等。“巧凑剧”是一种古典悲剧的形式，上述技巧并非“巧凑剧”首创，在希腊悲剧、法国古典主义戏剧中早有运用，“发现”与“突转”更被亚里斯多德誉为产生悲剧性的最佳技巧，至于隔墙偷听、密室授计、下毒谋杀等在浪漫派戏剧中也属俯拾皆是。“巧凑剧”为了制造引人注目的紧张场面和惊奇、满足，高度集中与强化了这些戏剧技巧，并把它发展到登峰造极以至于滥用的程度。由于法国“巧凑剧”作者能够熟练地操纵这些技巧以产生舞台效果，因此这一戏剧形式在当时很有影响。挪威戏剧家易卜生不仅在卑尔根剧院任职时排演了许多法国“巧凑剧”(其中包括斯克利伯的 21 个剧本)，而且他的早期剧作就有“巧凑剧”的明显痕迹。勃兰兑斯在论及《厄斯特罗特的英格夫人》这部易卜生早期创作中“无可争辩的最佳作品”时，曾明确指出它所受到的法国“巧凑剧”技巧的影响。勃兰兑斯说：这是“一出曲折离奇的戏剧，其中新的复杂局面层出不穷，剧中人按照诗人的意志在黑暗中摸索前进，以便使他们一再走入迷途。他们被纠缠在误解的情网中。当在某一点上挣脱开来的时候，又在另一点上被更紧地缠住，迫使他们铤而走险。诗人并没有因为某事不可能发生而退缩，让他的人物盲目行动。……全剧自始至终弥漫着一股神秘的气氛，只有这种气氛才会使各种误会成为可能。就在这里，易卜生第一次表现出他是一位善于制造神秘气氛的专家。从这种贯穿全剧的错综复杂的剧情的艺术手法中，我们已经能够感觉到舞台监督，对外国，尤其是法国剧本的研究和他的日常生活经验，给他这位专家提供了一种准确的预见性，去分辨哪些情节能在舞台上产生效果。”①易卜生后来的社会问题剧《玩偶之家》《群鬼》等当然摆脱了“巧凑剧”的形式，但仍留有其若干因素。我们看到，曹禺的《雷雨》同易卜生《玩偶之家》《群鬼》等一样，都是从一个家庭的紧急事变提取中心动作与戏剧冲突，冲突紧张激烈，全剧贯串“激变”与“危机”，从中产生激荡人心的戏剧性。这正是易卜生式的戏剧观。在这种戏剧观下，《雷雨》与《玩偶之家》《群鬼》等易卜生戏剧都有一些“巧凑剧”痕迹。它们的剧情都以一个“当局者迷旁观者清”的秘密为基础，在《玩偶之家》中是柯洛克斯泰对娜拉的要挟，《群鬼》中是阿尔文生前的荒唐史与吕嘉纳、欧士华的兄妹关系，在《雷雨》中则是周、鲁两家人物之间的私情、血缘关系；它们都采用倒叙法、回溯式搬演长篇故事；利用人物上下场等办法推动剧情渐趋紧张，设置一系列戏剧悬念，用闯入者突然打断那个令人激动的场面，以造成延宕，加强戏剧效果，并且在《雷雨》最后高潮中因为周朴园对蘩漪所说的“爸爸”“这个妈”等话产生误解，造成悲剧情节急骤变化等等。因此当我们谈到《雷雨》所受易卜生戏剧的多元影响时，不应忘记易卜生戏剧艺术本身的发展历史，而在曹禺写作《雷雨》之前所阅读的几百种外国剧作中也应包括法国“巧凑剧”派剧作。这就难怪剧作家在写出《雷雨》后不久就对此有所“反省”与“不满足”。

① 勃兰兑斯：《第三次印象》，见《易卜生评论集》，外语教学与研究出版社，1982 年版，第 79 页。

而在当初，易卜生处理"结构、人物、性格、高潮"的手法则给曹禺以有力的借鉴，并且强化了剧作紧张激荡的浓郁风格。

《雷雨》的"回溯式"戏剧结构，主要得力于易卜生戏剧与古希腊悲剧。易卜生将希腊悲剧家惯用的"回溯式"结构艺术发展到了高峰，《群鬼》典型地体现出易卜生特殊的戏剧结构艺术。《雷雨》与《群鬼》在舞台时间、地点、戏剧基本事件、人物关系和"三一律""回溯式"结构等方面，有许多相似之处。《雷雨》要表现的故事时间跨度长达 30 年。曹禺像易卜生一样，略去舞台上冲突准备与增长紧张阶段，他从 30 年来的矛盾着眼，就一天之内的冲突落笔，从戏剧激变的中心单刀直入，大幕拉开已是危机降临前夕，周家 30 年来惊心动魄的故事都在这最后一天内暴露，悲剧的发生仅仅是过去一系列罪恶的结果。这些相似并非简单摹仿，主要取法于曹禺的创作意图和强化剧本紧张激荡风格的需要。尽管两剧都有"过去的戏剧"与"现在的戏剧"两层戏剧动作，但《群鬼》以成功地揭示过去的戏剧动作著称，剧中除了欧士华变成白痴、吕嘉纳寻找别的追求外，"现在的戏剧"、目前的动作与人物关系自始至终没有多大变化，整体戏剧从头到尾是回溯，"现在的戏剧"只是借以容纳与表现"过去的戏剧"的独特形式，而整个回溯就是《群鬼》的真正戏剧动作。易卜生组织所有剧中人都密切参与进了揭示过去动作的进程，细腻地刻画出他们的心理反应，成功地赋予揭示"过去的戏剧"以紧张的戏剧性。而《雷雨》以表现"现在的戏剧"为主，将"过去的戏剧"与"现在的戏剧"紧密结合起来，用前者不断来推动后者的急剧发展，从而把戏剧的几组重要冲突交织重合到一起，"现在的戏剧"被激发得炽热火爆、难解难分，急剧奔向最后高潮。《雷雨》在历史与现实的"回溯"与"激变"中，呈现出重峦叠嶂、跌宕多姿的结构风貌。同时，曹禺也像易卜生一样，将笔透过"过去的戏剧"的揭示、情节的变化，抒写剧中人跳动的心灵突变的思想、暴风雨般的情感，从而汇涌成《雷雨》紧张热烈激荡的浓郁风格。

二

杰出的艺术家总是不断创新。曹禺的创作个性决定了他的戏剧是人物心灵的艺术。《雷雨》《日出》是着力通过再现生活本身来刻画剧中人的内心世界的。曹禺在第三个剧本中要探索表现人物灵魂的新艺术，将人的内心世界外部化，将精神生活的流动变化直接表演在观众面前。这就使他对美国现代剧作家奥尼尔产生浓厚兴趣，奥尼尔一直在探索和创造能生动地表现人物各种心情的戏剧技巧。曹禺在《原野》中借鉴奥尼尔《琼斯皇》，成功地进行了一次艺术尝试，从而在自己的创作个性中吸收了表现主义艺术，发展了戏剧观。

表现主义认为，人的根本真实在于他的灵魂内部，他的精神、情感、欲望、潜意识里。因此它重人的主观冲动甚于客观现实，要求突破事物的皮相而深入事物的内在真实，要求突破对人的外部行为的摹写而展开他的内在灵魂，将人的内心世界包括潜意识外部化、戏剧化。它不以真实地摹写客观现实取胜，而以表现人主观的感受、激情的跳荡、幻觉的产生、潜意识的流动见长，当时称为"灵魂的戏剧"。戏剧文学到了易卜生时代已形成完整的现实主义体系，任何艺术都要不断发展、更新。戏剧深入剧中人心灵，将剧中人内心世界外部化，直接呈现在舞台上与观众面前，这无异能为现实主义戏剧增添新生命，更何况艺术园地应该百花齐放，允许各种流派、创作方法并存。1936年奥尼尔获诺贝尔文学奖，在中国掀起第一次“奥尼尔热”，曹禺于这一年创作《原野》当然受这热潮鼓动。但是他继洪深《赵阎王》的尝试失败之后，敢于再次借鉴《琼斯皇》，这在他个人创作道路上却是富有美学价值的探索。

《琼斯皇》中黑人琼斯为了逃避土人的追捕，在黑夜森林中逃命，最后神经错乱，幻觉中看到自己与祖先的种种生活经历，翌日他终于未能逃出森林而被土人杀死。戏剧描写人类的恐怖心理并且寓有深邃的象征意义，形象地体现了荣格的“集体无意识”学说，成功地进行了一次人类心理分析[①]。《原野》第三幕与《琼斯皇》一样都是写人的恐怖心理，有许多相似的戏剧因素：黑幽幽的森林，催命的鼓声，主人公仇虎逃跑时的恐惧心理，幻觉中过去生活经历的再现，他的挣扎与苦斗等等。但《琼斯皇》蕴含在表面情节之外的象征意义在《原野》中消失了，仇虎幻觉中过去生活经历的意象是按照事情发生的时间先后顺序出现的，剧作家意在再现仇虎所遭受的种种不公，揭露焦阎王的凶暴残忍；仇虎在这种幻象的纠缠下拼命挣扎，他反抗的意志愈来愈顽强，而他深深的恐惧与迷乱则反映出愚昧与迷信所造成的他的内心悲剧性冲突——这样写一个杀人罪犯悔恨、惧怕交加的内心悲剧性冲突，又使我们想起莎士比亚那部与表现主义戏剧异曲同工的《马克白斯》的悲剧艺术。正是借鉴了表现主义，曹禺才出色地描写了仇虎迷离恍惚的精神状态，展示了一幕农民复仇失败的心理悲剧。这是为曹禺的主题服务的。

借鉴外来艺术要善于“化”，化成自己的血肉。《原野》又一成功之处在于通过针线细致绵密的穿插、层层渲染铺垫来描写仇虎幻觉产生的过程。这方面远胜于奥尼尔写在三张稿纸上的《琼斯皇》。奥尼尔描写琼斯幻觉的产生比较突兀。曹禺在《原野》中除了吸收《琼斯皇》原有的戏剧因素如音响效果、舞台环境外，充分发挥了《雷雨》《日出》中就显示出来的艺术特长，又有所创造。第三幕第一景的最后目的是写仇虎完全进入催眠状态，在幻觉中看到自身幻形。人的幻觉的产生需要过程。这一景开始，仇虎在幕内惊呼“灯！红灯！”焦母招魂的红灯一开始就出现在仇虎视觉中，使仇虎带着恐惧心理上场。这令人恐惧的红灯贯串在这一景始终，焦母的阴影也始终紧紧追随着他、控制着他的心灵。接着曹禺安排了多层铺垫渲染，细针密线、自然巧妙地为仇虎内心幻象的出现作了心理引导。他借助红灯和人物语言的暗示与诱导来刻画出仇虎的内心如何由刚上场时的恐惧开始转入迷乱。深深的谴责如何一次次折磨着他，像利刃一刀刀割裂着那本来就因悔恨误杀而开始破碎的心，他的心灵结构因而不断破散、崩裂、瓦解，终于完全失去自持能力而进入催眠状态。最后焦母叫魂来了，庙鼓沉沉，红灯恍惚。《琼斯皇》中瓦解琼斯自信心、催他命的是土人战前举行的原始宗教仪式图腾舞蹈的鼓声，《原野》中则化为富有中国传统宗教迷信色彩的鼓声（在最近修改本中改为庵里招魂的木鱼磬声）、红灯与叫魂声，这一切猛烈地

① 参见陶立斯·福尔克著《尤金·奥尼尔和他的悲剧冲突》，美国鲁格斯大学出版社，1958年版。

摇撼着仇虎的心灵支柱，他的心灵系统彻底瓦解，大叫一声："这简直是到了地狱！"终于，掉进了心狱中的仇虎精神迷乱，在幻觉中看到了自身的幻形。曹禺为仇虎幻觉意象的产生所作的心理引导，不仅细致自然、层次分明，而且符合人类潜意识活动的心理规律。

曹禺在描写仇虎幻觉意象的产生时取得了成功，而在直接表现幻觉意象活动时则略嫌不足。人物潜意识的活动是思想、情感的不规律的自由流动，它不受时间与空间限制、客观现实与主观幻想的约束，因此艺术表现的一个重要特点就是通过时空的颠倒，现在与过去未来的交错出现，现实与幻想的互相融合，来造成人物白日梦的真实感。奥尼尔写琼斯幻觉心理时创造出一片朦胧迷乱的意境，而曹禺描写仇虎催眠状态中对过去的回忆，如第三幕第二景，则清晰如事件再现，真实像当事人当场表演，这固然使一般观众易于理解，但太清晰则过于理智化，过实则失其真。这个问题在第四景仇虎看到阎罗殿的场面中更为明显，这一景由于过多地受到中国传统戏曲中"阴审"的影响，本应更虚幻的事件反而更落实，并且缺少新意。这给《原野》带来另一问题，尝试新的艺术技巧的兴趣使作者忽略了对人物形象作更准确的把握，不免有点夸大了仇虎的心理谴责。艺术表现贵在适度，失去了适度就减弱了艺术的可贵。当然这些并不能影响《原野》的基本艺术成就，曹禺毕竟在艺术道路上又跨出了勇敢的一步。

三

如果说《雷雨》是易卜生的艺术近亲，《北京人》则接近于契诃夫。在易卜生与契诃夫这戏剧史上两座里程碑之间有一段距离，两者的戏剧艺术迥然有别，曹禺要跳出藩篱，倾倒于契诃夫再探新路，必须有一番郑重选择，和谐地处理自己艺术个性与外来影响之间的关系。如果他固守门户，囿于《雷雨》时的创作个性，不从外来艺术的接收中实现对"自己"的突破，他的艺术就会丧失新鲜的活力；如果他完全抛弃原有的创作个性，无视自己的个人艺术特质，就会失去他之称为"曹禺"的独特性——这些富有光彩的魅力曾经使曹禺赢得最广大的观众——那无异失去了艺术灵魂；如果他全盘"契诃夫化"，那就抹去了他作为一位中国现代艺术家的民族本色，他将因而失去他的中国剧场和他原先拥有的广大中国观众，那些传统戏剧观根深蒂固的中国观众要故事、要穿插、要紧张场面。曹禺的经验是，借鉴外来艺术"要学别人的'似'，不要丢掉自己的'真'"[①]。他明智地将两者关系作了微妙的平衡，在自己的创作个性中有机地融合进契诃夫戏剧艺术新因素，获得了对"自己"的突破。

作为剧作家，所谓对"自己"的新突破，根本在于戏剧观与戏剧美学观的发展变化。契诃夫现实主义艺术影响了曹禺创作个性中对生活的独特认识，因而推动了曹禺戏剧观的发展。曹禺说："他（契诃夫）教我懂得艺术上的平淡。一个戏不要写得那么张牙舞爪，在平淡的人生的铺述中照样有吸引人的东西。"[②]契诃夫认为，人们周围大量存着的是平凡、

① 曹禺：《读剧一得》，见《论剧作》，人民文学出版社，1979 年出版。
② 曹禺：《和剧作家们谈读书和写作》，载《剧本》1982 年第 10 期。

琐碎的生活场面而不是像传统戏剧中那种非常性紧急事变，现实主义就是应该朴实无华、不加编造地通过平淡的人生的铺述去揭示生活的内蕴。他的戏剧取材于平凡生活、日常琐事，运用大量详细的生活细节编剧，“在舞台上得让一切事情像生活里那样复杂，同时又那样简单。人们吃饭，仅仅吃饭，可是在这时候他们的幸福形成了，或者他们的生活毁掉了”①，从中揭示出深刻的悲剧。描写日常生活琐事的叙事性，就是契诃夫戏剧的一个重要因素。从编剧艺术看，《雷雨》属于欧洲传统型的、易卜生式的戏剧观，曹禺在《北京人》中着意追求契诃夫式的风格，“平淡的人生的铺述”就成为戏剧表现的主要内容。多少琐碎的日常生活构成许多戏剧场面，它们似乎不经意地发生，随意展开，旁枝逸出，若断似续，生活就像流水，在这里慢慢流着，流着。曹禺像契诃夫一样，严格按照生活的本来面目描写生活，把戏剧舞台当作生活本身，让生活自然朴实地伸展，像潺潺流水顺顺畅畅淌去，时而荡漾起一圈涟漪几簇浪花。当然，契诃夫戏剧并非没有戏剧冲突，没有戏剧性，而是以潜伏的内心冲突、内在戏剧性的特殊方式存在着。他那些软弱的主人公并未与对立面人物进入直接的正面交锋，只是怀着个人未能实现的美好愿望，孤独地寻求着生活的新路，因而冲突没有外在化，而是转入剧中人内心的紧张斗争：人与庸俗势力、环境的内心斗争。这就形成了《三姊妹》等剧中潜伏在表面情节之下的内心冲突的戏剧暗流。用这种特殊戏剧来表现平淡生活所蕴含着的丰富复杂人生的深刻悲剧性，这是契诃夫戏剧观的又一重要因素。《北京人》剧中人之间虽然有种种矛盾纠葛，但他们都没有形成主要的戏剧冲突。曹禺像契诃夫《三姊妹》一样，把戏剧冲突置于剧中人内心：曾文清心灵中那真正的人要摆脱这环境的微弱要求，和终于在旧生活中自我毁灭的悲剧性冲突，尽管他与曾思懿、曾皓、愫方都有交锋，一切外部事件无非引起、激化与借以表现潜藏的内心冲突；愫方那美的心灵遭受封建势力摧残，和最后终于挣扎出封建牢笼的心理过程。这一切形成了《北京人》中人与封建精神统治的内心悲剧性冲突，一条与表面情节相呼应的内在动作线。沉滞的旧家庭生活中人生的深刻复杂内涵在这种戏剧冲突中获得深沉的体现。在契诃夫戏剧观影响下，曹禺从《雷雨》紧张激荡的风格转而追求平淡自然深沉的美。

契诃夫“新型的戏剧艺术”的又一杰出价值在于戏剧美学观与戏剧样式的变化，这同样影响了剧作家曹禺的审美主体心理，他的审美情感与审美感受的独特性，从而推动了曹禺戏剧美学观的发展。在形成戏剧美学特性的诸因素中，戏剧人物是重要因素，从戏剧人物精神生活特征中所呈现出的审美特征决定了戏剧的美学特性，而这些审美特征的诞生又取决于作家创作个性的个人特点，他对生活的审美感受和他处理戏剧人物的美学原则。尽管一个剧中有各式人物，但这些戏剧人物都具有某些内在一致性，即强烈地染上了这位剧作家的审美主体心理因素，他们仅是同一位艺术家精神血统的产物，因而不能不带上这位艺术家“心灵化”的深深印痕。传统的英雄悲剧呈现出悲壮美，而契诃夫的戏剧王国里栖居着一群忧郁的公民，他们都是被平庸与琐碎、倦怠与懒惰窒息得透不过气来的渺小可

① 《契诃夫论文学》，人民文学出版社，1958年版，第420页。

怜的人，始终沉浸在深沉的忧郁与向往美好生活的苦闷的心海里，好独自沉思而难以倾吐情愫。这种所谓“契诃夫式的精神生活”就形成了契诃夫戏剧人物的一个审美特征：深沉的忧郁苦闷。在《雷雨》中曹禺善于从紧张激荡的戏剧性事件、人物中发现悲剧美，但是看一看曹禺笔下的“北京人”吧，这些戏剧人物的审美特征与契诃夫那群忧郁公民们比较接近了。封建家庭的压抑的精神生活窒息着他们心灵的呼吸，他们无时不处在深深的忧郁与痛苦中，封建礼教的束缚使他们不敢也不善倾吐个人感情，只是处于孤独的忧思苦闷中，而曾文清与伊凡诺夫这两个形象更是“心有灵犀一点通”。契诃夫戏剧人物一种更为独特、更为“契诃夫式”的精神特征和审美特性是“忧伤的美”。她们在最哀痛的心境中，能够承担起最不堪的苦难，心灵中升腾起自我牺牲的幸福感与向往生活的力量，在痛苦中滋生甜蜜。这来源于剧作家个人所特有的审美感受，他对美的享受是与忧伤痛苦的感觉交融在一起的。于是“忧伤的美”的旋律奏鸣在契诃夫戏剧女性形象的心灵中，它化成《海鸥》最后一幕宁娜流着眼泪向特里波列夫说的那段长篇独白，化成《万尼亚舅舅》结尾索尼雅那段“我们要继续活下去”的大段倾诉，激扬为《三姊妹》结尾的感情高潮，三姊妹那段“听听这个军乐呀”的著名独白。三姐妹在庸俗势力进攻下丧失了现实生活的追求，她们是痛苦的、凄凉的、孤独的，然而她们并没有失去对生活中美好事物的热望，正在痛苦中盲目摸索、顽强地寻找生活的意义与未来的幸福。契诃夫让三姐妹的心灵从低回欲绝的哀痛中显示出崇高精神境界，在他的女主人公的心灵中又一次弹奏起又痛苦又甜蜜的“忧伤的美”的旋律。为曹禺所一再称道的《三姊妹》这段独白的动人旋律也回荡在《北京人》愫方的优美灵魂中。愫方这形象有别于蘩漪、陈白露，她的审美特征也独富异彩。这“诗魂”的动人的美在于：她隐怀着坚忍的生活信念，自己默默忍受了一切痛苦，在一片昏暗窒息的空气中，把温柔的关怀、善良的同情投射在周围人们身上。“什么可怜的人我们都要帮助，我们不是单为着吃才活着的啊！”“我们活着就是这么一大段又凄凉又甜蜜的日子啊！”这话将多少深刻的痛苦与人性的美交融在一起。从这别具风采的心灵美中，我们不是清晰地听到了《三姊妹》灵魂协奏曲与索尼雅的心灵回声在曹禺的审美主体中奏出了“忧伤的美”的旋律。《三姊妹》中雄壮活泼的军乐在《北京人》中变成了黄昏从城墙边吹送来的号声，那孤独的号声悲凉而熨帖，叫愫方听来感到又凄凉又快乐、又痛苦又甜蜜，将这位女主人公富有诗意与哲理意味的“忧伤的美”的心灵出色地外化了，音乐化了。

契诃夫戏剧美学观的又一独特价值体现在，他的戏剧样式已由传统的纯粹悲剧或喜剧，进入新的戏剧美学领域。悲剧与喜剧本来是两种不同的戏剧样式，属于不同的戏剧美学范畴，因而产生不同的审美特征。西方戏剧史上，曾有人激烈反对同一剧本写悲喜两种不同因素，文艺复兴以来的悲喜剧是悲喜混杂，悲剧性与喜剧性交替出现，两者分别体现在不同戏剧场面、戏剧人物身上。契诃夫戏剧在悲剧主调中水乳交融般糅合进（不是悲、喜混杂）喜剧性。契诃夫对待剧中人所一贯持有的既同情又责备的双重态度决定了他对人物充满忧伤的微笑与深沉的责备。深刻的悲剧性中隐含着喜剧性，形成现代型的复杂悲喜剧美学风格。从《雷雨》到《北京人》，曹禺的戏剧美学观也有所发展。无疑地，曹禺从自己的创作个性出发而凝成的一贯的悲剧主调仍回响在这个剧本中。在时代激流的冲击下，曹禺对生活的认识比过去有了发展，对前途富有信心，因而他不是站在剧中悲剧人物同一思想水准上，与他们一同去哭泣生活，而是站在一定的思想高度，深刻地辨识剧中人的悲剧命运，给那些可怜、可爱的悲剧人物投以深沉的责备与充满忧伤的微笑，对那批“耗子”般的人物和崩溃中的家庭投以隐喻的讽刺，同时将他心爱的、富有优美灵魂的女主人公放出黑暗牢笼，让一片光明的前景展开在她们面前。这样，隐含的喜剧性就被融合进悲剧之中，悲喜交融，形成统一的审美整体。

为了传达戏剧人物独特的精神生活、审美风格，契诃夫戏剧语言一反长篇大论的舞台腔，恰如实际生活本身，朴素简炼，三言两语包含着丰富的心理内容，片言只语揭示出人物灵魂变幻的奥秘，甚至好用“停顿”，在静默中传达语言难以表达的复杂心情。曹禺赋予《北京人》的人物以简洁凝炼的戏剧语言，愫方，曾文清等剧中人困于封建礼教，相互关系、处境又颇尴尬，不善大胆宣泄内心感情，苦闷忧郁，即令千般深情也只有片言只语，甚至“欲说还休”，但短语长情，他们拘谨的言词所包含的丰富复杂多变的心灵内容尽管未能被直接表述出来，却完全能够被体味出来。《雷雨》的抒情性大多是通过剧中人尽情地直接倾诉内心激情来体现的，《北京人》娴熟洗炼地运用简约语言与无声语言来抒情，荡漾起幽婉深长的抒情诗味。

因此，当我们赞叹《北京人》的艺术新风貌，迷恋于剧中那平淡幽远中的深沉紧张、忧郁哀伤而明朗乐观的情调、满贮着幽婉深长的抒情诗的境界时，就会发现，曹禺的成功在于他既能保持自己戏剧风格中属于他个人所特有的、一贯稳定性特质，又能创造性地吸收外来影响，实现对“自己”的新突破。尤为可贵的是，这种突破还推动了曹禺戏剧民族风格的成熟。正如郭沫若所说，契诃夫艺术富有“东方成分”，“投合了东方人的感情”①。那些描写日常生活琐事的叙事性与潜伏的内心冲突的艺术，恰好熨帖地表现了没落封建家庭的风尚习俗、日常起居、人情生活，他对人物精神生活的刻画也因之染上浓郁的民族风格，而契诃夫式诗情语言简约传神、欲说还休的特色，在曹禺笔下又与古典诗词抒情语言的简炼含蓄及神韵、意境美相贯通。从个人独特的戏剧风貌中凸现出深厚的民族风格，这是曹禺戏剧又一重要的美学价值。

原载《戏剧学习》1985 年第 4 期

① 《契诃夫在东方》，见《沫若文集》第 13 卷，人民文学出版社，1951 年版，第 167 页。

形式的探索与人物深层的心理的开掘

——试论奥尼尔对曹禺创作风格的影响

李大为

奥尼尔是一个勇于革新的作家。与当时风行欧美戏剧舞台上各式各样的形式主义实验相比较，他的剧本既有独具神韵的形式探索，也有对人物命运和人物心理的深度描写。而曹禺作为上世纪 30 年代中国文坛极具先锋精神和文体意识的剧作家，也像奥尼尔一样，喜欢新颖的艺术表现形式，喜欢对人物命运和人物性格进行深度的心理开掘。本文拟从这两点入手，论述奥尼尔戏剧对曹禺戏剧风格的影响。

对戏剧艺术形式的创新，贯穿着奥尼尔的创作始终。作为自然主义者、现实主义者、表现主义者、精神分析者、神秘主义者，或者作为诗人，奥尼尔都取得了不同程度的成就。除掉“精神分析者”“神秘主义者”外，其他的表述完全可以用来评价曹禺。曹禺在形式的探索上也从不满足，几乎一切都要从头做起。他的几十部作品几乎一部有一个样式，每个剧本都有新的追求。他不断尝试从古希腊悲剧、莎士比亚、易卜生、契诃夫，当然也包括从奥尼尔处吸取创作的经验，借鉴各种各样的戏剧技巧。奥尼尔一直在借鉴与探索：像《天边外》内景与外景的交替使用，《琼斯皇》中鼓声的运用，《奇异的插曲》中独白与旁白；《大神布朗》中的假面，《发电机》中的分隔表演区，以及让一个角色表现人格的分裂等。曹禺除了面具，差不多也都尝试过。他从奥尼尔那里借鉴来的有象征、有幻象、有音响、有独白，特别突出的是表现主义技巧，但在其中融入了很多的“中国韵味”。

从《原野》《琼斯皇》的情节安排和艺术表现手法的运用看，《原野》所受影响是不容置疑的，特别是幻象、独白、鼓声这三点尤为突出。琼斯遭到土人们的反抗，逃往丛林，由于心情恐慌终于迷路，于是出现了各种幻觉和幻象：被他杀害过的黑人，看牢人鞭打犯人的情景，拍卖奴隶的场面，巫医鬼怪跳舞作法等。这些幻象真真假假、虚虚实实，不断折磨他，使他时而痛苦，时而悔恨，时而恐慌，时间与空间交错，痛苦与恐怖交加，终于无法逃出森林，最后被打死。《原野》背景也是黑林子，仇虎内心紧张也迷了路，在他眼前也不断出现各种幻觉和幻象：被他杀死的焦大星，被焦阎王害死的他父亲和妹妹，死去的焦阎王，作苦工的囚犯，囚犯可怕的眼神，乃至地狱里的牛头马面、判官小鬼等。面对种种幻象，仇虎被内疚、悔恨、仇恨、悲痛等各种感情所焦灼，内心充满矛盾和痛苦，终于无法走出黑林子而自杀。独白在《琼斯皇》中占有重要地位，《原野》中独白对于表现仇虎的心理活动也是不可缺少的。曹禺把仇虎的出逃处理成和金子的同行，这样便可在本应独白之处改为对话，使人物的内心世界与外部的现实世界不断有所交流。这样把单一独白变成独白与对话交织进行，是为了满足中国人的阅读与欣赏习惯，易于为中国观众所接受。奥尼尔一向重视舞台的音响效果，《毛猿》里的“七嘴八舌的声音”，其作用几乎等于角色；《琼斯皇》中的鼓声不仅仅是舞台的音响效果，实际上是土人群像的象征，很是重要。奥尼尔为了突出琼斯逃亡过程中紧张恐怖的心理，而故意不让土人出现，但鼓声正是追赶琼斯皇的土人们所擂起的，鼓声也是土人反抗力量的象征。随着鼓声的不断加重加速可以预感到土人的一步一步逼近，此时琼斯心跳的频率也必定是越来越快，比真的土人出现更有表现力。《原野》的鼓声虽不及《琼斯皇》的鼓声那样震撼人心，但焦母的喊叫声弥补了鼓声的不足，同样造成了紧张恐怖和内心痛苦的悲剧气愤，这也是一种创造性的借鉴，他力求同中国社会现实生活和人民欣赏习惯相协调，做了创造性的改造，用人的“在场”来烘托一种哀伤而令人窒息的气氛，而赢得了读者和观众的喜爱。

奥尼尔对曹禺的戏剧表现形式的影响最为明显的是《琼斯皇》，但不止于此。《日出》第三幕“拉帐子”的方法就是来自奥尼尔的《发电机》。它把一个舞台分隔成两个表演区，同时演两面的戏。《日出》第三幕大量运用“画外音”，这同《毛猿》所用的后台声音也很相似，这些看似巧合的设计实际上体现了两位剧作家极为相似的审美情致和艺术表现手段。纵览曹禺的戏剧作品，我们会发现对奥尼尔艺术表现形式大胆的借鉴，在曹禺的初、中期创作中表现得尤为明显。

在对人物心理的深度开掘上，曹禺也像奥尼尔一样，喜欢靠不平常的人物命运来吸引观众。对人物性格心理的精确描绘和对人物命运的出色处理，对人物深层心理的理性剖析，是曹禺接受奥尼尔影响最为神似的地方。他们都喜欢写亲人之间的纠葛，在奥尼尔的剧本中，情感的冲动总是在父女或母子之间。《天边外》写兄弟之间的爱情上的纠葛，《安娜·克利斯蒂》写父女之间生活道路的矛盾，《榆树下的欲望》写后母与前妻之子的纠葛，《进入黑夜的漫长旅途》甚至把作者自己家庭的历史写进了剧本等等。曹禺的剧作也多写亲人之间的纠葛，以及亲属间的经济、道德、伦理等冲突，以此来写人物面貌、性格、心理。尤其是《雷雨》中周、鲁两家的矛盾冲突，融合了爱情、亲情等等。他们都注重对人物内心世界的探索。奥尼尔对他的人物洞察入微，还特别是对女性心理写得尤为细致动人。安娜、爱碧、尼娜等都有着丰富的内心世界和充满矛盾的复杂性格，他从不把重心放在事件的过程和动人场面、紧张情节下。曹禺也很注重人物复杂性格和心理的塑造。在他的剧作中，心理描写所达到的深度是同期中国剧作家们所难能企及的。《日出》中陈白露极尽细致的心理活动，《北京人》中曲折丰富的情感体验，都揭示得丝丝入扣。而对女性内心世界的描摹，曹禺甚至比奥尼尔，有过之而无不及。尤其是在《雷雨》当中对蘩漪这一艺术形象的心理刻画，可谓全方位地体现出了年轻曹禺的美学思想。她丰富婉曲的情怀，她毕剥作响的生命火焰，她冲动奔放的爱情绝唱，她令人伤感的人生机遇……这一切，都通过对她内心对白的抒写淋漓尽致地传达出来，从而表现了曹禺迥异于他人的创作才华。

两位剧作家还有一个共同的审美视角，就是他们都喜欢写人物的生理变态和畸形，通过人性的扭曲写出人性固有的本质。许多作品中的人物按生活常态是不易理解的，尤其是那些表现主义作品。《毛猿》里的扬克体力超人，貌似毛猿，一方面很坚强自信，一方面又很脆弱颓丧。《榆树下的欲望》中的许多人物也是变态的，为了争夺财产的继承权，一切温情都浸在利己的冰水中，勾心斗角，尔虞我诈。应该说奥尼尔写人物的畸形和变态并非是欣赏和追求变态心理，而是感到不这样写不足以表现生活的真实。曹禺写人物的畸形和变态突出表现在《原野》中，剧本中的主人公都或多或少的存在着心理变态的倾向，而这种变态的基调是一种十分沉闷压抑的叙述语气，在文本中出现的，甚至蕴涵了某种象征性。焦母是瞎子，不仅生理上有缺陷，心理上也有变态，她惟恐儿媳夺去儿子对她的爱，在对金子的关系中有变态的妒意。焦大星在生理上虽健全但心理上也是残废的，从男人不像男人这一点来看也是变态的。他的懦弱无能也是异乎寻常的。而仇虎的外表不仅又黑又丑，还是瘸子，在对金子的爱和焦家的恨上也有某些变态心理。在社会的种种重压下，正常的人不能不被扭曲得变了形。

奥尼尔的创作风格对曹禺的影响是深远的。连曹禺自己都承认“我的不少剧本，究其表现形式来说，是‘奥尼尔’式的剧本，而在人物命运的描写上，也从奥尼尔那里借了很多东西”。但难能可贵的是，曹禺并没有简单的依葫芦画瓢，而是结合自己的审美理想和中国国情，对奥尼尔的美学风格加以改造和整合，使其中后期的戏剧创作更为丰盈。

原载《戏剧文学》2009 年第 2 期总第 309 期

此岸和彼岸

——契诃夫与曹禺剧作主题之比较

王永恩

此岸是今天，彼岸是明天。我们的现实生活是无数个今天的累积，而所有的积累，又是为了明天的到来。明天既具有物理时间上的意义，更是充满精神寄托的理想国。没有对明天的憧憬，我们的今天将会变得多么乏味无趣。生活和历史永远是由此岸和彼岸组成的二重世界。

契诃夫在开始戏剧创作时已经是蜚声文坛的小说家，虽然他创作的戏剧作品数量并不算多，但却开拓出了戏剧创作的一片新天地。他完全打破了传统戏剧的写法，颠覆了人们习以为常的戏剧模式。尽管他在对戏剧表现形式上有诸多的创新，但是，他剧作的主题却和小说大致相同，同样是压抑的氛围和在灰色生活中找不到目标的迷茫眼光以及踽踽前行的落寞者，但即使这样契诃夫也并没有放弃对光明的渴望。曹禺是在 20 世纪 30 年代登上剧坛的，他的剧作充溢着怅惘和期盼，他犀利地批判社会，又热切地渴望着光明。对现实的否定和对未来的期待构成了契诃夫和曹禺的极其相似的戏剧主题。

一

无论是契诃夫还是曹禺，他们都有着对现实生活超乎寻常的敏锐感受，他们比常人更深切地体验到了这个畸形的社会对人和人的自由意志的损害。

契诃夫一生致力于对庸俗生活的批判，他痛心于那些在平庸生活中消磨掉自己青春和理想的人们，他批判那些随波逐流，找不到人生意义的“多余人”，他的作品中始终回荡着一个声音：这样的日子不能再继续下去了！

契诃夫戏剧作品中的主要人物大都是不快乐的，他们生活在看不见的阴影里，他们的呼吸沉重，他们无力挣脱，只能眼睁睁地看着庸俗而无意义的生活吞噬了自己。在《海鸥》中，特里勃列夫是一个有艺术天分的年轻人，但他生活得空虚痛苦，他的作品得不到理解，恋人尼娜又背叛了他。虽然两年后的特里勃列夫成了一个小有名气的作家，但他仍然无法摆脱找不到生命意义的悲哀，正如他在最后一幕里对尼娜说的那样：“我仍然飘浮在梦境和幻想的混沌世界，不知道这一切对于任何人会有任何用处。我没有信念，也不知道什么才是我的天职。”尼娜走后，他“花了两分钟默默地撕毁了所有的原稿，扔到桌下”，然后开枪自杀。《万尼亚舅舅》也写了灰色黯淡的现实生活。万尼亚勤劳忠厚，因为崇拜自己的姐夫、莫斯科的教授谢列布里雅可夫而在亡姐的庄园里勤勤恳恳为姐夫工作了一辈子。但是，当谢列布里雅可夫退休后携年轻的妻子回到庄园后，情况却发生了变化，戏就是从

这里开始的。万尼亚痛苦地发现，他崇拜的偶像只不过是个不学无术的平庸之辈，是个自私的只知坐享其成的寄生虫。这个发现使万尼亚痛苦绝望，精神支柱坍塌了。以后的路怎么走？虽然最后一切归于平静，但万尼亚心中的创伤却是难以平复的。而《三姊妹》更是浓墨重彩地描绘了被庸俗的环境压抑得无法喘息的人们。奥尔加、玛莎和伊琳娜自从十年前随父亲来到这座小城后，生活得忧郁而苦闷，她们把对现实的不满转化为对莫斯科的怀念，这个梦想支撑着她们。她们先是把希望寄托在哥哥安德烈身上，认为他会去莫斯科大学当教授，这样就可以带着妹妹们重新回到莫斯科。但这个理想很快就破灭了，安德烈娶了小市民娜塔莎，面对咄咄逼人的娜塔莎，姐妹三人几乎是束手无策，她们节节败退。她们的生存空间变得日益逼仄，她们除了失望还是失望。

契诃夫的戏剧对现实世界是持否定态度的，他否定这个没有理想追求，没有高尚情趣的世界，他厌恶这种灰色暗淡的生活，他要告诫所有深陷庸俗而无察觉或难以自拔的人们，这样的生活必须要改变。

曹禺的戏剧作品严肃地审视着现实社会，他在作品里一次次地描绘着现实世界的沉重和压抑。《雷雨》是曹禺的成名作，曹禺在写这部作品时只有 23 岁，他在《雷雨・序》中说："我并没有显明地意识着我是要匡正、讽刺或攻击些什么。也许写到末了，隐隐仿佛有一种情感的汹涌流来推动着我，我在发泄着被抑压的愤懑，毁谤着中国的家庭和社会。"[①]《雷雨》全剧笼罩在闷得让人透不过气来的郁热中，每个人出场都喊着热和闷，这种闷热正和剧中人物的生存状态相匹配，所有的人都在黑暗中摸索和呐喊，他们为找不到自己的出路而痛苦，他们活得盲目而痛苦。

如果说《雷雨》对黑暗的诅咒还因为许多的巧合和神秘命运的原因有所冲淡的话，那么《日出》则在《雷雨》的基础上更深刻地揭露了那个光怪陆离的病态社会，对社会的控诉更加深刻。曹禺在篇首引用了老子《道德经》里的话："天之道损有余而奉不足，人之道则不然，损不足而奉有余。"这是我们理解这部作品的一把钥匙，我们看到曹禺已经把批判的视野从家庭移向了社会，批判的力度也大大增强了。

而在《北京人》和《家》中，对现实的否定更多地体现在对封建制度的清算上。《北京人》着力探讨了封建制度对人精神上的异化。本该成为家庭顶梁柱的曾文清自幼受封建士大夫教育长大，他聪明、善良、有良好的文化修养，但他却做不成任何一件事，更不要说承担起养家糊口的重任了。当曾家陷于经济危机，大厦将倾之时，他不仅无计可施，而且置之事外，他的生命早已是个空壳。《家》仍然承接了对封建制度的批判。高家自诩为书香门第，而实际上却是藏污纳垢之所，这样的家庭不但培养出了克安、克定、王氏、沈氏、陈姨太这样的怪胎，更让人发指的是，他们居然可以左右整个高家。在这看似体面的封建家庭里压迫着多少痛苦的灵魂，又埋葬了多少美丽的青春和生命！

契诃夫对黑暗现实的定义显然是和曹禺有些区别的。契诃夫主要批判的是庸俗，庸

① 曹禺：《曹禺文集》第 1 卷，中国戏剧出版社，1988 年。

俗并不一定表现为恶，但正因为它和纯粹的恶有区别，所以就常常被人忽略了，庸俗的毒素就会在不经意处一点点地腐蚀人们的心灵，使人变得懒散、目光短浅、贪婪自私，没有理想也最终失去道德。一个国家或者一个民族丧失了理想和追求，甘于平庸，这是一件十分可怕的事情。契诃夫通过在剧中塑造的一系列人物形象来表现了对小市民生活方式的憎恶和激烈的批判，他希望所有的人都能够明白，要摆脱庸俗的干扰，必须要有追求理想的精神和顽强的毅力。契诃夫在一百年前对庸俗的批判，直到今天也还是富有现实意义的，契诃夫要抨击的不仅是那个特定的社会历史时期的精神畸形，而是适用于所有的时间和人们，它是人类永远都要面对的问题，它超越了时间和空间的局限。

曹禺的剧作更倾向于对那个特定时间下的社会批判。那是中国历史大变革的前夜，这时期的中国虽然已经脱离了封建统治，但封建的阴影仍挥之不去，政治体制变了，但并不意味着人们心中的封建思维也立刻消失殆尽，维系着人与人之间关系的仍然是封建的伦理道德，而它其实又是完全不能适应当时的历史发展的规律的。中国在还没有完成自己的文化转型的时候又猝然遭遇了列强的挑战，思想革命和民族危机纠结在了一起。其间的社会很长时间都处于无序的状态，社会的丑陋面得到了充分的暴露，而曹禺对这一切是持强烈的否定态度的，这个世界不是他的理想国。

二

契诃夫和曹禺在剧作中都表现生活的压抑和苦闷，并试图揭示悲剧产生的根源。他们不单是要为社会的不平呐喊，为那些可怜的生命哀伤，更重要的是他们还要努力地找寻生命的意义和价值。他们渴望光明，他们总是在不遗余力地讴歌光明、发现光明。他们的作品不是为了让人绝望而存在的，而恰恰是为了希望而存在的。

在契诃夫和曹禺的剧作中，我们都能够看到，无论是多么严峻的现实，都从来不曾动摇他们对未来必定光明的信念。在《海鸥》里，有理想的人们都面临着失落和痛苦，但历经磨难最多的尼娜却没有屈服。她热爱表演，曾经幻想着在舞台上获得“真正的、赫赫的名声”。为此，她离开了深爱她的特里勃列夫，轻率地投向了作家特里果林的怀抱。然而，生活戏弄了她，特里果林抛弃了她，她生的孩子又死了，在舞台上也并未获得她所期望的成功。但她没有灰心，她奔波于外省的舞台，过着艰苦的生活。经过了这些磨难后她对自己的未来和事业都充满了信心，她告诉特里勃列夫：“我已经是一个真正的演员，我欢喜地、热情地演着，一走上舞台我就感觉着迷醉，感觉着自己的美。”而且，她还明白了一个真谛：“无论是演戏或者写作，——要紧的并不是名誉，不是光荣，”也不是她“以前所梦想的那一切”，“而是要知道怎么样忍耐下去。——要有信心。”《三姊妹》中写了姐妹三人难以忍受的生活，她们既不能回到朝思暮想的莫斯科，也不能获得如意的婚姻。但是即使是这样让人绝望的日子，契诃夫仍然写出了它动人的美。剧中有两个喜欢谈论理想的人物，一个是上校韦尔什宁，一个是中尉屠森巴赫。屠森巴赫深切地感受到目前的这种生活是注定要被历史的车轮带走的，社会将很快迎来一场巨变，暴风雨已经离现在越来越近了。韦尔什宁则对未来进行了种种热切的憧憬和设想。到了结尾处，一无所有、希望幻灭的三姐妹，没有因为遭受到的重重打击而对生活丧失信念，她们要好好地活下去。她们紧紧地拥抱在一起，希望能够懂得这些痛苦究竟是为什么。伊琳娜说："现在我们应当活下去，——我们应当工作，只有去工作！——我要把我的整个生命都贡献给也许有这种需要的人们。"奥尔加说："我们的生命还没有完结呢。我们要活下去！"她们虽然不幸，但没有因此而沉沦，她们跳出了个人的小圈子，要积极地用劳动来证明自己的价值。这样哀而不伤的调子让人看到了黑暗中的光明，让人温暖，让人流着热泪思索我们每个人都要面对的一个问题：我们活着是为什么？《樱桃园》的调子更明朗些。朗涅夫斯卡娅和她的哥哥加耶夫已经被历史淘汰，俄国的未来当然不是他们的，但也不属于暴发户罗巴辛，罗巴辛不是契诃夫心中的"新人"。契诃夫理想中的新人是纯洁的、对未来充满信心的安尼娅和特洛费莫夫。当母亲在为失去了樱桃园而悲泣的时候，安尼娅安慰她说："咱们另外再去种起一座新花园来，种得要比这一座还美丽。""那个时候，会有一个又新又美的世界，在我们面前展开的。"特洛费莫夫虽然穷困潦倒，却丝毫不以为意，他说："我觉着自己坚强而骄傲。人类是朝着最高的真理前进的，是朝着人间还没有达到的一个最大的幸福前进的。而我呢，我就是站在最前列。"最后在众人和樱桃园告别时，安尼娅和特洛费莫夫怀着留恋和愉快的心情喊出了："永别了，我的旧生活！""你好！新生活！"安尼娅和特洛费莫夫用什么样的方式来建设未来的新生活，我们不知道，我们只知道未来的理想世界必定是光明灿烂的，这样的远景吸引所有渴望新生活的人们去追求，去奋斗。

契诃夫的剧作让人深思和反省，也让人温暖和感动。他把建设新世界的理想寄托在"新人"身上，"新人"和"新世界"，构成了他对未来的展望。无独有偶，曹禺在自己的作品中也塑造了一批"新人"，世界靠他们创造，这是曹禺对未来的诠释。

《雷雨》中，曹禺对未来的设想还是很模糊的，他在剧中塑造了周冲这样一个充满朝气和理想的青年。周冲显然是在五四思潮影响下成长起来的新人，他看不惯父亲的专横，指责父亲对矿上工人的镇压；他希望人人平等，他肯定劳动的意义。他爱上了四凤，原因是"她心地单纯，她懂得活着的快乐，她知道同情，她明白劳动的意义。最好的，她不是小姐堆里娇生惯养出来的人。"在《日出》中的方达生也是一个"新人"。当陈白露和她身边的人过着醉生梦死的生活时，方达生带着一股新鲜的气息闯入了陈白露的生活。他想尽自己最大的力量来拯救陈白露（虽然陈拒绝他的拯救，并嘲笑过他天真的想法）和小东西，尽管都没有成功。和方达生遥相呼应的是作为背景在外面砸夯的工人，他们流着汗，用自己的双手来创造新世界。方达生也越来越清醒地认识到，他要帮助的不是一个陈白露或小东西，而是更多的处境恶劣的大众。在《北京人》和《家》里曹禺也描绘了人们对理想的追寻和向往。

契诃夫和曹禺都不是有明确政治倾向的作家，也不是马克思主义者。他们作为有高度社会责任感的作家，他们憎恶黑暗的现实社会，他们同情在不幸的泥潭中挣扎的人们，他们在思索着新路。他们并不知道如何才能到达那个理想中的新世界，他们提不出非常具体可行的方案，但是他们又是那么渴求能够找到一条新路，他们在剧作中设想着通往未来的路。契诃夫认为，建设新世界需要的是有理想的新人，这些新人不仅要有高远的志向，更要有顽强的毅力和脚踏实地的作风。曹禺和契诃夫持相近的观点，他热切地呼唤着新生活，他把建设未来的希望寄托在那些对光明怀有美好憧憬的人的身上。

契诃夫和曹禺在主题构思上都遵循了黑暗与光明交织的二元组合，这纯粹是巧合吗？曹禺崇拜契诃夫，曾经着迷地"沉醉于柴霍甫深邃艰深的艺术里，一颗沉重的心怎样为他的戏感动着"，他说："我想再拜一个伟大的老师，低首下气地做个低劣的学徒。"[①]曹禺在《日出》的跋中写道，《雷雨》完成后虽然很受观众欢迎，但他却越来越不喜欢这个戏，原因就在于"我很讨厌它（指《雷雨》）的结构，我觉得有些'太像戏'了。技巧上我用得太过分。"他很想"完全脱开了 la pièce bien faite（即佳构剧）一类戏所笼罩的范围，试探一次新路。"[②]契诃夫的戏剧深深地打动了他，因为契诃夫的作品是这样的平实，没有一点张牙舞爪的东西，他读完后流下了眼泪。早在《雷雨》中主题的二元组合尚不明显，但从《日出》起，这样的主题构置开始逐渐得以确认，并日趋固定，此后曹禺的《原野》《北京人》和《家》莫不如此。这其中当是受到了契诃夫潜移默化的影响。曹禺和契诃夫不约而同地选择了这种表现方式有其内在的共性。他们在气质上和对世界的认识上有很多的共识，惟有用这样的方式方可淋漓尽致地表达他们内心的欲求和丰富的情感。他们冷峻而热烈，他们严厉地批评人们又爱他们这么深，他们的作品最终是为了给人们带来温暖和慰藉，点燃心头的那一簇火苗，以激励更多的人能向着理想而前进。

我们在痛苦的此岸，遥望希望的彼岸。

原载《俄罗斯文艺》2009 年 03 期

① 曹禺：《曹禺文集》第 1 卷，中国戏剧出版社，1988。
② 曹禺：《曹禺文集》第 1 卷，中国戏剧出版社，1988。

论曹禺与莎士比亚戏剧的深层关联

徐群晖

莎士比亚作为人类戏剧史上杰出的艺术大师，其作品不属于一个时代，而属于任何一个时代。直到今天，他的作品凭借不朽的艺术生命力仍然出现在世界舞台，成为全人类的艺术瑰宝，给各民族的文学艺术以丰厚的滋养。在中国，曹禺可以被称为中国的莎士比亚。曹禺的《雷雨》《日出》《原野》《北京人》《家》等优秀作品，也与莎士比亚作品一样，经历了时代的考验，呈现出不朽的艺术生命力，并成为中国与世界戏剧艺术的经典杰作。但是这两位世界戏剧大师的之间的联系，却很少被人提及。2006年，冯小刚导演的《夜宴》和张艺谋导演的《满城尽带黄金甲》两部国产大片分别根据莎士比亚的《哈姆莱特》和曹禺《雷雨》改编的。这也从一个角度暗示了曹禺和莎士比亚的作品在经典上所存在的某种关联。但长期以来，人们往往更多地强调希腊戏剧、易卜生、契诃夫、奥尼尔等作家对曹禺的影响，当人们在热烈地讨论易卜生、契诃夫、奥尼尔等作家对曹禺的影响时，却忽视了莎士比亚与曹禺的深刻关联。人们往往把《雷雨》与易卜生联系在一起，把《日出》与契诃夫联系在一起，把《原野》与奥尼尔联系在一起，而对曹禺与莎士比亚戏剧之间的深层联系却缺乏关注和认识。如钱理群先生在《大小舞台之间》中指出："曹禺从希腊悲剧、易卜生（确切地说，应该是《娜拉》与《群鬼》《国民公敌》时期的易卜生）走向奥尼尔，是必然的。——曹禺这一时期没有最终走向契诃夫，而走向奥尼尔，还有情感、气质上的原因：此刻曹禺郁热的性情显然是更接近奥尼尔的。而在《原野》的创造中，走向奥尼尔，……"①事实上，曹禺的艺术成就与莎士比亚戏剧的确存在着某种深层的关联。《雷雨》《日出》《原野》等几部最重要的顶峰之作，都与莎士比亚戏剧存在着深刻的关联，当然这种关联是曹禺在无意识的创作过程中实现的。正如曹禺自己所说："在国内这些次公演之后，更时常地有人论断我是易卜生的信徒，或者臆测剧中某些部分是承袭了欧里庇得斯《希波吕托斯》或拉辛的《费德尔》的灵感。认真讲，这多少对我是个惊讶。我是我自己——一个渺小的自己：我不能窥探这些大师们的艰深，犹如黑夜的甲虫想像不来白昼的明朗。"②这表明：曹禺受其他作家的影响时，始终处于一种非自觉的潜意识状态。这种影响是错综复杂的，处于无意识状态，并通过作者长期形成的文化积淀产生影响。美国著名批评家约翰·加斯纳指出："剧

① 钱理群：《大小舞台之间》，浙江文艺出版社，1994年，第126页，第108页。
② 《20世纪中国文学史文论精华·戏剧卷》，河北教育出版，2000年，第162页。

作的各种风格是彼此碰撞又相互沟通的。”①这说明，曹禺的作品不是直接受哪一个戏剧家或哪一部戏剧作品的影响所产生的，而是通过一种系统接受和综合影响的过程实现的。当然，这种关联是复杂微妙的，可能是一种无意识的影响或者仅仅是审美风格的相似。从另一个角度来说，莎士比亚戏剧作为人类戏剧史上的顶峰，影响力遍及后来各个时代和不同民族，完全有可能通过不同的作家和作品间接地对曹禺产生影响。因此，在全球文化交流不断加强的今天，重新研究和认识曹禺戏剧与莎士比亚戏剧的深层关联，对于进一步推进中国文学的民族化和全球化，具有重要的意义。

一、以人类情感为核心的人性表现的深刻性在曹禺与莎士比亚戏剧之间的深层关联

作为文艺复兴时期的代表作家，人性主题是莎士比亚戏剧的核心。为了响应以自由人性对抗封建神学的时代召唤，莎剧中的人性主题的地位提高到了史无前例的高度。这主要体现在对人和自然的生命本能及其以真善美为内核的美好情感的肯定和歌颂上。莎士比亚戏剧中的人物是“共同人性的真正儿女，是我们的世界永远会供给，我们的观察永远会发现的一些人物。他的剧中角色行动和说话都是受了那些普遍性的感情和原则影响的结果，这些感情和原则能够震动各式各样人们的心灵，并且使生活的整个有机体继续不停地运动。”②莎士比亚在《哈姆莱特》中真实地表达了自己对人性的赞美：“人类是一件多么了不得的杰作！多么高贵的理性！多么伟大的力量！多么优美的仪表！多么文雅的举动！在行为上多么像一个天使！在智慧上多么像一个天神！宇宙的精华！万物的灵长！”（朱生豪译：《哈姆莱特》第二幕第二场）而莎士比亚戏剧对人性的歌颂和肯定使曹禺产生了强烈的共鸣。正如他对莎士比亚的评价中所说：“‘人是一件多么了不得的杰作……’这段话写的不就是莎士比亚自己么？他不就是‘宇宙的精华，万物的灵长’么？”③曹禺在《雷雨》《日出》《原野》等作品中通过蘩漪、陈白露、仇虎、金子等形象高度捍卫和肯定了人性的神圣，对不人道的生存状态提出了义正辞严的控诉。他将人性自由完美的体验注入自己创作中，并升华为人类生命本原的体验。曹禺在《雷雨》序言谈到，他想通过人性的“挣扎”，表现宇宙压抑人性的悲悯、恐怖和残忍。从而通过激发人的生命冲动，创造一个“原始的蛮性的世界”。在《日出》中，他要表现比蘩漪等人的“挣扎”状态更残忍的“被捉弄”的状态。对于陈白露所处的“被捉弄”的状态，曹禺作了精妙的注释：“我念起人类是怎样可怜的动物，带着踌躇满志的心情，仿佛自己来主宰自己的命运，而时常不能自己来主宰着。受着自己——情感的或理解的——捉弄，一种不可知的力量的——机遇的，或者环境的——捉弄，生活在狭的笼里而洋洋地骄傲着，以为是徜徉在自由的天地里，称为万物之灵的人物不是做着最愚蠢的事么？我用一种悲悯的心情来写剧中人物的争执。我诚恳地

① 约翰·加斯纳：《外国现代剧作家论剧作》，中国社会科学出版社，1982 年，第 3 页。
② 《莎士比亚评论汇编》上，中国社会科学出版社，1979 年，第 39 页。
③ 载于《莎士比亚研究》第一辑发刊词，浙江文艺出版社，1982 年。

祈望着看戏的人们也以一种悲悯的眼来俯视这群地上的人们。”①因此，曹禺的剧作可以说是他自己人性在作品中的映射和升华。在《原野》中，曹禺将审美视角转向比《雷雨》中的周公馆和《日出》中的高级饭店更广阔的宇宙中的人的生命冲动、人的生命激情、人的生命欲望等人的自然本性，以及人性的升华，向往和追求那天边外的“黄金铺地的”乌托邦境界。

莎士比亚戏剧对人性的肯定和赞扬还体现在其悲剧结构的理想主义美学风格。莎士比亚总是通过悲剧性结局的理想化升华，给予人性最高的肯定，从而让人性中的真、善、美彻底战胜假、恶、丑。这也表明莎士比亚的人道主义观念是一种乐观的人道主义。在莎士比亚的《罗密欧与朱丽叶》中，虽然罗密欧与朱丽叶双双殉情而死，但两个家族的仇恨和敌意因此而和解，两个青年的爱情终于胜利；在《哈姆莱特》中，虽然哈姆莱特中计身亡，但终于报了杀父之仇，正义得以张扬；在《奥瑟罗》中，虽然奥瑟罗因为听信了伊阿古的奸计，而错杀了美丽善良的妻子苔丝狄梦娜并自杀偿命，但结局最终水落石出，善人得到善报，恶人得到恶报。莎士比亚这种乐观的人道主义对曹禺的人文观念影响很大。当曹禺在创作《雷雨》《日出》和《原野》的时候，结局安排基本上是纯悲剧性的，往往给人以强烈的“怜悯和恐惧”。在《雷雨》中，四凤与周冲触电身亡，周萍自杀，蘩漪和侍萍发疯。在《日出》中，陈白露吃安眠药自杀。在《原野》中，仇虎自杀身亡。而当曹禺创作《北京人》和《家》时，以前那种纯悲剧性结局的审美风格发生了变化，这种风格的转变与莎士比亚悲剧风格的影响有着密切的关系。当时曹禺正应邀翻译《罗密欧与朱丽叶》，他在《罗密欧与朱丽叶》的前言中谈道：“我以为这个悲剧充满了乐观主义的情绪，并不使人悲伤，只是像四月的天，忽晴忽雨；像一个女孩子一会儿放声大笑，一会儿又倚在你的肩膀上低低哭泣起来。”②曹禺的《北京人》和《家》的结局风格受《罗密欧与朱丽叶》的影响是明显的。曹禺说：“我觉得《北京人》是一出喜剧，正如我认为《罗密欧与朱丽叶》是喜剧一样。《罗》剧中不少人死了，但却给人一种生气勃勃的青春气息，所以是喜剧。”③因此，从曹禺戏剧结构的美学风格的变化，也可以看出莎士比亚乐观的人道主义对曹禺人文观念的深刻影响。

女性解放是社会文明和进步的标志。莎士比亚戏剧洋溢着崇尚个性解放、关注人性张扬的时代激情，对女性的解放也给予了深厚的人文关怀。莎士比亚戏剧中的女性形象充满了张扬的个性、优秀的品质、卓越的才能；她们热爱生活，大胆追求理想、爱情和自由，向往幸福自由的社会和生活；她们敢于对抗外界的虚伪、自私和残暴。在《罗密欧与朱丽叶》中，朱丽叶敢于违抗父命，大胆追求自己的幸福爱情，虽殒身而不恤。在《威尼斯商人》中，鲍细娅不畏强暴，用智慧战胜了残暴凶恶的高利贷商人夏洛克，实现了美好爱情的理想。《第十二夜》中的薇奥拉和《终成眷属》中的海伦娜也以智慧的心灵和坚强的意志，战胜了腐朽顽固的封建等级制度，最终实现自己的爱情理想。莎士比亚除了塑造众多正直、

① 曹禺：《雷雨·序言》，人民文学出版社，1994 年。

② 曹禺：《和剧作家们谈读书与写作》，载于《剧本》1982 年 10 月。

③ 曹禺：《我的生活和创作道路》，见《戏剧论丛》1981 年第 2 期。

善良的女性形象外，还塑造了大量富有魅力却又极度追逐自我欲望的女性形象。如《安东尼与克莉奥佩特拉》中的风流女王克莉奥佩特拉，《特洛埃勒斯与克蕾雪达》中的女主人克蕾雪，《哈姆莱特》中的母后葛特露，她们美丽富有魅力，但在利益和欲望的淫威下却又放弃道义，暴露出女人软弱的天性。曹禺与莎士比亚戏剧的相似之处在于将女性形象提高到戏剧的核心地位。他通过刻画蘩漪、陈白露、金子等追求个性解放和爱情自由的女性形象，表达了她们作为"人"的最真切的生命意志的冲动。如在《雷雨》中，蘩漪为了追求个人的爱情幸福，不惜背负乱伦的罪名，而当周萍退缩后，她所采用的极端手段，体现出主体性的张扬。而曹禺想要表现正是她身上自然本真的生命状态。他在该剧的舞台提示中这样写道，"她的性格中有一股不可抑制的蛮劲，使她能够忽然做出不顾一切的决定。她爱起人像一团火那样热烈；恨起人来也会像一团火，把人烧毁"。

曹禺作品中女性形象的极端性格也与莎士比亚戏剧特征是一脉相承的。莎士比亚戏剧中，强大的主体性意识使女性性格都显得非常极端。无论是朱丽叶、克莉奥佩特拉，还是考狄利娅，都有着追求极度伸张自我主体价值的极端性性格。这种极端性性格在曹禺作品中，也得到了充分的展示。无论是蘩漪、陈白露，还是金子，都有一种为人性的完美和自由，不惜牺牲一切的极端倾向。正如曹禺自己在《雷雨》序言中所说："不是恨便是爱，不是爱便是恨；一切都走向极端，要如电如雷地轰轰地烧一场，中间不容许有一条折衷的路。"曹禺通过这一系列女性形象，表达了与莎士比亚极为相似的以张扬主体性为核心的女性观，同时，对于像蘩漪、陈白露、金子这些生命意志高扬的女性，给予了强烈的肯定："这总比阉鸡似的男子们为着凡庸的生活怯弱地度着一天一头的日子更值得佩服。"[①]

二、象征手法在曹禺与莎士比亚戏剧之间的关联

莎士比亚非常善于用象征手法来为情节的发展烘托氛围。在莎士比亚戏剧中，象征性与戏剧情节冲突往往融为一体。如在《麦克白》中，女巫的神秘出现，成为麦克白命运的象征和预言。在《暴风雨》中，大自然中的暴风雨成为李尔王身心所遭受的打击的象征。在《裘力斯·凯撒》中，当凯撒命运遭受不测前，曾有一个预言者出来预言：让他留心三月十五日。这种神秘感充满了命运无常的象征意味[②]。这表明：象征手法是莎士比亚戏剧强大感染力的重要源泉，而这种象征手法往往是通过某种怪诞的自然现象或者超自然现象的方式来表现的，这有点类似于现代荒诞剧。正如波兰学者杨·柯特指出：莎士比亚戏剧的场景"大都是自然景物。盛怒的自然眼见人的失败，或如在《李尔王》中那样，它积极参加到行动中来……自然已从这里完全消逝。人被禁锢在无生命的东西中间，但现在的东西已被提高到人类命运或紧迫局势的象征地位上来，并发挥莎士比亚的森林、风景或日蚀所发挥的作用。"[③]而曹禺戏剧在运用象征手法来突出悲剧气氛的审美风格上与莎士比亚

① 曹禺：《雷雨·序言》，人民文学出版社，1994 年。
② 朱生豪译：《莎士比亚全集》，大众文学出版社，第 778 页。
③ 《莎士比亚评论汇编》下，第 532 页。

非常相似。在《雷雨》中，曹禺巧妙运用外部环境气氛来烘托主人公内在的“郁热”心理和生命冲动。雷雨的气候环境，正是曹禺内心郁热心理和外在残酷压抑的社会环境的象征。

曹禺在《雷雨》的序言中指出：“夏天是个烦躁多事的季节，苦热会逼走人的理智。在夏天，火热高高升起，天空郁结成一块烧红了的铁，人们会时常不由己地，更归回原始的野蛮的路，流着血，不是恨便是爱，不是爱便是恨；一切都走向极端，要如电如雷地轰轰地烧一场。”①因此，作品中的雷雨实际上具有丰富的象征意象，他象征着作者心中的一种无法言说的郁热。同时，该剧一再强化“雷雨欲来风满楼”的象征性气氛，与戏剧情节的紧张推进形成照应。从而象征着戏剧冲突即将像火山一样爆发，周家最终走向崩溃的悲剧性结局。

曹禺笔下的这种象征手法，与莎士比亚戏剧中的审美风格如出一辙，充满了命运转变的神秘感和不确定性。这种充满神秘感的象征手法对于曹禺来说，是内心郁热情感的自然迸发。正如曹禺自己所说：“《雷雨》可以说是我的‘蛮性的遗留’，我如原始的祖先们对那些不可理解的现象睁大了惊奇的眼。我不能断定《雷雨》的推动是由于神鬼，起于命运或源于哪种神明的力量。情感上《雷雨》所象征的对我是一种神秘的吸引，一种抓牢我心灵的魔。”②从曹禺的自序中我们不难发现，雷雨象征着作者心中一种无法言说的“神秘的吸引”或“心灵的魔”。

同样，曹禺的《日出》《原野》《北京人》《家》等作品，也与莎士比亚戏剧的审美风格非常相似，都具有一种神秘的象征性意象，象征着作品的主题和情节气氛。《日出》中，“日出”象征着“损不足而奉有余”的非人社会的结束和美好的生活的到来。《日出》的象征意义可以在曹禺在该剧的跋里看出：“我觉得宇宙似乎缩成昏黑的一团，压得我喘不出一口气，湿漉漉的，粘腻腻的是我紧紧抓着一把泥土的黑手，我划起洋火，我惊愕地看见了血……我忍耐不下了，我渴望着一线阳光，我想太阳我多半不及见了，但我也愿望我这一生里能看到平地轰起一声巨雷，把这群盘踞在地上魑魅魍魉击个糜烂，哪怕因而大陆便沉为海……‘我已经听见角声和打仗的喊声’，我要写一点东西，宣泄这一腔愤懑，我要喊‘你们的末日到了！’对这帮荒淫无耻，丢弃太阳的人们。”③在《日出》中，作者多次强调具有象征意义的日出意象，以反衬群魔乱舞的黑暗世界。例如：“太阳升起来了，黑暗留在后面。但是太阳不是我们的，我们要睡了……真奇怪，你为什么不让太阳进来……你看外面是太阳，是春天……你听太阳就在外面，太阳就在他们身上。”④同时，剧中打夯工人的歌声，象征着“浩浩荡荡地向前推，向前进，洋洋溢溢地充塞了宇宙”⑤的生命冲动。《原野》中，曹禺对生命原生态的赞美心理进一步升华。剧中的原野正象征着可以容纳更为宽阔的生命空间的宇

① 曹禺：《雷雨·序言》，人民文学出版社，1994 年。
② 曹禺：《雷雨·序言》，人民文学出版社，1994 年。
③ 曹禺：《日出·跋》，人民文学出版社，1994 年。
④ 曹禺：《日出·跋》，人民文学出版社，1994 年。
⑤ 曹禺：《日出·跋》，人民文学出版社，1994 年。

宙，及其在这种浩淼宇宙中富有诗意的自由人性。曹禺曾说："《原野》是讲人与人的极爱和极恨的感情，它是抒发一个青年作者情感的一首诗。"①当他读到波斯诗人欧涅尔的诗歌'只要你在我的身旁，那原野也是天堂'。他的心怦然而动：这就是他所追求的。② 因此，原野象征着曹禺对生命的呼唤，象征着大自然与人类命运之间的神秘关系。"这里盘踞着生命的恐怖，原始人想象的荒唐……但这也正是'原始的生命'的魅力所在。"③也就是说，只有最令人恐怖的原野，才能容纳最广阔的生命空间。这表明，象征手法的普遍运用，使曹禺作品与莎士比亚戏剧呈现出极其相似的审美风格。

三、心灵辩证法在曹禺与莎士比亚戏剧之间关联

莎士比亚是一个心灵辩证法的大师。莎士比亚善于通过心灵化手法表现人的内在精神状态。莎士比亚的四大悲剧都可以归纳为心灵化的悲剧：《哈姆莱特》展示了哈姆莱特为父报仇过程中忧郁和延宕心理的演变。《奥瑟罗》展示了奥瑟罗受伊阿古欺骗后对苔丝狄梦娜所产生强烈的妒嫉心理并最终激化的心理过程。《李尔王》展示了李尔王因两个女儿忘恩负义而无法接受现实而发疯的心理过程。《麦克白》展示了麦克白在实施杀死国王并篡夺王位的阴谋中，精神崩溃而毁灭的心理过程。而曹禺戏剧在表现人的心理变化方面，与莎士比亚戏剧也存在着惊人的相似之处。从本质上说，《雷雨》也是一部表现人的心理过程的悲剧。鲁大海、四凤、蘩漪、周萍、周冲都具有火一样的热情和火山一样的爆发力。他们的心理随着情节急速推进产生强大的震撼力，从而成为悲剧性重要源泉。特别是主人公蘩漪长期压抑在痛苦和郁闷之中。《雷雨》深刻地表现了被愤怒、欲望、绝望等恶性情感压迫下的蘩漪心理崩溃的过程。正如蘩漪在剧中所说的："热极了，闷极了，这里真是再也不能住的。我希望我今天变成火山的口，热烈地冒一次，什么我都烧个干净……(向冲，半疯狂地)你不要以为我是你的母亲。(高声)你的母亲早死了，早叫你的父亲压死了，闷死了……"在《日出》中，曹禺深刻表现了陈白露在丑恶的都市生活中沉沦堕落直到毁灭的心理过程。如果说曹禺通过蘩漪表现了她在封建大家族中由挣扎而走向毁灭的心理过程，那么曹禺通过陈白露表现了她在魔鬼世界中由无奈、抑郁、绝望而走向毁灭的心理历程。陈白露自杀前的遗憾是她最真切的心灵告白："生得不算太难看吧……人不算老吧。可是……。这——么——年——轻，这——么——美……太阳升起来了，黑暗留在后面。但是太阳不是我们的，我们要睡了。"而在《原野》中，曹禺的心理刻画水平达到了登峰造极的程度，特别是他对仇虎的分裂心理的表现与莎士比亚《麦克白》的美学风格非常相似。在《麦克白》中，莎士比亚是这样描述麦克白杀死国王后的心理分裂的：

麦克白：可是我为什么说不出"阿门"两个字来呢？我才是最需要上帝垂恩的，可是"阿门"两个字却哽在我的喉头。

---

① 钱理群：《大小舞台之间》，浙江文艺出版社，1994年，第126页，第108页。
② 钱理群：《大小舞台之间》，浙江文艺出版社，1994年，第126页，第108页。
③ 钱理群：《大小舞台之间》，浙江文艺出版社，1994年，第126页，第108页。

麦克白夫人：我们干这种事，不能尽往这方面想下去；这样想着是会使我们发疯的。

麦克白：我仿佛听见一个声音喊着："不要再睡了！麦克白已经杀害了睡眠"，把忧虑的乱丝编织起来的睡眠，那日常的死亡……

麦克白夫人：你这种话是什么意思？

麦克白：那声音继续向全屋子喊着："不要再睡了！葛莱密斯已经杀害了睡眠，所以考特将不再得到睡眠，麦克白将不再得到睡眠……这是什么手！它们要挖出我的眼睛，大洋里所有的水，能够洗净我手上的血迹吗？不，恐怕我这一手的血，倒要把一碧无垠的海水染成一片殷红呢。①

而在曹禺的《原野》中，当仇虎杀了大星和小黑子后，内心也陷入了麦克白式的负罪感和恐惧感。该剧的心灵化辩证法与莎士比亚戏剧的心灵化风格如出一辙：

仇虎：（举起一双颤抖的手，悔恨地）我的手，我的手。我杀过人，多少人我杀过，可是这一双手，头一次这么抖。（由心腔内发出一声叹息）活着不算什么，死才是真的……（匕首扔在地上）人原来就是这么一个不值钱的东西，一把土，一块肉，一堆烂血。早晚是这么一下子，就没有了，没有了。

焦花氏：你赶快把手洗洗。

仇虎：不用洗，这上面的血洗也洗不干净的。……

焦花氏：小心你手上的血会擦到脸上。

仇虎：怕什么，这血擦在哪儿不是一样叫人看出来。血洗得掉这"心"谁能够洗得明白。啊，这林子好黑！没有月亮，没有星星。（叹了一口气）②

1935年4月，郭沫若在观看《雷雨》后，在《关于曹禺的〈雷雨〉》一文中赞扬曹禺在"精神病理学、精神分析术等，似乎也有相当的造诣……在这些地方，作者在中国作家中应该是杰出的一个"③。对人性心理的真实把握是莎士比亚戏剧经典性的重要源泉。弗洛伊德、琼斯、霍兰德等心理学家对莎士比亚在这方面的伟大成就进行了极高的评价。而《雷雨》《日出》《原野》等作品中表现出来的心灵化美学风格，也表明了曹禺在人性心理的把握上的卓越才能，这也是曹禺戏剧经典性的重要源泉。

四、曹禺与莎士比亚戏剧产生深层关联的基本途径

曹禺与莎士比亚戏剧之间的深层关联，并不是偶然的巧合，而是源于曹禺对莎士比亚戏剧直接或间接的接受。虽然人们强调曹禺是"易卜生的徒弟"，然而，用曹禺自己的话来说，他最敬佩的戏剧大师正是莎士比亚。人们曾向曹禺提问："在您所读过的剧作家中，您

① 朱生豪译：《莎士比亚全集》，大众文学出版社，第1359页。

② 曹禺：《原野》第三幕，人民文学出版社，1994年。

③ 载于《东流》月刊1936年第2卷第4期。

最喜欢谁的作品?”[①]曹禺明确地表示:“当然是莎士比亚。”他说:“莎士比亚的戏剧博大精深,宇宙有多么神奇,它就有多么神奇。我在易卜生的作品中学到了许多写作方法,而莎士比亚的变异复杂的人性,精妙的结构,绝美的诗情,充沛的人道精神,浩瀚的想象力,是任何天才也不能比拟的。”[②]他指出“莎士比亚和达芬奇同是伟大的天才,人类的奇迹……是宇宙与人性的歌颂,是用利刃解剖人性的奥秘。”[③]事实上,中学时代的曹禺就认真地阅读了林琴南用文言翻译的莎士比亚戏剧故事《吟边燕语》。特别是《罗密欧与朱丽叶》的爱情故事给年轻的曹禺留下了刻骨铭心的印象。进入清华大学后,曹禺系统地阅读了莎剧原著,特别是对四大悲剧及《裘力斯·凯撒》作了反复的研读。这对于他当时正在创作的《雷雨》必然会产生强烈的影响。曹禺对莎士比亚戏剧艺术执着和热爱的程度,用他自己所说的话来表达就是,“仰之弥高,钻之弥坚”[④]。这表明,莎士比亚的影响与曹禺的戏剧成就是密不可分的。为进一步推进莎士比亚戏剧对中国舞台艺术的影响,40年代,曹禺还亲自翻译了《柔蜜欧与幽丽叶》,他在《译者前记》中说:“那时在成都有一个职业剧团,准备演出莎士比亚的《柔蜜欧与幽丽叶》,邀了张骏祥兄做导演,他觉得还没有适宜于上演的译本,约我重译一下,我就根据这个要求,大胆地翻译了,目的是为了便于上演,此外,也是想试一试诗剧的翻译。但有些地方我插入了自己对人物、动作和情境的解释,当时的意思不过是为了便利演员去理解剧本,就不管自己对于莎士比亚懂得多少,贸然地添了一些‘说明’。后来也就用这样的风貌印出来了,一直没有改动。”[⑤]曹禺还尝试翻译了《哈姆莱特》的一部分内容[⑥]。

与莎士比亚戏剧作品的密切接触,使曹禺在潜移默化之中接受了莎士比亚戏剧中的精华和特色。当然,这种影响和借鉴是处于潜意识层面的。但是,曹禺受莎士比亚等外国优秀文学大师的巨大影响是肯定的。正如曹禺自己后来在中国莎学会开幕式上所说:“天才从来是受文化传统和历史影响最多的人……有史以来,屹立在高峰之上,多少文学巨匠们教给人认识自己,开阔人的眼界,丰富人的贫乏生活,使人得到智慧,得到幸福,得到享受,引导人懂得‘人’的价值、尊严和力量。莎士比亚就是这样一位使人类永久又惊又喜的巨人”。[⑦]

另一方面,曹禺与莎士比亚戏剧之间的深层关联是通过“莎士比亚化”的途径实现的。即通过塑造生动真实的性格描写和情节建构过程中自然而然地展示丰富的社会历史背景和深刻的价值倾向。莎士比亚戏剧对人性给予了强烈的肯定,对违背人性、压抑人性的社会压迫和禁欲思潮进行了猛烈的抨击,并通过真实的人物形象的和生动的戏剧冲突表现

① 郦子柏:《海滨月夜,曹禺闲谈》,《剧本》1981年第11期。
② 曹禺:《和剧作家们谈读书与写作》,载于《剧本》1982年10月。
③ 曹禺:《和剧作家们谈读书与写作》,载于《剧本》1982年10月。
④ 《莎士比亚研究》创刊号序言。
⑤ 曹禺:《〈柔蜜欧与幽丽叶〉译者前序》,重庆文化生活社,1944年。
⑥ 《莎士比亚研究》第二辑,1984年,第197页。
⑦ 载于《莎士比亚研究》第一辑发刊词,浙江文艺出版社,1982年。

了当时英国社会封建制度走向没落，新兴的资本主义蓬勃崛起的历史社会环境。值得注意的是，莎士比亚表达戏剧的价值倾向，是通过塑造真实典型的人物形象，建构引人入胜的戏剧情节来实现的。唯其如此，他才能深刻展示丰富真实的社会历史环境，从而表现出社会历史的内在本质和发展规律。马克思和恩格斯将此称为“莎士比亚化”，并将莎士比亚戏剧中表现出的丰富多彩的市民社会背景称为福斯塔夫式的背景：“在这个封建关系解体的时期，我们从那些流氓的叫化子般的国王，无衣无食的雇佣兵和形形色色的冒险家身上，什么惊人的独特的物象不能发现。”[1]而曹禺的《雷雨》《日出》《原野》《北京人》剧作也通过像蘩漪、陈白露、仇虎、金子的人性和精彩的情节充分展示了“吃人”社会本质，表现了半殖民地半封建社会对人性的摧残和迫害。曹禺戏剧“莎士比亚化”的真正含义正如曹禺自己所说：“莎士比亚是我们当中的一个，是最贴近人心的一个，他为普通的人而写，又为天才而写；为智愚贤不肖的人而写，又为世界各个民族、各个有文化的角落而写，然而他又是多么深、多么难以讲得透的诗人啊！”[2]正因为优秀的戏剧是“难以讲得透的”，所以曹禺认为：“戏剧的天堂比传说的天堂更高，更幸福，它永不宁静，它是滔滔的海浪，是熊熊的火焰……只有看见了万相人生的苦与乐的人，才能在舞台上得到千变万化的永生。”[3]同时，曹禺作品“莎士比亚化”的深刻性也可以从他在《雷雨》的序言中得到印证。然而，正是在这生命冲动的自然传达过程中，他自然而然地将揭露“封建大家庭的罪恶”、控诉“损不足以奉有余”、展示“宇宙里斗争的残忍和冷酷”、追求中国现代文学中渴望的“大旷野精神”和“原始的自然生命”等时代话语所蕴含的价值倾向淋漓尽致地表达出来。正如曹禺自己所说：“戏剧的世界是多么广阔、辽远而悠久啊！可交流的知识与文化，尤其是对‘人’的认识，表现得多么美丽，多么翔实，又多么透彻啊！”[4]曹禺与莎士比亚戏剧的深层关联，标志着“莎士比亚化”在中国现代文学中的深入。而曹禺作品在“莎士比亚化”方面的巨大成就，为中国现代文学提供了优秀的典范，从而为中国文学的现代化作出了重要的贡献。

原载《文学评论》2009 年第 2 期

---

① 《马克思恩格斯全集》第 29 卷，人民出版社，1972 年，第 585 页。
② 载于《莎士比亚研究》第一辑发刊词，浙江文艺出版社，1982 年。
③ 载于《外国戏剧》1985 年第 1 期。
④ 《莎士比亚研究》第三辑，浙江文艺出版社，1986 年。

走向“崇高”之境

——曹禺的悲剧意识与奥尼尔剧作

库慧君

学界普遍认为，曹禺与奥尼尔的话剧作品有着很深的渊源。而在探讨这一问题时，一般的研究方法是，将曹禺的部分作品与奥尼尔的某些作品进行文本的对照和比较，在此基础上，他们试图找出曹禺和奥尼尔在创作方法和话剧观念上的相似之处。这样的研究固然有其积极意义，即它无疑能使我们更为清楚地了解到“曹禺已经把握住了西方话剧的精髓”，然而它却无法解答“曹禺是如何解读西方剧作家的作品的”，或者说，“西方话剧作品究竟如何影响了曹禺话剧意识的形成”。而对于这些问题的解答不仅有利于我们更为全面地把握西方话剧的根本艺术特性，更有助于我们更为深入地理解曹禺话剧意识的内涵。

一

奥尼尔及其剧作是于 20 世纪 20 年代被介绍到中国的。最早介绍奥尼尔及其剧作的人是沈雁冰。1922 年，他在《小说月报》杂志上发表了《美国文坛近状》一文。在该文中，他简要地介绍了奥尼尔的生平事迹及其创作情况。1927 年，在《今日之美国编剧家阿尼儿》一文中，余上沅不但介绍了“阿尼儿”的五部剧作，即《天边外》《琼斯皇》《安娜·克里斯蒂》《毛猿》《最初的人》等，而且还评价了其剧作的艺术价值。他说：“阿尼儿的笔姿风度，和他的剧中人物，无一不蓬蓬勃勃，充满生气。阿尼儿的编剧技术，极为精绝，且具有新的创造。”①在余上沅看来，奥尼尔的剧作具有极高的艺术审美价值。他是极为推崇奥尼尔的戏剧作品的。1929 年，张铸嘉在《新月》杂志上发表了《沃尼尔》一文。据刘海平、朱栋霖考证：“此文主要译自克拉克(B. H. Clark)的一篇论文，内容包括奥尼尔的生平、家庭、婚姻、性格与生活趣味、坎坷而浪漫的流浪生活、奥尼尔的师从、奥尼尔登上剧坛的开端、奥尼尔与美国小剧场运动的关系、奥尼尔的戏剧创作道路、奥尼尔的戏剧演出情况、美国作家对奥尼尔的评论、奥尼尔戏剧的特色，等等，从而第一次详尽地向中国读者提供了有关这位美国戏剧家生动的全貌。”②

从 1930 年到 1939 年，在中国剧坛上，更多的话剧活动者开始关注奥尼尔的剧作。他们不但翻译、出版了奥尼尔的部分剧作，而且还撰写了不少评论奥尼尔剧作之艺术价值的文章。中国最早翻译奥尼尔剧作的是古有成。1930 年底，商务印书馆出版了由他所翻译

---

① 余上沅：《今日之美国编剧家阿尼儿》，《戏剧论集》，北新书局，1927 年。

② 余上沅：《今日之美国编剧家阿尼儿》，《戏剧论集》，北新书局，1927 年。

的奥尼尔的独幕剧集《加力比斯之月》。这本独幕剧集收录了七部独幕剧，它们包括《月夜》《航路上》《归不得》《战线内》《油》《一条索》和《划十字处》等。1931 年，中华书局出版了由钱歌川所翻译的《卡利浦之月》一剧；1932 年，顾仲彝改译了《天边外》一剧，并将该剧发表在《新月》杂志上；1934 年，《文学》发表了由洪深和顾仲彝所翻译的《琼斯皇》一剧；同年，《人生与文学》杂志刊登了由怀斯所翻译的《天长日久》；1936 年，中华书局出版了由王实味所翻译的《奇异的插曲》一剧；1938 年，独立书局出版了由王思曾所翻译的《红粉飘零》一剧。[①] 在这一时期，中国的话剧活动者所发表的关于奥尼尔剧作的评论性文章多达四十余篇，其中有不少文章具有较高的理论价值。这些文章包括由赵景深所撰写的《奥尼尔与得利赛》一文，由顾仲彝所撰写的《戏剧家奥尼尔》一文，由巩思文所撰写的《奥尼尔及其戏剧》等。这些文章具有一个相同的价值指向，即奥尼尔"是个诗人，是个人性观察者"，他的剧作的价值在于"启示人类向上奋斗"。[②] 由此可见，他们不但以艺术审美的视域来解读奥尼尔的剧作，而且他们还基本上把握了作品中所蕴含的戏剧美学思想。

在这一历史时期内，尽管不少话剧活动者已经开始关注奥尼尔的剧作，但是大多数话剧活动者依然对奥尼尔的剧作持漠视的态度。古有成指出，他的声名已洋溢国外：他的戏剧在英、德、法、俄、捷克斯拉威基亚（Czechoslovakia）和斯勘的纳维亚半岛各邦都有阅读，东邻日本也曾拿他的作品来上演，但是我们中国却事事都落后，舞台上没有著者的戏剧则不必说，文坛上也似乎还没有人谈及他。造成"奥尼尔剧作在中国受冷遇"这一现象的原因在于：在当时的社会历史环境下，流行的政治思想为中国语境中的"启蒙思想"。当时一般的话剧活动者均将话剧当做用于宣传"启蒙思想"的媒介。他们尤其热衷于翻译、介绍易卜生中期的剧作和萧伯纳剧作。在他们看来，这些作品是以抨击社会政治制度的弊病、揭露社会家庭生活的阴暗面为主题的，因此，它们无疑可被当做启发民众革命意识的教材。换言之，易卜生中期的剧作和萧伯纳的剧作是具有较高的社会功用价值的，而奥尼尔的剧作却不同，他的剧作中的戏剧人物不是"以社会一员的资格出场"，而是只作为"一个个人"出场的。也就是说，奥尼尔并没有在剧作中对社会现实问题加以探讨，他所探寻的是关于人性的问题，他的剧作本身不具有多少社会功用价值。这一点直接导致其剧作在中国遭"冷遇"的结果。

二

早在南开中学学习时，曹禺就读过奥尼尔的《天边外》。他在《我所知道的奥尼尔——为〈奥尼尔〉剧作选写的序》一文中回忆道：

> 他的剧本，有些我是很爱读的，我在中学，读过他的《天边外》，那一对兄弟的悲惨遭遇使我深受感动。……幸福是不可及的，只有幻灭、虚无。事实上，追求

① 余上沅：《今日之美国编剧家阿尼儿》，《戏剧论集》，北新书局，1927 年。

② 龙文佩：《奥尼尔在中国》，《复旦学报》（社会科学版），1988 年第 4 期。

的结果是痛苦。……《天边外》显示了奥尼尔的结构本领是无可比拟的。[①]

这也就是说，在解读奥尼尔剧作的过程中，曹禺不但学习了欧美现代话剧的表现手法，他更是从中悟解到了悲剧艺术的本质内涵。

从戏剧的表现手法来说，奥尼尔运用了多种较为先锋的戏剧表现手法。这些表现手法大致可以分为两类：一类是指演员的表演方式。这些表演方式包括面具的运用、旁白、独白等。一类是指舞台技术的运用。这些舞台技术包括演出区域的划分、灯光的变化、音响效果的运用、舞台布景的设计等。如在《琼斯皇》一剧中，为了在舞台上展现琼斯在逃亡中的心理变化过程，奥尼尔设计了大段的独白。在该剧的第二场中，琼斯来到了黑森林的边缘，在他的独白中，一方面他描述了自己当时的生理感受，即他处于饥饿的状态；另一方面，他描述了自己的心理状态，即他开始感到恐惧。在这场戏中，琼斯的精神还处于正常状态。在该剧的第三场和第四场中，琼斯不但已经在黑森林中迷失了方向，而且他产生了幻觉。在幻象中，他不仅看到了被他所谋杀的黑人杰夫，还看到了自己被白人狱卒所压榨和凌辱的场景，不仅如此，他还朝幻象中的“狱卒背后猛开一枪”。在他的独白中，他努力地克服自己心中的恐惧。在这两场戏中，琼斯的精神开始失常了。在该剧的第五场中，琼斯继续在黑森林中穿行。在此过程中，他也出现了幻觉。在幻象中，他看到了奴隶交易的场景。在独白中，他表达了对于奴隶主和买卖奴隶者的仇恨。通过他的表述，不难判断，他的内心是处于极度恐惧状态的。在这场戏中，他的精神已经完全失常了。在该剧的第六场和第七场中，琼斯已经完全在黑森林中迷失了方向。在其独白中，他向上帝忏悔了自己的罪恶，并祈求上帝的宽恕，至此他的精神已经完全崩溃了。

除了运用大段的独白之外，在《琼斯皇》一剧中，奥尼尔还运用了音响效果。如在黑森林里逃亡时，琼斯不但产生了幻视，还产生了幻听。他所听到的是黑人巫医的手鼓声，随着他的精神越来越紧张，这种手鼓声的节奏越来越快，音量越来越大。显然这种鼓声不但烘托出了紧张的舞台氛围，而且还展现了琼斯内心的激烈冲突。

在创作《原野》第三幕的过程中，曹禺借鉴了《琼斯皇》中的戏剧表现手法。在这幕戏中，曹禺将仇虎的幻视直接呈现在舞台上。具体而言，这幕戏的主要戏剧情节是仇虎携金子逃亡。在逃亡之前，仇虎不仅谋杀了焦大星，还误杀了小黑子，他的心里充满着自责和恐惧。在逃入黑森林后，仇虎的自责和恐惧情绪越来越深重，他的精神也处失常的状态。由此，他既看到了幻象，也产生了幻听。在第一景中，他所看到的是焦母叫魂所用的“红灯”，并觉得他走到哪儿，“那红灯也在哪儿”[②]，而他所听到的是焦大星的叹息声。在第二景中，他不但看到了焦母和焦阎王的形象，而且还看到了焦阎王迫害他的父亲和妹妹的情景。在第三景中，他看到了自己在狱中遭受狱警欺辱的场面。在第四景中，他看到了阎罗王“阴审”他妹妹的情形。显然，在舞台上直接呈现仇虎幻觉的戏剧表现手法，无疑清楚地展现了他复杂的心态，即：一方面他的心中充满着对焦家的仇恨，以及复仇得逞后的快感；

① 曹禺：《我所知道的奥尼尔——为〈奥尼尔剧作选〉写的序》，《外国戏剧》1985 年第 1 期。

② 田本相、刘一军：《曹禺全集》第 1 卷，花山文艺出版社，1996 年。

另一方面，他对自己杀害了无辜的焦大星和小黑子的行为感到不安和内疚，甚至感到恐惧。

从对悲剧艺术的本质理解来说，奥尼尔具有成熟的“悲剧意识”。奥尼尔在《戏剧理想》一文中写道：

> 我一直敏锐地意识到生活背后有着一股力量——命运、上帝，我们原来的生物属性造成了我们的现状。……我还意识到人所从事的这场斗争是要掌握生活背后的力量，让它来表现人，而不像动物那样，只是这股力量自我表现过程中微不足道的玩物。我深信，这是唯一值得创作的题材。我还相信，我们有可能，或者说能够，用变化了的现代价值和象征来发展形成一种悲剧表现形式。它在一定程度上将能使现代观众认识到他们跟舞台上的悲剧人物并无两样，从而产生一种崇敬情感。……而古希腊的悲剧理想是最崇高的戏剧理想。①

在这段表述中，奥尼尔从两个方面阐述了“悲剧”的艺术特性：从悲剧所要表现的对象上说，他认为，悲剧应当表现人与命运的抗争过程。在他看来，“生活背后”存在着一股不可知的“神秘”力量，这股力量即是命运。“命运”是具有不可逆转性的，它规定了人一生的活动轨迹。然而在现实生活中，人却往往不愿受命运的摆布，他们努力地与命运进行着抗争。尽管他们注定是要失败的，但是他们与命运进行抗争的过程本身具有“诗意性”。那么该如何理解这种“诗意性”呢？西方哲学家海德格尔在《诗人何为？》一文中写道：

> 在这样的世界时代里，真正的诗人的本质还在于，诗人职权和诗人之天职出于时代的贫困而首先成为诗人的诗意追问。……时代之所以贫困，乃是它缺乏痛苦、死亡和爱情之本质的无蔽。这种贫困本身之贫困是由于痛苦、死亡和爱情所共属的那个本质领域自行隐匿了。②

在这段表述中，海德格尔论述了诗人与“诗意”之间的关系。他认为，在“时代的贫困”中，诗人只有在对“诗意”的追问中才能成为其自身，即作为诗人而在场。值得注意的是，“时代的贫困”中的“贫困”并不是指现世生活中物资的匮乏，而是指精神领域中某种东西的缺失。在海德格尔看来，所缺失的也即是“痛苦、死亡和爱情之本质的无蔽”。换言之，人缺乏对于“痛苦、死亡和爱情”的真理性的认识。

需要指出的是，这里的“真理”并不是指的西方认识论中的主观意识和客观对象相符合，而是指的“无蔽”，即“揭示事情本身”。而对于“痛苦、死亡和爱情”的真理性的认识显然不是通过逻辑推理和科学实验获得的。人只有通过认真体验自身的生存状态，才能领悟到“痛苦、死亡和爱情”的真谛。而人只有真正获得了对于“痛苦、死亡和爱情”的真理性认识，他才可能以一种更为超脱的、审美性的眼光来重新关照人本身的生存状态。在此过程中，他才能真正领悟到人性本身的“诗意性”，也即人性之美。从这个意义上说，人体验自身生存状态的过程也即是“诗意”生成的过程。而悲剧所要展现的也就是这种人性之

---

① 奥尼尔：《奥尼尔文集》第6卷，人民文学出版社，2006年。
② 马丁·海德格尔：《林中路》修订本，孙周兴译，上海译文出版社，2004年。

美。如在《安娜·克里斯蒂》一剧中，安娜就遭受着命运的摆布。她从小被父亲寄养在亲戚家。在她的少女时代，她被自己的表哥所奸污。由于不甘继续受辱，她从亲戚家逃了出来。然而因为生计所迫，她又沦为妓女。当她对这种肮脏的生活方式感到彻底厌恶时，她找到了自己的父亲，并与他相认。在与父亲相处的过程中，安娜试图摆脱旧生活的阴影，并开始以一种新的、积极的态度来面对新生活。在一次出海中，她和父亲救了溺水的水手伯克，并与伯克相爱。然而当他们准备结婚时，安娜却陷入矛盾之中，即她犹豫着是否将自己所经历过的一切告诉伯克。最后她向他坦白一切。在该剧的第三幕中，奥尼尔设计了这样一段台词：

> 安娜（依然坚持她的冷酷而痛苦的口气，可是逐渐变成哀求的语调）：我想如果我告诉你，我不是——那样——你就不会再相信我，是不是？肯定，你不会的！如果我告诉你，我到这条货船上来，到了海上，我改变了，感到事情和以前不同了，好像以前的我不是我，不算数，好像以前的事情并没有发生过……我想瞒住真情嫁给你，可是我不能这样做，难道你就看不见我是怎么样的改变了吗？我不能嫁给你，却让你相信我的谎话——把真话告诉你，我又感到羞耻——直到你们两人逼着我这样做，我也看出来了你们跟其他别的人没有两样。现在你可以痛骂我一顿，然后就走吧，我想你会这样做的。……要是我告诉你，因为爱你的缘故使得我——清洁了，你会相信吗？这是事实，我说的是真话！（接着，看他没有回答——痛苦地）你真见鬼！你们跟所有别的人一样！[①]

这段台词有两层意思：其一，安娜表明了她对伯克的感情。她是深爱着伯克的。也正因为如此，所以她才不愿向他隐瞒自己不光彩的过去。她希望伯克能够理解她，宽恕她，乃至重新接受她。其二，安娜表达了她对自己以往经历的态度。她以自己过去的经历为耻。尽管如此，在面对自己以往不光彩的经历时，她却并没有选择逃避，而选择了正视。不难看出，也正是出于对伯克的爱，安娜才开始反思自己以往所经受的苦难。在这种反思中，她表现出了要与“命运”相抗争的勇气。具体而言，虽然安娜已经丧失了追求纯洁爱情的一切外在条件，但是她依然努力地追求着爱情。在追求真爱的过程中，她与人性的一切缺点做着斗争，她的人格也在此过程中得以提升。她说：“因为爱你的缘故使得我——清洁了。”所谓“清洁”也即指她的品行变得高尚。显然，安娜的人性之美也正是在她与命运相抗争的过程中得以体现的。

从悲剧的审美效果上说，奥尼尔认为悲剧应当使观众产生“一种崇敬情感”。他在《悲剧具有古希腊人所赋予的意义》一文中写道：

> 人们谈到我剧本中的“悲剧”，称它是“悲惨的”“令人沮丧的”“悲观的”，这些词常被用来描写任何具有悲剧性质的事物。但我认为，悲剧具有古希腊人所赋予的意义。对古希腊人来说，悲剧能激发崇高，推动人们去生活，去追求更为丰

① 奥尼尔：《奥尼尔文集》第2卷，人民文学出版社，2006年。

富的生活。悲剧使他们在精神上有更深的理解，使他们从日常生活的琐细贪婪中解脱出来。[①]

这也就是说，在奥尼尔看来，“悲剧”不应当在观众心中引起“悲哀”“沮丧”或“悲观”等情绪，它应当在观众心中引起一种“崇高”感。奥尼尔认为，只有在这种“崇高”感的驱使下，观众才可能对自己当下所处的人生状态进行深刻的反思。也只有通过这种反思，他们才可能“从日常生活的琐细贪婪中解脱出来”，他们的人格才能由此而得以提升。

众所周知，亚里士多德曾在《诗学》中给悲剧下了一个定义，即：“悲剧是对一个严肃、完整、有一定长度的行动的模仿，它的媒介是经过‘装饰’的语言，以不同的形式分别被用于剧的不同部分，它的模仿方式是借助人物的行动，而不是叙述，通过引发怜悯和恐惧使这些情感得到疏散。”[②]在这个定义中，亚里士多德主要从两个方面论述了悲剧的艺术特性：第一，悲剧的模仿对象是“行动”，而被模仿的“行动”具有两个特点：其一，它是完整而有一定长度的；其二，它是“严肃”的。所谓“严肃”的，是指悲剧所模仿的“行动”能反映出主人公的“人格的高尚”和“人性之美”。为了保证行动的“严肃性”，悲剧作家们大都选择英雄的传说作为其创作素材。第二，悲剧所要引起的审美效果是，它不仅要引起观众们的“怜悯”和“恐惧”的情感，而且在观众们离开剧场时，它还必须“净化”或“陶冶”这种情感。在这个定义中，所谓“净化”或“陶冶”，其原文是“卡塔西斯”，作为宗教术语，它是“净罪”的意思，而作为医学术语，它有“医疗”的意思。在亚里士多德对悲剧所下的定义里，他所取的是“医疗”之意，即他认为悲剧具有医疗的作用。他认为悲剧在观众的心里引起太强或太弱的恐惧与怜悯都不好，必须求其适度。而“悲剧的卡塔西斯作用”就是使这种恐惧和怜悯成为适度的感情，使观众们通过对悲剧的观赏来获得心理的健康。由此可见，古希腊意义上的“悲剧”之“悲”也不是指“悲恸”“惊恐”或“残酷”，它指的是“崇高”。

不难看出，奥尼尔所追求的悲剧审美效果与亚里士多德所追求的悲剧审美效果是具有一致性的，即他们都追求“崇高”之美。那么该如何理解“崇高”呢？康德在《判断力批判》中曾对“崇高”作过论述，他说：

正如同审美的判断力在评判美时将想象力在其自由游戏中与知性联系起来，以便和一般知性概念（无须规定这些概念）协调一致；同样，审美判断力也在把一物评判为崇高时将同一种能力与理性联系起来，以便主观上的理性的理念（不规定是哪些理念）和谐一致，亦即产生出一种内心情调，这种情调是和确定的理念（实践的理念）对情感施加影响将会导致的那种内心情调是相称的和与之相贴近的。[③]

这也就是说，美的鉴赏是想象力与知性相协调，而崇高的评判则是想象力与理性相协调。在想象力与理性相协调的过程中，评判的主体会产生出一种“内心情调”，而这种“内

① 奥尼尔：《奥尼尔文集》第6卷，人民文学出版社，2006年。
② 亚里士多德：《诗学》，陈中梅译，商务印书馆，1996年。
③ 杨祖陶、邓晓芒：《康德三大批判精粹》，人民出版社，2001年。

心情调”是和道德的内心情调相称的。① 在《实践理性批判》中，康德对“道德的内心情调”作出了解释。他指出，“道德的内心情调”，也就是一种敬重感。这种敬重感不但使人们意识到自己道德上是存在缺陷的，而且它还促使人们去深刻地反思自己的道德行为。在反思的基础上，人们才会努力使自己的行为符合道德法则的要求。古希腊悲剧意义上的“崇高”也正是这种“敬重感”。而古希腊悲剧的演剧目的也就是要唤起观众心中的“敬重感”。具体而言，在观剧的过程中，通过看到“一个人遭受不该遭受的厄运”②的情节，观众就会反思自己的日常行为，并打消心中的恶念；在观剧之后，出于对“命运的惩罚”的畏惧，他们就会努力使自己的行为符合道德法则的要求，而奥尼尔对于“崇高”的理解是与之相一致的。因此，他才会作出“古希腊的悲剧理想是最崇高的戏剧理想”的判断。

在解读奥尼尔剧作的过程中，曹禺领悟了悲剧艺术的本质内涵。在《雷雨·序》一文中，曹禺对《雷雨》一剧的悲剧性加以了阐述。在阐述《雷雨》的悲剧性时，曹禺所运用的表述方式与奥尼尔对悲剧艺术本质的阐述方式极为相似。曹禺写道：

> 《雷雨》对我是个诱惑。与《雷雨》与生俱来的情绪蕴成我对宇宙间许多神秘的事物一种不可言喻的憧憬。……《雷雨》所显示的，并不是因果，并不是报应，而是我所觉得天地间的“残忍”……在这斗争的背后或有一个主宰来使用它的管辖。……而我始终不能给他以适当的命名，也没有能力来形容它的真实相，因为它太大，太复杂。我的情感强要我表现的，只是对宇宙这一方面的憧憬。③

在这段表述中，曹禺指出，他试图通过创作《雷雨》来表达自己对于“宇宙间许多神秘的事物一种不可言喻的憧憬”。这种“神秘的事物”也即是“命运”。在他看来，“命运”具有两种特征：一是“不可预知性”，二是“不可逆转性”。人的活动均要受制于命运的规定。在《雷雨》一剧中，尽管四凤和周冲“并无过咎”，但是他们仍然走向了死亡。周冲爱上了四凤，然而他却并不知道四凤是他同父异母的姐姐，因此，周冲便有了犯下姐弟乱伦之罪的可能性；而四凤和周萍相爱，她同样也不知道周萍是自己同母异父的哥哥，因此，四凤在无意中犯下了兄妹乱伦的罪过。虽然在剧中四凤和周冲并没有做出伤害他人的行为，但是由于四凤已经犯下了兄妹乱伦的罪过，而周冲又具有犯下姐弟乱伦之罪的可能性，所以，这二人依然要受到命运的责罚。

然而，《雷雨》中的人物并没有消极地顺从命运的安排，而是积极地与命运进行抗争。蘩漪为了维护自己的爱情而极力阻止四凤和周萍私奔，最后却引起了家庭矛盾的总爆发；鲁侍萍为阻止乱伦，被迫解密三十年前的一段往事，却在瞬间造成了整个家庭的崩溃。尽管在与既定命运的抗争中，剧中人注定会失败，但是，他们却依然不断地与人性的弱点做着斗争。人性之美也就体现在人与其自身的弱点进行斗争的过程之中。也正是体悟到了这种“人性之美”，曹禺才不愿意让观众仅仅只是将注意力放在“四幕剧”的剧情上。他不

① 杨祖陶、邓晓芒：《康德三大批判精粹》，人民出版社，2001 年。

② 亚里士多德：《诗学》陈中梅译，商务印书馆，1996 年。

③ 田本相、刘一军：《曹禺全集》第 1 卷，花山文艺出版社，1996 年。

但试图引导观众体会这种“人性之美”，而且还期望他们在观剧过程中获得心理上的“平静”。为此，他特意设置了“序幕”和“尾声”。尤其值得注意的是，在“序幕”和“尾声”中，曹禺没有将饱受折磨、受尽伤害的鲁侍萍和蘩漪直接推向死亡，而是将她们引向癫狂。而他之所以以“癫狂”作为人物命运的最后归宿，根本原因就在于他并不希望观众在回味起《雷雨》时，头脑中反映出来的只是尸横舞台的恐怖场面，而是希望他们能通过观赏悲剧来使情感得到净化，借此获得心理上的健康。

通过以上诸多分析，不难发现，无论是曹禺还是奥尼尔，他们都将“崇高”当做自己所要追求的戏剧审美境界。奥尼尔认为，西方悲剧意义上的“崇高”即是指“人性之美”，而曹禺对于悲剧的“崇高”的理解显然是受到了奥尼尔的影响。在作品中，曹禺所着意表现的也正是这种“人性美”。由此可见，奥尼尔剧作对于曹禺的影响不仅仅只是局限于戏剧创作的技法方面，它们更是直接影响了曹禺悲剧意识的形成。

原载《文化艺术研究》2010 年 1 月第 3 卷第 1 期

共同的意义传播空间：诗性美

——契诃夫现实主义诗化形态对曹禺风格转型的影响

沈万顺

勇于探索，勇于超越自己，使契诃夫在当时的俄国戏剧舞台上独领风骚。他的作品，不同于当时俄国舞台上形形色色的伪形式主义作品，充满了形式探索的意味，即所谓的“契诃夫式”。其突出的特征是：以现实主义为主要的叙事原则，赋予生活更多的诗意，营造一个个浓郁的诗意空间，追求抒情方式的平淡美和诗性美。

契诃夫的这种创作风格曾影响了曹禺整个1940年代的创作，并以此为契机，使曹禺的戏剧风格有了明显的转变。这一转变的突出标志就是其作品的抒情性和诗性因素增加，使他与契诃夫有了一个共同的意义传播空间：诗本体，这也是他接受契诃夫影响的主要方面。“他教我懂得艺术上的平淡。一个戏不要写的那么张牙舞爪。在平淡的人生的铺述中照样有吸引人的东西，读了他的作品，使你感到生活是那样丰富。他的作品反映生活的角度和莎士比亚、易卜生、奥尼尔等都不一样，它显得沉稳，感情不外露，看不出雕琢的痕迹。”①曹禺欣赏契诃夫那平淡而又意味深长、自然而又饱含着诗情画意的风格。他努力从日常生活的表面追求深刻的社会本质。当然，他不是单纯的对生活细节的还原，而是把“戏剧化的戏剧”变为“生活化了的戏剧”。契诃夫的天才在于能在平凡的生活事件中写出真正动人的戏剧来。“他的剧本中的动作并不表现在通常安排的高潮、悬念和矛盾冲突中，他看得更深，写真实的人在命运中有所感悟，在思想感情上把人升华了，把许多杂念都洗涤清净了。”②而在曹禺的戏剧创作中，这种蕴含诗意于细微处的风格更是时时闪现。

比如《日出》的情节冲突和人物关系就不像处女作《雷雨》那样集中强烈，叙述风格也更为从容。它选取主人公陈白露的某个关节点，通过日常生活的片段，拼成了一幅都市生活的图景。这些人物素不相识，因剧情需要“相逢”在一起，无主角、配角之分，走马灯般地在舞台上穿梭。这种艺术风格与契诃夫的《三姊妹》十分接近。两部作品都注重日常叙事，却都在不经意的叙事中，蕴含着深情的诗意。《三姊妹》中爱情不幸的玛莎总喜欢背诵“海岸上，生长着一棵橡树，绿叶丛丛，树上系着一条金链子，亮铮铮”的诗句，并反复出现过多次。《日出》中命运同样不幸的陈白露也喜欢背诵“太阳升起来了，黑暗留在身后。但是太阳不是我们的，我们要睡了”的诗句，并且不止一次地吟唱着、重叠着。两首诗都充满了象征意义，在柔柔地倾诉着主人公内心的痛苦与不平静。《海鸥》中反复出现的“我是一

① 《曹禺论创作》，上海文艺出版社。

② 曹禺：《和剧作家们谈读书和写作》，《剧本》1982年第10期。

只海鸥……啊，不是的”也具有同样的韵味。《三姊妹》结尾处贯穿着一片轻柔的军乐声，在凄美而庄严的音乐中，两姐妹紧紧相拥，泪水打湿了她们的面庞。没有更多的语言，音乐声中一切都静止下来，渐行渐远的不仅是军乐声，更是离别的呼唤。《雷雨》的结尾处则是悠长的乐曲中风雨交加的雷雨天，尤其突出是那一道流过天际的闪电。音乐声响起，整个世界也因此而静寂下来。在此，我们看到了极为相似又蕴含丰富象征意味的诗意表述。前者是一份无奈的凄苦、伤感的落寞，后者是毁灭后的重生，是生命浩然的前行。但真正的诗意都在于对光明和未来的找寻、渴望与追求。

再看契诃夫的《樱桃园》，人物描写的心理深度历历可见，丰富的感情和细腻的情感体验，由于长期的沉淀而形成精美、深沉、富有诗意的语言，为我们营造出一个个极富诗性美的动人画面，烘托出诗一般的舞台气氛。樱桃园一方面是花香四溢、诗意盎然、一派清纯，一方面又充满了忧郁、低沉、感伤和凄凉。生活中的花园正花繁枝茂，绽放生命的活力，而主人公心中的花园则残枝败叶，一片萧条。樱桃园尽管美丽但必须砍伐，因而要与过往的生活彻底地告别，诗意和主题都在此自然流露。这种结构与诗意的完美结合让人感受到其写法的巧妙。可以说每一个不经意的瞬间都在悄无声息地诉说着一个永恒的真理。例如结尾处琴弦崩断的声音、斧头砍伐树木的声音，都说明过去的一切终将成为过去。契诃夫很善于将舞台上的布景、道具同人物内在的真实体验有机地融合，借助观众的视觉、利用画面和音响的抒情效果，把观众带入诗歌的艺术世界。契诃夫剧本的抒情性和诗性的潇洒弥补了缺乏情节的冲突所带来的缺憾，这是他另一种精妙的手法。

曹禺的身上流淌着浓郁的诗人特质。他的剧作在演绎尖锐的矛盾冲突同时，更流荡着深情款款的诗意，他的作品在活力四射的生命激情中融含着他理想的诗意王国。一个剧作如果流于一般简单生活的翻版，殊无意义，因为这样的作品不可能挖掘出生活的本质进而超越生活。诗意的创造来源于对生活的感受和作家独特的内心感悟。曹禺并不是一般地再现生活中的真实，而是在剧作中熔铸着作家对生活的独特感受和深沉思考，从而展现出一幅幅“情景交融”的诗意境界，这种“诗意真实”既熔铸着作家真诚、炽热的主观感情，又凝聚着他对现实人生问题深沉的探索与哲理思考，正如他自己所说，“最好的剧本应该总是‘情’‘理’交融的”。在曹禺的剧作中，注重运用象征的手法抒发含蓄深沉的诗意境界，特别值得重视。如“雷雨”“日出”“原野”“北京人”“合欢被”及其意象，便具有包含生活哲理的深刻象征意味。在“雷雨”中，我们看到的是原始生命图腾昂扬的律动；在“日出”中，我们感受到的是对未来、对光明的热烈憧憬；在“原野”中，我们品味到的是中华儿女原生态的生活图景和酝酿在他们心中的不屈的抗争精神；在“北京人”里，我们领略到的是剧作家呼唤人性解放的日渐清晰的社会理想……

《北京人》里的人物，已经潜入到心理探索的底层。像愫方那样丰富的感情、细腻的内心世界，不管是温存率真、孤独凄凉、痛苦忧伤，都写得丝丝入扣，已经达到了如契诃夫所写的玛莎那样的抒情深度。她们的形象本身就是一首诗，寄寓着作者深深的审美理想。《北京人》的诗性意蕴，突出表现在对愫方的塑造上，对此曹禺倾注了全力。愫方的内心独白、情感、对爱情执着的找寻，以及她纯真、美好的个性，都具有鲜明的诗意本质。曹禺准确地把握住了这种本质，所以对以愫方为主要人物的《北京人》的抒情深切而隽永。

愫方和瑞贞的心灵絮语在凄凉而惆怅的空气中寂寞地荡漾，弥漫在每个人心头，形成了全剧特有的悲剧基调，像主人公无法摆脱的命运。愫方的命运仿佛与悲剧早有了预约，她过早地丧失了父母的关怀与保护，命中注定地要过一种心灵漂泊的生活。她的存在只为了那虚幻无望的爱和期待。暮霭中，城墙边响起凄凉的号角声，一丝一缕，瑞贞"听着就好像活着总是灰惨惨的"，在愫方听来，则是"真好像春天来了一样。或者不就是这个样子么？我们活着就是这么一大段又凄凉又甜蜜的日子啊！"这是怎样令人心悸的心灵告白。在这迷醉的激情中，她在一遍又一遍地寻找自己，感受到了一种她不能左右的力量。此外，《北京人》在景物和音响的美学效果上，比起《樱桃园》来也毫无逊色。像鸽子飞在天上的哨声、初冬傍晚乌鸦的叫声、草塘里起伏的蛙鸣声、黎明时静静掠过的风声，都造就了浓浓的诗的意境，增加了戏剧的艺术感染力。

曹禺学习了契诃夫的自然平淡和浓郁的诗性美，但曹禺的戏并不平淡，他在追求诗性风格的同时尽可能保持必要的情节和冲突。他把自己作为诗人和艺术家的特质发挥到了极致，其中之一就是闪烁的激情与诗意。他作品中的诗意是更具有激情的诗意，不像契诃夫那样过于含蓄。此外，曹禺作品的叙述节奏更强也更快于契诃夫，这也更符合中国观众的欣赏习惯，体现了年轻的曹禺独特的美学追求。

原载《四川戏剧》2010 年第 2 期总第 134 期

借得西江水　催开东苑花

——曹禺《日出》与小仲马《茶花女》之比较

王澄霞

中国现代文学 30 年成就斐然，现代小说、散文、诗歌、戏剧都得到较充分的发展，其影响泽被整个 20 世纪，许多作品的水准至今仍无法超越。因而在中国现代文学史研究领域，对这一时期的文学成就总是给与高度评价与赞叹，觉得这一切尤其是充分显示了五四文学革命的实绩。其实这些所谓"新文学"者并非从天而降，中国现代文学的产生和发展深受西方近现代文学的影响，特别是在其初创时期，不少作品都借鉴乃至模仿西方文学。这种状况本来十分正常，鲁迅先生就曾说过，"其实即使是天才，在生下来的时候的第一声啼哭，也和平常的儿童的一样，决不会就是一首好诗"，婴儿学步总难免蹒跚。借得西江水，催开东苑花，本是世界文化交流史的常态，对此何必讳言？

曹禺及其现代戏剧创作便是例证，《日出》就是借鉴模仿了法国小仲马的小说《茶花女》。

一

有必要回顾一下《茶花女》在中国的传布过程，及其对中国现代文学创作界的巨大影响。

在西方以妓女悲欢离合的爱情故事为题材的文学作品中，获得世界声誉、赢得亿万读者的首推小仲马的《茶花女》。该小说自 1848 年发表后就获得巨大成功，1852 年被改编成同名剧本，1853 年被改编成同名歌剧，成为流行全球的著名歌剧之一。郑克鲁在《茶花女・序》中指出，《茶花女》"从小说到剧本再到歌剧，三者都有不朽的艺术价值，这恐怕是世界上独一无二的文艺现象"①。

在中国，《茶花女》则是第一部得到译介的外国小说，译名《巴黎茶花女遗事》，是晚清翻译家林纾"林译小说"的代表作。1899 年一经刊印就风行大江南北。严复有诗云："可怜一卷茶花女，断尽支那荡子魂"；名作家邱炜萲则誉之"好语穿珠、哀感顽艳。读者但见马克之花魂，亚猛之泪渍，小仲马之文心，冷红生之笔意，一时都活，为之欲叹观止。"②还有许

① 小仲马：《茶花女》，译林出版社，1993 年。

② 邱炜萲：《挥麈拾遗》，《晚清文学丛钞：小说戏曲研究卷》，中华书局，1960 年，第 404—425 页。

多读者在《国民日日报》《云南》《春江花月报》《南社》等报刊杂志以及私人诗集中，对小仲马的巧妙构思和林纾的出色译笔都推崇备至。茶花女玛格丽特也成为晚清文坛上最走红的外国小说人物之一，不少作家为显学识才情，都要在小说中带它一句。如《文明小史》二十三回人言："英雄男女不可分，文明国有茶花女"，《孽海花》十二回称彩云打扮得如"茶花女化身"。《新茶花》《碎琴楼》《柳亭亭》等《茶花女》的模仿之作也纷纷诞生。

五四作家早年多半有一个耽读"林译小说"的时期。如鲁迅还在南京求学时就已购买了《巴黎茶花女遗事》，周作人还回忆说："我们对于林译小说那么的热心，只要他印出一部来，便一定跑到神田的中国书林把它买来；看过之后，鲁迅还拿到订书店去改装硬纸版封面。"[①]郭沫若也称"林译小说"是他当年嗜好的一种读物。当时只能算是"创造社小伙计"之一的叶灵凤，曾说他青年时代特别喜欢参加上海外国侨民的商品拍卖会，"挤在人丛中也仿佛自己就是当年的阿蒙，可见小仲马的这部小说令我爱好之深"[②]。而女作家庐隐长篇小说《归雁》和《象牙戒指》中女主人公身上都融有茶花女玛格丽特的影子。茶花女的这种魅力，在 20 世纪 40 年代的作家作品中还时有露面，如端木蕻良《新都花絮》中爱读《茶花女》的七小姐身上就有玛格丽特的影子。

在中国话剧界，《茶花女》是中国最早成立的话剧团体春柳社的首次公演剧目，更是中国各新剧团屡演不衰的外国戏剧之一。由此可见，小仲马《茶花女》及林译本《巴黎茶花女遗事》，对中国文艺界的影响是何其巨大。

南开新剧团出身的曹禺先生当年经常粉墨登场出演话剧。虽然迄今为止的曹禺自述或者是相关的研究文章中，都没有正面提及《茶花女》对曹禺自身的影响，但是如前所述，小仲马《茶花女》在中国文坛的巨大影响是一个不争史实，置身于其间的中国文艺工作者包括曹禺自然会深受影响，尽管曹禺本人未曾述及。

二

戏剧研究专家朱栋霖先生曾指出，在当时中国舞台上显得来无踪迹、出奇制胜的《日出》的艺术结构，实际上是受到 1932 年摄制的美国电影《大饭店》之影响。[③] 其实，小仲马的《茶花女》也是曹禺《日出》的重要借鉴。这种借鉴乃至模仿可从几个方面得以印证。

第一，两部作品的主要人物关系设置相似。

《日出》中三组主要的人物关系，即男女主人公陈白露和方达生之间的情人关系、陈白露和潘月亭之间被包养和包养者的关系，顾八奶奶和陈白露之间的陪衬关系，在《茶花女》中都可以找到一一对应：

① 周作人：《鲁迅的青年时代》，中国青年出版社，1957 年，第 76 页。
② 叶灵凤：《读书随笔》，三联书店，1988 年，第 277 页。
③ 朱栋霖：《论〈日出〉与陈白露的悲剧形象》，南京大学学报，1981 年第 2 期，第 25—33 页。

陈白露——方达生←→玛格丽特——阿芒

陈白露——潘月亭←→玛格丽特——老公爵、G伯爵

陈白露——顾八奶奶←→玛格丽特——普吕珰丝

《茶花女》中的这三组人物关系设置既是整部小说的情节主干，也是主要人物形象的性格聚焦。而《日出》中相对应的三组关系同样是撑起了全剧基本框架，构成了剧情发展的主线，是塑造和刻画人物形象的关键和核心。主要人物关系设置上的相似，是两部作品的第一层相似。

第二，更重要的是，两部作品的主要人物形象相似：

陈白露←→玛格丽特：女主人公都是高级交际花

方达生←→阿芒：都是女主人公纯洁忠诚的情人

潘月亭←→老公爵、G伯爵：都是女主人公的包养者

顾八奶奶←→普吕珰丝：都是粗蠢不堪的女主人公陪衬人

先来比较一下两位女主人公的相似之处。

首先，两者的身份和人生经历相似。尽管出身不同，陈白露出身于日渐破落的书香门第，受过良好教育；而玛格丽特6年前还是一个连名字都不会写的乡下穷姑娘，但从身份而言，她俩都是活跃于上流社会的高级交际花，都靠被人包养为生。两人都曾有过对爱情对未来的热情追求，但后来都堕入风尘，凭着出众姿色成为红极一时的高级妓女，在灯红酒绿纸醉金迷中放浪形骸，醉生梦死。而且两人的从妓生涯中都出现了一个真诚善良的青年男性，一定程度上唤起了她们对美好生活的憧憬与向往，对其现实生活都产生过重大影响。两人结局也非常相似，都是主动终结自己的生命，前者服用安眠药自杀，后者则任由疾病将自己折磨而死，以彻底摆脱罪恶的社会和自身污秽不堪的生活。

其次，人物性格相似，陈白露与玛格丽特都因不甘贫穷寂寞，经不起金钱和物欲的巨大诱惑而自甘堕落，性格上都有好逸恶劳、放荡堕落和良知未泯、善念尚存的二重性。面对热情真诚的求婚者阿芒的愤怒和质问，玛格丽特的玩世不恭溢于言表：

> "那么，你为什么欺骗我？"
>
> "我的朋友，倘若我是一位什么公爵夫人，倘若我有二十万里弗年金，那么我在做了你的情妇以后又有了另外一个情人的话，你也许有权利来问我为什么欺骗你；但是我是玛格丽特·戈蒂埃小姐，我有的是四万法郎的债务，没有一个铜子的财产，而且每年还要花上十万法郎，因此你的问题提得毫无意义，我回答你也是白费精神。"

再来看看陈白露。她拒绝和方达生一同回乡，在谈及自己的谋生手段、金钱观荣辱观时，陈白露的言辞之间也同样充满着这种玩世不恭：

> 陈白露：（很大方地）你有多少钱？

方达生:(没想到)我不懂你的意思。

陈白露:不懂?我问你养得活我么?咦?你不要这样看我!你说我不应该这么说话么?咦?我要人养活我,你难道不明白?我要舒服,你不明白么?我出门要坐汽车,应酬要穿些好衣服,我要玩,我要跳舞,你难道听不明白?

陈白露和玛格丽特都以嘲弄常规、自我狡辩、自我作践的方式,来自我保护自我肯定。从中可以看出,曹禺笔下陈白露的人生态度、生活见解,以及对待金钱、异性、感情的嘴脸乃至说话口吻都是对玛格丽特的模仿。

两人性格的相似处还表现为灵魂深处都尚存洁白。玛格丽特对自身处境常有不平之慨,故意捉弄初次见面的人,以报复她日常所受的侮辱。在阿芒的真诚感召之下,放浪形骸的玛格丽特洗尽铅华,与过去一刀两断:"想想我现在尝到的新生活的滋味,要我再去过从前的生活,我会死的。"体现了她追求新生活的诚意和努力。其后玛格丽特更以彻底的自我牺牲表明了她的善良无私。

陈白露在"竹均"和"白露"、在"过去的我"与"现在的我"之间也有过挣扎徘徊:她一方面对自身现状振振有辞,对方达生的人生理想嗤之以鼻,可在忆及自己曾有的天真纯洁时又无限感慨,陈白露日后对小东西的全力救助,也充分表明她良心未泯。

男主人公方达生和阿芒也颇为相似。

首先是外形相似,两人都是风度翩翩的青年才俊。其次是人物类型相似,都是真诚专一、单纯善良的热血青年,对爱情都抱有美好幻想。再者,与女主人公的关系相似。他俩都是女主人公的情人,各自都倾尽全力试图挽救女方迷失的灵魂,都渴望着以自己的一腔热情和真情来获得女主人公爱的回应,希望与之走入婚姻组建家庭。他们的结局也多有相似,两人的热情和理想都遭到了对方的挖苦奚落,在多次碰壁后只得怅然离开。

第三,两部作品其他方面的相似。

次要人物形象的相似。如顾八奶奶和普吕珰丝,从外形而言两人都属丑女一类;从性格特点而言,两人都是粗蠢贪婪、鄙陋猥琐一型;从角色设置的作用而言,都是为了与女主人公形成一种反衬和对比。性格相似的人物还有潘月亭与老公爵和G伯爵。他们都是年长的社会名流,是女主人公的包养人,对女方都不乏一定的真情,肯为之一掷千金,但他们从未赢得过对方的真情,最后都落得一个人财两空的下场。

主题上的相似。陈白露和玛格丽特两位女主人公的堕落,都折射出金钱对人性的扭曲。揭示人性如何被金钱异化,这是两者共同的主题。其实,《日出》和《茶花女》还有一处相似,那就是两位女主人公各自都有一本情人的赠书,即诗集《日出》和小说《曼侬·莱斯科》,两书都是女主人公往昔爱情的纪念品。

可见《日出》对《茶花女》借鉴模仿的痕迹可谓是历历可寻。

三

《日出》与《茶花女》固然有着诸多相似，但《日出》并非全是《茶花女》的中国翻版，两部作品的差异可以见证这一点。

第一，题材与主题的差异。除了异化主题的相似而外，《茶花女》主要展示了爱情的伟大力量，全力讴歌爱情的忠贞与永恒，小说内容和主题相对单纯也相对狭窄。而《日出》则大量表现了上层社会的罪恶与下层社会的不幸，表达了对“损不足以奉有余”的黑暗现实的强烈诅咒。从题材和主题而言，《日出》比《茶花女》显然要丰富深广。

第二，主要人物性格的差异。

在对待爱情的诚意，在开始新生活的决心和勇气上，陈白露和玛格丽特的人格境界有高下之分。

为了爱情，玛格丽特彻底诀别旧日颓糜生活，与阿芒一起来到乡下；为与对方长相厮守，她典当变卖家什，为美好未来竭尽努力。更感人的是她后来又出于对爱人的保护，主动离开对方并保守秘密。即使迫于无奈重返风尘后，玛格丽特仍忠于对阿芒的爱情。她也有深深的绝望，但为了阿芒兄妹的前途，含垢忍辱倍受折磨并不惜彻底牺牲自己，至死无怨无悔。对阿芒的强烈爱情使得玛格丽特的人生发生重大转变，她就像托尔斯泰笔下的玛丝洛娃一样，灵魂最终得到复活，人格得到升华，这也是小说最能打动读者的地方。

相比之下，陈白露告别旧我、走向新我的决心就表现得比较动摇。她与方达生相聚时一度被唤起的向善之心稍纵即逝，她对生活由失望转向完全绝望。曾经的失败婚姻让她对爱情充满怀疑和厌倦，所以面对方达生阿芒般的呼唤与渴求，陈白露不仅断然拒绝，而且还冷嘲热讽，她已沉溺在灯红酒绿的奢靡刺激中不能自拔，更谈不上为方达生作出任何牺牲。

所以，尽管陈白露与玛格丽特性格上有诸多相似，但要论及人生境界的高下，陈白露比起玛格丽特明显要逊色许多。

两位男主人公也同中有异。两人虽说都是感情专一、心地善良的纯正青年，但阿芒属于 19 世纪一个涉世未深的资产阶级青年形象，嫉妒心报复心强，行事冲动不计后果。他整日惟爱情是务，为了爱情，哪怕倾家荡产身败名裂都在所不惜，舍此之外似乎别无他求。而方达生虽然也不乏幼稚单纯，但不像阿芒般脱离社会现实，他由一开始的关注爱情、关注“小我”转为关注社会人生“大我”，有着强烈的社会使命感，折射出鲜明的五四时代气息。方达生的人生境界无疑要超过阿芒。

第三，艺术构思的差异。

这主要表现为作品结构的不同。小说《茶花女》属于焦点式叙事，全部情节围绕着玛格丽特与阿芒的爱情进程单线推进；而话剧《日出》属于散点式叙事，陈白露在剧中更像是一个连接点，由她串联起社会各阶层的生存境况，全剧多线并进，即曹禺所谓“用多少人生的零碎来阐明一个观念”。显然，无论是情节还是结构，《日出》都要比《茶花女》丰富复杂。

第四，艺术功力的差异。两位女主人公结局相同，但相同的结局设计却折射出两位作家艺术功力的高下之别。玛格丽特的抱病而亡，不仅符合人物当时的处境，也是人物性格的必然发展。而陈白露本无意于摆脱现有一切，何况剧中还暗示，在现任包养者、银行家潘四爷破产后，“这么年轻、这么美”的陈白露另“傍”一个款爷（如金八爷）并非难事，她及时行乐的人生哲学，也并未有现实的改变。所以陈白露的自杀缺乏足够的依据，与她自身的性格发展逻辑并不相符。这也许只能归结于作者的私心偏爱，曹禺不想让陈白露继续堕落直至衰朽老丑惨不忍睹，如宝和下处沿街拉客的老妓女翠喜一般，所以动用自杀一途来终止她的继续堕落，但这样一来白露之死就不免牵强突兀。作家的主观意愿干预了人物性格的内在逻辑，这不能不说是《日出》逊色于《茶花女》的地方。

通过以上分析可以得出结论，《日出》与《茶花女》同中有异，有着曹禺自身的创造与努力。

四

那么，曹禺是如何看待《日出》与西方文学的相似关系呢？尽管吕荧曾提及二者的相似性，但至今尚未有人明确评析过《日出》与《茶花女》的相似之处，故而曹禺也未曾对此作过解释。倒是有许多学者对他的另一部作品《雷雨》所受的外来影响作过论析，曹禺在《雷雨·序》中也作了回应，从中可以窥测到他的想法和观点。

> 在国内这些次公演之后更时常地有人论断我是易卜生的信徒，或者臆测剧中某些部分是承袭了 Euripides 的 *Hippolytus* 或 Racine 的 *Phèdre* 的灵感。认真讲，这多少对我是个惊讶。……尽管我用了力量来思索，我追忆不出哪一点是在故意模拟谁，也许在所谓“潜意识”的下层，我自己欺骗了自己：我是一个忘恩的仆隶，一缕一缕地抽取主人家的金线，织好了自己丑陋的衣服，而否认这些褪了色（因为到了我的手里）的金丝也还是主人家的。其实偷人家的一点故事，几段穿插，并不寒伧。同一件传述，经过古今多少大手笔的揉搓塑抹，演为种种诗歌，戏剧，小说，传奇，也很有些显著的先例。

这段文字含糊其辞自相矛盾，曹禺一面把研究者的论断贬为“臆测”，否认《雷雨》受到外来影响；可随即又以抽取了主人金线的忘恩仆隶自比，这似又承认了《雷雨》的模仿借鉴；继之又自我辩解说创作中的这种“偷”非但“并不寒伧”，在中外文学史上更是多见。语意如此曲折吞吐，难怪司马长风先生认为，对曹禺这段自白“读者不难自行判断”①。

① 司马长风：《中国新文学史》中卷，昭明出版社，1976 年，第 301 页。

其实，对待这种模仿或借鉴，曹禺根本无须如此遮遮掩掩，因为他创作《雷雨》和《日出》之时，毕竟只是一个大学刚毕业、二十出头的年轻人。何况放眼初创时期的中国新文学，其实大都从对外国作家作品的模仿起步，犹如人们学习书法都得从临摹名家碑帖开始。如鲁迅之于俄罗斯文学，创造社之于日本私小说，五四白话新诗之于泰戈尔、惠特曼，中国现代戏剧之于易卜生、奥尼尔等等。中国新文学的这一特征，在范伯群、朱栋霖两位先生主编《1898—1949 中外文学比较史》一书中得到了系统翔实的论证。编者以比较文学的特有立场与宽广视域，把中国新文学所受外国文学影响的来龙去脉爬罗剔抉，一一加以还原析现。但是，这部带有开拓性的研究著作，受制于特定的历史语境和文化语境，对在借鉴、模仿、吸纳西方文学基础上蹒跚起步的中国新文学的定位和评价，以肯定和褒扬为主旨，尽力发掘其优点和特色，而对其模仿借鉴带来的一些明显不足，以及如何评价这种模仿借鉴，则缺乏相应的也是必要的理性评判。

尽管中国的现代文学在其初创阶段曾从借鉴模仿西方文学起步，但是，经过那时期包括鲁迅、郭沫若、茅盾、巴金和曹禺先生在内的整整一代人的努力，毕竟使中国现代文学取得了长足进步，为中国 20 世纪文学奠定了基础，对此任何人也不能轻率地加以否定。不过，时光已经过去了大半个世纪，中国的当代文学本应有更大的长进，足以超越前人，可惜事情并不如人愿。

原载《扬州大学学报(人文社会科学版)》2010 年第 14 卷第 4 期

《榆树下的欲望》与《雷雨》象征主义手法的比较

郑萍萍

奥尼尔被称为是美国最伟大的剧作家，是美国戏剧界唯一一个获得诺贝尔文学奖的作家，其作品《榆树下的欲望》被认为是“确立奥尼尔天才剧作家地位的戏剧”，是“第一部真正的美国历史剧”，也是“奥尼尔第一部杰出的悲剧”。主要叙述了卡伯特及其儿子埃本还有卡伯特的第三个妻子阿比之间的情感纠葛。《雷雨》是曹禺在1933年创作的，它是“曹禺的第一个戏剧生命，但同时又成为中国话剧成熟的标志”，所以可以说“曹禺在中国现代文学和戏剧史上是一个传奇”，主要通过写周朴园父子与蘩漪之间的矛盾和乱伦关系，揭示了整个封建社会的罪恶，以及以三个人的死，两个人发疯，一个人出走为结尾，宣告了封建主义在中国必将走向灭亡。

但《榆树下的欲望》和《雷雨》都同时采用了象征主义的手法，通过一个具体的事物来象征某一抽象概念或某种思想感情，赋予剧作更大的艺术魅力。

《榆树下的欲望》中象征主义手法的运用：1. 榆树象征着女性。开头就写到：“房舍两边各有一株高大的榆树。那弯曲蔓生的树枝覆盖着房顶，看上去既像保护着房子，又像是抑制着它。这两株大树呈现着一种邪恶的母性，一种嫉妒和要制服一切的心理状态。”(《榆树下的欲望》)开头就写到榆树烘托了整部戏剧的悲剧气氛，其实这里面的榆树就象征着里面的阿比，主宰着这个农场的一切，她按自己的天性、自己的欲望主宰着这里的一切，她嫁给卡伯特目的只有一个，就是想继承他的农场，但后来却背叛了他，跟埃本通奸，还生下了一个儿子，结果又自己亲手把他掐死，最终也导致了自己与埃本的悲剧结局，剧中的一切悲剧都与女性有关。2. 农场是财富的象征，剧中所有的人都是为了能得到这个农场，卡伯特辛苦干了一辈子就是为了能得到一个属于自己的农场，西米恩和彼得之前那么努力去农场干活也是为了能分得一点财产，而埃本更是偷父亲的钱买自己的兄长对农场的所有权，供他们去西部的路费，而阿比嫁给卡伯特也是为了能得到农场，最后那个刚出生的婴儿被掐死也是因为阿比被埃本误会，以为她是为了农场才跟他在一起的，为了证明自己是爱埃本的，于是就牺牲了他们的孩子，而埃本之所以那么恨自己的父亲，就是因为他以为自己母亲就是被他逼迫整天在农场干活，最终累死的，所以他觉得这农场是用他母亲的命换来的，应该是属于他的，而他做了那么多事情，就是想夺回原本属于自己的财产而已，所以整出戏就是围绕着争夺农场展开的，其中交织着情欲和父子、兄弟之间的爱憎。3. 天空是自由、美好希望的象征。对西米恩和彼得来说，天空是自由的象征，剧作开头时也写到，他们跟埃本在聊天的时候，“他们继续仰望了天空一会儿，然后两眼低垂”，在他们看来，在家中他们是不自由的，天天被逼着去农场干活，没有自己的理想和追求，唯一的愿望就是希望父亲能分给他们一部分田地作为财产，所以他们想到加利福尼亚去，不仅是去淘金，更是去寻找自由。剧作结尾埃本和阿比被警察抓走的时候，埃本和阿比手挽着手地走向大门，埃本在那里站住了脚，指着旭日东升的太阳说道：“太阳升起来了。美极了，是不是？”阿比回答：“是啊！”于是两个人站了一会儿，以奇异的超脱和虔诚的姿态着迷似的仰望着天空。对他们来说，天空象征着美好的未来，是梦想的天堂，是他们追求美好生活的象征。

《雷雨》中也多处使用了象征主义的手法，主要体现：

1. 在序幕和尾声中，周朴园把自己的家捐给教堂，成了一家教堂医院，而把自己的两个妻子都安置其中，蘩漪在二楼，而梅侍萍在一楼，剧本在序幕就安排周朴园出现在教堂，说明他已有悔过之心，已经意识到之前做过的种种错事，而他把两任老婆都安置其中，就是为了能照顾她们，替之前自己所做过的错事赎罪，所以这里的教堂有悲天悯人的象征，而且在“序幕”与“尾声”中都有基督教的合唱颂主歌（弥撒）的音乐声，在音乐声中人们的心灵得到了净化，对人物的悲剧命运有了某种感悟，基督教的教旨就是要人们赎罪，得到上帝的宽恕，这正是此时周朴园的心声。

2. 再者就是“雷雨”在剧中的象征意义，它不仅作为一种自然现象，更是一种人物情感的象征，性格的象征。

第一，雷雨作为一种自然现象，它是整个戏剧氛围和悲剧性情节的象征，第一幕中一开始，蘩漪从楼上下来就抱怨屋里闷热，“楼下也这样闷热”，叫四凤把窗户打开，接着就是周冲刚打完网球进屋，也开始抱怨“怎么这屋子这么这么热”，之后是周萍也说“这屋子怎么闷气的很”，在之后的情节当中也不断的出现雷声闪电不断交替的场景，特别是最后一幕，在半夜中，外面雷声闪电不断，大雨又倾盆而下，而就在这个晚上，所有的矛盾都爆发出来了，所有的不正常关系都被揭露了出来，最终四凤和周冲就是被电线给电死的，所有的这一切悲剧过程中都伴随着闷热、雷声、闪电这种情境，所以雷雨作为一种普遍的自然现象，但在这里却是一切悲剧的预兆。

第二，雷雨是人物性格特征的象征，《雷雨》中蘩漪和鲁大海的性格是最具“雷雨”特征的，蘩漪作为具有资产阶级思想的新女性，她敢说敢做，敢爱敢恨，毫无顾忌，她的语言像犀利的刀，像锋利的剑，尖刻辛辣，痛快淋漓。她爱周萍便不顾一切，把生命，名誉整个交给了周萍，可当周萍背叛她时，她亦不惜一切代价不择一切手段加以报复。为了破坏四凤与周萍的关系，她先是想借四凤之母鲁侍萍带走鲁四凤，后在杏花巷周萍与四凤幽会时，她竟然将周萍能逃走的唯一窗户关死，想借鲁大海之手置周萍于死地。暴风雨之夜，周萍决定带四凤离开时，她却不肯，故意叫来周朴园，迫使所有的人面对面地站到一起，于是所有人物间的不正常关系，一切最残酷的事实都被揭开了，最后鱼死网破，三死一跑两疯，她那畸形的爱情，欲望的冲动，都裹挟着一种闪电雷鸣般的突发性和猛烈性，她的痛苦最深，渴望最强，所以爆发得最疾，最猛，就像“雷雨”。鲁大海身上最鲜明的性格特征是与邪恶作斗争的清醒与嫉恶如仇，他有着强烈的阶级意识，在他心目中，富人与穷人，剥削者和被剥削者之间天然地横着一条不可跨越的沟壑，他性格粗犷、直率、自信和实际，他是一个堂堂正正的男子汉，他领导工人罢工，不为利诱，不畏威吓，鲁大海有可贵的阶级立场，不屈的斗争精神和对资本家清醒而深刻的认识，以及最后毅然决然的出走，他的这种毫不畏惧，敢说敢做，雷厉风行的性格也正如“雷雨”那样。

第三，“雷雨”作为一种特定意象的象征意义不仅体现在人物的性格特征上，而且也体现在作品的艺术表现手法上，“雷雨”是整个戏剧的氛围和剧情展开的节奏，剧作开始于雷雨前的背景下。第一幕交待：“这是十年前一个夏天的上午……屋中很气闷……是将要落暴雨的神气。”作品交待故事发生所处的自然环境——气闷郁热的雷雨前，而且这种雷雨氛围伴随着整个戏剧，不仅自然环境处在雷雨前的郁闷之中，而且人文环境亦如此，周鲁两家平静圆满的外表下隐藏着无数的矛盾和巨大的灾难，必将酝酿着一场暴风骤雨，电闪雷鸣，而且这种环境氛围伴随整个剧作，第一幕的矛盾点是在喝药上，周朴园逼蘩漪喝药，她硬是不肯喝，最终矛盾爆发，蘩漪在周朴园的威逼下，只好屈从，还有就是周萍、四凤与蘩漪的矛盾也已经初露端倪。第二幕的矛盾点主要是梅侍萍与周朴园以及鲁大海与周朴园之间，蘩漪要见梅侍萍，谁料梅侍萍却被周朴园撞见了，就在这时所有的关系都已经明了了，而鲁大海则是代表工人阶级对抗周朴园，要求答应工人的要求，不然就罢工不止，这又是一对不可调和的矛盾。第三幕则主要是介绍了鲁家一家的矛盾，鲁贵由于丢了在周家的工作，就开始抱怨起梅侍萍，而鲁大海忍受不了鲁贵这样辱骂自己的妈，又与鲁贵发生了矛盾，而此时梅侍萍也与四凤因为周萍发生了矛盾。最后一幕是矛盾的总突破口也是终结点，所有的一切就在最后一幕做了了结，周萍与四凤知道两人是亲兄妹后，导致一人自杀，一人被电线电死，周冲为了救四凤也被电死了，鲁大海接受不了周朴园是自己亲身父亲的事实，最后离家出走了，蘩漪、梅侍萍因为受不了这种打击都发疯了，最终只剩下周朴园一个人留在世间反省。可以说整个剧作就是以雷雨始，又是以雷雨终的。

由上述可以看出，象征主义手法在《雷雨》与《榆树下的欲望》中都得到了充分的应用，都对本国的戏剧史产生了深远的影响。《榆树下的欲望》是奥尼尔现实主义较强的作品，Decasseres 曾说：“‘我在此是为了揭示，而非教诲’，或许正是《榆树下的欲望》作者的座右铭。”这也道出了奥尼尔的创作目的。尽管曹禺的《雷雨》在一定程度上受到奥尼尔的影响，但曹禺能够将西方的艺术手法与中国人的思想情感巧妙的结合起来，使《雷雨》取得了高度的艺术成就，具有了深刻的现实意义。

参考文献:

[1] 常燕《解读〈榆树下的欲望〉中的人性》,《太原城市职业技术学院学报》,2008 年第 6 期。

[2] 李蓉:《曹禺——中国话剧史上的传奇》,《曹禺作品精选》,长江文艺出版社,2004 年。

[3] 张秀清:《论象征主义手法在〈榆树下的欲望〉中的运用》,《内蒙古财经学院学报》,2006 年 9 月第 4 卷第 3 期。

[4] 李晓瑜:《象征手法在〈榆树下的欲望〉中的运用》,《黄河科技大学学报》,2004 年 9 月第 6 卷第 3 期。

[5] 尤金·奥尼尔:《榆树下的欲望》,欧阳基译,长沙:湖南人民出版社,1983 年。

[6] 陈霞:《〈雷雨〉中“雷雨”的多重象征意义》,《黄石理工学院学报》,2006 年第 22 卷第 2 期。

[7] 刘白:《〈雷雨〉与〈榆树下的欲望〉的互文性研究》,《湖北经济学院学报》,2008 年 6 月第 5 卷第 6 期。

原载《福建论坛·人文社会科学版》2010 年专刊

植根于民族性的经典移建

——论《雷雨》对《群鬼》的超越

余迎胜

《雷雨》对易卜生戏剧风格的借鉴和移植，已是当前学界共识，但是，曹禺以何种方式进行借鉴、移植，以及借鉴、移植的成果在曹剧中如何具体呈现，有哪些特征和建树，则显得模糊笼统，研究得不够充分。唐弢认为："曹禺在创作《雷雨》前就曾广泛地接触了欧洲的古典戏剧，他喜欢古希腊悲剧，用心读过莎士比亚的作品，也读了易卜生、契诃夫、高尔基、萧伯纳和奥尼尔等人的剧作"①；但这种"广泛地接触"究竟对作家产生了何种影响，则连作家本人也是含糊其辞，语焉不详。曹禺谈及《雷雨》的结构，尽管提到剧本过多地"以性爱与血缘的伦常来展开戏剧情节的处理"②，也只是说"我很讨厌它的结构，有些'太象戏了'。技巧上，我用的过分"③。轻轻带过而未作详细解释。这些都说明，《雷雨》中还隐藏着许多尚未发掘的秘密，值得我们探索。

一般而言，戏剧体裁的模仿借鉴，从剧情安排角度看，无外乎以下几种主要情形：一是套用素材，如罗马悲剧对希腊悲剧的故事套用，在戏剧场面安排上改希腊式的"不流血悲剧"为罗马式的"流血悲剧"，剧本主题情节基本维持不变。二是袭用戏剧结构要素，如18世纪德国戏剧改革家高特舍特模仿法国古典主义戏剧的许多仿作；又如20世纪德国戏剧家布莱希特的《高加索灰阑记》，借用中国元代杂剧《包待制智勘灰阑记》中的"灰阑断案"这一要素。三是模仿角色安排与人物关系，如高乃依《熙德》中男女主人公的家庭对立关系类似莎士比亚《罗密欧与朱丽叶》。很显然，《雷雨》在素材方面与《群鬼》无共同性，而在戏剧结构要素和角色安排等方面，则与后者有很大程度的一致性：既有移植，更有超越。

一、隐私、乱伦与遗传：戏剧结构要素的超越

"曹禺所称道的，易卜生戏剧的谨严结构、精炼语言和对社会的质疑，在曹禺本人的剧作中，可谓尽得之矣。"④观察《雷雨》，透过复杂人物关系和跌宕起伏的情节，可以找到几个左右着甚至决定剧情发展的关键性结构要素。

首先是隐私。两部戏都采用"回溯法"来揭开推动剧情发展的关键因素：隐私。《群

① 唐弢：《中国现代文学史》，人民文学出版社，1979年版，第227页。

② 唐弢：《中国现代文学史》，人民文学出版社，1979年版，第218页。

③ 曹禺：《〈日出〉跋》，《日出》，人民文学出版社，1994年版，第196页。

④ 茅于美：《易卜生和他的戏剧》，北京出版社，1981年版，第142—143页。

鬼》中经由受了刺激而神情恍惚的阿尔文夫人看见鬼魂的幻觉，追忆起痛苦不堪的往事：阿尔文上尉——她那惯于寻欢作乐的丈夫，在新婚的头一年就与家中的女仆发生私情并生下了女儿吕嘉纳。这个回溯揭开了目前家中女仆吕嘉纳的身世。在《雷雨》中，揭开女仆四凤身世的，恰好也是同阿尔文夫人类似的人物、在精神上饱受周朴园摧残的“原配”侍萍。两部戏的隐私看似不同，其实质却是相同的：父辈男性与家中女仆偷情并有了私生子。我们自然也注意到，两部戏正好都涉及到两代人：父辈与子辈，并且，父辈的隐私，导致了下一代的悲剧。进一步看，还有更为巧合的：两个隐私所产生的两个女性后代，竟不约而同地到她们的父亲家中做了女仆，而她们的父亲都不知情。不得不承认，《雷雨》的某些剧情，是对《群鬼》不折不扣的移植。

如果仅仅满足于找出两个剧本情节上的相似，那就掩盖了曹禺这样刻意模仿的深层用意。在欧洲，由于传统因素形成的一夫一妻婚姻制度以及基督教信仰的思想限制，主仆之间不以婚姻为目标的性关系，不被社会道德和宗教信仰所认可，被视为堕落行径。而在中国封建社会里面，传统一夫多妻制度下的主仆间非婚姻关系的性行为，既无法律的限制，也没有宗教或道德上的禁忌。曹雪芹《红楼梦》里就对宝玉和袭人之间性关系的正当性有充分说明：当宝玉向袭人求欢时，当事人的心理是：“袭人素知贾母已将自己与了宝玉的，今便如此，亦不为越礼。”[①]这说明，在中国封建传统的婚恋伦理中，男性主子与女性仆人通奸，算得上合理合法。这种具有民族性特征的传统观念，在五四时期妇女解放的大背景下，当然是不人道、不合理的。《雷雨》的剧情隐私安排，暗含着鲜明的反封建礼教思想，这个主题思想也是《群鬼》所不曾触及的。

第二个要素是乱伦。两部戏中，都因隐私而导致了下一代人的乱伦行为。《群鬼》中，阿尔文夫人的儿子欧士华得知情人吕嘉纳与自己是同父异母的兄妹，极度震惊，于病中死去。在《雷雨》中，周萍与四凤，同样是血亲兄妹，得知真相后也是先后羞愤而死。两对兄妹的不伦恋情也是非常相似的。

但是，《群鬼》中乱伦行为仅限于血亲兄妹，而《雷雨》中更引人注目的是作为继子的周萍和作为继母的蘩漪的乱伦行为。曹禺把批判的矛头直接对准不人道的封建包办婚姻和沉闷闭锁的封建家庭氛围。同时，也通过乱伦的一方蘩漪，这个周家“当下”精神重压的直接承受者，传达出丰富的内涵：首先她是周朴园维护其体面和睦家庭表象的工具，处于周朴园的统治之下个性不得伸张，是封建权威的承受者；其次她还是周萍填补精神空虚的工具，和周萍用以发泄其对父亲专横不满的武器。一旦伦理道德的心理重压袭来，周萍就毫不犹豫地抛弃她。她是放纵行为的被牺牲者。第三，蘩漪也是五四个性解放精神的某种化身，她勇敢刚毅，“敢于蔑视传统伦理道德，”[②]并且能用行动反抗强加在她头上的重压。

第三个要素是遗传性。这一点，也是曹禺《雷雨》与易卜生《群鬼》最重要的区别之一，在戏剧结构要素方面，这是《雷雨》对《群鬼》关键性的超越之一。我们先来探察易卜生《群

① 曹雪芹、高鹗：《红楼梦》，人民文学出版社，1987年版，第93页。
② 刘勇、邹红：《中国现代文学史》，北京师范大学出版社，2006年版，第322页。

鬼》的遗传学含义。由于担心丈夫阿尔文上尉的放荡行为影响儿子欧士华的健康成长，阿尔文夫人执意把幼小的儿子送到巴黎学习艺术，把父子隔离开，以此促使丈夫坏榜样的影响降低到最低限度。并且，她在家中一方面受尽屈辱忍气吞声，另一方面在给儿子的每一封信中，都违背事实地尽力赞美他的父亲，人为地树立高大正面的父亲形象。在阿尔文上尉死去后，她还建立了"阿尔文上尉纪念医院"和"阿尔文上尉纪念海员之家"，竭力把阿尔文上尉的道德楷模意义推向极致。这样做的目的，无非是希望儿子尽力学习他那只存在于虚幻中的父亲的理想男性典范。然而，这一切都是徒劳。成年后从巴黎回家乡疗养的儿子，仍然同他的父亲当年一样，爱上了家中的女仆。当阿尔文夫人听到饭厅传来那似曾熟悉的调情声响时，她感觉"鬼！鬼！暖房里的两个鬼又出现了！"①"一大群鬼！我听见吕嘉纳和欧士华在饭厅里说话的时候，我眼前好像就有一群鬼。我几乎觉得咱们都是鬼，曼德牧师。不但咱们从祖宗手里承受下来的东西在咱们身上出现，并且各式各样陈旧腐朽的思想和信仰也在咱们心里作怪。那些老东西早已经失去了力量，可是还是死缠着咱们不放手。"②历史再度上演，过去的记忆复活了。在《群鬼》中，历史的重演，欧士华的堕落，与社会教育以及环境影响无关，而主要是基于生理遗传学观点："《群鬼》的主题内容是家庭，而它的中心隐喻之一'梅毒'却破坏所有家庭的生育能力……易卜生可能会很清楚spititus这个词在拉丁语中是个双关语。比如，伊丽莎白时代的人都熟悉这个词有'精液'的意思。这就使得用梅毒来隐喻精神堕落具有双重意义：既指肉体上的堕落，又指隐喻意义上的堕落。"③就好似父亲携带的梅毒病毒遗传给了儿子欧士华一样，父亲的放荡堕落也遗传给了儿子欧士华，尽管父子极少谋面，尽管父亲从未给过儿子坏的影响，尽管阿尔文夫人竭力给儿子营造好的成长环境，尽管在心目中父亲是高大正派的典范，但欧士华还是不可挽回地堕落了。既然排除了欧士华堕落的社会环境影响，那就只能用遗传医学的观点来解释了。

易卜生这样描写的目的是为了反映两代人在生物遗传学意义上的相似性，反观《雷雨》，却不仅仅只有这样简单的生物性遗传，更增添了一种民族性意义上的精神性遗传。我们不妨看看蘩漪对周萍一针见血的评判："你这一次到矿上去，也是学着你父亲的英雄榜样，把一个真正明白你，爱你的人丢开不管么？"④"你现在也学会你的父亲了，你这虚伪的东西。"⑤周萍对蘩漪的抛弃，是周朴园当年抛弃侍萍的翻版。显而易见，周萍是在照着自己父亲的样子，走父亲的老路。从周萍对蘩漪始乱终弃的行为上看，他既遗传到了周朴园不负责任的行动准则，也遗传到了周朴园自私冷酷的心理特性。

此外，我们可以看到，欧士华对阿尔文上尉的遗传，仅具孤立的个人化特征；而周萍的

① 易卜生：《易卜生戏剧四种》，潘家洵译，人民文学出版社，1978年版，第233页。
② 易卜生：《易卜生戏剧四种》，潘家洵译，人民文学出版社，1978年版，第246页。
③ 王宁、孙建：《易卜生与中国——走向一种美学建构》，天津人民出版社，2004年版，第24页。
④ 曹禺：《雷雨》，人民文学出版社，1994年版，第67页。
⑤ 曹禺：《雷雨》，人民文学出版社，1994年版，第168页。

放荡胡为，则有着深刻的群体性民族文化背景。看看周朴园训诫他的一段话，我们就知道富家公子周萍的日常行为在旧中国的广泛代表性："公司的人说你总是在跳舞场里鬼混，尤其是这两三个月，喝酒，赌钱，整夜地不回家。"①封建家族的纨绔子弟，在中国旧社会是屡见不鲜的。周朴园与蘩漪结婚后竭力树立起来的"好丈夫""好父亲"虚伪形象，除了在精神上对周萍形成重压外，并没有造成正面的影响。周萍就如同无数的封建门阀子弟一样，陷入放荡、纵欲的泥坑而难以自拔。在这里起关键作用的，不是易卜生所持的生理性遗传学观念，而是独具旧中国民族特征的群体性影响，它的影响主要体现为封建家庭氛围所培育的精神空虚、灵魂颓废，进而走向纵情声色、放荡胡为，并且，它的影响几乎是代代相传、流毒深长。阿尔文夫人竭力打造的高大正派的父亲形象，没有阻止儿子欧士华在肉体上堕落，同样的，周朴园竭力打造的好家长形象，也没有把周萍从封建门阀子弟荒唐放纵的封建老路上拯救出来，没能阻止周萍在精神上堕落。曹禺在《雷雨》关于周萍的舞台提示中明确指出："现在他不得不爱四凤了，他要死心塌地地爱她，他想这样忘了自己。当然他也明白，他这次的爱不只是为求自己心灵的药，他还有一个地方是渴……他想'能拯救他的女人大概是她吧！'"②这不是爱情，这是赤裸裸的索取和自私，这是周萍灵魂空虚乃至精神堕落最明白无误的判词。

周萍的放纵堕落背后，有着深刻复杂的客观原因。从家庭内部看，首先是父辈的重压和封建家庭的陈腐气息，逼迫他在肉体放纵中解脱苦闷寻求刺激，甚至在潜意识中将与继母通奸乱伦看做面对这种重压和陈腐的某种反抗方式；从时代环境看，五四个性解放的风气，在周萍这样出身富贵的青年一代中，固然造就了冲破封建牢笼的勇敢和狂热，但是一时的热血冲动，往往变异为不负责任、不顾道德伦理的放荡胡为。这一点在蘩漪身上同样有所体现。诚然，家庭的压抑和环境的影响，对他们视乱伦为反抗的变态心理起了非常大的催化作用，但是封建阶级与生俱来的优越感、唯我独尊的气质，也是一个明显的内因。在这个人物身上，曹禺寄寓了对民族性弱点的深刻思考，这是《群鬼》所不能及的。

二、群像：人物形象价值的超越

两部戏出场人物及其关系，是不尽相同的，但在基本戏剧人物关系上，又具有一致性：首先是父子（上下代）关系，其次是主仆关系。与《群鬼》中较少的出场人物相比，《雷雨》的人物群像则丰富得多，其人物身份和人物间关系也更具有本土化民族特征。剧中八个主要角色，涵盖了民族资本家兼封建家长、追求个性解放的富家太太、纨绔子弟、天真少年、仆佣、工人代表等，是五四时期中国社会各阶层的缩影，反映了广阔的社会生活。有些人物，如周萍、四凤等可以在《群鬼》中找到原型，而另一些人物，乃是曹禺的新创，具有独特的作用和价值。

就人物在戏剧结构中的作用而言，我们发现，《雷雨》中引入了蘩漪这个独具价值的人

① 曹禺：《雷雨》，人民文学出版社，1994 年版，第 55 页。
② 曹禺：《雷雨》，人民文学出版社，1994 年版，第 45 页。

物角色。易卜生《群鬼》中没有与蘩漪相对应的原型人物。这是一个令曹禺引以为傲的人物:"在《雷雨》里的八个人物,我最早想出的,并且也较觉真切的是周蘩漪。"[①]剧作家最先在人物群像中确定了蘩漪的角色,是跟当时五四背景下的环境因素密切相关的:"这类的女人许多有着美丽的心灵,然为着不正常的发展,和环境的窒息,她们变为乖戾,成为人所不能了解的。受着人的嫉恶,社会的压制,这样抑郁终身,呼吸不着一口自由的空气的女人在我们这个现实社会里不知有多少吧。"[②]一言以蔽之,蘩漪这个人物,是新旧交替时期中国社会特有的一类追求个性解放而不得的悲剧女性典型。这段话同时也说明,曹禺写《雷雨》这部戏剧的主要目的,是要通过观察现实,反映时代转型时期中国社会各阶层的变迁。在《群鬼》中,我们见不到这样鲜明尖锐而富有时代价值的人物,即使是颇具反叛精神的阿尔文夫人,也最终屈服于环境和社会舆论的重压而妥协,"易卜生在《群鬼》中固然将批评针对社会以及那些摧残人生的力量,但是这次抨击也不能不殃及对这个环境最抱有同情的代表人物以及个别的叛逆分子……阿尔文夫人的真实身份是一个害怕叛逆的叛逆分子"[③]。究其实质,阿尔文夫人不过是一个最终放弃反抗而变得逆来顺受的妥协分子。相形之下,蘩漪这个角色,尽管最终不堪重压走向了心理扭曲和变态,但仍不失为五四新时期的一类反抗女性的典型,她的反抗是贯彻始终的。在她的悲剧里,我们能看到新生活的依稀曙光。

另一个值得玩味的人物是周朴园。与《群鬼》中阿尔文上尉不同,他是全剧的中心,形象也最为复杂。《群鬼》中的阿尔文上尉,则简单得多。他只是一个风流成性的丈夫,一个只存在于舞台人物口述中的人物,一个儿子欧士华眼中的幻象,或者是一个"隐喻式"人物,他在剧中并未曾真正登场过。而周朴园,则有着贯穿始终的舞台动作,经历了一个漫长而完整的性格发展过程。由最初的受过西方启蒙思想教育,也曾蔑视封建礼教的热血青年,逐渐蜕变为冷酷自私的封建家长和残暴的资产阶级掠夺者。他走过的道路,在半封建半殖民地的旧中国,是颇具代表性的。周朴园的人生历程,正是中国民族资产阶级一般发展过程的艺术写照。这个人物所承载的社会价值,远非《群鬼》中阿尔文上尉能望其项背的。并且,我们还注意到,剧中多处都显示了周朴园怀有的对侍萍的愧疚,如家具陈设都是侍萍当年喜欢的样式,并且,"一切都照着你是正式嫁过周家的人看,甚至于你因为生萍儿,受了病,总要关窗户,这些习惯我都保留着,为的是不忘你,弥补我的罪过"[④]。这种良心上的不安和歉疚,让我们窥知中国封建社会司空见惯的非正常主仆关系,并不简单等同于阿尔文上尉引诱女仆的荒唐行径。在父辈身上,《群鬼》回溯的是一段放纵淫欲的通奸丑剧,而《雷雨》上演的,却是一场迫于封建门第压力的爱情悲剧。

鲁大海是曹禺真心喜爱的人物,"鲁大海这个人物虽然写得还不够丰满,但作家对他

① 曹禺:《〈雷雨〉序》,《雷雨》,人民文学出版社,1994年版,第182页。
② 曹禺:《〈雷雨〉序》,《雷雨》,人民文学出版社,1994年版,第183页。
③ 比约恩·海默尔:《易卜生——艺术家之路》,石琴娥译,商务印书馆,2007年版,第250页。
④ 曹禺:《雷雨》,人民文学出版社,1994年版,第89页。

赋予了很大的热情，这是体现作家社会理想的形象”①。作为作家社会理想的承载者，这个形象也是《群鬼》中不能见到的。虽然对这个人物的艺术处理较为简单化，但他在戏剧中的独立价值不容怀疑：他是工人代表，为了阶级兄弟的利益，走上反对资本家的道路。他的反抗是自觉而清醒的，反映了中国半封建半殖民地条件下工人阶级由苦难到觉醒再到反抗的历史进程。

三、多元对抗：人物关系的超越

《群鬼》中描写了鲜明激烈的对抗性人物关系。但是，其对抗性主要由阿尔文夫人与丈夫的冲突来承载，体现为两种不同生活理念的冲突，反映了正统宗教伦理和资产阶级享乐主义的矛盾，单一而平面；而且，这种对抗，主要依靠舞台对话来转述回忆，不能活生生地呈现在观众面前，尽管发人深思，却由于动作性不强而使其效果缺乏戏剧张力。这种安排，无疑在一定程度上削弱了人物对抗给观众带来的临场感和冲击感。而《雷雨》中的对抗性人物关系，则以直观的舞台场面展现出来，动作性极强，富于戏剧色彩；并且，《雷雨》中的对抗性人物关系复杂多样，富于变化，较之《群鬼》广阔得多，也立体得多。

多元化、多层面的对抗，可以说是《雷雨》在人物关系安排上的一大特色。详查之下，发现有至少这样几组对抗：

周朴园——蘩漪…………生活理想层面：家族体统与个性解放的对抗

周朴园——周萍…………生活方式层面：封建伦理与资产阶级享乐主义的对抗

周朴园——侍萍…………生存方式层面：欺凌与被欺凌的对抗

周朴园——鲁大海………劳资关系层面：剥削者与被剥削者的对抗

周萍——蘩漪……………爱情伦理层面：放荡胡为与爱情至上的对抗

周萍——鲁大海…………家庭背景层面：门阀少爷与贫寒青年的对抗

鲁大海——鲁贵…………劳动阶级层面：觉醒者与苟活者的对抗

除开周萍与蘩漪以乱伦方式对抗周朴园的专横冷酷，被压迫者侍萍以及工人代表鲁大海与周朴园的关系，也极具对抗色彩。侍萍是开始觉醒的下层劳动人民代表，受尽封建压迫的屈辱。她的反抗，虽然带有宿命论性质，但是她意识到“命”的“不公平”，显示出一定程度的觉醒。侍萍与周朴园的对抗，富有浓厚的反封建色彩。而在鲁大海与周朴园的对抗中，显然加入了反映劳资矛盾的时代主题，具有锐利的反资本主义色彩，这同样是《群鬼》所不能及的。

甚至在鲁大海与鲁贵的父子关系上，也极富对抗性。鲁大海的清醒斗争精神，与鲁贵的麻木不仁，恰成鲜明对照。他们之间有着根本性的不同，前者是觉醒的一代，站在时代前沿，捍卫自己以及工友的正当权利；后者却一味谄媚雇主、蝇营狗苟，谋得眼前利益。从鲁大海对鲁贵的训斥中，观众可以更深刻地体味出鲁贵的猥琐和奴性。他们之间的对抗关系，反映了新的工人一代力量的崛起。我们还惊奇地看到，两个家庭中的两对父子，都

① 唐弢：《中国现代文学史》，人民文学出版社1979年版，第217页。

处于紧张的对抗关系中。作为半封建半资产阶级家庭的周家，父子对抗呈现隐而不显的状态。周萍以与继母乱伦和在外放荡胡为的方式反抗父亲的权威，而不是采取当面斗争、公开决裂的方式，这与他们竭力维护门阀世家的封建体统、追求表面尊严的心理趋势是一致的；而作为下层劳动人民的鲁家，并没有所谓上等社会的种种顾忌，父子对抗公开化激烈化。鲁大海看不惯鲁贵的卑微猥琐，直斥甚至要动手教训鲁贵，到了父子成仇的程度，凸显出鲁大海顽强不屈的斗争精神。这样的安排，可见曹禺对中国社会各阶层的观察、对民族心理的把握是极其细致入微的。

总体来看，易卜生《群鬼》单纯地把伦理悲剧归因于生物性的遗传论，以及宗教性的"受难论"（指阿尔文夫人的忍辱负重）；相比之下，《雷雨》有着更为深刻的民族内涵，观众通过对戏剧里主要人物悲剧性人生的观察，不能不深思悲剧背后隐藏的种种社会历史成因。严格说来，《群鬼》中塑造的是"生物性"的人，"遗传性"的人，而《雷雨》着力刻画的乃是"社会性"的人，"精神性"的人，每个角色都显示了他作为某种社会分子的丰富特征，并以各自的遭遇和命运激荡着观众。

此外，易卜生的《群鬼》同他的其他社会问题剧一样，主要是依赖"讨论"手段展开戏剧冲突，把戏剧目的的实现更多地依赖于阿尔文夫人和曼德牧师无穷无尽的对话，其长处是引起观众对社会热点问题的思考；其缺陷也非常明显：这样的对话实在太多见了，戏中几乎随处可见，占用了大量舞台时间，使剧情发展的动作性遭到削弱。而曹禺的《雷雨》，自始至终都贯串着富有张力的动作场面，达到了紧张激烈、扣人心弦的舞台效果。这种惊人的艺术效果也是《群鬼》所不及的。如果说，易卜生的《玩偶之家》在五四时期的流行是契合了五四时期妇女解放的时代主题而能引起中国观众的共鸣，那么本土作品《雷雨》的深入民心，则是得益于其深深植根于民族性的创作出发点带来的民族戏剧品格。当然，我们

在赞叹曹禺杰出戏剧成就的同时，也应给予易卜生深深的敬意。《雷雨》是伟大的，除了因其深刻的民族内容而伟大，还因为它站在了《群鬼》这样巨人肩膀上的缘故。

原载《长江学术》2011 年第 1 期

中国新文学20世纪域外传播和研究(节选)

——曹禺剧作在国外

宋绍香

曹禺以其恢弘精湛的剧作赢得了中外读者和观众。他的作品从30年代,几乎与在国内问世的同时,就被译介到国外,受到了国外读者和观众的热烈欢迎,获得了国外汉学家、批评家的高度赞誉。

(一)译介

国外译介曹禺剧作,最早的是日本。

曹禺的话剧《雷雨》,1934年在国内问世(《文学季刊》第一卷第三号);1935年秋,日本的影山三郎等就着手翻译,并于1936年2月由东京汽笛社出版。这部《雷雨》日译本,不仅是日本最早的译本,也是世界最早的译本。该《雷雨》日译本,除正文外,还附有日本著名左翼剧作家秋田雨雀为该译本撰写的序和译者影山三郎、邢振铎撰写的《译者后记》。该译本发表后,在日本,乃至西方世界,产生了重大影响。

接着,1939年,日本天松堂又出版了题名为《大陆雷雨》的多摩松也译本《雷雨》;1943年,东京青年书房昭光社出版了服部隆造翻译的《北京人》;1953年,东京未来社又出版了影山三郎等翻译的《雷雨》(汽笛社,1936年初版)。同年,东京蝙蝠剧团5次公演了陈孤笛翻译的《日出》。1954年,东京河出书房出版了奥野信太郎等翻译的《现代中国文学全集》第13卷(曹禺篇),其中收录了《日出》《蜕变》。同年,东京河出书房又出版了奥野信太郎、松枝茂夫翻译的《现代中国文学选集》第6卷——《老舍·曹禺集》,收录了《日出》(松枝茂夫译)。

进入70年代后,1971年,东京河出书房出版了冈崎俊夫、立间祥介、吉田幸夫翻译的《现代中国文学》第6卷(1971),其中收录了《北京人》(松枝茂夫、吉田幸夫译);1972年,东京平凡社出版了伊藤敬一、松枝茂夫编译的《老舍·曹禺集》,列为《中国革命和文学》之四。这样,截至20世纪80年代,可以说,曹禺的《雷雨》《日出》《北京人》等代表作品已全部被移植到日本,一直受到日本读者和观众的热烈欢迎。

苏俄对曹禺的关注和译介始于20世纪50年代。1952年,苏俄第十五出版社出版了《丁玲、曹禺》(介绍),后又转载于苏联《共青团真理报》(1952年3月6日);1958年,莫斯科外国文学出版社出版了林克永、л·波波娃翻译的《明朗的天》,篇头刊载了《编者的话》,对中国著名剧作家曹禺,进行了言简意赅的介绍和高度的评价。

进入60年代,莫斯科国家文艺出版社出齐了两卷本的《曹禺戏剧集》(1960),B·费奥克季斯托夫等译，第1卷：《雷雨》《日出》；第2卷：《北京人》《明朗的天》，莫斯科国家文艺出版社出版。著名汉学家В·彼特罗夫为《曹禺戏剧集》第2卷撰写了长篇跋文《论曹禺的创作》(《Отворчестве Цао Юя》С. 313—337)。В·彼特罗夫在文中指出，“曹禺的天才的话剧几十年来一直占领着舞台，常盛不衰”，“其作品的现实主义的深度、人道主义、鲜明独特的艺术风格，使曹禺不仅享有全民族的，而且享有全世界的盛誉。曹禺的剧作被译成了多种语言，《雷雨》在苏联许多剧院的上演都非常成功”。①

欧美对曹禺剧作的译介起步较晚，大抵是在二十世纪七八十年代以后的事。然而，对曹禺及其作品的研究却起步很早。

(二)研究

世界研究曹禺话剧最早的是英国人。1936年12月27日《大公报》刊登了英国人H. E. 谢迪克研究曹禺的文章《一个异邦人的意见》。这是欧美研究曹禺剧作最早的一篇论文，也是世界研究曹禺的最早著述。其论点的犀利与新颖，引起了读者和学界的强烈反响。

H. E. 谢迪克何许人也？据《大公报》介绍，H. E. 谢迪克教授系“北平燕大西洋文学系主任”。他“异于许多西洋人，他不用一点皮毛知识对本国人自诩权威，他是想凭直接阅读认识‘第一手’的文艺中国”②。就这样，他不但“直接阅读”了鲁迅、茅盾，而且还仔细地“直接阅读”了曹禺的《雷雨》《日出》，所以，才写出了这样经典的论文。到70年代，美籍华人刘绍铭又撰写了《曹禺：文学影响中的研究》论文。这两篇论文的发表，在西方汉学界产生了很大影响。20世纪70年代初，美国学术界召开了一个“关于优先考虑中国研究的规划会议”，会议“一致同意以后10年一定要继续采取以发展当代中国研究为主的方针”③。在这一“方针”的影响下，欧洲的中国现当代文学研究，在80年代初，曾出现一次热潮。当然，曹禺研究亦在其中。德国著名汉学家乌苇·克劳特首先响应，1981年发表了研究曹禺的论文《戏剧家曹禺》(原载《人物》1981年第4期)，揭开了欧洲曹禺研究的序幕。

苏俄对曹禺作品的研究始于50年代初。1952年3月6日，苏联《共青团真理报》，首先发表了《丁玲、曹禺》，对曹禺进行了简明扼要的介绍，使苏俄读者对曹禺有了初步认识。1958年，莫斯科外国文学出版社出版了《明朗的天》俄译本(林克永、л·波波娃译)，书前的《编者的话》，其本身就是编者研究的精华，也可以说是一篇浓缩了的小论文。1960年，В·彼特罗夫为俄译本《曹禺戏剧集》第2卷撰写的跋文《论曹禺的创作》(载《曹禺戏剧集》第2卷，莫斯科，1960)，也是一篇很精良的研究论文。

---

① Петров В. О творчестве Цао Юя. В кн. : Цао Юй Пьесы(том вторй). —М. : Гослитизлат, 1960. С. 336—337.

② 参见1936年12月27日《大公报》的《编者按》。

③ 参见中国社会科学院情报中心编，孙越生、陈书梅主编《美国中国学手册》，中国社会科学出版社，1993年版，第11页。

日本的曹禺研究，与译介基本同步。其研究时间之早，研究成果之丰，使其走在了世界曹禺研究的前列。

1936年，日本著名左翼剧作家秋田雨雀为日本最早的《雷雨》日译本撰写的《序》（载《雷雨》日译本，汽笛社，1636），揭开了日本曹禺研究的序幕；邢振择、影山三郎撰写的《译者后记》，也表达了他们对曹禺的敬重心情和研究心得。

其后，1948年，日本著名汉学家冈崎俊夫在日本《剧作》（1948.11）杂志发表了研究论文：《曹禺的戏剧》；1951年，佐藤一郎发表了《关于曹禺的雷雨》论文（《三田文学》1951.6）；很快，佐藤一郎又发表了《曹禺的〈日出〉》（《三田文学》1951.8）和《曹禺的〈北京人〉》（《三田文学》1951.9）。同年12月，目加田诚发表了《曹禺的戏剧》（《文学研究》（九州大）1951.12）。1952年，佐藤一郎发表了《关于曹禺的〈原野〉》（《三田文学》1952.10）。1956年，大芝孝发表了《新旧〈雷雨〉的比较研究》，载《神户外大论丛》1956.6。

六七十年代，日本的曹禺研究仍在继续。1964年，《中京大学论丛》（教养篇—5）发表了吉村尚子的论文《中国女性会话的特征——关于曹禺的〈雷雨〉〈日出〉〈北京人〉》；1965年，《神户外大论丛》（3）发表了大芝孝的论文《曹禺的新作》；1971年，日本《现代中国文学》第6期刊登了吉田幸夫撰写的《关于曹禺》，同刊同期，还刊登了木下昭二的论文《关于曹禺的资源》；1974年，名和又介发表了《关于〈雷雨〉》（《野草》，1974.4.）。

进入80年代后，《雷雨》最早的日译本译者影山三郎，又推出了新作：《翻译〈雷雨〉的时候》，载日本《悲剧与喜剧》1981年第9期。在其新作中，影山三郎重新回顾了45年前翻译《雷雨》时的艰难而又愉悦的岁月：对于译稿何等字斟句酌；大剧作家秋田雨雀如何主动提出要看他们的演出并热情为《雷雨》日译本撰写序言；三上於菟吉夫妇如何支持日译本《雷雨》的出版；当年日本《朝日新闻》《都新闻》等日本媒体发布过什么消息和书评以及对曹禺如何高度评价等，充分表达了一位老翻译家对曹禺及其剧作的敬重和高度评价。他曾说过，翻译虽然十分艰难，但是，“译者想向阅读本书的读者表达如下的心情，即该剧如能对我们进一步加深对中国人民的亲密感情多少起一点作用的话，那将十分荣幸”。[①] 正是基于这种感情和精神，所以，日本曹禺研究者数十年如一日，在勤勤恳恳地耕耘，开拓出一片丰收的田地。

（三）评价

从总体来说，国外对曹禺的剧作评价极高，甚至说，佩服得“五体投地”。

世界最早的曹禺剧作的译者，日本的影山三郎在其1953年日文版《〈雷雨〉译后记》中写道：中国剧坛以惊异的神色迎来了曹禺的《雷雨》。《雷雨》发表不久，《大公报》等许多家有影响的报纸以“天才的剧作家”“值得惊异的杰作”“极大的刺激剂”之赞词介绍了作者及其作品。如果考虑到长期以来许多中国人是多么盼望这样的话剧剧本问世的话，那么，上

① ［日］影山三郎：《〈雷雨〉日译本译后记》，日本汽笛社，1953年版。

述过分夸张的表现是可以理解的。盼望已久的东西终于出现了，因此，作为创作剧第一次问世的这一剧本使曹禺立刻成为剧坛首屈一指的人物。影山三郎指出，《雷雨》长期为人们所喜爱，便说明了这部作品的艺术价值。所以有不少文化人“把它同托尔斯泰的《复活》、尾崎红叶的《金色夜叉》和德富芦花的《不如归》等相提并论”。①

英国的H. E. 谢迪克教授，在认真地“直接阅读”和直接观看了曹禺的剧作之后，按捺不住内心的激动和喜悦，在《大公报》上发表了一篇饶有兴致的文章《一个异邦人的意见》。他称曹禺的《日出》，是他所见到的现代中国戏剧中“最有力的一部。”“它可以毫无羞愧地与易卜生和高尔绥华兹的社会剧的杰作并肩而立。”他认为，剧中女主人公“露露是该剧中伟大的人物创造，她美丽而且活泼，聪明而且举止果毅”。“她本质上是纯洁、诚实、而且可爱的。凡是心中有一丝善良的人都必爱她并且羡慕她。”她的聪明和“幽默感”(Sense of Humour)相当于她的细腻情感和女性的温存。总之“露露是一个美丽的完全的创造”。最后，谢迪克教授总结道：“总括说来，这部剧是一个极伟大的作品，作者对女性人物有着深切的体验，又为一种社会正义的渴望所感动而完成的。我们翘首等待作者第三部充满了丰富想象的新作。”②

德国著名汉学家乌韦·克劳特在其《戏剧家曹禺》(1981)论文中，也给曹禺以高度评价。他指出，“《雷雨》是中国近代白话剧的先驱之一。他的剧作有多种外文译本，有的被搬上国外舞台，由外国人上演”。曹禺“文革”后的第一部新作《王昭君》，在北京人民艺术剧院演出后，曹禺“再次受到海外重视，请他讲课的邀请信接踵而来。外国代表团把在北京受到他的接见看作是一种荣誉。外国出版商纷纷计划翻译出版他的作品的普及本”。③他说，外国观众很喜欢《王昭君》剧中的语言、传统表演风格、演员的优美动作以及紧张的戏剧气氛。所以，“《王昭君》上演后深受中外观众的欢迎”。为证实这一点，他还透露了曹禺剧作在美国受欢迎的许多信息：在纽约，观众看了《日出》的演出后，有的观众说他们更加理解了中国为什么会爆发革命；《日出》是在“拉—马马”(La—MaMa)剧院上演的，几年前那里还曾上演过《雷雨》。纽约哥伦比亚大学还上演过《北京人》……曹禺在美国看了他的话剧后说：“中国话剧可以由外国演员上演，这方面没有什么障碍。”④

苏俄著名汉学家B·彼特罗夫是一位精通中国现代文学的天才研究家，他以马克思主义文艺美学观审视曹禺作品，对其作出了客观、公允、科学的评判。他主要评价了曹禺的三部剧作：《雷雨》《日出》《明朗的天》。他认为，“《雷雨》出色地、充分地显示了曹禺创作的才能。这剧作家的第一部作品便赢得了社会的公认和声誉”，可“认为它是中国现代文学的辉煌胜利”，《雷雨》成功地塑造了蘩漪形象，“蘩漪在《雷雨》中是个最富魅力而深刻的形

① [日]影山三郎：《〈雷雨〉日译本译后记》(张翠兰译)，载武鹰、宋绍香编译《日本学者中国文学研究译丛·第四辑——现代文学专辑》，吉林教育出版社，1990年版，第157、158页。

② [英]H. E. 谢迪克：《一个异邦人的意见》，载《大公报》1936年12月27日。

③ [德]乌韦·克劳特：《戏剧家曹禺》(胡光、王明杰译)，载王兴平等编《曹禺研究文集》上，海峡文艺出版社，1985年版，第214、229—230页。

④ 同③。

象。她是一个美丽、聪慧的女性，她面容抑郁，甚至将其爱和恨全部隐藏在内心深处”。她“渴望自由和爱情”，她的死亡“是丑恶的社会统治造成的。她的命运是不可避免的时代悲剧”。所以，“话剧《雷雨》意义重大”。①

话剧《日出》问世之后，中国批评界立刻展开了热烈的争论，争论过程中发表了大量的各种各样的意见。但是，彼特罗夫指出，“然而，批评界和作家们却达成了共识，他们全都高度评价这部剧作，认为该剧不仅是中国现代文学的空前跃进，而且是中国文学史的最光辉的一页”。彼特罗夫认为《日出》也成功地塑造了人物形象。“由于剧作家深刻洞察人物的心灵，该剧极富说服力地揭示了主人公陈白露的复杂而鲜明的形象。”“她痛恨她周围的世界”，但却无力自拔；“她内心非常惭愧，走上了死亡之路”——“表明了陈白露的人道主义及其内心世界的高洁”②。

《明朗的天》，是曹禺解放后写出的第一部剧作。B·彼特罗夫认为，这部剧作“仍然保持了曹禺创作的独特的艺术风格”。然而，这部剧作与其以往作品的不同之点在于，“作品鲜明地表现了政治的热情，宣扬了新的社会主义的理想。新的政治立场对作家创作方法给予了很大影响”。所以，彼特罗夫强调指出，《明朗的天》的现实主义已经与批判的现实主义不同了，它属于社会主义现实主义的范畴。《明朗的天》在曹禺创作中向前跨越了一大步，“它是中国现代戏剧创作发展的重要标志”。③

从上述资料不难看出，国外著名汉学家都被曹禺的剧作所吸引，所打动，因而给予了高度评价。那么，曹禺剧作的艺术魅力究竟在哪里？这一点，各国汉学家都有独特见解。日本著名剧作家秋田雨雀在其为最早的日译本《雷雨》撰写的序言中，他首先高兴地说：这个剧本的作者曹禺，是中国唯一的古希腊悲剧的研究者，现在正在大学教授戏剧。近代中国的社会与家庭悲剧，由这位作者赋予以意义深刻的戏剧形象，这是最使人感兴趣的。接着，他便一针见血地指出了《雷雨》艺术形式的成功：“作为话剧的形式，我们观赏《雷雨》时，与其说这是易卜生的三一律（时间、地点、人物）法则中不可分割的，不如说这是通过一种近代的电影手法来表现的。除了序幕和尾声，其他情节全是过去的事件，这就使得这部剧本中具有了历史的流动性。……希望这部剧能在日本再次上演。”④

在1953年日文版《〈雷雨〉译后记》中，译者影山三郎也探讨了《雷雨》的艺术技巧问题。他指出，该剧本作为悲剧有其逼真的力量，这完全有赖于其结构之巧妙。《雷雨》深入群众心扉的原因就在于此，亦即以高超的技巧把艺术性与通俗性协调起来了。该剧具有不因四幕之长而使人厌倦的魄力，情节进展颇为新奇。然而人们认为，《雷雨》作为中国民众的精神食粮，并非仅仅因剧本的技巧而长期维持其生命力，《雷雨》早已占据了作为经典

① [俄]B·彼特罗夫：《论曹禺的创作》，载H·费德林等著，宋绍香译《前苏联学者论中国现代文学》，新华出版社，1994年版，第174—176页。

② [俄]B·彼特罗夫：《论曹禺的创作》，载H·费德林等著，宋绍香译《前苏联学者论中国现代文学》，新华出版社，1994年版，第178、188页。

③ 同②

④ [日]秋田雨雀：《〈雷雨〉日译本序》，载《雷雨》日译本，日本汽笛社，1936年版。

著作的不可动摇的地位。“可以说，它得到高度评价就在于对封建势力作斗争这一社会性。这一悲剧的极大魅力是：既是波澜起伏的家庭悲剧，同时又是不受约束的一个社会侧面。”①

英国汉学家 H. E. 谢迪克将《雷雨》的艺术性归结为三点：精彩的口语运用、富含诗意的象征和恐怖与恢谐的有机结合。谢迪克指出，“曹禺显然善于运用精彩的口语对话”；“他使用的象征的确富有诗意，增助了本剧氛围的统一”。他说，剧中有太阳，有工人的大合唱，邻近楼房的剪影，安眠药，那本《日出》书和小东西。“这些统统象征着露露的新曙光。戏剧的讽刺(Dramatic Irony)在他手中运用成为一个有力的工具”，因而，“本剧在严肃，甚至恐怖与诙谐的配合上是恰到好处的。如同那小东西可笑的相貌但是惨淡凄凉的身世”。②

苏俄的 B·彼特罗夫将曹禺的戏剧艺术手法概括为如下四点：运用不同的戏剧结构手法；选取偶然性事件强化剧情发展；按剧情发展插入一些对话，以烘托环境和介绍人物；创造具有象征意义的环境。彼待罗夫指出，曹禺采取了不同的戏剧结构手法，但并没破坏创作风格的统一。曹禺“选取偶然性事件作为剧情不可缺少的成分，这些事件推动了剧情发展，增强了对戏剧冲突的紧张性与尖锐性”。这些情节，特别在结局时的关键时刻的情节，如《雷雨》中的破损的电线，《日出》中的安眠药，“对剧情的发展都起了很好的作用”；曹禺剧作中那些“具有象征意义的环境也非常重要，特别当人物情绪达到高潮时的场景尤其如此”。另外，曹禺喜欢“按剧情发展插入一些烘托环境和详尽介绍人物的对话，这也是曹禺剧作的一大特点”。这些对话描写人物的外形、性格和经历。“这一独具特色的戏剧酝酿部分是以高度的艺术技巧写成的，决不会冲淡塑造个性的动作和对话的重要作用”。以上，“所有这一切都明显地表现了天才的爱国作家创作才能的成熟”。③

从国外汉学家们的评价来看，曹禺的艺术功底的确深厚、艺术造诣确实高超。但是，曹禺的艺术造诣也不是从天上掉下来的，国外汉学家们认为，曹禺的成功有其独特的个人因子和社会因素。彼特罗夫认为，曹禺的成功在于，一是他有深厚的文学功底，创作前的文学准备充分；二是他处于动荡的，然而却是戏剧发展的时代——时代成就了他。彼特罗夫指出，“开始创作前，曹禺不但精通了中国古典文学、中国新文学，而且还具有法国、英国和俄国文学史的渊博知识。他最喜欢 19—20 世纪的许多作家，其中尤其喜欢契诃夫”，“接受了许多西方作家的东西”。这些中西方文学，在曹禺创作中都潜移默化地起了作用。同时，曹禺踏上戏剧创作之路时正值 30 年代，当时“除了已经写出著名话剧作品的诸如田汉、欧阳予倩、洪深等剧作家外，以各种各样的话剧创作风格而突出的剧作家还有阿英、陈

① [日]影山三郎：《1953 年日文版〈雷雨〉译后记》(张翠兰译)，载武鹰、宋绍香编译《日本学者中国文学研究译丛·第四辑——现代文学专辑》，吉林教育出版社，1990 年版，第 157、158 页。

② [英]H. E. 谢迪克：《一个异邦人的意见》，载《大公报》1936 年 12 月 27 日。

③ [俄]B·彼特罗夫：《论曹禺的创作》，载 H·费德林等著，宋绍香译《前苏联学者论中国现代文学》，新华出版社，1994 年版，第 180—184 页。

白尘、李健吾。具有独特创作才能的大艺术家曹禺就属于这一时期开始从事创作的那批中国剧作家之列"。[①] 就是说，曹禺处于这样一个高水平的创作群体之中，脱颖而出，应该是顺理成章之事。

同时，30 年代，正是中国动荡不安的时代：日本已经占领了东三省，正准备大举进攻中国，中国处在"被占领"的最危急时刻。法国著名作家阿兰・佩雷菲特说过，"在被占领期间，作家面对威胁便会骤然发挥他的真正才华：创作出流传千古的文学作品"[②]。

显然，曹禺正是这样一位"骤然发挥他的真正才华：创作出流传千古的文学作品"的中国剧作家。"其作品的现实主义的深度，人道主义，鲜明独特的艺术风格"，使其"不仅享有全民族的，而且享有全世界的盛誉"。[③]

原载《中国新文学 20 世纪域外传播与研究》，学苑出版社 2012 年

① ［俄］B・彼特罗夫：《论曹禺的创作》，载 H・费德林等著，宋绍香译《前苏联学者论中国现代文学》，新华出版社，1994 年版，第 172—173、188 页。

② ［法］阿兰・佩雷菲特：《中国的抗战文学》（杨剑译），载钱林森编《法国汉学家论中国文学——现当代文学》，外语教学与研究出版社，2009 年版，第 171 页。

③ 同①。

尤金·奥尼尔戏剧象征艺术研究(节选)

詹　虎　赵学斌　于立得

奥尼尔象征艺术手法对曹禺的影响

在总体论述了奥尼尔对中国剧坛的影响后，我们现在开始讨论奥尼尔与曹禺在象征艺术方面的关系。这是奥尼尔对中国剧作家影响的“重头戏”。

一、曹禺对奥尼尔“沟通”各派戏剧的新美学原则的认同

(一)奥尼尔:“做一个容纳一切方法的熔炉”

如前所论，奥尼尔是现代戏剧两大流派——易卜生的现实主义戏剧和斯特林堡的表现主义戏剧的借鉴者。尽管，易卜生和斯特林堡两者的戏剧，对探索人物内心世界的艺术追求有些相似之处，但是，他们的美学原则是截然不同的。易卜生强调，戏剧应当客观地反映现实生活，应当通过人物逼真的戏剧动作展开戏剧冲突，并将能否塑造生动真实的典型人物性格，作为戏剧的审美尺度。斯特林堡恰恰相反，他的表现主义戏剧完全摒弃人物性格，有意表现鬼魂梦幻和潜在意识，以此表示作家主观的思想感情。在表现手法上，他打破了传统戏剧的时序结构，创造出自由联想、幻觉、独白等戏剧技巧。要是从戏剧的时代性来看，奥尼尔与斯特林堡更为相近。他也很推崇斯特林堡开创的“在舞台上深刻而具有独创性地体现‘潜在的生命力’”的戏剧方法。然而，奥尼尔并没有完全肯定和接受斯特林堡的美学思想。他认为:要是不采用描绘人物性格的手段是不能使观众理解主题思想的，而且戏剧和观众就会失去联系。显然，奥尼尔在学习斯特林堡时并没有割断与易卜生的关系而是继承和发扬了易卜生塑造人物性格的美学原则。奥尼尔的戏剧理论和实践体现着一个统一的思想:深深地植根于现实主义，并且在这一基础上，借鉴和化用其他戏剧流派特别是现代派戏剧。在他的剧作中，虽能看

到表现主义以及象征主义戏剧的影响，但奥尼尔并没有成为这些戏剧流派的追随者和摹仿者。因为，奥尼尔建立了“沟通”各派戏剧的新美学原则，即将各派的新方法、新技巧溶化在塑造人物性格之中。[①] 他说:“我过去和现在都企图做一个

① 龙兆修:《从〈悲悼〉和〈雷雨〉看奥尼尔对曹禺的影响》，载《外国文学研究》1997 年第 3 期第 59 页。

容纳这一切方法的熔炉那样的东西。我在这些方法的每一种里都或多或少地看到我所需要的长处，如果在我身上还有足够的热度，我便要把他们都熔化到我个人的技巧中去。”①

英国文论家辛·刘易斯在《意象的定式》中说：“意象就像一系列放置在不同角度的镜子，当主题过来的时候，镜子就从各种角度反映了主题的各个不同侧面。但它们不是一般的镜子，而具有惊人的魔力：它们不仅仅反映了主题，而且也赋予主题以生命和外形，它们足以使精神形象可见。”②奥尼尔也认为各种象征使剧本意味深长，他十分注重开掘人的心理世界的主观表现，特别是人的情感、欲望、幻想、潜意识的复杂景况，并用相应的象征手法强化突出烘托人物的心理，取得了很好的艺术效应。的确，运用象征所产生的舞台表现力，常常是传统戏剧中用语言表达所不能比拟的，因为它可以“把人的思想意识中的世界，或者索性把人的潜在的意识，以象征的手法整个搬上舞台”③。

（二）象征手法：曹禺与奥尼尔的“对话”

实际上，象征手法在中国传统戏剧当中也是被广泛使用的，在道具和背景上尤其显示出其独特的象征意味。鉴于中国传统戏剧不着力表现场景的真实性和生活的逼真度，注重写意，不注重写实，为此在戏剧演出当中随处可见极具象征意义的景、物。“舞台上，一桌二椅便可以象征性地代表山、城、桥等景物，而绝大部分时空景物更是由演员用语言形体动作交代描述，经过观众经验的补充、理解和想象，在观众内自形成可信的视觉形象。除了用象征性的布景和道具对时空景物示意之外，中国传统戏剧还力求通过这种象征性的表现使人物的内心情感获得外化。在戏剧中，时空景物不只是逼真地再现时空景物，同时它已成了表现人物感情的重要手段。而戏剧时空的自由和象征性布景成为显现人物内心情感的有利条件，能够充分对人物的复杂心理进行剖析，对人物的内心世界进行揭示。这些主张和实践，与表现主义的艺术主张相吻合。这也是曹禺能够在创作中大量运用象征手法的文化根源。”④

还在学生时代，曹禺就喜爱奥尼尔的剧作。他感到奥尼尔的剧作既具有易卜生戏剧强烈的现实感，又具有一种深入人物心灵隐秘的深刻性：“他挖掘揭示人物的性格、心理，那样沉厚深透，以至于使我惊叹人原来是这样的复杂……。他表现了极端的爱与恨，他写了多面的生活和社会。”⑤

在中国，曹禺常被称为中国的易卜生，也有论者认为“也不妨说曹禺是中国的奥尼尔。

① 刘保端等：《美国作家论文学》，三联书店，1984 年，第 247—248 页。

② （美）辛·刘易斯：《意象的定式》，汪耀进编《意象批评》，四川文艺出版社，1989 年，第 96 页。

③ 谭霈生：《世界名剧欣赏》，湖南人民出版社，1983 年。

④ 陈立华：《用戏剧感知生命——曹禺前期剧作与奥尼尔剧作的比较研究》，华中师范大学 2006 年博士论文，第 119 页。

⑤ 曹禺：《我所知道的奥尼尔——为〈奥尼尔剧作选〉写的序》，载《外国戏剧》1985 年第 1 期。

因为曹禺在中国现代戏剧史上的地位更像奥尼尔在美国戏剧史上的地位。曹禺是中国现代戏剧创作的大师，奥尼尔是美国戏剧界的泰斗，奥尼尔的出现使美国戏剧成熟了，曹禺的出现也使中国话剧走向成熟。"①更主要的是，在戏剧创作上，尤其是在象征艺术手法的使用上，曹禺受到奥尼尔非常大的影响，从第一部戏剧作品《雷雨》开始，曹禺就在自己的创作中使用象征艺术手法，在以后的作品中，尽管他所表现的主题、内容各异，但象征手法的运用却是至始至终没有变化的。曹禺始于《雷雨》的象征艺术手法，集大成于《北京人》。"《雷雨》的象征主义因素渗入场景、对白、音乐、道具，其'序幕''尾声'充溢着超验的神秘氛围，而《日出》《原野》的象征则延伸到角色、场面、细节，其手法从象征暗示扩展到梦境、幻觉，剧名亦如《雷雨》带有象征意义，使剧本的现实主义笼罩一层象征主义色彩。随着曹禺创作的发展，其摄取融化也渐趋成熟，技法丰富多样，到《北京人》终于呈现全方位交叉综合的整体效果，不独与现实主义有机融合，且与民族的艺术传统达成了完美结合。《家》保持、发展了这一特色。"②这种现象在中国现代戏剧领域是不多见的。

在曹禺的剧作中，象征是一种极具震撼力的手法，渲染人物丰富的内心世界，宣泄着作者奔腾的情感。在《雷雨》《日出》《原野》《北京人》等作品，"曹禺娴熟地运用象征手法，这些象征深远、蕴藉丰富的意象，自然流畅，有机地与戏剧融合在一起，并在剧情的展开中将更加深远的象征意义展现出来。"③象征手法的广泛应用带来的效果是惊人的，给他的作品"渲染了奇瑰的浪漫主义气息和隽永的哲理诗韵味，增加了戏剧的神秘感和艺术魅力。"④虽然坦言受到过奥尼尔的影响，但曹禺却很少具体谈及他对奥尼尔的借鉴，他有自己的一套"模仿理论"，即不是简单模仿，而是要融合进自己从生活学来的东西，内化成自己的创作。曹禺戏剧中的象征主义因素，大部分则来自于奥尼尔的影响，其创作深深地得益于奥尼尔的戏剧技巧，"其中最本质的方面，在于对奥尼尔新的戏剧美学思想的吸引和领悟上。它是推动曹禺走向奥尼尔的根本动因。"⑤那毁灭所有人欲望的"雷雨"，等不到的"日出"，令人惊恐万分却永远也逃不出的"原野"，以及守着棺材，呆在棺材一般的房子里的"北京人"，这样的深度揭示，正是来源于曹禺所用的大量的象征。这一切，让读者和观众生动地"感受到现代人的生存困境，感受到令人窒息的压抑和扭曲，感受到宇宙的残酷与人生的无奈"⑥。哈佛大学学者李欧梵先生曾说，曹禺的戏剧"带来感情表达上的那种令人心惊欲碎的力量……这种力量来自于剧作家生命意识中现代性的焦虑，来自剧作家对

① 孙庆生：《曹禺论》，北京大学出版社，1986 年，第 246 页。

② 庄浩然：《论曹禺和象征主义》，载《福建师范大学学报》（哲学社会科学版），1992 年第 4 期，第 58—59 页。

③ 张景忠 孙淑芹：《曹禺剧作象征性意象特征探析》，载《延边大学学报》（社会科学版）1998 年第 3 期，第 103 页。

④ 宋风英：《象征与曹禺戏剧的深刻内涵》，载《曲靖师专学报》1992 年第 3 期，第 25 页。

⑤ 刘珏：《论曹禺剧作和奥尼尔的戏剧艺术》，载《文学评论》1986 年第 2 期，第 112 页。

⑥ 陈立华：《用戏剧感知生命——曹禺前期剧作与奥尼尔剧作的比较研究》，华中师范大学 2006 年博士论文，第 119 页。

人、人性和人文关怀中，对现实人生的残酷发现，以及对人类灵魂的深度揭示”①。

正如我国研究者所说：“再没有第二位中国剧作家曾像曹禺那样，同大洋彼岸这位二十世纪戏剧的杰出代表奥尼尔进行过如此广泛、深刻的‘对话’。”②二者在象征手法的使用上还是有着诸多相似点的，能够明显地看到他们的继承关系。“远古的北京人身披兽皮的装扮酷似奥尼尔《大神布朗》中的面具，《雷雨》中渴望‘像一只鹰的翅膀贴在海面上飞，飞，向着天边飞’的周冲以及《原野》中要去那‘黄金子铺的地方’的花金子都使人联想到奥尼尔《天边外》中的罗伯特。如果再联想到《原野》和《琼斯皇帝》的幻想呈现的借鉴，那么，两个作家在艺术上的内在传承性是显而易见的。”③

在戏剧创作中，奥尼尔的现实主义象征特征是非常明显的，“它是细心作来，把戏剧的视野与意义，扩展到平直的写实主义的界限以外。……在他每一个戏剧里，都是他所说的‘象征而又事实的’二者的联合。永远是这种象征主义，这种象征主义又永远是用来普通化主题，使它对民族——甚至于人类——发生重要关系。”④奥尼尔与曹禺除了在具体的象征技巧是极尽相似之处外，更为内在的关联则在于他们都是借助象征艺术，来表达他们对现实世界的看法，他们在戏剧创作中都找到了“在写实的基础上深化文本意蕴的一个极为有效的途径”⑤。曹禺遵循现实主义塑造人物性格的原则，摄取融化借鉴了奥尼尔戏剧中象征主义的戏剧技巧，并把它糅合在自己的艺术创造之中。“这一顺乎中国现代文艺潮流的睿智抉择，正是他对新文学借鉴象征派的艺术经验加以梳理剔取的结果。”⑥

曹禺是把奥尼尔作为一个有特殊风格的现实主义戏剧家来接受的。他认为，奥尼尔“试过象征主义手法，也用过表现主义的手法，但他又似乎不属于哪种流派。我认为他基本上是个写实主义者”⑦。因此，曹禺最佩服奥尼尔的地方，是奥尼尔能不断探索和创造那种生动地表现人物的各种心情的戏剧技巧。曹禺学习奥尼尔戏剧技巧的核心内容，便是以新的技巧来表现人物心情的思想，这一点也反映出两个人在美学原则上已有精神契合点，即“都是利用各派戏剧之长，以强化塑造人物的艺术表现力。这一原则成为曹禺学习奥尼尔戏剧技巧的美学支柱”⑧。

二、奥尼尔象征艺术手法对曹禺影响的具体表现

本文从笛声的象征、笼子的象征、音乐的象征、自然景物的象征、基督教象征五个方面来分析奥尼尔对曹禺象征艺术手法的深刻影响。

---

① 宋宝珍：《说不尽的曹禺，演不尽的〈雷雨〉》，搜狐娱乐频道。
② 刘海平，朱栋霖著：《中美文化在戏剧中交流——奥尼尔与中国》，南京大学出版社，1988 年，第 48 页。
③ 吴晓东：《象征主义与中国现代文学》，安徽教育出版社，2000 年，第 257 页。
④ 同上，第 257 页。
⑤ 吴晓东：《象征主义与中国现代文学》，安徽教育出版社，2000 年，第 257 页。
⑥ 曹禺：《论戏剧》，四川文艺出版社，1985 年，第 182 页。
⑦ 曹禺：《我所知道的奥尼尔——为〈奥尼尔剧作选〉写的序》，《外国戏剧》1985 年第 1 期。
⑧ 龙兆修：《从〈悲悼〉和〈雷雨〉看奥尼尔对曹禺的影响》，载《外国文学研究》1997 年第 3 期，第 59 页。

(一)笛声的象征

艺术作品中,如果将一句台词、一段音乐、一组镜头多次出现,再度反复往往加重描述的分量,增强感染力。戏剧中的音响效果亦如此,精心设计、反复出现的音响能引发观众的关注,从而领悟音响的深沉含义。

笛声,在奥尼尔《进入黑夜的漫长旅程》中有着特殊的象征意义。海港灯塔上传来的时断时续的"雾笛声",在剧中是一种具有象征意味的戏剧手段。玛丽在第一幕中说:"昨晚那讨厌的雾笛叫了一夜,弄得我简直睡不着觉。你昨晚鼾声如雷,我简直分不清是你的鼾声还是雾笛的声音了。"刚刚接受戒毒治疗,从疗养院归来的玛丽给全家带来了新的生机与希望,雾笛和丈夫的鼾声使玛丽无法入睡,毒瘾复发的她辗转难眠。在第三幕的舞台提示中,港口外灯塔上时断时续传来的雾笛,呜呜地像一条正在分娩的鲸在呻吟,海港上停泊的游艇也发出间歇不断的警钟声。玛丽在第三幕说:"我讨厌的倒是那个雾笛。它老是纠缠着你,老是提醒你,警告你,呼唤你回头。"①在这里,雾笛、警钟都是痛苦的心灵在哭诉,在呻吟。"雾笛声"不仅仅是在渲染气氛、烘托心理,它还成为一种内在的灵魂召唤。与其说"雾笛声"来自海港,不如说是来自人物心里,特别是玛丽的内心。她由一个纯洁向上、充满追求和向往的少女沦落成一个丧失心灵追求与归属感的落寞女子,并染上毒瘾。雾笛象征着不甘堕落的灵魂在不断地斗争和挣扎。到该剧的第四幕时,窗外那层雾气比之前显得更为浓厚。幕启时,可以听到雾笛的声音,接着传来港口船只的警鸣声。母亲玛丽吸毒,父子三人酗酒,一家人的身心都陷入了越来越深的迷醉状态,无论是雾笛还是警钟,都无法再唤醒他们的清醒意识和生存希望,悲剧氛围也像弥漫天地的浓雾一样蔓延开来,剧中人物以及剧院观众都被这铺天盖地的绝望和无助的悲剧情感所笼罩。

同奥尼尔一样,曹禺也对运用音响效果渲染气氛十分看重。《原野》第三幕中,仇虎与金子逃进大森林,迷了路,眼前出现了种种幻觉,耳边响起了由远而近的各种声音:鼓声、木鱼声,夹杂在焦母呼唤小黑子的声音之中,这些声音制造出一种紧张恐怖和内心痛苦的悲剧气氛。在《北京人》中,音响也被广泛使用:更锣声,树叶在地上的卷动声,独轮水车的响声,深夜里长街上传来的叫卖声,遥远城墙上号手孤独的号角声,夹杂着淅沥的雨声和飒飒的风声,为我们勾画出一幅凄风苦雨的萧瑟景象,这些声音"反映了封建大家庭的衰败,增强了舞台效果,表现出独特的艺术风格"②。

在《原野》中,曹禺使用了火车汽笛声的象征意象。火车要去的那个地方"金子铺的地,房子都会飞"。戏剧不时传来的由远而近,又由近而远的火车汽笛声,这个汽笛声给仇虎与金子以及穷苦的白傻子带来了希望。在无父无母、"没人问,也没人疼"的穷孩子白傻子眼中,火车的声音简直如仙乐一般动听:

---

① (美)尤金·奥尼尔:《奥尼尔文集(5)》,郭继德编,人民文学出版社,2006年,第390页。

② 宋凤英:《象征与曹禺戏剧的深刻内涵》,载《曲靖师专学报》1992年第3期,第29页。

“远遥遥传来一声低声而隐蔽的机车汽笛。他忽而怔住，出了神。他跑上基道，横趴在枕木上，一只耳紧贴着铁轨，闭上眼，仿佛谛听着仙乐。”

仇虎是随着火车的汽笛声出场的，复仇以后，他也将带着金子随着汽笛去那“黄金铺的城”。第一幕中，当仇虎与金子正在憧憬着未来时：“雾里悠长尖锐的火车汽笛声由远而近，又渐行渐远。”当焦母与金子剑拔弩张的对话时，火车嘹亮的汽笛响了，金子欣喜若狂，焦母则汹汹然：“火车是一条龙，冒着毒火。”在黑森林里，汽笛声给了困境中的仇虎和金子勇气与希望。

当仇虎完全绝望时，尽管金子再一次用耳际出现“——吐——图——突——吐”火车幻觉声激励他，此时的仇虎清楚地知道：“哪里有，你在做梦。”不相信仇虎的金子再定神听时，便真有“那火车愈驰愈远的渐渐消逝的声音”，连金子也不得不承认“慢慢就没有了，(忽对仇虎)现在没有了”。尽管仇虎强装镇定，内心却更加惊慌和恐惧。这以后，金子和仇虎一步步走向黑漆漆、幽森可畏的树林和心灵的深处。这里虽然还有铁路，可再没有了火车声。火车的声音在《原野》中起着特殊的作用，这声音是文明、是希望、是光明的象征。曹禺将仇虎的希望和信心寄寓在汽笛声中，并用它来触发、推动人物特定情境下的行动。随着戏剧情节的展开，汽笛声跟随着仇虎，激励着逃亡中的仇虎和金子。“火车的消逝，汽笛声的远去，象征着仇虎精神的崩溃和悲剧的结局。”①

(二)笼子的象征

在奥尼尔的剧作中，令人窒息的如铁笼子一般的象征场景多次出现，如《悲悼》《榆树下的欲望》《毛猿》等。在《悲悼》中，孟家大院就是一个象征意象，不管是外部环境还是内部的房间，希腊式的门廊“就像一个怪异的白色面具挂在门口，以掩饰灰白的丑陋”。整座建筑物散发着一种死亡的气息，在克莉斯丁看来，这房子简直就是一座坟墓。整个悲剧三部曲也弥漫着死亡的阴影，死亡的幽灵不时地光顾这座大院，直到孟家人一一死去，直到最后一个活着的人也自我监禁，永不见天日，过起虽生犹死的日子。在戏剧开始的时候，落日的余晖照在门廊上，六根大柱子投下长长的暗影，暗示着这就是孟家人住的笼子，尽管外表庄严宏伟。在戏剧的最后一幕，奥尼尔再次强调了这一效果，照原文的话说就是莱维尼亚走进了黑暗的笼子之中。②《榆树下的欲望》一剧的全部活动都发生在1850年美国新英格兰的凯伯特的农场上，整个情节围绕拥有家庭农场这条主线展开，这是全剧的核心和争夺的焦点。剧中的农场是金钱牢笼的象征，榆树下的一家被它死死的套住，每个人都对它倾注了全部的热情，每个人使出浑身解数想要得到它，大多数人都落得了个悲惨下场。老凯伯特用它作为资本，却终落得人财两空；伊本和爱碧则因它生爱，又因它而滋生误会，害死无辜婴儿。西蒙和彼得离家出走，似乎远离了是非，成为自由之身。实际上他

---

① 何祖健：《论〈原野〉的音响艺术》，载《中国文学研究》2001年第1期，第74页。

② 黄幼岚：《〈悲悼〉与〈雷雨〉中象征意象的比较》，载《重庆科技学院学报》(社会科学版)2008年第1期，第127页。

们两个也只是在争夺无望的情况下，才拿着变卖所谓的农场所有权得来的钱胜利大逃亡的。而且，他们去加州淘金，是为了获得更大的财富和利润，这种奢望与追索实际上让他们依然彳亍在金钱的牢笼之中。

《毛猿》中，具有笼子意象的有三个，分别是邮轮前舱、监狱以及动物园。形形色色的笼子构成一个个象征，形象而真实地呈现出扬克所面临的一个个伦理困境，勾勒了他追寻自我身份的艰难历程。从生到死扬克始终自觉或不自觉地生活在各种无形或有形的笼子里，扬克从小生活的家如樊笼，充斥着暴力和酒精气息。他向往着外面的世界。可是轮船的底舱同样是工业文明的钢铁笼子，监狱更不用说，是真正的囚笼。在剧终，扬克死在动物园的猩猩笼子中。

在曹禺的剧作中，有一类似于铁笼子的象征意象，即“狭的笼”。这让人自然而然想起奥尼尔剧中束缚人的肉体与精神的“铁笼子”。在《雷雨》序中，曹禺这样描述人类可怜的处境：“生活在狭的笼里而洋洋地骄傲着，以为是徜徉在自由的天地里……。”而后，在第一幕写到周萍的痛苦时，剧本这样写道：“于是他要离开这个地方——这个能引起人的无边噩梦似的老房子，走到任何地方。而在未打开这个狭的笼之先，四凤不能了解也不能安慰他的疚伤的时候，便不由自主地纵于酒，于热烈的狂欢，于一切外面的刺激之中。”(《雷雨》第一幕)在《日出》之中，我们再一次看到这一象征意象：“习惯，自己所习惯的种种生活的方式，是最狠心的桎梏，使你即使怎样羡慕着自由，怎样憧憬着在情爱里伟大的牺牲(如小说电影中时常夸张地来叙述的)，也难以飞出自己的生活的狭之笼。”(《日出》第一幕)《北京人》一剧中陈奶妈送给曾文清的“鸽笼”，令主人公曾文清和观众又一次体会到“笼子”的桎梏与飞不出牢笼的悲哀。这样反复出的“狭之笼”的象征，成为曹禺剧作中的母题和原型。“这个‘狭之笼’意象只是一种直觉的体验，它导源于种种痛苦的人生感受，它的意蕴朦胧而含糊，是一切制约个体本能欲念得以满足因素的总称，而不是对外在世界的客观描绘。”①

除此之外，与“狭之笼”有相类似象征意蕴的还有很多，如《雷雨》中的客厅，《日出》中大旅馆华丽的休息室，《北京人》中的曾家旧宅，这些场景都如同奥尼尔《榆树下的欲望》《悲悼》等剧中的用石头或大理石筑造的房屋一样，成为囚禁人性的牢狱。不仅如此，这些房屋大都“阴影浮沉”“见不到一线自然的光线”，屋中很“气闷”“郁热逼人”。

“狭之笼”的揭示及人物突围状态的描写，显示了曹禺早期剧作的巨大张力，构成了剧中丰富而复杂的意蕴。这其中，凝聚着作者对生活的深刻思考和强烈的情感体验。在《〈雷雨〉序》中，曹禺说道：“写《雷雨》是一种情感的迫切的需要。我念起人类是怎样可怜的动物，带着踌躇满志的心情，仿佛是自己来主宰自己的运命，而时常不是自己来主宰着。受着自己——情感或者理解的——捉弄；生活在狭的笼里而洋洋地骄傲着，以为是徜徉在

① 陈立华：《用戏剧感知生命——曹禺前期剧作与奥尼尔剧作的比较研究》，华中师范大学2006年博士论文，第120页。

自由的天地里，称为万物之灵的人物不是做着最愚蠢的事么？我用一种悲悯的心情来写剧中人物的争执。我诚恳地祈望着看戏的人们也以一种悲悯的眼来俯视这群地上的人们。”①他在剧中对周萍和陈白露的出场介绍中，也分别用了“狭的笼”或“狭之笼”的说法，这说明曹禺对这一有特定内涵的象征意象有着深切的感受。他还用了许多类似的比喻来强调这种处境的可怕，如“宇宙正像一口残酷的井，落在里面，怎样呼号也难逃脱这黑暗的坑”②。正是这种强烈的心灵感受，驱策曹禺写出了“狭之笼”的可怖和笼中人处境的可怜，并对那些能够作一番突围努力的人表示了最大的同情。虽然在一般读者眼中，蘩漪“做了所谓‘罪大恶极’的事情——抛弃了神圣的母亲的天责”，但在作者看来，“她有火炽的热情，一颗强悍的心，她敢冲破一切的桎梏，作一次困兽的斗……这总比阉鸡似的男子们为着凡庸的生活怯弱地度着一天一天的日子更值得人佩服吧。”③借助于“狭之笼”的独特象征意象，曹禺为熟悉的人物雕像、立言，表达他们的，实际上这也含有作者本人的心声，曹禺早期剧作成功有其筚路蓝缕之功。

（三）音乐的象征

“音乐在现代戏剧舞台上仍具有不可替代的价值，尤其是对于那些以抒情性或表现人物内心见长的剧作，音乐更有其独到之处。在这类剧作中，它们或以背景音乐的形式出现以渲染某种气氛，或作为音响效果以推动戏剧动作的发展，此外，音乐也可以直接成为剧情的组成部分，成为人物心灵的感性显现，甚至成为剧本结构的内在模式。音乐在此类剧作中的意义是如此重要，以至于一旦将它从剧中分离出去，整出戏便黯然失色。应该承认，在表现人物内心的隐秘世界和微妙难以言宣的情感方面，音乐较之语言、行动更胜一筹，而兼具时间性艺术特性的戏剧又为与音乐的结合提供了天然的基础，所以，即便是以对白为主要表现手段的话剧，也很难完全割舍音乐；相反，出于表现人物内心和抒发情感的需要，剧作家、导演还不得不仰仗音乐的魔力。”④

奥尼尔剧作与音乐的关联正在于此。

奥尼尔热爱音乐，尤其是流行爵士乐和经典音乐，他对 20 世纪早期怀旧歌曲的迷恋一直持续至晚年。在奥尼尔的水手生涯中，航海给他带来音乐般的感悟。奥尼尔在查尔斯·瑞森号做水手时就开始喜爱有关大海的歌曲，这些歌曲和 20 世纪初期流行的音乐一样成为奥尼尔一生的挚爱歌曲。如此喜爱音乐，在自己的剧本中给音乐留有重要位置便不足为奇了。奥尼尔的大多数剧本中，都有着大量关于音乐的描写和独具匠心的运用，它同戏剧的叙事一起，有机地为剧本服务。“在奥尼尔的剧本中音乐结构与戏剧结构呈现出在结构、方式和技巧上的一致性，并在主题表达、人物塑造、剧情发展、背景营造等方面体

① 曹禺：《曹禺文集》，中国戏剧出版社，1988 年，第 212 页。

② 曹禺：《曹禺文集》，中国戏剧出版社，1988 年，第 213 页。

③ 同上，第 215 页。

④ 邹红：《试论曹禺前期剧作中的音乐元素》，载《文学评论》2011 年第 2 期，第 17 页。

现出共同性。”[①]在《啊！荒野》中采用了流行音乐《在教堂等待》和《贝德丽》，在剧本《毛猿》《上帝的儿女都有翅膀》《大神布朗》《悲悼》和《送冰的人来了》等剧本中，音乐还体现出同构的叙事特质。

音乐的叙事功能和戏剧的叙事在奥尼尔的剧本中比较完美地结合在一起，既可以有效地表达深刻的主题，形象地刻画了人物并且渲染了剧情的发展，又能与戏剧的叙事在审美观念上保持一致性，从而提高剧本的象征性和隐喻性。奥尼尔认为，在几乎他的所有剧本中都无意识地使用了音乐结构，如使用交响乐或奏鸣曲结构，他的创作冲动和主题是试图通过主题反复再现的节奏在剧本中实现音乐所要达到的目的，表达一种从根本上说来是诗一般的生活观念；奥尼尔无意识地使用音乐结构并且粉碎了现代戏剧中所有现实主义的成规框框。在《加勒比之月》中，音乐的叙事功能是非常清晰的。随着剧本的展开，音乐或隐或现，起伏波折，有高潮和结局，音乐的叙事与戏剧的叙事完美地结合在一起。在营造剧本的氛围同时，吟唱的歌曲也叙述了剧本的主题。音乐在剧本中形成一种框架性的叙事结构，随着剧情的推进，情节发展变化，人物的塑造得到深化，同时音乐的独特运用也深化了奥尼尔的大海主题。在《加勒比之月》中，音乐和剧情的起始、发展、高潮、回落等阶段相契合，音乐和月光交织在一起共同营造了忧伤的氛围。《毛猿》中的海洋歌曲铺垫了剧本的叙事背景，同时唱出了人类对工业文明时代航海的感伤。《安娜·克里斯蒂》一剧中父亲克里斯反复吟唱同一首歌曲《我的约瑟芬》，歌曲在剧本的起始阶段和剧情发展中起到画龙点睛的作用。结尾时忧伤的歌曲预示着人类无法抗拒命运的安排，音乐的叙事贯穿始终。《大神布朗》中的音乐铺垫了背景并且从不同的层面反映了主题。音乐在《榆树下的欲望》一剧中则起到渲染气氛、推动剧情的作用。《悲悼》的主旋律《申纳杜》贯穿在整个剧本中并且形成剧本的框架，对剧情发展、人物塑造和主题叙事起到重要的作用。《申纳杜》是剧本的主题曲，忧伤简单的节奏表达了剧中人对大海可望不可及的向往，在整个悲剧事件的发展中，看似简单的歌词叙事出的是令人震撼的涵义。歌词重复吟唱：“我想听听你的响声。哦，申纳杜，我不能走近你，我走远了，走过了宽阔的密苏里。”歌曲的反复出现预示着悲剧命运的必然性和不可抗拒性，剧本反复出现《申纳杜》的旋律，悲伤、哀怨的“申杜纳”奠定了整个剧本的基调。歌曲唱出的滚滚的河流暗示着剧中人充满欲望的生活和他们经历的汹涌澎湃的激情，“申杜纳”和“绞死约翰”就像预言一样，每次响起这首悲伤的歌，就有一位孟家人死于非命，那是为他们而唱的悲歌。和古希腊悲剧人物的命运一样，剧中人寻找爱情、寻找自我的希望，终因命定的因素而化为泡影。

音乐的框架作用和叙事功能在奥尼尔的《上帝的儿女都有翅膀》中也有较充分的展示。剧本中的黑人音乐和白人音乐构成了不同的曲调，彰显了对立的主题并且展示了错综复杂的种族冲突，深化了人物内心世界的矛盾。“黑人音乐充满活力和热情，自然而健康，但是白人音乐就没有生命力。黑人音乐和白人音乐的不同特征反映了剧本中刻画的

① 张生珍：《尤金·奥尼尔剧本中的音乐叙事与戏剧叙事》，载《东岳论丛》2009年第4期，第65—66页。

黑人种族和白人种族的文化特征。”①

在曹禺的创作中，音乐也贯穿在作品当中，尤其在其前期作品里，音乐元素更是一个非常重要的象征因素，扮演了一个重要的角色。这与曹禺早年的音乐经验不无关系。曹禺曾一度迷恋宗教音乐，受其神秘而庄严的气氛感染，同时，他又非常喜欢听巴赫及莫扎特、贝多芬等古典音乐大师的作品，久而久之，耳濡目染，日久天长，“音乐逐渐渗透进他的心灵，不仅引起他对于人生的思索，而且培养了他高超的音乐感力。……音乐对曹禺创作的影响是潜在的，但在其话剧作品的和谐感、节奏感、结构感方面却有明显的反映”②。在《雷雨》序幕、尾声中，曹禺引入巴赫的《B小调弥撒曲》，不但用来营造氛围，而且也将主题思想体现在音乐之中。实际上，不止是《雷雨》，在曹禺的其他话剧作品中也有许多音乐的因素穿插其中。如“《日出》第三幕中通过多声部音响的呈现来获得一种“和调”效果，再到《原野》中巧妙利用民间小曲展示人物内心，以及《北京人》《家》中对文学自身音乐性的追求，曹禺前期剧作在戏剧音乐性的创造手法上各具特色。”③

在以往的分析中，学术界往往乐道于《原野》与《琼斯皇帝》在表现手法上的相似，大多会提到第三幕中受奥尼尔影响的鼓声的运用，却极少注意到小曲《妓女告状》的特殊意义，忽略了它的象征意蕴。事实上，这首在剧中反复出现的小曲所产生的戏剧效果及其重要作用，是与奥尼尔在戏剧创作中音乐的应用有着异曲同工之妙的。

小曲《妓女告状》在《原野》中的作用如同奥尼尔剧作中的音乐一样，不但是表现人物的身份或性格的手段，而且实际上，它以自己独特的叙事方式，有机地融入剧情之中，成为戏剧动作的组成部分。在《原野》中，小曲《妓女告状》在第二幕仇虎公开进入焦家后第一次出现，而后又出现多次，每一次出现都有着不同的象征意义。在前几次出现时，小曲展示出对峙双方的心态，但这时它还只是一种隐喻，一种暗示，其作用更多是帮衬性而非主导性的。随着剧情的推进，到了第三幕的第四景中，它已然占据了舞台的中心，成为不可或缺的一部分，它如此重要，以至于一旦删去这首《妓女告状》，整部《原野》便有很大缺失。而通过对文本的细读，我们还可觉察出作者赋予了这首小曲多重功用：“第一，借助小曲烘托渲染一种恐怖阴森的氛围；第二，通过唱曲者和听曲者的不同表现显示人物的心理；第三，引入人物幻觉以丰富表现手法，从而使剧本具有某种心理现实主义的色彩；第四，在歌唱者的处理上隐含了作者对剧中人物的道德评判。”④

（四）自然景物的象征

梅特林克的象征主义戏剧为象征的戏剧艺术渗入了现代气息。但“由于他的戏剧是建立在神秘主义哲学基础上，所以在他的戏剧中，从人物性格、故事情节到细节描写都是

① 张生珍：《尤金·奥尼尔剧本中的音乐叙事与戏剧叙事》，载《东岳论丛》2009年4月，第67页。

② 李扬：《试论〈雷雨〉的音乐语言》，载《徐州师范大学学报》（哲学社会科学版），2010年第1期，第32页。

③ 邹红：《试论曹禺前期剧作中的音乐元素》，载《文学评论》2011年第2期，第17页。

④ 邹红：《试论曹禺前期剧作中的音乐元素》，载《文学评论》2011年第2期，第23页。

反现实主义的，其人物和事物都是缺乏现实生命的作家主观精神的象征，弥漫着浓厚的象征主义色彩。”①奥尼尔较之梅特林克的进步之处，就在于很大程度上摆脱了那种神秘主义的东西，将“物我统一”建立在塑造真实的人物性格的基础之上。曹禺摄取象征主义的戏剧技巧，也是为了深化他塑造现实主义的人物性格，并因此与奥尼尔的象征处理产生共鸣。

在奥尼尔的许多剧作中。我们都能看到他许多利用极富象征意义的场景和景物，如大海、雾、宅子、树木等等。从不同的角度来看，这些场景和景物显然包含了它自身以外的一些涵义，都被赋予了丰富的精神象征涵义。《榆树下的欲望》中，两棵榆树硕大无朋、枝繁叶茂、遮盖房屋，是征服一切的母性心理的象征，也是充满占有欲和情欲的爱碧的象征。场景象征着身陷其内的人们无法满足自己形形色色的本能和欲望，渴望挣脱束缚，以此衬托清教主义对人们思想行为的约束。《天边外》将人物置于赋予象征意义的特定的内外景之中，外景天边象征着罗伯特的梦想，而内景家和农场象征残酷现实，内外景体现了理想与现实的冲突。《悲悼》中的孟宅像一座戴着不祥面具的监牢，是罪恶的象征，阴沉单调的松树笼罩全剧，象征孟家断子绝孙的气氛。用墙上孟南家祖先画像越逼越近，剧中人与画像越来越相似来表现孟南家族所代表的清教禁欲主义对自然人性的遏制和束缚。特别是在许多悲剧中，“用大海、浓雾等等，象征一个神秘莫测、毁灭人生的世界的无形威胁以及人物渺茫的前途和不可知的命运”②。

正如我们在本书中多次提到的那样，“海”在奥尼尔的笔下极具多义性，具有多种象征意义，它凝结了奥尼尔自身经历以及对复杂现实的深刻认识。因此，奥尼尔将“海”的象征意蕴渗透在人物思想感情里。在安娜心中，海是美好自由生活的象征，但在她父亲眼里，海却是给人带来灾难的“老怪物”。“‘海’因其寓示善恶交织的现实生活特征，而成为剧中人物的矛盾冲突和命运的象征。由于‘海’是人物活动的真实环境，又与人物的性格、命运和矛盾冲突相呼应，海的象征性便具有相对的现实性，从而也就一定程度上摆脱了神秘。”③

在对待象征主义的戏剧艺术上，曹禺与奥尼尔是相通的，他们都是将象征手法与人物性格的塑造结合起来，而且体现象征的现代发展。曹禺的“雷雨”与《安娜·克里斯蒂》中的“海”相似，他们都以现实的客观存在物为象征，并将象征与人物性格塑造融合起来。曹禺笔下的“雷雨”与“海”一样，它具有丰富流动的意蕴。它暗示具有生气的抗暴力，内含着憧憬和希望。而所有这些意蕴都与剧中的人物水乳交融、息息相应。作为恶的象征，它与周朴园专横残忍的性格交相呼应，并反作用于善良无辜的侍萍、四凤和周冲等人；作为一种抗击黑暗势力的力量象征，它渗入鲁大海、蘩漪的性格之中，尤为成功的是，曹禺将“雷

① 龙兆修：《从〈悲悼〉和〈雷雨〉看奥尼尔对曹禺的影响》，载《外国文学研究》1997年第3期，第60页。
② 王玉华：《奥尼尔曹禺戏剧中基督教象征意蕴》，载《邢台学院学报》2009年第4期，第32页。
③ 龙兆修：《从〈悲悼〉和〈雷雨〉看奥尼尔对曹禺的影响》，载《外国文学研究》1997年第3期，第60页。

雨”的多层象征意蕴与人物多重性格交织起来。“雷雨”的出现，总是很自然使人联想到蘩漪的“极端”“矛盾”的性格。在此，曹禺大大发展了象征主义的“物我统一”，把“象征的戏剧技巧和人物性格的塑造更好地溶合起来”①。

同时，因为人物性格与象征意义紧密相连，当这些具有描写环境作用的象征物发生变化时，人物的思想感情也随之改变，这使得象征景物成为有效表现其中变化的艺术手段。

《雷雨》中的“雷雨”与奥尼尔的《进入黑夜的漫长旅程》中的“雾”，都是借助自然界中的现象表现人物的感情脉络的。由于它们紧扣人物性格，又贯穿于整个戏剧，为此它们自身的演变发展，是诱发人物情感波涛的重要因素。

在《进入黑夜的漫长旅程》中，自然之境中的雾从戏剧之初开始，在这一出不算太长的四幕剧中反复出现了三十多次，它飘散在剧本的各个角落，飘散于早晨、正午、黄昏及至午夜的每一片时光之中。飘散的‘雾’从头至尾出现，它已成为剧本中一个特别的主人公，其地位甚至超过了玛丽和埃德蒙。达到这种效果的原因在于“奥尼尔对‘雾’这一意象外在特征和内涵功能的充分开掘和多层调用，赋予‘雾’以多重的象征意蕴。‘雾’不再是一种简单的平面的象征物，就像很多人所运用的那样。这里的‘雾’成为一种诉说、一种诠释、一种隐喻，帮助奥尼尔抒发了生命中曾难以诉说的东西。”②

“雾”象征家里人之间的心灵隔膜和主人公玛丽孤独清冷的内心感情。象征着人与人之间互不了解、彼此隔绝的痛苦关系。直至结尾，当玛丽用完毒品后梦幻般兴奋地走下楼时，刚刚父子之间的坦诚相见立即消失了，彼此之间又笼上了更深的雾色。玛丽恨“雾”，因为“雾”制造了人与人之间的阻隔和冷漠，但是玛丽又不得不躲在“雾”中，以逃避现实的冷酷无情。雾伴随家庭气氛日趋紧张而增浓，最终“雾”像一堵墙，把剧中人物全锁在雾障中。雾的积聚到弥漫过程，也就是玛丽由清醒到精神失常的过程。雾与人物感情互为作用，不但将人物的内在感情具体化，而且也将其诗意化了。

和奥尼尔的“雾”一样，曹禺的“雷雨”的孕育到毁灭性爆发过程，蘩漪从压抑扭曲的爱情追求到歇斯底里的反抗报复的感情发展历程最生动形象地外化出来。一方面，蘩漪的感情特征强化了“雷雨”的象征性，另一方面，“雷雨”又成为表现人物感情不可缺少的一部分，鲜明地表达了人物的心灵世界。“‘雷雨’在剧中的象征意义，它不仅作为一种自然现象，更是一种人物情感的象征，性格的象征。第一、雷雨作为一种自然现象，它是整个戏剧氛围和悲剧性情节的象征。……第二、雷雨是人物性格特征的象征，《雷雨》中蘩漪和鲁大海的性格是最具‘雷雨’特征的。……第三、‘雷雨’作为一种特定意象的象征意义不仅体现在人物的性格特征上，而且也体现在作品的艺术表现手法上，‘雷雨’是整个戏剧的氛围

---

① 龙兆修：《从〈悲悼〉和〈雷雨〉看奥尼尔对曹禺的影响》，载《外国文学研究》1997 年第 3 期，第 60 页。

② 李安琴：《走不出白雾迷离——对〈进入黑夜的漫长旅程〉一剧中“雾”的索解》，载《戏剧文学》1998 年第 11 期，第 51 页。

和剧情展开的节奏，剧作开始于雷雨前的背景下。……”[1]

（五）基督教象征

基督教认为，因为上帝创造了天地万物，为此自然万物也因此拥有了上帝的神性，自然即成了神的象征，万物皆具有了象征意义。圣经文学本身即被认为是一种象征文学，每一事物表面都蕴含着非同一般的神灵意义，都被认为来自于超越凡尘的神灵世界。在基督教艺术中，“象征是尘世的自然界和‘天上的’超自然界之间的一种独特的中介”，[2]不仅可以描绘实在的客体，还可以通过喻示，呈现出虚幻的客体。借助于比喻性的、启示性的、朦胧迷离的形象象征人类生存、人物命运潜在的神秘奥秘，表达那些难以直接表达的思想和生活的内在本质，借有形寓无形，借有限表无限，从而给人们留下更为深远的思想和艺术思维空间。

奥尼尔有不少戏剧反映了基督教的思想，并通过具体的象征手段，展现了他对基督教精神的求索和致敬。在许多剧中，奥尼尔通过特定的剧名将强烈的象征意味体现出来，如“天边外”“榆树下的欲望”“送冰的人来了”“进入黑夜的漫长旅程”“拉撒路笑了”等等。他的《送冰的人来了》是与《圣经》的原型相对应的，“从剧名、剧情到剧中人物及其彼此之间的关系均建构在《圣经》原型上”[3]。在《拉撒路笑了》一剧中，通过描写拉撒路贯穿全剧的大笑，奥尼尔向怀着“死亡之恐惧”——“灵魂之死亡”的人们昭示：只要灵魂不灭，生命便永恒。“而灵魂萎缩、人性丧失乃至人类毁灭的导因是贪欲和严酷，他倡导建构一种新的教义来导引人类。”[4]这里的拉撒路实际上是奥尼尔所企图寻找的尼采式的弥赛亚的象征。

曹禺剧作的象征性和寓言性也很强，很多突出的象征意象，如同奥尼尔一样，也是由剧本标题命名所构成的。《雷雨》的象征性主题是上帝会惩治人间的邪恶，造罪者须洗心革面，全心向善。《原野》的象征性主题是大地像天设的笼罩一切的罗网，使恶人在劫难逃，善有善果，恶有恶报。《日出》的象征性的主题是黑暗定会过去，光明必将战胜黑暗。《北京人》的象征性主题是必须冲破世俗生活的小家，建立一个和谐的世界大家。

奥尼尔以表现主义手法巧妙地为《琼斯皇帝》描绘了一个象征性的环境：寂静的森林，黑色的怪影，像在呼唤着上帝的降临。《圣经》上说：“他借着风的翅膀快飞。他以黑暗为藏身之处，以水的黑暗、天空的厚云为他四围的行宫。”[5]在这阴森神秘的充满宗教象征意味的森林里，琼斯的内心世界出现了分裂，可怕的幻觉带回了他过去的罪恶和惨痛的经历。《原野》中，曹禺描绘的也是一个神秘的世界：莽莽苍苍的荒原，广袤的黑森林，乌金一般直伸向天际的铁轨，充满梦幻般的怪异气氛。既是一种造成神秘气氛的实在，更是一种

① 郑萍萍：《〈榆树下的欲望〉与〈雷雨〉象征主义手法的比较》，载《福建论坛》（人文社会科学版）2010（专刊），第 195 页。

② （苏联）乌格里诺维奇：《艺术与宗教》，三联书店，1987 年。

③ 康建兵：《〈送冰人来了〉与〈圣经〉原型》，载《齐鲁艺苑》2006 年第 4 期，第 45 页。

④ 郭晓霞：《尤金·奥尼尔之戏剧〈拉撒路笑了〉的基督精神》，载《名作欣赏》2011 年第 11 期，第 151 页。

⑤ 《圣经·旧约·诗篇》，中国基督教协会，1998 年，第 521、528 页。

纷乱交织的无形巨网的象征。在黑幽幽的树林里，在召魂引路的红灯和惨厉悠长的叫魂声中，仇虎逃跑时的心理恐惧、精神恍惚以及不断出现的幻象交融在一起。第三幕中阎王、判官、小鬼以及死者的鬼魂展现在舞台上，构成一个阴森恐怖的世界，集中表现了仇虎的恐惧、内疚、悔恨的复杂心理状态。

《原野》与《琼斯皇帝》的相似是显而易见的。特别是鼓声的运用，奥尼尔采用声觉形象外化人物的心理和潜意识，诉诸观众的听觉。在琼斯逃跑的过程中，咚咚鼓声同他的心理冲突互相交织，折射出他内心的恐惧、骚动与不安。《原野》中借助缓急轻重不一催命的鼓声，若断若续、似有似无的呼喊声，惨切凄厉的叫魂声以及黑林子庵堂中传出的木鱼声，为仇虎心理幻觉的产生提供了强有力的外部感官刺激，与他的心理矛盾冲突互相交织，凸现了他内心的恐惧、紧张和忏悔，从而使观众得到一种形象具体的感受，无疑这一声觉形象具有极强的表意功能和深刻的象征意义的舞台背景，形成了与全剧不可分割的象征性情景。

《雷雨》中轰轰的雷声和闪电是剧中最为主要的意象，它不仅是对剧中现实世界的高度浓缩，更是对潜藏在现实世界背后神秘、无形却控制人类生存的强劲力量的象征。《原野》中那挂在正屋墙上的焦阎王身穿军装、满脸杀气的画像，象征着这个罪恶的幽灵不仅繁殖着罪恶，也始终主宰着这黑暗的世界。

曹禺总是用一些象征深远、蕴藉丰富的意象或意象群，来表现剧作的主题思想，寄寓基督教的象征意蕴，如:《雷雨》中周公馆象征对应伊甸园的场景，既是周朴园、周萍父子曾经行乐的场所，也是他们犯罪的场所。这部悲剧的首尾和躯干两部分里分别设置了两个世界:世俗的家庭与神性的医院;表现了两种人生状态:挣扎与安宁，目的是对人性的罪恶与拯救。《原野》由“原野”“铁路”“金子铺地的地方”与“铁镣”“阴曹地府”“黑林子”这两组对立的意象群象征天国世界与黑暗现实的对立。“对立意象群象征性地概括出了人性与反人性、光明与黑暗的冲突，显示出宗教艺术的独特魅力。”①

在具体的象征意象上，曹禺的剧作当中也能发现类似奥尼尔的手法，例如“门”与“窗”。

“门”在基督教文化中有着特定的内涵，《新约·马太福音》第七章第十三节有如下记载:“你们要窄门。因为引到灭亡，那门是宽的，路是大的，进去的人也多;引到永生，那门是窄的，路是小的，找着的人也少。”《新约·约翰福音》也说:“我实实在在地告诉你们:我就是羊的门。……我就是门，凡从我进来的，必然得救，并且出入得草吃。”②这段话传达了耶稣对众生的训诫和引导。窄门是入教之门、天堂之门，进入窄门意味着救赎和永生，也意味着在更高精神境界与上帝合一，进入其“门”，就是实现了神圣的预言。

在奥尼尔的戏剧中，“门”是一个非常重要的象征意象。从象征意义上看，人们通过

① 王玉华:《奥尼尔曹禺戏剧中基督教象征意蕴》，载《邢台学院学报》2009年第4期，第32页。
② 《圣经·新约·约翰福音》，中国基督教协会，1998年，第117,114页。

"门"常常会达到从世俗领域向宗教领域的转变，成为即将进入或有可能进入最高现实的一种象征。《无穷的岁月》中，洛文跨出这道门和约翰最终挤进这道门，象征洛文最终将死在十字架下，成为上帝的祭品，约翰跨进了上帝之门，灵魂合二而一，获得了新生。一门之隔，昭示出人类物质精神的相悖，灵与肉的分离。"门"不仅是戏剧动作贯穿主题的关键一步，而且对宗教文化进行了具体形象化的解释。《悲悼》中莱维妮亚的最终的关门动作表明她将永远把自己关闭在心灵的十字架上，将以全部生命作为代价救赎犯罪的灵魂。《上帝的儿女都有翅膀》中杰姆和埃拉走出教堂的大门预示着他们走出了上帝之门，他们将面临着世俗社会的强大压力和无尽的挑战。《进入黑夜的漫长旅程》的门是善恶的分界线。在这扇门内，家庭的争吵，是非的论辩，激烈的冲突时时发生。《更加庄严的大厦》中，西蒙摒弃世俗的一切，来到花园的小屋子门前，恳请母亲开门让他进去。这扇门也是天堂之门的象征，门外是物欲罪恶充斥的世俗社会，紧闭之门使西蒙无法跨入。《送冰的人来了》中，"霍普酒店的宽门是生存与灭亡的分界线，纵然门内一片死寂，但在白日梦的谎言和威士忌的烂醉中尚可苟且于世，而要跨出大门则意味着必须戳穿迷梦面对现实。所以，当希基敦促大家走出大门，以便把自己从内疚和悔恨中解脱出来时，众人既怕又恨，都对他怀着刻骨仇恨。"①

与奥尼尔稍有不同，曹禺在《雷雨》中虽然设置了门，但门常常是关着的。代替"门"象征意象的，是在剧中多次出现的"窗"。它不仅是舞台空间概念，表现了悲剧冲突，再现戏剧主题，而且从深层次反映了曹禺的宗教意识的矛盾性。从文化象征的角度来说，"窗"意象与"门"意象属于同类意象体系。门是一个出入口，象征着两种状态，两个世界，已知和未知，光明和黑暗的出入口，它开向一个神秘的世界。"窗"则以弱势象征方式传达出门所具有的引领人进入最高现实的内心向往，同时也兼有情欲和乱伦的隐喻色彩。《雷雨》与《榆树下的欲望》中百叶窗的关闭非常相似，剧中犯了不伦之罪的男女也正是通过窗暗示出来的，在剧中，"开窗、关窗都是纵欲和乱伦，罪恶与情欲交织在一起，从而使剧中的窗具有情欲与罪孽的双重隐喻。"②

综上所述，曹禺倾心于奥尼尔并非偶然，"艺术气质上的接近和对奥尼尔的戏剧美学思想的吸引与领悟推动着曹禺走向奥尼尔"③，同时，世界戏剧发展潮流也使得他们走到了一起。奥尼尔在这种创新的潮流中，成为美国现代戏剧的开拓者，曹禺也成为中国戏剧的改革者。在用现实主义融化其他戏剧流派的创造性变革中，更具有他独特的民族风格。

同时，我们也看到，奥尼尔戏剧象征艺术对曹禺创作的影响是一个复杂而深刻的过程，《琼斯皇帝》对《原野》的影响只是其中一个显性的表现。《雷雨》与《榆树下的欲望》、《雷雨》与《悲悼》、《原野》和《毛猿》的借鉴关系，甚至爱碧与蘩漪、方达生与罗伯特、罗伯特

① 康建兵：《〈送冰人来了〉与〈圣经〉原型》，《齐鲁艺苑》2006 年第 4 期，第 31 页。
② 王玉华：《奥尼尔曹禺戏剧中基督教象征意蕴》，载《邢台学院学报》2009 年第 4 期，第 32 页。
③ 刘钰：《论曹禺创作与奥尼尔的戏剧艺术》，载《文学评论》，1982 年第 2 期，第 112 页。

与周冲之间的参差对照也大有深意，为曹禺的研究者们所注意。奥尼尔对曹禺的影响一方面在曹禺剧作中倔强而热烈地存在着，一方面又在曹禺自身美学观念和时代的挤压下呈现出一定的变形，无论评价如何，这种变形的存在都是客观存在着的，这不但丰富了曹禺剧作的内涵和意义。也丰富了整个中国现代话剧。

原载《尤金奥尼尔戏剧象征艺术研究》，中国戏剧出版社2013年版

《北京人》与《布雷曹夫》

邵荃麟

看了《北京人》演出之后不久，又读了高尔基的晚年剧作《叶戈尔·布雷曹夫》(亦有人译作《叶戈尔·布莱権夫》)①，这两个剧本，都可以说是对旧社会死亡的挽歌，而这挽歌的另一面，也可以说是作者对新社会的颂歌。不过，他们所挽和颂的，却是两个截然不同的时代。《北京人》是描写死亡过程中中国封建社会的悲剧命运，而《布雷曹夫》则是写俄国二月革命中资产阶级商人家庭的没落。在《北京人》中取曾家的地位而代的暴发户杜家，正是在后一剧中遭遇同样的悲惨命运而衰落的布雷曹夫家庭，这恰巧是教人感慨的两个赓续的历史时代的一个鲜明对照。这且不谈，因为我们并不想从这两个剧本的不同内容上来作比较的研究，引起我的兴趣的，倒是这两个剧本，在取材上，颇有相似之处。彼此都是以一个家庭的纠纷关系为题材，写出家人亲戚之间的彼此互相矛盾、倾轧、互相计算攻讦，以及他们的昏瞶、自私、痛苦、憎恨、种种丧失人性的可怕行为，从而也反映出他们这些阶层腐烂和死亡的真实情况；而同时，两个剧本都各自指出一条新的道路，让他们中间一些具有善良灵魂的人，从死亡中走向新生。以人物来说，《北京人》中的曾皓、曾思懿、江泰、瑞贞和《布雷曹夫》中的叶戈尔、安森尼亚、兹文左夫、舒拉，在彼此关系上，颇有相似的地方。比如说，《北京人》中间曾思懿欺凌丈夫，想算计快死的公公的财产，勾结姑爷江泰，想嫁掉愫方，而自己又和姑爷冲突；在《布雷曹夫》中间，则是安森尼亚欺凌并算计快死的自己丈夫的财产，勾结女婿兹文左夫，想嫁掉舒拉，而自己又和女婿冲突。在《北京人》中间，瑞贞和愫方这两个女性，终于“打开门”出去；在《布雷曹夫》中间，舒拉和哥拉菲拉这两个女性虽然不曾在舞台上“出去”，但正如舒拉自己说的，“我早已决定了，我要变成一个伟大的卖淫妇，等着吧，等到革命到来，那时候，你就看见我开始绚烂了”，而且她们两个事实上已经接受耶考夫的领导了。至于在《北京人》中，作为领路人的是带有象征意味的“北京人”(一个机器工人)，而在《布雷曹夫》中间，却是一个现实的革命人物耶考夫。这一切对照都是很有趣的。所以两个剧本在主题和内容上，虽并不相同，但如果把两个作者对主题的表现，题材的处理和发展上，去作一个比较的研究，这对现实主义创作方法的理解上，或不无裨益吧。

首先，从主题内容的表现上来看，两个剧作者所采用的方法，显然是不同的。两个剧

① 后译作《耶戈尔·布雷乔夫和别的人》，见《高尔基剧作选》(三)，中国戏剧出版社1959年第1版。

本，看来都极其复杂、紧张，一场紧接一场的，展开着各色各样的矛盾。但是在《北京人》中间，这些矛盾——就是这剧本主题内容的表现——只是孤立地局限在一个家庭之中，这个家庭和当时整个封建社会的势力以及当时典型的政治与社会斗争的形式之间的关系，并不曾被表现出来。关于这一点，胡风兄在上期《论曹禺的〈北京人〉》一文中，说得非常透彻，他指出《北京人》主要的缺憾，就是主题孤立化与人物性格单纯化，这一指出是非常有力的。在这里，我们可以想到一位先进者所说的"典型环境中的典型性格"这句话的意义，因为典型环境乃是造成典型性格的、决定人物行动的一个重要条件。典型的种子必须是从具体的历史和社会的矛盾中间去获取，而又必须放在具体的历史和社会的矛盾中间去锻炼、去发展，这样才能使典型获得其具体的历史内容。注意典型环境的描写与其说是为了历史的观点去描写这故事的时代背景，毋宁说这是为了艺术，使作品的人物性格能够获得更完整的典型性。所以主题内容的孤立化与人物性格的单纯化是有必然的关系的。就《北京人》来说，这题材，无疑是从现实的矛盾中间摄取来的，我们也不能说，作者没有注意到这悲剧的社会学意义，但是作者却没有把这剧本中人物的矛盾更大胆的和整个社会的矛盾状势联系起来，即是说，没有把这些人物放到极广阔的社会斗争中去锻炼，去发展。作者把他的人分为若干组，每一组里的人都自相矛盾着（比如曾霆和瑞贞的矛盾；曾文清、曾思懿、愫方的矛盾；江泰和曾思懿及曾皓的矛盾）。每一组里的人都自相矛盾着，又把这一切矛盾纠缠在一起，形成一个总的家庭矛盾。这看来确是非常复杂、非常动人了，然而这种错综复杂却只表现了这个家庭的矛盾关系，从这里所显示的整个社会生活的错综复杂关系，显然是不够的。因而使我们会感到，这种错综复杂多少还是由于作者的文学设计吧。作者的意思也许是以为把这些矛盾关系表现得愈集中愈有力，避免把它扯开去，然而他却忽视"社会生活本身是比任何文学设计更加复杂、更加有趣的"。由于作者没有把它的人物放到更大的社会斗争中去发展，因而作者所企图达到的剧本的社会意义，就不能尽量发挥出来。作品人物应该具有的社会典型性格，也不能达到更完美的程度。

如果我们承认这些是《北京人》美中不足的缺憾，那么，在高尔基的《布雷曹夫》中，恰看到一个相反的特色。一位苏联的戏剧家 D·诺维斯基指出高尔基剧作的特点之一说："他的剧中人物成为深刻的思想的总和。当高尔基给与典型的描写的时候，他的主人公生活，从不与他们的阶层分开，并且还要显示他们的社会根源。"

另一位批评家 S·第拿漠夫讨论《布雷曹夫》的力量在什么地方时说：

> 高尔基指示并指出，事情发生在什么地方，所发生的是什么，为什么发生；每个人物总是被自己的空气所包围，而且这不是空气层，好像在我们有些戏曲里所看到的那样——这是真的，活的，真正社会的空气，使主角行动而决定主角行动的空气。

这就是高尔基在主题内容表现上的现实主义的成功。

在《布雷曹夫》中间，我们首先非常强烈地感到，在舞台场面背后，一个巨大的时代变动在怎样进行着。这是俄国二月革命的局势，非常确定而可感觉的。（对于《北京人》就有种种不同的说法：有的说是写"五四"时代的，有的说是写抗战以前的）然而作者却不是像一些庸俗的艺术家那样，只是把这革命机械地作为一个剧本的背景（好像我们的一些剧作家写抗战剧本那样），他是把握着这时代变动冲击着剧中人物的生活所起的种种反应，从他们的心理和言语行动中，有机地显示出时代与环境对人物与其阶层的关系。种种冲击和他们自己中间的矛盾是互相交错而发展着的。从第一幕布雷曹夫登场以后，他和各人对话中间，就看出这战争与革命危机对各人心理上所起的不同反应，这种反应在第二、第三幕中格外强烈起来。在革命危机下，整个家庭是在一种麻木和不安的纷扰中间，这情形，格外加强了他们之间互相欺诈、互相争夺的矛盾程度。这个家庭本来已经腐烂得像一个脓疮，而革命的到来却使这脓疮溃烂开来。布雷曹夫在第一幕中说："个个都在这次战争的惨痛中弄钱。"又说："钱在哪里弄呢？还不是农民头上？"弄钱的结果，加深了农民的痛苦，因而促进了革命的危机（第一幕，兹文左夫对巴式金说："这次会是真正的革命了。1905年，农民都在国内，如果他们都在前线，这次恐怕是反抗军官的革命呢！"），迫使他们走向死亡。而在走向死亡的途中，他们却不得不更疯狂的弄钱，这就是1917年二月革命前的俄国商人社会的真实状貌。这状貌，正反映在这剧本中各个人物间勾心斗角的关系上：女人要弄丈夫的钱，女婿要弄丈人的钱，管理人员弄主人的钱，教堂神甫要弄钱，修道院住持要弄钱，官吏、将军要弄钱，商人与商人之间更要争钱，宗教、沙皇都是为了弄钱的目的而存在。钱，钱，钱，就是支配他们一切行动的魔鬼。钱，使他们生，也使他们死。在这家庭中间人与人的关系，都成为一种商品的关系，一切都表现为市场的现象，这就是资本主义的实质。而现在，这个社会分明是在崩溃了。高尔基在这剧本中间所提示的，不仅是革命与战争对于这个家庭（这个社会的）打击，而且还显示出这制度本身的矛盾——就是使他们灭亡的历史根源。第拿漠夫说："《叶戈尔·布雷曹夫》中所描写的，正是这个制度，而这部戏剧的惊天动地的思想实质也正在这里。要寻找这个实质，不要把书上一行一行的字句一眼瞥过，不要把主角的说话拼命抄下来，而要细细思索整本书的意思，而不是零星片断去考察，这是整个的，而不是什么局部的思想。"这话是确实的。

因此，《布雷曹夫》就不像《北京人》那样，把主题的内容集中在家庭里几个人物的关系上来表现，出现在《布雷曹夫》中间，有教堂的神父巴夫林，有修道院女住持玫拉尼亚，有敌对的商人道斯提加埃夫及其前妻子子女，有社会青年提阿亭，有警察莫克鱼索夫，还有女巫、巫医，各色各样的社会分子。他们都和这家庭里的人物互相勾结着，参加了谋夺财产的阴谋。而这个阴谋，又和这个社会互相掠夺的谋财勾当交缠起来。沙皇政府的钱，教堂修道院的钱，这个家庭的钱，都像下注似的投在这最后挣扎的疯狂赌博中间。而另一方面，革命在进行着，革命的威胁在逐渐增加着。沙皇退位了，政治犯被捕又释放了，警察动摇了——不断的浪潮每一刻钟在向这家庭袭来，使他们战栗、迷惑并愈加疯狂；也使另一些人——舒拉、哥拉菲拉、托那特走近他们的新生。这个剧本的结构和《北京人》的结构，有一个显然的区别。后者，可以说是一种"螺丝式"的，作者把几种主要矛盾关系交代出来以后，就捉住两三个线索，紧紧往上拉。观众以为是顶点了，作者却又把它抛到更高的顶点上去，一步紧似一步把群众情绪逼到最高点。最后，才以主人公的死亡，来结束这悲剧。《布雷曹夫》完全不是这样，它被称为“复音式的结构”，好比一个音乐队复音的合奏，使我们能同时听到整个社会复杂的噪音。它的情节，不像《北京人》那样曲折动人；它的场面，抛得很开，动得非常快；它的拍子，是迅速跳动的，那完全抛弃了古典戏剧传统的结构，而完全适合表现现代社会斗争的题材。在这里，我们很少感觉到艺术家人工设计的意味，出现在我们眼前的，是一幅复杂的、鲜明的史图。它给予观众的是一种强大的社会力量，所以，如果说《北京人》是叫人感叹和悲泣的，则《布雷曹夫》是叫人眩晕和战栗的。

其次，在人物命运与戏剧内容发展的关系上，两个剧本所取的方法是不相同的。在一般近代戏剧中间，特别是美国戏剧中间，主人公的命运是放在一个极其重要的问题上。一切复杂的结构与戏剧的进行，都是环绕着主要人物的命运的发展。曹禺先生的各部作品，大都是采用这方法的。例如《雷雨》，就特别强调着这一点。有人说，曹禺先生是一个命运论者。这话，我并不同意。不过，他确实是受了西洋个人主义戏剧很大的影响，常常把个人的命运看得太重要，因而使他的戏剧形式受到限制。以《北京人》来说，作者主要是要写出两种人的命运：曾皓、曾文清这些没落者的命运和瑞贞、愫方那些新生者的命运，作者未始不是想从这两种人的命运上，来说明新和旧社会的命运。然而，他却把个人命运与其社会阶层命运的关联这一点忽视了。以曾皓与曾文清的死来说，作者是在说明一个无力创造者的灭亡，这在他们的意识、生活和行动上都显示得很明白。但我们知道，致使封建社会没落的，除了这个社会本身的无力与腐烂以外，还有一个很重要的因素，就是新的社会势力对于他们的压力。只有外的矛盾通过内的矛盾起作用的时候，它的没落命运才无可挽回。关于这新的社会势力，作者也暗示了，就是隔壁暴发户杜家——一个代表资产阶级的家庭，但作者仅止于暗示，或借它作为一个对照。这个新的社会势力，究竟怎样把这旧的压了下去，就是曾家为什么败落的社会原因，却不曾表现出来。因此曾皓、曾文清这些人个人的遭遇，例如棺材、恋爱这些故事就成为决定他们命运的主要因素。作者着力在这些情节的关系上，迫使他们非死去不可，而更主要的一个问题，即他们这个社会非死亡不可的命运，在剧本上被忽视了。

同样的，在那两个走向新生的人物身上，这一点显示更无力。瑞贞和愫方两个人的命运，只是从她们不能再在这家庭里呆下去了的一点上来说明。作者几乎以全力来写这家庭的空气对她们两个的压迫。而另一方面，关于她们本身新的意识的觉醒的过程却不曾表现出来。我们知道，在当时中国（指抗战前），使青年觉醒的社会条件是很多的。例如学生运动的高涨（特别是在北平），新的思潮的传播，抗日运动的影响等等，这一切都是促使大批青年走向社会的典型因素。然而这一切，在瑞贞和愫方两人身上，却找不出丝毫痕迹。她们的命运和社会新青年的命运，几乎不发生一点关联，而唯一促使她们出走的外的因素，就是袁博士、袁圆和北京人。袁博士、袁圆和北京人在剧本上的作用，实在也只等于杜家之于曾家，仅仅做到暗示和对照而已。因此“哑巴开口”这奇迹，在剧本中便显得兀突，由北京人来领路，也觉得很神秘了。作者自然不是没有能力写出这一切，而必须借助于这些"奇迹",我以为他是想加重悲剧的压迫作用,所以才减轻她们自身觉醒进程这一面的描写,以为这样才更教人同情。可是结果,却使这两个人物性格弄得模糊,她们的典型较之曾皓、曾文清一些人自然更弱了。

历史演进到近代,个人的命运与社会的命运愈趋向一致。个人的命运在社会过程上往往表现为偶然的,社会的命运则依据着历史的必然法则而发展,这种偶然与必然的关系,必须为艺术家所把握。在戏剧上,为了要增强戏剧性,偶然的因素往往被特别强调,但是这种个人的偶然因素,如果不是和社会的必然因素密切地关联着,则很容易损害到艺术的真实性。我并不是说,《北京人》中间人物的命运和他们社会阶层的命运完全没有关联(而且,我们还应该说,在这一点上,《北京人》是比《雷雨》和《原野》更进步),但是这种关联不但不够而且不是有机的,因此,这个剧本给予我们的印象,多少还只是一个家庭的悲剧,要从家庭的悲剧命运去看社会的悲剧命运,却是不够明确和具体。

假如,从这一点去看《布雷曹夫》,那就不同了。在《布雷曹夫》中间,个人的命运并不占重要的地位,叶戈尔·布雷曹夫一上场,观众就知道他是一个快死的人,其他如舒拉,作者也并没有用更多的笔墨,去压迫她解决自己的问题。所以从个别的人来看,他们都没有什么曲折的悲剧情节,也没有什么特殊紧张的场面,单拿这些来和《北京人》相比,则远不如后者动人。高尔基并不把它的主题,放在主人公一个人悲剧命运上,他只是从这个悲剧的人物身上,来反映出一个更大的社会的悲剧命运。作为戏剧的中心的,乃是当时整个社会的各种基本矛盾,这些矛盾反映在各个人物身上,并为各个人物所表现。布雷曹夫这个人物,在这个剧本中被写成一个看清楚他自己阶层的罪恶的人,这是什么意思呢?这是说明着长期战争的危机使这个社会蕴藏着的一切矛盾都暴露出来,一切假面具都无可掩饰地揭穿开来,使三十年前一个伐木工人的儿子后来由于偶然机缘而变成富商的布雷曹夫,在他临死前突然看到了这一切,那并不是偶然的。布雷曹夫的心理意识,实际上都是当时社会斗争过程中种种变化的反映,这种矛盾的扩大,使布雷曹夫在其事业上遭受打击,也使他开始认识他的阶层和他自己,然而这已无可挽救。"新的世界不是为我的",布雷曹夫很清楚知道这一点,"不过我想事情不像以往那样清楚了倒是真的,当一个人临到他生命快要结束的时候,他总想了解这结束的意义的,要了解生与死的意义的"。布雷曹夫所要了解的生和死的问题,实际上就是他那社会的命运的问题。布雷曹夫和各人的对话几乎全是这些问题——宗教问题、政治问题、金钱问题,最后他跟舒拉一段对话中说:"……我所了解,牧师们、沙皇们、政治家们于我有什么关系?对我有什么用?我不相信上帝,我为什么要相信他呢?可是我相信人,不过连这不多的几个真正的人,也正彼此争斗呢。"这真是无可奈何的悲哀。"我是走向厄运了!"这就是他对自己——也就是对他社会阶层的命运所作的悲伤的宣判。布雷曹夫的悲鸣,不仅是他个人的,而是他阶层的悲鸣,从他个人的悲剧情感中间,传出了整个社会的悲剧情感。我们拿上面一段对话,和曾皓在最后一幕中对他家人训斥的话对照一下,我们就不难分别出彼此不同的地方了。

从布雷曹夫和他周围人物的矛盾关系上,以及他和他们同归于尽于同一命运上,我们看到了个人命运与其社会命运的一致和矛盾的关系。正如诺维兹基所说:“《叶戈尔·布雷曹夫》这剧本所写的不是个人的死,而是一个无力创制的阶层的灭亡,也只有在这样的关联,作者提出这死的主题,在布雷曹夫的个性上才达到这样伟大的抒情程度。”

由于上述的差异,最后,在人物性格的表现上,我们也可以看出两个剧本的程度上的差异。拿布雷曹夫和曾皓两个人物来说,他们都是悲剧的主人公。曾皓是个固执守旧、自私自利而又无能的人,在他的落后的过程中遭遇到极悲惨的打击。作者对于这个人物性格的表现,主要是着重于悲剧的环境对他的压迫的作用,例如曾文清吸鸦片被发现的场面,抬棺材的场面,都促使观众受到极强烈的刺激。但是抽去这一些,这个人物的性格就显得单纯了。例如死的问题,在他心理和意识所起的变化,就写得很少。在《布雷曹夫》中间,剧本故事对于布雷曹夫这个人物的帮助却不是很大,他在舞台上所遭受的打击,也没有像曾皓那样富于刺激性,作者对于这个人物性格的表现,是着重于和各个人的冲突,从这中间去写出他那种在绝望的挣扎中的顽强性格。他无情泼辣地揭穿这家庭和社会的种种虚伪和欺诈,诅咒着他自己和自己的阶层,在绝望中间和死亡作着顽强的挣扎,要想了解生和死的意义。“你知道我是怎样的人;残忍、好色、贪婪,我是一个大罪人,上帝已经抛弃了我……”他对那巫婆索尔布娜咆哮着,“我们活着等死,不仅我自己就连你们,沙皇和全国的人,都要死在我们所放任在世界上的这个野兽手里。战争只要牺牲者并不选择要谁。”他对那神父巴夫林诅咒着,“如果偷盗是合法的。这没有侮辱的意思,侮辱你,也不会使你好一点,甚至使你更坏。你没有偷到钱可是卢布在偷,最大的贼就是卢布。”他对管理人巴式金痛斥着,“忏悔!忏悔!你是什么意思?忏悔?如果我们把抢来的东西,分一部分给上帝,他就可以宽恕我们的罪。同时,我要拒绝成为你们狡猾欺诈的一党,上帝就摒弃我,对吧?忏悔?因为我爱钱,因为我爱女人,因为我图你那混蛋妹妹的陪嫁而娶了她,因为我做过你的爱人。你对我谈我的罪,连哥拉菲拉这样的女人,你都配不上和她谈话,你也来谈我的罪!”他对过去的情妇、现在的修道院长玫拉尼亚吼叫着。这是多么强烈的性格,造成这种性格的,正是当时这社会的强烈矛盾。再拿曾思懿和安森尼亚比较一下吧。曾思懿的性格在《北京人》中间是最突出的,她残忍、阴险、狠毒而狡猾,确是封建社会的女性中的典型,但是如果拿她来和安森尼亚的残忍、狠毒相比,则要算是小巫见大巫。曾思懿之于曾皓,不过是冷嘲热讽,想把他的棺材卖掉,想逼出他的银行存折,和盼望他早死。最引起观众反感的,是把曾皓送医院时,咬了他一口。但是安森尼亚呢?则简直布置好种种罗网,想把他亲丈夫硬断为疯子,想利用巫病,把他弄死。在对付愫方的问题上,曾思懿不过勾结江泰向袁博士去提亲,想把她嫁出去。而安森尼亚对付舒拉就更可怕了。她一方面勾结兹文左夫,叫提阿亭去勾引舒拉,打算骗到她的妆奁以后,再把她抛弃,一方面又好断绝她承继遗产的权利,这简直是比野兽还可怕的女人。这种不同,固然可以说是安森尼亚这阶层比曾思懿这阶层更无人性,然而也可以看出两个作者对于其人物鞭挞的程度上的深浅。出现于《布雷曹夫》中的人物,其人性是较《北京人》里的人物,更令人战栗。在这些地方可看出两部作品在魄力上的不同。

自然，在这里还有一点值得我们注意的，就是作者对于其描写的对象的憎恨的程度。高尔基在《布雷曹夫》中间，是充满着一种最强烈的对敌人的仇恨，这是《北京人》所比不上的。在《北京人》中，作为主要的情感的，大概就是剧本前面所引用的两句王勃的诗吧。由于作者主观情感的程度不同，因此表现在作品上的情感与思想的广阔和深刻的程度也就显出差异了。

最后，我想声明一句，就是我拿这两个剧本来作比较的研究，并不是想借此来贬责《北京人》这剧本，《北京人》在中国文学界中无疑是个成功的剧本，它是有许多卓越的特点，至少不是一般公式主义的作品所能望其项背的。这个比较，只是想从对世界文学遗产学习的意义上，提出一些值得参考的意见，作为我们学习的帮助罢了。

原载《青年文艺》1942 年 11 月 15 日第 1 卷第 2 期
据 2013 年《邵荃麟全集》第三卷整理

《雷雨》中的死与生

——曹禺戏剧中的基督宗教元素

王　征

曹禺曾这样谈起自己与宗教，尤其是基督宗教的关系，“我曾经教过一段《圣经》文学，是用英文教……其实我对《圣经》文学懂得不多，但其中有不少非常漂亮的文章和故事。我接触《圣经》是比较早的，小时候常到教堂去，究竟是个什么道理，我自己也莫名其妙：人究竟该怎么活着？为什么活着？应该走什么样的人生道路？所以，那时候去教堂，也是在探索解决一个人生问题吧！”可以说，曹禺是带着对于人生、对于终极问题的思考接触到基督教的，恰如他在《雷雨》序中写道：“我不明了我自己，我没有希腊人所宝贵的智慧——‘自知’。除了心里永感着乱云似的匆促、切迫，我从不能在我的生活里找出个头绪。”但这并没有将曹禺导向上帝，他更多地是抱持着一种基督教的情怀，怜悯着这个不完满的世间。“我念起人类是怎样可怜的动物，带着踌躇满志的心情，仿佛是自己来主宰自己的运命，而时常不是自己来主宰着。受着自己——情感的或者理解的——捉弄，一种不可知的力量的——机遇的，或者环境的——捉弄；生活在狭的笼里而洋洋地骄傲着，以为是徜徉在自由的天地里，称为万物之灵的任务不是做着最愚蠢的事么？”作者的悲天悯人直接体现在《雷雨》的序幕和尾声中，整部戏剧又以种种基督教元素隐隐贯穿，似乎向我们展示了曹禺对于上帝的亲近，但结局中那悲剧式的彻底死亡却又颇为坚决地展示出他对这一宗教的疏离。

在希伯来文中，“罪”意思是“未射中靶心的”，在基督宗教中被引申为背叛神、不义。“上帝就照着自己的形象造人，乃是照着他的形象造男造女”，人类的外在和内在都被赋予了上帝的形象，但并非没有犯错的可能，因为人类同时被赋予的还有理性，以及选择的权利。只有自愿地完全顺从上帝而非被强迫如此，才是获得永久幸福的条件，否则只能由着这“罪”指使，而犯下更多的“罪行”。恰如《雷雨》中的众生，在人性不完满下的种种行动，无论曾有着怎样美好的初衷，最终无法更改的结局依然是被束缚于悲剧中的死亡——这或许就是曹禺所言的“残忍”。

在《雷雨》中，周朴园与侍萍早年的相遇、结合、背弃，多年来周朴园对于过往的固执及对于现时的压抑，似乎曾孕育着悔过的幼芽，却在二人重逢之时的那句“谁指使你来的”中化为乌有；空虚的蘩漪与周萍游走在伦理与情感的边缘，曾经的互吐心声似乎让二人找到了在低矮穹顶下的生存意义，不过周萍的放弃让蘩漪的所有沉郁最终迸发，那一刻，我们似乎看到了那张无形的命运之网行将告破，但这恰恰成为了揭示众生人性亏缺的关键一环；即将幻灭的周萍发现了四凤，并希冀用这唯一的稻草让自己逃离，当他鼓足勇气终于走到逃离的边界并准备继续向前时，迎面而来的却是始料未及、更深沉的黑暗；而始终未曾真正生活在这片土地上的周冲，倚赖理想曾试图改变周遭的一切，试图去爱周遭的人，他或许是整部《雷雨》中最富有宗教气质的角色，但到了真实揭开的那一刻，也宣告了他已经不被允许继续存在于这个世间了……也许，作为观众，在“升到上帝的座”的我们看来，这每一步的“努力”不仅于事无补，反而更有力地将他们推至深渊。正如曹禺在序中所说，“在《雷雨》里，宇宙正像一口残酷的井，落在里面，怎样呼号也难逃脱这黑暗的坑”。

审判与救赎，各为《旧约》与《新约》的主线，在前者中更多浮现着的是上帝的愤怒，而后者中则是慈爱，恰如《雷雨》中的四幕及序幕尾声的关系。四幕中的每个人尽管在挣扎、在宣泄，如那个深沉夜晚中的雷雨，但本质上都由着自己的罪，为那些不曾存在的梦，为着命定的悲惨，最终，四凤、周冲惨死，周萍自杀，鲁大海失踪，侍萍、蘩漪落入永久的梦魇，而似乎唯一健全的周朴园则要永远饱受灵魂的折磨，“好一似食尽鸟投林，落了片白茫茫大地真干净”，似乎一切都是毁灭，完全看不到拯救的希望。

但与此相对，曹禺在《雷雨》的序幕和尾声中通过安排一些基督宗教的元素来暗示上帝的怜悯，乃至于救赎的可能。比如场景的改换，从沉闷的周家大宅变为了教会医院，尽管都是同一栋建筑，但从无法逃离的死亡命运的象征，转变为带着神性光辉的宗教治疗场所。又比如住院的侍萍和蘩漪，她们清醒时饱尝了生活的苦涩与压抑、情感的孤独与苦闷，而从入院之时起至于生命的终结都将由两位修女来照拂，尽管这并不意味着摆脱了曾经的苦痛，但至少在她们剩余的时间里将获得由基督宗教所带来的平静。而在话剧背景音乐的选择上，曹禺这样写道，“开幕时，外面远处有钟声。教堂内合唱颂主歌同大风琴声，最好是 Bach：High Mass in B Minor Benedictus qui venait Domino Nomini”，这是巴赫《B 小调弥撒》第四部“圣哉”（Sancutus）中的第三段“降福”（Benedictus），全文意为“奉主名来的当受祝福”。究竟谁是奉主名而来的，是探访的周朴园，还是侍萍、蘩漪？他们或者身有痼疾，或者心如死灰，但同时出现在这个宗教性的治疗场所中，沐浴在颂神的弥撒里，恰如正接受一场从身体到灵魂的洗礼。

“上帝爱世人，甚至将他的独生子赐给他们，叫一切信他的，不至灭亡，反得永生。”在曹禺这里，些微的救赎希望毕竟仅止于某种程度的暗示，这或许印证了那个时期的作者与基督宗教之间若有似无的暧昧关系。在《雷雨》的文本构思、人物性格、命运和情节编排、人物生存环境等方面，曹禺都隐秘地安排着基督宗教元素。这种基督宗教文化和教义的贯注，极大地增强了《雷雨》的艺术感染力和震撼力。

原载《中国宗教》2014 年 08 期

曹禺与莎士比亚戏剧的病态心理美学比较

徐群晖

曹禺被称为中国的莎士比亚。关于莎士比亚对曹禺的影响,较有代表性的是以下两种说法。多数学者如曹禺自己所说:“外国戏剧家对我的创作影响较多的,头一个是易卜生,第二个使我受到影响的剧作家是莎士比亚。”①也有一些学者认为“莎士比亚可以说是曹禺最推崇、最敬佩的一位戏剧大师”②,原因在于“曹禺不仅有栩栩如生的人物,而且有引人入胜的情节。曹禺在自己的创作中也十分注意将这两者有机地结合起来……一方面,他采用了多种多样的艺术手法,从各个不同的角度将人物的面貌、心理相互关系刻画得活龙活现;另一方面,在情节的安排上,他又善于通过悬念的安排和曲折的情节引起观众的兴趣”③。本文结合当代心理学成果研究发现:由于受客观历史条件的限制,学界尚未以系统化的理论体系揭示曹禺与莎士比亚在病态心理方面的美学联系,从而导致对上述问题的认知出现一定程度的偏颇。因此,有必要对曹禺与莎士比亚在病态心理方面的审美特色进行深入研究。

一、莎士比亚戏剧中的病态心理美学对曹禺具有重要影响

以现实主义、象征主义、表现主义为依托关注戏剧人物的病态心理现象,揭示异化社会对人性的分裂问题,是莎士比亚戏剧美学的重要特征。“凡是描写主人公以完整的灵魂来对抗敌对力量的这一类型的悲剧,并不是莎士比亚类型的悲剧……把主人公看成简直完全是被外部力量摧毁的人,这对于莎士比亚戏剧是全然格格不入的。”④当代医学心理学的研究成果也为进一步揭示哈姆莱特、奥菲利娅、李尔王、奥瑟罗、麦克白夫妇等剧中人的病态心理提供了理论依据。正如莎学家赫尔福特所预言:“现代心理学由于揭露了双重和三重人格这类现象,可能会出人意料的把莎士比亚表面上的矛盾这个令人头痛的问题给搞清楚。”⑤而曹禺戏剧中,也表现了蘩漪、陈白露、仇虎等人也存在着严重的病态心理。关于莎士比亚与曹禺戏剧在心理表现方面的相似性,近年来,学者们都有不同程度的论述。

---

① 曹禺:《和剧作家们谈读书和写作》,《剧本》1982 年第 10 期。
② 《莎士比亚研究》3,浙江文艺出版社,1986 年版,第 291 页。
③ 《莎士比亚研究》3,浙江文艺出版社,1986 年版,第 291 页。
④ 杨周翰编《莎士比亚评论汇编》(下),中国社会科学出版社,1981 年版,第 35 页。
⑤ 杨周翰编《莎士比亚评论汇编》(下),中国社会科学出版社,1981 年版,第 214 页。

但是，基于曹禺自己的言论，多数学者认为这种影响来自易卜生。然而，包括曹禺本人在内的很多学者却容易忽略这一事实：易卜生戏剧的病态心理美学直接源于莎士比亚戏剧的影响。

莎士比亚在成熟期戏剧作品中，往往以主人公的病态心理为载体，通过象征、隐喻、暗示等美学手法对社会人生进行诗意化描写和哲学思考，并形成心灵化的象征喻体或神秘主义的象征意蕴，体现其对人类命运的思考。莎剧中的病态心理相关的神秘主义元素为后来出现的以潜意识理论为基础的象征主义戏剧提供了重要借鉴。易卜生、梅特林克、斯特林堡等现代戏剧大师都深受莎士比亚的影响，都注重以病态心理为象征喻体对现实社会进行隐喻或象征。因此，表现病态心理问题作为易卜生戏剧的重要美学特征，与莎士比亚戏剧存在着一脉相承的联系。即都试图通过病态心理表现人性分裂问题，都表现了大量非理性的无意识心理，都擅长营造神秘主义意境。McFarlane 指出易卜生后期创作的《海达·高布乐》等作品实际上是“一个神经症研究”①。因此，聂珍钊教授指出，正是“莎士比亚等戏剧大师的作品刺激了弗洛伊德的想像”②，而弗洛伊德的潜意识理论又是易卜生等戏剧大师的戏剧美学的理论基础。布鲁姆认为：在表现深层无意识心理方面，弗洛伊德是莎士比亚与易卜生的中间环节。因为“《哈姆莱特》等作品影响着易卜生长达半个世界的创作生涯……而弗洛伊德实质上就是散文化了的莎士比亚，因为弗洛伊德对于人类心理的洞察是源于他对莎剧并非完全无意识的研读”③。这表明，莎士比亚戏剧中的病态心理美学与易卜生、梅特林克、斯特林堡等戏剧家的戏剧作品存在着重要的美学渊源。而英国戏剧理论家艾斯林认为，易卜生“以内省的手法来揭示人物灵魂深处的冲突和幻象，其深刻性甚至已经超过了莎士比亚”④。而曹禺认为易卜生对其影响最大，某种意义上也意味着，曹禺在接受易卜生戏剧的过程中，也间接接受了莎士比亚的病态心理美学的深度影响。

事实上，曹禺也直接接受了莎士比亚戏剧的重要影响。曹禺从小就仔细阅读了林琴南翻译的莎剧故事《吟边燕语》，莎士比亚戏剧的人物性格塑造方法给曹禺留下了深刻的记忆。他在创作《雷雨》时，专门系统地阅读了莎剧原著，并对四大悲剧及《裘力斯·凯撒》进行了反复研究。曹禺曾表示：他最喜欢的剧作家“当然是莎士比亚”⑤。因为“莎士比亚的戏剧博大精深，宇宙有多么神奇，它就有多么神奇。我在易卜生的作品中学到了许多写作方法，而莎士比亚的变异复杂的人性，精妙的结构，绝美的诗情，充沛的人道精神，浩瀚的想象力，是任何天才也不能比拟的”⑥。四十年代，曹禺还翻译了《柔蜜欧与幽丽叶》，他

① McFarlane, James. *Ibsen and Meaning*. Norwich: Norvik Press, 1989, p. 274.

② Nie zhenzhao. “Construction of Freedom in Ibsen’s Drama’s-Paper of 3rd Internation Ibsen Conference in China”. Beijing: Foreign Language Teaching and Research Press, 2007.

③ 哈罗德·布鲁姆：《西方正典》，译林出版社，2005 年版，第 291 页。

④ Durbac. *Ibsen and the Theater*. London: The Macmillan Press L td. , 1980, p. 71.

⑤ 郦子柏：《海滨月夜，曹禺闲谈》，《剧本》1981 年第 11 期。

⑥ 曹禺：《和剧作家们谈读书和写作》，《剧本》1982 年第 10 期。

在《译者前记》中说："那时在成都有一个职业剧团，准备演出莎士比亚的《柔蜜欧与幽丽叶》，邀了张骏祥兄做导演得当，他觉得还没有适宜于上演的译本，约我重译一下，我就根据这个要求，大胆地翻译了，目的是为了便于上演，此外，也是想试一试诗剧的翻译。但有些地方我插入了自己对人物、动作和情境的解释，当时的意思不过是为了便利演员去理解剧本，就不管自己对于莎士比亚懂得多少，贸然地添了一些'说明'。后来也就用这样的风貌印出来了，一直没有改动。"[1]此外，曹禺还尝试翻译了《哈姆莱特》的一部分内容。[2]

因此，莎士比亚对曹禺的重要影响，用曹禺自己的原话来表达：即"仰之弥高，钻之弥坚"[3]。因为他认为，"天才从来是受文化传统和历史影响最多的人……有史以来，屹立在高峰之上，多少文学巨匠们教给人认识自己，开阔人的眼界，丰富人的贫乏生活，使人得到智慧，得到幸福，得到享受，引导人懂得'人'的价值、尊严和力量。莎士比亚就是这样一位使人类永久又惊又喜的巨人……而我在这儿唠唠叨叨，说出的话，不过是 Hamlet 所说的'words，words，words'……"[4]这表明，莎士比亚戏剧对曹禺的主要影响在于如何实现人性的完整，反抗人性的分裂。特别是曹禺运用哈姆莱特的心理特征所表达的"words，words，words"，也在一定程度上反映了他对莎剧中的人性扭曲问题的关注。因此，无论是通过易卜生戏剧间接接受影响，还是通过莎士比亚戏剧直接接受影响，曹禺都获得了莎士比亚戏剧的病态心理美学的深度滋养。

二、曹禺与莎士比亚戏剧中的病态心理现象

莎士比亚戏剧的病态心理主要体现为主人公因遭受异化社会的迫害所致的精神疾病现象。以弗洛伊德为代表的精神分析学派立足人类的深层心理动机揭示莎剧人物的行为方式，为深入研究戏剧作品中的心理幻觉现象提供了重要启示。但是，弗洛伊德的精神分析学"毕竟是印象式的，虚拟的哲学推断大大多于冷峻的科学分析……结论往往是失之偏颇的"[5]。而只有结合当代心理学的理论成果重新分析文学作品中的病态心理现象，才能"尽可能公正地评价已经成为经典的、历史的或存在的文学"[6]。当代医学的迅速发展，为揭示莎剧与曹禺戏剧中的医学现象提供了有力的科学依据。通过对莎士比亚和曹禺戏剧文本进行全面梳理发现，莎士比亚与曹禺作品中的人物在病态心理方面存在的交集主要为精神病症状和忧郁症症状。莎士比亚戏剧中出现精神病症状的人物是李尔王、奥菲利娅、麦克白夫妇等；出现忧郁症症状的人物主要为哈姆莱特、苔丝狄梦娜等；而曹禺戏剧中出现精神病症状的人物主要是仇虎、黄省三、鲁奶奶等；出现忧郁症症状的代表性人物主要为蘩漪、陈白露等。郭沫若在《关于曹禺的〈雷雨〉》一文中高度评价曹禺在"精神病理

① 曹禺：《〈柔蜜欧与幽丽叶〉译者前序》，重庆文化生活出版社，1944 年版。
② 《莎士比亚研究》2，浙江文艺出版社，1984 年版，第 197 页。
③ 《莎士比亚研究》1，浙江文艺出版社，1981 年版，第 3 页。
④ 《莎士比亚研究》1，浙江文艺出版社，1981 年版，第 3 页。
⑤ 程孟辉：《西方悲剧学说史》，中国人民大学出版社，1994 年版，第 473 页。
⑥ 聂珍钊：《关于文学伦理学批评》，《外国文学研究》2005 年第 1 期。

学、精神分析术等，似乎也有相当的造诣……在这些地方，作者在中国作家中应该是杰出的一个”[①]。

当代医学心理学表明：精神病的主要病症特征是感知、认知、思维、情感、意志和行为方面的分裂和障碍。心理幻觉或思维错乱是精神病的基本特征。[②] 为了表现不人道的社会对戏剧主人公的迫害，莎士比亚与曹禺都着力表现了以思维错误和心理幻觉为特征的精神病现象。莎士比亚在《李尔王》《麦克白》《哈姆莱特》等作品中表现了李尔王、麦克白夫妇、奥菲利娅等人的精神病症状。例如，李尔王因被两个忘恩负义的女儿赶出家门后，在悲愤中思维错乱，幻觉环生。他在发疯中竟然认为爱德伽也因被女儿驱逐出去才陷入困境，于是，李尔王出现与爱德伽一起审判两个女儿的心理幻觉。心理幻觉使李尔王把爱德伽当成了法官，把弄人当成了执法的同僚，共同审判他的两个女儿。“我要先看她们受了审再说。把她们犯罪的证据带上来。（向爱德伽）你这披着法衣的审判官，请坐；（向弄人）你，你的执法的同僚，坐在他的旁边。（向肯脱）你是陪审官，你也坐下。”（《李尔王》第三幕第六场）

曹禺也非常注重表现主人公因遭遇社会黑暗势力的摧残所致的精神病现象。曹禺在《雷雨》《日出》《原野》等作品中表现了黄省三、仇虎、鲁妈等人的精神病症状。《雷雨》开场就以倒序的方式展现了在剧终时发疯的鲁妈和蘩漪形象：“楼上忽然有乱摔东西的声音，铁链声，足步声，女人狂笑，怪叫声。”（《雷雨》序幕）在《日出》中，曹禺则表现了小职员黄省三的精神病症状。他因无法维持生活而毒死小孩并自杀，被救后出现精神病症状。为了表现黄省三的精神病症状，曹禺不仅描述了黄省三的“呆板地，背书一样”的神态，还表现了其所出现的心理幻觉：将李石清当作潘月亭，并将李石清的办公室当作法庭：//黄省三：（依然呆板地，背书一样）经理，我是银行的小书记。我姓黄，我叫黄省三……//李石清：我不是潘经理！我不姓潘，我姓李！你难道不认识我？不认识我这个人？//黄省三：我认识你。//李石清：谁？//黄省三：你是潘经理。//黄省三：他们偏说我那个时候神经失常，犯神经病，他们偏把我放出来，硬说我没有罪……//李石清：真！我不是潘经理，你看清楚一点，我不姓潘，我姓李，我叫李石清，你难道不认识……//黄省三：（神经错乱，以为仍在法庭）我没有犯神经病！我跟您说，庭长！那时，我实在没有犯神经病！

为了揭示不人道的社会对主人公人性的摧残，曹禺与莎士比亚在戏剧中除了表现大量的精神病现象外，还表现了大量的抑郁症现象。从临床医学来看，抑郁症表现为以持久性的情绪低落为主要症状的心境障碍。主要表现为以下症状：情绪低落，悲观绝望；思维迟缓，反应迟钝；有自卑、自责情绪和自杀企图。[③] 莎士比亚戏剧中出现抑郁症的人物主要是哈姆莱特、苔丝狄梦娜等。哈姆莱特从鬼魂处得知叔叔谋杀父亲并篡夺王位的情况后，反而变得犹豫不决，失去了行动能力，从而演绎成世界文学史上的经典命题“哈姆莱特之

① 《东流》1936 年第 2 卷第 4 期。

② 范俭雄、张心保主编《精神病学》，东南大学出版社，2005 年版，第 100 页。

③ 范俭雄、张心保主编《精神病学》，东南大学出版社，2005 年版，第 116 页。

迷”。有些学者认为哈姆莱特是装疯；弗洛伊德则将哈姆莱特在疯狂中产生的心理幻觉归因于神经症：“如果有人愿意把他看作歇斯底里症患者，那我只好承认我的解释暗含着这样一个事实。”[①]而当代临床心理学理论表明：哈姆莱特是一个典型的抑郁症患者。具体表现为：无法摆脱消极情绪的困扰；对一切失去兴趣；思维上矛盾重重；行动上犹豫不决……正如哈姆莱特自己所说：“我近来不知为了什么缘故，一点兴致都提不出来，什么游乐的事都懒得过问；在这一种抑郁的心境之下，仿佛负载万物的大地，这一座美好的框架，只是一个不毛的荒岬……”（《哈姆莱特》第二幕第二场）于是，哈姆莱特陷入了具有强迫性特征的矛盾思维之中，无力自拔：“生存还是毁灭，这是一个值得考虑的问题。”（《哈姆莱特》第三幕第一场）

曹禺为了表现不人道的封建专制社会对人性的残害，也在作品中也表现了很多抑郁症现象。在《雷雨》中，曹禺塑造了一个具有抑郁症症状的典型形象——蘩漪。作为一个接受过时代新思想的女性，蘩漪不堪忍受以周朴园为代表的封建专制势力的压制，试图以乱伦的方式实现人生幸福的幻想，最终幻想破灭。于是她陷入了抑郁症的深渊：“我已经预备好棺材，安安静静地等死，一个人偏把我救活又不理我，撇得我枯死，慢慢地渴死……我希望我今天变成火山的口，热烈烈地冒一次，什么我都烧个干净，那时我就再掉在冰川里，冻成死灰，一生只热热地烧一次，也就算够了。我过去的是完了，希望大概也是死了的。”（《雷雨》第二幕）

三、曹禺与莎士比亚的悲剧意识比较

通过分析曹禺与莎士比亚戏剧中的病态心理现象表明，曹禺与莎士比亚都擅长通过病态心理表现异化社会对人性的扭曲。高尔基指出，戏剧要表现“由于不断地为生活中的有利和安逸的境遇作烦琐的，因而引起的‘心灵’极度分裂的、可悲的和不正常的结果”[②]。而曹禺和莎士比亚都注重以剧中人的病态心理为依托，揭示高尔基所说的“心灵分裂”“可悲”和“不正常”。从某种意义上说，莎士比亚戏剧的悲剧性正是通过病态心理揭示人性分裂的残酷性。因为“‘意外事件’，所引起的立刻死亡，是不足以构成悲剧的”[③]，而存在于“揭示出灵魂受到压抑”、发生冲突和遭受摧残，而灵魂的这种伟大在我们心目中就是最高的存在。[④] 同样，曹禺戏剧的悲剧性也不仅仅体现在主人公的意外死亡，而在于主人公因黑暗社会的残酷迫害而导致灵魂扭曲，最终导致毁灭。

首先，莎士比亚与曹禺通过病态心理表达人性分裂的悲剧意识时，都倾向于通过隐喻或象征手法营造出令人恐惧或神秘氛围，以强化悲剧意识。因为病态心理往往产生夸张或虚幻的感觉，从而给受众带来更为强烈的恐惧和诡异的效果，而莎士比亚与曹禺正是借

① 《弗洛伊德论美文选》，张唤民、陈伟奇译，知识出版社，1987年版，第18页。
② 高尔基：《高尔基文学论文选》，人民文学出版社，1959年版，第248页。
③ 杨周翰编《莎士比亚评论汇编》（下），中国社会科学出版社，1981年版，第21页。
④ 杨周翰编《莎士比亚评论汇编》（下），中国社会科学出版社，1981年版，第36页。

助于主人公的病态心理带来的虚幻心理，形成象征或隐喻的涵义。正如荣格指出，“我们常常在精神病患者的精神产物中，发现我们本应期望从天才们的作品中才能找到的丰富涵义”①。所以，莎士比亚戏剧中的主人公往往因为病态心理而感悟到“某种凄惨的、可怕的和神秘的东西”②。在《奥瑟罗》作品中，苔丝狄梦娜因被奥瑟罗猜疑而出现了严重的抑郁症症状，并出现死亡即将来临的预感。“要是我比你先死，请你就把那些被褥做我的殓衾……我的母亲有一个侍女名叫葩葩拉，她跟人家有了恋爱；她的爱人发了疯，把她丢了。她有一支‘杨柳歌’，那是一支古老的曲调，可是正好说中了她的命运；她到死的时候，嘴里还在唱着它。那支歌今天晚上老是萦回在我的脑际；我的烦乱的心绪，使我禁不住侧下我的头，学着可怜的葩葩拉的样子把它歌唱。”（《奥瑟罗》第四幕第三场）莎士比亚在表现苔丝狄梦娜的抑郁症时，精心刻画了苔丝狄梦娜的处于抑郁症时产生的心理预感。而莎士比亚戏剧通过苔丝狄梦娜表达出的心理预感，即让苔丝狄梦娜“通过感官经验到的已知的事物”，使她的直觉“指向那些未知的和隐蔽着的事物”，并对于“那些不可理解的事件有一种不祥的预感”。③ 这一预感为苔丝狄梦娜即将遭遇的厄运，塑造出带有恐怖却又神秘的暗示性意象，从而表达了强烈的象征主义和神秘主义美学意蕴。

曹禺作品也注重在戏剧中通过主人公的心理病态隐喻或象征社会的病态。曹禺为了表现“损不足而奉有余”的黑暗社会对人的残害，塑造了陈白露等具有抑郁症心理的主人公。作为上流社会玩物的陈白露被蹂躏后最终难以逃避悲剧性结局。曹禺通过浓墨重彩地刻画陈白露的抑郁症心理，表现了其在黑暗社会中挣扎并被无情吞噬的残酷现实。陈白露的病态心理正是隐喻或象征不人道的社会对人的摧残和毁灭。最后，陈白露因无法面对现实和心理的困惑选择了自杀。曹禺通过烘托陈白露自杀前的抑郁症心理，揭示了残酷现实中人生的无奈：“生得不算太难看吧……不算老吧。可是……一片，两片，三片，四片，五片，六片，七片，八片，九片，十片。这……么……年……轻，这……么……美……太阳升起来了，黑暗留在后面。但是太阳不是我们的，我们要睡了。”（《日出》第四幕）同时，为了表现陈白露面临的现实困境和抑郁症心理的双重折磨，还通过张乔治的阴森森的恶梦预示了陈白露的恐怖结局：“白露，我做了一个梦，I dreamed a dream，哦，可怕，可怕极了，啊，Terrible！ Terrible！ 啊，我梦见这一楼满是鬼，乱蹦乱跳，一个个啃着活人的脑袋……忽然轰地一声，地下起了一个雷，这个大楼塌了……”（《日出》第四幕）因此，张乔治的恶梦实质上是对陈白露艰难处境和忧郁心态的折射。从象征主义角度来说，关于陈白露处境的恶梦是一种“艺术幻觉……是来自人类心灵深处的某种陌生的东西……是一种真正的象征”④。以主人公的病态心理象征或隐喻社会的病态，深刻体现了曹禺丰富的创作灵感和充沛的艺术激情。而通过象征性意象鞭笞罪恶的禽兽世界与曹禺当时的审美理

① 荣格：《心理学与文学》，三联书店，1987 年版，第 131 页。

② 杨周翰编《莎士比亚评论汇编》（下），中国社会科学出版社，1981 年版，第 38 页。

③ 荣格：《心理学与文学》，三联书店，1987 年版，第 135 页。

④ 荣格：《心理学与文学》，三联书店，1987 年版，第 15 页。

念是分不开的："我觉得宇宙似乎缩成昏黑的一团，压得我喘不出一口气……我要写一点东西，宣泄这一腔愤慈，我要喊：'你们的末日到了！'对这帮荒淫无耻，丢弃太阳的人们。"①

其次，莎士比亚与曹禺表现戏剧人物病态心理的过程，实际上都是呈现真实的私下自我或内在自我的过程。因此，他们笔下的悲剧人物都因病态心理而呈现出与传统悲剧大相径庭的非崇高化美学倾向。在传统悲剧中，英雄往往由于细小的错误而被外部力量摧毁，并以此突显悲剧人物的崇高价值。而在莎士比亚戏剧中，如果将"主人公看成简直完全是被外部力量摧毁的人，这对于莎士比亚是全然格格不入的"②。因为莎士比亚戏剧人物并不是直接被外部力量摧毁的，而往往是主人公的灵魂在社会的迫害下发生扭曲，然后被主人公自我的病态心理摧毁。这也意味着莎剧中的病态心理"是作为某种否定的、无用的、削弱的、破坏性的东西，作为一种死亡的原则，到处显现出来的"③。因为处于心理危机中的莎剧主人公"使我们感觉到人的盲目无知和束手无策，然而它们本身几乎没有暗示命运的观念，因为它们表明人在某种程度上——不论程度怎么微小——是自己毁灭的原因"④。麦克白就是一个存在心理缺陷的阴谋家，当他试图谋杀邓肯以篡夺王位时，已经被负罪感折磨得出现精神病心理。莎士比亚通过心理现实主义手法描述了麦克白阴谋杀害国王邓肯和班柯后，因过重的负罪心理导致思维错乱和心理幻觉，从而使麦克白由一个战斗英雄蜕变为卑鄙人物："凌诺克斯：陛下。什么事情使陛下这样变色？//麦克白：你们哪一个人干了这件事？//群臣：什么事，陛下？//麦克白：你不能说这是我干的事；别这样对我摇着你的染着血的头发……//麦克白夫人：坐下，尊贵的朋友们，王上常常这样，他从小就有这种毛病。请各位安坐吧；他的癫狂不过是暂时的……"（《麦克白》第三幕第四场）

曹禺对戏剧人物的病态心理的精心刻画，也使其戏剧主人公呈现出非崇高化、非英雄化的倾向。在《雷雨》中，蘩漪无法容忍周朴园的压制和周萍的背叛，表现出极其严重的抑郁症心理，甚至表现出反常的思维和行为。她为了阻挠周萍与四凤的恋情，竟然鼓动儿子周冲去追求四凤；她为了报复并阻止周萍与四凤的私奔，竟然截断周萍与四凤约会时的退路，使周萍面临被鲁大海杀死的危险；最后，她为了不让周萍离开她，竟然恳求与四凤分享爱情："不，不，你带我走，——带我离开这儿，日后，甚至于你要把四凤接来——一块住，我都可以，只要，只要你不离开我。//周萍：我——我怕你真疯了！"因此，蘩漪虽然在对抗以周朴园为代表的封建专制势力方面具有进步意义，但是，她的病态心理只能使她成为一个灵魂扭曲、思维荒唐的人。

此外，莎士比亚与曹禺戏剧主人公还通过病态心理表达了非理性思维和焦虑情绪，从而在对抗现存社会秩序的过程中呈现出荒诞性美学。这种荒诞美学深刻揭示了荒诞的社会所导致的人性分裂的残酷性。麦克白作为一个战功显赫、志向高远的英雄，却因封建王

① 曹禺：《日出·序》，人民文学出版社，2001 年版。
② 杨周翰编《莎士比亚评论汇编》（下），中国社会科学出版社，1981 年版，第 36 页。
③ 杨周翰编《莎士比亚评论汇编》（下），中国社会科学出版社，1981 年版，第 47 页。
④ 杨周翰编《莎士比亚评论汇编》（下），中国社会科学出版社，1981 年版，第 41 页。

位世袭制度无法实现人生理想。于是他试图通过阴谋篡位实现理想，但是，谋杀篡位的阴谋行径却使麦克白精神崩溃，最终因精神错乱而毁灭。这种由幻觉和焦虑所表象的荒诞性正如麦克白所表达：可是我为什么说不出阿门两个字来呢？我才是最需要上帝垂恩的，可是“阿门”两个字却哽在我的喉头。//麦克白夫人：我们干这种事，不能尽往这方面想下去；这样想着是会使我们发疯的。//麦克白：我仿佛听见一个声音喊着：“不要再睡了！麦克白已经杀害了睡眠”，把忧虑的乱丝编织起来的睡眠，那日常的死亡……//麦克白夫人：你这种话是什么意思？//麦克白：那声音继续向全屋子喊着：“不要再睡了！葛莱密斯已经杀害了睡眠，所以考特将不再得到睡眠，麦克白将不再得到睡眠……这是什么手！它们要挖出我的眼睛，大洋里所有的水，能够洗净我手上的血迹吗？不，恐怕我这一手的血，倒要把一碧无垠的海水染成一片殷红呢。”(《麦克白》第二幕第二场)

同样，麦克白夫人也因与麦克白共同谋杀国王而出现病态心理：“医生：她现在在干什么？瞧，她在擦着手。//侍女：这是她的一个惯常的动作，好像在洗手似的。我曾经看见她这样擦了足有一刻钟时间。//麦克白夫人：可是这儿还有一点血迹……去，该死的血迹！去吧！一点，两点，啊，那么现在可以动手了，地狱里是这样的幽暗……可是谁想得到这老头儿会有这么多的血。”(《麦克白》第五幕第一场)莎士比亚通过病态心理表达的荒诞性正如布拉德雷所描述：“麦克白夫人原以为她能够把自己正在吃奶的小孩的脑袋砸得稀烂，后来却被一个陌生人的鲜血的气味一直追逐到死为止。她的丈夫原想跳过生活的轨道以取得王冠，后来却发现王冠为他带来了生活的一切恐怖”，因为“在这个悲剧世界里……不论他梦想做什么事清，他最终达到的总是他最少梦想到的事情，那就是他本人的毁灭”。[①] 正是这种病态心理产生的荒诞性也消解了传统悲剧的悲壮或压抑气氛，使戏剧“决不象一些为人误称的悲剧那样，会令人意义消沉的”[②]。奥菲利娅因父亲被自己的心上人哈姆莱特杀死，导致精神错乱。莎士比亚通过奥菲利娅的病态心理表述了社会存在的荒诞性：“奥菲利娅：好，上帝保佑您！他们说猫头鹰是一个面包师的女儿变成的。主啊，我们谁也不知道自己将来会变成什么。愿上帝在您的食桌上！//国王：她父亲的死激成了她这种幻想。”(《哈姆莱特》第四幕第五场)

曹禺也通过以主人公的思维错乱和情绪焦虑为主要症状的病态心理现象，深刻揭示了半封建半殖民地社会无情地扭曲人性的荒诞性和残害生命的残酷性。对于病态心理所致的非理性和焦虑的着力渲染使曹禺戏剧呈现出鲜明的荒诞美学色彩。特别是曹禺通过对主人公深层意识中的恐惧心理的捕捉，强化了作品的荒诞性美学意蕴。曹禺作品中的荒诞美学除了源于莎士比亚、易卜生、奥尼尔等戏剧大师的深度影响外，与对当时社会的荒诞性的真实理解也是分不开的。曹禺论及他的创作理念时所说：“这些年来，在这光怪陆离的社会里流荡，我看到多少梦魔一般的可怕的人事，这些印象，我至死也不会忘记，它

① 杨周翰编《莎士比亚评论汇编》(下)，中国社会科学出版社，1981 年版，第 41 页。

② 杨周翰编《莎士比亚评论汇编》(下)，中国社会科学出版社，1981 年版，第 36 页。

们化成多少严重的问题，死命突击着我……”[①]而正是源于对病态社会的强烈恐惧，曹禺才通过主人公的病态心理揭示出人类存在的残酷性和荒诞性。在《原野》中，曹禺通过仇虎的病态心理成功地表达了荒诞美学意识。因为“从个人复仇的角度说，心中只有恨，眼睛都哭出血来的仇虎，报了一些仇以后，却又产生出如此沉重的心理危机，从逻辑上说也是不通的”[②]。然而，由于仇虎在良心上无法摆脱杀死善良的把兄弟焦大星而产生的强烈的负罪感，最终导致了精神的崩溃，以致出现精神错乱和心理幻觉。在《原野》中，曹禺运用了心理现实主义、表现主义等多种美学风格表现了仇虎在精神错乱中出现的心理幻觉：“仇虎：我的手，我的手。我杀过人，多少人我杀过，可是这一双手，头一次这么抖。活着不算什么，死才是真的……人原来就是这么一个不值钱的东西，一把土，一块肉，一堆烂血。早晚是这么一下子，就没有了，没有了。//焦花氏：你赶快把手洗洗。//仇虎：不用洗，这上面的血洗也洗不干净的……//焦花氏：小心你手上的血会擦到脸上。//仇虎：怕什么，这血擦在哪儿不是一样叫人看出来。血洗得掉这‘心’谁能够洗得明白。啊，这林子好黑！没有月亮，没有星星。”（《原野》第三幕）而这种负罪心理和恐惧心理引起的病态心理幻觉深刻则展示出曹禺的荒诞性美学：“我念起人类是怎么可怜的动物，带着踌躇满志的心情，仿佛是自己来主宰自己的命运，而时常不是自己来主宰着。受着自己——情感的或理解的——捉弄，一种不可知的力量的——机遇的，或者环境的——捉弄。”[③]这表明，曹禺通过病态心理表达的荒诞性美学，源于他在罪恶的非人社会中对人道主义理想的执着追求。

综上所述，曹禺作品中的病态心理美学直接或间接地源于莎士比亚戏剧的病态心理美学的深刻影响。莎士比亚与曹禺两位大师都通过戏剧主人公的病态心理现象，淋漓尽致地展示了具有象征性、非崇高性、荒诞性等美学特征的悲剧意识，从而呈现出以张扬生命主体性意识为核心的审美现代性内涵。而曹禺通过主人公的病态心理张扬生命主体意识的过程，深刻体现了他关注人的生命体验和生存困境的人道主义精神。同时，曹禺与莎士比亚戏剧在病态美学方面所呈现的相似性也表明：从某种意义上说，莎士比亚戏剧对于曹禺的美学影响，已经超越了易卜生、奥尼尔等剧作家。

原载《中国现代文学研究丛刊》2016年第8期

① 曹禺：《日出·跋》，文化生活出版社，1947年版。

② 邹红主编《曹禺研究1979—2009》，中国文史出版社，2010年版，第140页。

③ 曹禺：《雷雨·序》，人民文学出版社，2001年版。

曹禺《雷雨》与易卜生《野鸭》的深层关联

汪余礼

自 1918 年《新青年》开辟专栏将易卜生隆重引介到中国，至今已经整整 100 年。在这 100 年里，中国剧作家学习易卜生者甚众，而其中成就最大者非曹禺莫属。曹禺的《雷雨》之所以成为 20 世纪中国最经典的一部名剧，其中一个很重要的原因在于曹禺此剧对易卜生戏剧的借鉴与创化。以往学界对二者关系已经做了较多的探讨，但主要集中在分析《雷雨》对易卜生中期戏剧《群鬼》的借鉴与创新。[①] 这些分析是不是完全把握了真相、还原了事实呢？易卜生晚期名剧《野鸭》是否对曹禺创作《雷雨》产生了更重要的影响？除了在象征手法的运用、人物形象的塑造等方面存在一些明显的相似之处，此二者是否还存在深层关联？本文拟尝试探讨这些问题。

在梳理前人成果的过程中，笔者感到，如果用我们熟知（或学界流行）的一些概念（如社会问题剧、象征主义、表现主义）去对《雷雨》和《群鬼》《野鸭》进行比较，有可能说得比较准确，但存在用熟知的东西使对象熟悉化之嫌，既可能有所遮蔽，也没有给我们的艺术智慧宝库增加点什么。因此笔者希望，尽量面向作品本身，适度参考作家本人的自述，在反复研读、长期体验中发现其各自的视野、方法与智慧，进而把握异中之同、同中之异。就笔者目前的感知、体悟而言，《雷雨》与《野鸭》的相通之处确实比较多，二者在隐性艺术家的设置、太极图式的运用、宇宙秩序的探索、宗教意识的隐蕴等方面存在深层关联，但曹禺的《雷雨》确有独创之处甚或高超之处。

① 据笔者初步梳理，在 1930 年代，就有熊佛西、武田泰淳、竹内好、杜宣、洪深、田汉等人认为《雷雨》借鉴了易卜生的《群鬼》；解放后至今，陈瘦竹、沈蔚德、刘绍铭、朱栋霖、秦志希、金延锋、马立安·高利克、焦尚志、黄爱华、任生名、庞彦强、国荣、余迎胜等人在其论文或著作中论述过《雷雨》与《群鬼》之间的因革关系。2001 年，何成洲先生在《剧诗：易卜生与中国话剧》一文中指出“《雷雨》与《野鸭》在意象手法上具有深层次的亲和特征”（此文载王宁主编《易卜生与现代性》，百花文艺出版社 2001 年版）；2014 年，耿宇在《论〈雷雨〉对〈野鸭〉的承继与创新》一文中指出此二剧在“象征手法的运用和人物形象的塑造上具有相通之处”（此文载《德州学院学报》2014 年第 2 期）；2014 年，陈军、潘晶晶在《论〈雷雨〉对易卜生戏剧的多元接受》一文中指出曹禺的《雷雨》，不仅化用了易卜生早期戏剧《布朗德》《培尔·金特》中的浪漫主义手法，还借鉴了易卜生中后期戏剧《玩偶之家》《群鬼》《野鸭》《罗斯莫庄》《海上夫人》《建筑大师》《小艾友夫》中的象征主义手法和表现主义手法（此文载《四川戏剧》2014 年第 2 期）。显然，近八十多年来，确有一代又一代学者反复论述《雷雨》与《群鬼》之间的关系，而论述《雷雨》与《野鸭》之关系的则相对少很多，留下了较大的探讨空间。

一、隐性艺术家的设置：后来居上

曹禺曾说："我是咬着牙把《易卜生全集》读完的。读完以后，我身心愉快极了，好像步入了戏剧的海洋，啊！话剧艺术原来有这么许多表现手法，人物可以那样真实，又那样复杂；那么多不同类型的男女人物，塑造得个个栩栩如生。表现方法又是那么灵活多样，明喻、暗喻、象征，各种手法运用自如。读他的剧作，使人感到妙趣横生。还有他的构思是那么精美巧妙，结构是那么精细严谨，这些都使我迷恋忘返。易卜生思想对我影响也不小。"[1](P. 17)由此可知，曹禺对易剧的接受是比较全面的，尤为难得的是，他是以"艺术之眼"去看易剧的，很善于领会其中的艺术奥妙。而领会了易剧奥妙的曹禺，确有可能将其所学所悟用于《雷雨》的创作。对于那些表现手法，我们今天的人习惯于用现实主义、象征主义、表现主义等概念去把握，但在那时曹禺的心灵里，有没有可能是另一种情形呢？艺术家对作品的体悟，较之一般人更为细腻深入，但他们未必清晰地说出来，而可能隐蕴或化用在自己的作品中。

经反复体会，笔者觉得，《雷雨》和《野鸭》都设置了跟作家内在生命较为接近的隐性艺术家①，但曹禺的做法更具创新性，堪称妙绝。曹禺与易卜生一样，都只写自己深有体验的人事物，引起其创作冲动的，往往是想要在舞台上活现出某个性格，某个或某几个最能体现其内在意趣的人物。易卜生说："我总得把人物性格在心里琢磨透了，才能动笔。我一定得渗透到他灵魂的最后一条皱纹。"[2](P. 175)在《野鸭》中，易卜生投入了极大的心力来塑造格瑞格斯这个人物；在他自己看来，"格瑞格斯是这个剧中最复杂、最难以表演的一个人物"。[3](P. 439)也正是这个人物，和他同父异母的妹妹海特维格一起，构成《野鸭》中的隐性艺术家(其中格瑞格斯起主导作用，海特维格起配合作用)。从创作的角度来说，易卜生要反思他素有的"布朗德情结"，就有必要在剧中设置一个有布朗德心性的人作为他反思的对象；而有点诗人气质、思虑深远、一心想要提高他人的格瑞格斯便成为他的理想对象。正是格瑞格斯，是启动《野鸭》中悲剧联动机制的枢纽人物，也是推动全剧情节向前发展的关键人物；要不是他怀抱着"理想的要求"，一心想把好友雅尔马从"有毒的泥潭"中拯救出来，他就不会搬到雅尔马家去住，就不会让雅尔马睁开眼睛看"真相"，更不会导致雅尔马家破人亡的悲剧了。可是，良好的愿望、真诚的拯救为什么会导致悲惨的结果

① 所谓"隐性艺术家"，是指在戏剧影视或小说作品中，由作者派驻入作品人物世界、暗中协助作者实现创作意图的"特殊使者"；他们看上去可能跟作品中其他人物一样是现实人物(也可能是看不见的幕后主角)，但他们通常比其他人更具有能动性和创造性，在很大程度上分有作者本人的生命体验与内在智慧，或按艺术思维行事，或把周围人纳入自己的创作活动中，暗暗引导着作品实现其艺术本质或作者的创作意图。隐性艺术家既可能是正面人物，也可能是反面人物，还可能是非常复杂的立体人物，甚至有可能是某个意象或某个组合体。设置"隐性艺术家"，可能写出浅薄的作品，也可能写出伟大的作品；它只是一种技术，关键要看怎么运用。详见拙著《双重自审与复象诗学》(中国社会科学出版社 2016 年版)第 23 页；亦可参考拙文《论莎士比亚四大悲剧中的隐性艺术家形象》，《戏剧艺术》2018 年第 2 期。

呢？这个问题不能不引人深思。对易卜生来说，既不能放弃“唤醒同胞”的使命，也不能不面对人生与人性的复杂性（让同胞“睁开眼看”几乎等于毁了他们的幸福），因此他几乎是陷入了一种两难境地。显然，易卜生在这种困境①中的复杂心态与相关思考主要是通过格瑞格斯这个形象暗示出来的。直到今天，易卜生巧妙隐示出来的这个问题依然存在，故而此剧能引起很多人的共鸣与赞赏。②

那么《雷雨》呢？据曹禺自己说：“在《雷雨》里的八个人物，我最早想出来的，并且也较觉真切的，是周蘩漪，其次是周冲。”[4]（P.63）为什么是这两个人物呢？实在是因为，这两个人是最契合曹禺内心情感的。他们在曹禺心里生活了很久，已经在很大程度上分有了曹禺的生命体验与内在智慧；他们活跃的生命，尤其是那种强烈的反叛精神，需要外化出来，于是曹禺才有了创作《雷雨》的冲动。在《雷雨》中，正如钱谷融先生所分析的，蘩漪是推动剧情发展的关键人物。她是全剧“最雷雨”的一个性格，她深受压抑后的反叛，以及对自由爱情的强烈追求，是推动全剧向前发展的动力。正是她，既像闪电一样照亮周公馆的黑暗、照亮几千年来中国传统女性深受压抑与摧残的严酷现实，也像暴雨一样要冲垮那个黑暗腐朽的周公馆、要给那些罪行累累者以精神的冲击与洗礼。毫无疑问，蘩漪是《雷雨》中具有主导作用的隐性艺术家。与海特维格类似，周冲则是剧中配合主角行动的小艺术家，只是他的力量比较弱，还停留在少年诗人做梦的阶段；他存在的意义，除了显出该剧深处的“乌托邦”亮色、一度作为联结周鲁两家的中介之外，主要是用他的死亡来造成震撼人心的效果，进而实现该剧的艺术力量。但曹禺精妙的艺术构思远远不止于此，据曹禺自己说，《雷雨》中还有“第九个角色”——“称为雷雨的一名好汉”，这个角色是最重要的，没写进去但几乎总是在场，他手下操纵其余八个傀儡。[4]（P.77）关于这个角色，有人说是“命运”，有人说是“上帝”，有人说是“封建制度”；其实都不是，他是《雷雨》中极为特殊的一位隐性艺术家，与蘩漪貌离神合，代表曹禺个人独到的艺术思维与宇宙视野。曹禺感到宇宙残酷斗争背后的主宰“太大，太复杂”“无法形容它的真实相”，于是想到用“雷雨”这个意象来隐喻。③ 在剧中，称为雷雨的这名好汉，像是具有一双火眼金睛，注视着剧中的每一个

---

① 易卜生创作《玩偶之家》就是为了唤醒他的同胞（其中包括他的朋友劳拉·基勒）去“努力实现独立自由的人格”，但结果导致了很多不愉快的情形（其中劳拉·基勒尤其痛苦，几乎要跟易卜生绝交）。可以说，易卜生在现实生活中对那种两难境地是颇有体会的。

② 王宁先生认为《野鸭》是“易卜生的最优秀之作”（见其《易卜生研究的后现代视角：〈野鸭〉的个案分析》，载《文艺研究》1999年第2期）；何成洲先生也曾提道：“《野鸭》被许多学者推为易卜生最成功、最具魅力的现代散文剧。”见其《剧诗：易卜生与中国话剧》一文，载王宁主编《易卜生与现代性》，第151页。

③ 曹禺运用“雷雨”这个意象，跟易卜生运用“野鸭”这个意象，虽有相似之处，但实质是大不相同的。易卜生用“野鸭”来象征一些人的性格与命运，但“野鸭”在剧中始终只是个小动物，并无人格神的意味；而在曹禺笔下，“雷雨”除了贯穿全剧始终，与最“雷雨”的性格周蘩漪形影相伴之外，还兼有“人格神”（“天意”）和“隐性艺术家”的身份。进而言之，曹禺对“雷雨”这个意象的独特运用，还使得该剧体现出一种关涉天意与宇宙真相的视野。若《雷雨》表现的只是乱伦、命运与激情的冲突、宿命论之类，那么曹禺确实没什么独特的视野；但问题是，《雷雨》并非主要表现这些，至少其核心指向并不在此。

人；但他既不是惩恶劝善的上帝，也不是铁定无法逃避的命运(周冲、四凤其实并不是注定要触电而亡)，而是依循某种艺术思维行事的特殊使者。为了显示曹禺所理解的宇宙之真，为了让人看清宇宙斗争的残忍与冷酷，“雷雨”这位隐性艺术家和“最雷雨”的蘩漪一起联合作战(这从表面是看不出来的)，造成了周冲、四凤触电而亡、周萍自杀的悲惨结局(周冲这位小艺术家在这场战斗中配合得非常好)。这一切，归根结底，是曹禺的艺术思维和宇宙视野使然，雷雨、蘩漪、周冲、周萍、四凤等九个角色只是执行了他的指令而已。只是在执行指令的这九个角色中，雷雨地位最高，如神龙见首不见尾，其次是蘩漪，再次是周冲，总之至少分了三级。显然，在隐性艺术家的设置方面，曹禺的做法更复杂、更具创新性，他实际上是用一个虚实联动的组合体来实施隐性艺术家的功能的，并让自然意象与人物心魂高度融合，隐隐透出中国传统的“情景交融、天人合一”美学的影响。而且，正是通过这个组合体的综合作用，《雷雨》在很大程度上实现了艺术的本质：如雷电一样把光亮照进人心深处，如暴雨一样冲刷人心的沉渣，使之得到净化和升华。

二、太极图式的运用：各有特色

在太极图式①的运用方面，《雷雨》与《野鸭》亦颇有相通之处，但形似而神异。换言之，此二剧的内在形式是非常相近的，但相似的内在形式体现的是不同的艺术灵魂和艺术旨趣。

就此二剧的结构布局而言，其内部都含有一个太极图式：在《野鸭》中，全部剧情是在威利家和雅尔马家这两个家庭之间展开的，一黑一白，但黑中有白，白中有黑②，并通过格瑞格斯这个人物来“通关”——在两个家庭之间游走，强化二者联系，搅起过往沉渣，引发矛盾冲突；在《雷雨》中，全部剧情也是两个家庭(周家和鲁家)之间展开的，这两家的人也是黑中有白、白中有黑，曹禺让他们错综复杂地纠缠在一起，但不是只用一个人物来通关(表面看是只用了周冲来通关，实际上周萍、四凤、侍萍、鲁大海在特定情境下都起到了通关作用)。而且，在此二剧中，两个地位悬殊的家庭之所以发生关联，都是由于多年前的一桩私情导致的：在《野鸭》中，是由于威利使得女仆基纳怀孕了，跟老婆没法交代，就把基纳

---

① 太极图式属于中西很多文艺作品中深隐的一种接近于“原型”的艺术形式。它通常不出现在作品表层，而需要用心灵之眼反复细看才会看到，或者说需要对作品的“内在形式”进行抽象才能把握到。其基本形式即中国古代的太极图(阴阳鱼)：一体分两面(或一分为三)，对待(或对立)的两面相互依存、相互转化，且白中有黑、黑中有白，相互侵入，此消彼长。凡敏感的心灵，无论中西，均可觉其存在。可参阅克萨娜·布兰克著《陀思妥耶夫斯基的整体结构：巴赫金的对话理论和太极图》(载林精华等主编《文学经典化问题研究》，人民文学出版社，2010 年版，第 171—185 页)、理查德·伊思瑞尔著《思维太极》(人民邮电出版社 2014 年版)、杨成寅《太极美学》(学林出版社 2017 年版)等论著。

② 威利为人阴险狡诈，其色调偏于黑，但其良心未泯，愿意帮助艾克达尔家渡过难关，是所谓“黑中有白”；雅尔马为人单纯善良，其色调偏于白，但其深陷泥潭而不知，耽于幻想而毫无作为，疑心过重而致使海特维格自杀，是所谓“白中有黑”。其他人物如艾克达尔、基纳、海特维格等，若仔细分析，其心亦白中有黑。

嫁给雅尔马为妻,后来基纳生下女儿海特维格(实为威利之女),这样使得两个家庭带有隐蔽的血缘关系;在《雷雨》中,是由于周朴园与女仆侍萍相爱,让侍萍生下两个儿子,但后来又狠心抛弃了侍萍,侍萍求死不得四处流浪后又嫁给鲁贵,生下女儿四凤,若干年后四凤跟着鲁贵去周公馆当差,像她母亲那样伺候周公馆的少爷,于是跟周萍发生了恋情。这两组家庭错综复杂的纠葛,虽然开始都是由于"有钱人"始乱终弃埋下悲剧的种子,但发展方向是截然不同的:《野鸭》剧情的发展,重心在于显示格瑞格斯实施"理想的要求"如何导致了一个普通家庭的灾难;而《雷雨》剧情的发展,重心在于通过蘩漪的自由追求与精神反叛"暴露旧家庭的罪恶",并最终显示"宇宙斗争的残忍与冷酷"。质言之,《野鸭》中的太极图式最终服务于表现剧作家的自我审思,而《雷雨》中的太极图式则最终服务于表现剧作家"对宇宙那一方面的憧憬"。

就此二剧形式结构背后的艺术灵魂而言,其内部也存在太极图式,或者说,《野鸭》与《雷雨》形式结构里的太极图式是剧作家艺术灵魂里的太极图式的曲折外现。为什么这样说呢?在《野鸭》中,如前所述,易卜生事实上透露出了一种精神困境:如果像格瑞格斯那样揭示真相、唤醒同胞,那么很有可能毁了他们的幸福;如果像瑞凌医生那样选择"瞒和骗"的策略,一味给病人灌输"生活的谎言",虽可让其开心,但只会让其病入膏肓更加无可救药。一边是"理想的要求""幸福的丧失",一边是"生活的谎言""有毒的泥潭",怎么选择都相当棘手。正是这种精神上的两难困境,使易卜生选择了上述内含有太极图式的形式结构。在《雷雨》中,抓住曹禺的显然不是艺术家的两难困境,而是理想(乌托邦世界)与现实(宇宙斗争的残忍与冷酷)之间的巨大反差,以及这种巨大反差带来的痛苦情感。对于20岁刚出头的曹禺来说,还没有遇到作品在现实社会流行开来带来的苦恼;在他年轻而敏感的心灵里,一边是对未来美好世界的憧憬,一边是对现实黑暗世界的憎恶,而且现实越是黑暗,理想越是炽热。正是这种心灵上的两极图景,使曹禺选择了上述内蕴有太极图式的形式结构。显然,易卜生、曹禺的选择跟他们的生活经历、生命体验是密切相关的,生命体验的不同决定了其笔下太极图式的实质内涵截然不同。

总之,无论是《雷雨》与《野鸭》的形式结构,还是其背后的艺术灵魂,都存在太极图式,但这两个太极的运动方向不一样,隐含的寓意也不一样。由此一方面可见出曹禺对《野鸭》"潜意识下层"的借鉴,另一方面也可见出曹禺基于个人文化根底、生命体验对域外作品的选择性消化。

三、宇宙秩序的探索:隐隐对抗

在对宇宙秩序的探索方面,《雷雨》与《野鸭》颇有相通之处,但它们所开显的宇宙底色并不一样,所表露的个人思考也完全不一样,呈现出"隐隐对抗"的情形。

虽然《雷雨》与《野鸭》都涉及对宇宙秩序的探索,但这类形上之思不可能在剧中直接表露出来,而只能通过某些细节暗示出来。在《野鸭》中,雅尔马的父亲艾克达尔曾对格瑞格斯说:“砍树可不是闹着玩的事啊。砍了树会惹乱子。砍掉的树会跟你算账。”[5](P. 42)后来威利之女海特维格开枪自杀了,艾克达尔没有表露出任何哀伤,却一再说:“树林子给自己报仇呢。”[5](P. 120)这话让人非常费解。笔者以前曾从深层生态学视角对之进行解读,认为它体现了一种“天人一体休戚相关,天道微妙神性亲善”的宇宙观。① 说得显豁一点,艾克达尔一直蒙受不白之冤,活得很窝囊,但他心里是很亮堂的,他一直坚信,滥伐森林、多行不义的威利迟早是要遭报应的(因为神性亲善不亲恶),他的儿子雅尔马也有类似的想法。当雅尔马获悉他的妻子基纳曾被威利玩弄过,而威利现在跟索比太太的婚姻“是建筑在互相认罪和互相宽恕的基础上”,他心里一度非常不平衡,说了这样的话:

雅尔马:归根结底,我觉得还是有报应。他眼睛快瞎了。

基纳:喔,那倒不一定。

雅尔马:没有疑问。并且也不应该有疑问。这件事就是活报应。他从前骗过一个信任他的朋友。

格瑞格斯:他骗过的人恐怕不在少数。

雅尔马:所以现在冥冥之中,天不饶他,要搞瞎他的眼睛。

基纳:喔,你怎么不怕造孽说这些怕人的话!你把我吓坏了!

雅尔马:间或钻研一下世上的神秘事情也有好处。[5](P. 93)

雅尔马这些话,暗示出宇宙间存在一位主持正义的天神,凡多行不义者必遭天谴。这便是对宇宙秩序的一种看法。这种看法有点类似中国传统的因果报应观念。善恶有报,多行不义必自毙,这也许是无论中西都比较流行的一种观念,它反映的是一种朴素的宇宙观和世界观。易卜生是不是持有这种观念,在此不便遽尔做出推断;但从易卜生晚期戏剧中恶人多半死去或自裁来看,他似乎是多少有一点因果报应观念的。

而曹禺呢?他在这个方面是否跟易卜生类同?答案是否定的!在宇宙观方面,曹禺的《雷雨》似乎是有意地要跟易卜生的《野鸭》对抗。在《雷雨》的第四幕,周朴园在经历了一系列意外事变之后,仿佛苍老了很多,深夜里对儿子周萍说:“有些事简直是想不到的,天意很有点古怪。今天一天叫我忽然悟到为人太——太冒险,太——太荒唐。”[6](P. 141)周朴园这里所说的“天意”,是不是说老天报应昭彰、惩恶奖善呢?从后面剧情的实际发展来看,可以说既是又不是,确实“很有点古怪”。一方面,周朴园想起自己以前犯过累累罪行(比如故意叫江堤出险,淹死 2200 个小工;让警察开枪打死矿上许多工人),内心是有恐惧的,担心受到冥冥中的报应;但剧情发展到最后,他自己安然无恙,反倒是同情工人、单纯善良的周冲、四凤死了,他的大儿子周萍死了,他的两位太太疯了。但问题是,老天为什么要击杀好人周冲、四凤,却放过恶贯满盈的周朴园呢?这很难用因果报应来解

① 参见汪余礼:《易卜生晚期戏剧的生态智慧》,《外国文学评论》2009 年第 3 期。深层生态学(或生态神学)在某种意义上也体现出对宇宙秩序的一种建构。

释。曹禺曾明确地说:“《雷雨》所显示的并不是因果,并不是报应,而是我所觉得的天地间的‘残忍’。(这种自然的‘冷酷’,四凤与周冲的遭际最足以代表,他们的死亡,自己并无过咎。)如若读者肯细心体会这番心意,这个戏虽然有时为几段较紧张的场面或一两个性格吸引了注意,但连绵不断地若有若无地闪示这一点隐秘——这种种宇宙里斗争的‘残忍’和‘冷酷’。”[4](P. 61)显然,他是有意地不去表现因果报应,而别有用心地闪示他自己独到的洞见——宇宙斗争的残忍与冷酷。这斗争的背后是怎样一位主宰,曹禺也有自己的思考,他认为不能命名为“命运”“上帝”或“自然法则”,而姑且谓之“雷雨”(似乎不在场又几乎总是在场、作为一名好汉的“雷雨”)。这就是曹禺对宇宙秩序的探索与思考。

如果说易卜生眼里的“宇宙秩序”体现出“天人一体神性亲善”的意味,从而带有一点暖色调的话,那么曹禺眼里的“宇宙秩序”则更多地是在“雷雨”主宰之下的残忍与冷酷,明显带有冷色调。这种差异,体现出曹禺对易卜生的创造性对抗,这种对抗,恰好折射出《雷雨》与《野鸭》存在深层关联。

四、宗教意识的隐蕴:遥相呼应

最后,笔者不得不指出,《雷雨》和《野鸭》在宗教意识的隐蕴方面也存在深层关联。《雷雨》明显带有受基督教文化影响的痕迹,体现出了比较浓的原罪意识和基督精神。而在易剧中,《群鬼》明显表露出易卜生对基督教某些教条的抨击,《野鸭》则表现出对基督精神的有限认同。这意味着,在宗教意识方面,《雷雨》跟《群鬼》相去甚远,但跟《野鸭》则存在一定程度的呼应。

易卜生是一位深受基督教影响的作家(他的书桌上经常摆放着《圣经》)。虽然他在人生的不同时期对基督教的态度不一样,但他晚期创作的《野鸭》确乎隐蕴有《圣经》中的某些信息,并流露出对基督精神的复杂情感。在《圣经·新约》的《加拉太书》中,有这样一段话:“我说那承受产业的,虽然是全业的主人,但为孩童的时候,却与奴仆毫无分别,乃在师傅和管家的手下,只等他父亲预定的时候来到。……及至时候满足,神就差遣他的儿子,为女子所生,且生在律法以下,要把律法以下的人赎出来。……如今,我将真理告诉你们,就成了你们的仇敌吗?”①这段话也许给了易卜生创作的灵感。在《野鸭》中,格瑞格斯作为“餐桌上的第十三个人”(剧中多次提到此语),仿佛一位特殊的使徒,为了救赎被法官错判的艾克达尔及其儿子雅尔马,特意从矿山上下来住进他们家。他把真相和“理想的要求”送给雅尔马,却让后者悔恨不已,感觉一切皆空。雅尔马的女儿海特维格为了让父亲有信心活下去,以死证明对他的爱。她的行为有点像圣子耶稣,本身颇具神性。可问题是,海特维格即便为他而死,雅尔马的精神也不见得从此就达到一个新高度(剧中有明确暗示)。这个世上有那么多人害怕见到真理的阳光,只愿意陷在有毒的泥潭等死,即便有人用生命

① 此段引自《圣经》,中国基督教协会 2009 年版,第 211、212 页。

去拯救他们，他们也未必能真正“活”过来。这个现象不仅令人感慨，也颇为引人深思。对于他们，耶稣救得了吗？艺术家救得了吗？易卜生不能不感到困惑而茫然。

而在《雷雨》中，曹禺把《圣经》作为舞台上一个重要的符号来使用，不仅塑造了一个像圣徒一样极具爱心和宽恕精神的侍萍形象，而且隐隐传达出把人生意义的安顿寄望于基督教的意思。曹禺年轻时对自身所处的那个黑暗社会几乎是绝望的，在许多个痛苦煎熬的夜晚，他研读《圣经》《佛经》《道德经》，希望从先贤圣哲的智慧书里找到出路。也许跟小时候经常去教堂的经历有关，他对于《圣经》颇有冥契之感。用他自己的话说：“我对佛教不感兴趣，太讲出世了。……读《圣经》觉得文章漂亮。……少年时，教堂就对我有一种神秘的诱惑。……接触一下教堂，到里边去看看，似乎是想解决一个人生问题，究竟人到底应该走什么道路，人应该怎么活着，人为什么活着，活着又为什么？总之，是莫名其妙，觉得宗教很有意思。……我不相信上帝，但是我很喜欢教堂中那种宁静肃穆的氛围。”①基于这种素有的宗教记忆、宗教体验，曹禺在《雷雨》中特意设计了“序幕”和“尾声”部分，让人物在“教堂那种宁静肃穆的氛围”里展开回忆、沉入忏悔。而在《雷雨》的第四幕，曹禺更是在一定程度上渗入了基督之思：他之所以让周朴园活了下来，很大程度上就是为了让其在惨烈的打击面前懂得敬畏和忏悔，从原来踌躇满志、作恶多端的人生转入心存敬畏、虔诚忏悔的人生阶段。何处是归途？何方能安家？唯在忏悔中，灵魂稍可安。若从结尾来反观全剧，似可看出曹禺对人生道路、人生意义的一种思考：像周朴园那样踏着别人尸骨前进的人生道路是无法持续发展的（“断子绝孙”），像周冲那样看不清现实人生的复杂性而生活在幻梦中也是不行的；人所能做的，也许是一方面了解宇宙人生的残忍与冷酷，从而葆有敬畏之心与警惕之心，另一方面尽可能把他人当作与自己同等的人来看待，不压迫、不剥削、不伤害他人，这样解放了他人也解放了自己；若是已经铸成大错，则只能在忏悔中去寻求一点人性的尊严与内心的安宁。

总之，曹禺的《雷雨》与易卜生的《野鸭》都隐蕴有宗教之思，但二者的思考方向与表现重心不太一样。《野鸭》借人间惨剧、上帝之问传达出艺术家本人的深沉感慨与困顿之思，《雷雨》则依托心历之悲、教堂之静传达出年轻的曹禺对人生道路的先行探索。这二者之间隐隐存在一种微妙的呼应：如果说易卜生对基督精神的救赎、提升功能心存疑虑的话，那么曹禺则似乎比较乐观，在他看来即便像周朴园那样劣迹斑斑的人也可能沉入忏悔之中，或者说在他看来基督教为人性的提升始终敞开了可能性。

综上所述，曹禺的《雷雨》与易卜生的《野鸭》在隐性艺术家的设置、太极图式的运用、宇宙秩序的探索、宗教意识的隐蕴方面确实存在深层关联。在每一个方面，曹禺都不是简单地抽取易卜生的“金线”直接织进自己的衣服，而是基于自身的文化根底、生命体验、艺

① 田本相、刘一军：《曹禺访谈录》，百花文艺出版社，2010年版，第26页。由此也许不难理解为什么曹禺不相信上帝却在《雷雨》中隐蕴着比较深刻的宗教之思。

术趣味做了别出心裁的改造与变异，让一切经验材料、艺术智慧服务于表达自我对宇宙人生之复杂体验与深邃思考之需要。可以说，尽管《雷雨》对《野鸭》有所借鉴，但曹禺入乎其内后能出乎其外，师其法而不师其心，确实翻出了高致——在意象表现的含蓄自然、人物形象的丰满复杂、人心物象的妙合无垠等方面，《雷雨》较之《野鸭》略胜一筹。

透过《雷雨》与《野鸭》的深层关联，笔者不能不赞叹易卜生的高妙，亦不能不惊羡曹禺的天才。他在二十几岁的时候，目光就相当深远，对于西方戏剧大师，不学其皮相之术，而活用其经典之髓，且不忘发挥本民族文艺美学之优长，仿佛一棵大树将根脉深深扎进中西文艺的沃壤之中，确实很不简单！今天，时代期盼出现新的经典戏剧，但愿我们能从中汲取有益的启示。

原载中央戏剧学院学报《戏剧》2018 年第 3 期

参考文献：

［1］田本相，刘一军. 曹禺访谈录［M］. 天津：百花文艺出版社，2010.

［2］易卜生. 性格的首要性［M］//外国现代剧作家论剧作. 董衡巽译. 北京：中国社会科学出版社，1982.

［3］Henrik Ibsen. Ibsen's Selected Plays［M］. ed. Brain Johnston. New York：W. W. Norton&Company，2004.

［4］曹禺. 曹禺自述［M］. 北京：京华出版社，2005.

［5］易卜生. 易卜生文集第六卷［M］. 潘家洵译. 北京：人民文学出版社，1995.

［6］曹禺. 雷雨［M］. 北京：人民文学出版社，1994.

后 记

曹禺在南开中学就读期间，就曾多次登台演出中外剧作；20世纪30年代在清华大学西洋文学系学习期间，更是广泛阅读了欧美文学作品，因此，曹禺的戏剧创作不仅吸收了中国传统戏曲艺术的精华，更有明显的来自欧美戏剧的影响。古希腊戏剧，以及莎士比亚、易卜生、契诃夫、奥尼尔等欧美戏剧大师们的戏剧理念与艺术技巧，都在曹禺这里有着或隐或显的影响痕迹。此外，曹禺剧作的海外传播和接受也是比较研究的经典范例，曹禺话剧的外译和传播始于民国时期，跨越十多年，在全世界近30个国家的舞台上演出，并且被改编成电影、电视、歌剧、舞剧、音乐剧等，以多种形态呈现在中外舞台上，无论是其各个阶段的译本还是演出、评价，都具有复杂多元的影响因素和传播特征。国内学者对这种种影响有着敏锐的认知和持续的解读，相应的研究可谓卷帙浩繁。因此，《曹禺研究资料长编》丛书将《曹禺比较研究资料》单设一卷，不仅可以为今后的研究者提供便利的学术参考，而且在曹禺研究中引入综合和比较的视野，对于建立完整多元的整体研究架构意义重大。

本卷资料涉及20世纪30年代以来见诸各种报刊的学术论文和单行本的学术专著等，共收录论文50余篇，在保证选文质量的前提下，考虑到90年代以后的文献数据库查询的便利性，选编篇目时倾向于90年代以前的文献，特别是民国和建国初期文献的收录，所选篇章力求学术价值的广泛性和代表性，借以呈现学界在曹禺戏剧比较研究方面的阶段性成果与特征。

本卷工作的方方面面，包括原始资料的搜集和入选篇目的编辑、校订，汇聚了本卷编者和《曹禺研究资料长编》项目组全体成员的努力，文艺学研究生董佳星和张咪、学科教学研究生黄子萱和郭艳茹等为本卷的文字编辑做了大量工作，在此一并致谢！

由于编者视野与能力有限，本卷资料的搜集与整理还不够全面完善，文字校勘也会有疏漏之处，期待读者们批评指正。

最后，需要特别说明的是：本书作为湖北大学中国语言文学学科建设的重要成果，其编选和出版得到了湖北大学“中国文化传承与发展”省级优势特色学科群和湖北大学“中国语言文学与哲学文化”省级一流学科建设项目的大力支持，在此一并感谢。